VIDA APÓS O ROUBO

Da autora:

Série *Fadas*

Asas

Encantos

Ilusões

Destinos

VIDA APÓS O ROUBO

Aprilynne Pike

Tradução
Sibele Menegazzi

Copyright © 2013 by Aprilynne Pike
Todos os direitos reservados

Título original: *Life After Theft*

Capa: Raul Fernandes

Editoração: FA Studio

Texto revisado segundo o novo
Acordo Ortográfico da Língua Portuguesa

2015
Impresso no Brasil
Printed in Brazil

Cip-Brasil. Catalogação na publicação.
Sindicato Nacional dos Editores de Livros, RJ.

P685v	Pike, Aprilynne, 1981- Vida após o roubo / Aprilynne Pike; tradução Sibele Menegazzi. — 1. ed. — Rio de Janeiro: Bertrand Brasil, 2015. 294 p.; 23 cm. Tradução de: Life after theft ISBN 978-85-286-1827-3 1 Ficção americana. I. Menegazzi, Sibele. II. Título.
15-23463	CDD: 813 CDU: 821.111(73)-3

Todos os direitos reservados pela:
EDITORA BERTRAND BRASIL LTDA.
Rua Argentina, 171 — 2º andar — São Cristóvão
20921-380 — Rio de Janeiro — RJ
Tel.: (0xx21) 2585-2076 — Fax: (0xx21) 2585-2084

Não é permitida a reprodução total ou parcial desta obra, por quaisquer meios, sem a prévia autorização por escrito da Editora.

Atendimento e venda direta ao leitor:
mdireto@record.com.br ou (0xx21) 2585-2002

Para a Srta. Snark, a primeira a amá-lo;

para Kara, que me perturbou durante dois anos para terminá-lo;

e para Bill Bernhardt, que me ensinou como fazê-lo.

Um

ODEIO ESTA ESCOLA.

Puxei a gravata xadrez feia que estava a três milímetros de me sufocar e reconsiderei: *Odeio esta gravata*. O uniforme todo — gravata, camisa de botões, calça social, *colete de lã*, sem brincadeira — estava a anos-luz da calça cáqui largona com camiseta que eu tinha usado no colégio anterior até uma semana atrás.

Parecia que tinha sido há uma eternidade.

Bati os olhos no crachá que a orientadora gorducha e cheia de batom tinha colado no meu peito — OLÁ! MEU NOME É JEFF — e mudei de ideia novamente. *Odeio o crachá mais do que tudo, a gravata em segundo lugar, e também odeio esta escola*.

O que havia começado como uma ideia do meu pai seis meses antes, de mudarmos de Phoenix para Cali, três meses depois se transformara numa aventura emocionante, mas improvável, e, depois, num pesadelo, quando literalmente, ao voltar da escola, vi uma placa de VENDIDA na frente da nossa casa. Tudo bem, eu tinha concordado com o plano, mas quantas ideias do meu pai *algum dia* chegavam a ser realizadas?

Só as grandes, suponho. Talvez eu devesse ter desconfiado.

Tentei argumentar que estava no meio do ano letivo na escola e que a transferência seria um pesadelo, mas, aparentemente, escolas particulares estão mais interessadas na conta bancária do que propriamente nas qualificações do aluno.

Pelo menos até você ser matriculado. Hoje de manhã, o vice-diretor me passou um sermão sobre o altíssimo nível de qualidade que agora passariam a exigir de mim. A-hã...

Olhei para o papel na minha mão e, depois, para as fileiras de armários. Tinha quase certeza de que meu armário ficava nesse andar, mas devia ter errado o caminho ao sair da diretoria. Refiz o percurso, tentando me manter fora do vaivém de alunos e, finalmente, encontrei o lugar certo para me dirigir até o corredor dos armários.

A primeira coisa que vi foi a bola de chiclete cor-de-rosa, um metro e vinte centímetros abaixo de onde deveria estar, quase a centímetros do chão e emoldurada por lábios perfeitamente pintados.

Era uma daquelas bolas enormes que você sabe que vai estourar e cobrir o rosto inteiro da menina e ela vai gritar e reclamar que sua maquiagem estragou, blá-blá-blá. Mas a bola não estourou — ela fez aquele lance quando você suga o ar de volta e a bola murcha num fiapinho cor-de-rosa.

Tanto a garota quanto a bola de chiclete estavam no chão.

No meio do corredor.

Inclinei a cabeça um pouquinho para ver melhor suas pernas. Talvez a escola não fosse *tão* ruim assim.

Um carinha veio correndo pela curva do corredor com uma mochila rosa-choque que desconfiei que não fosse dele. Ele empurrou algumas pessoas da frente, desviando-se para um lado e me dando uma ombrada antes que eu pudesse sair de seu caminho.

— Cuidado, idiota! — resmunguei, mas não alto o bastante para ser ouvido.

Então, percebi que ele estava correndo bem na direção da menina deitada no chão. Ele olhava para trás, por cima do ombro; então não havia a menor chance de que fosse vê-la antes de passar por cima dela.

— Ei! — gritei, empurrando um cara da minha frente. Eu tinha que avisá-la. Ou fazê-lo parar.

Mas ela só revirou os olhos e tirou o braço do caminho, um segundo antes de os tênis Ecko dele passarem pelo lado de sua cabeça.

— Presta atenção, babaca! — disse ela sem nem piscar.

O idiota nem sequer olhou para trás.

Corri até lá.

— Você está bem?
Ela olhou para mim com os olhos arregalados, surpresos.
— Tá falando comigo?
Certo. Qualquer menina capaz de ficar tão linda de saia preta e colete xadrez e com coragem suficiente para ficar deitada no meio do corredor não ia admitir que um zé-ninguém recém-chegado na escola viesse falar com ela.
— Deixa pra lá — disse eu e me virei para ir procurar novamente o meu armário.
— Espere!
Parei, mas não me virei.
— Você estava falando *comigo*?
Virei para ela e dei meu melhor olhar de nem-ligo-se-você-é-rica-popular-e-linda. Devo admitir, não tenho muita prática nisso.
— Sim. E daí?
Ela se sentou.
— Você consegue me ver?
Isso, sim, era um jeito esquisito de puxar papo. Ainda assim, uma menina linda estava falando comigo; eu é que não ia questionar uma coisa dessas.
— Lógico que sim.
— Que cor é a minha saia?
Hein?
— Preta — respondi, hesitante, tentando entender aonde ela estava querendo chegar com aquilo.
Ela suspirou.
— Esses uniformes estúpidos. Que cor são meus olhos?
Olhei. Ela bateu as pestanas de forma dramática. Será que era algum truque?
— Azuis?
— É uma pergunta?
— Seus olhos são azuis, tá bom?
Ela me olhou fixamente por muito tempo, de um jeito que me deu vontade de olhar por cima do meu ombro. Ela estava... impressionada.

O que, com certeza, não fazia o menor sentido. Havia alguma coisa que eu não estava vendo.

— Você consegue mesmo me ver, né? — disse ela, num tom, por mais maluco que possa parecer, *admirado*.

Nossa conversa tinha passado da esquisitice normal para o *nonsense* total. Linda ou não, eu estava prontinho para fugir daquela menina.

— Pois é, né? — disse eu, olhando para o meu horário de aula. — O papo tá muito bom, mas eu tenho que...

— Mais ninguém consegue me ver — disse ela. A seriedade em sua voz meio que me assustou. — Ninguém, nesta escola inteira, exceto você.

— Desculpe, não tinha notado sua capa de invisibilidade — disse, afastando-me. Será que todo mundo era doido assim na Califórnia? Eu podia sentir a multidão em volta me olhando torto ao passar por mim e, apesar das loucuras saindo de sua boca, tive a sensação de que não era para a Loira que eles estavam olhando. Que maravilha. Minha chance de causar uma primeira impressão decente na escola estava rápida e positivamente indo pelo ralo.

— Quantos dedos? — ela perguntou, mostrando dois dedos como se fossem orelhas de coelho, depois mudando de ideia e mudando para quatro.

— Isso é ridículo. — Eu ainda estava tentando parecer *cool*... ou, na impossibilidade disso, pelo menos tranquilo, mas estava prestes a explodir com ela.

— Responda a pergunta, maluco.

Mas era muita sorte mesmo... não tinha demorado nem cinco minutos para a doida da escola grudar em mim. Não se deve julgar um livro pela capa, imagino. Ou uma menina pela beleza.

— *Eu* é que sou maluco? Você está deitada no chão fingindo ser invisível, e *eu* é que sou maluco?

Ela ofegou.

— É verdade mesmo! Você *está* me vendo. Este é o melhor dia da minha... bem, em mais de um ano. Achei que isso nunca fosse acontecer.

Mas agora você está aqui. Você está aqui... hãããããã... — Ela olhou para o meu crachá infeliz. — Jeff. — Ela torceu o nariz. — Jeff? Credo. — Quando revirei os olhos, ela levantou as mãos em rendição. — Retiro o que disse. Jeff é legal. Mas posso te chamar de Jeffrey, pelo menos? Este é seu nome, né?

— Não.

— Posso te chamar de Jeffrey mesmo assim?

— Não. — *Preciso sair daqui*. As pessoas já estavam começando a me olhar estranho.

— Tudo bem, a gente decide o nome depois. Temos tanta coisa para *fazer*! — E, então, sem brincadeira, ela começou a dar pulinhos nas pontas dos pés.

— Pare! — *Sério, por tudo que há de mais sagrado, pare*. Levantei as mãos. — Quem *é* você?

Não sei direito o que me fez perguntar aquilo, talvez só para ter um nome para colocar na ordem judicial; mas ela apontou para si mesma como se fosse uma celebridade que eu devesse reconhecer instantaneamente. Talvez fosse; afinal, estávamos em Santa Monica.

— Kimberlee Schaffer? *A* Kimberlee Schaffer?

Dei de ombros.

Ela suspirou de forma um tanto teatral.

— Venha comigo. — Eu a segui por um corredor até o saguão central, onde ela se encostou a uma parede e me dirigiu um sorriso brega, cheio de dentes... mais sarcasmo do que sorriso. Ela gesticulou com grandiosidade para sua esquerda, indicando uma foto emoldurada de 28cm por 36cm de si mesma.

— Então... foram seus pais que financiaram a escola? — perguntei. Talvez fosse o único jeito de aceitarem aquela psicótica ali.

Ela revirou os olhos e apontou com a comprida unha postiça para uma plaquinha de bronze sob o retrato.

EM MEMÓRIA DE KIMBERLEE SCHAFFER

Olhei para ela, então novamente para a foto.

— Muito engraçado. — Eu me obriguei a olhá-la nos olhos, com meu melhor sorriso falso estampado no rosto. — Você quase me pegou. *Rá-rá-rá*. Pegadinha com o aluno novo. Foi boa mesmo. Agora, se você terminou, preciso ir para a aula. — *De preferência antes que comecem a me olhar estranho de novo.*

— Posso ir junto? — perguntou ela toda animada, como se não tivesse acabado de fazer comigo a pegadinha mais besta do mundo. Fingir ser uma menina morta... aquilo era muito doentio. E era uma estupidez.

Eu sou um idiota mesmo.

— Não, isto aqui é uma *escola*. Você vai para a sua aula; eu vou para a minha. — Eu sabia que devia ficar envaidecido que uma menina bonita quisesse alguma coisa comigo, mas tem um ditado sobre o que não se deve fazer com gente louca.

Nunca.

Ela pulou na minha frente.

— Escute, *Jeff*. — Ela disse meu nome como se fosse um palavrão. — Você não está entendendo. Eu estou morta. Pergunte a qualquer um. Estou encalhada aqui há um ano e meio e ninguém consegue me ver nem me ouvir exceto você.

— Olha, sua pegadinha funcionou, Kim. Isso não é...

— Kimberlee.

— O quê?

— Kimberlee. Com duas letras E. *Ninguém* me chama de Kim.

Inacreditável.

— Esquece. Apenas me deixe em paz, tá bom? — Contornei-a e continuei andando. Talvez eu conseguisse sumir na multidão, no meio do mar de coletes, e escapar. Infelizmente, aquele não era meu colégio antigo, público e lotado, e desaparecer iria dar mais trabalho do que eu estava acostumado, mesmo com os uniformes iguais.

— Espere. Por favor?

Não esperei.

Ela correu ao meu lado.

— Que aula você tem agora?

— Até parece que vou te dizer.

— Eu te ajudo a encontrar a sala.

— Bem que você queria, né? — Parei e me virei para ela. — Daí você me faria perder completamente e me largaria sozinho. Umas boas-vindas especiais para o aluno novo. Me deixe em paz!

Uma morena alta se afastou de mim como se fosse uma aluna da primeira série que acabou de aprender a respeito de piolhos.

— Que idiota — disse ela, alto o bastante para todo mundo num raio de três metros ouvir.

— É sério, Jeff — disse Kimberlee, calma demais. — Você deveria parar de gritar comigo. As pessoas vão achar que você é esquizofrênico.

Examinei meu horário de aula e fingi que Kimberlee não estava ali.

— Você tem que ir até o andar de cima para a aula do Bleekman.

Apertei os dentes e corri pela escada na esperança de deixá-la para trás. No corredor diminuí a velocidade e fui contando as salas.

204.

205.

206.

Droga. Ela estava parada bem em frente à sala 207.

— Garoto esperto. Encontrou sozinho.

Deve haver um elevador... em algum lugar. Deixei meu olhar passar reto por ela e entrei na sala cheia pela metade, indo rapidamente me instalar na última carteira da última fila.

— Eu não me sentaria aí se fosse você. É o lugar do Langdon — disse Kimberlee, num tom quase entediado.

Ignore, ignore, ignore.

— Tudo bem, só não diga que eu não avisei.

Mantive a cabeça baixa e peguei um caderno enquanto outros alunos chegavam, lotando rapidamente as últimas carteiras.

— Cara, se você não sair da minha cadeira antes de eu contar até dois, garanto pessoalmente que sua vida estará terminada até a hora do almoço.

Ergui os olhos para o que parecia ser uma versão cor da pele do Incrível Hulk.

— Um, um e meio...

Pulei da cadeira tão rápido que bati o joelho em uma das pernas e tive que abafar um grito.

— Desculpe — resmunguei. — Não sabia.

— Mentiroso! — gritou Kimberlee do outro lado da sala, onde estava deitada no peitoril da janela.

Cale a boca! Olhei furioso para ela e procurei outra carteira. A única que não ficava na primeira fila estava perto da janela de Kimberlee.

Sentei na primeira fila.

O sinal tocou, e o Sr. Bleekman se levantou da mesa. Ele era uma caricatura perfeita de todos os professores de inglês da TV: alto, dolorosamente magro, com o cabelo duro de laquê penteado por cima da careca e óculos fundo de garrafa. Finalmente, alguma coisa de normal. Ele parou em frente à minha carteira e deu uma olhada no meu crachá.

— Sr. Clayson, imagino?

— Sim.

— Sim, *senhor* — corrigiram o Sr. Bleekman e Kimberlee em uníssono.

Nem sequer olhei para ela.

— Sim, *senhor* — repeti.

— Faça suas anotações agora, mas fique depois da aula e eu passarei o material de que você precisa para alcançar o restante da classe.

Assenti com a cabeça enquanto Kimberlee vinha até mim e se sentava em cima do meu caderno.

— Já tive essa aula. Eu ajudo você.

Levantei a mão.

— Sim, Sr. Clayson?

— O senhor poderia, por favor, mandar a *Kim* sair da minha carteira?

— Perdão? — perguntou Bleekman, olhando através de Kimberlee e me encarando como se tivesse brotado uma segunda cabeça em mim.

Olhei para Kimberlee apenas por um segundo. Tinha algo muito errado ali. De jeito nenhum *aquele* professor ia participar da pegadinha.

— Ai, merda! — disse eu, as palavras escapando antes que meu cérebro pudesse me segurar.

Bleekman arregalou os olhos.

— Sr. Clayson, vou deixar passar desta vez só com uma advertência porque hoje é seu primeiro dia. Mas, no futuro, *qualquer* uso de linguagem chula na Escola Whitestone resultará em detenção. Você está entendendo?

Olhei boquiaberto para Kimberlee, não querendo acreditar que ela pudesse estar dizendo a verdade.

— Eu te disse — disse ela, examinando as unhas postiças. — Ninguém pode me ver nem me ouvir a não ser você. — Seu olhar se desviou rapidamente para o Sr. Bleekman. — É melhor você dizer logo *sissinhô* antes que o Bleekman tenha um infarto.

— Sim, senhor — disse, rapidamente, voltando a olhar para a frente da classe.

Bleekman me encarou por uns bons segundos enquanto o restante da classe disfarçava o riso. Finalmente, ele desviou o olhar e começou a discorrer monotonamente sobre Victor Hugo.

Esperei alguns minutos até todo mundo desviar a atenção de mim.

— Você não está mais brincando, está? — Sibilei para Kimberlee, por entre os dentes.

— Nunca estive — disse ela a todo o volume.

Ninguém sequer olhou na nossa direção.

— O que preciso fazer para você parar de agir feito um maluco? — Ela fez uma pausa. — Quer que eu atravesse uma parede?

Olhei feio para ela, mas me recusei a morder a isca. *Isso não pode ser real.*

Ela desceu da minha carteira.

— Não, é sério. Se eu passar através daquela parede ali, você vai acreditar que estou morta?

Revirei os olhos. Mas fiz que sim.

Ela empinou o nariz e levantou uma sobrancelha. Não tirou os olhos de mim nem por um segundo ao caminhar até a parede e, sem diminuir o passo, passar através dela.

Dois

— JÁ CHEGUEI — GRITEI. Não tenho certeza de já ter ficado tão feliz ao ver minha própria casa. Depois da aula do Bleekman e de ter visto Kimberlee atravessar a parede, minha cabeça basicamente explodiu. Ainda não podia digerir direito o que tinha visto nem entender como aquilo podia ser real. Eu não acreditava em fantasmas! De alguma forma, por alguma razão, eu estava, obviamente, alucinando; Kimberlee era fruto da minha imaginação... o que significava que eu teria que ignorá-la durante o resto do dia.

Só que não foi exatamente fácil. Ela me seguiu por toda parte e começou a falar cada vez mais alto. Quando, finalmente, coloquei meu horário de aulas com todas as devidas assinaturas no cesto no escritório principal, eu estava com uma dor de cabeça terrível *e* com um fantasma por companhia.

— Jeff, aí está você. — Minha mãe fungou ao entrar na sala. Seus olhos estavam vermelhos e úmidos.

— Qual é o problema?

— Problema? — Ela olhou para mim como se eu tivesse três cabeças.

— Ah, as lágrimas? — Ela riu. — Só estou ensaiando, meu doce. Tenho uma cena de velório amanhã.

Minha mãe é atriz. Sempre foi. Teatros de bairro e coisa e tal. Mas parte do motivo de termos nos mudado para a Califórnia foi para que ela pudesse investir de verdade na carreira de atriz, em Hollywood. E, aparentemente, ela é boa, porque mesmo sem agente nem nada, ela saiu no primeiro dia e voltou para casa com um papel coadjuvante no filme policial mais recente da CBS. Agora ela tinha alguns projetos agendados, comédias dramáticas ou coisa parecida. Era tudo muito surreal.

Abri a geladeira e peguei uma Coca.

— Que ótimo, mãe — comentei, distraído. — Para que programa é?

Ela sacudiu o dedo para mim, estalando a língua.

— Rá-rá-rá. Se eu te contar, você vai saber que alguém morre na próxima temporada. — Ela estendeu a mão e despenteou meu cabelo. — Segredo comercial.

Minha mãe tem só trinta e três anos. Eu tinha treze quando me dei conta de que, quando nasci, ela ainda estava no ensino médio. Ela sempre quis ser atriz; tinha feito o personagem principal em todas as peças e musicais da escola até o ano em que ficou grávida de mim. Por alguma razão, o diretor da peça não quis aceitar uma grávida de oito meses no papel de Ado Annie berrando "Não sei dizer não". Vai entender...

O bom de ter tido a mim quando era tão jovem é que agora ela está na idade perfeita para começar uma carreira em Hollywood como "mulher madura", o que significa que ela faz papel de mulheres de 25 anos de idade.

Ela é casada com o meu pai. Isso mesmo, com meu pai biológico. Eles se casaram na noite em que se formaram no ensino médio; eu tinha um ano. Meu pai é superinteligente e sempre disse para a minha mãe que a recompensaria por ter tirado sua vida dos trilhos. Portanto, quando ofereceram a ele participação num novo negócio — uma rede social na internet que todo mundo dizia que não ia durar nada... *sei* —, ele agarrou a oportunidade com as duas mãos. A companhia sobreviveu à crise das empresas pontocom, mas, por um tempo, meu pai teve de sacar mais ações do que cheques de pagamento. Felizmente, foi um risco que compensou. Depois de doze anos de controle acionário, ele vendeu tudo, comprou de Natal para a gente três BMW novas, vendeu nossa casa em Phoenix e fez todo mundo mudar para Santa Monica para que a minha mãe pudesse ir atrás de seu sonho.

E agora, em vez de um colégio de interior com uma taxa de aprovação de sessenta e dois por cento, eu tinha que estudar num colégio particular de gente mimada que manda os alunos de forma mais ou menos direta para a Universidade de Yale. Que sorte a minha.

Na verdade, eu devia ficar agradecido; na Whitestone os armários ficam trancados e desconfio que os equipamentos de Educação Física tenham menos de cinquenta anos, mas, apesar das vantagens, eu sentia falta dos meus amigos. Mesmo depois de apenas uma semana, ficou óbvio que eu não servia para essa coisa de amizade a distância. Imaginei que fosse fazer novas amizades, mas, bem, esses alunos de Whitestone não eram exatamente meu tipo.

— Então, como foi seu primeiro dia?

Hummmm.

— Foi legal.

— Legal? Só isso?

Respirei fundo e sorri.

— Acho que vai ser uma boa escola para mim — menti. Bem, menti até certo ponto. Era realmente uma escola ótima, no sentido acadêmico. Não tão boa se você pretendia manter sua sanidade mental intacta.

— Espero que sim — disse ela, fazendo aquela cara de momento especial. — Você merece estudar numa faculdade excelente. Você tem um grande potencial.

— Obrigado, mãe. — Não entendo por que ela tem que ser tão *piegas* com relação a certas coisas. Talvez seja coisa de atriz. Porém, eu não podia perder a chance de tirar vantagem de seu bom humor.

Não sabia direito como começar... talvez *não houvesse* um jeito bom de começar... então simplesmente me joguei.

— Viu, eu estava pensando... — Fiz uma pausa. — Tem algum histórico de... loucura na nossa família?

Ela olhou para mim com uma sobrancelha erguida.

— Você quer dizer antes de você neste momento? — disse ela, com um sorriso envíesado no canto da boca.

— Estou falando sério — respondi. Ela não tinha noção de quão sério eu estava falando. — Eu tenho algum tio velho insano ou coisa parecida? Algum assassino, tarado — hesitei — ... esquizofrênico?

Minha mãe pensou por um segundo.

— Bem, meu avô teve uma demência bastante severa nos dois anos anteriores à sua morte. E acho que o Tio Fred do seu pai... sabe, aquele que coleciona potes de iogurte? Tenho certeza de que ele não tem todos os parafusos na cabeça. Por que o interesse repentino?

— Hã... tivemos uma discussão sobre saúde mental na aula de...

— Ai, que ótimo. Eu não estava matriculado em nenhuma aula onde aquele assunto em particular fosse cabível. — Li-te-ra-tu-ra — completei, arrastando a palavra sílaba por sílaba.

— Literatura?

— Pois é, você sabe, estudando *Os Miseráveis*. — O que quer que aquilo significasse. — Vou jogar um pouco — disse eu, escapulindo antes que ela pudesse fazer mais perguntas profundas.

Subi para a minha sala de estar no andar de cima — pois é, eu tenho uma sala de estar — e liguei a TV, deitando no meu pufe enorme em formato de pera. Essa coisa toda com Kimberlee tinha que ser fruto da minha imaginação. Estresse pelo primeiro dia de aula numa escola nova e tal. Ou, talvez, eu ia acordar na manhã seguinte e perceber que tinha sido apenas um sonho comprido e muito vívido, e que eu estava prestes a começar meu primeiro dia *de verdade*.

— Tá bem, não surte, mas nós precisamos seriamente conversar.

Eu me levantei de um pulo e dei meia-volta para dar de cara com Kimberlee no meio da minha sala.

— Escute aqui, eu sei que você está assustado, mas a verdade é que eu não tenho mais ninguém a quem recorrer; então, não vou embora daqui.

Fechei os olhos e contei até dez antes de abri-los e virar a cabeça. Ali estava ela, parecendo real demais para ser fruto da minha imaginação.

— Você não é real e tem que me deixar em paz — eu disse devagar, com cuidado.

Ela revirou os olhos.

— Olha, estou tentando ser legal e, pode acreditar, eu sei o que você está passando. Sabe quanto tempo levou para eu convencer a *mim mesma* de que eu era real? Séculos.

Seria de esperar que, se a minha cabeça fosse inventar alguém, seria alguém simpático. Eu estava me sentindo oficialmente traído.

— Não é real, não é real, não é real — murmurei baixinho.

— Este vai ser um ano extremamente longo se você vai ficar andando de um lado para outro resmungando isso o tempo inteiro. Eu *sou* real, só que ninguém mais consegue me ver.

— Que conveniente, não? — Ri. — Me dê uma razão lógica para isso. — *Por que ainda estou falando com isto? Com ela. Não. Comigo. Estou falando comigo mesmo; isto não é real.*

Ela cruzou os braços sobre o peito e levantou uma sobrancelha.

— Sei lá eu. Venho gritando com todos os alunos daquela escola, inclusive com os novos, há séculos. Aparentemente, você ganhou na loteria dos médiuns. Espere um pouco... — disse ela, dando um passo à frente. — Talvez seja por isso. Você vê outros fantasmas?

Eu me afastei como se ela tivesse uma doença contagiosa. Uma doença contagiosa *não real*.

— Não! Eu não vejo nada. Tecnicamente, não estou vendo você; você não é real.

— Ah — disse ela, os lábios murchando. — Bem, seja como for. Você *pode* me ver, e isso é o que importa. Preciso da sua ajuda.

— Não! Não tem ajuda nenhuma. Não tem nada. Não para gente imaginária.

Ela me dirigiu um olhar maldoso e pôs as mãos na cintura.

— Está bem, eu vou provar. Pegue seu computador. Agora!

Há algo irracionalmente assustador em receber ordens de uma alucinação.

Tirei meu laptop da mochila e coloquei sobre a minha mesa bagunçada. Mal não ia fazer. Na pior das hipóteses, eu poderia ver as tirinhas do XKCD enquanto ela falava suas bobagens.

— Abra o Google.

Pelo menos meu alter ego sabia o que era Google.

— Digite meu nome.

Eu tinha terminado de digitar os dois E no final quando parei.

— Espere um pouco — disse eu. — Se eu encontrar seu nome no Google, a única coisa que fica provada é que existe uma menina morta em algum lugar chamada Kimberlee Schaffer. Primeiro você me conta sobre você e *depois* eu procuro no Google para ver se você está certa.

— *Ah, isso, muito bem, tô passando a perna no meu próprio cérebro. Que beleza.*

Mas Kimberlee deu de ombros, indiferente.

— Está bem. O que você quer saber?

— Como você morreu?

— Afogada.

Afogada? Isso é o melhor que meu subconsciente consegue pensar?

— Você se afogou? Tipo, não sabia nadar?

— É claro que eu sabia nadar, imbecil; eu moro... morava numa praia particular. Na mesma praia em que me afoguei, na verdade. — Um toque de algo que parecia ser emoção verdadeira nublou os olhos de Kimberlee por um instante antes que ela passasse os dedos pelo cabelo; o que quer que eu tivesse visto foi apagado por aquele gesto casual. — Fui arrastada pela correnteza — disse ela, baixinho. — Acontece.

— Mas por quê...?

— Correnteza, cara. Passa para a próxima! — retrucou Kimberlee, fechando a cara.

— Está bem. Hã, de que cor eram as flores no seu velório?

Ela mordeu o lábio inferior.

— Não sei — admitiu ela. *Um ponto para mim.* — Eu não fui. Estava ocupada tentando entender que diabo estava acontecendo e foi só umas duas semanas após o enterro que comecei a ir a qualquer lugar.

— Muito conveniente — zombei.

— O que mais você quer? — disse ela. — Eu me afoguei na correnteza, estudava em Whitestone, tinha dezessete anos, meu pai é juiz de

Direito, minha mãe é uma diretora financeira, eu sou filha única. Isso é o bastante?

— Suponho — resmunguei, virando-me para a tela do computador e digitando o resto do nome dela.

— S - C — corrigiu Kimberlee, atrás de mim.

— Vá para lá! — disse eu, apontando para o outro lado da sala. — Não é para você ver isso!

— Está bem! — disse ela, arrastando os pés.

Apertei o *Enter*, totalmente preparado para me deleitar com a prova da minha própria inteligência.

Mas a primeira página, de mais de quatro mil resultados, surgiu na tela.

Adolescente morre em acidente trágico. Juiz da cidade em luto pela morte da filha única. Importante colégio secundário sofre perda trágica. Corpo de adolescente encontrado em praia particular. Confirmada a morte de garota desaparecida de dezessete anos.

Passei os olhos pelos artigos, meu queixo caindo mais e mais conforme os detalhes surgiam diante do meu rosto, complementados por várias fotografias que eram inequivocamente de Kimberlee. Uma das quais nada menos do que a menina na droga do caixão.

— Eu... posso ter lido isso no ano passado — disse eu, desesperado por uma desculpa... e nem um pouco pronto para aceitar aquilo.

— Uma hora você vai ter que parar de tentar se convencer disso e acreditar em mim. Além disso — disse ela, virando-se para me encarar —, quem é que *tenta* convencer a si mesmo de que é insano em vez de aceitar a explicação razoavelmente racional de que alguém seja um fantasma? Talvez você *seja* mesmo maluco. Tipo, hipocondríaco, só que por doenças mentais.

Eu sou agnóstico, mas aquele momento foi a primeira vez na vida que me lembro de ter desejado acreditar num deus. Porque, aí, eu teria alguém a quem implorar que me livrasse daquela morta-viva demente.

— Que seja — resmunguei, clicando num site depois do outro, examinando cada um por meros segundos antes de passar para o seguinte.

Era *possível*, não era? Que meu cérebro houvesse inconscientemente armazenado os detalhes de algo que eu tinha lido e "esquecido" e, então, usado aquelas informações para criar uma pessoa imaginária? Agora eu estava realmente começando a parecer maluco. Sobre estar maluco. Estava maluco *ao quadrado.*

— Seu e-mail — disse, pensando num último teste. — Você tem uma conta no Yahoo, no Gmail ou algo parecido?

— Eu tinha — disse Kimberlee, claramente sem seguir o meu raciocínio.

— O.k., me diga seu nome de usuário e senha. Não há forma alguma de que eu pudesse saber isso; portanto, se funcionar, ficará provado que você não é só um fruto da minha imaginação. — *Controlado, calmo, lógico. Posso fazer isso.*

— Sem chance — disse Kimberlee.

— Por que não?

— Não quero você me espionando on-line!

— Não é para espionar... é para provar a sua história.

— Meu e-mail é particular. Não entre nele.

Hesitei.

— E no Facebook?

Ela bufou.

— Isso não é muito melhor. — Depois de um instante de hesitação: — Que tal a minha página do MySpace? Eu já não usava mais anos antes de morrer, mas definitivamente existe e definitivamente é minha.

Assenti.

— Vai funcionar. Qual é?

Depois de pensar um momento, ela recitou seu nome de usuária do MySpace e eu encontrei a página. Era cor-de-rosa e faiscante a ponto de provocar epilepsia, nada surpreendente.

E cheia de fotos de uma Kimberlee definitivamente viva no ensino médio. Um pouco diferente, mas certamente era ela. Apertei os olhos enquanto analisava algumas fotos de grupo e reconheci Langdon, o cara que quase tinha me quebrado a cara hoje.

— Ei! — disse eu, apontando. — Este aqui é o Langdon.

Kimberlee revirou os olhos.

— E daí?

Virei novamente para o computador e respirei fundo.

— O.k. — eu disse —, esta é, definitivamente, a página de Kimberlee Schaffer no MySpace. Qual é a senha? E nada de ficar adivinhando. Ou você acerta na primeira, ou eu vou te ignorar pelo resto da minha vida.

— Está bem — disse Kimberlee, inclinando-se à frente com uma expressão predatória no olhar —, mas eu também levo alguma coisa nesse acordo. Se a senha funcionar, você acredita em mim cem por cento. Chega desse papo de pessoa imaginária. Combinado?

Engoli em seco.

— Combinado.

Três

— HUMM — EU DISSE, devagar, olhando para a tela.

— O que foi? — perguntou Kimberlee, a tensão elevando sua voz numas duas oitavas. — Não funcionou? Você digitou errado, então... faça de novo!

— Você tem mais de três mil novas mensagens.

— Ah — disse Kimberlee. Então ela se endireitou calmamente, como se por pouco não houvesse tido um ataque histérico um minuto antes. — Bem, morrer faz a gente ficar popular.

Encarei Kimberlee como se a estivesse vendo pela primeira vez. Todos os fantasmas nos filmes eram transparentes e brancos e tinham aquele brilho em volta. E flutuavam. Kimberlee parecia sólida e caminhava no chão como qualquer pessoa. As luzes faziam seu cabelo cintilar um pouco, mas ela, definitivamente, não estava brilhando.

— Posso tocar em você? — perguntei, curioso.

Ela pôs as mãos na cintura e empinou os peitos.

— Tudo bem, vai, admito que já faz algum tempo que não faço essas coisas.

— Não é nada disso — protestei, morrendo de vergonha. — Digo em termos, hã... de física. Posso tocar no seu braço, ou minha mão vai atravessá-la?

Kimberlee analisou seu braço com curiosidade.

— Todo mundo me atravessa. Claro, ninguém pode me ver nem me ouvir. Você pode tentar. — Ela esticou o braço.

Ergui a mão por um segundo, antes de amarelar e voltar para o computador.

— Não quero.
— Vamos lá — disse ela. — Se você não fizer, faço eu.

Senti uma coisa fria passar pelo meu ombro e um calafrio fortíssimo descer pela minha espinha.

— Está bem — respondi quando consegui falar novamente. — Isso foi a coisa mais horripilante que já me aconteceu na vida. E, depois do dia de hoje, isso é dizer muito.

Mas, quando me virei para ela, parecia decepcionada.

— O que foi?

Ela levantou um ombro.

— Eu... esperava que você fosse diferente, só isso.

— Desculpe — murmurei. Não que fosse culpa *minha*. — Então — falei, sentindo-me de repente muito estranho —, você é um fantasma, hein?

— Nossa, como você é perspicaz, não? — disse ela, revirando os olhos. — Vai me ajudar agora ou não?

— Hã...

Suas sobrancelhas perfeitamente depiladas se franziram.

— Olha — começou ela, hesitante —, você consegue me ver. E me ouvir. Portanto, você é o único que pode me ajudar. Você *tem* que dizer sim.

Suspirei.

— Para que você precisa de ajuda?

— Para meu assunto pendente.

— Seu o quê?

— Nos livros e filmes, as pessoas viram fantasmas quando têm assuntos pendentes. Deve ser por isso que ainda estou aqui.

— Alguém disse isso para você? Algum, sei lá, *anjo*, imagino, veio te dizer o que você precisa fazer?

Ela balançou a cabeça.

— Hã-hã. Apenas acordei no meio da escola e estava morta. O resto eu estou adivinhando.

— Qual é seu assunto pendente?

Ela girou um anel em volta do dedo.

— Eu meio que roubei algo quando estava viva e acho que preciso devolver.

— Só isso? Nenhum amor não correspondido? Nenhuma vingança não realizada?

— Não.

— E você quer que eu devolva a coisa para que você possa seguir seu caminho?

— Esse é o plano. É a única coisa em que consigo pensar. Tive uma vida ótima. Praticamente todo mundo gostava de mim... a não ser as pessoas que queriam *ser* eu... e eu tive tudo que sempre quis.

— E isso te forçou a se meter numa vida criminosa? Nunca entendi gente rica que rouba.

— Que seja. Você vai me ajudar?

Apoiei meus braços sobre a mesa e deitei a cabeça neles.

— Eu devolvo algumas coisas por você e você me deixa em paz? — perguntei, mais para o tapete do que para ela.

— Sim.

— Para sempre?

— Prometo. — Ela riu. — Eu te daria um aperto de mão, mas, já sabe...

Eu sabia. E não queria fazer aquilo de novo.

Estava achando que teria sido melhor ser simplesmente maluco.

— Jeff?

Olhei para ela. Seu sorrisinho sarcástico tinha desaparecido. A cara feia também.

— Por favor? — perguntou ela num tom de voz totalmente genuíno.

Eu sou um molenga mesmo.

— Está bem, vou te ajudar.

Ela deu um gritinho e uniu as palmas das mãos.

— Obrigada, obrigada, obrigada! — E, então, no mesmo fôlego: — Precisamos ir até a caverna.

— Caverna?
— É onde as coisas estão.
— Você está em Santa Monica e escondeu coisas numa *caverna*?
— É na praia particular dos meus pais. Eu a descobri quando tinha, tipo, uns dez anos. Desde então tem sido meu esconderijo secreto.
— O.k. — respondi. — Podemos ir lá amanhã.
— Por que não podemos ir hoje?

Fucei na minha mochila e tirei uma edição de *Os Miseráveis* — e *não* era a versão resumida.

— Porque tenho cem páginas disto aqui para ler esta noite. Sem falar do dever de casa de Cálculo e do gráfico de História em que todos os alunos já vêm trabalhando há uma semana. — A ideia de todo o dever de casa que eu tinha acumulado era quase suficiente para fazer meu problema fantasmagórico parecer pequeno.

Quase.

— Ao contrário de algumas pessoas, eu ainda tenho vida própria — resmunguei.

Os lábios de Kimberlee se apertaram numa linha reta e, antes que eu pudesse pedir desculpa, ela girou nos calcanhares e desapareceu através da porta do meu quarto.

Quando Kimberlee surgiu silenciosamente ao lado do meu armário, na manhã seguinte, tentei me desculpar pelo meu comentário infeliz.

— Eu estava estressado — disse, baixinho, esperando que ninguém estivesse perto o bastante para me ouvir falando sozinho. De novo. — Devia ter ficado de boca fechada.

— Para mim é indiferente — disse ela, sem me olhar nos olhos enquanto eu fechava meu armário. — Só quero acabar logo com isso.

Eu tinha quase chegado à escada que teria de subir para a sala de Bleekman quando um flash vermelho atraiu meu olhar. Ignorei Kimberlee e acompanhei a ruiva com os olhos.

Finalmente uma coisa boa em Whitestone.

Dedos estalaram na frente do meu rosto.

— Alô? Atenção!

Kimberlee. Prova da beleza da outra garota era o fato de eu ter conseguido, por dez segundos que fosse, me esquecer completamente de Kimberlee.

A Menina Linda estava parada a menos de seis metros de distância, remexendo em seu armário com as costas viradas para mim. Eu estava tentando pensar numa maneira não idiota de abordá-la quando ela parou e se virou. Desviei o olhar, com medo que ela pudesse sentir meus olhos abrindo um buraco em suas costas. Talvez alguns centímetros *abaixo* de suas costas. Após o que eu esperava que fosse um período seguro de tempo, olhei na direção dela novamente. Demorei alguns segundos para encontrá-la.

Abraçando um cara de jaqueta esportiva universitária.

Não conseguia tirar os olhos dos dois. Como se fosse um acidente de carro: você não quer realmente ver o cara todo estourado lá dentro, mas também não consegue parar de olhar. E não era um zé-ninguém de terceira divisão; aquele cara era totalmente sarado e, provavelmente, capaz de quebrar meu pescoço com dois dedos. Talvez com um. Levei alguns segundos para perceber que ele não era muito alto... mas quem precisa de altura quando se tem ombros parecidos a vigas de aço? A ruiva se encostou nos armários ao lado dele e sorriu.

Eu conhecia bem aquele tipo de sorriso. Era um sorriso especial reservado para pessoas especiais. Especial do tipo namorado.

Droga.

Mas, também, por que ela estaria livre? Era realmente maravilhosa e, considerando que estudava em Whitestone, quase certamente rica. Meninas como aquela não ficam dando sopa por aí, sozinhas.

— Curtindo seu momento de fantasia, sonhador? — Kimberlee estava encostada ao meu armário parecendo superentediada.

Ah, sim.

Mas não pude evitar olhar novamente para a menina linda.

— Acredite em mim, deixe aquela ali em paz — disse Kimberlee, seguindo meu olhar. — Ela era uma piranha no primeiro ano, mas agora nem sai com ninguém. Provavelmente não gosta mais de meninos.

Olhei para Kimberlee com minha melhor cara de "dã" e inclinei a cabeça na direção da garota.

— E quanto ao trator humano ali?

— Espere um pouco — disse ela, rindo. — Ele? O Mikhail?

Era *bem* dela achar aquilo engraçado.

— Você está completamente errado. Mikhail é... — Ela fechou a boca depressa, e seus olhos cintilaram de forma estranha. Ela suspirou melodramaticamente. — Devo estar enganada. Afinal, só porque ele estava saindo com alguém alguns meses atrás não significa que ainda estejam juntos. Eu ando *tão* por fora. — Ela suspirou novamente.

Ela estava sendo sarcástica? Senti que havia perdido alguma coisa, mas não podia imaginar o quê.

— É melhor você ficar bem longe dela — continuou Kimberlee. — O Mikhail pode te quebrar no meio sem nem fazer força.

— Apenas me diga o nome dela — sussurrei.

— Por quê? — retrucou Kimberlee. — Para te ajudar a ter uma "vida própria"?

Lá se ia sua suposta *indiferença*.

— Estou ajudando você — relembrei-a.

— Está bem — disse ela, parecendo muito mais irritada do que meu pedido podia justificar. — É Serafina. Serafina Hewitt. Eu te encontro na frente da sala do Keller às três em ponto para irmos até a caverna. Se você der para trás, vai se arrepender. — Ela disparou com uma arma imaginária na minha direção e passou pela parede de armários.

Quatro

COMO PROMETIDO, Kimberlee estava me esperando depois da aula, perto da porta de entrada.
— Finalmente — resmungou ela.
Abri a porta e instintivamente a segurei aberta para ela sair. Ela abafou o riso ao passar por mim.
— Tá segurando a porta para sua amiga imaginária, é?
— Isso só é um insulto a você mesma.
Ela jogou o cabelo de lado.
— Que seja. Onde está o seu carro? — perguntou.
Abri um sorrisão. Não pude evitar. Uma BMW Z4 preta conversível era, na opinião da minha mãe, a definição de um carro bom e prático. Teria alguma coisa a ver com durar para sempre? Me virei para Kimberlee.
— Por aqui.
Eu me dirigi para a parte mais distante do estacionamento, onde quase ninguém estacionava. As vagas em ambos os lados da minha Z4 estavam vazias. Aquilo fazia a caminhada valer a pena.
Kimberlee passou os dedos pelo capô preto como se pudesse, de fato, sentir alguma coisa.
— Vi este carro ontem quando segui você até a sua casa — disse ela, como se seguir pessoas até suas casas fosse algo completamente normal.
— É do papai?
Pus meus óculos escuros e apertei o botão de destravar no meu chaveiro.
— Não. É toda minha. Kimberlee, quero que você conheça a Halle.

— Halle?

Não que eu tenha vergonha de ter dado um nome para o meu carro, mas, bem, é meio pessoal, né?

Kimberlee ficou parada diante da porta. Depois de quase trinta segundos, abri a janela.

— Você vem?

— Pensei que você fosse abrir a porta para mim.

— Pensei que eu não devia fazer esse tipo de coisa para minha *amiga imaginária*.

Ela revirou os olhos.

— Está bem. — Ela passou pela porta e se acomodou no banco.

Olhei para ela com tudo que eu já aprendera de Física gritando que aquilo não fazia o menor sentido.

— Por que você não atravessa o piso do carro? — perguntei finalmente.

— Não sei — disse ela com raiva. — Por que você não atravessa o piso do carro?

Balancei a cabeça e pus a chave no contato.

— Devo colocar o cinto de segurança?

— Você consegue?

Aquilo calou sua boca.

— Vamos lá, por que Halle?

Ou seja, não calou completamente.

— *Não* vou te dizer.

— Desembuche!

Eu não tinha energia para mais uma luta de poder com Kimberlee.

— Escolhi esse nome por causa da Halle Berry. Ela fez a Tempestade nos filmes dos X-Men.

— Você é tão nerd. Por que ela?

Podia sentir meu rosto ficando vermelho.

— Bem, você sabe... porque ela é sexy. E negra. E meu carro é sexy e negro.

Kimberlee deu um sorriso afetado.

— Estão você quer fazê-la rodar pela cidade toda?

— *O quê?* Não, é uma homenagem! Como dar o nome de alguém a um barco! Eu só... é só uma bobagem... Esqueça que eu falei qualquer coisa. Podemos deixar esse assunto pra lá?

— Como quiser, Grande Mago.

Balancei a cabeça e dei a partida no carro. Ela estava só me provocando. De novo. Por que eu continuava caindo nas suas provocações?

— Você dirige como a minha avó — disse Kimberlee depois de alguns minutos de deslocamento lento.

— Você acha que isso é um insulto? Vai ter que se esforçar mais.

— Eu sabia do que aquele carro era capaz. Na minha primeira semana com ele fiz uma viagem para Las Vegas e fui de Phoenix até a Represa Hoover em pouco mais de duas horas. Meu carro é *rápido*. E, admito, tinha vindo para a escola a uma velocidade bem considerável no dia anterior; mas, então, percebi que a galera ali dirigia como se tivesse fumado crack. Sério. Portanto, depois de quase bater num Miata vermelho, decidi que era melhor tirar o pé do acelerador.

Pelo menos até sair do estacionamento.

Kimberlee me guiou por várias ruas, cada uma mais ampla e mais pomposa do que a anterior, até pararmos na frente de uma enorme mansão branca.

— Uau, que beleza. — Nossa casa era superlegal, mas aquela era o tipo de casa que só se vê nos programas de decoração que a minha mãe assiste. As casas de *exibição*.

— Entre naquela estradinha ali. Vai levar até a praia — disse Kimberlee, claramente pouco impressionada.

— Tem certeza de que ninguém vai mandar me prender por estar aqui? — Porque eu não tinha *nenhuma* certeza.

— Que nada. Tem um portão. Eu te direi o código.

Entrei no caminho do lado direito da casa e parei ao lado de um teclado numérico.

— Oito-seis-quatro-dois-dois, asterisco.

Digitei os números, e então meu dedo pairou acima do asterisco. Fechei os olhos e apertei, esperando ver luzes piscando e policiais com armas em punho. Quase podia ouvir o megafone. *Saia do veículo com as mãos para cima!* Mas tudo que, de fato, ouvi foi o deslizar silencioso do portão que se abria. *Até aqui, tudo bem.*

A estrada se inclinava por um declive marcado antes de terminar num estacionamento para dez carros, em frente a uma praia linda e branca cercada em ambos os lados por penhascos altos.

— Uau! — exclamei ao descer do carro, sentindo-me mais como se estivesse num cenário de filme do que no que era, em essência, o quintal da casa de alguém.

Kimberlee olhou com a cara fechada para as ondas verdes.

— Você vai me perdoar por não demonstrar o mesmo entusiasmo que você.

— Por quê? Porque você morreu aqui?

— Vamos logo até a caverna.

— Você está lendo a minha mente.

Ela ficou alguns metros à minha frente conforme atravessamos a areia.

Ela não deixava pegadas.

— Esse papo todo de fantasma está me deixando assustado — disse eu, os olhos fixos nos pés dela.

— Pois é — disse ela, sem olhar para trás. — Eu também levei quase um mês para pegar o jeito.

Ótimo.

Quando chegamos ao que parecia ser a face de um pequeno penhasco, ela correu dois passos e pulou; então, entrou basicamente flutuando na caverna.

E eu fiquei parado ali, três metros abaixo.

— Você não presta mesmo — gritei.

— Moloide. Tem apoios para se segurar na subida inteira. Era assim que eu conseguia vir aqui quando estava viva.

Encontrei um apoio para o pé e subi ali para agarrar o apoio seguinte com os braços. Em alguns segundos, estava com pernas e braços apoiados em pequenas saliências e, com certeza, parecia um besouro agarrado à parede com medo de cair; isso a menos de um metro da praia arenosa. Olhei para Kimberlee em busca de ajuda. Ela olhava fixamente para o mar. Uma lufada de vento fez sua saia levantar de repente, dando-me um belo panorama. Congelei, perdi o equilíbrio e escorreguei pela pedra. Ou, mais precisamente, caí esparramado na areia.

— Pervertido — disse Kimberlee com uma risada sinistra que me fez lembrar que o vento não podia tocar suas roupas. Só Kimberlee podia mexer nelas.

— Não faça mais isso — disse, sério. *Pelo menos não enquanto estou pendurado na parede de um penhasco.* Sem olhar para Kimberlee, comecei a escalar novamente, dessa vez com mais cuidado. Foram necessárias umas três tentativas e pelo menos dez minutos, mas acabei conseguindo. Olhei para a praia, lá embaixo. A escalada parecia muito mais curta, vista do alto. — Pronto — disse, enquanto me colocava em pé. — Onde estão as coisas?

Ela inclinou a cabeça para o fundo da caverna. Eu me virei e pisquei, deixando meus olhos se ajustarem à escuridão. Quando isso finalmente aconteceu, meu queixo caiu.

Devia ter umas cem caixas empilhadas nos fundos da caverna, que era mais profunda do que eu havia esperado.

— Algumas coisas? *Algumas* coisas! Você é maluca? — Minha voz ecoou pela caverna, repetindo minhas palavras.

— Jeff... — A voz dela estava atipicamente baixa.

— Isso é ridículo. Você mentiu para mim.

— Não menti, não.

— Ninguém em sã consciência classificaria isso como "algumas coisas". Você mentiu para me fazer vir aqui e esperou que pudesse simplesmente bater as pestanas e tudo ficaria certo. Bem, não vai ficar. — Recuei, afastando-me da imensa pilha de caixas. — Não vou fazer isso.

— Jeff...

— Eu devia chamar a polícia — disse, recuando. De jeito nenhum eu conseguiria devolver tudo aquilo sozinho, não num período razoável de tempo. — Aposto que eles poderiam...

— Não! — gritou Kimberlee, correndo atrás de mim. — Eles iriam apenas confiscar tudo. Daí, eu ficaria presa aqui para sempre! Jeff, por favor.

— Não. Estou indo embora — disse, tanto para mim mesmo quanto para Kimberlee — e *não* vou voltar. — Olhei sobre a beirada e tentei encontrar os apoios que tinha usado para subir. *São só três metros. Simplesmente pule!* Baixei o corpo o máximo que podia enquanto me agarrava à borda; então tentei cair devagar. Meus pés bateram na areia um instante antes da minha bunda. Meu cóccix doeu, mas, pelo menos, eu tinha saído da caverna da cleptomaníaca. Olhei na direção do meu carro e me obriguei a caminhar devagar em vez de correr... o que provavelmente me faria cair e parecer um idiota.

De novo.

Kimberlee estava bem do meu lado.

— Estão organizadas — argumentou ela. — Vai ser fácil. Um saco para cada pessoa. As caixas estão separadas por categorias. Só algumas viagens e teremos terminado.

Por categoria?

— Algumas viagens? *Algumas* viagens? Talvez se eu tivesse uma carreta. Ali... — falei, apontando para a caverna — tem um monte de coisa, Kimberlee. Você tem um problema.

— Tinha.

— O quê?

Ela deu de ombros.

— Agora não posso mais fazer nada, posso? — Ela riu meio sem convicção por alguns segundos antes de ficar em silêncio.

— Muito engraçado — zombei. Entrei no carro e bati a porta com força antes que ela pudesse dizer mais alguma coisa. Conforme dirigia, mantive o olhar fixo em Kimberlee pelo espelho retrovisor até que a estrada fez uma curva e ela desapareceu da minha vista. Assim que deixei a rua sem saída onde ficava a casa dela, pisei no acelerador e fui para casa o mais rápido que me atrevia.

Como diabos eu ia sair daquela situação?

Quando cheguei em casa, minha mãe havia saído, mas Tina, nossa empregada, estava limpando as bancadas, e um cheiro bom saía do forno.

— Ah, Jeff, aí está você — disse Tina. — Sua mãe está numa gravação, e seu pai, numa teleconferência. Você sabe, daquelas que sua mãe vive falando para ele parar de atender. Tenho que ir embora assim que tirar os muffins do forno. São dos saudáveis... não conte para o seu pai. Diga que são cupcakes, e ele vai comer tudinho. — Tina estava conosco havia apenas duas semanas, mas já estava decidida a transformar meu pai num adepto da comida saudável; clandestinamente, lógico, embora seus métodos não fossem exatamente dignos de James Bond.

Eu me sentei na bancada e deixei a mochila cair no chão.

— Você está com uma aparência péssima.

Obrigado, Tina.

— Dia difícil?

Na verdade, Tina, foi ótimo. Eu vi uma menina... claro, ela está totalmente fora de alcance, do meu alcance, pelo menos. Ah, e tem essa outra menina... que está fora do alcance de todo mundo! Mas ela é toda minha, quer eu a queira ou não.

— Apenas cansativo — respondi com um dar de ombros. — Muito dever de casa.

Ela estendeu a mão e deu um tapinha na minha cabeça de um jeito confortante, apesar da estranha vovozice.

— Você vai conseguir dar conta de tudo. É um garoto inteligente.

— Obrigado — respondi, sorrindo um pouco. — É melhor eu subir e começar a trabalhar.

Mas, em vez de começar o dever de casa, liguei meu Xbox. Depois do que tinha acabado de ver, merecia relaxar um pouco. Joguei *GTA* por mais ou menos uma hora e imaginei que tudo em que meu carro batia era Kimberlee ou uma de suas caixas de coisas roubadas. Olhava por cima do meu ombro toda hora, esperando vê-la ou ouvir um de seus comentários engraçadinhos, mas tudo que ouvi foi a sinfonia catártica de tiros e gente gritando.

Por que essa coisa toda de fantasma estava acontecendo *comigo*? Kimberlee disse que eu era a primeira pessoa a vê-la. Nada na minha vida era tão especial assim. *Eu* certamente não era especial.

Talvez fosse alguma coisa em Santa Monica. Nas três semanas desde que havíamos nos mudado para cá, minha vida tinha virado de cabeça para baixo. Minha mãe estava na TV, meu pai era um *workaholic* aposentado que não conseguia ficar longe do antigo negócio e eu tinha um fantasma. E uma empregada doméstica. Um ano antes, qualquer dessas coisas teria parecido piada. Tê-las todas ao mesmo tempo... bem, quem podia me culpar por precisar de um tempo para me adaptar? Mas, até onde eu soubesse, ver fantasmas não era sintoma nem de saudade de casa nem de estresse.

No entanto, eu tinha que dar uns pontos a Santa Monica pela ruiva que vira na escola. *Serafina*, Kimberlee tinha dito. Cara, ela era maravilhosa. Mas eu não podia pensar nela nem por alguns segundos sem voltar ao mesmo problema catastrófico que, de repente, eclipsava todo e qualquer aspecto da minha vida.

Kimberlee.

Será que havia bons exorcistas em Santa Monica?

Cinco

— JEFF? JEFF?

— Já acordei, mãe.

— Abra os olhos, Jeff.

Esfreguei o rosto com as mãos e abri ligeiramente um olho.

— Ave-Maria! — gritei quando Kimberlee entrou em foco. Pulei para longe dela e puxei os cobertores em volta do corpo. — Saia do meu quarto!

— Por quê? — perguntou ela, percebendo a força com que eu agarrava a roupa de cama. — Tá pelado aí embaixo?

— Tô. Agora, saia!

Ela franziu o nariz.

— Ai, credo. Eu só estava brincando.

Revirei os olhos.

— Não estou pelado. Mas estou só de cueca.

Kimberlee deu de ombros.

— Nada que eu já não tenha visto. — Ela tentou agarrar a ponta do meu edredom.

Segurei a coberta com mais força e tentei fugir de seu alcance. Quando sua mão passou através do edredom e meu rosto ficou branco, ela riu como se fosse a coisa mais engraçada do mundo.

— Você é tão estranho — disse ela, analisando-me com os braços cruzados sobre o peito.

— *Você* queria ver minha roupa íntima.

— Eu te mostrei a minha. Agora é a sua vez.

— Vire de costas para eu vestir um jeans.

Ela girou levantando os braços acima da cabeça como uma bailarina.

— Pronto? — perguntou ela assim que eu subi o zíper.

— Sim.

Ela se virou e me olhou de cima a baixo.

— Sexy. Um pouco magro, porém.

— Como se te importasse...

— Ei, eu gosto de ver caras bonitões tanto quanto qualquer outra morta-viva.

— Você está aqui para implorar e apelar para eu te ajudar de novo? — Entrei no meu banheiro e peguei a escova de dente. — Porque, se for, pode esquecer.

Ela riu com tristeza; uma risada que personificava a palavra *sinistra*. Fiquei todo arrepiado.

— Implorar e apelar? Quem você acha que eu sou? Eu não imploro nem apelo; eu ameaço. Depois de hoje, ou você concorda em me ajudar, ou vou te assombrar de verdade.

Cuspi e tentei parecer mais corajoso do que aquela risada me fazia sentir.

— Como assim, vai gritar *Bu!* na minha cara? Isso vai me convencer mesmo.

— Isso é coisa de amadores. Eu só vou me sentar e ficar olhando para você no chuveiro.

— Posso me acostumar com isso — respondi. *Um dia.*

Ela deu uma risadinha, fazendo os cabelos na minha nuca se eriçarem.

— Eu não terminei ainda. Vou sentar em cima do seu almoço na escola... *bon appétit;* vou acompanhar você nos seus encontros e assustar quem estiver com você e, então, vou gritar e berrar a noite inteira até você ficar insano por falta de sono. É fácil.

Merda.

— Isso não é justo.

Seus olhos se estreitaram.

— Você acha que é justo eu ficar sentada aqui o dia inteiro, todos os dias, sem ninguém com quem conversar e sem nenhuma forma de me virar sozinha? — gritou ela. — Ficar presa num mundo ao qual não pertenço e onde não posso fazer nada? — Seu rosto ficou furioso por alguns segundos, então contorceu-se em desespero.

Existe uma razão pela qual as meninas sempre ganham nas discussões comigo. Lágrimas são como kriptonita.

— Não chore, Kimberlee — disse eu, com um suspiro.

— Você também iria cho-cho-chorar — lamentou ela — se só tivesse uma pessoa no mundo inteiro com quem você pudesse conversar.

Pude sentir minha força de vontade indo pelo ralo enquanto caminhava e me jogava na cama.

Kimberlee ficou parada ao lado da porta do banheiro.

Pigarreei e dei um tapinha na cama, ao meu lado.

— Está bem — respondi quando ela se sentou, devagar. — Se eu te ajudar, e estou dizendo *se*, deverá haver algumas regras.

Ela fungou, mas assentiu com a cabeça.

— A primeira regra é: não entrar no meu quarto até eu me vestir. Entendeu?

Ela respirou fundo e passou a manga da blusa pelo rosto, limpando a expressão triste junto com qualquer vestígio de lágrima.

— Legal. Que mais?

Só havia uma pessoa que eu vira conter as lágrimas com tanta velocidade. Como se houvesse um botão de *liga/desliga*. Minha mãe. A *atriz*.

— E nada de fazer... aquela outra coisa que você falou — disse, começando a me sentir um completo imbecil.

Kimberlee apenas deu de ombros.

— Sem problema. Alguma outra exigência?

— Eu... vou pensar em mais regras conforme o andamento das coisas. — Agora eu estava irritado com a choradeira falsa dela.

— Beleza — disse ela, subitamente muito séria. — Vá tomar banho ou irá se atrasar.

— Está bem, mas você fica aqui fora. Nada de espiar, nem de passar pela parede do chuveiro, nem nada.

— Como se eu quisesse — resmungou ela.

Corri para o banheiro e tomei banho o mais depressa que pude. Era verdade que eu não queria me atrasar, mas o principal motivo foi para que Kimberlee não pudesse mudar de ideia e vir dar uma espiadinha. Saí do banho e vesti meu uniforme, ainda meio molhado; pelo menos estava coberto. Peguei o barbeador elétrico e liguei.

— Pare! *Pare!* — Kimberlee passou pela parede com as mãos cobrindo os olhos. — Solte já esse barbeador. Você realmente faz a barba? — perguntou ela, espiando entre os dedos.

Apontei para o barbeador com minha melhor cara de "dã".

— Não, eu quis dizer: você *precisa* se barbear? Você fica com aquela aparência de barba por fazer e tudo mais?

— Sim.

— Me deixe ver. — Ela se aproximou e analisou a faixa de pelos no meu queixo e em volta da minha boca.

— Isso é sexy, você não pode tirar.

— Mas as normas da escola proíbem barba.

— Ah, faça-me o favor. Não vão te pegar por uma barba.

— E por que eu iria querer ficar com a barba por fazer?

— As meninas adoram. Se você tem barba, demonstra que é mais viril.

Revirei os olhos.

— Você ao menos sabe o que essa palavra significa?

— Apto a desempenhar sexualmente como macho — respondeu ela, com orgulho. — Eu procurei no dicionário.

Olhei para meu queixo no espelho, e meus pensamentos voaram até Serafina. Talvez aquele fortão de ontem também tivesse a barba por fazer.

— Viril. Quer saber? Estou me sentindo viril.

— Que seja... arrume o cabelo.

Peguei um pente e dividi o cabelo; então o penteei para trás com os dedos.

— Ah, tá brincando?

— O que foi? É o visual bagunçado.

— Eu conheço o visual bagunçado, Jeff, e não é isso aí. Você tem gel?

Última gota.

— Olha, não vou mudar meu cabelo. Se você quer que eu te ajude, vai ter que me aceitar do jeito que sou ou não há acordo.

Kimberlee cruzou os braços sobre o peito.

— Que seja — disse ela. — Mas, se nenhuma menina quiser tocar em você, não diga que eu não tentei.

Foram necessários quinze minutos de instrução antes que Kimberlee ficasse satisfeita. Eu não estava muito convencido. Tinha pontas eriçadas de um lado com uma parte lisa do outro e mechas de uma franja amassada sobre um olho.

— Estou parecendo um idiota.

— Não, você está gato!

— Sei lá, Kim, talvez...

— Kimberlee.

— *Kimberlee*. Talvez esse não seja o visual certo para mim.

— Confie em mim. Você nunca esteve melhor.

Confiar em Kimberlee? Todos os meus instintos se rebelavam contra aquela ideia, mas que escolha eu tinha, de fato? Kimberlee tinha nascido e sido criada em Santa Monica e, baseado no que eu tinha captado de sua presença na internet — sim, eu tinha pesquisado mais —, ela, aparentemente, tinha sido a Rainha de Whitestone por quase três anos, antes que a correnteza interrompesse seu reinado. Eu não tinha nada.

Além disso, tinha gastado tanto tempo com o cabelo que só tinha dez minutos para chegar à escola. Não dava tempo de refazer.

Enfiei a cabeça pela porta da cozinha. Que sorte: minha mãe, meu pai *e* a Tina. A maior plateia que nossa cozinha já teve àquela hora da manhã. Tentei parecer confiante ao passar rapidamente pela cozinha, tentando não ser visto.

— Jeff! Olha só! — disse a minha mãe, entusiasmada. — Você está parecendo o Ryan Seacrest.

Aquilo era um elogio?

Meu pai nem sequer levantou os olhos do jornal. Por mim, ótimo.

Peguei meu *burrito* para viagem de café da manhã, despedi-me e entrei no carro antes que alguém pudesse fazer mais comentários.

— Afrouxe a gravata — disse Kimberlee, aparecendo de repente no banco do passageiro.

Isso eu podia fazer.

— Muito melhor. Agora, sim, você parece alguém à altura de trabalhar para mim.

Meu queixo caiu.

— Eu. Não. Trabalho. Para. Você — falei, cada palavra dura e curta. — Estou te fazendo o maior favor do mundo e...

— E eu acabo de fazer você se parecer o tipo de cara que alguém daquela escola possa realmente querer beijar. E, levando em conta que você tem que usar uniforme como todo mundo, essa habilidade é bastante incrível. Esperaria que você ficasse agradecido.

— Eu estava bem daquele jeito. Tudo que você fez foi deixar meu cabelo esquisito e me convencer a não fazer a barba. Não diria que se trata de uma "habilidade incrível". Eu não precisava da sua ajuda.

— Se é o que você diz... — disse ela, tranquilamente.

Fui bufando o caminho inteiro até a escola e cogitei apertar novamente a gravata só de despeito. Entre o fato de meu carro ter um acelerador ultrassensível e eu estar furioso com Kimberlee, cheguei à escola cinco minutos antes de tocar o primeiro sinal. *Perfeito*.

Kimberlee passou pela porta do carro e desapareceu tão depressa que nem pude ver aonde tinha ido. Não que me importasse.

Consegui estacionar perto da entrada mais próxima do armário de Serafina e comecei a procurar por ela assim que abri a porta. Ela estava ali, tirando coisas da mochila. Enquanto eu a observava, ela ficou na ponta dos pés e tentou colocar um livro na prateleira do alto, fazendo sua saia se levantar alguns centímetros. Suas pernas eram muito, muito bonitas, mas não foi só por isso que eu olhei.

Elas eram totalmente musculosas.

Suas panturrilhas tinham aquela protuberância grande que só se vê em garotas que levantam peso. Não eram pernas cheias de veias, tipo "tomo testosterona de cavalo", mas perfeitas, de modelo de academia, que provavelmente podiam me espremer feito uma píton se me agarrassem numa chave de perna.

Chave de perna. Ai, Senhor.

Virei para o meu armário e peguei meus livros, desejando ter mais tempo antes que tocasse o sinal novamente.

Mais tempo para falar com ela. Ou, no mínimo, mais tempo para criar coragem.

Ela fechou o armário e veio na minha direção. Quando estava quase passando por mim, cerrei os dentes e me obriguei a dar meia-volta.

— Oi — disse eu. *Brilhante.*

Ela virou, surpresa, como se não soubesse direito quem tinha falado com ela naquele corredor lotado.

— Tu-tudo bem? — falei, aproximando-me um pouco mais e esperando que ela não tivesse percebido a gagueira.

— Bem — disse ela, sorrindo com hesitação.

Fiquei parado ali alguns segundos, só olhando. Foi isso. Eu não tinha mais nada a dizer.

— Ah, meu nome é Jeff. Acabei de me mudar para cá de Phoenix — disse eu, estendendo a mão. — No Arizona — acrescentei. *Burro, burro, burro!*

Ela apertou a minha mão. Só depois que as mãos se juntaram e começaram a balançar para cima e para baixo foi que percebi como aquilo era ridículo.

— Sera — disse ela rapidamente, puxando a mão depois de umas três sacudidas.

Sera. Um dos meus nomes favoritos. A partir de agora.

Olhei para cima rapidamente quando o sinal tocou.

— Bem, está na hora — disse Sera, afastando-se.

— Te vejo por aí — respondi, dando meu melhor sorriso.

Não acho que ela tenha notado.

No entanto, não tinha sido tão ruim. O primeiro contato fora feito e tal. Ela agora sabia meu nome, pelo menos. Era o primeiro passo. Havia mais uns vinte e quatro passos, envolvendo ela descobrir que eu era o amor da vida dela e dispensar o namorado atleta, mas o que é mesmo que se diz sobre toda jornada começar com um único passo? Aquele era meu único passo.

— Legal — disse Kimberlee, tirando-me do meu devaneio. — Agora, em vez de ser um zé-mané desconhecido, você é o pamonha que disse a ela em que estado fica Phoenix. Muito bem.

Só sabem criticar.

Seis

A PRIMEIRA COISA com que trombei ao entrar na aula do Bleekman foram as costas do Langdon. Literalmente.

— Eeeeeei, Jeff, certo? — disse Langdon, passando um braço musculoso pelo meu pescoço. Um braço bem pesado.

— Sim? — respondi, hesitante, com um pouco de medo de apanhar na frente de todo mundo.

— O que você vai fazer sábado à noite, amigão?

Amigão?

— Hã... — Havia algumas pessoas em volta agora. Não eram todos brutamontes como Langdon, mas, definitivamente, pertenciam à elite de Whitestone; você sabe, daquele tipo para o qual todo mundo abre passagem nos corredores. Eles têm um certo... ar de intimidação, suponho. Uma espécie de linguagem internacional de superioridade.

Notei que a maioria também tinha cabelo espetado e todos estavam com o colarinho desabotoado sob a gravata frouxa, igualzinho a mim. Nunca tinha pensado em cabelo e roupa como camuflagem, mas talvez agora eles achassem que eu era do time deles.

Ou, talvez, Kimberlee os tivesse forçado a isso. Será que ela podia fazer aquilo?

— Vamos fazer uma festa do chope em Harrison Hill — continuou Langdon. — Vai ser selvagem. Você é aluno novo e acho que precisa de uma acolhida digna de Whitestone.

Essa é a diferença entre os atletas de Whitestone e os da escola pública: em Whitestone eles sabem usar palavras como *acolhida*.

— Ah, é? — falei, hesitante.

— Cara, todo mundo vai estar lá — disse um dos rapazes com mais cara de típico estudante americano. — Nós damos festas lá algumas vezes por ano e é *o* lugar certo onde estar.

— Você devia ir — disse Langdon, com uma expressão no olhar que fez eu me sentir um daqueles peixinhos minúsculos, cujo único propósito na vida é servir como comida para os peixes maiores e mais caros da loja. — É sério, cara — disse ele, estendendo uma mão enorme para mim —, você será meu convidado de honra.

Kimberlee passou por mim enquanto eu ia até minha carteira. Ela me olhou com uma sobrancelha levantada.

— Por que esse sorrisinho alegre? Você parece um idiota.

Fui convidado para uma festa, escrevi no meu caderno.

Kimberlee me honrou com uma expressão impassível.

— É fantástico; uma festinha de nerds jogando Dungeons & Dragons.

Revirei os olhos e lhe dirigi um olhar furioso, que consegui tirar do rosto um segundo depois de perceber que Bleekman iria pensar que era para *ele* que eu estava olhando daquele jeito.

Eu nem jogo D&D.

E é verdade. Já faz anos que não jogo D&D. Bem, *um* ano, pelo menos.

É uma festa do chope em Harris Hill.

— Harrison Hill? Sério? — perguntou Kimberlee. "Gritou" provavelmente defina melhor. — Eu *adoro* as festas em Harrison Hill!

Admito que fiquei aliviado ao ouvir aquilo. Agora sabia que a festa era de verdade. Provavelmente.

— Espere aí — disse Kimberlee, a voz mortalmente séria. — Você foi convidado? — Ela pôs uma mão na cintura e levantou o dedo como se estivesse dando bronca numa criança de cinco anos, em vez de... hã, alguém de dezesseis. — Não se atreva a aparecer em Harrison Hill sem convite.

Olhei para ela e assenti levemente.

— Por quem? Você não pode ser convidado por um zé-mané e achar que está realmente convidado só porque algum nerd conseguiu ficar sabendo da festa.

Por alguma razão, depois da nossa discussão no primeiro dia, eu não queria admitir para Kimberlee que tinha sido o Langdon. Além disso, o outro carinha também tinha se intrometido. Era o suficiente, certo? Como era um pouco difícil descrever alguém que estava vestido exatamente como todo mundo — a gente não percebe o quanto usa as roupas para descrever pessoas até chegar a um colégio onde todos usam uniformes e parecem clones —, desenhei um gráfico rápido para indicar o carinha que também tinha falado comigo.

Kimberlee se virou para olhar para ele.

— Neil? — Ela ergueu as sobrancelhas, ponderando, parecendo até mesmo um pouco impressionada. — Está bem então. Você foi convidado. — Ela sorriu. — Beleza. Está vendo? Foi o cabelo.

O triste era que, provavelmente, ela estava certa.

Quando tocou o sinal para o almoço, algumas horas depois, fiquei tenso enquanto fechava a mochila. Tinha me concentrado tanto em Kimberlee no dia anterior que nem me lembrara do ritual todo do almoço. Halle, eu e um pacote de batatas fritas encontrado embaixo do banco do carro costumava ser um almoço bastante aconchegante.

Agora, a não ser que eu quisesse ser o típico carinha que se senta sozinho todo dia, precisava encontrar uma mesa.

E torcer para não ter estragado tudo com meu comportamento antissocial do dia anterior. Coisa séria, isso! E foi por isso que Kimberlee me encontrou parado no meio da cantina, segurando uma bandeja cheia de comida e sofrendo um ataque de paralisia da análise.

— O que você está fazendo, mané? — ela perguntou.

— Hummmm... — respondi honestamente.

Ela parou por um instante; então suspirou.

— Eu devia deixar você aqui sozinho e permitir que fizesse papel de bobo, mas fala sério, Jeff, que impressão você acha que vai dar parado aí enquanto seu almoço esfria? Vá se sentar, caramba!

Ela tinha razão.

Eu estava prestes a ir para uma mesa meio cheia e tentar puxar conversa com estranhos quando Sera entrou pela porta.

Com o grandalhão de jaqueta universitária.

Merda.

Olhei para a minha bandeja e decidi que meu purê de batata estava precisando loucamente de um pouco de pimenta extra. Dei meia-volta e voltei até o balcão dos condimentos, enrolando com o pimenteiro muito mais tempo do que podia ser justificado racionalmente, mas, provavelmente, ninguém estava me observando.

Provavelmente.

Sera foi até o final da fila e se virou. Ela encontrou meu olhar quase imediatamente; provavelmente teve algo a ver com o calor queimando na parte de trás de sua cabeça, para onde eu vinha olhando fixamente pelos últimos dois minutos. Ela baixou os olhos quase com agitação e afastou uma mecha de cabelo para trás da orelha. Achei que fosse ficar naquilo, mas, após um segundo, ela ergueu os olhos e sorriu com timidez. Perguntei-me quanto tempo minha vida duraria nas mãos do grandalhão se eu sorrisse de volta para ela.

Resolvi arriscar.

Após um segundo, ela desviou o olhar e começou a ir na direção contrária à do balcão de condimentos. Não obstante, eu estava aceitando qualquer vitória que pudesse ter, por menor que fosse.

Para a minha surpresa, Mikhail não a seguiu; ele foi se sentar numa mesa com um grupo de caras tão musculosos quanto ele. Bem, *quase* tão musculosos. Sera se dirigiu para uma mesa que estava ficando mais concorrida rapidamente, no outro lado do salão.

Ela estava a uns três metros de distância... e eu estava a ponto de admitir derrota e me sentar sozinho, quando ela parou e se virou para mim.

— Ei, é Jeff, né?

Sério?

— Hã, sim — respondi com todo o charme do mundo.

— Você parece... perdido.

Perdido?

— Quer vir se sentar comigo e com alguns amigos... hoje, pelo menos?

Que convite meia-boca; vou aceitar. Dei um sorriso, provavelmente besta, e resmunguei algo afirmativo antes de segui-la.

— Não se esqueça do namorado e de todos os ossos no seu corpo que podem se que-braaaaaaaar... — cantarolou Kimberlee enquanto eu me afastava. Resisti à vontade de mandá-la para aquele lugar.

Quando nos sentamos, notei que Sera trocou um olhar com Mikhail, no outro lado do salão, e sorriu.

Um problema de cada vez, lembrei a mim mesmo. Eu já estava feliz por ela ser mais que um rostinho incrivelmente bonito. Quer dizer, ela tinha me chamado, um zé-ninguém novo na escola, para vir se sentar com ela. No mínimo aquilo significava que ela era legal.

— Ei, quem é o seu amigo, Sera? — perguntou uma garota de cabelo castanho e sombra de olhos cintilante, olhando para mim um pouco como se eu fosse um mero pedaço de carne.

Era muito estranho.

— Ah, este aqui é o Jeff. Ele é novo na escola. — Então, ela pousou sua bandeja e começou a indicar as pessoas em volta da mesa, recitando uma dúzia de nomes. Havia um Hampton e uma Jasmine, um cara chamado Wilson e acho que havia duas Jewels. A menina cintilante se chamava Brynley... ou seria Breelee? Algo assim. Qual era o problema com os pais nesta cidade, hein? Ninguém nunca tinha ouvido falar em chamar os filhos de Kevin, Amber ou qualquer coisa mais comunzinha?

— Então — disse uma das Jewels quando Sera terminou. — De onde você é?

— Eu? — *Dã.* — De Phoenix.

— Oh, tem cobras cascavéis por lá?

— No deserto, sim. Mas eu morava na cidade. — *No bairro pobre*, quase acrescentei. *Bem, não era exatamente pobre, mas comparado a aqui? Pobre.*

— Ah. — Ela parecia decepcionada.

— O que você joga? — perguntou um cara. Seria Wilson?

— Hã... Xbox? — respondi com uma risada nervosa.

— Não, quer dizer, você é bem alto... joga basquete ou algo parecido?

— Mais ou menos — respondi. Mentira deslavada. As pessoas sempre supõem que jogo basquete porque sou alto. Gostaria de perguntar se elas jogam minigolfe só porque são baixinhas, mas tive um pressentimento de que soltar essa naquele momento não iria fazer ninguém gostar de mim. — Ouvi dizer que o nosso time é bom — complementei. Mais mentiras.

— Sim, você deveria vir assistir a um jogo — disse o carinha. — Sera e Jasmine são animadoras de torcida.

— Você é uma animadora de torcida? — Agora eu entendia as pernas musculosas.

— Sou a cocapitã júnior da equipe — disse ela. Eu não sabia o que aquilo queria dizer, mas parecia importante.

— Então, você é aquela garota que eles sempre, tipo, jogam no ar? — perguntei.

Ela empinou o queixo só um pouco.

— Às vezes, mas geralmente sou aquela que dá cambalhotas na frente.

A imagem de Sera pulando numa saia curtinha atiçou em mim uma súbita paixão pelo esporte. *Ora, é claro que eu adoro basquete. Vai, time!* E, nota mental: descubra qual é o time da escola. Provavelmente "Colegiais Lutadores" ou coisa parecida.

— Legal — disse, perguntando-me se devia ficar contente por ter encontrado a animadora simpática ou ainda mais convencido de que ela estava fora do meu alcance. Ela tinha um perfil perfeito. Cílios longos que eram provavelmente ruivos ou louros sob o rímel. A única certeza que eu tinha naquele momento era que podia olhar para aqueles olhos o dia inteiro.

Mais dez minutos de conversa fiada à minha volta. Não que eles falassem de coisas que não eram interessantes — shows de bandas locais, quem estava ficando ou rompendo com quem, quais professores eram os piores —, só que eu não sabia o suficiente sobre nada para participar da conversa.

Quando houve uma trégua, criei coragem para me virar para Sera e perguntei:

— Então, você soube da festa que vai haver neste fim de semana?

Ela olhou para mim, mas não disse nada.

— Harrison Hill? — acrescentei nervosamente, esperando que Kimberlee... para não dizer Langdon e seus amigos, não tivesse me sacaneado com relação à festa.

— Siiiiim — disse ela, esticando a palavra. — Ouvi falar qualquer coisa a respeito.

— Eu estava aqui pensando que talvez fosse ver você por lá.

— Eu não vou a festas do chope — disse ela, seu sorriso ficando mais rígido. — Não é a minha praia.

— Você não vai? — Eu *não* tinha um plano B para aquele caso.

— A Sera não é muito de festas — comentou Wilson, "prestativo".

— Por que não? — perguntei.

Sera deu de ombros.

— Estou bem no meio da competição das animadoras de torcida. A última coisa que preciso é encher a cara nos fins de semana.

— Você não *precisa* beber. — *Em vez disso, você poderia, digamos, ficar se agarrando comigo.* Mas tive a sensação de que não seria muito recomendado dizer aquilo em voz alta.

— Pode acreditar em mim, essas festas só são divertidas se você estiver bêbado — disse ela.

Eu ri, mas ela não pareceu achar graça.

— Eu vou — disse Brynley, olhando para mim.

— Eu também — acrescentou Hampton.

Tirei mais uma carta da manga.

— Eu vou com o Langdon — disse, esperando que ele realmente fosse tão popular quanto Kimberlee o fizera parecer.

— Langdon? — disse Sera, embora não no mesmo tom de voz que eu tinha dito.

— E Neil — acrescentei, já não tão confiante no meu convite.

Ela pareceu prestes a dizer alguma coisa e, então, mudou de ideia e, ao contrário, comeu um bocado de comida.

— Talvez eu *devesse* aparecer por lá — disse ela depois de engolir.

— Bom trabalho, cara — disse Wilson baixinho, cutucando meu ombro. — Ela não vai a uma dessas festas desde o primeiro ano. — Ele sussurrou *primeiro ano* como se fosse um segredo. Como se ser aluno do primeiro ano fosse algo vergonhoso.

As pessoas à minha volta deram risadas nervosas, mas eu fiquei boiando.

Após alguns segundos, Sera sorriu, sem jeito, e segurou as bordas de sua bandeja.

— É melhor eu...

— Você vai levar seu namorado? — perguntei, interrompendo-a completamente. Sim, sou um mané mesmo.

Todo mundo na mesa se calou.

— Você tem alguma novidade para contar para a gente? — perguntou a *outra* Jewel, inclinando-se nos cotovelos, com os olhos faiscando.

— Não — disse Sera apenas.

Não?

Não!

— E aquele carinha, o Mikhail? — perguntei, evasivo.

Sera ergueu uma sobrancelha e olhou para mim, confusa.

— Khail?

— É, o... atleta de luta olímpica? — Agora todos estavam olhando para *mim*, e eu quis sumir, afundar no chão como Kimberlee era capaz de fazer. Então, quase ao mesmo tempo, todos começaram a rir. Não de um jeito social, educado; eram gargalhadas do tipo: *Nossa, que fora!*

E eu não fazia a menor ideia do porquê.

Devo ter feito uma cara muito infeliz porque Sera, finalmente, ficou com pena de mim.

— Khail é meu irmão. Nós somos bem próximos, mas nem *tanto* assim — acrescentou, sarcasticamente.

Minha chama de esperança se reacendeu no mesmo instante. Não. "Chama" é pouco; era uma verdadeira labareda, uma fogueira, uma *explosão* estratosférica de esperança.

A Kimberlee ia se ver comigo.

Sete

KIMBERLEE SÓ VOLTOU a aparecer depois das aulas, surgindo ao meu lado enquanto eu caminhava pelo corredor, como se nada tivesse acontecido.

— Estamos indo embora?

— Você está tão encrencada — eu disse baixinho.

— Do que você está falando? — perguntou ela a todo volume. Acho que ela gostava de poder falar alto quando eu não podia.

Saí pela porta da frente rumo ao ar fresco de janeiro. Um pouco frio, mas, basicamente, um dia perfeito de sol. Como praticamente todos os dias em Santa Monica. Fiquei calado até entrar no carro e Kimberlee se acomodar no banco do passageiro.

— Abra a capota — disse Kimberlee. — É, tipo, um sacrilégio ficar com a capota fechada num dia como este.

— Só depois que eu terminar — respondi.

— Qual é o problema?

— Sera e Mikhail?

— O que têm eles?

Ela tinha muita cara de pau.

— Sera e Mikhail *Hewitt*. Vou te dar uma dica: eles não são casados.

Ela teve, pelo menos, a cortesia de parecer um pouco envergonhada. *Muito* pouco.

— E daí?

Olhei feio para ela.

— Tá, tudo bem, eu devia ter te contado. Grande coisa. Continuei olhando feio.

— O que você quer que eu faça? — disse Kimberlee, não parecendo nem um pouco arrependida. — Vai levantar a capota ou não?

— Hoje não — resmunguei.

Kimberlee revirou os olhos.

— Tenha dó. Eu simplesmente esqueci.

— Você realmente espera que eu acredite que você *esqueceu* que ele era irmão dela?

— Está bem, não esqueci. Mas, vamos, foi *engraçado*! Você devia ter visto a sua cara. Foi impagável.

— Você não entende. Eu gosto dessa garota, Kimberlee. — Tipo, gosto muito. Estranhamente muito.

— Mais motivo ainda para eu te afastar dela. É sério, Jeff, ela é totalmente intocável.

— Que raio quer dizer isso? Primeiro, você diz que ela é uma piranha, depois me deixa pensar que ela está namorando o próprio irmão e, agora, ela é *intocável*?

— Você pode estar preparado para entregar seu coração de bandeja para ela, mas ela não vai fazer o mesmo. Ela é fria.

— Ainda que isso fizesse sentido, por que eu deveria acreditar em você? Você mente com a mesma frequência com que diz a verdade. Até mais, na verdade — acrescentei, percebendo quão verdadeiro era aquilo.

— Bem, pode acreditar desta vez. Ela não é o anjo inocente que aparenta ser.

— E você *é*?

— Você não está se envolvendo comigo, está? — Ela levantou as sobrancelhas. — Muito embora você pareça ser do tipo que tentaria, se pudesse.

Podia jurar que ela tinha um botão a mais da blusa abotoado na última vez que eu tinha olhado.

— Eu sou no mínimo tão sexy quanto ela. E meus peitos são muito maiores. — Outro botão havia misteriosamente desaparecido.

Eu me concentrei na estrada e não olhei de novo para ela.

— E falsos, provavelmente.

— Ei, não parecem falsos quando você põe as mãos neles.

Quase saí da estrada.

— Você está falando sério? — Meus olhos voltaram involuntariamente para os peitos dela; não *pareciam* falsos.

Kimberlee sorriu, vitoriosa, e abotoou novamente a blusa.

Virei para olhar para a estrada, sentindo-me um completo imbecil. Ela sabia direitinho como me pegar e eu caí feito um patinho. Kimberlee, um; Jeff, zero.

Apesar de ser a minha segunda viagem até a caverna, ainda me sentia um invasor. Mas, pelo menos, consegui escalar a parede mais depressa.

Infelizmente, o cenário não havia mudado.

Não fosse pelas paredes e pelo chão de pedra, podia ser o almoxarifado de um escritório. Caixas com tampa para a armazenagem de arquivos estavam alinhadas em fileiras, com um corredor no meio e um estranho código de números e letras que eu não entendia escrito em caneta hidrográfica preta em cada caixa. Ao lado, uma pilha de caixas ainda desmontadas embrulhadas em plástico e eu podia imaginar Kimberlee, ainda viva, comprando — ou melhor, roubando — as caixas na expectativa de obter mais itens furtados.

Era meio doentio, na verdade.

— Não entendo — admiti enquanto separávamos as caixas. Bem, *eu* separava e ela dava as instruções. Desvantagem de se trabalhar com fantasmas: só um de vocês pode realmente trabalhar. Por sorte, Kimberlee ia interpretando alegremente o código estranho nas caixas, e os sacos em cada uma delas estavam etiquetados organizadamente com nomes e datas.

— Puxa, não é tão difícil assim — disse Kimberlee. — Este número significa...

— Não o código — respondi, pegando outra caixa. — *Você*. Eu vi a sua casa... obviamente, você é super-rica. E até entendo esse lance da emoção de furtar coisinhas nas lojas, mas... *isto*? — perguntei, indicando o amontoado de caixas. — Isto já é outra coisa. Por quê?

Kimberlee balançou a cabeça, baixando os olhos para o chão da caverna.

— Não sei — disse ela, encabulada. — Eu simplesmente... não podia evitar.

— Mas você manteve tudo que roubou escondido aqui. Nunca usou nenhuma dessas coisas.

— Não era esse o objetivo — disse Kimberlee, num tom seco. — Além do mais, esse tipo de coisa faz a gente ser pega. Eu não sou burra.

— Não disse que você era. — E não *disse* mesmo. — Então... você nunca foi pega? Mesmo depois de tudo isso?

— Chegou perto, algumas vezes.

— E as pessoas simplesmente... não percebiam?

Agora um sorriso dissimulado passou por seu rosto.

— Ah, elas notavam, sim.

Aquilo não parecia nada bom.

— E o que isso quer dizer?

— Houve um... *pouco*... de escândalo por causa dos roubos em Whitestone, durante vários meses, antes de eu morrer — disse Kimberlee, evitando meu olhar. — A situação... estava bem feia e eu andava pegando um monte de coisas.

Ótimo. Simplesmente ótimo.

— O diretor Hennigan recebeu reclamações de alunos, professores, pais, todo mundo. Ele estava obcecado em apanhar o culpado. Ficava tentando fazer a polícia atuar e, tipo, mandar algum agente disfarçado... ele é tão trouxa... mas, obviamente, as coisas por fim pararam de desaparecer e todo mundo seguiu em frente com a própria vida.

— E ninguém se deu conta de que as coisas pararam de desaparecer quando você *morreu*? — perguntei ceticamente.

— As pessoas nunca veem aquilo que não querem ver, né? — disse Kimberlee, olhando para o oceano. Para qualquer lugar, menos para mim.

— Mas quando essas coisas começarem a reaparecer as pessoas vão perceber que tinham sido roubadas antes, certo? — Justo quando achei que não dava para ficar pior.

— Talvez — disse Kimberlee baixinho.

— Talvez? Acho que não tem talvez nenhum aí, a não ser que a escola inteira seja muito menos inteligente do que os folhetos dizem. Devolver essas coisas não deveria chamar a atenção... deveria ser algo sutil. — Quando concordei em fazer aquilo, não fazia ideia de que fosse tão... grande.

— E *pode* ser sutil — disse Kimberlee, tentando claramente parecer otimista.

— Tenho sérias dúvidas — respondi, secamente. — Principalmente levando em conta que temos três caixas de coisas só dos professores.

— Estou tentando reparar erros — disse Kimberlee, a irritação permeando sua voz. — Meu futuro todo... o que quer que isso signifique... depende disso. O que você quer que eu faça?

E enquanto estava ali parado, olhando caixa após caixa de coisas roubadas, percebi que não tinha a menor ideia de como responder àquela pergunta.

— Então — disse Kimberlee, parecendo estranhamente distante. — Você quer primeiro devolver as coisas para as pessoas ou para as lojas?

Fechei os olhos e suspirei. Devia estar louco quando concordei com aquilo.

— Vamos tentar primeiro com as pessoas.

— Muito bem. Caixa número *uno*. Srta. *Serafina* — disse ela, batendo as pestanas.

Ah, sim, Sera, pensei e sorri, lembrando-me novamente de que ela não tinha namorado. Até perceber que, se Kimberlee tinha um saco para Sera, havia algo ali que ela havia roubado.

— O que você pegou dela? — indaguei.

Ela revirou os olhos.

— Vá ver.

Resmunguei baixinho enquanto procurava entre os sacos até encontrar os marcados com o nome de Sera. Uma saia e um par de tênis de animadora de torcida. Pareciam novinhos em folha, mas já fazia mais de um ano que Kimberlee havia morrido.

— Quando foi que você pegou isto aqui?

Silêncio.

— Kimberlee?

— A data está no saco, tá bom?

Claro que estava. Como eu poderia esperar algo diferente da Srta. Cleptomaníaca com TOC?

— Quando ela estava no primeiro ano? — perguntei, calculando.

A cabeça de Kimberlee apontou das caixas. Do *meio* das caixas. Nunca iria me acostumar com aquilo.

— Ela foi a primeira aluna de primeiro ano em Whitestone a entrar na equipe de animadoras da escola.

— Então, você achou que devia tirar um pouco da alegria dela? Bem legal, isso.

— Cale a boca. Não pedi comentários. — Eu não sabia dizer se ela estava irritada ou magoada.

— Bem, ela é uma garota incrível mesmo. — *E linda. Tão, tão linda.*

— Quem disse? Você a conhece faz... o quê... um dia?

— Sim, mas ela foi legal comigo sem nem saber quem eu era. Mais legal do que qualquer pessoa que conheci até agora — acrescentei num resmungo.

— Ei, eu *falei* com você — argumentou Kimberlee.

— Eu disse *legal*. — Enfiei o uniforme de animadora na minha mochila. — Tem espaço para mais coisas; quem mais?

VIDA APÓS O ROUBO

Consegui reunir sacos com os nomes de uma meia dúzia de alunos que Sera tinha me apresentado no almoço antes que a mochila começasse a parecer a menina do chiclete de amora da *Fantástica Fábrica de Chocolate*. A pilha de caixas não parecia ter diminuído nada. Ao contrário: parecia ter *aumentado*.

— Dia um — murmurei.

Minha mãe vivia me dizendo que começar, em qualquer projeto, era a parte mais difícil. Esperava que ela estivesse certa e que o pior já houvesse ficado para trás. Tanto no quesito Kimberlee quanto no quesito Sera.

Quando foi que a minha vida virou uma novela, hein?

Tive a ideia quando vislumbrei uma gráfica, enquanto dirigia para casa e tentava ignorar Kimberlee cantando alto e desafinado ao meu lado.

— O que você veio fazer aqui? — perguntou Kimberlee, olhando para a loja simples.

— Nós.

— Hã?

— O que *nós* viemos fazer aqui. Você tem que ajudar.

— Ajudar no quê?

— Você vai ver.

Empurrei a porta coberta de cartazes e algo tocou os primeiros acordes de "Raindrops Keep Fallin' on My Head". Um homem de suéter de botões apontou a cabeça pela abertura de uma porta nos fundos da loja.

— Te atendo num minuto — disse ele.

— Não tem pressa — respondi, virando-me para um mostruário de adesivos e etiquetas.

Kimberlee bufou ao meu lado, de forma nada discreta.

— Shhhh — sibilei para ela.

— Por quê? O Sr. Rogers ali atrás não pode me ouvir.

Revirei os olhos e virei novamente para os adesivos.

Depois que eu já tinha olhado por alguns minutos, o vendedor veio se posicionar atrás do caixa.

— No que posso ajudá-lo? — perguntou ele, arrastando o bloco de pedidos à sua frente.

— Vocês fazem todas essas coisas personalizadas, certo?

— É claro.

— Para quando você poderia fazer para mim?

— Se você usar um de nossos modelos e só acrescentar palavras, posso imprimir tudo para você em uma hora. Se for para entregar em domicílio, leva cinco dias úteis.

— Seus modelos estão o.k. Você pode me dar estes aqui, ovais e brancos? — apontei para uma tira de adesivos lisos brancos.

O homem rabiscou em seu bloco de pedidos.

— O que você quer escrito neles?

— Sinto muito, vírgula, Kimberlee. É K-I-...

— Você está me sacaneando? — gritou Kimberlee. — Não pode simplesmente revelar ao mundo que, de repente, eu estou devolvendo um monte de coisas depois de morta!

Dirigi-lhe um olhar furioso, mas ela nem notou.

— Eu te proíbo de colocar meu nome aí! Se quiser colocar o nome de alguém, que seja o seu. — A voz dela estava arranhando meus ouvidos e parecia ficar mais alta a cada palavra.

Eu me encolhi quando o vendedor perguntou:

— Vem M depois? Certo?

Kimberlee gritou novamente, um som que, provavelmente, teria quebrado as vidraças se ela estivesse viva... e tive que fazer força para não tapar os ouvidos.

— Sabe de uma coisa? Tive uma ideia melhor; me dê estes aqui, ao contrário. — Apontei para os mesmos adesivos redondos, mas um pouco maiores com uma flor vermelha bonita e umas folhas decorativas impressas na parte inferior. — Deixe sem nome. Só imprima "Sinto muito" neles, com a flor. — Lancei um olhar duro e muito acentuado para Kimberlee.

O vendedor olhou para mim com preocupação, mas não disse nada enquanto riscava o pedido e começava a escrever novamente.

— Isso é ridículo — disse Kimberlee. — Mas, pelo menos, é melhor do que o lance com o nome.

Revirei os olhos e me virei novamente para o homem.

— Quantos? — perguntou ele.

Era deprimente só de pensar. Olhei para o mostruário. Havia desconto por quantidade para mil. Parecia ser o suficiente.

Esperava eu.

— Mil — respondi, procurando minha carteira no bolso de trás da calça.

O cara me olhou por cima da armação dos óculos por um instante, provavelmente se perguntando quão arrependido eu podia estar pelo que quer que tivesse feito.

— Está bem. Mais ou menos uma hora.

Kimberlee nem sequer se incomodou em esperar até sairmos da loja antes de recomeçar:

— Por que você está fazendo isso?

— É o princípio — respondi, entrando no carro. — Se você está presa aqui até reparar os danos, deveria fazer mais do que simplesmente devolver as coisas. *Deveria* estar arrependida.

— E se não estiver? — bufou ela, com os braços cruzados diante do peito.

— Quando tivermos terminado, aposto que vai estar. Mas, se começar a tentar pedir desculpa então, será tarde demais. Comece agora. — Eu me acomodei no meu banco e puxei o cinto de segurança. — Se vou ter que fazer isso, terá que ser da forma correta. Você não tem escolha nesse caso.

Kimberlee revirou os olhos.

— Você é a coisa mais ridícula que já me aconteceu. — Então ela deu meia-volta e foi embora.

Oito

EXISTE ALGO EM BRIGAR com um fantasma que faz você ficar paranoico pelas manhãs. Eu não conseguia parar de olhar por cima do ombro enquanto tomava banho e espiei pela porta do banheiro antes de correr até o guarda-roupa para pegar a camisa que tinha me esquecido de trazer comigo.

Mas, no fim, Kimberlee só apareceu ao meu lado enquanto eu mexia no armário, dois minutos antes de tocar o sinal, agindo como se nem tivéssemos discutido.

Acho que foi naquele momento que entendi como ela estava desesperada. Ela podia ficar furiosa e bufar e me ignorar a noite inteira, mas, no fim, precisava de mim. Por alguns segundos me senti muito poderoso, antes que a culpa me engolisse. Claro que eu era poderoso. Ela era um fantasma impotente. Fosse ela uma chata ou não.

Está bem, não há nenhum motivo para terminar essa frase com "ou não".

Não obstante, quando pusemos nosso plano em ação algumas horas depois, fiquei feliz por ela estar ali.

— Tem alguém vindo aí? — perguntei.

— Não, mas seja rápido.

Kimberlee vigiou as portas enquanto eu corri pela cantina até a mesa onde vira Sera se sentar no dia anterior e abri minha mochila. Joguei bem em cima da mesa retangular comprida seis sacos plásticos de quase quatro litros de capacidade cada um e me afastei correndo, com o coração a uns trezentos batimentos por minuto.

— Tudo tranquilo — disse Kimberlee, os olhos ainda varrendo os corredores. — Apenas aja com tranquilidade e mantenha seu passe para ir ao banheiro onde os professores possam ver.

Não usava um passe para ir ao banheiro desde, sei lá, a terceira série... e *nunca* tinha usado um do tamanho de um prato. Mas, em Whitestone, eles insistiam que um passe daquele tamanho diminuía o número de alunos que ficavam vagando pelos corredores. Eu, particularmente, achava que era motivo mais do que suficiente para segurar o xixi até o intervalo.

— Por que não podemos simplesmente procurar o endereço de todo mundo na lista telefônica e deixar as coisas na porta da casa deles? — resmunguei.

— Ora, por favor — disse Kimberlee. — Pessoas que têm dinheiro para mandar os filhos estudar em Whitestone *não* estão na lista telefônica. E, mesmo que estivessem, você sabe o nome dos pais desses alunos todos? Eu não sei, e venho estudando com eles desde o jardim de infância.

Olhei de relance para o passe.

— Está bem.

Faltavam dez minutos para o almoço quando devolvi o passe gigantesco ao lugar onde ficava e comecei a fazer a tarefa que agora seria meu dever de casa, já que eu não tinha feito nada durante a aula inteira. Maravilha.

Estava tudo tranquilo... tão tranquilo que, quando o sinal tocou, levei um susto e derrubei meu livro no chão. Eu jamais deveria me candidatar a trabalhar no FBI. Pelo bem da humanidade.

Entrei na cantina com hesitação e não era só porque as coisas devolvidas estavam lá. Sera não tinha exatamente *dito* que eu estava convidado a voltar, mas o pessoal ali parecia me achar legal o bastante, e ela me encontraria na festa. Portanto... significava que eu podia me sentar com ela de novo, certo?

Não vi Sera em lugar algum, mas não ia cometer novamente o erro de ficar parado ali feito um idiota com a bandeja cheia de comida; fui até a mesa e esperei que meu convite não tivesse um prazo de validade.

— Que droga — disse Wilson justo quando me aproximei o bastante para ouvir —, alguém deixou um monte de lixo na nossa mesa.

— Ele levantou um braço para empurrar tudo para o chão.

Pare! Não faça isso!, minha mente gritou. Se aquelas coisas fossem jogadas fora, Kimberlee iria me assombrar *para sempre*.

— Espere um pouco. — Hampton se aproximou e pegou um dos sacos. Ele tirou de dentro uma agendinha cheia de desenhos feitos com caneta hidrográfica. — Isto aqui é meu. — Ele olhou fixamente para a agenda, confuso; então a folheou, parando em algumas páginas. — Perdi isto quando estava na sétima série. Tinha cem dólares guardados nela. — Ele procurou num bolsinho na última página e tirou uma nota de cem. — Não acredito. Legal!

Brynley tirou uma camiseta rosa-choque de outro saco.

— Esta era minha camiseta favorita no primeiro ano do ensino médio. Alguém a roubou do meu armário de Educação Física.

Fiz força para não olhar feio para Kimberlee, mas a ouvi pigarrear às minhas costas.

Brynley olhou novamente para o saco.

— O que é isto? — perguntou, apontando para o adesivo.

Comecei a ficar muito interessado na parede à minha esquerda.

— "Sinto muito"? Que estranho. — Mas ela jogou o saco vazio na lata de lixo sem mais uma palavra e guardou a camiseta em sua mochila, com um sorriso.

Vi Sera vindo para a mesa e, disfarçadamente, dei um passo atrás de forma a não bloquear a cadeira ao lado da minha bandeja. Sim, eu sou supersutil...

Algumas outras pessoas estavam pegando coisas da pilha sobre a mesa quando ela se aproximou: havia um objeto roubado dois anos antes e outro, apenas algumas semanas antes de Kimberlee se afogar. Era emocionante ver as carinhas felizes à minha volta e tentei não ser óbvio demais ao me virar para ver Sera encontrar seu saco.

Ela se sentou e olhou fixamente para sua saia e seus tênis por um bom tempo, sem qualquer expressão no rosto, enquanto todos os demais começavam a comer. Por fim, quando o barulho na mesa diminuiu um pouco, Sera disse:

— Isso é sinistro demais.

— Por quê? — tentei perguntar casualmente. — Alguém ficou com peso na consciência.

Sera balançou a cabeça.

— Não. Eu sei quem roubou estas coisas e ela nem sequer tinha uma consciência. — Ela se dirigiu à mesa toda: — Todos vocês se lembram da Kimberlee. — Não era uma pergunta.

Wilson fungou.

— E quem poderia esquecer *aquela* bruxa?

Olhei em frente, não me atrevendo a olhar para Kimberlee. Ela me disse que não tinha sido pega; então como é que Sera sabia?

— Foi *ela* que roubou isto aqui — disse Sera. — Eu a vi roubando. Mas ela jamais iria confessar.

Tentei parecer o mais ingênuo possível.

— Que Kimberlee?

— Schaffer — disse ela com um gesto indiferente. — Foi antes de você chegar.

— Então, ela se regenerou e devolveu suas coisas? — Eu esperava que aquilo parecesse uma teoria natural... e desinformada.

— Cara, ela tá morta — disse Wilson.

— E já foi tarde — murmurou Sera para seu prato de massa.

Olhei para ela, chocado. Aquela *não* era a reação que eu esperava. Claro, Kimberlee podia ser irritante que nem o diabo, mas pensei que era apenas porque *eu* não era amigo dela. Ela não tinha me falado sobre a vida maravilhosa que tivera? Como ela era popular? Antipatia explícita não era exatamente o que alguém tão popular assim deveria receber.

Principalmente depois de morto.

Arrisquei olhar em volta. Não vi Kimberlee em lugar algum.

* * *

Ela não apareceu novamente até eu entrar no carro depois da aula. E, mesmo então, ela se sentou silenciosamente em seu lugar.

— Oi.

— Vamos para a caverna — respondeu ela, curta.

Fomos até a praia e eu enchi a mochila com sacos para devolver na segunda-feira e comecei a arrumar duas caixas para me prover pelo resto da semana quando ela finalmente falou alguma coisa.

— Eu, provavelmente, não deveria ter pegado essas coisas — disse ela, a admissão ecoando pela caverna.

Parei por um instante, e então voltei a puxar o zíper da minha mochila.

— Não tem nada de "provavelmente" nisso. Você disse que tinha de *tudo*. Por que não era suficiente?

Ela se sentou numa caixa e olhou para o chão.

— Tentei não fazer isso, mas não conseguia parar. Você não sabe como é. E se eu te pedisse para parar de respirar ou de comer... você conseguiria?

— Mas não se trata de respirar ou comer, Kimberlee. É *roubar*.

— Você acha que eu não sei? — retrucou ela. — Você não acha que toda vez que eu vinha aqui com mais coisas para guardar eu não odiava a mim mesma?

— Olha, eu jamais desconfiaria — disse eu, indicando os montes de caixas que nos rodeavam.

Ela olhou para mim por um longo tempo; não com raiva, apenas me estudando até que comecei a ficar pouco à vontade.

— Você acha que ser cleptomaníaca significa que eu *gosto* de roubar coisas? Não gosto. Odeio roubar. Odeio roubar mais do que qualquer outra coisa neste mundo.

— Então por que você não *parou*?

— Não conseguia. Sei que você não acredita nisso, mas é verdade. Eu tentei tanto. Consegui parar por, tipo, uns quatro meses, uma vez. Então, um dia, estava andando atrás de uma mulher no shopping, e ela tinha um chaveiro ridículo peludinho na alça da bolsa. E eu queria tanto pegá-lo que não conseguia pensar em mais nada. Tentei me afastar. Fui me sentar perto do bebedouro e tentei pensar em qualquer coisa que não fosse o chaveiro. E comecei a tremer. Meu corpo inteiro tremia como se estivesse tendo convulsões. Fiquei com medo de que fosse morrer se não encontrasse aquela mulher e pegasse o chaveiro dela. — Ela tinha o olhar fixo no chão, com algo que se parecia estranhamente a vergonha dominando seu rosto.

— Então, o que aconteceu? — perguntei baixinho.

— Eu a encontrei e peguei o chaveiro dela — ela respondeu como se fosse a coisa mais óbvia do mundo. — E nunca me senti tão bem e tão mal ao mesmo tempo. Tive essa euforia incrível, como se pudesse conquistar o mundo. Mas foi naquele momento que eu soube que nunca, jamais conseguiria deixar de roubar. — Ela deu de ombros com tristeza. — Meio que desisti de tentar depois disso. Não parecia haver nenhuma finalidade. Acho que morrer foi a única forma de parar.

— Sinto muito. — Mas pareceu algo estúpido a se dizer.

Ela deu de ombros.

— A culpa é minha por ter nadado naquela correnteza traiçoeira.

— Todos nós cometemos erros.

— Nem todos morremos por causa deles.

— Não, mas alguns acabam se sentindo infelizes pelo resto da vida. — Eu me calei por um momento, pensando naquilo. — Talvez seja pior.

— Em comparação a ser infeliz pelo resto da sua pós-vida?

Alguma coisa em sua voz me fez sentir pena dela e não era um sentimento que eu quisesse ter. Precisava me manter racional e no controle. Kimberlee era um rolo compressor emocional e eu estava constantemente em risco de ser atropelado. Sentei-me ao lado dela, mas não perto o bastante para tocá-la. A sensação fria e sinistra ainda me assustava.

— Mas pode ser que não dure muito tempo. Você devolve tudo e pede desculpa e poderá sair daqui e ir para... aonde quer que seja.

— Vai ser um bom lugar, não vai? — disse Kimberlee, começando a sorrir.

Um pouco.

Mas eu era a pessoa mais errada do mundo a se perguntar.

Quando em dúvida, minta.

— Absolutamente — respondi, sem olhar em seus olhos.

Nove

— ACORDA, PREGUIÇOSO! — gritou Kimberlee na manhã seguinte, aproximadamente umas duas horas antes da hora racional de se acordar. — Hoje é dia de festa em Harrison Hill!

— Certo — respondi, agarrando um travesseiro e cobrindo a cabeça com ele. — E, caso você não tenha escutado direito, eu vou para lá às dez da *noite*.

— Dã. Precisamos ir fazer compras para você ter alguma coisa decente para vestir.

Aquilo me animou tanto quanto um chute na cabeça.

— Fazer compras? Hã... não.

— Cara, eu já vi o que tem no seu armário. Camisetas velhas e jeans desbotados. E tênis All Star. Faça-me o favor, né?

— São *vintage* — corrigi, defendendo minha coleção eclética de camisetas selecionadas com muito cuidado nas melhores lojas de segunda-mão de Phoenix.

— Que seja. Não é bom o bastante para Harrison Hill. Quando você estuda numa escola com uniforme, tem que aproveitar ao máximo qualquer oportunidade de exibir seu bom gosto. Essa festa vai ser um desfile de moda e as suas roupas vão chamar a atenção. E não de forma positiva.

— Nunca chamei a atenção em Phoenix — resmunguei, afundando o rosto novamente no travesseiro.

— Aqui não é Phoenix.

Resmunguei alguma coisa incoerente no travesseiro.

Ela se sentou na cama, quase me tocando, e eu me encolhi.

— É a sua primeira oportunidade de causar uma boa impressão na cena social. Você vai querer fazer direito.

Às vezes, Kimberlee tinha razão.

— Está bem — respondi. — Mas nada muito extravagante. Não quero parecer uma aberração, esteja na moda ou não.

— É claro — prometeu Kimberlee. — Vamos mirar em chique e elegante, em vez de barato e chamativo.

Chique. Elegante. Parecia bom. Bom o bastante para me arrancar da cama e fazer tomar um banhão gostoso.

Admito, não me apressei. Enrolei bastante para tomar meu café com donuts, que meu pai tinha declarado que seriam a nova tradição dos sábados de manhã — acho que era sua forma de se rebelar contra a cruzada secreta de comida saudável de Tina — e eu também *precisava* assistir ao final do noticiário que estava passando na TV. Notícias atuais, certo? Quando finalmente peguei minhas chaves, já fazia quinze minutos que Kimberlee vinha andando de um lado para outro e me lançando olhares furibundos.

— Até que enfim! — resmungou ela quando prendi o cinto de segurança.

— Onde é o shopping? — perguntei, dando seta e saindo do meu bairro.

— Você está brincando, né? Pessoas como nós não fazem compras no shopping. Não para comprar roupas para Harrison Hill.

Bem, minha chance de pegar algo rápido e simples na Macy's acabava de ir pelo ralo.

— Onde, então?

— Ah, por favor; na avenida Montana, dã!

— Hein?

Ela me olhou, boquiaberta, e me deu seu melhor olhar de "como você é idiota".

— Você não conhece a avenida Montana? Todo mundo conhece a avenida Montana. É o melhor lugar para fazer compras. — Ela se recostou no banco. — Vamos encontrar algo fabuloso lá.

O sinal ainda estava vermelho, mas iria abrir a qualquer segundo.

— Para que lado eu vou? — perguntei, ignorando seu sermão.

— Não acredito que você não sabe.

— Acredite. Para que lado?

O sinal abriu e o Mercedes atrás de mim buzinou.

— Para que lado? — perguntei, apertando o volante.

Kimberlee olhou para mim como se eu fosse uma espécie de inseto particularmente asqueroso e o Mercedes buzinou de novo.

— Em frente, então — resmunguei, saindo.

— Você devia ter virado à esquerda — disse Kimberlee sem mudar de expressão.

Rilhei os dentes e segurei a raiva enquanto, casualmente, muito devagar e prestando muita atenção, cortei na frente de uns seis carros, fazendo um retorno que deixou pintado um arco preto de borracha de pneu em três faixas de trânsito.

Mais tarde eu pediria desculpa para Halle.

Kimberlee soltou um grito e tentou se agarrar em alguma coisa, mas acabou caindo esparramada no meu colo. Bem, esparramada *dentro* do meu colo, já que ela afundou nas minhas coxas. Ofeguei com o calafrio que subiu pela minha espinha e fiquei completamente paralisado pelo frio de quebrar ossos que quase me fez largar o volante. Depois daquilo, ela calmamente me guiou pela autoestrada 10 de Santa Monica até o Lincoln Boulevard. Quando finalmente chegamos ao calçadão comercial, que parecia ter uns três quilômetros de extensão, eu já havia recuperado um pouco da calma.

Pelo menos Kimberlee estava animada. Ela desceu do carro, empertigou os ombros e respirou fundo.

— Vamos lá — disse com alegria, como se nada houvesse acontecido.

Fui atrás dela, arrastando os pés.

Tenho que admitir, a avenida Montana era impressionante, embora eu tentasse parecer indiferente. Margeando as ruas havia todo tipo de loja que se pudesse imaginar, as vitrines tão coloridas que era quase difícil olhar. Centenas de pessoas passeavam por ali, a maioria parecendo turistas deslumbrados ou modelos de passarela.

Adivinha em que categoria eu me enquadrava?

Passamos por uma loja com ternos feitos sob medida e camisas sociais coloridas penduradas na vitrine.

— Vamos entrar aqui — sussurrei para Kimberlee. Aquilo era clássico e chique, não era? As meninas gostam do look metrossexual. Acho.

Mas Kimberlee franziu o nariz.

— Na SEAN? Ah, tenha dó. Você é o quê, hein? Um futuro executivo? Não, não responda; nem quero saber. Vamos. — Dei uma última olhada na vitrine antes de me arrastar atrás dela.

— Aqui — disse ela, com as mãos na cintura, analisando a frente de uma loja de decoração toda estilosa. — Esta aqui parece promissora.

Olhei para o letreiro da loja. Citron. Meu olhar desceu para a vitrine. Não dava nem para ter certeza de que aquilo era roupa. Quer dizer, havia uns tecidos nos manequins, mas era tudo meio drapeado e cheio de estampas esquisitas. Muitas cobras, flores e... Budas?

— Tem certeza? — perguntei.

— Entra, entra! — ela ordenou.

Alguém me ajude. Ao empurrar a porta, soou uma sineta baixinha nos fundos, e uma mulher alta e magra, com batom marrom-escuro, veio na minha direção com um sorriso enorme no rosto.

— Bem-vindo à Citron. Posso te ajudar a encontrar alguma coisa?

— Diga a ela que, no momento, você está só olhando — disse Kimberlee, já estudando as araras de roupas.

— Estou só olhando, obrigado — resmunguei. — E agora? — perguntei, examinando a arara que Kimberlee estava vendo.

Ela fungou.

— Sugiro que você comece indo até a seção *masculina*.

— E como eu vou saber a diferença?

Ela revirou os olhos e foi até o outro lado da loja. Olhei em volta, comparando os dois lados. Acho que realmente havia uma diferença. O lado masculino parecia um pouco mais marrom. Olhei bem. É, definitivamente, tinha mais marrom ali. Suspirei e fui até o lado de Kimberlee.

— Pegue esta aqui — disse ela, apontando para uma camisa de botões amarela horrenda toda estampada com redemoinhos amarronzados.

— Você está brincando, né?

Ela me deu um olhar cheio de labaredas e pus a monstruosidade diante do meu peito.

— Não — disse Kimberlee. — Pode devolver.

Obrigado, universo.

Ela me fez pegar várias outras camisas — algumas menos horrendas e outras um pouco mais, mas nenhuma sequer chegava a um nível que eu considerasse usável. Levantei uma coisa preta semitransparente de mangas longas, com um desenho prateado confuso, e Kimberlee fez uma pausa. Então, ela andou à minha volta, parou à minha frente e ficou olhando. Eu já estava começando a ficar incomodado quando ela assentiu.

— Leve essa aí.

Olhei em volta.

— Esta?

— Sim.

— Você não quer que eu experimente nem nada?

Ela riu como se fosse a ideia mais boba do mundo.

— Eu sei que tamanho você usa. Vá e compre.

— Está bem — bufei.

Levei a camisa até o caixa sem olhar novamente para ela, e a vendedora tagarelou que era a peça mais recente de não sei que coleção de primavera ou sei lá o quê. Então, levou dez minutos para dobrar a camisa e colocá-la numa sacola gigante, embrulhada em papel de seda e tudo mais a que tinha direito.

— Aqui está — disse ela com aquele sorriso falso. — São oitenta e quatro dólares e noventa e nove centavos.

Dei meia-volta e olhei, com os olhos arregalados, para onde Kimberlee estivera apenas dois segundos antes, mas ela havia, convenientemente, desaparecido. Peguei meu cartão de crédito, feliz que minha mãe tivesse mencionado no dia anterior mesmo que eu deveria comprar umas roupas novas. Talvez ela entendesse.

Estava com medo de onde Kimberlee iria me levar em seguida, mas fiquei aliviado ao ver que ela me conduziu até uma loja chamada Blue Jeans Bar. Não podia ser tão ruim assim.

E não era... até ela me fazer comprar um cinto prateado cintilante.

— Combina com a camisa — protestou ela quando me recusei a sequer tocar no acessório cheio de brilho.

— E daí? Essa camisa é horrível!

— A camisa é incrível. Confie em mim.

— Confiar em você?

— Talvez seja a frase errada. — Ela fez uma pausa, pensando. — Acredite no meu senso de moda que nunca se enganou.

Meus ombros se encurvaram. De fato, era *ela* quem tinha ido a todas as festas de Harrison Hill antes.

Peguei o cinto.

— Eu sabia que você tinha bom senso — disse ela, saltitando em direção a um mostruário enorme de calças jeans folgadas e rasgadas.

Tentei argumentar contra o jeans desbotado e remendado que parecia exatamente igual aos que eu tinha em casa e, ainda mais enfaticamente, contra a jaqueta jeans que ela queria combinar com a calça. Mas, em se tratando da moda adotada pela elite de Santa Monica, eu não tinha a menor noção e, embora nunca tivesse visto Kimberlee usando nada além do uniforme, meio que supus que ela entendesse de moda.

Nem olhei para o valor total quando o caixa terminou de somar. Eu ia decidir se tinha ou não valido a pena depois da festa.

— Mais uma parada — disse Kimberlee, saindo para a rua.

— Não, não, não, não, não! — respondi o mais baixo que pude. — Não vou comprar sapatos — disse, interrompendo-a.

— O quê?

— Não vou comprar sapatos. — Apontei para as sacolas que estava carregando. — Isto é suficiente.

— Quem falou em sapatos?

Bem, era algo tranquilizador.

Eu a segui por mais alguns passos até entrar numa loja e fiquei parado ali uns bons segundos até perceber que estava rodeado de roupas íntimas de todos os formatos, tamanhos e cores que pudesse imaginar.

E algumas que minha imaginação jamais alcançaria.

As dez ou doze mulheres na loja estavam me encarando.

Congelei por alguns segundos antes de murmurar "desculpe" e sair correndo. Assim que cheguei à calçada em segurança, olhei para o letreiro da loja: LISA NORMAL LINGERIE. Perfeito. Kimberlee ataca novamente.

Kimberlee saiu da loja com aquela expressão de inocência com a qual eu estava ficando enjoativamente acostumado.

— Você não quer entrar e dar uma olhada comigo? — perguntou ela. — Não consigo exatamente mover os cabides sozinha.

— Você acha que eu tenho medo de pôr a mão em roupas íntimas? — explodi. Lembrando-me de que ninguém via Kimberlee além de mim, abaixei a voz e virei a esquina da loja. — Não é por causa da roupa íntima. É que você não para de fazer isso! De me colocar em situações estúpidas ou vergonhosas e, depois, age como se não fizesse a menor ideia de como aconteceu. Bem, eu *não* vou entrar lá para te fazer um favor depois de você fazer isso comigo. Não!

— Que seja. Você só não quer entrar numa loja de lingerie.

— Não tenho medo de sutiãs! — disse, sabendo, no mesmo instante em que as palavras saíam da minha boca, que parecia um completo idiota.

Kimberlee suspirou de forma teatral.

— Está bem. Vou ter que torcer para dar sorte com uma das compradoras.

— E eu não vou ficar aqui na calçada te esperando.

— Que seja — disse ela e entrou na loja sem olhar para trás. Peguei minhas sacolas e fui andando de volta para o carro. Ela podia muito bem voltar sozinha.

Dez

ÀS NOVE E MEIA DAQUELA noite, parei diante do espelho de corpo inteiro na porta do meu closet com uma roupa que ninguém, em sã consciência, descreveria como chique ou elegante.

— Estou ridículo — sussurrei para Kimberlee, que, como eu desconfiava, tinha reaparecido bem a tempo de "dirigir", como ela dizia, a minha transformação.

— Por favor — repreendeu Kimberlee. — Eu fui a *líder* da revolução da moda por aqui. Quando estava viva, não só usava roupas da moda; eu *criava* moda. Você está fantástico. Pare de reclamar.

Vi minhas sobrancelhas se arquearem no espelho.

— Essa roupa acentua sua forma física — insistiu Kimberlee, fazendo com a mão um gesto estranho de silhueta. Achei que estava era me fazendo parecer magricela.

Para começo de conversa, a calça era grande demais; a única coisa que a impedia de cair em volta dos meus tornozelos era aquele cinto brilhante medonho equilibrado nos ossos do meu quadril. A camisa estava coberta pela jaqueta jeans, que era pequena. Só chegava até a minha cintura e era apertada demais para que eu pudesse fechar o zíper na frente.

— Não é para aquecer — protestou Kimberlee quando observei aquilo. — É para dar estilo.

Pelo menos ela me deixou usar minhas botinas surradas Doc Martens.

— São praticamente *vintage* — disse ela, usando o mesmo adjetivo que, até aquela manhã, não fora suficientemente bom para minhas calças jeans e minhas camisas.

Pouco me importava como ela quisesse chamar minhas botas, desde que me deixasse usá-las.

— O.k. — disse Kimberlee depois de me analisar dos pés à cabeça.

— Vamos. — Ela fez uma pausa. — A não ser que você queira passar delineador... um pouquinho, talvez?

Meus olhos se arregalaram. *Nem que a vaca tussa.*

— Não achei que fosse querer mesmo — disse ela, indo para a porta.

— Vamos lá, então; vou te ensinar o atalho.

Aquela era a parte difícil.

— Hã... Kimberlee?

— Sim? — disse ela, distraída.

— Posso ir sozinho?

Ela fez uma pausa e se virou para me olhar.

— Sozinho?

Assenti.

— Por quê?

Dei de ombros.

— Eu ficaria mais à vontade.

Ela continuava me encarando.

Eu ia ter que contar a ela.

— Vou me encontrar com a Sera lá. — *Mais ou menos.*

Kimberlee se enrijeceu.

— Ela não vai a essas festas.

— Bem, ela vai a esta. Escute — eu disse, antes que Kimberlee pudesse falar —, eu sei que você não gosta dela. Então, acho que seria melhor para nós dois você não ficar por perto quando eu estiver com ela.

Ela riu, um som curto, condescendente.

— E você acha que isso irá acontecer com muita frequência?

— Talvez sim, talvez não. Mas vai acontecer hoje à noite e eu quero um pouco de privacidade.

Ela não disse nada.

— Kim — falei com o máximo de gentileza de que era capaz.

— Kimberlee — corrigiu ela, mas parecia mais magoada do que com raiva.
— Não acho que seja muito pedir uma noite sozinho.
— Está bem — resmungou ela. — Vá. — Ela se jogou na minha cama.
— Kimberlee? — disse, com hesitação. — Você quer que eu... ligue a TV para você ou algo assim?
— Apenas vá embora — disse ela, dando-me as costas.

Abri a boca para me explicar mais, mas, depois do inferno pelo qual ela tinha me feito passar, decidi que devia aproveitar a chance de ir e ter a esperança de que ela não mudasse de ideia. Pus a mão na porta e estava prestes a girar a maçaneta quando Kimberlee disse, muito baixinho:
— Espere.

Olhei para ela e ela parecia um pouco surpresa por ter falado.
— O quê? — perguntei, sem me dar ao trabalho de disfarçar a irritação.

Ela baixou as sobrancelhas por um segundo e, então, disse:
— Vá com cuidado.
— Sim, mamãe — resmunguei baixinho.
— E fique longe do Langdon — acrescentou ela, com pressa.
— Langdon? — perguntei, minha mão apertando a maçaneta. Eu ainda não tinha contado a ela que fora Langdon quem me convidara. — Pensei que vocês fossem amigos íntimos.
— E éramos — disse Kimberlee, fazendo-me pensar que havia muito mais por trás *daquela* história. — É por isso que eu sei que ele é um bêbado maldoso. — A preocupação desapareceu de seu rosto quando ela jogou o cabelo para trás. — Só fique fora do caminho dele.

Eu não estava cem por cento confiante de que Kimberlee não tinha me vestido como um palhaço por vingança. Então, quando cheguei à festa em volta da fogueira, saí bem devagar do carro e fui andando com os ombros encurvados. Mas, para minha surpresa, a maioria dos caras ali parecia clones meus; alguns tinham até cinto com brilhos. Quando alguém colocou um copão de plástico vermelho cheio de cerveja na minha mão, eu já estava me sentindo bem mais confiante. Olhei para o líquido âmbar espumoso que quase chegava à borda do copo enorme e farejei um pouco, hesitando.

Agora, não é que eu nunca tivesse bebido álcool antes. Sempre tomava um pouco de champanhe no Natal e, às vezes, um copo de vinho no jantar. Mas nunca tinha tomado cerveja. Lá em Phoenix, eu e os meus amigos estávamos planejando dar uma festa quando a escola terminasse; portanto, era algo a acontecer no meu futuro, mas nenhum de nós ainda tinha criado coragem para comprar uma cerveja sozinho.

Não tinha cheiro muito parecido com vinho. Mas todo mundo ali estava mandando para dentro como se fosse crack líquido; não podia ser tão ruim assim. Certo?

Certo.

Respirei fundo e tomei um golão. Blargh! *Engula, simplesmente engula.* Finalmente consegui fazer descer e olhei em volta para os demais convidados com um novo olhar. *O que passa pela cabeça dessa gente? Isto aqui é asqueroso.* Talvez o segundo gole não fosse tão ruim, agora que eu já sabia o que esperar; além disso, eu também não tinha gostado de vinho logo de cara. Dessa vez, tomei um gole menor. *Humm, não melhorou muito. Talvez só um pouquinho.* Bebi de novo. Faltava alguma coisa. *Açúcar?* Tentei um pouco mais. *Sal,* decidi, mas duvidava que fosse encontrar por ali. Teria que ir simplesmente bebendo e andando e bebendo e andando enquanto esperava Sera aparecer.

Conforme andava pelo lugar, vi rostos conhecidos por toda parte. Em retrospecto, pensei que talvez devesse ter levado uma mochila cheia de sacos da cleptocaverna de Kimberlee. Podia ter devolvido uns vinte sacos para as pessoas que estavam bêbadas demais para lembrarem no dia seguinte quem tinha dado aquilo para elas.

Se bem que, por alguma razão, não conseguia imaginar Kimberlee muito feliz com *esse* plano. Ah, paciência.

No fim, terminei minha cerveja e consegui pegar um pouco mais, fresca do barril. Tomei um gole e fiz uma nota mental muito importante para mim mesmo: cerveja é melhor gelada. Quem tinha me dado cerveja quente antes? Não me lembrava. Mas gelada era muito melhor.

"Melhor" relativamente falando, é claro; ainda era asqueroso.

— Eeeeeei, amigão — ouvi alguém dizer, arrastado, enquanto um braço enorme descia sobre os meus ombros.

Olhei para o rosto sorridente de Langdon. Tinha quase me esquecido dele.

— Estava esperando que você viesse — disse ele.

— Ei... Lang — respondi, retribuindo o sorriso.

Ele ergueu o copo na minha direção e eu o toquei com o meu. Saúde.

— É seu primeiro? — perguntou Langdon.

— Segundo.

— Precisamos dar um jeito nisso — disse Langdon com uma risada, fazendo-me andar. Na direção contrária à do barril. Resisti um pouco, sem saber ao certo se queria abandonar a segurança das massas. E, bem, eu queria ficar de olho para quando Sera chegasse. Mas o braço de Langdon era realmente pesado.

Por sorte, não abandonamos a multidão, apenas nos afastamos um pouco.

— Tá com eles aí? — perguntou Langdon a um cara que estava distribuindo doses de bebida tiradas de uma caixa onde havia uma porção de garrafas semiescondidas.

— Claro — resmungou o cara e ergueu um isopor cheio de potinhos plásticos com gelatina.

Bem, não era *exatamente* gelatina. Era gelatina alcoólica, em copinhos plásticos. Eu sabia o que era, embora nunca houvesse experimentado antes. Olhei para a minha cerveja e, depois, para o mostruário colorido de copinhos de gelatina alcoólica. Eu não era muito fã de gelatina, mas qualquer coisa era melhor que cerveja.

Passei a hora seguinte ouvindo Langdon e seus amigos fazerem piadas bobas enquanto eu acalentava minha cerveja até o gosto ficar ruim demais e, depois, trocava por gelatina alcoólica — Langdon tinha sempre uma à mão para mim — para tirar o gosto ruim da boca. Então, só porque tomar cerveja parecia ser a coisa "certa" a se fazer numa festa do chope, eu me resignava a começar outro copo. Depois de tomar umas e outras, o gosto da cerveja já não parecia tão ruim assim. Na verdade, estava começando a ficar bom. E as piadas de Langdon estavam até começando a ficar engraçadas.

Perdi a noção da hora e dei um pulo quando Sera se aproximou de mim e tocou no meu braço.

— O-o-o-o-o-o-i — falei, a voz arrastada.

Aqueles olhos verdes maravilhosos olharam para mim e, então, se reviraram.

— Você está completamente bêbado.

Droga.

— É — respondi, com um sorriso torto. — Mas, tudo bem, porque você pode ficar com esta aqui. — Entreguei a ela o resto da minha cerveja.

— Obrigada — disse ela, secamente, e despejou tudo no chão.

— Quer um drinque de gelatina?

— Tá... tudo bem — disse ela. Então ela olhou para Langdon e, juro, a temperatura caiu uns graus. — Langdon, eu não diria que é um prazer vê-lo, mas, enfim, olá.

Sutil.

O ego de Langdon pareceu desinflar por um segundo, mas ele se recuperou depressa.

— Sera, minha animadora de torcida predileta. Veio se juntar às festividades desta vez?

— Acho que você sabe que não devia nem sequer perguntar — disse Sera com frieza. Ela pegou um copinho de gelatina, balançando-o levemente. — Drinque de gelatina? Sério? Foi isso que você passou a tomar?

— Cara, é uma *delícia* — disse eu.

— É — disse ela, segurando o copinho com dois dedos antes de devolvê-lo à mesa e dando as costas para Langdon. — Quantos destes você já tomou?

Quantos eu tinha tomado? Tentei contar, mas, de repente, não tinha muita certeza. Quatro? Cinco? Vinte e oito? Não fazia a menor ideia.

— Foi o que pensei — respondeu ela, diante do meu silêncio. — Está pronto para irmos?

— Ir? Aonde?

— Você está bêbado. Vou te levar para casa.

— Não — disse eu, tentando parecer charmoso. — Eu é que devia levar *você* para casa. — E toquei com o dedo na ponta do nariz dela. Ou, pelo menos, era essa a intenção. Fico feliz por não ter enfiado o dedo em seu olho.

Ela deu um sorriso condescendente.

— Pois é, acho que esta noite não está muito boa para isso. Vamos.

— Ei, ele não quer ir. — Senti aquele braço pesado novamente em volta dos meus ombros. — Ele quer curtir a festa. Não é mesmo, amigão?

— Cale essa boca, Langdon — retrucou Sera. — Jeff, onde estão as chaves do seu carro?

— Sem chance, Barbie — disse Langdon e, de repente, ele já não parecia mais tão bêbado. Ou tão alegre. — Você acha que pode aparecer aqui e estragar nossa diversão? Pode voltar para a sua toca.

Aquele tom na voz dele me trouxe à mente, de um só golpe, as palavras de Kimberlee. *Bêbado maldoso.* Agora eu estava vendo.

— Sabe, quando ouvi dizer que você tinha convidado o Jeff, tive esperança de que fosse só um convite eventual... que você tivesse deixado para trás essa estupidez. Mas nós dois sabemos aonde isso vai parar e nem morta eu vou deixar o Jeff aqui com você.

— E você acha que eu vou simplesmente permitir que isso aconteça? — perguntou Langdon, empertigando-se para ficar mais alto do que ela.

Sera nem sequer piscou.

— Está vendo isto aqui? — disse ela, mostrando alguma coisa preta e... lustrosa? *Ah, é um celular! E brilha.* — Estou a um toque de chamar o Khail se você não largar o Jeff neste instante. Não estou disposta a tolerar suas idiotices hoje.

Eu não sabia por que aquilo era uma ameaça tão grande, mas, depois de um segundo, o braço de Langdon deixou meus ombros. Ele parecia estar furioso, mas não tentou impedir Sera quando ela agarrou minha mão e foi me puxando para longe.

Eu me virei para dar um tchauzinho, mas Langdon só olhou feio para mim com um nível de ódio que não combinava com o cara sorridente que vinha me dando drinques de gelatina durante a última hora. E eu estava bêbado demais para que aquilo fizesse algum sentido.

— Me dê as chaves — disse Sera ao me arrastar até o estacionamento de terra onde todos os carros estavam parados. — Vim de carona com Brynley e ela ainda não quer ir embora.

— Ah, não — disse eu, cobrindo o bolso com a mão. — Ninguém além de mim dirige a Halle.

Ela me olhou por um longo momento antes de sorrir e dizer:

— Bem, talvez eu possa te fazer mudar de ideia.

Gostei daquilo.

Ela segurou a minha mão e me puxou mais perto.

— Você gosta de mim, não gosta, Jeff?

— Claro.

— Não vai se importar se eu fizer isso, vai? — Ela deslizou a mão pela lateral do meu quadril.

— Nãããããão — *Oh, por favor, não quero que isso termine nunca mais.*

— Você podia passar os braços em volta de mim.

Eu estava no céu. Minhas mãos foram escorregando por sua cintura e pararam exatamente sobre suas nádegas. *Ah, sim.*

— A-hã.

Olhei para ela com o que esperava que fosse uma expressão neutra convincente.

— Um pouco mais para cima, ou você terá que ir para casa *a pé* — disse ela, com um sorriso rígido.

Subi as mãos alguns centímetros.

— Muito melhor assim.

A mão dela estava fazendo alguma coisa no meu quadril, mas eu estava ocupado demais tentando olhar em seus olhos. Se pelo menos ela ficasse parada!

— Você é linda.

— Ah, é?

— É. Quero beijar você desde o primeiro instante que te vi.

— Verdade?

— Hã-hã. — Se eu não aproveitasse essa chance, talvez não tivesse outra. Aproximei meu rosto, e ela não recuou. Eu estava quase lá e deixei meus olhos se fecharem quando ela deu um passo para trás e algo faiscante e tilintante foi sacudido diante do meu rosto.

Olha, chaves!

Oh... são as minhas chaves.

— Está bem — disse ela. — Vamos embora.

Eu sou um mané mesmo.

Onze

EU NÃO DISSE MAIS nem uma palavra até estarmos os dois em segurança dentro do meu carro.

— Tem certeza de que sabe dirigir carro com câmbio manual? — perguntei quando ela apertou a embreagem e virou a chave.

Ela mal olhou para mim conforme saía da vaga do estacionamento.

— Acho que consigo me virar — disse ela, acelerando e mudando a marcha graciosamente de primeira direto para terceira. Sem nem tirar os olhos da estrada, ela trocou a estação do rádio, diminuiu o nível do grave no som e piscou o farol alto para um carro que se aproximava na direção contrária, como se conhecesse todos os botões do meu carro.

— Você já fez isso antes — falei, sem conseguir formular uma frase mais coerente.

Ela riu.

— Meu pai tem um destes. Eu o dirijo o tempo todo.

E eu que achava que meu carro fosse muito especial.

Enquanto fazíamos as curvas do caminho de volta a Santa Monica, comecei a me sentir um pouco enjoado. Não sei direito como eu tinha imaginado voltar para casa. Acho que não tinha planejado tomar mais de uma cerveja. Realmente, foi muito bom que Sera tivesse ido me resgatar.

Inclinei o assento para trás e virei a cabeça apenas o suficiente para olhar para ela. As luzes da rua caíam sobre seu rosto conforme ela dirigia, fazendo-a parecer um pouco irreal. Ou, talvez, mais do que real.

VIDA APÓS O ROUBO

Ela tinha ido além do esperado por mim hoje. Ou realmente gostava de mim ou era incrivelmente simpática. Talvez um pouco das duas coisas.

Viramos mais algumas curvas e percebi que meu estômago estava começando a ficar com raiva de mim. Devo ter ficado com cara de enjoado porque Sera parou o carro em frente a uma espécie de parque.

— Vamos — disse ela, abrindo a porta do seu lado e caminhando até um parquinho infantil.

Eu me senti muito melhor com o ar fresco.

Fomos até os balanços e, enquanto Sera se balançava com força, eu meio que fingia balançar um pouquinho. O alívio inicial do ar fresco estava lentamente dando lugar à náusea. Após uns dez minutos, tive que fincar os pés na areia para parar completamente de balançar. Qualquer movimento fazia com que me sentisse pior.

Sera olhou para mim e, então, deu um salto, jogando-se do seu balanço e aterrissando ao que parecia ser uns trinta metros de distância.

— Uau — eu disse, antes de cobrir a boca com a mão.

— Vamos — disse Sera, puxando meu braço. — Você vai se sentir melhor depois de vomitar e as crianças que brincam aqui vão se sentir melhor se você não o fizer em cima dos balanços.

Eu não podia abrir a boca para discutir.

Ela me puxou até um tambor grande de lixo e foi gentil o bastante para se afastar um pouco enquanto eu vomitava o que parecia ser um oceano de cerveja.

Eu certamente não bebi tudo isso.

Nem comi tanta gelatina...

... ou sim?

Quando finalmente consegui me endireitar, meu alívio físico deu lugar ao constrangimento. Constrangimento *extremo*. Aqui estava eu, vomitando até as tripas na frente de uma das meninas mais bonitas que já tinha conhecido. Agora só faltava Kimberlee aparecer e começar a rir de mim.

Finalmente me virei para Sera.

— Desculpe — resmunguei.

— Tudo bem — disse ela. — O verdadeiro teste é se você vai encher a cara de novo na próxima vez que o Langdon der uma festa.

Fiz uma careta e balancei a cabeça para a frente e para trás.

— Não, obrigado.

Sera vasculhou em sua bolsa por alguns segundos.

— Tome — disse ela, oferecendo um pacote de lenços de papel e um frasco tamanho viagem de Listerine. — Já tinha separado isso para você.

Olhei para aquilo por um longo tempo, sentindo-me de repente muito sóbrio.

— Você sabia que eu ia dar uma de idiota — murmurei.

— Bem, eu não *sabia*. Procuro dar a todo mundo o benefício da dúvida. Mas praticamente todo mundo cai no encanto de ser o *convidado de honra* de Langdon — disse ela e, então, deu de ombros. — Eu mesma caí.

— Sério?

Ela deu um sorriso rígido e assentiu.

— Fim da temporada de futebol no meu primeiro ano... na festa para comemorar o último jogo. — Ela se virou e começou a subir um morro gramado. Eu bochechei com Listerine e cuspi o líquido forte antes de segui-la. Fiquei alguns passos atrás dela conforme subia o morro, bochechando com o enxaguatório o tempo inteiro.

Quando finalmente chegamos ao topo, o frasco já estava vazio, eu sentia minha boca limpa, com meu estômago já voltando ao normal. O ar estava fresco e revigorante, e senti uma segunda chance surgir à minha frente.

— Langdon me convidou pessoalmente. Eu me senti o máximo. Ele foi me dando doses de Jägermeister até eu perder a conta. E sei que continuei tomando por um bom tempo, depois disso. — Ela chegou ao topo do morro e se sentou na grama.

— Jägermeister?

— Pois é, pode crer: os drinques de gelatina são muito mais... gentis. Mas eu estava no primeiro ano e queria ser popular; então fui tomando até o gosto começar a ficar bom.

Isso me parece familiar. Sentei-me ao lado dela, perto o bastante para que nossas coxas se tocassem.

— Então você também ficou bêbada e vomitou em tudo?

Ela deu uma risada súbita.

— Bem que eu queria que tivesse sido tão simples assim. Sim, fiquei bêbada e, sim, a certa altura, vomitei tudo. Mas Khail tinha descoberto com alguém os planos de Langdon. Eles iam me embebedar o suficiente para poder me fazer de idiota na frente de todo mundo. Suponho que fosse envolver fotos também.

— O que aconteceu? — sussurrei, quase com medo da resposta.

Mas ela sorriu.

— O Khail me resgatou.

— Como você fez comigo hoje? — falei, com um sorriso.

— Não, hoje eu apenas intervim. Khail teve que realmente me *resgatar*. Quando ele finalmente me encontrou, ficou claro que eu estava muito mal. Ele me arrastou e me colocou no carro dele. Eu estava praticamente desmaiada, mas me contaram depois que ele... fez um estrago mais ou menos no Langdon. Quebrou o nariz dele, amoleceu um ou dois dentes. Ele estava com os dois olhos roxos quando foi para a escola na segunda-feira.

— Parece que mereceu.

— Ah, mereceu, sim — disse ela, séria. — Mas se o Langdon não tivesse ficado com medo de dizer alguma coisa, podia ter causado problemas sérios para Khail. Esse é o tipo de coisa que ninguém quer ver escrito no seu histórico. Meu irmão se arriscou muito por mim, ao dar uma lição em Langdon.

Assenti com tristeza.

— Mas terminou tudo bem.

— Sim. Langdon mal me dirigiu uma palavra desde então e... — Ela hesitou e, então, pareceu mudar de ideia. — Digamos apenas que todo mundo recebeu o que merecia.

Ela sorriu para mim, mas seu sorriso estava rígido.

— Agora é uma tradição de Harrison Hill. Alguém é a vítima do humor bêbado de todos os outros. Não é... muito bonito. E eu nunca consegui descobrir quem seria a vítima a tempo de ajudar. Fico contente por tê-lo feito hoje — disse ela, olhando para o céu.

Meu estômago se azedou de novo. Não era de admirar que ela tivesse prestado tanta atenção de repente, quando eu disse que Langdon tinha me convidado.

Eu queria que ela achasse que eu era popular. E, durante o tempo todo, ela sabia a verdade.

Ela se virou para mim, e a lua iluminou sua pele clara. Ela tinha sardas que, provavelmente, detestava — aparentemente, todas as meninas detestam —, mas eu gostava.

— Que bom que você ficou bem. Fico feliz que o Khail estivesse lá.

— Eu também — disse ela baixinho.

O momento pareceu sério e cogitei lhe dar um beijo, mas parecia não ter passado tempo suficiente desde que eu... bem, vomitara todo meu orgulho junto com a cerveja e a gelatina. Então, em vez disso, passei as mãos pelo cabelo, sentindo as pontas duras de gel se transformarem na bagunça macia com que eu estava acostumado.

Ela olhou para mim e sorriu.

— Faltou um pedacinho — disse, baixinho. Então, estendeu a mão e esfregou meu cabelo, suavizando mais algumas pontas duras. — Pronto — disse ela, depois de alguns momentos. — Muito melhor.

— *Assim* é melhor?

Ela assentiu e riu, puxando minha jaqueta jeans.

— E não vou nem começar a falar da sua roupa.

— Você não gostou? — Introduza aqui o efeito sonoro do que restava da minha autoconfiança se partindo em sete bilhões de caquinhos.

— É legal — disse ela, dando de ombros —, só acho que não é *você*. Quer dizer, na primeira vez que te vi, você parecia... à vontade. Ninguém em Santa Monica fica à vontade. Você estava de All Star e parecia tão à vontade quanto é possível ficar naquele nosso uniforme estúpido.

Então, alguma coisa aconteceu... talvez os alunos de Whitestone tenham te influenciado... mas você mudou completamente. O cabelo esquisito, o look metrossexual.

— Espere um pouco — falei e minha mente estava tentando fazer uma conexão que eu ainda estava bêbado demais para conseguir facilmente. — Você me notou no meu primeiro dia? Tipo, antes de eu fazer isso no cabelo — acrescentei apontando para o meu cabelo "arruinado".

Sera baixou os olhos para o colo e, mesmo na escuridão, vi seu rosto se enrubescer.

— Eu sou monitora na escola — disse ela, de forma evasiva. — Eu noto todos os alunos novos.

Claro que sim.

— Está bem, chega de esquisitice — disse eu, com um sorriso. — Isso eu consigo fazer.

Ela passou os dedos pelo meu queixo.

— Disto eu gosto, porém.

A barba por fazer. Ponto pra mim!

— Faz você parecer mais...

— Viril? — sugeri.

— Eu estava pensando em algo como *descontraído* — disse Sera, rindo.

Hesitei, mas concluí que não tinha nada a perder sendo honesto.

— Eu só queria impressionar você hoje.

Ela levantou uma sobrancelha.

— É verdade, eu vi você aquela primeira vez e...

— No dia em que você achou que eu era namorada do Khail? — ela provocou.

Suspirei.

— Eu deduzi que, como você era uma animadora de torcida muito popular, ia gostar deste tipo de cara — disse eu, indicando minhas roupas.

Sera riu novamente e balançou a cabeça.

— Não sou exatamente uma animadora típica. Nem gosto muito da atividade em si. Mas me dá a chance de treinar e competir em ginástica.

— E você não pode fazer isso na... aula de ginástica?

Ela desviou o olhar.

— É meio complicado. Eu... estava na aula de ginástica. Estava treinando para competir em nível nacional, mas tirei alguns anos de folga justamente quando o treinamento era mais importante. Portanto, basicamente, fiquei para trás. Não é fácil recuperar o tempo perdido, pode crer. Tenho um treinador particular agora, mas não posso competir nem nada parecido. — Ela deu de ombros e sorriu com tristeza. — Algum dia, talvez eu seja boa o bastante para entrar numa equipe universitária, mas, no momento, não sou tão boa assim e é estranho competir contra meninas de treze anos. Então, em vez disso, eu sou animadora de torcida.

— Por que você tirou esse tempo de folga, se o treinamento era tão importante assim?

Sera desconversou.

— Aconteceu.

Ficamos calados por alguns minutos antes de eu me inclinar e bater com o ombro no ombro dela.

— Então, quer dizer que você não gosta desse lance de caras que andam na moda e tal? — perguntei.

Ela balançou a cabeça.

— Não.

Despenteei meu cabelo um pouco mais.

— Que alívio.

Ela sorriu e olhou para mim.

— O que você teria vestido hoje se não estivesse tentando me impressionar?

— Jeans. Uma das minhas camisetas *vintage*. Um moletom com capuz. É o que normalmente uso.

— É exatamente como eu imaginei você.

Minha cabeça ainda estava girando e, embora eu desconfiasse que não era só pela companhia, disse mesmo assim (podia nunca ter outra chance):

— Sinceramente? Eu provavelmente não teria ido à festa se você não tivesse concordado em aparecer por lá.

— Ah, é?

— Te-tem alguma coisa em você... alguma coisa diferente — gaguejei. — Venho querendo te conhecer desde a primeira vez que te vi no corredor.

Levantei a mão e deixei meus dedos deslizarem pelo rosto dela. Não sei de onde tirei a coragem, mas minha mão deslizou por trás do pescoço dela e deixei minha cabeça tombar adiante até as testas se tocarem.

— Hum — disse Sera, hesitante —, você está seriamente tentando me beijar, depois de ter vomitado no latão de lixo quinze minutos atrás?

Congelei.

— Não?

Ela sorriu.

— Sei, vou acreditar. — Ela estendeu a mão e apertou meu braço enquanto afastava a cabeça da minha. — Talvez em outra oportunidade — disse baixinho.

Por ora, é o bastante.

Observamos as seis ou sete estrelas que lutavam para brilhar através da poluição e das luzes de Santa Monica e rimos quando uma das "estrelas" voou para longe. Conversamos preguiçosamente sobre nada até que Sera gemeu e tirou a mão do bolso. O brilho azul suave de seu Rolex nos trouxe de volta à Terra.

— É quase uma hora. Esse é meu horário de voltar nos finais de semana. — Ela olhou para mim. — Acho que você ainda não está pronto para voltar a dirigir. Vou te levar para casa e pedir para o Khail ir me buscar.

Sacudi a cabeça, melancólico.

— Eu estaria bem se não fosse por aqueles drinques de gelatina.

— Quantos você tomou?

Sorri para ela, envergonhado.

— Depois de uns tantos fica muito difícil lembrar.

Ela riu e me cutucou no estômago.

— Você é um fracote mesmo.

— E você não? — retruquei, dando uma cotovelada de leve em suas costelas.

Ela revirou os olhos. Eu me levantei e estendi a mão para ajudá-la a se levantar.

— Obrigado — falei. — Por... tudo.

Ela hesitou.

— Jeff?

— Sim?

— Na próxima vez que houver uma festa importante, em vez de ir à festa você não quer vir bater papo comigo?

— É sério?

Ela encolheu um ombro.

— Você é legal. Diferente — disse ela, olhando-me de soslaio —, mas legal.

— Claro que quero — prometi. — Isso aqui foi muito melhor do que qualquer festa poderia ter sido.

E, com um sorriso como o dela, eu nem precisava de cerveja para ficar zonzo.

Doze

— ONDE DIABOS você estava?

A voz ressoou dolorosamente pelo meu crânio enquanto eu tentava abrir os olhos. No instante em que eles se depararam com a luz ofuscante da manhã, voltei a fechá-los.

— Então?

Esse, definitivamente, não era o jeito que a minha mãe costumava falar comigo... nem quando eu fazia coisa errada. Cobri os olhos com as mãos e espiei entre os dedos. *Sim, era Kimberlee.*

— O que você tem a ver com isso? — resmunguei e afundei o rosto no travesseiro.

— Fiquei entediada e fui até a festa; não estava seguindo você nem nada, fui para ver outras pessoas. E você havia sumido! Não tinha ideia do que tinha acontecido com você. Morto na estrada, raptado e estuprado pelos integrantes do clube de xadrez... sei lá!

Levantei a cabeça por alguns segundos, sem energia sequer para ficar bravo com ela por ter descumprido sua promessa.

— Ah, você se importa. Que bonitinha. Dá para calar a boca agora? — Afundei novamente no travesseiro. Minha cabeça latejava e cada palavra que ela dizia ecoava dentro dela como uma bola de squash.

Ela continuava andando de um lado para outro e gritando, mas não ouvi muito depois disso. Puxei o travesseiro por cima da cabeça e, no silêncio relativo, consegui voltar a dormir.

Quando acordei novamente, ela tinha ido embora.

Graças a Deus.

Meu estômago roncou e eu olhei para o relógio: uma da tarde. *Droga.*

Cambaleei para fora da cama, desci a escada tropeçando pelo caminho e fixei a mira no bule de café... que, por sorte, ainda continha algumas xícaras. Era exatamente o que eu precisava naquela manhã. Tarde. Sei lá.

Quando minha mão tocou na cafeteira, minha mãe disse:

— Nada disso, Jeff. Café só vai desidratar você.

Dei meia-volta e quase derrubei a caneca quando as luzes da cozinha riscaram meu campo de visão.

A risada musical da minha mãe penetrou nos meus ouvidos como um martelo quebrando uma vidraça.

— Desculpe, não quis assustar você. — Ela indicou a cadeira em frente. — Sente-se.

Fiz o que ela mandou e deitei o rosto na superfície fria da mesa. Estava quase passando para o sono de novo quando minha mãe tocou no meu ombro.

— Confie em mim, isto aqui é melhor.

Levantei a cabeça e vi um copo grande de suco de tomate, um bagel com cream cheese de morango, um copo menor de suco de laranja e dois comprimidos brancos. Apontei para os comprimidos e murmurei:

— Hã?

— Para a dor de cabeça.

Cara, eu estava realmente encrencado. O bagel pelo menos parecia comível. Mordisquei um lado para evitar pensar no suco de tomate gigante.

— Tome os dois copos... você precisa de líquidos e eletrólitos.

Assenti como se estivéssemos discutindo o clima, em vez da minha noitada de bebedeira — ou de, hã... tomação de gelatina —, sendo menor de idade. Peguei o copo grande de suco de tomate e me forcei a dar dois goles.

Quando terminei o bagel e os dois copos de suco, já não me sentia mais batendo às portas da morte... era mais como se estivesse esperando na portaria. Minha mãe me preparou mais um bagel com cream cheese e trouxe junto com um copo de água.

— Então — começou ela —, quer me contar sobre ontem à noite?

Gemi e afundei a cabeça nas mãos.

— Não quero nem *pensar* sobre ontem à noite. Foi horrível.

— Quanto você bebeu?

— Mais ou menos metade do que vomitei.

Ela riu.

Eu me encolhi.

— Desculpe.

— Foi culpa minha. — Eis um fato curioso: já me livrei de mais castigos com essas três palavras do que você poderia imaginar.

— Foi, sim.

— Como você soube?

— Fui pegar suas roupas para lavar enquanto você estava dormindo e tudo fedia a fumaça e cerveja; essa foi a primeira pista. Mas, principalmente, porque tentei acordar você e você nem sequer se mexeu. — Ela parecia achar graça. — Também havia muito ronco e baba.

Não havia muito que eu pudesse argumentar contra aquilo.

Então, ela fez sua "cara de mãe". A cara de "Jeff fez coisa errada".

— Como você chegou em casa? Seu carro está aqui; espero que não tenha dirigido bêbado. Há consequências muito sérias para isso. E nem estou me referindo à lei.

— Alguém me trouxe em casa.

— No *seu* carro?

Pousei o rosto novamente na mesa fria.

— Hã-hã.

— Esse alguém estava bêbado na hora?

— Não, ela não bebe.

Minha mãe se inclinou, apoiando os cotovelos na mesa.

— Ela? Uma menina?
Ela nunca mais vai parar de falar sobre isso. Assenti.
— Uma menina especial?
— Talvez.
Minha mãe assentiu, devagar.
— Muito bem. Então, você não dirigiu embriagado. E aí, o que achou de ficar bêbado?
— Horrível.
— Quão horrível?
— Muito. Mas não tanto quanto a ressaca. Estou morrendo, mãe.
— Eu diria que essa é uma consequência bastante boa, você não acha?
Assenti.
— Você ainda não se livrou totalmente — advertiu minha mãe. — Ainda há consequências por vir depois que eu conversar com o seu pai, mas, por ora, acho que você já está se castigando o suficiente.
— Obrigado — resmunguei.
— Não me agradeça ainda. Parte do seu castigo, definitivamente, será me contar mais a respeito dessa menina que ficou com pena de você.
Suspirei, derrotado, e cobri os olhos com as mãos.

— Espero que tenha se divertido ontem à noite — disse Kimberlee do outro lado do quarto, enquanto eu tentava calçar as meias.
Caí da cama de susto.
Detesto ressacas. Mais do que gravatas. Mais do que crachás de identificação. Talvez até mais do que fantasmas maldosos e cleptomaníacos.
— Então?
— Então, o quê?
— Como foi?

— A festa foi uma droga e eu não entendo o que as pessoas veem em cerveja.

Kimberlee zombou:

— A Sera te deu um chega pra lá, né?

Sorri.

— Não. Ela me salvou da cerveja.

Meu celular tocou e remexi desesperadamente na calça jeans para encontrá-lo. Só queria que aquele barulho ensurdecedor parasse. Finalmente o encontrei e apertei o botão para atender.

— Alô?

— Jeff?

Sera! Minha ressaca pareceu desaparecer no ar. Bem, metade dela, pelo menos. Talvez um quarto.

— Oi, como vão as coisas?

— Bem — respondeu Sera. — Só queria ver se você estava bem.

— Melhor agora.

Kimberlee fez de conta que enfiava o dedo na garganta e entrou no meu closet. Atravessando a porta, é claro.

— Como você conseguiu o número do meu telefone?

— Eu já disse: sou monitora na escola.

Eu ri.

— Você *roubou*?

— Sou uma ótima ladra. — Gostaria que Sera pudesse imaginar ao menos uma fração da ironia que havia naquelas palavras.

Levei alguns segundos para perceber que, como não havia aula hoje, ela devia ter pegado meu número *antes* da festa. Legal.

Certamente havia alguma resposta fantástica e mordaz que eu pudesse dar para aquilo, mas tudo em que pude pensar foi:

— Pois é. — *Que idiota.*

— Você está se sentindo bem?

— Melhor do que estava há uma hora.

— Bem o bastante para fazer alguma coisa esta noite?

— Depende do que você estiver pensando — provoquei, sabendo que iria topar qualquer coisa que não fosse, talvez, furar os próprios olhos com agulhas em brasa.

E, ainda assim, se fosse envolver um rala e rola, eu iria pensar seriamente no assunto.

— Não tenho nada planejado, mas alguns filmes legais estão passando no cinema. E eu sou do tipo de menina que gosta de comer; então, quando digo que compro a pipoca se você comprar as entradas, dá exatamente meio a meio.

Meio a meio? Até parece que eu ia deixar essa menina pagar *alguma coisa*.

— Está bem, combinado — respondi. Minha cabeça começou a girar. Então deitei por cima do edredom com a triste constatação de que não iria a lugar algum num futuro próximo. Olhei para o relógio. Uma e quarenta e oito da tarde. — Que tal lá pelas sete?

— Então, o que aconteceu *exatamente* ontem à noite? — perguntou Kimberlee, reaparecendo no instante em que desliguei. — Você disse que a festa foi uma droga e, agora, vai sair para um encontro com uma garota que *notoriamente* não vai a festas. Você ao menos foi? — perguntou ela com aquele tipo de tom que minha mãe usaria para perguntar se fugi do jantar com meus avós. — Porque, se você foi convidado por Neil e não foi, *nunca mais* será convidado. Eu dei um duro danado para te arrumar e você, como sempre, foi um ingrato e eu deveria saber que você iria estragar tudo por causa dessa garota idiota...

— Pare! — consegui finalmente dizer, interrompendo sua torrente de palavras. — Eu fui à festa, tá bom?

— Então, o que aconteceu?

Tombei sobre a cama, fechando novamente os olhos.

— Eu fui, o Langdon me embebedou, e a Sera me resgatou.

— Langdon? E o Neil? Eu te disse para ficar longe de Langdon.

— Neil não me convidou... foi o Langdon — respondi, ainda sem abrir os olhos.

— Você mentiu para mim?

Nem sequer tive energia para honrar aquela pergunta com uma resposta.

— Por que você não me disse? — indagou ela, a voz ficando mais aguda.

— Três palavras — respondi, tentando desesperadamente agarrar a ponta do cobertor para cobrir a cabeça. — Convidado de honra.

Aquilo a fez calar a boca. Bem, por alguns segundos.

— Langdon chamou você para a festa como convidado de honra dele? — disse ela, baixinho.

— Sim — respondi debaixo do edredom. — Obrigado por me avisar, viu?

Ela ficou em silêncio por uns bons trinta segundos. Esperei que estivesse se sentindo culpada.

— Eu aqui encalhada com o mané que foi levado a Harrison Hill para ser o convidado de honra de Langdon. Estou no inferno *mesmo*.

Meus olhos se abriram com tudo e olhei para ela.

— Sério? — grasnei. — Quase me queimei na frente de todo mundo e você está preocupada com a sua reputação? A qual, a propósito, não tem a menor importância porque você está *morta*? — Talvez estivéssemos *os dois* no inferno.

— Ah, lógico — disse Kimberlee. — Pode jogar isso na minha cara. É muito justo mesmo.

— Não estou tentando *jogar* coisa alguma. Só estou dizendo que você podia ter me avisado que o Langdon é um babaca e dito para eu ficar *sempre* longe dele, não só quando ele estivesse bêbado.

— Ei, o Langdon é um cara legal.

— Não, Kimberlee, não é! Ele é um sociopata. Qualquer pessoa capaz de embebedar os outros só para rir deles é um imbecil sem qualquer valor. Ponto final. Fim de caso.

Kimberlee fechou a boca de repente e apertou o maxilar. Por um momento assustador pensei que ela fosse começar a gritar novamente. Então, por alguma razão, ela rompeu em lágrimas e foi embora.

Jamais vou entender as meninas.

Treze

QUANDO CHEGUEI À casa de Sera, tudo que consegui fazer foi ficar sentado no meu carro, olhando. Aquilo não era uma casa. Era um cruzamento de mansão com castelo. Um manstelo. Nem a casa de Kimberlee era tão grande assim.

Ao final de uma calçada serpenteante, quase fiquei surpreso por encontrar uma porta dupla de madeira em vez de uma ponte levadiça. Tentei decidir se era mais apropriado bater ou tocar a campainha e cogitei brevemente se haveria um mordomo.

Finalmente decidi que, a não ser que *realmente* houvesse um mordomo parado a um metro da porta, ninguém jamais iria me ouvir bater. Respirei fundo e apertei o botão branco faiscante à direita da porta. Sinceramente, esperava ouvir algo como um gongo batendo lá dentro, mas o que de fato ouvi foi nada. Estava começando a me perguntar se a campainha estaria quebrada ou se eu tinha apertado o suficiente quando a maçaneta girou.

Tive quase certeza de que não era um mordomo, mas, dado que a pessoa que abriu a porta era um homem de terno, acho que minha confusão momentânea foi justificável. Ficamos nos encarando por uns cinco segundos até que o homem levantou uma sobrancelha e perguntou:

— Posso ajudá-lo?

E como eu sou sempre muito calmo sob pressão, graciosamente respondi:

— Sim, hã, Sera e... A Sera está... quer dizer, posso... — finalmente estendi a mão e disse, com um sorriso idiota: — Sou o Jeff.

Ele olhou para a minha mão por um segundo antes de apertá-la sem muita confiança. E não me refiro a *autoconfiança*.

— Vim buscar a Sera — disse, ainda sorrindo como um bobo e tentando deduzir quem era aquele cara. O pai? Um tio esquisitão? E eu ainda não tinha excluído *completamente* a possibilidade do mordomo.

— Ah — disse ele, os olhos se estreitando. Aquilo certamente inclinava a balança a favor de ser o *pai*. Irracionalmente, desejei ter colocado uma gravata.

— Estou aqui! — gritou Sera do alto da escadaria, vindo depressa. Pouco antes que o pai se virasse para ela, ela enunciou *sinto muito* silenciosamente para mim.

Conseguimos sair da casa sem muito drama, embora a mãe de Sera tivesse espiado de uma das muitas portas para lembrá-la de voltar para casa antes das dez. Ou, pelo menos, ela disse as palavras: "Sera, lembre-se, em casa às dez", mas o tempo todo olhando diretamente para mim.

Uma vez que a porta da frente se fechou e nos afastamos o suficiente para eu ter *quase* certeza de que eles não podiam nos escutar, perguntei:

— Cara, por que é que os pais conseguem sempre ser as pessoas mais assustadoras na face da Terra?

— Nem me fale — resmungou Sera.

Olhei para ela de soslaio.

— Eles são assustadores para você também?

— Eles controlam a minha vida.

Imagino que ela tivesse razão, mas eu nunca havia pensado nos *meus* pais daquela forma. Eles eram legais; sempre foram. Nota mental: tenho sorte.

Entramos no carro e saí do meio-fio com Halle. Tinha uma ligeira desconfiança de que os pais de Sera não iriam ficar muito contentes se eu ralasse as pedras imaculadas na frente da sua casa.

— Você pode, hã, escolher o que quiser ouvir — falei, apontando para o rádio.

Sem uma palavra, ela mudou as estações e colocou em uma de rock, mas não pesado; então abaixou o volume a um nível que permitisse conversar. *Excelente.*

— E então, aonde você quer ir? — perguntei.

— Bem, eu tinha mencionado vermos um filme — disse ela, prestativa.

Hesitei.

— Sim, mas... eu estava esperando que pudéssemos conversar. Ontem à noite... — ri, passando os dedos pelo cabelo — eu não estava muito bem. — Eu me perguntei se o simples fato de lembrá-la já era estúpido. — Eu só... quero passar mais tempo com você quando estamos ambos bem.

Ela sorriu.

— Entãããããão — disse ela, arrastando a palavra —, você tem alguma sugestão?

— Você está com fome?

— Como qualquer garota que se preze ao sair para um encontro cujo destino é desconhecido, estou *meio* com fome.

— Hã... como assim?

— É quando você come um pouco antes de sair de casa, de forma a ter apetite suficiente se o carinha te levar para comer e não ficar morrendo de fome, caso contrário.

Sera sempre tinha um plano. E, provavelmente, um plano B.

Eu nunca tenho nenhum plano.

— Que tal uma sobremesa? — perguntei.

— Sobremesa?

— É, já que você está *meio* com fome, né? — *Espere um pouco...* Formulei a pergunta cuidadosamente: — Você... come sobremesa? — Quer dizer, a gente nunca sabe, com as meninas.

Ela me deu um sorrisão enorme e eu quase derreti.

— Adoro sobremesas.

Parei no primeiro restaurante que vi e, alguns minutos depois, estávamos acomodados numa mesa de cabine com um milk-shake de manteiga de amendoim e um sundae de chocolate com brownie à nossa frente, assim como uma Coca-Cola Diet. Sempre acho esquisito ver pessoas que pedem sobremesas... e Coca Diet.

— Eu gosto do sabor — disse Sera quando fiz a observação.

— Seeeeeei — respondi, pegando uma colherada do chantilly que cobria meu milk-shake.

Terminamos nossas sobremesas em quinze minutos, mais ou menos, e depois ficamos ali sentados, conversando. Ela me contou sobre Whitestone; contei a ela sobre Phoenix. E tive que lhe perguntar como era morar numa casa tão imensa.

— Eu estaria mentindo se dissesse que não gosto — admitiu ela. — Temos uma academia e uma sala de cinema; eu tenho meu próprio banheiro, esse tipo de coisa. Mas... sei lá, quando penso em "família", não penso nos meus pais. Penso em Khail. Só nele. Acho que preferiria ter uma família de verdade e uma casa menor.

Sorri e contei a ela sobre meus pais e seu difícil começo de vida.

— Tenho algumas lembranças de morar num apartamento onde o "meu quarto" era o sofá — disse, e ela balançou a cabeça.

— Parece que todo mundo quer aquilo que não tem — disse ela, então olhou para mim. — Mas você meio que tem tudo que deseja agora, não?

Dei de ombros.

— Tenho sorte, imagino. — Ou teria, se pudesse me livrar da fantasminha psicótica e continuar progredindo com Sera.

Passou mais uma hora de conversa fiada, mas, estranhamente, sem pausas constrangedoras, até que os olhares fuzilantes da garçonete ficaram óbvios demais para serem ignorados.

— Acho que aqui não é exatamente o tipo de restaurante em que se pode ficar fazendo hora com o café, né? — disse Sera com uma risadinha enquanto caminhávamos até o estacionamento. Perguntei-me se seria estranho demais eu pegar a mão dela. Afinal, estávamos só a uns cinco metros do meu carro.

Mas também parecia estranho não fazer nada. Finalmente, quando estávamos quase no carro, coloquei minha mão na parte baixa de suas costas. Ela não reagiu; eu não sabia se aquilo era bom ou ruim. Quando chegamos ao carro, ela se virou e olhou para mim, encostando-se à porta.

— E então, o que fazemos agora? — perguntou ela, com um sorriso tímido.

Eu me flagrei sorrindo em resposta.

— Não sei.

Ela olhou para seu relógio.

— Bem, tenho que voltar em vinte minutos, mas isso nos dá uns dez minutos antes de precisarmos ir.

Será que ela estava tentando dizer alguma coisa? Eu não tinha certeza.

Finalmente concluí que, no mínimo, ela estava dizendo *alguma coisa*; portanto, pus as mãos cautelosamente em volta de sua cintura, tomando cuidado para não chegar nem perto do traseiro. Para não repetir meus erros crassos da noite anterior.

Ela me olhou sorrindo como se estivesse fazendo uma concessão, mas não se afastou.

— Eu não sou muito o tipo de cara com quem você geralmente sai, sou? — perguntei. Era melhor saber logo.

Ela riu e balançou a cabeça.

— Talvez não.

— Então... por que você aceitou? — Parte de mim não queria saber, mas, ei, depois de ter me humilhado tanto na noite anterior, não era uma pergunta simples como aquela que iria estragar tudo.

— Bem — disse ela, parecendo pensativa por alguns segundos. — Já faz algum tempo que não tenho namorado...

Que ótimo. Sou o cara do rebote. Preparei-me para o pior.

— Mas quando namorava com frequência, era sempre com os atletas ou os carinhas mais populares, e eles acabavam sendo uns babacas.

— Ela deu de ombros. — Você parece legal. Legal *de verdade*... não só fingindo para me ganhar.

Bem...

— E acho que, desta vez, estou tentando seguir meus instintos, em vez das coordenadas sociais.

Aquilo era um elogio ou não? Que se dane... não me importava Então, eu a beijei.

Sua boca era tão macia e quente que eu mal podia acreditar que fosse de verdade. Mas quando fiquei nervoso e tentei me afastar, ela pressionou os dedos às minhas costas e passou o outro braço pelo meu pescoço, puxando meu rosto para perto do seu. Minhas mãos, que ainda estavam em sua cintura, a puxaram de encontro ao meu corpo, nossos quadris se encaixando. Eu podia sentir o gosto da bala de menta do restaurante em seu hálito. Ela agarrou meus ombros, quase como se precisasse de ajuda para se equilibrar. Com as frontes ainda em contato, relutantemente terminei nosso beijo.

E, quando ela sorriu, comecei outro.

Mal consegui levá-la para casa a tempo.

Catorze

— E ENTÃO, QUANDO vamos pôr o plano em prática? — perguntou Kimberlee pouco antes de sair do carro na manhã seguinte. Não era um *grande* plano, mais iria funcionar.

— Não durante a aula do Bleekman. Nem do Wilkinson. Eu já saí da aula dele na sexta-feira. Ele vai ficar desconfiado.

— Está bem, e que tal na segunda aula? Daí eu vou ter tempo suficiente para pegar as senhas dos armários. Você pode dizer à Sra. Campbell que precisa fazer xixi.

Meus ombros se encurvaram ao pensar em carregar novamente aquele passe de banheiro pela escola.

— Está bem — respondi. — Você faz a sua parte, eu faço a minha.

— Beleza — disse ela, jogando o cabelo sobre o ombro e se afastando. Ela parecia tão normal e sólida, até alguém passar perto demais e um braço ou um ombro atravessá-la. Estremeci só de pensar.

Por sorte, eu tinha algo muito mais agradável à frente.

— Oi! — eu disse, sorrindo, ao me aproximar de Sera diante de seu armário.

Ela se virou e sorriu de volta e tentei me aproximar para um beijo que ela transformou num abraço.

Legaaaaaal.

— Desculpe — disse Sera, parecendo muito sincera e agarrando impulsivamente a minha mão. — Juro, não sei mais como se faz isso. Vou ser sincera: já faz um tempo que não namoro. Tipo, mais de um ano. Estou... enferrujada. — Seu rosto ficou vermelho e fiquei surpreso ao perceber que ela não estava tendo dúvidas *a meu respeito*; só estava realmente sem prática.

Com isso eu podia lidar.

— Sera — disse e esperei até ela olhar para mim. — Está tudo bem, é tudo meio novo. Mas eu tive um fim de semana excelente com você e não quero perder isso. — Sorri e inclinei o rosto mais perto do dela. — E se você só quiser me usar como treino para voltar ao jogo, bem... poderia ser pior.

Ela deu um sorriso enorme.

O sinal tocou, um barulho alto nos meus ouvidos que me fez rilhar os dentes, mas, pelo menos, estava tudo às claras.

— Então... te vejo no almoço? — perguntei, trocando a mochila de ombro.

— Sim.

Não tentei beijá-la de novo, só apertei sua mão. Eu gostava dela de verdade e não ia estragar tudo sendo impaciente. Podia esperar.

Um pouco.

Além disso, tinha trabalho a fazer. Não ouvi uma só palavra da aula do Bleekman, só pensando se Kimberlee iria aparecer para me buscar. Quer dizer, era a salvação dela e tal, mas eu nunca sabia direito o que esperar.

No entanto, pouco antes de a aula de inglês terminar, Kimberlee apareceu — atravessando a parede — e começou a sussurrar números no meu ouvido. Eu anotei tudo verticalmente no meu caderno, esperando que, se alguém olhasse por cima do meu ombro, não conseguisse deduzir do que se tratava.

E, talvez, porque me fazia sentir meio agente secreto.

Kimberlee me seguiu até a segunda aula e ficou urubuzando em cima da minha carteira da forma mais irritante possível. Lógico.

A aula começou e, sem nem dizer um olá, a Sra. Campbell se colocou em frente ao quadro e começou a explicar a matéria. Minha turma em Phoenix não estivera tão adiantada quanto esta; portanto eu não podia me dar ao luxo de perder nada. Tentei me desligar de Kimberlee, que não parava de perguntar "Já está na hora?" a cada três minutos e esperei até a metade da aula para levantar a mão, envergonhado.

A Sra. Campbell olhou para mim ceticamente quando peguei minha mochila a caminho da porta, mas ela não me impediu. Afinal, eu estava carregando um passe tamanho gigante e tinha deixado meu livro sobre a carteira. Não era exatamente a combinação ideal para fugir da aula.

Assim que a porta se fechou, Kimberlee me levou até o armário mais próximo. Pela primeira vez, fiquei feliz por ela estar ali. Eu teria gastado meus dez minutos plausíveis de pausa para banheiro só procurando o armário certo. Quando a fechadura de combinação se abriu com um "clique", olhei furtivamente para os dois lados do corredor, certo de que alguém iria aparecer a qualquer momento.

— Vai! — impeliu Kimberlee.

Abri o zíper da mochila, verifiquei novamente o nome no saco, joguei dentro do armário e fechei a porta depressa. Tinham passado menos de dez segundos. Meu coração batia loucamente enquanto Kimberlee corria até o armário seguinte e a adrenalina bombeava pelo meu corpo trêmulo.

Repetimos o procedimento mais duas vezes antes de Kimberlee olhar para o meu relógio.

— Fizemos um tempo bom — disse ela. — Agora volte correndo para a aula.

Agora eu estava tão apavorado que realmente precisava fazer xixi. Infelizmente, a despeito do passe enorme na minha mão, eu não tinha mais tempo.

Voltei para a classe e me sentei na carteira, certo de que todos os olhares estavam em mim. Mas não ouvi nada além de lápis raspando sobre papel à minha volta. Após uns dez minutos, consegui voltar a respirar normalmente.

Todos os dias naquela semana, eu e Kimberlee escapávamos de uma aula diferente e encontrávamos mais três ou quatro armários. Se isso parece ser um progresso enorme, deixe-me explicar melhor: não era. Era como tentar esvaziar uma banheira com uma colher de chá.

Mas, pelo menos, estávamos fazendo *alguma coisa*.

Kimberlee geralmente desaparecia durante a maior parte da manhã — muito mais tempo do que deveria ser necessário para obter as senhas dos armários-alvo. Por mim, tudo bem; quanto menos ela estivesse na minha vida, melhor.

Graças a Sera, eu havia começado a ver a hora do almoço como a melhor hora do dia. As coisas estavam ficando menos estranhas com os amigos dela, embora eu ainda não participasse muito das conversas. Mas começava a perceber que Sera também não. Não que ela fosse antipática; só era quieta. Talvez até um pouco tímida. Era como se usasse a camuflagem de animadora de torcida para se encaixar, mas não era exatamente uma delas, em vários aspectos.

Na sexta-feira saímos da mesa da cantina quinze minutos antes da aula seguinte. Sera estava falando sobre um trabalho de Trigonometria enquanto tirava livros do armário e até que eu escutava um pouco, mas admito que ela estava usando uma das suas saias mais curtas e eu estava me aproveitando do fato de ela estar de costas para mim. Além do mais, eu já estava em Cálculo Avançado... se ela me fizesse alguma pergunta, eu *provavelmente* conseguiria dar uma resposta decente a tempo de não ser flagrado.

Sera fechou a porta de seu armário ruidosamente e se virou para mim, sorrindo.

— Você é tão bom ouvinte — disse ela, com gratidão.

Dei de ombros com falsa modéstia. *Só não me pergunte sobre o que você esteve falando.*

— Outros namorados que tive queriam falar sobre seus jogos e sua última sessão na academia e... bem, sobre eles mesmos, basicamente, o tempo todo.

— Essa é a vantagem de namorar com um nerd — respondi. — Os homens são praticamente todos iguais. Gostamos de falar sobre como somos incríveis e sobre todas as coisas legais que já fizemos na vida. No caso dos atletas, é o maior gol que já fizeram em futebol americano...

— Chama-se *touchdown* — corrigiu Sera com um sorriso.

Tá vendo, eu sou engraçado, pensei, rindo internamente da minha piadinha besta.

— Isso, isso — disse. — Mas a coisa mais legal que já fiz foi sair com a... — *Como era mesmo que ela tinha se chamado?* — Cocapitã júnior da equipe de animadoras de torcida. — O sorriso largo que ela me deu comprovou que eu tinha acertado o título.

E, então, porque eu estava me sentindo confiante e arrojado, peguei a mão dela, entrelaçando meus dedos aos seus. Prendi a respiração, esperando para ver se ela iria se retrair.

O que não aconteceu. Na verdade, ela se aproximou ainda mais. Meu coração estava disparado quando ela inclinou a cabeça na direção da minha e me beijou.

Não foi um beijo de estacionamento escuro. Era um beijo público, na escola, na frente dos colegas todos. Um beijo capaz de iniciar fofocas e cimentar relacionamentos.

Vou te falar uma coisa: um bom relacionamento depende de se encontrar um terreno comum.

E, então, se beijar nele.

Quase morri de susto quando alguém bateu na porta do armário bem do lado da minha orelha.

— Vamos parando com isso, Srta. Hewitt — disse o Sr. Hennigan, sem diminuir o passo.

O rosto de Sera ficou um pouco vermelho, mas nem pisquei.

Consegui outro beijo rápido ao deixar Sera em sua aula de História. Pelo que me dizia respeito, aquilo era sinal verde para nosso relacionamento ir adiante a toda a velocidade. As possibilidades eram infinitas. Sentei na minha carteira e comecei a planejar meus fins de semana.

Filmes demorados em um cinema escuro, passeios demorados em um carro escuro, conversas... demoradas... num parque escuro.

Já começava a ver um tema se repetindo.

— O.k., já peguei as senhas — disse Kimberlee, tirando-me do meu devaneio.

Só olhei estupidamente para ela, não totalmente desperto do meu sonho luxurioso.

— Você pode pegar seu lápis? — gritou ela. — Não vou me lembrar de todos esses números para sempre!

Senhas de armários... certo. Olá, vida real.

Quinze

— NÃO PODEMOS FAZER isso por muito mais tempo — sibilei para Kimberlee quando saímos da sala de aula e percorremos depressa o corredor. — Meus professores vão achar que tenho uma infecção urinária ou algo parecido.

— Não estou vendo você ter nenhuma ideia brilhante — disse ela, a voz ao mesmo tempo tensa e desesperada. Ela estava me lembrando de que *ela* também tinha poucas opções.

— Vou pensar no assunto — respondi ao chegar ao primeiro armário.

— Este aqui é o do Khail? — Eu vinha carregando o saco com as coisas do Khail desde a terça-feira. Mas, por três dias seguidos, Kimberlee se recusara a pegar a senha do armário dele por motivos que eu não conseguia nem sequer imaginar. Só quando ameacei parar de devolver as coisas foi que ela, finalmente, me trouxe os números dele. Senti que devia a Sera, como seu namorado novo, a devolução das coisas de seu irmão.

— É, sim, juro. Agora termine logo com isso e vamos em frente.

— Fique de vigia.

Ela se afastou alguns metros e se pôs a olhar para o final do corredor.

Infelizmente, as pessoas vinham de ambos os lados. Nem sequer ouvi os passos de Khail até ele me agarrar pela frente da camisa e me socar contra os armários.

— Que diabos você pensa que está fazendo?

Eu estava apavorado demais para soltar um pio.

Com seus punhos de ferro ainda me mantendo prisioneiro, Khail deu dois passos na direção da porta do banheiro e usou meu corpo para empurrá-la.

Em seguida, fui jogado contra a parede de azulejo. Doía muito mais que os armários, mas, felizmente, ficava mais escondida.

Kimberlee se aproximou com timidez e ficou num canto, observando.

— Por que você estava arrombando meu armário? — perguntou Khail.

Sua voz estava incrivelmente calma... *assustadoramente* calma. Eu ainda não conseguia falar nada, mas pude me acalmar o suficiente para erguer a mão, ainda segurando o saco com as coisas dele.

Os olhos de Khail se desviaram até o saco e, em seguida, se arregalaram. Ele me soltou. Um pouco.

Com uma das mãos ainda agarrando meu colarinho, ele pegou o saco que eu segurava. Depois de examiná-lo por um minuto, ele me soltou completamente.

— Você fica paradinho aí — disse ele, enfiando um dedo do tamanho de uma linguiça no meu peito.

Sim, senhor!

Ele abriu o saco e tirou um boné preto e surrado dos Yankees.

— Não acredito — disse ele, quase baixo demais para ser ouvido. Enquanto ele olhava fixamente para o boné, uma cueca vermelha de seda escapou do saco e caiu no chão. Ele a observou por apenas um segundo antes que a ficha caísse e sua mão voasse para pegar a peça e a enfiasse no bolso.

Então, ele viu a etiqueta no saco.

Seus olhos se estreitaram e, em menos de meio segundo, sua mão voltou para a minha garganta.

— Pode ir me contando o que você pensa que sabe.

Sabe?

— Eu não sei de nada!

— Então, por que pegou isto aqui?

— Eu não peguei nada. Só estou devolvendo coisas.

Ele se calou por um segundo.

— Você devolveu a saia e os tênis para Sera?

— Sim. — A honestidade parecia ser a melhor coisa no momento, embora Kimberlee estivesse gritando: "Negue! Negue!" com todas as forças.

— Onde você pegou essas coisas?

— Simplesmente encontrei — respondi numa voz muito mais aguda do que a que geralmente uso, com sua mão apertando meu pescoço. Eu sempre achara que ter um metro e oitenta e oito de altura me desse alguma vantagem contra os brutamontes intimidadores. Aparentemente, não fazia nenhuma diferença para aquela massa de músculos de pouco mais de um e setenta.

— Estou de olho em você dando em cima da minha irmã a semana inteira.

Ai, merda.

— E não fiz nada para te impedir. Você parecia ser um cara legal. Mas agora? Me dê uma só razão para eu não te deixar de olhos roxos e prometer quebrar seus braços se você falar com ela novamente.

Então, ele ergueu seu punho da morte e eu fiquei num nível tal de desespero que seria capaz de fazer ou dizer qualquer coisa para impedir a dor inexorável que estava vindo na minha direção.

— Kimberlee Schaffer é um fantasma! — gritei, então cobri o rosto com as mãos. Como se fosse adiantar alguma coisa. Era provável que eu acabasse com os olhos roxos *e* as mãos quebradas.

Mas o braço de Khail se imobilizou.

— De que diabos você está falando?

— Não, não! — gritou Kimberlee. — Ele é a *última* pessoa no mundo a que você deve contar isso!

Mas eu desembuchei tudo, mesmo assim.

— Kimberlee é um fantasma, mas eu posso vê-la e ela não vai me deixar em paz a não ser que eu a ajude a devolver todas as coisas que ela roubou eu não tenho escolha e não estou tentando machucar ninguém apenas achei que estava fazendo o bem. — As palavras saíram num fôlego só.

Khail me olhou feio por um longo tempo.

— Você pensa que eu sou burro?

— É verdade. Tem uma caverna grande na praia dos pais dela que está cheia de coisas que tenho que devolver e todos os dias Kimberlee descobre as senhas dos armários para mim.

— Kimberlee. A Kimberlee que *morreu*?

Kimberlee jogou o cabelo, num gesto ofendido, mas eu assenti.

— Kimberlee Schaffer. Eu nem deveria saber quem ela é; acabei de me mudar para cá. Não estou mentindo.

— Você está maluco.

— Não, não, eu vou te mostrar. Olha. — Lembrei-me da tática que Kimberlee tinha tentado usar comigo naquele primeiro dia. — Mostre um número atrás das costas.

— O quê?

— Um número. Com os dedos — expliquei. — Faça com a mão atrás das costas. Vou fechar os olhos, e Kimberlee vai me dizer que número é e eu falo para você.

Khail revirou os olhos.

— Você acha que sou idiota?

— Por favor? Só uma vez.

Khail me fuzilou com o olhar.

— Nem pense em sair correndo.

— Não vou.

Ele suspirou e tapei os olhos com as mãos.

— Pronto — disse Khail, parecendo entediado.

— Kimberlee?

Ela cruzou os braços.

— Isso é a coisa mais ridícula do mundo. Não vou te ajudar; não vou ajudar a *ele*!

Apontei o dedo para ela — ou, pelo menos, tentei; era meio difícil ter certeza com os olhos fechados — e sibilei:

— Você vai me falar ou estará tudo acabado. Juro que não vou mais te ajudar!

Ela soltou um suspiro irritado.

— Eu te odeio!

— Pode me odiar quanto quiser. Qual é o número?

— Você não bate bem — resmungou Khail.

— Kimberlee, se ele bater em mim, eu vou te largar e você vai ficar penando na terra *para sempre* — grunhi entre os dentes cerrados.

Kimberlee ficou em silêncio por vários segundos dolorosamente longos, mas, finalmente, ela me disse o que eu precisava saber.

— Você não está mostrando número nenhum — eu disse a ele. — Está só com o punho fechado.

Khail não disse nada por alguns segundos. Então, ele me fez dar meia-volta, não só me segurando numa gravata, mas cobrindo firmemente meus olhos com o antebraço.

— Faça de novo — disse ele, a voz baixa, controlada e com um tom mortal que quase me fez cagar na calça de medo.

— Dois — sussurrei, irracionalmente agradecido quando Kimberlee disse o número sem vacilar.

Um momento se passou e nada aconteceu.

Nada.

Então, o antebraço enorme recuou e a luz do sol atingiu meus olhos. Depois de piscar algumas vezes, olhei para Khail. Ele parecia ter engolido algo grande demais para passar por sua garganta.

— Você acredita sinceramente no que está me dizendo, não é?

Eu estava apavorado demais para responder. Sentia que o resto da minha vida dependia daquele momento. Apenas assenti.

Khail passou a língua pelos lábios.

— Pergunte a ela o que eu lhe dei no seu décimo aniversário — disse ele, após uma longa pausa.

— Hã, cara, ela não é surda.

Olhos ferozes se viraram na minha direção.

Levantei as mãos.

— Desculpe.

Kimberlee revirou os olhos.

— Pergunta capciosa. Ele não foi a nenhuma das minhas festas de aniversário desde que eu tinha, sei lá, uns oito anos.

Transmiti a mensagem.

O maxilar de Khail se enrijeceu, os músculos de seu maxilar — até *eles* eram imensos! — se moveram ferozmente nas laterais de seu rosto.

— Pergunte a ela... pergunte a ela... — Então, ele se calou.

O banheiro ficou em silêncio por um longo tempo e eu não sabia dizer se Khail estava mais inclinado a acreditar em mim ou a querer me matar novamente.

— Jeff — disse Kimberlee elevando um pouco a voz. — Diga-lhe que ele não precisa perguntar.

— Hã... ela disse que você não precisa perguntar.

— Que raio significa isso? — perguntou Khail, mas sua voz agora estava baixa.

— Diga a ele que eu não contei para ninguém. Nem para você. — Era a coisa mais sincera que já ouvira Kimberlee dizer, e ela encarava Khail como se aquilo fizesse seus olhos doerem.

Olhei para Khail novamente.

— Ela disse que não contou para ninguém. — Dei de ombros. — Nem para mim. — Esperei parecer tão perdido quanto me sentia.

Ele arregalou os olhos e, de repente, parecia que estava tendo um ataque de asma. Sua respiração ficou entrecortada e ele olhou em volta do banheiro como um homem encurralado.

Ou assombrado.

— Onde ela está? — ele perguntou.

Apontei para a minha esquerda, onde Kimberlee estava parada.

O olhar de Khail se dirigiu para onde eu apontava e seus olhos se estreitaram como se ele estivesse se forçando a ver. Finalmente, ele soltou a frente da minha camisa.

— Diga a ela que eu a odeio.

— Ela pode...

— Quero que *você* diga a ela.

— Ele te odeia — papagaiei obedientemente.

Em vez de parecer rebelde, ou entediada, como eu esperava, Kimberlee olhou para o chão, constrangida.

— Diga a ela que ela nem imagina o estrago que fez e como estou feliz que esteja morta.

Repeti as palavras novamente.

Quando terminei, a cabeça de Kimberlee estava tão baixa que eu não podia mais ver seu rosto. Depois de alguns momentos, um soluço irrompeu de seu peito e ela ofegou com ele. Engoli em seco; poucas vezes na vida eu tinha ouvido aquele som... uma vez fora da minha mãe, no enterro da sua irmã.

— Não fui eu — disse Kimberlee, engasgada.

— Ela disse que não foi ela — sussurrei, desejando que Khail pudesse ouvi-la pessoalmente. — Acho que está dizendo a verdade. — Queria mencionar as lágrimas, aquele som terrível, mas tive a sensação de que Kimberlee iria me matar se eu o fizesse.

Mas Khail não pareceu se alterar nem um pouco.

— Ela é uma mentirosa — disse ele, a voz gelada como o aço.

Kimberlee fugiu do banheiro sem mais uma palavra.

— Isso não acabou — disse Khail. — Eu não *a* quero — pronunciou como se fosse um palavrão — na vida de Sera, nem como sua amiga invisível. — Ele hesitou. — Não conte nada para Sera — advertiu ele. — Nem uma palavra. — Então, foi embora e a porta se fechou ruidosamente atrás dele antes que eu pudesse recuperar o fôlego.

— Sem problema — sussurrei para o espaço vazio.

Dezesseis

FUI À CAVERNA SOZINHO naquela tarde; Kimberlee não tinha aparecido desde a nossa discussão com Khail no banheiro. Era a primeira vez que eu ia até lá sozinho. Irritante ou não, a falação de Kimberlee fazia a praia parecer mais... *viva*. Agora estava tudo silencioso demais e um tanto sinistro demais. Quase morri de susto quando uma gaivota voou baixo e soltou um grito agudo. Naquele momento parecia fácil imaginar alguém morrendo ali. O local parecia solitário e vazio. Cogitei quanto tempo Kimberlee havia passado ali sozinha quando estava viva e se ela também se sentira solitária e vazia.

Entrei na caverna e pisquei, na escuridão. As caixas intermináveis olharam para mim. Quando peguei uma porção de sacos de uma caixa marcada simplesmente como *Whitestone*, quase me desesperei com a dimensão da minha tarefa.

Não dava para continuar fazendo as coisas daquela maneira. Mal havíamos começado e eu já tinha sido pego uma vez. Ninguém acreditaria que eu tivesse que mijar tanto assim e, finalmente, alguém acabaria notando que eu estava fazendo algo suspeito.

Mas o que eu devia fazer? Tinha concordado em ajudar e, ainda que não contasse com a ameaça de um fantasma doido pendendo sobre a minha cabeça, tinha de admitir que era legal devolver as coisas. Deixava as pessoas contentes.

Bem, exceto Sera.

E Khail.

Mas até ele pareceu ficar satisfeito em ter suas coisas de volta. Um boné e uma cueca de seda. *Aí* estava uma história que eu gostaria de saber.

Ainda assim, naquela velocidade, eu iria me formar na *faculdade* antes de conseguir terminar as devoluções.

Quando cheguei em casa, enfiei a cabeça pela porta da garagem e chequei se havia algum sinal de vida antes de atravessar a cozinha quase correndo, os braços carregados de coisas roubadas, e subir rapidamente a escada para o meu quarto. Consegui só derrubar dois sacos enquanto tentava abrir a porta do quarto. Praguejei baixinho e chutei os sacos para dentro, esperando que não contivessem nada muito frágil.

Kimberlee estava sentada em um dos imensos pufes em forma de saco que eu tinha ganhado de Natal. Vou falar uma coisa: é muito esquisito ver alguém sentado num pufe sem afundá-lo. Nem um pouquinho. E por que ela não caía através dele? Ou do piso do meu quarto, a bem da verdade? As leis da física aplicadas à fantasmagoria de Kimberlee continuavam me desconcertando. Mas, também, em se tratando de Kimberlee, o que é que *fazia* sentido? Desde sempre?

Minha reação automática era exigir uma explicação ou, talvez, cumprimentá-la de forma sarcástica depois de ter sido abandonado o dia todo, mas me lembrei de como ela havia soluçado no banheiro e resolvi só dizer um "oi". Guardei as coisas num canto do meu closet e fechei a porta antes de me virar para encará-la.

— Você está bem?

— Sim, claro — disse Kimberlee, parecendo completamente impassível.

Fiquei em silêncio, esperando que ela dissesse... sei lá. Alguma coisa.

— Então — soltei, finalmente —, dia estranho, né?

Ela apenas ergueu uma sobrancelha e deu de ombros.

Eu me sentei na cama e comecei a desamarrar minhas botinas.

— Ora, vamos. Você não tem o direito de fazer uma cena daquelas com o Khail, desaparecer a tarde inteira e apenas dar de ombros. O que rola entre você e ele?

— Nada — respondeu Kimberlee, direta. — Não há absolutamente nada entre nós.

— Bem, agora não há mais. Mas...

— Em vida também não havia nada entre nós.

— Ah, faça-me o favor. Ele te odeia; você o odeia... a não ser que você esteja pensando em alegar que odiava todo mundo quando estava viva; então, definitivamente há alguma coi...

— Eu não o odeio — disse Kimberlee. Sua voz ainda continha aquele tom seco, misterioso. — Só não suporto ficar perto dele.

Ah. Agora eu estava entendendo.

— Você *gostava* dele?

Ela engoliu em seco. Já era resposta suficiente.

— Está bem — eu disse, tentando manter o tom de voz leve. — Então, você gostava dele e, aí, morreu. É isso?

— Basicamente.

Basicamente o escambau.

— Então, por que ele te odeia?

— Porque eu sou insuportável — disse ela simplesmente, como se fosse a resposta mais óbvia do mundo.

— Vamos — disse eu, tentando olhar nos olhos dela. — Você não tem mais ninguém com quem conversar a não ser comigo e eu não posso contar para ninguém sobre você.

— Exceto para o Khail.

Contive uma resposta atravessada.

— Exceto para o Khail, com quem espero nunca mais falar para não acabar morrendo antes da hora. Portanto, desembuche.

— Eu gostava dele, tentei ficar com ele, ele me rejeitou e eu... — Ela revirou os olhos e não sei se foi porque não acreditava no que estava dizendo ou porque não podia acreditar que estava dizendo aquilo. — Eu reagi mal.

— Como assim, reagiu mal?

— Fui maldosa com ele. Meio que o chantageei com algumas coisas; atormentei a irmã dele — respondeu ela. — Eu sou uma pessoa rancorosa e horrível, tá? Pronto, falei. Tá feliz?

— Com o que você o chantageou?

Ela balançou a cabeça.

— Nem pense. Aprendi a minha lição... é assunto dele, não meu. É só que... eu fui uma bruxa; fim de caso.

— Está bem. — Então, o resto de sua admissão calou na minha mente. — Você atormentou a irmã dele? — perguntei, a voz alta demais.

Kimberlee se recostou novamente nas minhas almofadas com um suspiro irritado.

— É uma história antiquíssima; você não pode deixar isso pra lá?

— Não posso deixar pra lá se o assunto continua voltando e me destruindo. Hoje quase de forma literal. Tem mais alguma coisa que você queira me contar, já que está num momento confessionário? Tipo, *por que* todos os alunos na minha mesa da cantina te odeiam? O que você fez para eles? Você também os atormentou?

— Não! — respondeu Kimberlee, ficando irritada. De alguma forma, vê-la irritada era melhor do que triste. Menos assustador. — Eu era a rainha da escola. Caso você não esteja familiarizado com a hierarquia, significa que eu era a pessoa que todos adoravam ou odiavam porque morriam de inveja de mim. Isso *não* é culpa minha.

— Inveja? Isso explica *tudo* — falei com sarcasmo. — Quem é que *gostava* de você?

— Langdon!

— Ah, bom, Langdon, o babaca. Estou muito orgulhoso de você.

— E o Neil — continuou ela, de forma quase desesperada. — A Kyndra também gostava de mim. A gente meio que dominava a escola, tá bom?

— Com punhos de ferro, imagino? Estou começando a pensar que você não passava de uma valentona prepotente com mão leve para roubar.

— Eu não era valentona! — protestou Kimberlee.

— Ah, não? Acho um pouco difícil de acreditar vindo de alguém que admite ter sido maldosa com alguém de quem *gostava*. Como então você tratava as pessoas de quem *não* gostava?

— Vá se danar! — exclamou Kimberlee, ficando em pé na minha cama. — Você não faz ideia do que é ser eu!

— Isso é porque na metade do tempo você não quer me contar nada e, na outra metade, você está mentindo! — gritei de volta, sem pensar, até que as palavras tivessem saído da minha boca, que meu pai, pelo menos, devia estar em casa. Se eu conseguisse sobreviver a esse martírio fantasmagórico sem ser trancado numa cela acolchoada, poderia ficar orgulhoso de mim mesmo.

Kimberlee me olhou feio por um segundo e, então, afundou pela minha cama e desapareceu do meu quarto através do piso. Apesar de tudo que havia acontecido nas últimas semanas, minhas mãos começaram a tremer com a horripilação do momento. Consegui respirar fundo umas duas vezes para me tranquilizar, quando meu celular tocou, fazendo meu coração disparar novamente.

E ver o nome de Sera no identificador de chamadas talvez o tenha feito acelerar-se mais ainda.

— Oi — disse eu, esperando que minha voz não estivesse tremendo.

— Oi. Meus pais estão me enlouquecendo. Você quer fazer alguma coisa hoje à noite? De preferência fora da minha casa?

— Estou bem; obrigado por perguntar. E você, como vai?

Ela começou a rir e o estresse das últimas horas pareceu sumir.

— Desculpe — disse ela. — Dia cansativo. Semana cansativa, na verdade. Queria te ver com mais frequência.

— Eu também — respondi, a verdade das palavras penetrando até meus ossos.

— Então, será que poderíamos, por favor, por favor, fazer alguma coisa esta noite?

Adorei a forma como ela perguntou aquilo, como se eu pudesse até sonhar em dizer não.

— Bem, como você pediu por favor... Tem algo em mente?

— Alguma coisa completamente fútil — respondeu ela. — Que tal se realmente fôssemos ao cinema dessa vez?

— Por mim, ótimo. O que está passando?

— E isso importa? — perguntou Sera num tom de voz que, de repente, me fez me sentir muito ansioso em ir.

— Não, não, não importa — respondi. — Quando podemos ir?

— Daqui a uma hora? — sugeriu ela.

— Meia — retruquei, sorrindo.

— Fechado.

Eu ri; minha mãe bateu de leve na porta e enfiou a cabeça pelo vão.

— Você tem visita — disse ela, num tom estranhamente animado que me fez desconfiar que ela me ouvira gritando com Kimberlee. Coitada da minha mãe.

— Desço num segundo, mãe — respondi, mas ela abriu mais a porta, revelando o olhar duro de Khail. Os ombros dele eram da largura da minha porta.

Só para ficar mais estranho ainda, Kimberlee estava parada atrás dele com os braços cruzados sobre o peito. Desconfiei que eles tivessem "se encontrado" no jardim em frente de casa. Minha boca ficou seca e acho que minha garganta começou a se fechar.

— Sera — eu disse a ela, as palavras jorrando da minha boca. — Pensando melhor, vamos daqui a uma hora. Eu passo te buscar, o.k.?

Assim que ela deu algum tipo de resposta afirmativa, desliguei com um "tchau" rápido.

— Oi, Khail — disse, tentando, sem sucesso, acrescento, não deixar minha voz vacilar.

Minha mãe foi embora e Khail deixou a porta se fechar atrás dele, empurrando-a até que fizesse um clique. Provavelmente só quisesse me bater em particular. Era compreensível.

Nem ele nem Kimberlee falaram nada, resultando num minuto de silêncio, como num funeral. No caso, o *meu* funeral.

— Quero ver a caverna — finalmente disse Khail, numa voz surpreendentemente baixa.

— A caverna?

Khail me apontou um dedo substancial.

— Você disse que havia uma caverna — ele disse num tom cheio de acusação.

— Ah, a caverna de Kimberlee. Sim, claro, é lógico. — Como se eu fosse dizer não, né? — Hã... vamos lá agora. — Passei por ele e abri a porta com a sensação de que estava abrindo a porta de uma cela e conduzi meu pequeno séquito escada abaixo, Khail a passos pesados e resolutos e Kimberlee em silêncio e com um bico enorme.

Falei qualquer coisa sobre ir ao shopping center para a minha mãe e fui para a garagem. Enquanto a porta se levantava, perguntei:

— Você quer, hã, vir comigo no carro ou...? — Deixei a oração pendendo no ar.

— Vou te seguir — disse Khail, indo na direção de uma caminhonete com suspensão elevada, rodas cromadas e toda incrementada com filetes de néon que estava estacionada ali em frente. Parecia adequada.

Tirei Halle da garagem e fui em direção à casa de Kimberlee.

— Isso não é uma boa ideia — disse Kimberlee, a voz cheia de pânico. — Além do mais, quem foi que disse que você podia levá-lo até a minha propriedade?

— Você vai chamar a polícia?

Kimberlee cruzou os braços e parou de falar.

A caminhonete de Khail estava logo atrás de mim quando passamos pelo portão e descemos até o pequeno estacionamento. Tanto Kimberlee quanto Khail ficaram em silêncio enquanto eu os conduzia até a caverna e escalava a parede — de forma bem impressionante, a meu ver. A prática estava compensando.

Khail, por outro lado, escalou de forma no mínimo tão eficaz quanto eu, só que, para ele, era a primeira vez. *Esses atletas. Blé.*

Fiz um gesto como se apresentasse Khail às fileiras e mais fileiras de caixas. Estranho como a caverna ainda parecia exatamente igual, apesar de termos tirado quase oito caixas.

— Você está falando sério? — perguntou Khail.

— Hã... — Não fazia ideia do que ele estava perguntando.

— Todas estas caixas estão cheias de coisas que a Kimberlee roubou?

— Pois é.

— Sera tinha razão — disse ele baixinho. — Ela me disse que Kimberlee roubou a saia e os tênis dela e apostou que ela estava por trás de um roubo grande que houve na escola há algum tempo. Não quis acreditar. Quer dizer, acreditei que Kimberlee houvesse roubado as coisas de Sera... ela não ia mentir para mim sobre aquilo, mas não achei que Kimberlee estivesse envolvida em algo tão sério. — Ele se virou para mim. — Alguém deve tê-la ajudado.

— Que eu saiba, não.

Khail soltou um assovio.

— Caramba, ela era maluca *mesmo*.

Tentei dar uma tossida e afastei o olhar.

— O que foi?

Dei de ombros e apontei o polegar na direção de Kimberlee.

— Ela está aqui?

— Ela não tem mais nada a fazer e passa a maior parte do tempo atrás de mim.

— Não precisa tentar me fazer parecer uma fracassada nem nada assim — disse Kimberlee acidamente. — Eu já estava indo embora. — E, antes que eu pudesse impedi-la, ela foi até a borda da caverna e saltou graciosamente para fora da minha vista.

— O.k., *agora* ela foi embora — disse.

Khail estava com as mãos na cintura, contemplando, ao que me parecia, as rochas encostadas à parede em vez de olhar para as pilhas de coisas roubadas.

Eu também não iria querer olhar para elas.

— Ainda não sei o que pensar — disse ele baixinho. — Você tem todas as respostas corretas. Coisas que não deveria saber... caramba, esta caverna inteira deveria ser prova mais do que suficiente. Mas...

— Eu sei — respondi quando ele não continuou. — É totalmente inacreditável. — Dei de ombros. — Ainda acho, às vezes, que vou acordar logo. Possivelmente num sanatório qualquer.

— Tem tanta coisa!

Assenti, tristemente.

— Cara, você vai precisar de ajuda.

Gaguejei por alguns segundos.

— Ah, tenha dó. Não fui *eu* quem roubou; eu já te disse. Eu...

— Não quis dizer isso — respondeu Khail, interrompendo-me. — O que quero dizer é que você nunca vai conseguir devolver todas essas coisas sozinho.

Lembrei-me da caminhonete que estava parada no estacionamento. Tinha um tamanho considerável.

Não se afobe. Ousei perguntar:

— É uma oferta?

Seus olhos se viraram para mim, depois para as caixas.

— Pode ser. — Ele foi andando cuidadosamente até os fundos da caverna e pude vê-lo contando em silêncio, tentando estimar a quantidade de caixas. Eu já sabia a resposta. Cento e trinta e sete. Havia contado umas dez vezes. — Ela vai sumir assim que estas coisas forem devolvidas, certo?

Assenti.

— É essa a ideia.

Ele voltou até onde eu estava e parou bem perto.

— O quanto você gosta da minha irmã?

Engoli em seco.

— Muito.

— Suficiente para fazer o que for preciso para tirar o fantasma de Kimberlee da vida dela?

Como se aquilo não fosse o que eu também queria.

— Absolutamente.

— O.k. Me encontre no Perennial Park amanhã ao meio-dia. Eu trarei a caminhonete e vou ver se consigo reunir uns caras. Vamos levar a metade... — Ele fez uma pausa, olhou novamente para as caixas e retratou suas palavras. — Vamos levar uma parte dessas coisas de volta na segunda-feira. — Então, ele se virou e começou a baixar pela encosta do penhasco.

— Segunda? Espere aí! — Fui descendo rapidamente atrás dele pela parede de pedra e bati o joelho. — Quem são esses caras? Como vou planejar algo tão grande assim até segunda-feira? Quer dizer, não podemos simplesmente aparecer e dizer: "Olha só, isto aqui é daquela menina morta". Talvez eu nunca mais saia da cadeia.

Khail nem sequer desacelerou.

— Esse é o trato — disse ele bruscamente. — Eu forneço a mão de obra e a caminhonete. Você pensa num plano, sabichão. Colabore comigo, resolva isso ou Sera estará fora do seu alcance até você conseguir resolver tudo sozinho. — Ele se virou, fixando em mim um olhar furioso. — Está entendendo o que estou dizendo?

Hesitei, mas que escolha tinha? Além disso, realmente terminaria mais depressa assim.

— Amanhã ao meio-dia — concordei.

Então, cantando pneu, ele foi embora.

Entrei no carro, sentando ao lado de Kimberlee e dei a partida. Estávamos quase saindo do beco em que ficava sua casa quando ela abriu a boca.

— Então?

— Então, o quê?

— O que aconteceu? Vocês ficaram lá um tempão.

— Ele veio, viu tudo e se ofereceu para ajudar.

— Ele se ofereceu para *ajudar*?

— Eu gaguejei?

Ela se recostou novamente no banco, a expressão cheia de confusão.

— É um truque. Ele vai fazer você ser pego — concluiu ela, por fim.

— Eu não acho.

— Acredite em mim. Ele me odeia.

— É por isso que ele quer ajudar, na verdade. Para fazer você desaparecer de forma a não ter que viver no mesmo mundo que você.

— Nossa, muito sensível da sua parte — resmungou ela.

— Olha, eu vou levar meses para entregar todas aquelas coisas sozinho e, provavelmente, serei pego antes de terminar. Você quer seguir adiante, ou seja lá o que for, não quer?

— Claro que sim — disse ela num tom que não me convenceu totalmente.

— Então, esse é o melhor caminho. Khail vai me encontrar amanhã com alguns caras e...

— Alguns caras? Você está *implorando* para ser pego. As pessoas por aqui *não sabem* guardar segredos, Jeff. Isso vai acabar explodindo na sua cara.

— Talvez, mas que escolha eu tenho? Não posso fazer tudo sozinho e não vou mais tentar. — Hesitei antes de acrescentar, baixinho: — E você não pode me impedir, de qualquer forma.

— Como é injusto eu estar encalhada com você — respondeu ela.

— Eu que o diga.

Dezessete

NO DIA SEGUINTE, cheguei ao Perennial Park uns bons quinze minutos antes do meio-dia. Tinha convencido Kimberlee a ficar em casa dessa vez. Para valer. Não a queria tagarelando no meu ouvido enquanto eu tentava me concentrar. Não podia evitar a sensação de que algo importante estava para acontecer. Ou isso, ou eu estava prestes a ser pego e expulso da escola, batendo o recorde de aluno de permanência mais curta em Whitestone. De qualquer forma, eu não queria distrações.

Não demorou muito para que os carros começassem a chegar. Uma porção de caras, a maioria de constituição física parecida com Khail, saiu dos carros e se encostou aos veículos. Finalmente, a enorme caminhonete preta de Khail se aproximou e os caras foram até ela feito mísseis teleguiados. Khail desceu e seu olhar se encontrou imediatamente com o meu. Ele fez um gesto para o grupo e todos vieram na minha direção; devia haver uns quinze rapazes. Pela primeira vez me senti confiante.

Aquilo poderia realmente dar certo.

— Jeff — disse Khail, aproximando-se com uma caixa embaixo do braço —, quero que conheça a equipe de luta olímpica da escola. Equipe, este é o Jeff. — Ele tagarelou um monte de nomes dos quais eu provavelmente não iria me lembrar.

Fomos até um quiosque com algumas mesas de piquenique, e Khail soltou a caixa enquanto todos se sentavam. Quando a equipe terminou de se acomodar, Khail mergulhou a mão na caixa.

— Stevens — gritou e um dos caras ergueu os olhos pouco antes que o saco lhe atingisse no peito. — Moore. — Outro cara, outro saco. Logo, todos os lutadores, exceto um, tinham recebido um saco. — Desculpe, Sig — disse Khail, e eu tive um breve momento para cogitar se Sig era abreviatura de Sigfried ou, talvez, de Sigmund... O que os pais de hoje em dia tinham na cabeça, hein? — Não encontrei nenhum para você.

Eu tinha dito a Khail qual era a senha do portão da casa de praia, mas não esperava que ele fosse, de fato, voltar à caverna. Eu me perguntei quantas horas ele devia ter passado na noite anterior procurando os sacos de seus companheiros de equipe. Claramente, eu havia subestimado seu comprometimento com o projeto.

Ou, talvez, seu ódio por Kimberlee.

Os lutadores começaram a vasculhar seus sacos, alguns tirando um item, outros tirando dois ou três, com murmúrios de surpresa e até mesmo risos antes que um dos caras — o que Khail chamara de Moore — olhasse para ele e dissesse:

— Que diabo é isto?

— São todas as coisas que foram roubadas de vocês durante os últimos anos — disse Khail.

— Isso eu estou vendo — respondeu o cara, claramente descontente. — E por que estão com *você*?

Khail olhou para mim.

— Jeff estava explorando umas cavernas há algumas semanas... coisa de nerd — acrescentou ele, e a equipe inteira assentiu como se aquilo explicasse tudo. — E ele encontrou uma caverna cheia dessas coisas.

— Uma caverna? — perguntou outro cara.

— Uma caverna — respondeu Khail com firmeza. — Eu fui até lá, vi com meus próprios olhos. Algum problema?

O cara ergueu as mãos como se apagasse seu comentário, mas a expressão em seu rosto ainda era de descrença.

— Está cheia de toneladas de coisas — disse Khail —, tipo essas que eu acabei de entregar. — Ele se empertigou um pouco mais. — Quero devolver tudo. Todo mundo merece ter seus pertences de volta.

— Então, devolva. Para que você precisa da gente?

— Venham aqui — disse Khail, indicando que o seguíssemos. Fomos até sua caminhonete e notei pela primeira vez que havia um grande encerado verde na carroceria. Khail se inclinou sobre a borda da carroceria e levantou um canto do encerado, revelando um mar de sacos plásticos. — Isto é só uns... dez ou quinze por cento das coisas que tem na caverna — disse Khail. — É por isso que preciso de vocês. Tem algo para praticamente todo mundo da Whitestone, inclusive os professores. — Ele cobriu o espólio novamente com o encerado e olhou para os lutadores. — E então, vocês vão ajudar ou não?

— Essas coisas são daquele roubo grande que ocorreu, né? — perguntou um dos caras menores.

Khail assentiu.

O cara balançou a cabeça.

— Não posso me envolver com isso. Hennigan já me colocou na lista negra porque eu tenho um histórico de roubo em loja de quando estava no fim do ensino fundamental. Ele vai me culpar. Droga, ele provavelmente vai me *expulsar*.

— Esse é o risco — disse Khail, assentindo. — E não só para você. Todos vocês sabem como Hennigan ficou obcecado. Ele ainda não consegue falar sobre o assunto sem perder a calma. Ele não vai se importar com quem realmente roubou essas coisas. Qualquer um de nós que for pego estará perdido.

— Então, para que se dar ao trabalho de fazer isso?

— É a coisa certa a se fazer — disse Khail calmamente, sem nem sequer vacilar. — Eu fiquei contente em receber minhas coisas de volta... vocês não ficaram?

Ele olhou em volta do círculo conforme cada lutador olhava para seu saco de coisas roubadas.

— Como sabemos que não foi você que roubou tudo? — perguntou um cara que achei que não fosse nem de longe grande o bastante para acusar Khail de forma tão direta.

— Tenho meus defeitos, mas jamais roubaria dos meus companheiros de equipe e acho que todos vocês sabem disso — respondeu Khail, não parecendo nem um pouco ofendido.

— E quanto a ele? — disse o carinha menor, elevando a voz. — Eu nem mesmo o conheço.

Abri a boca para me defender, mas Khail falou primeiro.

— Jeff acabou de se mudar para cá. Acho que estar a seiscentos e cinquenta quilômetros de distância é um álibi bem bom, não?

— Por que você não leva tudo para a polícia? — perguntou outro cara.

— Você acha que a polícia vai devolver alguma coisa? — perguntou Khail com frieza. — Eles vão confiscar tudo, etiquetar como evidência e ninguém vai ver essas coisas novamente. — Ele fez uma pausa. — Quero que tudo isso volte para o lugar de onde *veio*. Ninguém gosta de ser roubado. — Ele se calou por um segundo, então pigarreou. — Portanto, eu estou nessa, quer vocês topem ou não. Mas todo mundo é livre para pular fora agora mesmo. — Ele apontou um dedo para o grupo. — Vocês estão todos comprometidos a guardar segredo sobre tudo que eu contei até agora; não se enganem: vou garantir que qualquer um que abrir o bico pague... até você, Vincent — disse ele, olhando para o único cara maior do que ele. — Mas não vou obrigar ninguém a colaborar conosco. Eu e o Jeff vamos fazer tudo sozinhos se for preciso. — Ele se calou e olhou para o semicírculo de rapazes. — Quem topa?

Os caras olharam uns para os outros e, então, para os sacos de coisas roubadas. Por fim, o grandalhão — Vincent? — empinou o queixo.

— Eu topo.

Um dos caras menores assentiu.

— Eu também.

Mais alguns rapazes responderam e, depois de uns trinta segundos, todos eles acabaram concordando, até o carinha com o histórico de roubar em lojas. Senti um peso palpável sendo retirado dos meus ombros quando olhei em volta, para o grupo que havia concordado em me ajudar. Bem, ajudar o Khail. Ah, quer saber? Eu nem ligava; eles iam ajudar e pronto.

— O.k. — disse Khail. — Aquele que abrir o bico vai levar porrada do resto do grupo, e não pense que isso não te inclui, Jeff.

— Quê? *Eu* é que não vou falar nada!

— Só estou esclarecendo as regras — disse Khail.

— Então, o que nós vamos fazer? — perguntou, finalmente, um carinha magricela.

Khail se virou para mim e todos seguiram seu exemplo.

Acho que comecei a suar frio no mesmo instante.

— Hum. — Cocei a nuca e esperei que não estivesse ficando vermelho. — Na verdade, eu não tive lá muito tempo para planejar, ontem à noite. — De repente, rezei para que Khail não soubesse que eu tinha saído com a irmã dele. E, pela primeira vez, me perguntei quanto ela teria contado a ele sobre mim. Mais especificamente, sobre o que estivemos fazendo durante o filme todo. Minhas orelhas estavam começando a ferver só de pensar. — Mas eu pensei que, se carregássemos um monte de coisas na caminhonete e etiquetássemos tudo direitinho, poderíamos, provavelmente, deixar tudo numa pilha no ginásio. — Olhei para Khail. — Você sabe, começar de forma simples.

— Como se fosse Dia de Natal? — soltou um carinha lá atrás.

— É, cabeção — disparou outro. — Talvez devêssemos arrumar uma árvore de Natal para completar o cenário.

Os dois começaram a discutir, mas o olhar de Khail se iluminou e um meio sorriso surgiu em seu rosto.

— Galera, parem com isso. Isso seria incrível, vocês não acham?

— O que, uma árvore de Natal? — perguntei. — Mas estamos em janeiro.

— Não, tô falando sério, imagine só. Vamos ter uma assembleia-geral amanhã para falar sobre nossa competição em Northridge. Isso dá desculpa para todos nós sairmos da aula. Daí, pouco antes do almoço, todo mundo vai até o ginásio e encontra uma árvore de Natal de três metros de altura cheia desses sacos embaixo. A escola inteira iria pirar!

Os rapazes estavam começando a sorrir e falar, e eu me aproximei um pouco mais de Khail.

— A ideia não é fazer *ninguém* pirar. Eu queria resolver isso tudo atraindo o mínimo de atenção possível.

— Jeff — disse Khail, sério —, você tem mais de cem caixas de tralhas roubadas para devolver. Não tem como fazer isso sem ninguém perceber. Já comecei a ouvir pessoas comentarem sobre coisas que reapareceram de repente e você mal começou a devolvê-las. Você não está entendendo como esse caso do ladrão foi sério. Alunos sendo tirados da escola, polícia patrulhando os estacionamentos. Foi pesado. Acredite em mim, as pessoas vão comentar. Se vamos fazer isso... vai ser notado, de qualquer forma... — Ele deixou a frase no ar, complementando então com um sorriso e um floreio. — Melhor fazermos com classe.

— Onde vamos arrumar uma árvore de Natal nessa época do ano? — perguntou um dos lutadores.

— Meus pais sempre decoram nossa calçada com árvores de três metros. Elas ficam estocadas. Eles jamais saberão que uma sumiu — ofereceu Khail.

Uma árvore de Natal. A ideia estava começando a me agradar. Afinal, não havia nada de errado em mostrar um pouco de *classe*, como Khail havia colocado. Nós nos juntamos mais e começamos a discutir os detalhes, principalmente como iríamos levar tudo para dentro do ginásio sem sermos pegos. Mas, com uma porção de atletas com mochilas enormes que, de qualquer forma, viviam no ginásio, e com Kimberlee como vigia invisível, concluí que poderíamos conseguir.

— O.k. — disse Khail quando começamos a nos despedir —, há sacos suficientes aqui para cada um pegar quinze. Encham suas mochilas, suas bolsas de ginástica, o que for. Tragam na segunda-feira.

— Ah! — disse eu, lembrando. — Vocês vão precisar disto aqui. — Saquei meu rolinho de adesivos de "Sinto muito" e rasguei uma tira para cada um.

— Por que temos que colocar estes adesivos? — perguntou um dos carinhas mais baixos.

— Você não acha que seja lá quem tenha feito isso está arrependido? — perguntei. Mais ridículo impossível.

O carinha olhou, com expressão de dúvida, para a enorme pilha de sacos.

— Talvez? — disse ele, mais pergunta do que resposta.

— É um logotipo — respondi, ainda estendendo os adesivos para o Baixinho. — As coisas que já devolvi tinham esses adesivos e, se não colocarmos agora, ninguém vai saber que são da mesma pessoa.

— E daí?

— Cara, é legal — intrometeu-se Khail. — Nós vamos ficar superfamosos na escola.

— Sim, mas ninguém vai saber que somos nós.

— Isso é parte da graça. Seremos como uma sociedade secreta. Uma liga. — Ele estava realmente se empolgando com aquilo.

O Baixinho olhou com dúvida para as tiras de adesivos em sua mão.

— Acho que tudo bem — resmungou.

Khail e eu ajudamos a distribuir os sacos. Lentamente, os colegas de Khail voltaram para seus carros e foram embora. Finalmente, ficamos só Khail e eu e quinze sacos.

— Você calculou tudo direitinho — disse eu, observando enquanto Khail guardava os sacos que restavam em sua própria mochila.

— Não conseguia dormir ontem à noite — respondeu Khail de forma evasiva.

— Como você sabia que todos iriam concordar?

— Porque conheço minha equipe. São ótimos rapazes.

— Estou vendo — respondi baixinho, perguntando-me se eu iria me arriscar por alguém que não conhecia. Mal tinha concordado em fazer aquilo sob a ameaça de uma assombração psicótica. — Nem te agradeci — acrescentei.

— Bem, meus motivos não são exatamente altruístas — disse ele, livrando-se do assunto.

— Na verdade, são, sim — contrariei. — Você não está ganhando nada com isso. Ainda que seja por Sera, não te beneficia diretamente.

— Que seja. Tenho meus próprios motivos — disse ele, dando-me as costas.

Nota mental: não entrar em assuntos pessoais com Khail.

A terceira aula nunca pareceu tão longa. Fiquei ali sentado ouvindo a Sra. Wilkinson debulhar sua lenga-lenga sobre Economia sem absorver uma palavra sequer. Khail tinha insistido que, dessa vez, eu não iria ajudar.

— Você precisa ter um álibi — disse ele, sério. — O resto de nós pode alegar que achou que estivesse só ajudando na assembleia. Mas, se a suspeita levar até você, você precisa provar que não estava envolvido.

— Mas eu sou o único que pode falar com Kimberlee — argumentei. Kimberlee tinha concordado, até mesmo se oferecido para ficar de olho nos professores, zeladores e, principalmente, no diretor Hennigan enquanto os lutadores colocavam em prática seu antigolpe.

Ela parecia estar mais concentrada desde que Khail se envolvera no caso. Acho que ela, assim como eu, já tinha quase desistido da ideia de devolver tudo. Havia coisas demais para uma pessoa só. Mas, agora, com uma equipe inteira de lutadores ajudando, poderíamos terminar em algumas semanas! Achei que ela fosse ficar feliz, mas ela parecia mais séria. Talvez aquilo fosse bom, na verdade.

— Cara, ela consegue atravessar paredes; pode correr direto até você se houver algum problema... o que não vai acontecer — acrescentou ele, confiante —, e você pode pegar o passe do xixi e vir nos avisar.

Eu ainda não estava convencido. Mas Khail tinha certeza de que eles podiam fazer tudo sozinhos e ele tinha certa razão quanto ao lance do álibi.

O sinal tocou para a assembleia e me obriguei a arrumar minha mochila num ritmo normal antes de acompanhar o resto da minha classe e me juntar à multidão de alunos indo para o ginásio. Meu coração começou a se acelerar conforme nos aproximávamos das portas do ginásio, por onde as pessoas ja começavam a entrar. Havia mais ruído do que o normal? Menos? Era minha primeira assembleia-geral em Whitestone. Eu não fazia ideia do que esperar.

Cerrei os punhos e entrei pela porta.

Meu queixo caiu.

Khail realmente tinha se excedido. Uma árvore de Natal de três metros de altura estava no centro do ginásio, decorada às pressas com as cores da escola. Havia bandeirolas e bexigas, e alguém tinha jogado punhados de confete por cima de tudo.

E, sob a árvore, pilhas e pilhas de sacos Ziploc, também cobertos de confete. Já havia gente remexendo nas pilhas, chamando nomes e jogando os saquinhos uns para os outros. Havia alunos sorrindo e caindo na risada enquanto os poucos professores presentes tentavam, em vão, afastá-los da árvore.

— Legal, hein? — disse Kimberlee, de repente ao meu lado. Eu estava extremamente orgulhoso por não ter caído durinho ali mesmo num ataque convulsivo.

— Eles fizeram um trabalho excelente — continuou ela, tranquila. Saí de onde estava, parado à porta, para não ser pisoteado pela multidão de alunos, e me encostei à parede com Kimberlee.

— Isso é incrível — sussurrei pelo canto da boca.

— Khail é um exibido mesmo. — Mas ela parecia satisfeita.

Sera estava parada a um lado da multidão, observando tudo com os braços cruzados sobre o peito. Fui até ela e passei o braço por sua cintura.

Ela não reagiu; apenas continuou olhando em frente. Pensei se deveria tirar o braço. Mas, finalmente, me inclinei mais perto de seu ouvido e sussurrei:

— Está tudo bem?

Ela ergueu os olhos como se tivesse acabado de notar que eu estava por ali.

— Sim — respondeu, voltando a olhar para a multidão. — Eu só... quer dizer, fala sério. O que é isso?

Consegui dar de ombros, casualmente.

— Eu seria capaz de apostar que são mais coisas que Kimberlee roubou. E aí está, todo mundo animado. Por que não estão furiosos? Deveriam estar completamente fulos da vida. Isso é... isso é doentio. — Ela se afastou com uma expressão apologética e foi em direção à saída.

— Vou tomar um pouco de ar. Te vejo daqui a pouco.

Voltei a olhar para a árvore. Já não parecia mais tão festiva.

Quase a hora inteira reservada para a assembleia foi usada para afastar a massa de alunos da árvore e fazê-los subir nas arquibancadas, onde deveriam estar. O Sr. Hennigan estava sem fôlego e vermelho depois de dez minutos tentando arrastar gente para longe da árvore. Mas nada adiantava. Ele gritava com cinco ou seis alunos de um lado da árvore e os fazia sair, só para vê-los sendo substituídos por outros cinco no outro lado.

Uma vez que a ordem foi restaurada, fomos presenteados com um longo sermão sobre comportamento e seguir regras e a utilização adequada das dependências da escola.

— Eu sei quem está fazendo isso — disse Hennigan numa voz baixa que ele mal conseguia controlar. Estremeci, perguntando-me se havia alguma forma de aquilo ser verdade. — Está claro que é a mesma pessoa, ou pessoas, envolvidas nos roubos do ano passado.

Um leve murmúrio percorreu a multidão. Mas tudo que pude sentir foi alívio. Hennigan não tinha a menor ideia.

— Quando eu pegar os culpados — disse ele, e fiquei um pouco chocado ao ver como parecia furioso —, haverá suspensões. Expulsões. E ações judiciais! Isto — disse ele, apontando o braço na direção da árvore — implicou faltas e violação da propriedade da escola. Sem falar no furto desses objetos, para começo de conversa.

O medo fez meu estômago se revirar. Khail tinha me avisado de que Hennigan ficara obcecado com o ladrão, mas, aparentemente, eu o havia subestimado.

— Não pensem que isso será tratado com negligência só por causa desses adesivos de "sinto muito" — continuou ele, mostrando um adesivo rasgado. — Quem quer que seja esse aluno, ou esses alunos, vocês serão apanhados e serão punidos. — Ele se afastou do microfone, e o salão ficou em silêncio a não ser pelo farfalhar de uma centena de sacos plásticos.

Ainda assim, não pude evitar sentir uma ponta de orgulho quando as animadoras de torcida finalmente entraram — dando início, oficialmente, à assembleia já mais que atrasada — e não havia um só saquinho embaixo da árvore.

Dezoito

NAQUELA NOITE, EU FUI à minha primeira competição de luta olímpica. Queria dar meu apoio a Khail e aos rapazes depois do que tinham feito. Quer dizer, o que eles haviam conseguido em um único dia, eu teria levado *meses* para fazer.

E Sera estaria lá, animando a torcida.

Mais ou menos. Elas estavam sentadas na borda do tatame, com seus uniformes, gritando e sacudindo os pompons. Acho que eu valorizaria mais se fosse lutador.

Certamente valorizava como espectador.

Já a luta em si, nem tanto. Ver Khail lutar me fazia lembrar de que era mortal. Sério. Ele não tinha recebido um monte de ofertas de bolsas de estudo à toa. Eu sempre soubera que ele era enorme e sarado, mas não dá para entender o real significado de *sarado* até ver alguém com aquelas roupinhas mínimas de luta olímpica. Camadas de músculos, toneladas de músculos, músculos *com* músculos e só um collant diminuto cobrindo tudo. Acho que o oponente de Khail também teve uma chance de encarar a própria mortalidade, nos vinte e quatro segundos que levou para Khail retorcê-lo numa posição capaz de fazer qualquer contorcionista gritar, antes de fazer seu ombro tocar no piso.

Vi cenas de mim mesmo estrebuchando no chão caso alguma coisa desse errado com o nosso pequeno plano. Era apavorante, para dizer o mínimo.

Depois da luta, Sera veio correndo me abraçar, disse alguma coisa sobre seu uniforme ridículo; então correu para trocar de roupa antes que eu pudesse dizer que ela não precisava se incomodar. Ah, paciência, quem sabe outro dia.

VIDA APÓS O ROUBO

Eu estava encostado à parede quando ouvi alguém sussurrar meu nome e, antes que pudesse me virar, Khail agarrou meu braço e me puxou pela esquina até o corredor escuro.

— Se você queria ficar sozinho comigo, era só pedir — brinquei, esfregando o ombro.

Ele apenas me encarou.

— Hã, boa... luta — falei, sem jeito.

— Que nada — disse Khail, bufando. — O cara é novato. Só conseguiu entrar na equipe da escola porque o cara com quem eu *deveria* lutar não alcançou o peso exigido. Odeio quando isso acontece.

— Ah, é mesmo. Muito chato. — Eu não fazia a menor ideia do que ele estava falando. — Enfim, cara, aquela árvore de Natal ficou incrível.

Khail abriu um sorriso.

— Ficou mesmo, não ficou? Foi ideia do Stevens colocar as bandeirolas e tal e, vou te contar, eu não estava muito convencido de que ia ficar legal. Mas ficou o máximo!

— Ficou mesmo; foi incrível.

— Então, como será a próxima?

— Como assim?

— A próxima *devolução* — disse Khail com um sorriso. — Estamos todos prontos!

Minha garganta ficou seca.

— Qual é a pressa?

— Quero terminar logo com isso! — disse Khail. Ele respirou fundo. — Além do mais, só temos duas semanas até as competições estaduais. Depois, a temporada de luta olímpica estará encerrada. Você ficaria surpreso com a liberdade que temos de perambular pela escola durante a temporada. Se um professor me parar, é só eu mostrar minha sacola e dizer: "O treinador me pediu para... sei lá, qualquer coisa." Eles caem como patinhos. Mas depois das lutas voltamos a ser como todo mundo. Temos tempo para fazer uma entrega esta semana e uma na semana que vem. Até mesmo no começo da semana seguinte, se for extremamente necessário, mas aí já estaríamos arriscando.

— Escute — falei, enfiando as mãos nos bolsos. — Hoje foi tudo muito legal e vocês me ajudaram pra caramba, mas... — hesitei. O xis da questão era que eu *queria* que eles continuassem me ajudando. Mas não era justo pedir. — Acho que vocês não deveriam mais fazer isso.

A expressão de Khail ficou séria.

— Por que não?

— O Hennigan está falando em expulsão, Khail. Não acho que ele esteja brincando. Não posso pedir que vocês se arrisquem por mim. Não é justo.

Khail suspirou e se encostou à parede.

— Sei que você está preocupado com a gente, Jeff, mas nós não queremos parar.

Olhei para ele.

— Verdade?

— Eu falei com os rapazes antes da luta hoje. Eu também estava preocupado com Hennigan; então disse para eles que tinham uma chance única de pular fora. E todos quiseram continuar.

Eu não entendia.

— Por quê?

— Você é novo aqui e não conhece todos os alunos; então eles não vêm falar com você sobre as coisas que recuperaram. Algumas coisas são importantes. Na verdade, *a maioria* é. Tem um carinha na minha aula de Cálculo que recuperou um boneco colecionável que valia quase mil dólares e que ele tinha trazido uma vez para uma exposição na escola. Uma menina na minha aula de História recuperou um gorro tricotado por sua melhor amiga que havia se mudado para longe. Tem um cara que recuperou um par de luvas que sua mãe tinha lhe dado de Natal alguns meses antes de morrer num acidente de carro. O cara estava aos prantos, Jeff.

— Uau. — Eu não sabia o que dizer. Estivera tão concentrado em Kimberlee que não tinha pensado no que significaria para as pessoas a devolução de suas coisas roubadas.

— Os rapazes sentem que estão ajudando em algo com significado verdadeiro, sabe? — Ele deu um tapa no meu ombro e tentei não demonstrar quanto doeu. — Estamos com você, meu irmão. — Ele começou a voltar para o vestiário; então deu meia-volta antes de virar a esquina. — A não ser que *você* esteja amarelando?

Balancei rapidamente a cabeça.

— Não, não é isso. Só não quero arrastar vocês todos comigo para o buraco caso alguma coisa dê errado.

Khail deu um passo para trás.

— Tomaremos cuidado — disse ele, com sinceridade. — Muito cuidado. Vamos ficar na surdina pelo resto da semana. Não vamos devolver nada. Depois, voltamos à ativa.

— E como é que eu vou conseguir pensar num plano tão rápido assim?

Khail apenas sorriu.

— Tempos difíceis pedem medidas extremas. — Ele se virou e começou a se afastar. — Ah — disse ele, enfiando a mão no bolso. — Tenho uma coisa para você. — E me entregou um telefone celular simples, barato.

— Para quê? — perguntei.

— Não quero que você pense que não levo a sério a ameaça de Hennigan. Todos os rapazes têm esse número, e ele não pode ser rastreado; paguei em dinheiro. Quando tivermos terminado, simplesmente jogue numa caçamba de lixo qualquer em Chino ou outra cidade vizinha, o.k.?

Eu me senti estranhamente comovido pelo fato de Khail estar meio que cuidando de mim.

— Obrigado — respondi baixinho.

— Vamos levar isso até o fim. Você pensa num plano e nós estaremos lá. — Ele continuou andando e, dessa vez, virou a esquina e desapareceu.

Soltei a respiração que não tinha percebido que estava prendendo.

— Ótimo — falei, trêmulo. — Ótimo. — Esperei mais alguns segundos para dar a Khail a chance de chegar ao vestiário, para que ninguém percebesse que estivéramos conversando.

Minha consciência estava em sérios conflitos. Quer dizer, era ótimo ter todos aqueles caras ao meu lado, sentindo que estavam fazendo algo nobre, mas isso não me deixava mais tranquilo quanto à possibilidade de fazer com que fossem expulsos. E eu odiava ter que esconder a coisa toda de Sera. Mas não só havia prometido a Khail não contar nada para ela como, a julgar por sua reação à árvore de Natal naquela manhã, não tinha certeza de que ela fosse gostar que eu estivesse envolvido. Menos ainda que fosse a pessoa no comando.

Dei uma espiada pela esquina para garantir que Khail tivesse ido embora e recuei depressa quando Sera saiu do vestiário feminino. Sentindo-me um idiota por me esconder da minha própria namorada, estava prestes a sair quando alguém chamou o nome de Sera.

— Nós estamos indo para a casa do O'Brien; você vem?

— Esta noite, não — respondeu Sera. — Vou sair com o Jeff.

— Está bem — disse a garota, hesitante. Ela começou a se afastar e me preparei para sair novamente, mas, então, a garota parou e deu meia-volta.

— Posso falar com você um segundo?

Perfeito. Minha escolha de momento não podia ser melhor. Não queria ficar escutando escondido a conversa delas, mas agora *não* parecia um bom momento para aparecer, de repente.

— Hã, claro — disse Sera, hesitando.

— Você sabe que eu te amo e que sempre estive ao seu lado, desde que você entrou para a equipe e até depois, quando... enfim, tudo. Mas... Jeff? Sério?

— O que tem ele? — perguntou Sera, na defensiva.

— Não fique assim — disse a garota, parecendo se importar, embora eu não achasse que aquilo fosse da conta dela. — Só estou preocupada. Ele não é como os carinhas que você costumava namorar.

— Essa é a melhor coisa nele. — Ouvi Sera responder secamente.

— Não quero que você se jogue em cima de um nerd qualquer só porque já faz algum tempo...

Uau. Que cruel. Não sabia bem se aquela sinceridade toda era sinal de amizade verdadeira ou se ela era alguém a se evitar.

— Não é nada disso — respondeu Sera baixinho. — Ele é... muito legal. Ele me ouve e parece realmente se importar com o que eu penso. Não me força a fazer coisas que não gosto e... preciso de alguém assim no momento. E admito: é bom começar de novo do zero. Quase todo mundo em Whitestone me conhece desde que eu usava fraldas. É... acho que preciso de alguém que só conheça quem eu sou agora.

— Só quis conferir — disse a outra garota. — Deixar claro que ainda cuido de você. — Houve uma pausa que eu só podia supor que contivesse algum tipo de abraço ou outro gesto feminino, mas mesmo no silêncio pude sentir uma sinceridade que, estranhamente, me deixou feliz. Por Sera.

— Obrigada. De verdade — respondeu Sera.

— O.k. Bem, até mais — disse a garota.

Esperei alguns segundos. Então saí do corredor escuro, contente ao ver que Sera ainda estava de costas para mim. Tinha a sensação de que ela não ficaria muito satisfeita se soubesse que eu tinha acabado de ouvir sua conversa. Não tinha certeza se *eu* estava muito satisfeito. *Novo começo?* Detestei que me fizesse pensar que algo do que Kimberlee vivia dizendo sobre Sera pudesse ser verdade. Tentando afastar aqueles pensamentos, aproximei-me dela por trás e coloquei a mão em sua cintura.

E mal tive tempo de segurar sua mão antes que ela me estapeasse no rosto.

— Ai, me desculpe! — disse ela, cobrindo a boca com as mãos. — Você me assustou!

Sorri para ela. Era meio engraçado vê-la alterada.

— Tudo bem. Você não me bateu. Eu devia ter feito algum barulho antes de me aproximar furtivamente de você.

— Só estou nervosa — disse ela com um suspiro, começando a ir em direção às portas da frente. — Esse lance todo das coisas serem devolvidas está me deixando receosa. É como se cada vez que eu me virasse estivesse esperando ver... sei lá. Um fantasma ou coisa parecida.

Ri de um jeito que esperava que não fosse falso demais. *Mal sabe ela.*

— É bobagem, eu sei. — Ela deu de ombros. — Estou à beira de um ataque de nervos.

Passei o braço por seus ombros.

— Bem, vamos te afastar dessa beira, então. — Eu tenho as cantadas mais imbecis do mundo.

Por sorte, Sera não riu, provavelmente por ter acabado de quase me dar um tapa nas fuças.

— Então, o que vamos fazer?

— Sei que você só tem uma hora, mas está com fome? Tipo, não só meio com fome, mas com fome de verdade?

Ela inclinou a cabeça para um lado.

— Na verdade, sim. E você?

— Faminto.

— Então, vamos.

Peguei-a pela mão e a levei até meu carro, lembrando-me, no último segundo, de abrir a porta para ela; então, saímos do estacionamento. Quando chegamos à lanchonete In-N-Out, entrei com o carro no drive-thru. Fiz o pedido para nós dois e entreguei os sacos quentes para Sera enquanto ela me olhava com um sorriso curioso. Ela parecia sentir que eu tinha algum plano; então, não comentou nada quando nos afastamos do restaurante.

Então, dirigi para o parque.

Sim, *aquele* parque. Aquele onde tivera aquela noite desastrosa que tinha se transformado numa noite zilhões de vezes melhor do que deveria, levando em conta como começara.

Eu tinha pensado em fazer aquilo no nosso primeiro encontro, mas não conseguira encontrar o parque. Estar semissóbrio quando ela me levou para casa não mudava o fato de eu não fazer a menor ideia de onde estávamos. Durante a última semana, eu havia passado horas dirigindo por ali à procura do parque. E estava pelo menos oitenta por cento seguro de que aquele era o lugar certo.

Os oitenta por cento se transformaram rapidamente em cem quando Sera sorriu e disse:

— Aqui?

Desci do carro sem responder e fui até o lado dela, pegando os sacos.

— Todo mundo tem direito a uma segunda chance na vida, certo? — perguntei com um sorriso. — Esta é a minha.

Comemos na mesa de piquenique como se fosse o meio do dia, em vez de quase dez horas da noite.

— Você realmente trabalha muito como animadora — disse, pegando uma batatinha frita. — Jogos de basquete, competições de luta. Além disso, você treina todos os dias, certo?

— Todo dia, depois das aulas. Além de participar das competições entre animadoras, que acontecerão no final deste mês.

— Parece muito trabalho para alguém que diz que não gosta de ser animadora.

Sua mão se deteve no ar; então, ela quebrou uma batatinha em dois pedaços e examinou as pontas.

— Não é que eu *não* goste. Só gosto de algumas partes mais do que outras.

— Tipo, de ver o Khail lutar?

— É. Isso é legal. Mas também me dá uma desculpa para sair de casa. E meus pais gostam que eu fique ocupada. Eles me deixam em paz. *Isso*, sim, faz valer a pena — disse ela, apontando para mim com seu pedaço de batata frita.

— Nem me fale — disse eu, pensando nos breves momentos que tivera com os pais dela.

— Eles gostam de você, eu acho.

— Como você sabe? — perguntei, dando uma risada.

— Ah, é sutil — respondeu ela. — Também ajuda o fato de você sempre me levar para casa na hora certa.

— Não que eu queira — disse, inclinando-me à frente para lhe dar um beijo rápido. — Nunca. Vamos — disse, apontando com a cabeça para os balanços. — Esta noite nós dois podemos balançar.

Apesar de seus protestos risonhos, eu a puxei até o meu colo e balançamos juntos por algum tempo. Gostei da sensação do peso dela sobre as minhas pernas, do vento soprando as pontas enroladas de seu cabelo no meu rosto. Após algum tempo, ela foi para seu próprio balanço e nós apostamos quem conseguia subir mais alto, mais depressa.

— Aposto que consigo pular mais longe do que você — gritei para ela, cujo cabelo esvoaçava às costas conforme ela ia para frente e para trás.

— De jeito nenhum! — gritou ela.

Eu me concentrei na areia à frente enquanto Sera contava. No três nós dois soltamos do balanço e, apenas por um segundo, me lembrei da sensação de voar que não experimentava desde que era pequeno, da emoção de ver a terra vindo depressa na minha direção. Bati no chão e rolei, enquanto Sera aterrissava graciosamente em pé, mas eu estava uns quinze centímetros à frente.

— Ganhei! — disse, apontando para a marca que meus joelhos haviam feito quando caí.

— De jeito nenhum — disse Sera, rindo. — Você tem que medir daqui, de onde seus pés pousaram.

— Você só está dizendo isso porque não pensou em se jogar para a frente a fim de ir mais longe — respondi, passando os braços em volta dela e levantando-a para fazê-la girar. Quando ficamos zonzos demais para continuar girando, peguei a mão dela e a puxei até o morro em que havíamos subido depois da festa. Sentei-me na grama fresca e indiquei o lugar ao meu lado. Ela sorriu e sentou ali comigo e passei o braço por seu ombro, puxando-a mais perto e pousando a cabeça sobre seus cabelos.

— Então, foi uma segunda chance boa? — perguntei, mais sério agora. — Podemos simplesmente esquecer que aquela noite aconteceu?

Ela hesitou e eu fiquei um pouco nervoso.

— Vai acontecer novamente? — perguntou ela, séria.

— O quê? Ir à festa em Harrison Hill? Hã, não. Pode crer.

— Não só em Harrison Hill — disse ela. — Você vai continuar indo a festas?

Eu ri.

— Você faz parecer que é um hábito meu. Mesmo quando morava em Phoenix eu não ia a muitas festas.

— Não estou me referindo a isso — disse ela. — É só que... eu já experimentei um monte de coisa. — Ela riu baixinho. — Um *monte* de coisa. E... é tudo ruim, Jeff. Acaba com você. Acabou comigo — acrescentou ela, baixinho. — E, no final, consegui me livrar sem muitos danos. — Ela engoliu em seco e, por um segundo, o silêncio carregado de segredos me deixou gelado. — Acho você ótimo, mas... não posso me envolver novamente com aquele mundo. Nem mesmo através de você. Portanto, se cair na farra todo fim de semana é sua ideia de diversão, então... — Ela deixou a frase no ar.

Embora meu cérebro estivesse gritando para eu lhe perguntar o que era esse *monte de coisa* — combinado com o que a outra animadora de torcida tinha acabado de dizer sobre *cuidar dela* —, eu sabia que aquele não era o momento certo.

— A ressaca foi horrível — confessei. — Acho que estou fora desse tipo de festa por algum tempo. Um *longo* tempo.

— Está bem — disse ela, virando-se e deitando a cabeça no meu ombro.

— *Agora* nós podemos esquecer que isso aconteceu?

— Já está esquecido — sussurrou ela. Eu me deitei na grama, desejando ter pensado em trazer uma manta, e Sera se curvou ao meu lado e encostou a testa no meu rosto. Uma de suas mãos pousou no meu peito por um momento e, então, após um instante de hesitação, ela enfiou a mão sob a minha camisa, colocando-a na minha barriga e despertando praticamente todos os nervos no meu corpo.

— Minha mão está gelada — alegou ela como desculpa.

Por mim, tudo bem.

Afastei o cabelo de seu rosto.

— Obrigado por me resgatar.

— Na festa? — perguntou ela.

— Também — respondi, inclinando-me mais perto. Queria que aquele beijo significasse algo... que mostrasse a ela quanto ela importava. Não sabia bem como colocar tudo aquilo num beijo, mas tentei.

De alguma forma, ela pareceu entender. Por baixo de seu gloss de baunilha, juro que pude *sentir* quanto ela me queria naquele momento, e a emoção daquilo me deixou zonzo. Eu não estava simplesmente beijando — *ela* estava *me* beijando. E estava realmente, realmente sendo sincera.

E aquilo fez todo o resto valer a pena.

Dezenove

— VOCÊ ESTÁ MALUCO?
As palavras de Khail ecoaram no meu ouvido mesmo eu tendo afastado o telefone.
— Khail, apenas escu...
— Nós *não* podemos invadir a escola!
— Fale baixo! — sibilei. Quem sabe quem poderia estar escutando na casa dele?
No mínimo, Sera.
— Eu te disse que ele não iria topar — disse Kimberlee do banco do passageiro.
— Era você que queria fazer tudo com *classe* — falei ao telefone, acenando para Kimberlee ficar quieta. Não que alguém pudesse ouvi-la.
— Só que isso está mais para, tipo, um trabalho profissional. E ilegal — acrescentou ele, como se eu não estivesse pensando naquilo.
— E fácil, quando se está trabalhando com uma pessoa invisível — eu disse.
Aquilo o calou.
— Kimberlee? Sério?
— Sim! Ela pode conseguir todas as senhas de segurança para a gente, vigiar se vem alguém, garantir que a escola esteja vazia... você sabe, esse tipo de coisa.
— Só tem um problema, gênio. A chave mestra. As senhas dos alarmes vão ajudar e tal, mas aquelas portas ainda precisam ser abertas com chave e, pelo que eu entendi, sua amiguinha não pode tocar em nada.

— Bailey — falei, citando nossa vice-diretora. — Ela tem todas as chaves, mas nunca é responsável por trancar a escola. Aposto que poderíamos roubar sua chave mestra, e ela levaria semanas para perceber.

Khail ficou um longo tempo em silêncio.

Como ele não estava discutindo comigo, tirei vantagem da situação.

— Pense nisto: entramos à noite, tipo, talvez na segunda-feira, abrimos as portas da frente, você digita a senha do alarme, eu começo a destrancar as salas de aula, deixamos uma pilha de coisas em cima da mesa de cada professor — expliquei, sorrindo ao aplicar o golpe de misericórdia.

— E por que diabos a gente iria deixar as coisas nas mesas dos professores? — perguntou Khail, direto.

— É aí que está a beleza da coisa. O lance de recuperar algo perdido é que, como você disse, às vezes é algo importante. Se pelo menos uma fração das coisas que devolvermos para os professores for importante, eles vão parar de se importar tanto em nos apanhar e nós poderemos devolver um monte de coisas para os alunos nesse meio-tempo.

Silêncio mais uma vez. Eu me obriguei a respirar devagar enquanto Khail pensava a respeito.

— Está bem — disse ele, devagar. — Entendi. Isso... isso vai dar certo! Está vendo, é por essa razão que você é o cérebro por trás da operação. É genial, Jeff. Genial!

Decidi não contar a ele que tinha sido ideia de Kimberlee. Era seu grande sonho de aplicar um golpe de verdade.

Só que, nesse caso, seria um antigolpe.

— Tem vários detalhes que teremos que combinar com precisão, no entanto — disse Khail, ficando sério. — As câmeras, por exemplo.

— Só existem aquelas quatro que todo mundo conhece — respondi, agindo como se *eu* soubesse da existência delas antes de Kimberlee me contar. — Nas portas de entrada, na cantina, na diretoria e no laboratório de computação.

— Podemos evitar todas, exceto a da entrada.
— E a da diretoria.
— Por que precisamos entrar na diretoria?
— É onde fica o painel do alarme.
Uma longa pausa.
— E como você sabe disso?
Dirigi um olhar apologético para Kimberlee e, então, respondi:
— Estou trabalhando em conjunto com a cleptomaníaca; ela sabe onde fica tudo. — Tudo *mesmo*. Quando ela veio me falar pela primeira vez sobre aquele plano, pensei em mais ou menos um bilhão de argumentos, e ela tinha uma resposta pronta para cada um deles. Uma resposta que fora, claramente, bastante analisada. A ironia de realizar o grande crime de seus sonhos para desfazer centenas de crimes menores não me passava despercebida.
— E então... o que faremos com essas câmeras?
— Essa é a parte arriscada. Alguém vai ter que se aproximar delas o suficiente para cobri-las e acho que deveria ser eu.
Praticamente pude ouvir Khail se eriçando.
— Por que você?
— Porque a sua estrutura física é muito característica. De todos vocês. Admita: vocês *parecem* lutadores.
— É, acho que sim — disse ele, contrariado.
— E todo mundo vai ter que usar luvas.
— Obviamente — disse Khail e me perguntei se ele estaria andando de um lado para outro. Fiquei bem quieto, deixando que ele ruminasse aquilo tudo. — Então — disse ele, depois de algum tempo —, você e Kimberlee roubam a chave, conseguem as senhas e depois? Simplesmente nos reunimos na escola?
— Na sua caminhonete. Todo mundo na caçamba, onde não poderão ser vistos. Eu corro e destranco as portas, digito as senhas e cubro as duas câmeras. Depois disso, começarei a destrancar as salas de

aula com a chave mestra e os rapazes poderão entrar e deixar coisas em uma ou talvez duas salas cada um.

— Isso vai levar tempo demais. Você precisa me deixar ajudar, Jeff.

Franzi os lábios, não querendo que Khail se arriscasse mais por mim.

— Que tal isto, então: você lida com a chave; eu cuido das senhas e das câmeras. Duas vezes mais rápido... estaremos fora de lá em dez minutos, no máximo.

Hesitei, perguntando-me brevemente como diabos eu tinha conseguido me meter nessa enrascada.

— Tá bem — respondi, baixinho. — Mas você tem que me prometer que vai evitar as câmeras o máximo que puder.

— Você acha que eu *quero* ser pego?

Falar com Khail era quase impossível quando seu ego estava presente.

— Quando? — perguntou Khail quando eu não respondi.

— Que tal na segunda-feira? Vou tentar roubar a chave esta semana quando surgir uma oportunidade.

— Vou avisar os caras. Você consegue escapulir de casa às duas da manhã?

— Acho que sim — respondi. *Espero* que sim.

— O.k. — disse Khail. — Combinado. — Então ele desligou sem se despedir.

Segurei o telefone junto do ouvido por um bom tempo antes de relaxar o braço e soltá-lo. Olhei para Kimberlee, sentada ansiosamente na beira da minha cama.

— Ele topou — falei debilmente, percebendo que estava esperando que ele fosse recusar.

Kimberlee apenas sorriu.

* * *

— Deveríamos fazer alguma coisa diferente hoje — disse Kimberlee, em seu lugar de costume no chão do meu quarto, onde estava deitada de bruços e me olhava escovar os dentes.

— Claro, mesmo porque não temos feito nada de emocionante ultimamente — respondi, seco. Kimberlee finalmente havia conseguido decifrar a programação da Sra. Bailey e quando ela estaria longe de sua mesa. Com Kimberlee de vigia, eu havia conseguido entrar no escritório dela e encontrado seu chaveiro repousando inocentemente sobre a mesa.

Agora, com uma chave a menos.

Vinte e quatro horas mais tarde e meus nervos ainda não tinham se recuperado.

— Bem, é sábado, então que tal irmos ao shopping?

Ao shopping? A última vez que eu tinha mencionado o shopping para Kimberlee ela não tinha se animado nem um pouco.

— Não estou precisando comprar nada.

— Não para comprar; para devolver coisas.

Soltei um gemido enquanto desligava o barbeador.

— Você está brincando, né?

Ela me olhou feio.

— Falando sério, Kimberlee, quando você vai perceber que sou *eu* quem está fazendo um favor a *você*, e não o contrário? — Olhei novamente para o espelho e acrescentei, baixinho, mas alto o suficiente para ela ouvir: — Provavelmente só quando você vir aquela luz no fim do túnel de que todo mundo fala.

A despeito dos meus melhores argumentos, várias horas depois me flagrei na frente de uma loja de esquina no shopping, examinando a lista que tinha nas mãos.

— Claire's?

— Ah, sim — disse Kimberlee atrás de mim. — Essa loja é tão fácil de roubar. Eles têm essas vendedoras avoadas que estão mais interessadas em suas próprias unhas do que no trabalho. Nem sequer têm câmeras.

— E é por isso que você tem *quatro* sacos de coisas deles? — perguntei pelo canto da boca.

— O que posso dizer? — perguntou ela, já se adiantando na direção da loja. — Era tentação demais.

Soltei um longo suspiro e a segui. Já fazia duas horas que estávamos no shopping, e meus pés doíam. Eu tinha enchido meu carro com três caixas de mercadorias que, aos poucos, repassava para minha mochila, levava até a loja, deixava lá, geralmente com um funcionário prestativo, mas confuso, e ia embora. Comecei com coisas pequenas, principalmente porque estava nervoso: em pequenos stands, dos quais Kimberlee havia furtado talvez um par de brincos ou algum tipo de maquiagem. Viagens curtas; uma coisinha ou duas. Nada que chamasse a atenção.

Mas estava na hora de começar a levar mercadorias de volta às lojas maiores. E que tinham vários sacos de coisas.

A primeira loja foi a Claire's.

Como era de esperar, a garota atrás do balcão era muito mais baixa do que eu e parecia também ser mais jovem. *Muito* mais jovem.

— Sim? — perguntou ela numa voz esganiçada quando fiquei uns cinco minutos parado diante do balcão tentando atrair sua atenção.

— Oi — disse eu com o que esperava ser um sorriso extremamente não ameaçador. — Eu trouxe umas coisas.

Ela observou de olhos arregalados eu colocar o primeiro saco de quase quatro litros de capacidade sobre o balcão.

— Eu te conheço?

Olhei para ela, confuso.

— Ah, não, essas coisas não são para você pessoalmente... são para a loja.

— Para a loja?

— É. Estou devolvendo algumas coisas.
— Hã, você tem as notas fiscais? — perguntou ela, em dúvida.
— Não, são de graça. — Coloquei o último saco no balcão e sorri. — Tenha um bom dia.
— Espere! — exclamou ela. — Volte aqui.

Idiota que sou, eu me virei. Burro.

— Sim?

Ela hesitou, abrindo o saco e remexendo o conteúdo, pegando alguns itens.

— Nem sequer reconheço a maior parte destas coisas. Quanto tempo faz?

— Hã... — Olhei de soslaio para Kimberlee.

Ela deu de ombros.

— Dois, três anos algumas delas... acho.

Ela pegou um par de brincos de argola de prata e levou até o leitor de códigos de barra. Nada.

— Acho que não posso aceitar isto de volta — disse ela. — Nem sequer tem o registro no meu computador. Como é que eu vou vender?

Dei de ombros.

— Só achei que a loja deveria ter essas coisas de volta, só isso.

— Você tem ideia de quanto tempo vai demorar para eu fazer o inventário de tudo isto?

— Desculpe, não é problema meu — respondi.

— Espere, não posso receber estas coisas — disse ela, dando a volta no balcão e tentando colocar tudo de volta nos meus braços.

Ah, mas não mesmo.

Apertei o passo um pouco mais e cheguei à porta de entrada ao mesmo tempo que ela.

— É sério, você deveria... — Ela prendeu a respiração quando minha mochila bateu em algo grande e sólido.

Dei meia-volta e me vi encarando uma camisa branca com um logotipo em forma de insígnia. *Perfeito. Simplesmente perfeito.*

Vinte

REVELOU-SE QUE OS guardas de segurança do shopping tinham sua própria sala de interrogatório. Tá, tudo bem, não era exatamente uma sala de interrogatório, mas foi bem essa a sensação que tive, ali sentado na cadeira, com dois seguranças me olhando de cima.

— Então, filho...

— Não sou seu filho — insisti, num rompante de coragem.

Os dois seguranças trocaram um olhar cheio de significado. Tenho certeza de que era algo do tipo *um moleque espertinho*.

— Tudo bem, *Jeff*, preciso que você nos explique novamente por que tem uma mochila cheia de joias femininas. E um carro cheio de roupas novinhas em folha.

— Como você sabe sobre o meu carro? — perguntei. Isso mesmo, é exatamente assim que se deve manter a calma sob pressão. *Só que não.*

— Estávamos de olho em você. Agarrando a mochila, parecendo nervoso, vagando a esmo. Só faltava um cartaz pendurado no pescoço dizendo *ladrão*. Você ficava indo até seu carro lá fora e voltando até aqui. Então, fomos dar uma olhada. Tem um monte de mercadoria lá dentro. Você gostaria de me explicar isso?

Que vergonha.

— Eu tenho uma... amiga... ela é uma menina — acrescentei estupidamente. — E alguns anos atrás ela passou por uma fase de furtar coisas. Agora ela mudou de ideia e eu concordei em ajudá-la a devolver as coisas furtadas.

— A-hã. E a sua *amiga*, aparentemente, não tem nome.

— É claro que ela tem nome — bufei. — Só não vou contar para você. — *Porque daí eu vou acabar parecendo um doido e não vai ser na detenção juvenil que vão me trancar e jogar a chave fora.*
Os seguranças trocaram outro olhar demorado.
— Seja forte — disse Kimberlee, do canto. — Eles não são policiais; não podem fazer nada exceto te escoltar para fora do recinto.
Respirei fundo, devagar.
— Ou chamar os policiais de verdade, suponho.
Mal podia olhar para Kimberlee, de tão furioso que estava. Ela era a ladra mestra; será que não podia ter me dado, sei lá, umas dicas para eu não ser pego? Ou, pelo menos, para não fazer nada que instigasse os seguranças do shopping a *me seguir*?
O Segurança Grande pegou um caderno.
— Está bem, garoto. Preciso do nome dela e você vai me dizer.
— Eu adoraria, senhor, mas infelizmente dei minha palavra de que manteria sua identidade anônima.
— Garoto, você *tem* que me dizer.
— Não tenho, não. — Cruzei os braços diante do peito. — Tenho o direito de permanecer calado.
Os dois guardas olharam para mim por um longo tempo, enquanto Kimberlee morria de rir no canto dela. Dei-lhe uma olhada furiosa.
Os guardas me disseram para ficar ali e saíram da sala. Escutei-os resmungando no outro lado da porta, mas não me levantei para tentar espionar. Sinceramente, acho que não *conseguiria* me levantar naquele momento, nem que quisesse. Kimberlee podia já ter estado naquela sala uma dúzia de vezes, mas eu nunca tinha me encrencado daquele jeito. Nunca.
O guarda maior entrou e cruzou os braços musculosos diante do peito.
— Eis o que vamos fazer: Joe está ligando para a polícia e eles vão mandar alguém aqui para te levar para casa. Para garantir que você chegue direitinho e para contar a seus pais o que você vem fazendo.
Merda.

— Não quero ver você neste shopping center por algumas semanas. E nunca mais quero ver você causando problemas de novo, ou os policiais vão fazer mais do que te acompanhar até em casa. Entendido?

— Sissinhô — sussurrei.

— Assim está melhor — resmungou ele. — Agora esperamos até as autoridades chegarem.

Ele se inclinou e ligou uma televisão.

— Você gosta de beisebol, Jeffrey?

Maravilha.

O policial Herrera disfarçou um sorriso ao examinar o conteúdo da minha mochila.

— Eu cuido disso, senhores — disse ele para os seguranças, dispensando-os.

Os dois seguranças me dirigiram um olhar maligno antes de desaparecerem atrás da porta. De volta ao jogo de beisebol, com toda certeza.

— Vamos sair por aqui — disse o policial baixinho, indicando uma saída pelos fundos. Kimberlee foi na nossa frente, passando pela parede antes que o policial chegasse.

— Onde está o seu carro? — ele perguntou, com as mãos na cintura. Provavelmente era uma pose casual, mas eu só conseguia me concentrar na arma que, agora, estava a menos centímetros de sua mão.

— Por ali — respondi, apontando para a fila onde Halle estava. Fomos até lá, e o policial Herrera me fez destravar as portas e ficar parado com as mãos sobre o capô enquanto ele examinava as mercadorias. Pelo menos não me algemou.

— O.k. — disse ele. — Já vi o suficiente. Vamos para o meu carro.

Meu rosto deve ter ficado branco porque Kimberlee disse:

— Você se preocupa demais — enquanto tentava, de brincadeira, agarrar a arma do policial. — Este cara obviamente acha os seguranças uns imbecis. Ele só vai te dar uma carona. Eu vou no banco da frente! — exigiu ela.

Mas, quando chegamos ao carro, o policial Herrera abriu a porta do passageiro para mim.

— Eu não tenho que ir na parte de trás? — perguntei, indicando com a cabeça o assento atrás da forte grade de metal.

— Bem, acho que depende de você — disse ele. — Mas, se você sentar lá, terei que acionar as luzes da viatura.

Enquanto Herrera dava a volta até o outro lado do carro, olhei para Kimberlee e apontei disfarçadamente com o polegar para o banco de trás.

— Te odeio — disse ela, acomodando-se atrás da grade. Não pude evitar sorrir. Tecnicamente, era ali que ela deveria ficar.

O policial Herrera ficou calado durante vários minutos, depois de ter colocado meu endereço no GPS.

— Bem, os seguranças parecem achar que você é uma ameaça para a sociedade, além de mentiroso — disse ele, começando a percorrer ruas conhecidas. — Particularmente, acredito na sua história. Principalmente porque seu carro está cheio de coisas de menina. E, então, terei mais sorte do que eles em fazê-lo entregar a sua amiga?

Suspirei.

— Ela morreu, tá bom? Só achei que as coisas que ela roubou deveriam ser devolvidas. — Cara, como era bom contar aquilo para alguém! Ainda que não fosse *toda* a verdade.

Herrera riu.

— Você parece ter saído do confessionário da igreja depois de uma noite selvagem de sábado. Mas faz sentido, suponho. As mercadorias são antigas. E imagino que, se ela está morta, a questão dos furtos em si já está resolvida. Exceto pelo fato de que, agora, você tem um carro cheio de mercadorias roubadas.

— Nem me fale — resmunguei.

— Seus pais sabem que você está fazendo isso?

— Não. — Endireitei-me no banco. — Olha, eu sei que você tem que contar para eles, mas será que poderia omitir a parte sobre a minha amiga estar morta? Eu não contei a mais ninguém e não quero que ela fique com a reputação de ladra. — A bem da verdade, aquela não era minha maior preocupação, mas achei que parecia um argumento racional.

O policial deu de ombros.

— Não gosto de falar mal dos mortos. Dá azar. Posso guardar segredo. — Ele se virou um pouco. — Eu venho aqui algumas vezes por semana e levo adolescentes para casa nesse tipo de missão e já desenvolvi um bom faro para saber quem é culpado e quem não é. E vou dizer: ondas de inocência emanam de você.

Obrigado, universo!

— Deixe-me dizer uma coisa, Jeff. Vejo muitas vítimas na minha profissão. Vítimas de assaltos, furtos... quando as pessoas são roubadas, elas não perdem apenas suas coisas. Perdem uma parte de sua segurança, de sua habilidade de acreditar que o mundo seja justo. Vi pouquíssimas vítimas a quem as coisas foram devolvidas. Mas quando isso acontece... — ele fez uma pausa — é incrível. Elas recuperam a confiança. E, às vezes, mais do que tinham antes. De repente, a humanidade não parece tão ruim; o mundo não parece tão escuro.

Seu discurso ardente me fez querer, de repente — e irracionalmente —, contar a ele sobre as outras coisas que eu tinha devolvido. Mas achei melhor não forçar a barra.

— Você parece ser um bom garoto — disse o policial Herrera. — Portanto, vou lhe dar uma sugestão: nenhuma dessas lojas vai se beneficiar com o que você está fazendo; as mercadorias já estão ultrapassadas. No máximo, os empregados vão levá-las para casa, mas é provável que sejam simplesmente jogadas no lixo. Se você realmente é tão sincero quanto diz ser, procure uma instituição de caridade que tenha um bazar de segunda mão e doe tudo. Tipo a Goodwill, a Deseret Industries, a Saint Vincent DePaul, esse tipo de lugar. Acho que é uma homenagem melhor à memória da sua amiga do que devolver uma porção de fivelas de cabelo a uma corporação que já deu baixa desses produtos no ano passado. Assim, talvez você estará fazendo o bem para alguém.

— Essa é uma ótima ideia, na verdade — respondi, pensando nas outras seis caixas cheias de mercadorias que ainda estavam na caverna.

Quando chegamos à rua da minha casa, o policial Herrera estacionou a viatura e olhou para mim.

— Tenho que acompanhar você até sua casa e explicar as coisas para os seus pais, mas vou tentar fazê-los ver que foi, em grande parte, um mal-entendido.

Apesar de suas garantias, não acho que exista nada capaz de tornar mais fácil o momento em que sua mãe abre a porta e dá de cara com você e um policial. Ela ficou pálida e olhou para o policial Herrera com uma expressão estupefata no rosto.

— Não se preocupe, minha senhora, seu filho não se meteu em nenhuma encrenca. — Ele deu uma risadinha. — Não com a polícia, pelo menos.

Rá-rá.

— O que aconteceu? — perguntou minha mãe.

— Jeff foi pego pelos seguranças do shopping center tentando devolver algumas mercadorias que uma amiga tinha roubado. Os guardas não acreditaram nele e me chamaram. Particularmente, acho que ele está dizendo a verdade. Mas faz parte do protocolo que eu o acompanhe até em casa; então, aqui estamos. — Ele fez uma curta pausa e, então, tirou da carteira um cartão de visita com seu nome e número, e me entregou. — Se você tiver mais algum problema com relação a isso, se os seguranças o incomodarem ou algo parecido, é só me avisar. Está bem? — Ele me entregou minha mochila e acenou com a cabeça para a minha mãe antes de voltar para a viatura.

Ela acompanhou o policial alto com o olhar e ficou observando enquanto seu carro desaparecia pela rua. Só quando já não tinha mais para onde olhar foi que ela se virou para mim.

— Uau — disse ela. — Esse deve ser o policial mais gostoso que eu já vi na vida.

— Mãe!

— Estou casada, não morta. — Já falei que meus pais às vezes me horrorizam? Ela olhou uma última vez para a rua antes de fazer sua cara de mãe. — Então?

— Então... o quê?

Ela levantou uma sobrancelha.

— Nem tente se fazer de bobo.

Olhei para a calçada bem iluminada onde sempre parecia haver velhinhos passeando com seus cães e, naquele momento, também olhando para mim.

— Podemos pelo menos fechar a porta?

Minha mãe revirou os olhos para mim e fechou a porta.

— Pronto. Agora, desembuche.

Cara, odeio mentir para a minha mãe. Mas que outra coisa eu podia fazer?

— Foi o que o policial Herrera disse. Encontrei um monte de coisas roubadas e estou tentando devolver ao lugar de direito.

— Você simplesmente *encontrou* um monte de coisas roubadas. Alguém deixou na sua porta ou coisa parecida?

— Mãe. — Fiz uma pausa, tentando decidir o que dizer. — Eu dei algum trabalho quando era criança?

Seu olhar se suavizou.

— Não — admitiu ela.

— E eu conto tudo para você, certo? Quer dizer, contei até quando fiquei bêbado.

— É verdade. Você ganhou muitos pontos com aquilo.

— O.k. Então, quero que você entenda como é estranho, para mim, dizer que não posso lhe contar nada. Mas... — acrescentei quando ela começou a interromper — o que vou dizer é que estou tentando intensamente fazer o que é certo. E quero descontar todos os pontos que ganhei nos últimos dezesseis anos por ser um bom menino e pedir para você confiar em mim. — Era tudo que eu podia fazer.

— Você está metido em alguma enrascada, Jeff?

— Não, não estou. Juro. — *Enrascada* não era exatamente o termo adequado.

Minha mãe olhou para mim, com os lábios franzidos. Mas eu podia ver que ela estava avaliando a situação.

— Está bem — cedeu ela, por fim. — Mas, por favor, nunca mais seja trazido em casa pela polícia. Isso meio que abala a confiança, sabe?

— Vou fazer o melhor que puder — respondi.

Minha mãe me olhou intensamente por um bom tempo antes de dar um passo à frente e me abraçar. Então, ela deu um tapinha no meu rosto — algo que ela fazia desde que eu me conhecia por gente. Geralmente me fazia sentir uma criancinha, mas, naquele momento, não me incomodou tanto.

— Eu te amo, Jeff.

— Também te amo, mãe. — Sorri para ela, e um movimento acima de sua cabeça atraiu meu olhar. Olhei para cima e vi Kimberlee no alto da escada. No instante em que meu olhar encontrou o dela, ela baixou os olhos, girou no calcanhar e desapareceu no meu quarto.

Vinte e Um

CINCO DA MANHÃ chega cedo demais no domingo.

— Não sei por que temos que fazer isso a esta hora da madrugada — reclamou Kimberlee enquanto eu enfiava uma camiseta pela cabeça e tentava amarrar os cadarços com os dedos desajeitados.

— Para que ninguém me veja. Você pode não estar correndo o risco de ser expulsa, mas eu certamente estou.

— Por que *eu* tenho que ir? Não posso ajudar mesmo...

— Considere um castigo. E você pode ficar de vigia — respondi, muito baixinho. Meus pais estavam dormindo como qualquer outra pessoa sã em Santa Monica. Eu havia chegado à conclusão de que o policial Herrera estava certo; devolver as coisas que Kimberlee furtara às grandes corporações mais de um ano depois não ajudaria ninguém. Com certeza, qualquer que fosse o poder cósmico que estivesse segurando Kimberlee como refém na terra iria compreender um toque de criatividade nesse caso. Os bazares de segunda mão também iriam simplesmente vender as coisas, barato ou não. Eu tinha uma ideia melhor. Iríamos a um abrigo para pessoas sem-teto. Pesquisei qual era o mais próximo.

Não era muito perto.

Tá, eu não tinha muita certeza do que um bando de sem-teto iria fazer com roupas de marca e acessórios da moda, mas já ouvi dizer que roupas de seda podem ser bem quentinhas.

Kimberlee reclamou durante todo o caminho até a casa de seus pais.

— Que inferno, Kimberlee! — exclamei, minha paciência finalmente estourando. — Não sei do que você tanto reclama. Até parece que você é capaz de dormir, né? Eu é que estou podre de cansaço aqui!

Ela me olhou com raiva.

— Só porque eu não posso dormir não significa que, automaticamente, goste de manhãs. — Mas pude ver que até ela percebeu que era uma explicação fraca.

— Encare — disse eu, caminhando pesadamente pela areia, o ar frio da manhã atravessando meu moletom. — Isto é tanto um projeto seu quanto meu. Que diabos estou dizendo? Esse projeto é muito mais *seu* do que meu. O que eu estou ganhando? Nada. Nadinha. — Eu me virei e olhei para ela. — Sinceramente, não sei por que ainda estou fazendo isso! — gritei. Eu *não* sou uma pessoa animada de manhã.

— Fique quieto — disse Kimberlee, olhando para onde se podia divisar o alto do telhado da casa dela. — Meus pais estão em casa no momento.

Revirei os olhos.

— Ótimo! Talvez alguém me veja, descubra o que tem na caverna e leve tudo embora. Daí eu poderia sair dessa situação maluca.

— Olha, eu sinto muito, tá? — disse Kimberlee, claramente mais interessada em me acalmar do que em se desculpar.

— Que seja — resmunguei.

Precisei fazer cinco viagens para carregar meu carro com o resto das mercadorias furtadas de lojas. E, ainda que tivesse motivos totalmente altruístas, admito que o fato de levar tantas coisas em uma só viagem era um bônus.

Tirei do bolso o rolo de adesivos que rapidamente diminuía e grudei um em cada caixa.

— Por que você está fazendo isso? — perguntou Kimberlee. — Com Hennigan surtado daquele jeito é mais provável que você seja pego por usar esses adesivos em tudo, mesmo não sendo na escola.

— É minha marca registrada — respondi. — Eu *gosto* — acrescentei friamente. Talvez só gostasse do fato de que aquilo a irritava. Pequenas vitórias.

— Bem, quando Hennigan te chutar para fora da escola, não diga que não avisei.

Dirigimos por quase meia hora até chegar ao albergue-barra-sopão-dos-pobres que eu havia encontrado pela internet. Não havia ninguém na porta dos fundos, apesar da fila enorme na frente. Aparentemente, os funcionários estavam no intervalo entre levar o lixo para fora e fazer a pausa para fumar. Podia durar alguns minutos... ou apenas segundos.

Com o coração aos pulos, corri do carro até a entrada e de volta ao carro, várias vezes, empilhando as caixas o mais rápido possível. Praticamente joguei a última caixa no alto da pilha e, quando dei meia-volta, escutei-a cair no chão. Olhei para trás e vislumbrei algo dourado e brilhante rolando pelo pavimento, mas não me atrevi a voltar. Já estava um pouco preocupado em ter sido pego por alguma câmera de segurança e estar prestes a sofrer minha primeira perseguição policial. E duvidava que todos os policiais fossem tão legais e compreensivos quanto o policial Herrera.

Acho que já estava dirigindo pela estrada há uns bons dez minutos quando comecei a respirar normalmente. E, o milagre dos milagres, Kimberlee ficou quieta durante todo o tempo.

Dei uma olhada rápida no relógio do painel. 6h21.

— Ótimo. Tenho tempo suficiente para ir para casa e dormir mais algumas horas — disse, tentando abafar um bocejo.

— E o que eu devo fazer?

Dei de ombros.

— O que você quiser. Não sou seu assessor social.

— Sim, mas estou entediada. Você nunca está por perto. Se eu te deixar dormir, podemos ir assistir a um filme à noite?

Eu só queria que ela parasse de falar.

— Não posso. Tenho um encontro com Sera. — Supondo-se que eu conseguisse chegar em casa antes de dormir ao volante e bater o carro.

— Trocada mais uma vez pela animadora de torcidas boladona — resmungou ela.

— Você poderia calar a boca? — Até me surpreendi quando as palavras jorraram de mim, aos gritos.

Kimberlee me olhou com olhos arregalados.

— O que foi?

— Nada... nem mais uma palavra sequer sobre Sera, está entendendo?

— Eu tenho o direito de não gostar dela.

— Então, guarde para você! — Agarrei o volante com mais força. — O fato de você não gostar dela é, provavelmente, um elogio.

— Vá se danar! — retrucou Kimberlee.

— Desde que conheci Sera, você não parou de criticá-la e de tentar me afastar dela. Mas quer saber de uma coisa? Eu gosto dela. Gosto *pra caramba*. E eu gosto muito mais dela do que sabe quem? De você!

— Claro, porque ela é muuuuito melhor do que eu.

— Isso é óbvio.

— Porque ela é tão inocente? Aconteceram coisas antes de você chegar que você nem *imagina*, e a Sera estava bem no meio de tudo. Ela tem sorte por não estar na *cadeia*. Meu pai a teria condenado num segundo.

Eu me lembrei brevemente das palavras de Sera na noite anterior — *Acaba com você. Acabou comigo* —, mas as afastei para um canto da mente.

— E você acha que eu vou simplesmente acreditar nisso?

— Por que eu mentiria?

— Por que você roubaria? Sei lá! Porque você é uma *psicopata*! — Agora eu estava gritando, e a sensação era boa. Semanas segurando a raiva, apesar de tudo, explodiram da minha boca:

— Você é má, mesquinha e rancorosa! Você odeia todo mundo... pelo que eu saiba, você *sempre* odiou todo mundo, e não sei por que não consegue entender quando todo mundo odeia você em retribuição!

— Pelo menos não sou eu quem está feito um cachorrinho atrás de um rostinho bonito e uma bunda gostosa e se recusando a dar ouvidos a todo mundo ao redor!

Pisei com força no freio e derrapei para a lateral da estrada.

— Já chega. Saia!

Kimberlee olhou pela janela.

— Aqui? — perguntou ela, enrugando o nariz. Sua voz estava calma... como se a conversa toda não tivesse acontecido.

— Aqui. Saia e não volte mais até que esteja disposta a aceitar meu relacionamento com Sera. Porque se você disser mais uma coisa que seja sobre ela... estou falando sério, mais *uma* coisa, vou pegar tudo que ainda resta naquela caverna e jogar no mar e você *nunca* vai poder seguir adiante.

Era uma ameaça vã, mas algo na minha voz deve tê-la convencido de que eu estava falando sério porque seu queixo caiu e, por um segundo, achei que ela fosse chorar. Então, seus olhos se estreitaram e me fuzilaram.

— Está bem — sibilou ela. — Mas quando ela deixar seu coração em mil pedacinhos, porque ela não é o anjo perfeito que você pensa, não venha chorando para o meu lado porque tudo que eu vou dizer é: Eu. Te. Disse. — Ela deu meia-volta e se afastou, o cabelo voando, passando através da porta do passageiro. Acelerei pela estrada e me obriguei a não olhar pelo retrovisor, com medo de que vê-la parada na beira da pista me fizesse mudar de ideia.

Eu ainda estava um pouco irritado quando toquei a campainha da casa de Sera naquela tarde.

— Ah, Jeff — disse a mãe dela, obviamente nem um pouco feliz em me ver. — Entre. Você está adiantado?

— Talvez um pouco — admiti. Tá bom. Meia hora. Mas fiquei cansado de ficar em casa me assustando com cada ruído, com medo de que fosse Kimberlee.

— Deixe-me ir ver se Sera ainda está no ginásio.

Cara, eu não iria sentir a menor falta disso. Eu me apressei a seguir a mãe de Sera pelos corredores. Na semana anterior, Sera tinha me contado sobre o ginásio. Não que tivesse aros de basquete e quadras de tênis, mas tinha um piso com amortecimento e uma série de equipamentos de ginástica e de musculação, assim como grandes colchonetes de espuma que podiam ser desenrolados para Khail praticar sua luta. Parecia maravilhoso, mas, até agora, eu não tinha acessado a casa o bastante para, de fato, vê-lo. Estava praticamente esfregando as mãos de ansiedade quando a mãe de Sera abriu uma porta de aparência completamente normal.

E lá estava ela.

Ela estava de costas para nós e não acho que tivesse nos ouvido entrar. Ela usava um collant azul-marinho com um shortinho minúsculo por cima. E estava fazendo exercícios de elevação nas barras assimétricas. Contei enquanto ela se esforçava para fazer a sexta elevação antes de se soltar e cair no chão, esfregando os braços.

Eu não sabia dizer se era sexy ou intimidante ter uma namorada capaz de fazer mais barras do que eu.

Sexy, acabei decidindo. Desde que nunca tivéssemos que competir um contra o outro numa espécie de concurso público. Aí seria muito humilhante.

Então, a mãe dela estragou tudo, pigarreando. Sera se virou e, assim que me viu, abaixou a cabeça, e seu rosto e pescoço ficaram completamente vermelhos.

— Jeff está um pouco adiantado — disse a mãe dela como se isso não fosse a coisa mais óbvia do mundo

— Oi — disse eu, cumprimentando-a com um aceno totalmente ridículo.

Mas Sera apenas olhou para a mãe.

— Vou terminar dentro de cinco minutos; daí eu o mandarei de volta para a cozinha antes de ir tomar banho.

— Por favor, faça isso — disse a mãe de Sera ao sair do ginásio, mas não antes de apanhar um pesinho de mão e colocá-lo para segurar a porta aberta.

Cheguei mais perto de Sera e indiquei a porta aberta.

— Sério? — sussurrei, caso a mãe dela ainda estivesse ao alcance da minha voz.

Sera revirou os olhos.

— Ela me mantém numa rédea bastante curta. Pelo menos quando está na cidade. Adoro quando ela acompanha meu pai em viagens de negócios. Quanto mais tempo fora, melhor.

— E por que a rédea tão curta?

Sera ficou calada por alguns segundos.

— Há alguns anos eu me meti em problemas — disse ela, baixinho.

Precisei enfiar as mãos nos bolsos para evitar me remexer.

— Que tipo de problemas? — perguntei, não querendo acreditar em nada do que Kimberlee dissera, mas não sendo tolo o bastante para ignorar todas as insinuações que vinha ouvindo nas últimas semanas.

Sera dispensou a pergunta com um gesto enquanto apanhava um suéter e o enfiava pela cabeça.

— Você não precisa se vestir toda para mim — falei com um sorriso, estendendo um braço para envolvê-la pela cintura.

Ela arrumou o suéter lentamente sobre o peito antes de sussurrar:

— Se dependesse de você, eu não usaria roupa *nenhuma*.

Ah. Sim.

— Mas estou com frio. — Para provar seu argumento, ela colocou dedos gelados nos dois lados do meu rosto. Puxei-a mais para perto e beijei seu nariz e, quando ela deu uma risadinha baixa, ataquei sua boca.

— A porta — sussurrou ela, soltando-se.

— E então — disse eu, examinando o piso caro com amortecimento. — Você vai fazer alguma coisa legal para mim?

Ela balançou a cabeça.

— Desculpe, acabei de fazer a parte de musculação e não se deve nunca dar cambalhotas depois da musculação. É mais provável que cause uma lesão. — Ela ficou nas pontas dos pés e deu um beijo suave no meu rosto. — Você vai lá ser simpático com a minha mãe e eu vou me arrumar. Descerei em quinze minutos.

Funguei, duvidando.

— O que foi? Minha mãe não é tão ruim assim. Ela vai basicamente ignorar você.

— Não é isso. Quinze minutos? Nunca vi uma garota tomar banho e se arrumar em quinze minutos.

Ela me lançou um olhar confiante por cima do ombro.

— Pode me cronometrar.

Sera levou exatamente catorze minutos e trinta segundos para ficar pronta e eu sei disso porque olhei no meu relógio a cada quinze segundos durante todo o tempo em que ela esteve longe de mim. Não que a Sra. Hewitt ficasse me interrogando... Ela simplesmente não fez *nada*. Nos primeiros trinta segundos depois que entrei na cozinha, ela colocou um copo d'água na minha frente — sobre um porta-copo, claro — e depois não disse mais nada. Ela arrumou as bancadas da cozinha, folheou uma revista, anotou alguma coisa num caderno — eu só podia esperar que não fosse nada sobre mim — e mais nada. Nem uma palavra, nem um pio.

Portanto, quando digo que a chegada de Sera foi um verdadeiro colírio para os olhos, o que quero dizer é que ela realmente foi uma visão mágica e que meus olhos estavam realmente doendo.

— Está pronta? — perguntei, levantando-me. Não peguei a mão dela e nem sequer a toquei. Concluí que aquilo poderia vir depois, longe das vistas de sua mãe.

— Volte antes das dez — disse a mãe dela, erguendo os olhos da revista. — Tem escola amanhã.

Sera suspirou assim que se viu em segurança no meu carro.

— Minha mãe — disse ela. — Eu sei que ela tem boas intenções, mas ela é tão perfeccionista.

— Bem, ela não está aqui agora — respondi, cobrindo a mão dela com a minha. — Só você e eu.

Quando chegamos ao cinema, fomos até a bilheteria e começamos a olhar os títulos.

— Acho que já assisti a todos — disse Sera.

— Tipo, umas três vezes — respondi. — Estou meio surpreso por não haver nada novo. Estes aqui já devem estar para sair de cartaz.

— Você se importa em ver um deles de novo?

Hesitei.

— Talvez eu não esteja a fim de ver um filme, afinal.

— Bem, é que eu pensei que, como já assistimos antes, não iremos nos... distrair tanto — disse ela, deslizando os dedos sobre a minha barriga ao passar o braço pela minha cintura.

Minha voz estava um pouco vacilante quando me virei para o bilheteiro. Nem me lembro do filme que escolhi.

Mas foi muito melhor aquela quarta vez.

Vinte e Dois

ESTAVA EU AGACHADO NO meio dos arbustos em frente de casa alguns minutos antes das duas da manhã quando a caminhonete de Khail chegou e a porta do passageiro se abriu. A bem da verdade, foi mais difícil sair de fininho *da minha própria casa* do que eu imaginava que seria invadir a escola. Mesmo depois que consegui passar pelo alarme e pelo portão, ainda levei na cara um flash de luz acionada por movimento, no último segundo.

Quando a caminhonete parou, saí correndo dos arbustos para entrar nela e me senti uma criança tentando escapar do monstro de baixo da cama.

— Está pronto? — perguntou Khail, parecendo profundamente calmo. Não faço ideia de como ele conseguia.

— Sim — respondi, sentindo o suor brotar nas axilas enquanto apertava a chave com tanta força que minha mão começou a doer. *Eu sou um mentiroso mesmo.* — Cadê os rapazes?

— Na caçamba, todos eles carregados. — Espiei pela janela traseira e os vi, capuzes ocultando os rostos e mochilas nos braços, espremidos na caçamba da caminhonete feito sardinhas em lata.

Eu havia separado as coisas com Khail naquela tarde e enchido quase a caçamba inteira com as mochilas dos outros lutadores, cada uma etiquetada com o nome de um professor e cheia de sacos plásticos até a boca. Conseguimos retirar tantas coisas da caverna que só seria preciso voltar mais uma vez para terminar tudo.

Mas, agora, não dava para pensar nisso. Uma viagem de cada vez.

— Ela... ela está aqui?

A culpa queimou no meu peito. Eu não via Kimberlee desde o domingo, quando a havia abandonado na beira da estrada. Ela ainda devia estar furiosa... em algum lugar.

— Ela vai se encontrar com a gente lá — resmunguei.

E me perguntei se estaria dizendo a verdade. Ela tinha ficado tão animada com o plano; com certeza iria voltar. Caramba, era ideia *dela*.

Ela nunca tinha ficado tanto tempo longe, mas agora já estava tudo preparado e, se Kimberlee realmente não aparecesse, acho que eu não teria coragem de pular fora.

Além disso, sua grande participação era com as senhas e isso já estava resolvido. De qualquer maneira, ficaríamos bem.

Provavelmente.

Khail apagou os faróis quando entramos no estacionamento da escola e parou embaixo de um grande olmo.

— Preparado? — sussurrou ele.

Nem um pouco.

— Sim. — Agarrei uma balaclava velha que tinha encontrado na garagem de casa e que mal entrava na minha cabeça e a vesti.

Com um aceno de cabeça, Khail saiu do carro e correu até a porta de entrada. Quando o alcancei, ele já havia trepado na grade da escadaria e coberto a lente da câmera com um saco de papel, fixando-o com um pedaço de fita adesiva.

Minha vez.

Tirei a chave do bolso e, respirando fundo, enfiei-a no buraco da fechadura. Virei no sentido horário e, por um instante, achei que não fosse abrir. Um pouco mais de pressão e ouviu-se o inconfundível clique de uma fechadura se abrindo.

— A fantasminha diz que a barra está limpa? — sussurrou Khail.

Assenti sem pensar. Mas a culpa me atingiu meio segundo depois. Porém, era *provável* que a barra estivesse limpa àquela hora da noite. Da manhã. Sei lá.

— Então, vamos — disse Khail, passando por mim e empurrando a porta. Um bipe contínuo nos recebeu, exatamente como Kimberlee tinha dito.

— Cuide das portas. Eu tenho o código do alarme. Vamos *sair* em dez minutos.

Certo.

Apertei a chave com mais força e corri pela escuridão com ela em uma das mãos e uma lanterninha de bolso na outra.

Não leve nada maior que uma lanterna de bolso, Kimberlee tinha avisado. *Ou alguém verá as luzes pelas janelas.*

Afastei da cabeça os pensamentos sobre Kimberlee e enfiei ela na porta da primeira sala de aula. Dez portas a cada lado do corredor, dois andares. Quarenta portas, dez minutos.

Estava na segunda porta quando o bipe-bipe do alarme parou. Perfeito. Continuei destrancando portas e abrindo-as, com os ouvidos atentos aos passos dos outros lutadores.

E quase dei de cara com um deles antes de ouvi-lo.

— Prossiga — ele sussurrou ao passar por mim, mal emitindo um ruído. Percebi que todos eles usavam seus sapatos de luta de solado macio.

Brilhante, pensei com um sorriso, subindo a escada dois degraus de cada vez. Mais da metade já tinha ido.

Fui em zigue-zague pelo corredor do segundo andar, e o lutador mais baixinho me alcançou quando cheguei à última porta: o laboratório de química avançada.

— Terminou — sussurrou ele. — Volte para a caminhonete.

Eu já estava quase na escada quando ouvi o vidro estilhaçar.

Dei meia-volta e apontei a lanterna para a última sala de aula, juntamente com alguns outros lutadores que estavam saindo das salas com as mochilas já vazias. O Baixinho apareceu. E um monte de fachos minúsculos de luz o iluminou.

— Está tudo bem! — disse ele, bloqueando as luzes com as mãos. — Foi só um béquer ou... sei lá o quê. Tinha um monte de tralhas em cima da mesa da Campbell. Eu derrubei um negócio. Vamos embora! — disse ele, passando correndo por nós.

Nem precisa dizer duas vezes.

Uns seis de nós, mais ou menos, já estávamos quase na porta quando um som agudo encheu meus ouvidos.

— Droga, Khail! — gritei acima do barulho quando cheguei à porta, de onde ele estava acenando para os caras saírem. — Achei que você tivesse cuidado do alarme.

— Cuidei; o que foi que *você* fez? — Ele apontou pelo corredor, onde uma luz intensa estava piscando. — É o alarme de *incêndio*, gênio.

Fechei os olhos com força.

— O laboratório de química. O Baixinho quebrou alguma coisa.

Khail deu um soco na porta e soltou uma fiada de palavrões que lhe teriam valido umas seis detenções.

— Devia ter produtos químicos no vidro.

— Tenho que ir lá verificar. — Eu me virei, e Khail quase arrancou meu braço da articulação ao me puxar de volta.

— Não há nada que você possa fazer, e os bombeiros chegarão em três minutos. Talvez menos. Precisamos dar o fora daqui.

— Mas...

Khail me agarrou pelos dois ombros e aproximou o rosto do meu.

— Você é bombeiro, Jeff?

Balancei convulsivamente a cabeça.

— Então, deixe com os profissionais. Mande a fantasminha ir dar uma olhada, se quiser, mas nós vamos sair daqui *agora*.

Corremos para a caminhonete, e Khail levou uns três segundos para fazer uma contagem rápida antes de dar a partida e sair do estacionamento.

Sem sombra de dúvida, foram os dez minutos mais rápidos e enervantes de toda a minha vida. Doze minutos, talvez.

E Kimberlee não estava ali para ver.

Ela teria adorado.

Mas nem dera as caras.

Estávamos dirigindo a uma velocidade razoavelmente acima do limite quando ouvi as sirenes. Khail saiu da estrada principal antes que eu pudesse vê-los, mas, na minha mente, eles pararam em frente à Whitestone, que já devia estar completamente envolta em chamas.

Khail me deixou em casa uns três minutos depois, mal parando o carro para que eu descesse. Consegui passar novamente pela corrida de obstáculos de segurança que é a minha casa, mas meus nervos ainda estavam em frangalhos; então, enfiei os fones com abafador de ruídos no iPod e mandei ver. Deitei na minha cama, meus tímpanos vibrando com o volume da música e, lentamente... muito, muito lentamente, comecei a relaxar.

Quase uma hora se passou antes que eu, finalmente, sentisse o celular descartável vibrar no meu bolso. Eu me sentei e arranquei os fones de ouvido.

— Sim? — disse, em voz baixa.

— Está tudo bem — disse Khail, baixinho. — Todos os rapazes já estão em casa... tudo foi entregue e, quando passei de carro em frente à escola, parecia que os bombeiros já estavam se preparando para ir embora.

— Você viu a escola? Parecia ter mais alguém lá? Hennigan? Bailey?

— Não faço ideia. Nem desacelerei. Além do mais, *ela* poderá te contar tudo mais tarde.

— Sim, sim, claro — respondi de forma evasiva. — Só estava curioso. — Hesitei. — Então, está tudo bem? A escola não pegou fogo e ninguém foi apanhado, certo?

— Tudo beleza, meu irmão. Totalmente beleza.

Vinte e Três

A MANHÃ SEGUINTE foi como um pesadelo se realizando.

Quando cheguei à escola, guardas de segurança particular estavam parados à entrada, orientando todo mundo a ir para o ginásio para uma assembleia de última hora. Eu sabia que era sobre a gente. Queria poder falar com Khail... ou até mesmo com o Baixinho. Mas nós tínhamos decidido que, pelo menos até que tudo terminasse, deveríamos agir como se não nos conhecêssemos na escola.

Consegui encontrar Sera, no entanto.

— O que você acha que está acontecendo? — perguntou ela depois de me cumprimentar com um beijo que me fez querer desesperadamente fugir daquela assembleia.

— Nem ideia — menti.

Ela pegou a minha mão e entramos juntos no ginásio, eu farejando sutilmente o ar em busca de fumaça. Mas tudo parecia, e cheirava, bem. Por enquanto.

À minha volta, sussurros confusos e pessoas perguntando o que estava acontecendo. Ouvi algumas mencionando os bombeiros, mas metade dos alunos parecia achar que era um rumor exagerado.

Quando a maior parte dos alunos havia se acomodado, o Sr. Hennigan foi até o centro do ginásio, onde haviam montado um pódio.

E ficou ali, parado.

Os alunos se calaram, a princípio, e depois começaram a se agitar quando o silêncio se estendeu. Sou capaz de jurar que ele ficou ali parado na nossa frente uns dez minutos. Quando finalmente abriu a boca, foi para falar num tom baixo e furioso que me deu calafrios na espinha.

— Um ato de vandalismo terrível... para não dizer custoso... foi cometido ontem — disse ele.

Custoso? Aquilo provocou movimentos bastante incômodos no meu estômago.

— Os detalhes não são relevantes. Não vou glamorizar o incidente espalhando rumores que só irão estimular o criminoso. Criminosos, deveria dizer. — Ele endireitou os ombros e pigarreou, parecendo muito sistemático. — Você terá uma chance, uma única chance de se entregar. Se optar por fazê-lo, serei benevolente com as consequências.

Alguma coisa no tom dele me disse que aquilo era uma mentira muito da sem-vergonha.

— Mas depois de hoje usarei todos os recursos possíveis para apanhá-lo e farei com que pague por isso. — Ele fez uma pausa, e seus olhos percorreram as arquibancadas, parecendo absorver cada aluno ali. — Quero que todos entendam que o fato de esse indivíduo estar devolvendo coisas que foram roubadas de vocês não o torna um herói. Ele não é o mocinho nessa história. E... — acrescentou o Sr. Hennigan — se alguém aqui quiser *ajudar* essa pessoa a fazer a coisa certa, bem... — uma risadinha seca escapou de sua garganta — vocês sabem onde fica o meu escritório. Outra coisa: as aulas da Sra. Campbell serão dadas no laboratório do Sr. Lewis hoje. Isso é tudo.

Sem mais uma palavra, o Sr. Hennigan desceu do pódio e caminhou de forma resoluta até a porta.

Deixando Kimberlee em seu lugar.

— Isso mesmo! — gritou ela, agitando o punho. — Vocês são todos meus escravos e irão me ajudar a pegar essa pessoa terrível, terrível, que, a propósito, come criancinhas no almoço. Criancinhas! — gritou ela novamente.

Eu sabia que mais ninguém podia vê-la ou ouvi-la, mas já estava superparanoico e não consegui evitar olhar em volta para ter certeza.

Mas todos estavam ocupados sussurrando sobre o que poderia ter acontecido e Sera estava, calmamente, reaplicando seu gloss labial.

Eu queria ficar mais tempo ali para perguntar a Kimberlee onde ela estivera, e para contar o que havíamos feito e pedir desculpa pelo que eu tinha dito a ela.

Mas, no momento, não dava. Não era o dia de agir de forma estranha.

Consegui trocar um olhar com Kimberlee só por um segundo antes de ser varrido para fora do ginásio com o resto dos alunos. Ela parou com sua falação. Então, sorriu rigidamente, quase como se pedisse desculpa, e começou a acenar adeuses para a multidão totalmente alheia à sua presença.

A mão de Sera puxou a minha, fazendo minha atenção voltar para ela.

— De que diabos você acha que ele estava falando?

Tentei parecer ingênuo.

— Sei lá.

— Parece que houve outro ataque de quem quer que esteja devolvendo as coisas. — Ela revirou os olhos. — É tão ridículo.

— Por que ridículo? Parece que estão fazendo uma coisa boa. — *E, você sabe, causando danos custosos.*

Ela deu de ombros.

— Pode ser. Mas depois de mais de um *ano* acho que deveriam simplesmente jogar tudo no lixo e fazer as pazes consigo mesmo. Isso só faz criar confusão tudo de novo.

Alguém atrás de nós pigarreou.

— Srta. Hewitt? — disse o Sr. Hennigan, a voz ecoando pelo corredor como só as vozes dos diretores são capazes de fazer.

Nós nos viramos e olhamos para ele ao mesmo tempo.

— Você poderia, por gentileza, vir até o meu escritório? — disse ele, com um gesto de mão.

Sera jogou o cabelo e, parecendo completamente relaxada, disse:

— Claro. Que seja. — Mas ela se virou e sussurrou no meu ouvido: — Você me espera? — E pude perceber o pânico que ela não estava demonstrando.

— É claro — respondi automaticamente. A aula do Bleekman que se danasse. Eu só tinha uma advertência dele por chegar atrasado mesmo.

A porta se fechou com um clique e me encostei à parede para esperar.

Kimberlee se aproximou e assumiu a mesma posição, a apenas alguns centímetros do meu ombro.

— Oi — disse ela baixinho.

Ergui os olhos para mostrar que a vira, mas não disse nada.

Ela fez uma pausa e olhou para o chão durante alguns segundos antes de, relutantemente, olhar nos meus olhos.

— Desculpe por não estar presente. Eu... não devia ter sumido. Vocês, provavelmente, poderiam ter se valido da minha ajuda.

Engoli em seco e assenti com a cabeça.

Ela baixou os olhos novamente.

— Você tinha razão — disse, finalmente. — Você está me fazendo um favor enorme, e o mínimo que posso fazer é agradecer... ou, ao menos, me interessar... e não me meter na sua vida social. Eu... tentarei fazer isso daqui pra frente.

Pensei que já tivesse ouvido de tudo, vindo de Kimberlee. Gritaria, berreiro, choro, piadas ruins, críticas, reclamações, risadas, mas nunca, nunquinha, um pedido de desculpa.

Era meio estranho. E eu não tinha certeza se podia confiar naquilo. Mas queria confiar.

Suspirei e olhei para ela com um sorrisinho e dei de ombros. Desculpas aceitas, suponho. O que mais eu podia fazer?

Ficamos ali, ombros quase se tocando, por alguns segundos amigáveis.

— Não acredito que vocês dispararam o alarme de incêndio.

— Foi um acidente — sussurrei pelo canto da boca. — O Baixinho quebrou alguma coisa. Devia ter produtos químicos dentro.

— Bem, o que quer que fosse, queimou um buraco no piso. O laboratório está um caos, todo encharcado.

Maravilha. Que maravilha.

Depois de outra pausa em silêncio, Kimberlee se virou para mim.

— Você quer que eu... você sabe...? — perguntou, apontando com o polegar para o escritório do diretor. Eu estava tentando decidir se seria uma quebra muito grande de privacidade mandar um fantasma espionar sua namorada quando a porta se abriu e Sera saiu de lá.

— Pense com muito cuidado a respeito — disse o Sr. Hennigan com firmeza.

Sera não respondeu, mas seus olhos estavam arregalados e escuros no rosto pálido.

Esperei alguns segundos até Hennigan fechar a porta novamente.

— Você está bem? — perguntei, pegando sua mão. Estava gelada.

Ela olhou para mim e piscou e, em questão de segundos, seu rosto mudou. Ainda estava pálido e eu podia ver traços de preocupação em seus olhos, mas seu sorriso era calmo e as linhas de estresse em sua testa tinham desaparecido.

— Sim, estou bem. Hã, o Hennigan só estava preocupado com relação a eu ter créditos suficientes para me formar no ano que vem. Achou que eu iria precisar de mais aulas de matemática, mas foi um engano. — Ela se virou e começou a se afastar pelo corredor; então fui atrás. — Rápido, vamos chegar atrasados.

Meu sentido de aranha entrou em alerta. Não queria acreditar que minha namorada estivesse mentindo para mim, mas tinha quase certeza de que a ameaça de aulas extras de matemática não iria deixá-la com aquela cara de assustada.

Levei-a até sua classe e, quando ela tentou se afastar, entrelacei os dedos aos dela e a puxei de volta. Beijei-a de leve e, então, olhei bem em seus olhos, esperando que ela fosse mudar de ideia e me contar o que realmente havia acontecido na diretoria. Mas ela só sorriu e me acenou um tchauzinho antes de deixar a porta da sala se fechar e bloqueá-la da minha visão.

— Uau — disse Kimberlee numa voz que parecia, pela primeira vez na vida, mais preocupada do que irônica. — Isso não foi nada bom.

— Nem me fale.

VIDA APÓS O ROUBO

* * *

Devolver as coisas dos professores surtiu um resultado melhor do que eu havia esperado. Quase todos ficaram de bom humor e não tiveram qualquer problema em ajudar a entregar os sacos que estavam sobre sua mesa aos alunos certos.

Vários puseram em exibição sobre a própria mesa os seus objetos devolvidos, como se fossem troféus. Na aula de inglês, o Bleekman chegou a passar metade da aula contando a história da pequena escultura que fora devolvida à sua mesa após uma ausência de dois anos.

Tive vontade de pegá-la de volta.

A parte realmente interessante foi que, graças às rosinhas desenhadas nos adesivos, a escola inteira estava falando no Restituidor da Rosa Vermelha; sério, assim, com maiúsculas. As conversas se dissipavam instantaneamente caso o Hennigan aparecesse, e, cara, ele vivia patrulhando os corredores. Mas todos estavam sussurrando sobre a gente... sobre mim... como se fôssemos heróis. Quase ninguém mencionava a teoria de que o Restituidor também fosse o ladrão. Como se não importasse, agora que as coisas estavam sendo devolvidas.

Havia uma porção de teorias interessantes, desde que o ladrão-barra-Restituidor fosse o matusalêmico zelador da escola, o Sr. Benson, até a mais ousada, de que era o próprio Sr. Hennigan, e que suas explosões de raiva eram apenas para mantê-lo fora das atenções. Infelizmente, os rumores mais comuns eram de que fosse um aluno do último ano, tentando compensar os erros cometidos no colégio antes de se formar; esses eram os que me deixavam preocupado por Khail e por seus companheiros atletas. E esses eram os mais lógicos.

— Vocês os entregariam se soubessem quem são? — perguntei para a nossa mesa no almoço dois dias depois, no que eu esperava que fosse um tom de voz inocente.

— Tá brincando? — disse Wilson. — E ser linchado pelo resto da escola? De jeito nenhum. Quem quer que seja esse Restituidor, está fazendo um favor a todo mundo.

— Eu iria totalmente dar em cima dele — disse Jasmine, de forma um pouco sonhadora, acariciando um chaveiro de pé de coelho que ela recuperara no episódio da árvore de Natal. Ela parecia estranhamente apegada a ele. Mas, ei, quem sou eu para julgar?

— E se fosse uma menina? — perguntei.

Sera me chutou por baixo da mesa.

— Você bem que queria ver a Jasmine beijar outra menina — disse ela, secamente.

— Desculpe, só estava brincando — disse, defendendo-me.

— Bem, ninguém sabe quem é e, mesmo que soubessem, ninguém iria falar nada. — Ela se levantou sem esperar resposta e jogou a maior parte de seu almoço na lixeira antes de sair rapidamente da cantina.

A mesa ficou em silêncio e todos os olhos se voltaram para mim. Era, claramente, um trabalho para o namorado.

— Até mais — resmunguei antes de jogar fora uma parte significativa do meu almoço para seguir Sera pelo corredor.

Tive que correr para alcançá-la quando ela saiu pela porta dos fundos da escola e se sentou numa mureta do estacionamento. Sentei-me ao lado dela, sentindo-me bastante sem jeito.

— Cara, que saudade de quando eu fumava — disse ela depois de um longo suspiro, desembrulhando um chiclete e enfiando-o na boca.

— Você fumava? — perguntei, genuinamente chocado.

Ela riu, tensa.

— Como eu disse, nem sempre fui uma boa menina.

O vento soprou alguns fios soltos de cabelo sobre seu rosto. Estendi a mão e, com gentileza, afastei-os.

— Por que você está tão angustiada com essa situação?

Ela suspirou novamente e esfregou as têmporas por alguns segundos.

— Não espero que você entenda — disse ela. — Eu mesma não entendo. Mas Kimberlee Schaffer tem que estar envolvida nisso. Eu sei que ela está morta, mas, de alguma forma, ela está *ligada* a tudo e eu tenho... — Ela hesitou. — Tenho um histórico ruim com ela e, agora, tudo está voltando a cair na minha cabeça e eu simplesmente não posso lidar com isso no momento.

— Bem — falei, torcendo para não dar a impressão de que sabia demais —, tem que terminar logo, né? Ela não pode ter roubado *tanta* coisa assim. E, daí, você poderá deixar o assunto pra lá, certo?

— Não — disse Sera com uma firmeza espantosa. — Preciso descobrir quem está fazendo isso. *Preciso.* — Ela encostou a testa nos joelhos, que abraçava junto ao peito. Quando falou novamente, sua voz saiu abafada. — Talvez ela tenha, sei lá, um primo ou coisa parecida. Tem que haver alguma conexão.

Esfreguei gentilmente os braços de Sera, sentindo-me o pior namorado do mundo. Estava praticamente a ponto de confessar. Até inclinei a cabeça mais perto do ouvido dela quando ela fungou e disse:

— Eu iria entregar o desgraçado num segundo se soubesse quem é. Num segundo!

Encostando o rosto às suas costas, fiz a única coisa que podia fazer. Fiquei calado.

Vinte e Quatro

— CARA, TÔ TE DIZENDO, vai dar tudo certo — falei a Khail pelo telefone, ao mesmo tempo que ia de carro, por estranho que possa parecer, para a casa *dele*, depois da aula. — Você ouviu o povo falando. Todos nos amam!

— Não sei, não, cara. Não existe muita gente capaz de guardar segredos. E você está dizendo para confiarmos em, tipo, quinhentas pessoas ao mesmo tempo.

— Sim, mas, se fizermos tudo no momento certo, não tem como sermos apanhados.

Eu tinha tido a ideia enquanto não prestava atenção à aula de Cálculo, depois do almoço. Precisávamos de uma maneira de devolver tudo que ainda restava na caverna de uma só vez para que eu pudesse parar de mentir e de ser um namorado desprezível. Mas, à exceção de Sera, a verdade era que todos estavam do nosso lado.

E nós podíamos usar aquilo.

— Se começarmos a espalhar na sexta-feira um rumor de que haverá uma devolução grande na segunda, as pessoas farão nosso trabalho por nós durante o fim de semana.

— Sim, mas aí o Hennigan vai trancar a escola. É provável que ele faça pessoalmente a patrulha só para nos pegar.

— Mas o ponto de devolução não precisa ser na escola. Aí é que está a beleza da coisa. Nós começamos o rumor, e o Hennigan fica sabendo. Ele coloca toda a pressão do mundo sobre a escola, mas a devolução não é feita *lá*. — Esperei um segundo para aumentar o suspense. Acho que herdei da minha mãe uma tendência ao drama e só agora é que estava percebendo. — Será na casa do Hennigan.

— O quê? Você está *querendo* ser pego?

— Não, é sério. É o único lugar em que ele jamais pensaria. Ouvi uns carinhas na aula de inglês comentando que ele mora a apenas um ou dois quarteirões da escola e Kimberlee irá segui-lo até sua casa hoje para confirmar. Mas, se for verdade, os alunos poderiam invadir a casa dele durante a hora do almoço que ele não iria poder fazer absolutamente nada.

Um longo silêncio se seguiu.

— Você pode ter razão — disse Khail finalmente.

— Sim! Então, você topa?

— Deixe-me pensar um pouco — respondeu ele. — Tenho que ir tomar um banho. Estou fedendo.

— Está bem. Estarei na sua casa daqui a pouco, só para você saber. Não quero que você dê de cara comigo e surte.

— Falou. Só vou continuar fingindo que não te conheço, tá bom, nerdão?

— Obrigado — respondi secamente.

Entrei na rua de Sera e estacionei o carro no lugar de costume, pouco abaixo da longa entrada para a casa. A Sra. Hewitt estava lá fora, podando rosas.

— Jeff — disse ela, sucinta. Eu havia pensado que, quanto mais frequentasse aquela casa, mais à vontade ela se sentiria comigo. Aparentemente, estava enganado.

— Oi, Sra. Hewitt — respondi, obrigando-me a sorrir.

Ela olhou para suas luvas de jardinagem sujas de terra e, então, novamente para mim, como se estivesse encarando uma questão de vida ou morte.

— Sera está lá em cima, no quarto. Não quero levar terra para dentro de casa.

Ah. Entendi.

— Suponho que, nessas circunstâncias, você pode entrar e ir até lá chamá-la, mas desça logo em seguida. Além do mais — acrescentou ela, a voz vagamente ameaçadora —, Khail também está lá.

Tentei parecer um pouco intimidado conforme assentia e entrava.

A casa estava particularmente quieta quando subi a escada. Tinha ficado com um pouco de vergonha de dizer à mãe de Sera que, na verdade, eu não sabia qual era o quarto dela; então, esperava que houvesse alguma placa na porta dizendo *Quarto de Sera*. Não tive tanta sorte.

Espiei cuidadosamente pela primeira porta que encontrei aberta. Era, obviamente, um quarto de hóspedes. A cama arrumada com perfeição, quadros nas paredes, duas poltronas combinando... mas nada pessoal. As duas portas seguintes estavam fechadas, mas a última estava completamente aberta. Enfiei a cabeça pela abertura e ouvi o som leve de água corrente. As decorações pretas e masculinas, complementadas por uma cama bagunçada que podia facilmente ser a minha, me indicaram que aquele não podia ser o quarto dela; portanto, demorei um pouco para perceber que os cabelos avermelhados que estava vendo eram, de fato, a cabeça de Sera.

Então, percebi o que ela estava fazendo. Segurava numa mão uma calça jeans que era obviamente de Khail e o celular dele na outra, apertando rapidamente alguns botões.

— Sera?

Ela soltou um gritinho quando eu falei aquilo e enfiou o celular depressa no bolso da calça.

— O que você está fazendo?

O rosto dela ficou supervermelho e ela continuou remexendo na calça que segurava.

— Você me assustou! Eu estava, hããã, procurando chiclete — disse ela. — Eu fiquei sem, e o Khail geralmente tem uns no bolso, mas, não...

tudo bem, então vamos. — Ela soltou a calça no chão e me empurrou para fora do quarto, fechando a porta com força atrás de si.

— O que você está fazendo aqui em cima? — perguntou ela, sem olhar para mim, indo até uma das portas fechadas. — Minha mãe nunca deixa garotos subirem aqui sozinhos. Na verdade, ela quase nunca deixa que subam mesmo com supervisão.

Ela abriu a porta e fiquei sem palavras ao entrar em seu quarto. Era como todos os quartos estereotípicos de adolescente rebelde que a gente vê nos filmes. As paredes estavam cobertas de pôsteres de bandas de rock, a cama estava desfeita, estrelas negras pontilhavam o teto, e a única luz vinha de um abajur sobre uma escrivaninha bagunçada.

— Hã... ela estava podando rosas ou coisa parecida. Su-suja, entende? — gaguejei. — Uau — disse, quando vi o pôster enorme do Cryptopsy acima de sua cama. — É o...? — Apenas apontei, sem dizer nada.

Sera me olhou com estranheza.

— O que foi? Só porque eu sou animadora de torcida não posso gostar de heavy metal?

— Não, tudo bem, mas... sei lá... isso aí é meio, tipo, emo e tal.

— Sim, bem, a verdade é que não gosto mais da maioria destas coisas, mas elas incomodam a minha mãe pra caramba; então eu deixo tudo aí.

Eu não conseguia parar de olhar em volta. Não sei bem o que esperava, exatamente, mas não eram pôsteres de meninas de minissaia gritando no microfone ao lado de percussionistas de delineador nos olhos e cabelo espetado. Era estranho demais. Claro, quando se estuda num colégio com uniforme, é um pouco difícil saber quem é patricinha e quem é gótica. Mas eu via Sera quase todos os dias, dentro e fora da escola, e ela sempre tinha me parecido meio patricinha, meio casual. Não... aquilo.

— Falando na minha mãe, é melhor descermos antes que ela surte. A *sua* mãe está em casa?

— Estava, quando eu saí.

— É o suficiente. Não posso fazer meu dever de casa aqui; não hoje.

— A mãe de Sera tinha a regra de que ela só podia ir à casa de um garoto se os pais dele estivessem lá. Eu já estava começando a acreditar que a mãe de Sera tinha regras para todas as situações possíveis e imagináveis. Como ela previra, a primeira coisa que a mãe de Sera perguntou foi se a minha mãe estava em casa. Esperava não estar mentindo quando respondi que sim. Meus pais normalmente iam e vinham como lhes dava na telha.

Enquanto eu dirigia e Sera tagarelava, tentei afastar da mente a imagem dela remexendo no celular do irmão. Quer dizer, se eu tivesse uma irmã, provavelmente também mexeria no celular dela. Mas, no momento, Khail era muito mais que apenas o irmão de Sera. Ele era... acho que eu podia dizer que ele era meu melhor amigo.

No fim, minha mãe realmente estava em casa, mas ela era muito mais permissiva do que a mãe de Sera. Então subimos para o meu quarto e fizemos o dever de casa por uma hora.

E, com fazer o dever de casa, quero dizer que ficamos nos agarrando.

É quase a mesma coisa.

— Já é seguro entrar aí? — perguntou Kimberlee, apontando a cabeça pela porta do meu quarto com os olhos tapados pelas mãos.

Kimberlee e eu tínhamos, aparentemente, chegado a uma espécie de trégua. Ela mantinha distância quando Sera estava por perto e, ainda que não fosse exatamente *legal* comigo, pelo menos não vivia tentando me insultar. Parecia genuinamente impressionada pela nossa pequena invasão — isso e desconfio que ela tivesse ido até a caverna e visto como havia pouca coisa sobrando. Acho que nem mesmo a implacável Kimberlee Schaffer podia negar os resultados.

— Levei Sera para casa há uma hora. Fica fria.

— Fica fria? Ora, por favor, ninguém mais diz "fica fria", seu mané.
— Mas até seus insultos tinham adquirido um tom mais provocador, nos últimos dias.

Ao ver que a barra estava limpa, ela entrou no quarto e se afundou em um dos pufes. *No seu lugar*, como ela o chamava.

— Eles estavam certos? — perguntei. — Com relação à casa de Hennigan?

— Sim! — disse Kimberlee, os olhos brilhando. — Não tenho a menor ideia de como eu não sabia disso quando estava viva, mas a casa dele é praticamente logo atrás do estacionamento da escola. É perfeito.

— Beleza — disse e procurei o celular no meu bolso para mandar uma mensagem para Khail. Hesitei antes de clicar em enviar, lembrando-me de Sera mexendo no celular dele, mas, de qualquer maneira, aquele número não estava registrado; era exatamente para isso. Eu estava provavelmente sendo paranoico.

— Então — disse Kimberlee, hesitante, quando guardei meu telefone —, por falar no Hennigan, você perguntou à Sera o que aconteceu hoje?

— Não — respondi, sem tirar os olhos do meu dever de História.

— Por que não?

— É assunto dela, não meu. Se ela quiser me contar, tudo bem.

— Muito proativo da sua parte.

— O que você quer dizer?

Mas Kimberlee apenas deu de ombros.

— É que o momento que ele escolheu pareceu um pouco conveniente demais, na minha opinião.

— Que eu *não pedi*, a propósito — respondi.

— Não importa. Só achei que deveríamos ficar alertas, só isso.

— Porque é realmente estranho ou só porque se trata de Sera?

— Porque é *estranho* — respondeu Kimberlee. — Estou falando sério, Jeff, se você estivesse namorando outra pessoa, eu iria ficar igualmente preocupada. Pense um pouco. A *sua* namorada, que também vem a ser a *irmã* do cara com quem você está trabalhando, é chamada na sala do diretor psicótico no dia seguinte a uma devolução enorme dos objetos roubados e, então, começa a agir de forma estranha. Se você tirasse os nomes e esquecesse a nossa história, isso não faria você ficar desconfiado?

— Não. Acho que você está vendo coisas onde não existem — respondi. — Além disso, vamos fazer a última entrega na segunda-feira e, então, estará tudo terminado.

— Eu não entendo você, Jeff.

— Estou falando a mesma língua que você, *Kimberlee*.

Ela soltou um de seus suspiros melodramáticos.

— Entendo as palavras que você está dizendo; não entendo *você*. Você acha que todo mundo é bom e nobre e sei lá o quê. Você tem certeza de que Sera é inocente e acredita piamente que Khail não tem outra motivação senão ser um irmão mais velho muito *batuta*. — Ao dizer *batuta*, ela ergueu um punho no ar como se fosse a protagonista de um seriado dos anos 50.

— E o que há de errado nisso?

— Você está vivendo num mundo de fantasia. E quanto mais tempo fingir, mais difícil será quando descobrir que nós todos somos uns perturbados. Principalmente *ela*.

Ergui os olhos do dever de casa.

— E você gosta de vilificar as pessoas. Isso é mais realista, por acaso?

— Eu não vilifico as pessoas — argumentou Kimberlee. — Apenas as vejo como são.

— Sei.

— É verdade!

— Então o Langdon é um cara legal e a Sera é uma bruxa? Não acho que isso tenha qualquer base verídica.

— Ele era legal comigo — murmurou ela.

— E quanto ao Khail?

— O que tem ele? — perguntou Kimberlee, parecendo subitamente interessada no guia da programação da TV que eu tinha deixado aberto no chão.

— Ele não fez nada para você.

— "Não há no inferno ferocidade como a de uma mulher desprezada" — respondeu Kimberlee, encerrando o assunto com um gesto.

— Não acredito nisso — respondi, simplesmente. — Você não vai me dizer que ficou tão furiosa assim ao ser rejeitada que acabou descontando na irmã mais nova de Khail. Isso nem sequer faz sentido.

— E quando é que o amor faz sentido? — resmungou Kimberlee.

— Por que ele te odeia?

Ela hesitou.

— Não posso te contar.

Eu devia saber que não podia falar sério com Kimberlee.

— O.k., bem, tenho um monte de dever de casa para fazer hoje... que canal você quer assistir? — perguntei, pegando o controle remoto.

— Eu não estou mentindo!

— Você está *sempre* mentindo — falei, conforme passava pelos canais.

— Não dessa vez.

— Ah, está bem — murmurei, jogando o controle remoto e voltando para meu livro de Cálculo.

Kimberlee assistiu a uns dois minutos de um comercial de produto de clareamento dental antes de romper o silêncio.

— É que... a cara metade de Khail foi para um acampamento correcional. E ele acha que eu é que fui responsável por isso.

— Acampamento correcional? — Eu já tinha ouvido falar de pais que mandavam os "filhos problemáticos" para "refúgios" especiais em meio à natureza para serem disciplinados de forma rígida, mas também tinha ouvido que a maioria desses lugares já fora fechada; tinha havido muitos escândalos com relação a maus-tratos e até mesmo algumas mortes. Com certeza nunca conhecera alguém que tivesse sido mandado a um deles. — E por que o Khail pensaria que você teve alguma coisa a ver com a namorada dele ser mandada para um acampamento correcional?

Kimberlee tinha uma expressão estranha no rosto, como se estivesse tentando respirar e prender a respiração ao mesmo tempo.

— Não era namorada — disse ela, finalmente, antes de enterrar o rosto no pufe.

— Como assim, não era namo... Oh! — A ficha caiu. — O *Khail*? Você tá de sacanagem comigo?

A cabeça dela continuou afundada no pufe, suas palavras foram abafadas e eu mal as compreendi.

— Os pais do Preston são fanáticos religiosos ou sei lá o quê... De alguma maneira, eles descobriram o que estava acontecendo e tiveram uma reação superexagerada. Khail acha que foi através de mim que eles souberam.

— E por que ele pensaria isso? — Mas o que eu queria realmente perguntar era: *O que foi que você fez desta vez?*

Kimberlee me olhou feio.

— Eu já te disse. Eu gostava dele e ele me desprezou. *Ninguém* me despreza! Eu queria descobrir qual era o lance e meio que comecei a... segui-lo.

— Você começou a espioná-lo?

— Não estava *espionando*!

Agitei as mãos tentando acalmá-la.

— Continue.

— Eu não estava espionando. Anos de furtos me deixaram muito hábil em não ser vista.

— Aposto que sim. — A coisa tinha ficado, de repente, meio surreal.

— E eu... descobri que o melhor amigo dele... era mais que só um amigo.

— E ele *soube* que você tinha descoberto?

— Dã — disse ela, olhando para mim como se eu fosse particularmente lerdo. — Qual é a vantagem de se descobrir um segredo obscuro se você não sai por aí tripudiando a respeito? E algumas semanas depois, o Preston foi mandado para o acampamento.

— Muito conveniente — respondi.

— Não fui eu! — gritou ela. — Eu não contei a *ninguém* o que sabia. Bem, a não ser para o Khail.

— Por que será que não acredito em você, hein?

— Sei lá! — protestou ela. — *Ninguém* acredita em mim! O Khail me encurralou um dia depois da aula e tentou me fazer admitir que eu tinha aberto o bico, mas não tive nada a ver com o que aconteceu!

— E é por isso que ele ainda te odeia, um ano depois da sua morte?

Ela fez uma pausa.

Oh, não.

— Bem... talvez essa não seja a *única* razão.

Justo quando eu achava que não podia ficar pior.

— O que foi? — perguntei, mais para meu livro do que para ela.

— Os pais do Preston o mandaram embora antes que ele pudesse se despedir. Então, tudo que Khail tinha para se lembrar dele eram os dois objetos que Preston havia deixado na sua casa.

— Deixe-me adivinhar — falei, nem me dando ao trabalho de dar qualquer inflexão à minha voz. — Um boné dos Yankees e uma cueca vermelha.

Kimberlee teve a decência de parecer envergonhada.

Minha primeira discussão com Khail agora fazia muito mais sentido.

— Como Sera se encaixa nessa história? — perguntei, sem muita certeza de que queria mesmo saber.

Ela deu de ombros.

— Ah, por favor — falei. — Não vamos fazer esse jogo de novo.

— O que você quer que eu diga? Preston foi embora e Khail agiu como se nem ligasse; então comecei a atormentar Sera porque sabia que isso iria deixá-lo fulo da vida. E talvez eu tenha me empolgado um pouco. Era mais divertido atormentar Sera; ela ficava toda furiosa e agitada — disse Kimberlee, como se estivéssemos falando sobre o clima, em vez de como ela tinha azucrinado a minha namorada. — Fazer bullying com Khail é como bater contra uma parede de tijolo, mas, se você for em cima da Sera, aí *os dois* ficam furiosos. É surpreendentemente satisfatório.

— Você é doente mesmo — disse eu, com toda sinceridade. Estava seriamente horrorizado.

Kimberlee revirou os olhos e se voltou novamente para a TV.

— Que seja. Eu nunca fui a Srta. Simpática com Todo Mundo. Isso não é nenhuma novidade. Mas nunca contei a ninguém, exceto a você, sobre Khail *ou* Preston.

— Ah, sim, você é *completamente* inocente. — Minha cabeça girava. *Diga a ela que eu a odeio.* Khail estava realmente sendo sincero.

E agora eu sabia por quê.

— Por que você me contou? Está esperando que eu vá te defender para o Khail? — perguntei, já com receio de como seria *essa* conversa.

— Não! — disse Kimberlee, virando-se novamente para me encarar, os olhos mortalmente sérios. — Você não pode contar para ele! Tem que me prometer. Acho que nem mesmo Sera sabe a respeito. Então ele vai deduzir quem foi que te contou e aí sim não vai acreditar que não fui eu quem revelou a verdade sobre ele e Preston.

— Por que você se importa com o que ele pensa? Vou dizer da forma mais carinhosa possível: você está *morta*.

Sua expressão ficou imediatamente neutra e prática.

— Porque sim, está bem? — respondeu ela, virando-se para o comercial.

Parece que a paixonite de certa pessoa não morreu junto com ela. À sua maneira deturpada, Kimberlee realmente se importava com Khail. Ainda. Isso, sim, era um amor condenado. *Ele é gay, ela está morta, a seguir cenas dos próximos capítulos.*

Voltei para o meu dever de Cálculo, mas estava tendo dificuldade para me concentrar. Parecia que vinha guardando segredos de todo mundo. De Sera, dos meus pais... e, agora, de Khail, a única pessoa que sabia tudo sobre Kimberlee. E o que era mais estranho: era o segredo dele mesmo que eu estava guardando.

Só mais uma entrega, eu disse a mim mesmo. Então poderia voltar à minha vida, Khail, à dele, sem jamais descobrir que eu sabia precisamente aquilo que ele não queria que *ninguém* soubesse.

Três dias. E tudo isso estaria acabado.

Vinte e Cinco

NA SEXTA-FEIRA DE MANHÃ, o plano entrou em ação. O primeiro passo foi ridiculamente simples. Khail se aproximou de uma garota durante a primeira aula e disse:

— Ouvi dizer que o Restituidor da Rosa Vermelha vai fazer algo importante na segunda-feira.

A partir daí, a notícia se espalhou. Lá pela hora do almoço, todo o corpo estudantil já falava a respeito.

Eu esperava que Sera se irritasse, como sempre acontecia com qualquer coisa relacionada ao Restituidor da Rosa Vermelha, mas ela não parecia estar com raiva. Parecia estar com *medo*. Tentei abordar a possibilidade de um encontro, mas ela me dispensou pela primeira vez desde que havíamos começado a namorar.

— Tenho um monte de dever de casa para fazer — disse ela, vagamente. — Não posso fazer nada neste fim de semana.

— Mas você acabou de completar aquele seu trabalho grande de História e não tinha mencionado mais nada...

— Pois é, bem, meu dever de casa não é exatamente a coisa mais interessante do mundo de se discutir — insistiu ela.

— Você vai ter que comer em algum momento — pressionei-a. — Não posso te levar para um almoço rápido no sábado ou no domingo?

— Não tenho tempo — disse ela, passando por mim e indo para sua próxima aula.

Agarrei sua mão e a fiz parar.

— Eu fiz alguma coisa errada? — perguntei, baixinho.

Seu olhar se suavizou.

— Não, de forma alguma. — Ela puxou meu rosto até o dela e me beijou. — Você é maravilhoso. Eu só... tenho um trabalho especial para fazer neste fim de semana e preciso fazê-lo sozinha. Tudo bem? No fim de semana que vem poderemos voltar ao normal, eu prometo.

— Está bem — respondi, derrotado por ora. — Vejo você na segunda-feira, então. — Observei seus quadris balançando enquanto ela se afastava, só piscando quando a porta se fechou às suas costas.

— Não gostei nem um pouco disso — disse Kimberlee, por cima do meu ombro esquerdo.

Dei um pulo e trombei com uns alunos do primeiro ano que me olharam feio, mas não disseram nada. Eu já devia estar ganhando a reputação de ser convulsivo.

— Gostaria que você não fizesse mais isso — sussurrei o mais baixo possível. Fui para a aula de Cálculo com Kimberlee atrás de mim.

Ela se virou e olhou para a porta pela qual Sera acabara de desaparecer.

— Ela está agindo de forma estranha. Vai me dizer que não percebeu?

— São os exames de meio de semestre. Todo mundo está estressado.

— Há quanto tempo ela vem agindo assim?

— Não sei — retruquei. — Desde que os exames começaram?

— Não será desde que ela foi chamada na sala do Hennigan, não?

Eu me virei para olhar para Kimberlee, feliz que os corredores já estivessem praticamente vazios — ainda que isso significasse que eu estava atrasado para a aula.

— Admito, o momento é estranho, e o que quer que Hennigan tenha falado obviamente a perturbou muito. Mas ela parece saber que foi você que roubou essas coisas que, de repente, estão reaparecendo. Você consegue imaginar *alguma razão* para ela ficar perturbada ao pensar em você?

Por alguns segundos, Kimberlee fez de tudo para não olhar para mim. Finalmente, seu olhar se encontrou com o meu.

— Ela poderia estar espionando para o Hennigan.

Bufei, incrédulo, um segundo antes que a terrível possibilidade me atingisse em cheio.

— De jeito nenhum. Ela não faria isso.

— Você ficaria surpreso com o que as pessoas são capazes de fazer sob o tipo certo de pressão.

— Você é suspeita para falar e...

— Eu sei — respondeu Kimberlee com um suspiro. — Só estou dizendo... não estou nem sequer acusando. Quero que você tenha cuidado. Você já quase terminou... tudo estará terminado na segunda-feira. — Então, a atitude insolente voltou quase tão depressa quanto havia desaparecido. — Só tente não ser pego nesse meio-tempo, está bem?

No sábado de manhã me encontrei com Khail na caverna para carregar o resto das coisas. Enquanto trabalhávamos, repassamos nosso plano para a segunda-feira.

Fiel à sua promessa de ser extracuidadoso, ele havia emprestado a caminhonete de um amigo de Santa Barbara para carregar os sacos que faltavam. Ele a guardaria na garagem da casa de hóspedes de seus pais antes que eles chegassem em casa e a tiraria depois que eles houvessem saído para o trabalho, na segunda.

— Portanto, às oito e dez, estarei prontinho para sair — disse ele, arrastando a última caixa. Digo, a última caixa da maldita caverna inteira.

Fazia uma hora que eu tentava criar coragem para dizer algo, e aquela era minha última chance.

— Cuidado com Sera — desembuchei.

Khail fez uma pausa e pude ver os músculos em seu braço se retesarem.

— Por quê? — disse ele, com uma tranquilidade forçada.

— Acho que poder haver... uma possibilidade... uma pequena possibilidade — corrigi — de que ela esteja tentando descobrir quem somos.

Khail ergueu a cabeça e olhou feio para mim.

— Do que você está falando? De *espionagem*?

— Deixa pra lá — respondi. — Foi bobagem minha dizer isso.

Khail pulou da caminhonete e se aproximou até me encarar.

— Não, explique — disse ele, cruzando os braços enormes diante do peito. — Quero saber o que te faz pensar que ela iria nos espionar.

— Não se preocupe com isso — repeti.

— Não, você não tocaria no assunto se não tivesse um bom motivo; quero ouvir qual é.

Suspirei.

— Ela foi chamada na sala do Hennigan logo depois da nossa invasão da escola, e vem agindo de forma bastante estranha desde então.

— E daí?

— Ela remexeu nos bolsos da sua calça enquanto você estava tomando banho, quando eu fui lá... ela estava fuçando no seu celular.

Khail riu abertamente.

— É por essas e outras que sei que você é filho único, Jeff. Isso é totalmente normal. Eu também a espiono o tempo todo. — Ele sorriu. — Cara, as coisas que eu poderia te contar...

Hesitei alguns segundos antes de jogar minha última cartada. Era a única forma de descobrir com certeza.

— Aposto que sim. Ouvi algumas coisas a respeito do... hã, primeiro ano de Sera na escola...? — deixei a pergunta pendendo.

O sorriso de Khail desapareceu imediatamente.

— Você não pode usar isso contra ela, Jeff. Ela não sabia o que estava acontecendo. Você, dentre todas as pessoas, sabe que ela, deliberadamente, jamais deixaria alguém morrer.

Puta merda!

— O quê?

A boca de Khail se fechou de repente.

— Droga — sussurrou ele, passando os dedos pelos cabelos. — Eu não devia ter dito nada. Só deduzi que a Kimberlee tivesse te contado. Ela não é exatamente boa em guardar segredos — quase resmungou.

Caramba, que saia justa. Concluí que a melhor coisa que eu podia fazer era ficar de boca fechada.

Khail franziu os lábios; então algo mudou no seu olhar.

— Só vou te contar para que você saiba a verdade, entendeu? — Ele olhou em volta, como se alguém pudesse estar escutando. — Foi uma fase bem difícil. Meu pai tinha sido despedido; ele disse que poderíamos perder a casa e tudo mais... Ele e a minha mãe estavam falando... gritando, na verdade... em se divorciar. Brigavam o tempo todo. Tipo as brigas feias que a gente vê na televisão, só que era tudo real e era a nossa vida. Sera tinha só catorze anos e ficou arrasada. Eu... me envolvi com alguém, então nunca estava por perto. Sempre cogitei se as coisas teriam sido diferentes se eu estivesse mais presente ao lado dela. — Ele deu de ombros. — Mas eu não estava e, agora, não posso mudar isso.

"Sera parou de fazer o que as pessoas queriam que ela fizesse. Meus pais sempre a estimularam muito com relação à ginástica olímpica, então ela parou de treinar; recusava-se até mesmo a fazer uma estrela para seu treinador. Repetiu matérias para as quais antes não precisava nem mesmo estudar. Abandonou seus antigos amigos e arrumou amigos novos. Amigos ruins. Muito mais velhos do que ela. Ela tinha dinheiro e eles alegremente se aproveitavam dela por isso. Viciaram-na em maconha, depois em cocaína e, uma noite, todos estavam tão drogados que experimentaram heroína. — Ele deu de ombros. — Ela estava totalmente fora de si quando aconteceu de a única outra garota da idade dela ter uma overdose. — Khail suspirou e se encostou à caminhonete. — Se alguém ali estivesse suficientemente lúcido para chamar uma ambulância, eles poderiam tê-la salvado."

— Puta merda. — Não consegui pensar em outra coisa para dizer.

— Meus pais finalmente perceberam que seus problemas ridículos estavam afetando os filhos. Sera foi mandada, por ordem judicial, para um centro de reabilitação durante dois meses; minha mãe e meu pai começaram a fazer terapia, resolveram algumas coisas e, por fim, não se divorciaram, mas, a essa altura, já era um pouco tarde... nós já estávamos abalados — disse ele numa voz baixa que fervilhava de raiva.

Não falei nada. Não *podia* falar nada. Sera me contara que havia passado por um período difícil, mas deduzi que ela se referia a algo... sei lá... mais leve. Ela parecia boa demais e pura demais para se envolver em algo remotamente parecido àquilo.

— Ela se esforçou muito para superar tudo isso. E, pode crer, não foi fácil. Há coisas que ela *jamais* irá recuperar. Sua consciência limpa, por exemplo. Sei que, à noite, ela ainda é assombrada por isso. E, para completar, ela perdeu a oportunidade de competir em nível nacional na ginástica olímpica. Ela muda de assunto, se você tenta falar a respeito, mas é um ponto nevrálgico doloridíssimo para ela. Ela tem muitos arrependimentos, mas acabou lidando com eles e seguiu adiante. — Ele subiu na tampa da caçamba da caminhonete e me dirigiu um olhar duro. — Foi por isso que comecei a te vigiar quando Sera me disse que gostava de você. Por que você acha que alguém bonita como ela não namora há quase dois anos? Ela não confia em si mesma para escolher alguém bom. Alguém capaz de entender que ela cometeu alguns erros e que permita que ela siga em frente. Se *você* não puder fazer isso, então deveria...

Levantei a mão, na defensiva.

— Não, você não está entendendo. Eu não tenho qualquer ressentimento por isso. — Esperava estar dizendo a verdade, mas sentia uma leve pontada na boca do estômago. Cocaína? Heroína? Nunca tinha nem sequer *visto* esse tipo de coisa, quanto menos experimentado. — Mas... e se o Hennigan tentou usar isso contra ela? Para pressioná-la? — disse, evasivo.

Mas Khail já estava balançando a cabeça.

— Ela admite o passado... admite seus erros. Jamais deixaria outra pessoa sofrer pelo que ela fez. Além disso — acrescentou ele, ao ficar em pé na caçamba e erguer outra caixa —, a maioria das pessoas em

Whitestone já sabe do caso, ou pelo menos ouviu rumores. A quem o Hennigan ameaçaria contar? A você?

Ele tinha razão. Não fazia muito sentido. Mas...

— Ela odiaria o fato de estarmos ajudando Kimberlee — disse Khail.

— Mas garanto que nunca poderia me entregar. — Ele deixou a caixa cair com tudo na caçamba da caminhonete. — E acho que também não entregaria você.

Assenti e tentei abafar a sensação de que alguma coisa estava errada; no entanto, a dúvida continuou me perseguindo... tal e qual o fantasma de uma garota afogada.

Vinte e Seis

— VOCÊ QUER FAZER outra coisa? — perguntou Kimberlee, irritada, quando não consegui disfarçar outro bocejo.
— Não, tudo bem — respondi, tentando me sentar direito e parecer interessado.
— Certo — resmungou Kimberlee.
Como Sera estava ocupada, eu estava assistindo TV com minha única outra amiga não secreta (mané, eu? imagina...), e, como ela estava num momento de nostalgia infantil, estávamos assistindo ao décimo episódio de *Meu Querido Pônei*. Argumentei que ela nem estava viva ainda quando passava *Meu Querido Pônei* na TV, mas ela respondeu que também não estava viva agora e eu não tive como responder a isso.
Após mais alguns minutos de pôneis cintilantes, ela se virou para mim.
— Vai terminar tudo na segunda-feira, certo?
Tive que fazer uma força enorme para me concentrar. *Talvez* eu estivesse cochilando um pouco. Possivelmente, babando.
— Quê...? As entregas? Das coisas na caverna? Sim. Vamos terminar de entregar tudo na segunda.
— E depois?
— Hein?
Kimberlee se virou de corpo inteiro para mim.
— Depois. E depois? — repetiu ela, como se o problema estivesse nos meus ouvidos.
— Eu ouvi — respondi, revirando os olhos —, mas não estou entendendo o que você quer saber. Nós devolvemos as coisas, e você, *puf*,

desaparece e eu recupero a minha vida; fim. — Me virei de lado e fechei novamente os olhos.

Ela ficou calada por alguns segundos e, então, perguntou:

— Sim, mas o que acontece comigo?

Concluí que se ela tinha feito a mesma pergunta três vezes era porque, talvez, estivesse preparada para ouvir uma resposta séria. No entanto, não era uma resposta que eu soubesse.

— Sinceramente? — falei, com hesitação. — Acho que você simplesmente some. Fica em paz e deixa de existir.

Ela se empertigou.

— Que diabo você quer dizer com "deixa de existir"?

Talvez aquilo fosse um pouco sério *demais*.

— Está bem — falei, virando-me para encará-la e apoiando o queixo nos braços cruzados. — Sempre achei que, quando alguém morre, simplesmente acaba. Mas, agora, tem você. Quer dizer, você é um anjo, um espírito ou o quê? — Nenhuma daquelas hipóteses parecia se aplicar ainda que remotamente a Kimberlee. — Minha teoria é que você seja meio que o eco de uma pessoa. E ainda está aqui porque não consegue encontrar paz. Portanto, uma vez que a consiga, talvez desapareça lentamente, como se caísse no sono.

— Então você está fazendo tudo isso porque quer que eu simplesmente *desapareça*! — Ela parecia genuinamente horrorizada.

— Não, não é nada disso. *Eu* gosto da ideia de ir desaparecendo aos poucos depois de morrer. Se você não gosta, então acredite em outra coisa.

— Mas *você* acha que eu vou desaparecer?

Pois é, talvez como agnóstico eu não seja o melhor conselheiro espiritual do mundo. O que ela queria que eu dissesse?

— Não acho nada. Só estava... expondo uma possibilidade. Você também pode se transformar no abominável homem das neves e aterrorizar os esquiadores pelo resto da eternidade.

Ela estreitou os olhos.

— Agora você está sendo idiota.

Soltei um suspiro frustrado.

— Olha, eu não *sei* o que vai acontecer com você... não ligo muito para os detalhes. Eu não sei; é isso que significa ser *agnóstico*.

— Então você simplesmente vive a sua vida sem saber de nada?

— Eu sei um monte de coisas — retruquei e, então, dei de ombros. — Se existe um deus ou não, simplesmente não é uma delas. Não parece tão importante assim para mim.

Ela retesou os músculos do maxilar e olhou novamente para a televisão, embora eu duvidasse que ela tivesse percebido que os letreiros haviam começado a passar.

— Bem, parece extremamente importante para *mim* no momento.

— Posso entender isso.

— E nem mesmo lidar com um *fantasma* faz você querer descobrir mais?

— Na verdade, não. Nada neste mundo irá provar que existe nem que não existe um deus. Pelo menos na *minha* opinião. Religião é algo muito bom para algumas pessoas, mas ser agnóstico funciona bem para mim. Como Einstein.

— Einstein era agnóstico?

— Muito.

— Humm. — Ela ficou em silêncio por um tempo. — O que te faz querer ser bom?

— Não sei. Apenas quero.

— Isso é tolice. Para que se dar ao trabalho?

Tive que parar e pensar sobre aquilo. *Porque sempre foi assim* parecia um pouco batido.

— Acredito que já existam coisas ruins o suficiente no mundo e que a gente deva se esforçar para colocar algo de bom nele porque é a coisa certa a se fazer.

— Você é simplesmente uma pessoa boa, acho.

Dei de ombros.

— Talvez.

Outro silêncio interminável.

— Então... — disse eu, passando para o episódio seguinte. — Está pronta para assistir a mais um?

Ela encarou a televisão agora sem imagem como se ali pudessem estar as respostas para todas as suas perguntas. Então, balançou a cabeça.

— Não estou a fim. Vou embora. — Sem esperar por uma resposta, ela foi na direção da janela.

— Espere um segundo — disse, levantando-me. — Quando você vai voltar?

Ela olhou para as luzes da rua, iluminando a calçada na frente da minha casa.

— Não sei. Amanhã, talvez?

Assenti, mas não disse nada.

Com um "tchau" que mal pude ouvir, ela passou pela janela e desceu até o chão. Fiquei olhando enquanto ela se afastava. Sua cabeça estava baixa e os ombros encurvados à frente. Ela parecia tão real e, naquele momento, tão *pesada*. Sobrecarregada. Ao vê-la, ninguém jamais teria imaginado que não passava de um fiapo de ar.

Vinte e Sete

NA SEGUNDA-FEIRA acordei cedo e não consegui voltar a dormir. Era hoje: o dia em que me livraria da minha amiga fantasmagórica.

Kimberlee não falou uma palavra sobre nossa conversa no sábado à noite nem sobre seu sumiço durante o domingo inteiro e tive a sensação de que ela não queria que eu tocasse no assunto, principalmente em seu dia *especial*.

— Esse plano é sensacional! — soltou ela no que era, possivelmente, seu primeiro elogio sincero para mim. — O Hennigan vai ficar tão fulo da vida. Capaz de cair duro e ter um ataque cardíaco ali mesmo.

— Ah, que ótimo — resmunguei —, daí poderei carregar isso na consciência pelo resto da vida. — Não sabia direito por que não estava conseguindo entrar no clima da coisa como ela. Talvez porque a entrega ainda não estivesse feita ou por causa de tudo que eu descobrira na semana anterior.

— Não seria *nenhuma* perda — disse Kimberlee, analisando a si mesma no espelho. — Ele é tão imbecil. Gostaria de poder vestir outras roupas. Umas roupas de festa. Ou, pelo menos, arrumar o cabelo — acrescentou ela, enrolando-o e empilhando no alto da cabeça. Mas, assim que ela o soltou, voltou a cair em volta de seus ombros. — Ah, paciência. -- Ela se afastou do espelho. — Talvez eu possa fazer mais coisas no lugar aonde estou indo.

— Pois é — falei, esperando que meu sarcasmo pudesse esconder o nervosismo. — É um dia importante para *você*. — Para ela, era fácil ficar despreocupada, posto que não era sua vida que estava em risco.

Se Kimberlee percebeu meu tom, não deu qualquer indicação.

A sincronização era delicada. Dirigi até a escola, coloquei o carro no estacionamento e corri até a parte sul, onde Khail estava me esperando na caminhonete emprestada.

Então, fomos para a casa do Hennigan.

Kimberlee estava *realmente* de vigia hoje. Ela ia e vinha, para garantir que Hennigan ainda estivesse percorrendo desconfiadamente os corredores da escola e para verificar que ninguém estivesse observando a casa dele.

A entrega em si levou menos de um minuto. Foi, em grande parte, ideia do Khail. Nós empilhamos tudo sobre a lona da caminhonete e colocamos outra lona por cima. Às oito e trinta e cinco, colocamos a caminhonete de ré sobre a calçada, em cima do jardim da frente da casa do Hennigan. Então, eu e Khail corremos até a caçamba e a desamarramos. Demos um puxão e a lona — com todos os sacos de plástico em cima — deslizou para fora da caçamba.

Levamos mais uns dez segundos para pegar um cartaz grande na caçamba que era uma versão tamanho gigante dos adesivos: a rosa vermelha e os dizeres *Sinto muito*.

Essa parte foi, na verdade, ideia de Kimberlee. Ela disse que funcionaria como um outdoor e que, com certeza, algum aluno atrasado veria.

Khail e eu entramos na caminhonete e demos o fora dali. Khail parou atrás da escola e me deixou ali para ir descartar a caminhonete, partindo quase antes que eu fechasse a porta do carro. Hennigan provavelmente ficaria desconfiado quando Khail faltasse à primeira aula, mas Khail me garantiu que saberia lidar com isso.

Gostaria também de ter essa segurança. Se eu o fizesse ser pego, Sera jamais me perdoaria.

De qualquer forma, eu tinha que ir para a aula antes de também ser apanhado. Estava só uns sete minutos atrasado, mas, se me sentasse com mais de dez minutos de atraso, ficaria com falta.

E eles iriam telefonar para a minha mãe, o que era quase mais assustador do que a expulsão, depois da promessa que eu lhe fizera de me manter longe de qualquer problema. Depois do que, obviamente, eu havia invadido a escola.

— Jeff, espere! — chamou Kimberlee, mas eu não tinha tempo para parar e sabia que ela me alcançaria.

Quase trombei com o Sr. Hennigan antes de vê-lo. Única vez na vida em que eu *deveria* ter dado atenção a Kimberlee.

— Está com pressa, é? — perguntou o Sr. Hennigan, incisivo.

Fiz minha melhor voz de sou um idiota e apontei para meu relógio.

— Atrasado — falei.

O Sr. Hennigan me rodeou feito um urubu.

— E isso, por acaso, não teria a ver com a suposta devolução das coisas roubadas hoje, teria?

— Hein? — respondi, tentando parecer confuso. — Ah, as coisas roubadas. Pois é, não. Se eu estivesse sentindo falta de alguma coisa, seria por ter deixado para trás em Phoenix. Acabei de me mudar para cá. — Sutil, polido e absolutamente estúpido. Perfeito.

Hennigan olhou por cima da armação dos óculos e me analisou.

— Ah, sim. Sr... Sr. Clayson, certo?

— Sim, sou eu mesmo.

A frustração cruzou o semblante do Sr. Hennigan, mas ele só se permitiu dar um pequeno suspiro antes de voltar ao estado de alerta.

— Vá indo, então — disse ele, dispensando-me. — Você tem um minuto para chegar à classe antes de ganhar uma falta.

Saí no segundo em que seus olhos me deixaram, caminhando o mais rápido possível, e consegui me esgueirar pela porta da sala do Sr. Bleekman justo quando o relógio deu oito e quarenta.

O Sr. Bleekman olhou para mim, e seus grandes olhos voaram até o relógio. Com uma decepção óbvia, ele registrou só um atraso em seu caderno de notas.

* * *

Vinte minutos depois do sinal, uma menina chamada Katie (que, como ela mora em Santa Monica, é apelido de Katerina e não de Katherine) entrou correndo na classe com o rosto corado.

O Sr. Bleekman sorriu muito levemente e foi até seu caderno de notas.

— Mais de dez minutos de atraso, Srta. Chardon; você receberá falta por essa aula.

— Desculpe — disse Katie, parecendo distraída.

Assim que ela se sentou, vi que retirava um saco Ziploc de sua mochila e, após uma olhada rápida para as costas de Bleekman, entregava-o para a garota na fila ao lado.

A garota deu uma risadinha e perguntou numa voz tão alta que metade da classe pôde ouvir:

— Onde?

— No Hennigan! — gritou Katie, atraindo um olhar severo do Sr. Bleekman. Mas ninguém mais prestava atenção nele.

— No Hennigan? — perguntou outro rapaz. — Tipo, na casa dele?

— É. Bem no jardim da frente! Tem um cartaz e tudo. Eu vi quando estava vindo para a escola. Foi por isso que cheguei tão atrasada — acrescentou ela num sussurro. Como se não tivéssemos deduzido *isso*.

Na fileira da frente, a mão de uma menina se ergueu.

Bleekman a ignorou.

— Sr. Bleekman — disse ela, recusando-se a ser dissuadida tão facilmente.

Bleekman suspirou.

— Sim, Srta. Sanderson?

— Preciso sair. Tipo, ir ao banheiro — acrescentou ela.

Ele olhou feio para ela por um longo tempo, mas nenhum professor em sã consciência diz a uma menina que ela não pode ir ao banheiro. Finalmente, ele suspirou e apontou para sua mesa.

— Pegue o passe.

Ela praticamente pulou até a mesa dele para pegar o passe e quase saiu correndo.

— Sou o próximo quando ela voltar — disse uma voz baixa e ameaçadora.

Eu sabia de quem era a voz antes mesmo de me virar, mas fiquei tão surpreso que tive de olhar assim mesmo.

Langdon.

Infelizmente para ele, ele não iria encontrar nada lá. Langdon era um dos poucos alunos de quem eu sabia que Kimberlee não havia roubado nada. Acho que amizade significava *alguma coisa* para ela.

Quando chegou a hora do almoço, a escola estava em polvorosa e cheia de sacos com adesivos, metade dos alunos estava atrasada para a terceira aula e o Sr. Hennigan percorria os corredores num surto de fúria.

Mas nós havíamos terminado.

Kimberlee apareceu ao meu lado.

— Estão sobrando seis sacos — disse ela, nervosa. — E se ninguém os pegar? E se essas pessoas faltaram hoje?

— Não se preocupe — sussurrei, enquanto fingia arrumar livros no meu armário. — Mesmo que já tenham saído da escola, algum amigo vai pegar para eles. Eu garanto.

Ela assentiu, relutante.

— Acho que você tem razão. Vou voltar lá só para ter certeza.

Eu a vi sair correndo e dei uma risadinha, balançando a cabeça. Agarrei minha mochila e fui para a cantina me encontrar com Sera. Não a via desde a sexta-feira. O que significava que eu não falava com ela desde que Khail admitira que ela estivera envolvida na morte de uma amiga.

Tinha de admitir: eu estava nervoso. Não queria pensar mal de Sera... não tinha sido culpa dela; mas será que eu era maduro o suficiente para deixar tudo aquilo de lado? Achei que o jeito de saber com certeza seria vê-la cara a cara.

Estava prestes a virar a esquina do corredor quando escutei o Sr. Hennigan chamar o nome dela.

— Srta. Hewitt — disse ele, a voz austera, mas também um pouco rouca. Desconfiei que ele viesse gritando com alunos o dia inteiro. Não que pudesse fazer qualquer coisa com relação aos montes de sacos plásticos entrando na escola. Nada que contivessem era proibido ali, e ele não podia suspender ninguém, a não ser que pudesse provar seu envolvimento no caso.

Após uma pausa, o Sr. Hennigan disse, gélido:

— Precisamos conversar.

Espiei em volta da esquina e vi Sera parada na frente do escritório do diretor. Mas ela não tinha a postura confiante e ereta que eu estava acostumado a ver. Seus ombros estavam curvados e a cabeça pendia à frente, o cabelo quase ocultando o rosto.

Ela parecia... culpada. E aquilo me destruiu por dentro.

Não queria que ela soubesse que eu a vira ser chamada na sala do Sr. Hennigan; então, depois que a porta se fechou, passei em frente à diretoria e fui para a cantina, até a mesa onde normalmente nos sentávamos.

Ela não voltou durante o almoço inteiro. Tive que pegá-la a caminho de sua aula de História.

— Ei — chamei, colocando a mão em seu ombro.

Ela se virou e sorriu, mas percebi que parecia muito com um dos sorrisos de Kimberlee. Os falsos.

— Ei! — disse ela, a voz intensamente animada.

— Você não apareceu no almoço — comentei, recusando-me a perguntar onde ela estivera. Queria ver o que ela iria dizer.

— Ah — disse ela, agitando uma mão, dispensando o assunto —, tive que ficar depois da aula de Inglês. Eu arruinei completamente uma tarefa e tive que ficar trabalhando com o Bleekman para consertar. Desculpe por não ter te avisado. Eu só soube na hora.

Ela não olhava nos meus olhos.

— Ah, tudo bem — respondi, baixando os olhos para os meus pés.

— Mas podemos fazer alguma coisa amanhã depois da escola — sugeriu ela.

Assenti e aceitei um beijo antes de ela desaparecer em sua aula de História. Foi estranhamente amargo.

Ela mentira.

Mas, também, quem era eu para julgar? Tecnicamente, vinha mentindo para ela desde o primeiro dia. Tentei me lembrar disso enquanto caminhava até minha própria aula.

Vinte e Oito

QUANDO CHEGUEI EM CASA, Kimberlee estava no meu quarto, andando de um lado para outro sem parar.
— E se não der certo? — disse ela, sem nem me cumprimentar. — E se algo se perder ou alguém roubar o saco de outra pessoa e eu ficar encalhada aqui para sempre?
— O destino não vai te responsabilizar pelas ações de outra pessoa — resmunguei, já de mau humor; que raio eu ia saber sobre destino? — Você só é responsável pelas coisas que realmente fez. — Eu tinha quase certeza de que tinha visto isso num filme. Ou algo parecido.
Ela fez uma pausa e olhou para mim, largado em cima de um pufe com um pote de sorvete que tinha pegado na cozinha a caminho do quarto. Tratamento de glicose.
— Tem certeza de que a caverna está completamente vazia?
— Kimberlee — disse eu, com firmeza —, você checou duas vezes. Estava *totalmente* vazia. Tudo que você roubou foi devolvido ou doado para uma instituição de caridade.
Mas minha mente não estava no nosso último golpe. Não conseguia evitar de me sentir furioso por Sera não ter admitido que fora chamada na sala de Hennigan. E, se ela havia mentido dessa vez, provavelmente também mentira na vez anterior. Se ela *tinha* sido pressionada para colaborar com ele, já não importava mais. Mas a ideia de Sera em conluio com Hennigan me fazia vê-la de uma forma diferente. O que me deixava fulo da vida.
Mais do que o lance das drogas. Para isso eu conseguia pensar num milhão de desculpas. Ela tinha feito más amizades, más escolhas e, então, chegara a um ponto em que já não tinha escolha alguma.

Mas o que estava acontecendo agora parecia estranhamente pessoal.

E, se ela estava mentindo sobre ele, sobre o que mais estaria mentindo? Afinal, nunca havia me contado sobre a menina que morrera. Eu arrancara aquilo de Khail. E ela não tinha dito absolutamente nada sobre seus problemas com Kimberlee. Ela fora a vítima naquela situação... *por que* não me contara? Será que eu não tinha o direito de saber? Eu era o namorado dela.

Mas por outro lado... isso significava que ela me devia uma confissão de sua vida inteira? Eu também não queria pensar desse jeito. Meu senso de certo e errado, ou de justificável e imperdoável, parecia estar totalmente confuso.

Kimberlee se sentou no outro pufe.

— Por que ainda não aconteceu? — disse ela numa vozinha baixa. — Já não deveria ter acontecido a essa altura?

Dei de ombros, minha mente girando tão depressa que mal podia me concentrar no que ela estava dizendo.

— Talvez seja uma dessas coisas que acontecem à meia-noite ou à noite quando você... ou eu estiver dormindo. Vai acontecer — falei, alongando os braços acima da cabeça.

Khail e eu tínhamos conseguido conversar muito rapidamente no banheiro... tinha sido um pouco nostálgico, na verdade, levando em conta nossa primeira conversa, e o papo pela escola confirmava que, antes da quinta aula, tudo que estava na frente da casa do Hennigan tinha sumido. Inclusive a lona. Tudo tinha sido, definitivamente, feito.

Só restava esperar que Kimberlee se escafedesse.

— Sente-se — falei a Kimberlee. — Tenho uma surpresa.

Ela se sentou, embora um pouco cautelosa, e peguei algo numa sacola ao meu lado. Havia parado na locadora de vídeos a caminho de casa; achei que um presentinho de despedida fosse apropriado. Com um pequeno *tá-dá!* tirei da sacola um filme romântico brega que ela tinha me convencido a assistir no começo da coisa toda. O rosto de Kimberlee murchou.

— O que foi? — perguntei. Olhei para a caixa do filme. Eu tinha pegado o filme certo, não tinha? Todos aqueles romances açucarados me pareciam iguais.

— Não, não — disse ela, balançando as mãos. — É fantástico, sério. É só que... você tem sido tão legal comigo. Depois de tudo. Eu quase fiz você levar uma surra naquele primeiro dia e te enchi o saco com relação a Sera e fiz você devolver todas aquelas coisas. E você ainda me traz um filme que você detesta. Acho que eu... bem... até que para um nerd você é bem legal.

Agora ela estava ficando chorosa e não era do jeito fingido que costumava usar quando queria alguma coisa de mim. Aquilo era novidade e não era de todo agradável. Não queria deixá-la constrangida com um ato exagerado... está bem, eu *queria*, mas sabia que não era algo muito legal de se fazer; então, apenas sorri e assenti antes de me virar e colocar o vídeo.

Acho que esses filmes românticos de menina têm superpoderes. É sério. São tão chatos que tenho a teoria de que, de fato, ondas de supersono são emitidas pela tela da televisão quando você está assistindo. Porque sei que o filme não terminou muito depois das oito e, quando os letreiros começaram a subir, eu já tinha apagado. Tipo, apagado completamente. Só fui acordar às seis da manhã seguinte.

Com Kimberlee diante da minha cara, gritando. Não era aquela gritaria de costume, mas sim gritos descontrolados de pânico.

— Não funcionou. Jeff, acorde! Não funcionou. Estou aqui olhando os minutos passando e nada. Nada!

Ela continuou falando enquanto eu tentava me sentar. Parecia que todos os ossos das minhas costas estavam fora de alinhamento e meu pescoço não virava mais do que quarenta e cinco graus para a esquerda. Minha boca estava seca e amarga depois de comer tanto sorvete antes de dormir, mas consegui fazê-la funcionar e resmunguei:

— Espere um segundo; não estou entendendo.

— Eu ainda estou aqui! — gritou ela, mais parecida com seu eu normal e irritado.

— Isso eu posso ver — respondi, balançando a cabeça. Minha visão começava a se desanuviar e, por trás da névoa, espreitava uma sensação incômoda. Isso *não* era o que eu havia planejado.

Finalmente consegui me levantar, trôpego... ainda usando meu uniforme completo, inclusive a gravata, veja você, e esfreguei um olho, então o outro, enquanto olhava para o relógio e para a janela, onde a fraca luz do sol começava a romper no horizonte.

Kimberlee estava calada, pela primeira vez na vida, e me encarava com um olhar vazio, inexpressivo.

— Eu não fui embora — disse ela, por fim, a voz trêmula.

Soltei um grande suspiro.

— Não, definitivamente, não foi. — Fui até perto dela e me sentei na beira da minha cama. — Talvez... talvez demore mais tempo.

Mas Kimberlee apenas balançou a cabeça.

— Eu deveria ter ido embora ontem ou, pelo menos, por volta da meia-noite. — Ela se soltou na cama ao meu lado e lágrimas, lágrimas de verdade, que agora eu já podia diferenciar, correram por seu rosto. — Estou presa — sussurrou ela, tremendo. — Já passou mais de um ano e já fiz tudo aquilo em que podia pensar e, agora, estou presa.

— Você não está presa — falei, com muito pouca convicção. — Fantasmas não ficam presos. — Mas, sério, o que eu podia saber? Nem mesmo acreditava em fantasmas até conhecer Kimberlee. A dúvida que eu não podia disfarçar na minha voz estraçalhou qualquer esperança à qual ela viesse se aferrando. Seu queixo tombou para o peito, e seus ombros se curvaram conforme os soluços chacoalhavam seu corpo inteiro.

— Kim — falei baixinho. — Não...

— Odeio isso — disse ela, a voz um pouco abafada. — Odeio tudo com relação à minha vida. Minha não vida, ou seja lá que droga for! É tortura todo dia e estou tão *cansada*.

— Não é tão ruim assim — respondi, desejando poder dar um tapinha em seu ombro ou coisa parecida.

Ela ergueu os olhos e jogou o cabelo para trás.

— Não, você não entende. Eu sou uma maluca. Sou um caso sério de cleptomania, alguém que deveria estar trancado numa cela acolchoada, e ser um fantasma está acabando comigo.

Por um segundo, achei que tivesse entendido mal.

— Espere aí, você está furiosa porque *não pode roubar*? — A expressão em seu rosto era resposta suficiente. — Kimberlee!

Ela não queria me olhar nos olhos.

— Achei que morrer tornaria tudo mais fácil.

O quê?

— Você achou que *morrer* tornaria tudo mais fácil? Você me disse que tinha sido pega pela correnteza!

— E fui. Não me suicidei, tá bom? Fica frio. — Ela ficou calada por um longo tempo, mas lágrimas continuavam correndo por seu rosto. — Mas pensei em me suicidar — confessou ela num sussurro. — Eu estava lá na nossa praia, meus pais tinham saído, como sempre, e eu estava superdeprimida. Roubei, sei lá, umas seis coisas naquele dia tentando me sentir melhor e nada estava funcionando. Então... cogitei essa possibilidade. Quem nunca?

Dei de ombros, em vez de responder. Mas pensar e fazer eram coisas muito diferentes.

— Estava sol, mas a água estava gelada e eu entrei no mar mesmo assim. Estava lá sozinha na água, bem no fundo... eu, a água e meus dentes batendo de frio. E talvez estivesse um pouco bêbada, então não estava pensando direito. Comecei a boiar de costas com um espaguete flutuador, olhei para o céu e desejei poder simplesmente flutuar para o oceano e morrer.

Acionei meu sentido de aranha, mas o alarme não parecia ter disparado. Cautelosamente, concluí que ela estivesse falando a verdade. Por enquanto.

— Então, eu... chorei bastante e comecei a nadar de volta. E percebi que estava muito mais longe da praia do que pensava e tentei lutar contra a correnteza estúpida, coisa que não se deve fazer, e, depois de algum tempo, fiquei tão cansada e com tanto frio que não conseguia mais me segurar no espaguete e afundei. — Ela olhou para mim, os olhos úmidos. — E acontece que todos os seus problemas ficam, na verdade, muito piores quando você está morto. Inclusive os roubos.

— Mas você não *consegue* mais roubar nada. Não foi melhor assim?

— Antes fosse — disse ela. — Parar com algo a sangue-frio é terrível. Eu não podia tocar em nada. Os primeiros meses foram um inferno. Não, é sério — disse ela, virando-se para mim por um segundo. — Pensei que estivesse no inferno. Tudo em mim gritava para que eu pegasse coisas, roubasse coisas. E eu. Simplesmente. Não. Podia. E isso *doía*. Passei tanto tempo berrando, gritando e amaldiçoando Deus, Buda, Alá e qualquer um que pudesse ter me transformado em fantasma. Mas nada adiantou. — Ela apontou para si mesma. — Obviamente.

— A necessidade finalmente desapareceu?

Ela deu de ombros, de forma evasiva.

— Sim e não. Quer dizer, descobri formas de lidar com ela... não tinha escolha, mas é como ser alcoólatra ou um fumante inveterado ou algo assim. Você pode parar, mas nunca perde aquele impulso, principalmente quando está perto de coisas boas. E eu estou perto de *coisas* o tempo todo. O melhor que posso fazer é me distrair com outras atividades. Posso ir aonde quiser e escutar conversas particulares. Espiar momentos privados. Às vezes, roubar a privacidade das pessoas é quase tão bom quanto pegar suas coisas. Mas não é... não é o mesmo. E... — Ela fez uma pausa para respirar algumas vezes e controlar suas emoções. — É tão *difícil*.

— Eu não sabia — respondi baixinho. — Quer dizer, eu *sabia* sobre a cleptomania, mas não sabia que te afetava desse jeito. Eu... sinto muito.

— Eu não queria que você soubesse. Só queria devolver as coisas e seguir adiante, seja lá o que isso signifique. — Ela deu de ombros, desamparada. — E agora isso não vai acontecer. — Ela voltou a cair sobre a minha cama e começou a chorar novamente.

— Não chore, Kim, por favor — implorei. — Vamos encontrar uma maneira. Vamos fazer acontecer.

Ela abriu os olhos molhados, delineados de preto, e olhou para mim.

— Você acha?

Eu sabia que a morte ou a vida de suas esperanças jazia na minha resposta. Uma resposta que eu já sabia que teria de ser mentira.

— Eu *sei* — respondi, com tanta convicção quanto pude reunir. Fé nunca fora o meu forte; nunca tinha visto muita utilidade para ela. Mas, mesmo que só estivesse sentindo dúvida, Kimberlee precisava de mais que alguns *ses* e *talvezes*. — Encontraremos um jeito. Eu... — *Essa é a parte mais difícil de se dizer.* — Eu vou te ajudar.

Uma pequena parte de mim morreu ao dizer aquilo. Eu sabia que *iria* ajudá-la... no mês que se passara nós havíamos nos tornado... não sei se *amigos* era a palavra certa, mas éramos alguma coisa. Então, eu ia ajudá-la. Mas a que preço seria? No mínimo, teria que mentir para Khail e Sera. E até quando? Eu já não tinha mais ideias.

Mas ela não tinha mais ninguém.

— Verdade? — Ela se levantou num cotovelo, os olhos se iluminando um pouco.

— Sim — respondi, tentando parecer casual. — É claro. — Sorri. — Eu sou aquele que consegue ver você; isso deve significar que posso te ajudar. Só precisamos descobrir como.

Ela cruzou os braços.

— Se devolver todas as coisas não funcionou, não sei o que vai funcionar.

— Vamos pensar no assunto por alguns dias — falei, tentando manter o pânico sob controle enquanto exibia uma expressão totalmente impassível. — Algo vai surgir. Encontraremos a resposta.

Kimberlee ficou com os olhar fixo no chão por um bom tempo, antes de me olhar nos olhos.

— Obrigada — disse ela, a voz baixa. Então, seu olhar se desviou.

— De nada. — Inclinei a cabeça na direção do banheiro. — Preciso tomar um banho — disse. — Parece que já é outro dia.

Kimberlee passou os braços pelo rosto, limpando as lágrimas. Ela tinha incorporado novamente sua cara de paisagem. A cara que mantinha o mundo a distância e não deixava ninguém chegar perto demais... nem saber quanto ela estava sofrendo. A cara com que eu estava acostumado.

Kimberlee estava de volta.

Vinte e Nove

KIMBERLEE ME SEGUIU PELA escola o dia inteiro novamente, mas se manteve a distância e não falou nada. Mesmo com sua fachada corajosa, ela não estava exatamente animada, e uma nuvem de melancolia parecia rodeá-la. Depois de todas aquelas semanas com um fantasma na minha vida, eu finalmente estava me sentindo *assombrado*.

E ela não era a única agindo de forma estranha.

— Quer vir em casa depois da aula hoje? — perguntou Sera, um pouco alegre demais. — Meus pais viajaram e Khail tem uma festa importante depois da luta para comemorar a ida dos caras para as competições estaduais.

Competições estaduais. Que péssimo amigo eu sou. Nem tinha perguntado quais dos meus amigos haviam passado para as estaduais. Ficara tão preocupado com a última devolução que nem sequer perguntei como tinha sido a luta classificatória.

— Poderíamos ter algum tempo a sós — disse ela, aconchegando-se a mim.

Em qualquer outro momento eu teria ficado superanimado com a ideia, mas, hoje, tudo parecia estranho. Minha vida inteira parecia estar de cabeça pra baixo e meu cérebro não parava de me lembrar que Sera tinha mentido e que eu detestava aquilo. Contudo... não podia recusar um convite daqueles.

Tentei pedir desculpas com o olhar para Kimberlee enquanto saía pela porta com Sera depois da aula, mas não tive certeza se ela viu.

Ela me perdoaria, contudo. Não tinha muita escolha. Estava presa a mim. Talvez para sempre.

Ou seria eu quem estava preso a ela?

Tentei afastar da mente os pensamentos de *para sempre*, mas eles continuaram ali, à espreita, em algum lugar. Sera abriu a porta de sua casa para entrarmos e fomos até a cozinha pegar alguma coisa para comer. Ela tagarelava sem parar, mas eu sentia dificuldade em acompanhar sua conversa por mais de dez segundos. Na terceira vez que disse algo como "Hã? É. O quê?", ela suspirou e olhou para mim com uma mão na cintura.

— Você está tão distraído hoje. Venha aqui. — Ela agarrou a minha mão e me puxou para que a seguisse.

Os Hewitt tinham uma sala de TV maravilhosa, praticamente tomada por um sofá de módulos cuja peça central tinha um metro e meio de largura e que fazia o sofá parecer a cama mais gigantesca do mundo. Dava para se jogar nele, e o sofá se amoldava a seu corpo com a combinação perfeita de maciez e suporte. É sério: era o melhor sofá do mundo para namorar.

E, até agora, eu ainda não o experimentara.

Sera colocou um filme, mas deduzi que fosse apenas para fazer ruído de fundo quando ela se deitou ao meu lado e passou os braços pelo meu tronco e uma perna por cima da minha coxa.

Eu me inclinei sobre ela e afundei o rosto em seu pescoço. Ela começou a me beijar e, por um tempo, correspondi a seus beijos, começando a sentir que podia deixar todo o resto de lado e simplesmente me concentrar nela, mas meus pensamentos não paravam de voltar para Kimberlee, repassando tudo que ela tinha me contado. Tentei pensar no que restaria para ela agora.

E por que eu? Por que eu, dentre todas as pessoas, deveria ajudá-la? Havia alguma coisa especial em mim relacionada ao que ela precisava fazer? Fazia sentido, mas eu não conseguia imaginar o que poderia ser.

Talvez, se tivéssemos uma conversa demorada naquela noite, eu pudesse descobrir algo que ela ainda não tivesse me contado. Algo que ela...

— Alô? — disse Sera, agitando a mão diante de seu rosto.

Meus olhos voltaram rapidamente para ela e soltei um gemido. Há séculos que queria um dia exatamente como aquele e não estava conseguindo curtir direito.

— Sinto muito — disse. — Isso aqui está delicioso e você é maravilhosa e venho querendo ficar a sós com você desse jeito há séculos, e estou tão...

— Distraído? — sugeriu Sera.

Assenti, tristemente.

Ela se acomodou ao meu lado.

— Eu também — disse ela baixinho. — Venho planejando isso desde que descobri, na semana passada, que meus pais iriam viajar — disse ela, olhando-me sob as pestanas. — Queria... queria que fosse realmente especial. Mas as coisas andam meio estranhas na minha vida e você, obviamente, está estressado com alguma coisa e... bem, eu deveria parar de forçar a barra.

— Tudo bem — respondi, passando o braço em volta dela. Ela se aconchegou a mim. Eu sabia que, provavelmente, era melhor ficar calado, mas eu queria contar para *alguém*.

— Venho lidando com um problema complicado que achei que tivesse, finalmente, solucionado, mas vi que estava errado. Voltei à estaca zero. — Mas, em vez de me sentir melhor, aquelas palavras ditas em voz alta fizeram com que o desespero da situação parecesse, de repente, insuperável. A bem da verdade, eu estava numa situação pior do que quando conhecera Kimberlee. Pelo menos, naquela altura, nós *achávamos* que sabíamos o que fazer. Agora, não tínhamos mais nada.

— Quer conversar a respeito? — perguntou Sera baixinho.

Eu queria. Queria muito, mas sabia que não podia.

— É realmente complicado — respondi, enrolando. — Que tal isto? — sugeri, inclinando-me para beijá-la na testa. — Quando eu entender melhor, conto para você. — *E, com sorte, a essa altura, você já vai ter se esquecido completamente do assunto.*

— Parece justo.

Fiquei calado por um momento, então foi minha vez de pressionar.

— E você? — perguntei. — Você também tem estado bastante distraída.

Senti que ela se enrijeceu ao meu lado.

— Ei — falei, na minha voz mais gentil, esperando que o fato de não confrontá-la a fizesse confiar em mim. Hesitei, então decidi confessar o que eu sabia. — Olha, eu vi você ser chamada na sala do Hennigan de novo na sexta-feira. E você não precisa me contar o que aconteceu, mas também não precisa mentir. — *Por favor, não minta.*

Ela se empertigou, o maxilar tenso.

— Não é nada de mais — respondeu ela, pulando do sofá.

— É *claro* que é — respondi, seguindo-a. — É importante porque te perturba muito. Não gosto de te ver perturbada desse jeito. Principalmente pelo Sr. Perdedor-Hennigan.

— Ele não é um perdedor; é uma cobra — retrucou Sera com tanta intensidade que recuei um pouco. — Ele é uma cobra sorrateira, chantagista e eu o odeio! — A explosão de raiva se transformou numa frieza amarga conforme ela andava de um lado para outro. — Não que seja culpa *dele*. Não vou cair na armadilha como todo mundo na escola. Todo mundo tão contente com essas coisas que estão sendo devolvidas — disse ela, numa voz cantarolada — e nem percebendo que não deveriam ficar felizes. Deveriam estar fulos da vida com a pessoa que começou tudo. Tudo isso é culpa dela. O Hennigan, as devoluções estúpidas, tudo. Juro, parece que nunca vou conseguir me livrar totalmente de Kimberlee Schaffer.

À menção do nome de Kimberlee, me sentei direito e praguejei baixinho.

— O que foi? — disse Sera, olhando para mim de um jeito que me deixou contente por não ter um espelho.

— Por que... como... eu não... — fiz uma pausa e tentei organizar meus pensamentos. — Por que você a odeia tanto? Por que não consegue deixar isso para trás e seguir adiante? Você não sabe que tipo de vida ela tinha. Talvez ela tivesse problemas, Sera.

— Todo mundo tem; isso não significa que você pode tratar mal o mundo.

— Talvez os problemas dela fossem bem sérios. — Sérios o bastante para pensar em suicídio e, depois, para ficar presa aqui como fantasma.

— E talvez não importe. Algumas coisas não são justificáveis, Jeff.

— Não estou tentando justificar nada. Mas, às vezes, há mais coisas a respeito das pessoas do que você imagina. — A quem eu estava pregando, agora? Sentia que aquilo fosse algo que *eu* precisasse ouvir, não Sera.

— E como é que você sabe disso? Ela já estava morta quando você se mudou para cá.

— Mas eu... eu... — Fiz uma pausa e escolhi cuidadosamente minhas palavras. — Venho escutando uma porção de histórias. Parece que ela era problemática de verdade... tipo, tinha problemas e ninguém se importava muito em entendê-los.

— Bem, ela não facilitava muito as coisas.

— É o que parece. Mas agora ela se foi. Não seria mais saudável se você a deixasse para trás? Ela está morta. Não é ruim falar mal dos mortos?

— O que te importa? Você nem sequer acredita em vida após a morte.

— Me importa porque eu me importo com *você*! — Quando foi que eu tinha começado a gritar?

— E ela era horrível comigo. Isso não significa nada para você?

— Talvez significasse mais se você me contasse o que está acontecendo!

Agora ela também estava gritando.

— Sem querer ofender, mas você me conhece há quanto... um mês? Seja ou não meu namorado, talvez eu não esteja pronta para te contar minha vida inteira, está bem?

Por que eu estava exigindo que Sera fosse franca comigo se eu mesmo não tinha sido honesto com ela? Mas, aparentemente, eu não conseguia parar. Depois da forma como Kimberlee havia desmoronado ao não ter seguido adiante, eu sentia necessidade de defendê-la.

— Ela roubou sua saia e seus tênis idiotas. Não acredito que você ainda esteja guardando rancor por causa disso!

Duas manchas vermelhas surgiram no rosto de Sera.

— Você não tem ideia do que ela fez comigo, Jeff. Estou te avisando; é melhor você nem tocar nesse assunto.

Mas a imagem de Kimberlee soluçando na minha cama estava fresca demais na memória.

— Você já pensou que talvez possa magoar as pessoas mesmo depois de mortas? Que os sentimentos das pessoas vivem para sempre? Você não está nem pensando em como ela se sente. É igualzinha a todo mundo. Quer se perdoada pelo que você fez, mas não quer perdoar a ela. — Fechei a boca com força. Não tivera a intenção de confessar que sabia.

Suas bochechas ficaram intensamente vermelhas.

— Quem te contou?

— Gostaria que tivesse sido *você* — respondi baixinho.

Ela engoliu em seco.

— Eu não podia. Sabia que você não iria... não iria...

— Te perdoar? Bem, você estava enganada.

Ela baixou os olhos para seus pés.

— Não me importo com o seu passado, Sera. Mas me importo com o agora. E se você não deixar de lado esse problema com Kimberlee, então, não sei se poderemos... — Fechei a boca. Estivera a ponto de dizer *não sei se poderemos ficar juntos*. Mas parei tarde demais; ela sabia aonde a frase estava indo.

Ela ficou quieta por um longo tempo, os olhos fixos nos meus. Quando falou, sua voz estava baixa, controlada e cheia de fúria.

— Você não sabe nada. Ninguém sabe. — Ela hesitou. — Nem mesmo meus pais e Khail sabem de tudo. Você quer que eu a perdoe? Acredite, estou tentando. — Sua voz se elevou. — Estou tentando porque não posso viver com esses sentimentos horríveis dentro de mim. Ela era horrível, Jeff. Completamente desumana. Ela me empurrava pelos corredores, arrombava meu armário e ensopava minha mochila, destruía meus trabalhos e meus livros. Ela me deu uma surra no vestiário um dia... me empurrou com tanta força contra os armários que eu apaguei por alguns segundos. E eu *nunca* entendi por quê.

Eu, sim. Ou, ao menos, conhecia as razões. *Entender* era uma coisa que talvez jamais conseguisse.

— Por que você não contou para alguém? — engasguei.

— Eu contei, no final. Mas... — Ela hesitou. — Vamos dizer apenas que meus pais não estavam muito interessados em *mim*, naquele momento. E isso também não ajudou em nada. Eu me senti abandonada em todas as frentes. Quando a situação ficou realmente ruim, eu estava usando umas coisas bastante fortes e estava superdrogada numa noite quando Khail me encontrou e arrancou a história toda de mim. Eu não tinha contado para ninguém porque Kimberlee era basicamente intocável, já que seus pais financiavam, tipo, metade da escola. Foi mais ou menos na época em que eu... fui mandada para a reabilitação — disse ela, sem me olhar nos olhos. — Quando voltei, estava decidida a ficar limpa e começar do zero, mas morria de medo de Kimberlee. Khail me prometeu que ele... ele cuidaria de tudo e que Kimberlee não iria mais me incomodar, mas eu não tinha certeza se podia acreditar nele.

— E, então, ela morreu — eu disse fracamente. Já conhecia o fim daquela história.

Mas Sera balançou a cabeça.

— Na primeira semana depois que voltei, ela me encurralou no estacionamento antes do jogo e *cortou meu cabelo*, Jeff. Ela agarrou a minha trança e a cortou fora. Quem faz isso? Um monstro, isso sim.

Olhei para ela, horrorizado, sem querer acreditar. Mas tudo em seu olhar me dizia que ela estava dizendo a verdade. Era isso... o que eu vinha tentando fazer com que ambas confessassem desde o começo.

E me deixou com a boca completamente amarga.

— Nunca contei para o Khail. Nunca contei para ninguém. Disse apenas que tinha decidido cortar o cabelo... num corte *realmente* extremo — acrescentou ela, com um gemido. — Acho que Khail não desconfiou de nada. Estava cansada de precisar dele para consertar todos os meus problemas, então decidi engolir. E foi o que fiz. Por algumas semanas. Então... ela morreu. — Sera deu alguns passos à frente, com os olhos faiscando de raiva. — E você quer saber o que eu senti, Jeff? Alívio. Não, foi mais do que isso. Eu me senti segura. Pela primeira vez em muito tempo, me sentia *segura*.

— Eu...

— Não. Não diga nada. Só entre no seu carro e vá embora. Não posso conversar com você agora.

— Sera, eu...

— Por favor, vá — sussurrou ela.

Minutos depois, eu já estava no meu carro, dirigindo sem destino. O que eu tinha feito? Quando tinha certeza de que havia começado a ver Kimberlee como ela realmente era — principalmente naquela manhã —, ela havia me enganado completamente. Não era uma alma perdida esperando para seguir adiante; era um demônio amaldiçoado a viver uma eternidade vazia na terra.

Parei o carro em frente de casa e olhei para a janela do meu quarto. Ela estaria ali. Onde mais poderia estar? Ao entrar na garagem, repassei mentalmente a história de Sera, sentindo minha raiva se atiçar. Apertei o botão para fechar a porta da garagem e abri com um empurrão a porta da cozinha. Não havia ninguém em casa e fiquei contente. Nem que quisesse conseguiria fazer aquilo de forma silenciosa; e não fiz. Fui subindo ruidosamente a escada e abri a porta do meu quarto com tudo. Kimberlee estava esparramada em frente à TV que eu havia começado a deixar ligada quando ia para a escola. Peguei o controle remoto e a desliguei, fazendo o quarto se encher com o silêncio. Kimberlee olhou para mim, os olhos arregalados e questionadores. E, talvez, um pouco assustados.

— O que foi que você fez?

— Fiz? Não posso *fazer* nada.

— Para Sera, quando você estava viva? O que você fez? — Eu nunca fora de gritar, mas algo em Kimberlee despertava esse lado meu.

Kimberlee revirou os olhos.

— A princesinha está inventando histórias, é?

— Não são histórias, Kimberlee, e você sabe muito bem.

Seu rosto se fechou numa expressão inescrutável.

Dei um passo atrás e pus as mãos na cintura.

— Quero ouvir da sua boca.

Ela se forçou a sorrir, mas a falsidade irradiava dela de forma tão clara que nem pude acreditar que tinha sido enganado.

— Roubei a saia e os tênis dela. Já admiti que não devia ter feito isso.

— Não me venha com essa!

— O quê?

— Essa besteira de sou-apenas-uma-pobre-cleptomaníaca-perturbada. Roubar era o menor dos seus problemas, Kimberlee. E eu devia ter percebido isso há muito tempo.

Alguma coisa devia ter mudado na minha voz, porque Kimberlee ficou me encarando em silêncio por um longo tempo.

— Não fui muito legal com ela. Já falamos sobre isso.

— Não, foi mais que isso. Você fez tudo que podia para sabotá-la. Não suporta nem me ouvir falar sobre ela. Você a *odeia*. Por quê?

— Porque sim. Tem gente que simplesmente causa antipatia e...

— Por quê?! — gritei.

Seus lábios se apertaram numa linha reta e suas mãos foram para a cintura, como se atraídas por um ímã.

— Porque certas pessoas precisam desempinar um pouco o nariz — disse Kimberlee com desdém. — Ela se acha tão boa, tão acima de todo mundo. Eu a ouvi se gabando, um dia, de como estava drogada no dia em que fez o teste para ser animadora de torcida. E, mesmo *assim*, ela passou. Ela pensa que é muito superior. E acredita tanto nisso que todos começaram a acreditar também! Até você. Mas eu sei o que ela fez. Eu sei quem ela *realmente* é. Ela deixou uma pessoa *morrer*, Jeff! — Kimberlee riu, um som curto de escárnio. — E ela pode pôr a culpa nas drogas, mas é tudo falsidade. Tudo, todo mundo nesta cidade é falso. E você é enganado por todos eles. Você acha que todos são tão autênticos. Mas é tudo *falso*. Todos são frios, amargos e falsos! Assim como eu — ela completou num sussurro.

Mas eu já estava balançando a cabeça.

— Não, é por isso que você odeia a *si mesma*. Talvez ela tenha sido assim, um dia, mas mudou. Aprendeu a ser uma pessoa melhor e você não consegue aceitar isso. Você *quer* que ela seja como você.

— Ela *é* como eu — gritou Kimberlee. — Você apenas não enxerga. Ninguém simplesmente muda assim. Não de verdade. Ela ainda é uma maluca drogada, por dentro. Eu a odeio, ela é uma bruxa, fim da história.

— Então, qual é o começo da história?

— De que *diabos* você está falando?

— Por que *ela*? De todas as alunas novas e alegres que você podia atormentar, por que ela?

Seus olhos se desviaram e eu soube que tinha atingido o alvo.

— Ela me incomodava... preciso de motivo para isso?

— Por quê?

— Cale a boca!

— Por quê? — gritei tão alto que tive certeza de que os vizinhos logo chamariam a polícia.

— Ele a adorava de um jeito que jamais adoraria a mim, o.k.? — gritou Kimberlee. Ela se sentou novamente na cama. — Depois que Preston foi embora, o que Khail fez? Começou a passar vinte e quatro horas por dia com a *irmã* — disse ela, zombando. — E eu vi como ele podia ser legal... como era cuidadoso com ela. Ele a defendia, protegia e eu detestava o fato de que jamais iria ter aquilo.

— Ela é irmã dele, Kimberlee. É isso que os irmãos fazem.

— Não todos os irmãos. O irmão *dela*. Ela tem tudo o que quer na vida. Entrou com toda facilidade na equipe de animadoras de torcida, livrou-se com facilidade quando sua amiga morreu... Reabilitação? Faça-me o favor. Além disso, depois de anos roubando, ela ainda é a única pessoa que me pegou. Quem ela pensa que é, a Supermulher? Não é justo. Ela precisava descer um pouco do pedestal e eu cuidei disso.

— Cuidou disso? Você bateu nela. Você transformou a vida dela num inferno. Cortou o cabelo dela... *depois* que Khail te pediu para deixá-la em paz. Depois que ele colocou o segredo dele em risco para fazer você parar. Isso não é fazer descer do pedestal... é jogá-la no chão e pisoteá-la para o seu próprio divertimento. Qual é seu problema, hein?

— Qual é o *seu* problema? O que foi, ela finalmente te deixou transar com ela? Essa é a única coisa que faz os caras agirem dessa forma.

Olhei diretamente nos olhos dela, recusando-me a ceder.

— Não, Kimberlee, não é. Não preciso disso para ver quem ela é. Uma garota decente e gentil que trabalha muito pelo que quer na vida. Que não manipula ninguém que ela pensa que pode ajudá-la, nem sabota ninguém que se interpõe em seu caminho. Uma garota que posso ter perdido porque caí nas suas mentiras.

— Ora, vamos. Você acha que ela não transou com todo mundo? Vamos dizer apenas o seguinte: eu teria que tirar os sapatos para contar nos dedos com quantos caras ela transou no primeiro ano. É isso que realmente te incomoda. Você transformou Sera num paradigma de perfeição, mas, no fim, ela é *exatamente como eu*.

— Ela não se parece em nada a você — respondi entre os dentes cerrados conforme a verdade distorcida de suas palavras me atingiam. — Não mais. Ela deixou essa vida para trás. Ela *seguiu adiante*, Kimberlee. Coisa que você, obviamente, não consegue fazer. Nem viva nem morta.

E, talvez, embora você não consiga ver isso, *essa* é a razão pela qual você a odeia. — Dei as costas para ela antes que começasse a gritar novamente e fui na direção da porta. Minha mão já estava na maçaneta quando me dei conta de algo e olhei por cima do ombro para Kimberlee. — Você não está presa aqui por causa das coisas que roubou. Está aqui porque nada nem ninguém no universo quer você.

Trinta

DEI MAIS UMA BOA marretada na estaca de madeira e me endireitei para avaliar meu trabalho. Meus braços e costas estavam doendo de tanto bater com o martelo, mas eu havia conseguido terminar a tempo, antes de o sol se pôr. Olhei para as nuvens cinza-escuro e torci para que esperassem só mais alguns minutos antes de desabar sobre a minha cabeça. Depois de respirar fundo duas vezes para me acalmar, peguei o último cartaz, segurando-o contra o peito, enquanto ligava para Sera do meu celular.

— Não quero falar com você, Jeff. — *Bipe.*

Pois é, era o que eu temia.

Mandei uma mensagem de texto para ela, esperando que ficasse curiosa o bastante para ler. *Por favor, apenas olhe pela sua janela.*

Dois minutos se passaram, depois três. Depois de cinco minutos, tive certeza de que aquilo não iria funcionar. Daí, vi seu rosto apontar sobre o peitoril da janela. Ela olhou para os cartazes que eu havia pregado no gramado; seus olhos absorveram cada um deles, devagar. *Sinto muito. Sou um idiota. Não devia ter gritado. Retiro tudo que disse. Sou um completo imbecil. Não valho nada.* (Juro que vi um sorriso minúsculo quando seu olhar recaiu sobre esse último.) *Por favor, me perdoe. Me sinto péssimo.* Finalmente, seus olhos chegaram até mim. Meu coração estava acelerado quando virei o último cartaz e o levantei para ela ler.

Eu Te Amo.

Ela ficou olhando para ele por um longo tempo.

Então, a janela se abriu.

— Sinto muito — gritei antes que ela pudesse dizer qualquer coisa. — Eu não sabia, mas não devia ter importado. Eu devia ter apoiado você, independentemente de qualquer coisa. Você sempre confiou em mim e eu não confiei em você o bastante. — Levantei mais meu cartaz. — É verdade — gritei. — Não vou mais te decepcionar. Prometo.

Sera não disse nada por um bom tempo, mas, finalmente, seu olhar encontrou o meu. O céu cinzento escolheu justo aquele instante para começar a chover. Ótimo. Mas não saí do lugar quando as gotas começaram a atingir meu rosto. Então, sem uma palavra, ela recuou e fechou a janela. Soltei o cartaz e fiquei olhando enquanto a chuva fazia escorrer as palavras cuidadosamente escritas com pincel atômico. Olhei ao redor, para os outros cartazes. Pareciam igualmente patéticos.

Era uma ideia idiota, de qualquer jeito.

Havia começado a recolher os cartazes ensopados quando ouvi a porta se abrir. Sera ficou parada na soleira, numa camiseta regata verde-clara. Enquanto eu viver, acho que nunca vou conseguir me esquecer daquela imagem. Ela havia obviamente chorado um pouco depois que eu fora embora e seu rosto estava desprovido de qualquer vestígio de maquiagem. O cabelo estava solto e enrolado em volta dos ombros seminus.

Ela atravessou o gramado, descalça, e parou diante de mim.

— Eu sinto tanto — sussurrei. — Eu...

— Shhh. — Ela tocou meus lábios com o dedo. — Eu também te amo — disse, elevando-se na ponta dos pés para me beijar.

Larguei os cartazes e a abracei. Naquele momento, nada mais importava: nem a chuva, minhas roupas molhadas e, principalmente, Kimberlee. Não me importava com o que havia acontecido no passado de Sera; eu a amava por quem ela era *agora*. A pessoa que ela escolhera ser. Suspirei conforme seu corpo se amoldava ao meu, suas curvas macias contra o meu peito.

— Vamos entrar — disse ela.

De alguma forma, conseguimos subir a escada sem romper contato. Estávamos ambos ofegantes quando fechei a porta de seu quarto.

— Você está molhado — disse ela. Seus olhos se fixaram nos meus e ela ergueu a barra da minha camiseta e puxou para cima. Levantei os braços e deixei que ela tirasse a peça molhada do meu corpo. Ela correu as mãos pelo meu peito nu e desceu pelos meus braços. Então, pegou minhas mãos e as colocou na borda de sua própria camiseta, erguendo os braços sobre a cabeça.

Meus dedos agarraram o tecido macio de algodão e hesitaram por um instante.

— Tem certeza? — sussurrei.

Ela assentiu e não havia qualquer hesitação no seu olhar. Deslizei a regata sobre sua cabeça e a puxei para mim, deliciando-me com o calor que ela emanava. Ela me levou até sua cama e me beijou enquanto eu tirava os sapatos e a calça jeans molhada e pesada. Só estava consciente da confusão de lençóis à nossa volta e da sensação dela nos meus braços, contra meu peito, suas mãos correndo pelo meu cabelo e meu rosto.

Eu queria aquilo mais do que me lembro de haver querido qualquer outra coisa na vida. Mas, embora tivesse vindo até ali preparado para tudo que pudesse ser exigido de uma boa desculpa — tinha até chocolates no carro, como reforço —, não tinha me preparado para que funcionasse tão bem. Olhei para Sera, seus olhos abertos, um sorriso cruzando seu rosto.

Naquele momento, acho que entendi meu pai como nunca entendera antes. Queria fazer o que ele fizera com a minha mãe; jogar a cautela para o alto pela garota que eu amava. Eu me inclinei para beijar Sera novamente aferrando-me desesperadamente àquele descaso pelas consequências.

E, durante meio minuto, quase funcionou. Mas eu não podia fazê-la passar pelo que minha mãe tinha passado. Não podia nem mesmo arriscar.

— Sera?

— Humm? — As mãos dela desceram ainda mais e, por um instante, esqueci o que estava a ponto de dizer.

— Não posso — ofeguei, e foi como se estivesse arrancando meu próprio braço. — Eu não trouxe... não tenho...

— Shhh. — De novo, seus dedos macios tocaram nos meus lábios.

— Tudo bem.

Ela se virou para procurar atrás da cama e tirou uma caixinha de madeira. Ela a abriu, revelando uma série de pequenos pacotinhos coloridos que só significavam uma coisa para mim: permissão. Entendi, naquele momento, que Kimberlee estava certa; Sera não era a menina inocente que eu havia imaginado.

E percebi que eu não ligava.

Deixei todo o resto de lado.

Tive que me esforçar para dirigir de volta para casa dentro dos limites de velocidade. Por alguma razão, minha mente toda hora se distraía e, cada vez que isso acontecia, meu pé se afundava no acelerador. Na terceira vez que olhei para o velocímetro e vi que estava bem acima do limite, pisei no freio e estacionei o carro. Precisava me acalmar um pouco.

Olhei no espelho retrovisor e fiquei surpreso ao ver que meu rosto ainda estava muito ruborizado. E, quanto mais eu o examinava, mais vermelho ia ficando.

Era mais do que sexo. Eu não tinha perdido Sera; havia encontrado uma maneira de recuperá-la. Estava cansado de deixar aquela ideia equivocada de destino guiar minha vida. Hoje eu havia escolhido Sera, não Kimberlee. Não importava que eu fosse o único capaz de vê-la; não dá para ajudar alguém que não quer mudar. O que eu podia fazer era dar a Sera e a mim uma chance decente de ter algo que nós dois queríamos. Não é disso que se trata a vida?

Quando apertei o botão para abrir a garagem, descobri que, em algum momento, durante as últimas horas, meus pais tinham voltado para casa. Ótimo. Todo o procedimento que fizera para me acalmar imediatamente se esvaiu pelo ralo.

Tentei entrar sorrateiramente pela porta da cozinha e subir para o meu quarto, mas minha mãe e meu pai ainda estavam tomando o café depois do jantar.

— Jeff, você perdeu o jantar — disse a minha mãe. — Eu te mandei uma mensagem de texto.

Droga.

— Onde você estava?

— Por aí — disse, dando as costas para ela e pendurando as chaves do carro.

— Você está molhado — insistiu ela.

— É, fui pego pela chuva.

Ambos olharam para mim por um longo tempo.

— Parou de chover há duas horas, Jeff.

— Pois é, bem...

— Você esteve dirigindo por aí com as roupas molhadas durante duas horas?

Olha, pai, eu não diria exatamente que estava com *elas.* Fiquei quieto.

Ele olhou para mim mais um segundo.

— Seu cabelo está seco.

Ai, merda.

— Tenho que ir me trocar — resmunguei e me virei na direção da escada.

— Bem, a escolha é sua — disse a minha mãe, animada. — Podemos ter essa conversa com as roupas molhadas ou secas. Acho que eu também iria preferir ficar mais à vontade se fosse você. — Ela sorriu para mim, mas estava usando sua cara de mãe. Baixei os olhos para verificar, por um momento, se não estaria escrito *Transei* em letras garrafais no meu peito. Mas era só minha camiseta azul desbotada. — Desça quando você tiver se trocado — disse ela. — Guardei o jantar para você.

Agora que eu parava para pensar no assunto, estava mesmo faminto.

Subi a escada dois degraus de cada vez, então hesitei em frente à porta do meu quarto, perguntando-me se *ela* estaria ali. Eu não havia exatamente pedido para ela ir embora, mas tinha deixado muito claro o que pensava, não tinha? Girei a maçaneta em silêncio e enfiei a cabeça pela porta.

Nem sinal de Kimberlee na minha cama. Nem sinal de Kimberlee nos pufes. Fechei a porta e procurei pelo quarto. Nem sinal de Kimberlee no closet. Nem sinal de Kimberlee no banheiro.

Nem sinal de Kimberlee.

Fui imediatamente comer, assim que desci novamente, e tentei não olhar para ninguém enquanto enfiava grandes garfadas na boca.

Eles esperaram alguns minutos enquanto eu limpava o prato.

— Então — começou meu pai. — Onde você esteve?

Engoli em seco.

— Na casa da Sera.

— A tarde toda?

— Não, nós brigamos e eu saí um pouco. Mas, depois disso, sim.

— Então, você se molhou quando saiu de lá?

— Basicamente.

— E, depois, ficou por lá, na casa da Sera, com as roupas molhadas durante duas horas?

Eu me remexi na cadeira.

— Mais ou menos.

Meus pais trocaram um olhar demorado.

— Ou talvez você tenha passado duas horas na casa da Sera sem as roupas molhadas? — disse a minha mãe.

— Pode ser que tenha acontecido assim. — Acho que minha voz vacilou.

— Jeff, fale sério. Você e a Sera estão transando? — Aquela pergunta parecia tão horrível vindo do meu pai.

— *Estão transando* pode ser um pouco de exagero — respondi para o meu prato.

— Só hoje?

Aquilo era um pesadelo.

— Hã, é.

— Jeff. — A voz da minha mãe destilava decepção.

Aí foi demais.

— O que foi? Você diz isso como se *vocês* tivessem esperado.

— Jeff. — Uma advertência clara do meu pai.

— Bem, é verdade. — Fiz força para manter a voz sincera e não sarcástica. — Não estou tentando dar uma de espertinho. Vocês fizeram a mesma coisa; isso surpreende vocês tanto assim?

— Eu esperava que você tivesse aprendido com os nossos erros — disse o meu pai.

— E aprendi. Nós... fomos cuidadosos.

— Defina *cuidadosos*.

— Usamos camisinha, pai. Tá bom?

— Pelo menos é alguma coisa.

Respirei algumas vezes para me acalmar. Não queria que aquilo fosse uma briga; queria que eles entendessem. E, se alguém pudesse entender, seriam os meus pais.

— Eu a amo, pai. Mesmo. — Meu pai começou a falar, mas eu o interrompi: — Talvez não a ame do jeito que você amava a mamãe; talvez seja só, hã, uma paixonite, ou seja lá o que vocês possam dizer. Mas eu a amo e vocês não podem me dizer que não.

Meu pai fechou a boca.

— Pensei em vocês. Pensei, sim. Pouco antes de... bem, pouco antes. Eu não tinha nenhuma proteção comigo e estava pronto para parar. Disse a ela que precisávamos parar e *eu teria parado* — falei, erguendo os olhos e os encarando novamente.

— E por que não parou?

— Ela... estava preparada.

— Ah, é uma boa escoteira. — Minha mãe escondeu um sorriso por trás da xícara de café e tossiu quando meu pai olhou feio para ela.

— Não é disso que se trata, filho...

— É, sim, pai. Você me ensinou a esperar pelo momento certo e pela pessoa certa e, daí, a usar camisinha e não deixar minha vida ser controlada pelo acaso. Foi o que fiz. Ainda sou meio jovem, eu sei. Mas sou seis meses mais velho do que você era quando conheceu a mamãe. E você se casou com ela! Estão casados há mais de quinze anos. Você estava *errado*? — perguntei.

Meu pai me encarou por um longo tempo antes de desviar o olhar para a minha mãe.

— Não, Jeff, eu não estava errado. — Ele se voltou para mim com a boca numa linha rígida. — Mas camisinhas não são cem por cento seguras. Se você não estiver preparado para ficar ao lado dela e fazer o que for preciso, não repita mais o que fez. Promete?

Eu me esforcei para controlar um sorriso.

— Prometo.

Trinta e Um

NÃO VI KIMBERLEE no dia seguinte. Vi bastante Sera, mas não Kimberlee. Sera ainda parecia estressada e não queria dizer por quê, mas, depois do dia anterior, eu tinha parado de me preocupar. O que quer que estivesse acontecendo, ela faria a *escolha certa*. Eu havia aprendido que a confiança não é algo que sempre se ganha; é uma escolha que se faz. Kimberlee me ensinara isso, do seu jeito cáustico e desequilibrado.

Era estranho. Durante esse tempo todo eu vinha supondo que Kimberlee devesse aprender alguma coisa comigo, mas talvez fosse eu quem tivesse que aprender algo com ela.

Mas onde isso deixava Kimberlee?

Na quinta-feira de manhã, entrei na escola, e Kimberlee estava novamente deitada no chão, no meio do corredor. Fui atacado por uma sensação distorcida de *déjà-vu* e tive que me controlar para não gritar quando uma menina de sapato plataforma caminhou diretamente na direção dela. Kimberlee não se moveu nem um milímetro, mas me encolhi quando aquele sapato preto se afundou em seu rosto.

— Vaca — disse Kimberlee baixinho.

A menina olhou curiosamente para seu pé por um instante, então jogou o cabelo por cima do ombro e continuou andando.

Eu estava tentando decidir se devia dizer alguma coisa quando senti a mão morna de Sera pegar a minha.

— Oi. — Ela sorriu para mim com aqueles olhos verdes que me faziam querer encontrar uma sala vazia... imediatamente.

Decisão tomada; passei por Kimberlee sem nem olhar para ela. Não senti seu olhar nas minhas costas; aparentemente, ela também estava me ignorando. Esperando por um novo destino, talvez... embora, de que forma outra pessoa poderia ajudá-la? Já não havia mais nada na caverna; não restava nenhum assunto pendente para que ela pudesse sair do limbo.

Contudo, era estranho não falar com ela e fazer de conta que não a tinha visto. Éramos duas pessoas cujas vidas vinham girando em torno uma da outra e que agora estavam se distanciando. Acho que, talvez, até estivesse sentindo falta dela. Quando ela não estava sendo grossa, maldosa, sarcástica ou cruel, até que era divertida.

Na sexta-feira de manhã decidi falar com ela. Eu tinha tudo: tinha Sera, meus pais, até mesmo alguns amigos na minha cidade natal com quem ainda me comunicava às vezes. Kimberlee não tinha ninguém além de mim. E, gostasse ou não, eu ainda me sentia obrigado a tentar ajudá-la. No mínimo para tirá-la de maneira final e completa da minha vida.

Estacionei Halle no lugar de costume e tentei não arrastar os pés ao me aproximar da escola. Eu tinha decidido; não podia dar para trás agora. Tinha até telefonado para Sera na noite anterior para dizer que, provavelmente, chegaria atrasado e que só iria encontrá-la no almoço. Não havia volta.

Entrei no saguão principal e meus olhos foram imediatamente para o retrato de Kimberlee na parede. Ela parecia tão inocente naquela foto... parecia feliz. Mas eu sabia que não era bem assim. Eu me perguntei se ela algum dia teria sido inocente, e sabia que já fazia anos que não era feliz.

Reuni forças e passei diante do retrato, entrando pelo corredor sul. Mas ela não estava ali.

Olhei para o espaço no chão que ela havia ocupado no dia anterior... o lugar em que estivera deitada na primeira vez que a vi. Pisquei algumas vezes e me perguntei se o destino poderia ter mudado de ideia. Será que eu tinha pisado tanto na bola que não tinha mais permissão para ajudá-la? Talvez fosse Kimberlee quem tinha pisado na bola. O.k., tudo bem. *Provavelmente* fora Kimberlee quem pisara na bola.

Por um momento me atrevi a ter esperança de que ela houvesse seguido adiante, afinal, mas a ideia desapareceu quase no instante em que a tive. Quando muito, Kimberlee estava ainda *mais* em conflito do que quando eu a conhecera.

Talvez apenas não pudesse mais vê-la. Fui até seu ponto de costume e tentei ficar ali parado, casualmente.

— Kimberlee — sussurrei. — Você está aí?

Uma mochila bateu no meu ombro.

— Desculpa aí, cara — disse um aluno do segundo ano. — Minha culpa. — Ele se afastou depressa quando viu a expressão no meu rosto. Mas meus olhos não se fixaram nele; olhavam para a linha que seus pés haviam acabado de percorrer. Diretamente por onde Kimberlee deveria estar deitada. Ele não parou nem olhou para baixo como as pessoas faziam quando entravam em contato com Kimberlee, olhando em volta conforme os arrepios as percorriam. Ele nem sequer olhou para seus pés.

Ela não estava ali.

Onde estaria? Não tinha mais nenhum lugar aonde ir.

Ou tinha?

Talvez houvesse encontrado outra pessoa capaz de vê-la. Talvez *houvesse* outro aluno novo. A ideia me deixou estranha e irracionalmente enciumado.

Fui para casa sozinho depois da aula. Os pais de Sera iam receber convidados para um chá da tarde — sei lá o que era isso — e para o jantar naquela noite e haviam decidido que *sua presença era necessária*. Portanto, fiquei a ver navios. Voltei para casa e encontrei a garagem vazia e um bilhete na porta da cozinha dizendo que minha mãe e meu pai tinham ido viajar, num de seus fins de semana românticos espontâneos.

Eles achavam que fazia bem para o casamento; procuro pensar nisso o menos possível.

Estava com um pouco de fome, mas nem parei para pegar uma Coca, a caminho do quarto. Tudo parecia errado. Eu deveria estar feliz por Kimberlee ter ido embora, fosse por escolha própria ou não. Mas, ainda que houvesse praticamente desistido dela, detestava o fato de que ela houvesse desistido de mim.

Liguei a TV pensando em jogar alguma coisa boba, mas, depois de olhar durante uns cinco minutos para os meus videogames e não encontrar nada que me atraísse, me virei para a estante. Quando era criança e morávamos em Phoenix, não tínhamos TV a cabo, videogames nem nada do tipo. Putz, éramos tão pobres que raramente tínhamos alguma coisa além das necessidades mais básicas. Então, comecei a gostar de histórias em quadrinhos. Costumava ir à loja de gibis e, desde que comprasse um ao ir embora, o dono me deixava ficar lá durante horas, lendo os outros. Homem-Aranha, Super-Homem, Sandman... acho que o meu negócio eram os super-heróis... e, daí, quando eu terminava de ler tudo, escolhia meu gibi favorito e o comprava. Não tinha nenhuma série inteira, apenas algumas edições aleatórias. Mas ler aquelas histórias em quadrinhos sempre me confortava.

Peguei uma das minhas edições favoritas do *Homem-Aranha* e já tinha lido umas dez páginas quando meu celular tocou. Tirei-o do bolso e estava prestes a apertar o *Talk* quando percebi que estava atendendo o telefone errado.

O toque estava vindo da gaveta do meu criado-mudo. Era o celular que o Khail tinha me dado. Aquele que só havia tocado talvez umas três vezes desde que eu o recebera. Tocou duas vezes mais, enquanto eu tentava decidir o que fazer.

Provavelmente, deveria atender.
Não deveria?

Finalmente, depois de uns oito toques, levei o celular até o ouvido.

— Sim? — disse, numa voz alguns tons mais baixa que o normal.

Alguns segundos se passaram em silêncio.

— É você o cara que vem devolvendo as coisas roubadas?

Eu teria reconhecido aquela voz em qualquer lugar. Sera. Não disse nada. Não *podia* dizer nada.

— Não desligue — disse ela e aquela inflexão mínima, aquele leve toque de desespero em sua voz, me fez obedecer. — Eu sei que é você e... estou ligando para pedir a sua ajuda em nome de Khail.

Em nome de Khail?

— Ele foi pego.

Senti minha garganta se apertar, dificultando a respiração.

— Ele não sabe, mas foi. Hennigan me chamou em seu escritório na segunda-feira passada e me disse que, quando vocês invadiram a escola, Khail aparentemente estava tentando desligar o alarme e levantou a máscara, sendo filmado.

— Não tem câmera no escritório do Hennigan — falei, esperando que Hennigan estivesse apenas blefando.

— Não uma oficial. Depois dos roubos no ano passado, Hennigan decidiu que precisava de seu próprio esquema de segurança e instalou sua câmera. Acredite em mim — disse ela, antes que eu pudesse argumentar —, eu vi o vídeo. É obviamente o Khail.

Droga!

— Então, por que ele simplesmente não pegou o Khail? — perguntei, ainda fazendo aquela voz estranha e grave.

— Hennigan sabia que não era uma pessoa só. Ele queria apanhar o grupo inteiro. Pensou em pressioná-lo depois. Mas, daí, ele concluiu que Khail não podia ser o líder.

— Por que não?

— Ele verificou as datas anteriores. Khail tinha ido viajar para uma competição de luta, por três dias, na semana em que as coisas começaram a ser devolvidas. Portanto, Hennigan sabia que ele só podia ter se envolvido mais tarde.

Tentei manter a calma.

— E daí? O Khail não vai delatar ninguém. Por que você precisa da minha ajuda?

— Você tem razão. Khail vai aceitar o castigo por você e jamais dirá uma palavra a respeito. Eu sei. Hennigan sabe. Então, em vez disso, ele veio para cima de mim.

— E o que ele tem contra você? — blefei.

— Não é contra mim. Hennigan só... sabe que eu não vou deixar nada acontecer com o meu irmão. O estrago causado pelos produtos químicos e pelos extintores de incêndio no laboratório vai custar quase dez mil dólares à escola. Hennigan está falando em entrar com um processo criminal por violação de propriedade.

Dez mil dólares? Processo criminal? Eu sabia que tinha havido danos, mas não imaginava que fossem tão substanciais.

— A princípio, Hennigan disse que, se eu lhe entregasse o líder, ele apenas daria dois dias de suspensão a Khail. Mas ele me chamou novamente em sua sala esta semana. — Ela fez uma pausa e pude ouvi-la fungando. — Ele está fulo da vida. Desistiu da ideia de pegar o bando todo. Ele só quer pegar alguém. Um bode expiatório. E se não tiver um até a segunda-feira de manhã... — Sua voz engasgou e seus soluços abafados me deixaram com dor no peito. — Ele vai expulsar o Khail. Daí, ele não vai se formar, vai perder suas bolsas de estudo... eu *não posso deixar que isso aconteça*.

E tudo desmoronou à minha volta.

Eu havia falhado.

Falhado de forma tão completa e miserável que não havia sequer uma maneira de recolher os cacos.

Durante algumas semanas, eu tinha realmente achado que era um herói. Era um Robin Hood, ou Edmund Dantès, ou Percy Blakeney. Um justiceiro audacioso.

E, agora, era apenas um arruaceiro prestes a fazer seu amigo ser expulso da escola.

— O que posso fazer? — perguntei, minha voz qual um sussurro.

— Se entregar.

Duas palavras tão simples capazes de provocar tamanho medo no meu coração que não confiei em mim mesmo para dizer nada.

— Eu sei que não é justo. Nada disso é — continuou Sera. — Mas é ainda mais injusto deixar Khail ser punido por isso. Não sei nem por que ele está envolvido, mas garanto que não está fazendo em benefício próprio. Ele... — Ela parou e precisou recuperar o controle de suas emoções. — Ele é a pessoa mais abnegada que eu conheço. Seja o que for que ele esteve fazendo com *você*, posso garantir que era para ajudar alguém. *Não* permita que ele leve a culpa. — Alguns segundos se passaram em silêncio antes que ela acrescentasse: — Por favor? — numa voz tão frágil e débil que eu soube que não poderia recusar. — Ele não é apenas meu irmão; é meu melhor amigo. Eu aceitaria ser expulsa no lugar dele, mas não posso. Eu tentei.

— Tentou? — Na minha surpresa, quase falei com a minha voz normal.

— Devo tudo ao meu irmão. É claro que tentei. Mas Hennigan sabia que eu estava mentindo. Eu não tinha nenhuma prova, não tinha nada e contei uma história furada. Sou péssima para mentir. Você é o único que pode ajudá-lo agora.

Precisei de duas tentativas para fazer as palavras saírem da minha boca, mas, finalmente, consegui dizer:

— Está bem.

— Obrigada — disse ela na mesma voz vulnerável. Era quase uma pergunta, como se não tivesse muita certeza de que eu dissera aquilo... ou, mais provavelmente, que estivesse sendo sincero.

— Mas quero que seja você a me entregar — soltei, antes de pensar direito nas consequências daquela proposta. — Quero garantir que você se livre.

Ela fungou novamente.

— Por favor, não me obrigue a fazer isso — disse ela.

Quase não podia acreditar nos meus ouvidos.

— Pensei que você quisesse que o Restituidor da Rosa Vermelha fosse pego.

— Eu só queria que você *desaparecesse*. Você me fazia lembrar de uma época horrível da minha vida e eu detestava ter de encarar isso, dia após dia.

A culpa se avolumou no meu peito. Eu sabia do que ela estava falando e, sinceramente, se fosse comigo, eu também não iria querer nada que me fizesse lembrar.

— Sinto muito — disse.

— Não sinta. Você fez um monte de gente feliz. Inclusive o Khail. Você... não tem ideia do que as coisas que devolveu a ele significavam.

Na verdade, eu tinha, sim.

— Ainda assim, você tem que me entregar. Assim, o Hennigan jamais poderá usar isso contra você. — Ela não disse nada por alguns segundos, então continuei: — Eu vou me ferrar de qualquer jeito. Pelo menos estarei fazendo o bem a alguém.

Mais silêncio.

— Está bem — disse ela, finalmente. — O que eu tenho que fazer?

Eu não tinha pensado direito naquela parte. Provavelmente era melhor manter a simplicidade.

— Estarei na escola hoje às seis da noite. Eu me encontrarei com eles no estacionamento e trarei os adesivos se quiserem prova. Você telefona para o Hennigan e o informa a respeito.

— E você vai estar lá?

As palavras ficaram presas na minha garganta, mas as forcei a sair, selando meu destino:

— Prometo que sim.

Fiquei olhando para o telefone por um longo tempo depois de desligar. Uma parte de mim desejou ter jogado o celular fora assim que terminamos nossa grande devolução na segunda-feira. Desejou que eu só tivesse me dado conta tarde demais de que fora a minha mentira sobre Kimberlee estar de vigia que fizera Khail ser pego.

Mas, daí, eu teria que viver com a culpa.

Tinha pedido a minha mãe para confiar em mim. Garantido a ela que era um bom garoto, apenas tentando fazer a coisa certa. E ela *tinha* confiado em mim. Como eu ia contar a ela que tinha retribuído sua confiança sendo expulso da escola? E quanto ao processo criminal... será que Hennigan estava blefando com relação àquilo? Voltei a cair na minha cama e tentei pensar numa forma de sair dessa, embora soubesse que não havia nenhuma forma. Estava na hora de pagar pelo que fizera. Uma boa ação jamais deixa de ser punida e tal.

E a maior ironia de todas? Kimberlee, a catalisadora de tudo que tinha dado errado, não se encontrava em nenhum lugar.

A pior parte era que Sera ficaria arrasada quando descobrisse que era eu. Não sabia qual das duas emoções iria ganhar: raiva ou culpa, mas, de qualquer forma, eu tinha estragado as coisas para ela também.

Pela primeira vez desde, sei lá, meus dez anos de idade, senti uma necessidade incontrolável de me encolher na cama e chorar. Naquele momento, só queria pegar a Halle e dirigir de volta para Phoenix, onde essas coisas não aconteciam.

Mas não podia fazer isso.

Olhei para meu despertador para ver quantos minutos restavam da minha suposta vida quando meu olhar recaiu sobre algo no meu criado-mudo que eu tinha esquecido completamente. Uma mísera centelha de esperança se acendeu quando estendi a mão e a peguei.

Era minha única chance.

Peguei meu celular e dei o telefonema.

Estava deitado na cama com um braço sobre os olhos quando Kimberlee apareceu, atravessando minha parede.

— Você não pode fazer isso!

Apenas olhei para ela, boquiaberto.

— Sei que você tem essas ideias de ser nobre e tudo mais, mas isso é burrice e não vou deixar você ir em frente!

— Oi para você também — resmunguei, mal-humorado.

Ela veio correndo e se sentou na cama ao meu lado.

— Estou falando sério — disse ela... e parecia estar mesmo. — Você não pode se entregar. Não *merece* isso.

— Como você ficou sabendo?

Ela pareceu um pouco envergonhada.

— Ouvi a conversa do outro lado — admitiu.

— Você esteve espionando a Sera?

— Bem, *você* não quis espioná-la... E eu *sabia* que alguma coisa estava acontecendo!

Suspirei.

— Você não vai pelo menos admitir que eu estava certa?

— Eu sabia que você estava certa! — disse. — Eu *sabia* que alguma coisa estava acontecendo; era óbvio. A questão não é se havia ou não algo acontecendo, mas que eu confiava em Sera e confiava que fosse por uma boa razão, e estava certo.

— Ela estava espionando para o Hennigan! Não existe uma boa razão para isso!

Fiquei em pé.

— Sim, existe! Você escutou o que a Sera disse, mas será que estava *ouvindo*? Ela fez isso para proteger Khail. Ela ama Khail mais do que qualquer pessoa no mundo e estava disposta a fazer o que fosse preciso para salvá-lo. Isso não é motivo de desdém; é algo a ser admirado.

— Admirado? Ela está escolhendo o lado dele em vez do seu!

— Ele é *irmão* dela.

— E você é o namorado!

— Até ela descobrir tudo — gemi, voltando a cair na cama.

Ela ficou em silêncio por um longo tempo.

— Por que você está fazendo isso? Ninguém iria te culpar, se não fizesse.

Eu me sentei e a olhei nos olhos.

— Porque é a coisa certa a se fazer, Kimberlee.

— Certa segundo a opinião de quem? — perguntou ela, num tom de voz mais triste do que argumentativo. — De Deus? Do destino? Não é justo. Khail foi pego; deixe que ele leve a culpa. Ele não vai contar para ninguém... eu sei que não vai... portanto, Sera nunca saberá que foi você. Você *não tem que fazer isso*.

— Tenho, sim! — gritei, surpreso com meu próprio fervor. — Ser pego não é o que faz com que algo seja errado. Ainda que Sera nunca descubra, *eu* iria saber.

Kimberlee olhou para mim, furiosa, quase como se pudesse usar algum poder fantasmagórico para me fazer mudar de ideia. Então, seus olhos se arregalaram.

— Mas você tem um plano, né? — disse ela baixinho. — Quer dizer, no fim, está tudo combinado. É tudo parte do plano, não é?

Era difícil olhar para ela. Ela acreditava que eu fosse realmente capaz de criar um plano mestre. Eu tivera sorte antes, mas, na verdade, não passara disso. Sorte. E minha sorte havia acabado.

— Não — respondi. — Não tenho um plano. Eu... achei que tivesse, mas... — Dei de ombros e, então, minhas mãos caíram aos lados do corpo. — Não vai dar certo.

— Então você vai mesmo até a escola hoje à noite e vai se entregar só porque é a coisa certa a se fazer?

Parecia realmente irracional, da maneira como ela disse, mas eu sabia que não poderia viver comigo mesmo se fizesse outra coisa. Assenti.

Kimberlee olhou para mim com um misto de tristeza e pena no rosto. Então, ela se endireitou e sua máscara voltou a aparecer.

— Você é maluco — disse ela com amargura. — E burro. Nunca conheci alguém tão burro quanto você.

Então, ela se virou e foi embora, passando através da parede e sumindo da minha vista.

Trinta e Dois

EU ESTAVA NO MÍNIMO apavorado quando entrei no estacionamento, às seis daquela noite. Pude ver três carros junto ao meio-fio perto da entrada e me perguntei quem Hennigan tinha convocado como reforço.

Estacionei ali perto e enrolei durante alguns segundos, analisando o ambiente. Hennigan estava empertigado na frente da entrada principal, olhando para o meu carro, mas eu sabia que ele não podia me ver pelos vidros escurecidos. Ele chegou a dar um passo à frente. Então parou, apertou os lábios e, aparentemente, decidiu esperar que eu fizesse o primeiro movimento.

Covarde.

Ao lado dele, parecendo um pouco constrangida, estava nossa vice-diretora, a Sra. Bailey. Eu sabia o que ela tinha recuperado: um porta-retratos artesanal feito por seu filhinho com a foto da família. Eu também estaria constrangido se fosse ela.

No entanto, quase ri da ironia da situação quando vi que o terceiro integrante do grupo, quase certamente convocado contra a vontade, era o treinador Creed. Eu sabia, depois de uma rápida conversa com Khail no dia anterior, que a equipe inteira partiria muito cedo na manhã seguinte para as competições estaduais. Não tinha a menor dúvida de que o Sr. Hennigan houvesse chantageado o treinador para comparecer como "força física" com a ameaça de expulsar seu duplamente campeão caso eu escapasse, da mesma forma que havia pressionado Sera. O treinador Creed tinha os braços cruzados e, apesar de Kimberlee nunca ter roubado nada dele, eu poderia apostar que, tendo a opção, ele preferiria estrangular o Hennigan a mim.

Engatei ponto morto, e o Sr. Hennigan exibiu uma mistura muito estranha de animação e medo no rosto quando o motor do carro foi desligado. Eu havia acabado de soltar meu cinto de segurança e estender a mão para abrir a porta quando uma luz passou pelos meus olhos. Outro carro estava entrando no estacionamento.

Não pude deixar de me sentir enjoado ao ver a fileira de luzes no alto da viatura preta e branca quando o policial estacionou logo atrás do carro de Hennigan e saiu do veículo.

Esperava estar fazendo a coisa certa.

Não havia nada mais que eu pudesse fazer. Saí do carro, fiquei em pé e fechei a porta.

Hennigan piscou várias vezes.

— Sr. Clayson, o que está fazendo aqui?

Enfiei a mão no bolso do meu blusão e peguei o que restava dos adesivos. Joguei-os no chão diante de mim e, então, acrescentei a chave mestra, que tilintou quase de forma melodiosa.

— Eu disse que estaria aqui e aqui estou.

Por um longo e tenso instante, ninguém se moveu nem falou.

— Mas... mas... — gaguejou Hennigan —, você acabou de se mudar para cá. — Eu quase podia vê-lo relembrando mentalmente nosso diálogo da segunda-feira de manhã, sabendo que ele tivera o culpado a seu alcance. — Como você poderia ter roubado tudo aquilo?

— Não roubei — respondi, minha voz muito mais firme do que as minhas pernas. Mas aquela seria minha única chance de me pronunciar e era o que eu faria. — Isso nunca teve a ver com roubo. Teve a ver com devolver coisas. Você estava tão concentrado no que tinha certeza de que eu tinha feito de errado que não parou para ver o que eu estava tentando fazer de certo.

Sabia que minhas palavras não iriam convencer Hennigan, mas vi a Sra. Bailey e o treinador Creed assentindo em concordância. O policial não saiu de onde estava, ao lado da viatura. Ele estava tão imóvel que me perguntei se estaria respirando.

O rosto de Hennigan foi ficando vermelho conforme ele percebia que seu plano de apanhar um ladrão famoso estava indo pelo ralo, bem na frente de seus funcionários. Mas eu sabia que ele não desistiria tão facilmente. Ele tirou a expressão de choque do rosto e apontou um dedo para mim.

— Não importa. Sua lista de infrações ainda é bastante comprida. Destruição da propriedade da escola, arrombamento de armários, invasão da *minha casa*! — disse ele, como se aquela ofensa pessoal fosse a pior de todas. — Se você é realmente esse tal de Restituidor da Rosa Vermelha — ele disse o nome como se fosse um palavrão —, então é culpado de todas essas infrações.

Assenti.

— E assumo total responsabilidade por elas

Hennigan sorriu como se tivesse me pegado numa armadilha muito elaborada, em vez de ter feito uma pergunta bastante direta

— Pronto! — disse ele, chamando o policial — Ele admitiu. Prenda-o!

O policial começou a vir na minha direção. Seu olhar encontrou o meu por um segundo e, então, eu me virei, estendendo minhas mãos antes que ele pedisse. Minha respiração acelerou quando as algemas se fecharam com um clique. Em questão de instantes, ele recitou meus direitos e me instalou na parte de trás da viatura, fechando a porta com força.

Havia terminado.

Que diabo eu tinha acabado de fazer?

O policial foi falar com os adultos por alguns minutos e então entrou na viatura e fechou a porta.

— Policial...

— Não vim aqui para bater papo — disse ele, cortando minhas palavras e ligando o rádio.

Foi uma viagem surpreendentemente curta até a delegacia. O policial estacionou em frente a uma entrada lateral bem iluminada e pude dar uma boa olhada nele. Era alto e louro e, ainda que grande parte do seu volume corporal fosse do tipo que se ganha à base de hambúrgueres, desconfiei que pudesse me quebrar ao meio sem a menor dificuldade. Pensamentos bem agradáveis aqueles. Sua insígnia dizia BURKE. "Bruto" seria mais adequado.

Ele me agarrou pelo capuz do moletom e me empurrou para a porta, que se abriu automaticamente. Eu não sabia o que esperar... nunca estivera numa delegacia antes; mas, a bem da verdade, não esperava ver grades. Mas foi atrás delas que acabei indo parar. Eu, um cara que parecia um sem-teto e outro que estava completamente bêbado. O policial retirou minhas algemas e eu estava prestes a suspirar de alívio quando ele as recolocou, com minhas mãos à frente.

— Senta aí — disse o policial Burke, apontando-me um dedo gordo. Que escolha eu tinha? Sentei e baixei a cabeça sobre os punhos fechados, com os cotovelos apoiados nos joelhos. Quanto mais eu fechava os olhos e enterrava o rosto no capuz da blusa, mais conseguia me convencer de que não estava ali. Imaginei em que outro lugar do mundo eu preferiria estar.

No quarto de Sera, por exemplo.

Mas, principalmente, imaginei Phoenix. Tudo na minha vida tinha explodido desde que me mudara para Santa Monica. Tinha conseguido evitar a saudade de casa durante os últimos meses, mas, sentado ali naquela cela, deixei que o sentimento me engolfasse.

Justo quando começava a sentir as lágrimas queimarem por trás das pálpebras, pela primeira vez em anos, o telefone da cadeia tocou. Levantei a cabeça depressa e uma parte irracional em mim teve a esperança de se ver de volta ao meu quarto com o telefone sem fio tocando no criado-mudo. Mas eu ainda estava na cela insípida com meus companheiros fedorentos. O policial Burke atendeu o telefone. Enfiei a cabeça de novo no capuz e fechei os olhos com força.

— Clayson!

Eu me ergui tão depressa que bati a cabeça nas grades da cela. *Ai.*

— Sissinhô — respondi automaticamente.

Ele olhou feio para mim.

— Vamos.

A esperança se acendeu em mim.

— Meus pais estão aqui?

O policial fungou.

— Dificilmente. — Mais nada.

Apertei o maxilar, e o policial destrancou a porta e a segurou aberta apenas o suficiente para que eu saísse. Então, a mão firme voltou a agarrar a parte de trás do meu moletom. Passamos por outra porta e foi como entrar num mundo diferente. Escrivaninhas, baias, escritórios.

Minhas algemas pesavam... como correntes de ferro. Entramos numa salinha, vazia exceto por uma mesa e algumas cadeiras. E um espelho grande que era, sem dúvida, um daqueles que a gente vê nos programas da TV. Apontando para uma cadeira metálica, Burke disse:

— Alguém virá logo.

E, antes que eu pudesse me aproximar da cadeira, ele saiu e fechou a porta às minhas costas

Automaticamente me virei na direção do ruído. Ao fazê-lo, captei meu reflexo no espelho. Não pude resistir a olhar fixamente. Um capuz preto puxado para a frente para esconder o rosto, jeans largos e tênis All Star velhos, algemas prendendo os pulsos magros diante do corpo. Meus olhos estavam arregalados e com medo, minha expressão, rígida; eu mais parecia um menino assustado do que o ilustre Restituidor da Rosa Vermelha de Whitestone.

Dei meia-volta; não podia olhar para mim mesmo. Fazia-me duvidar de estar fazendo a coisa certa. E essa era a única esperança da qual eu não podia abrir mão.

Sentei na cadeira e dobrei os joelhos junto ao peito, sem nem me importar com quem pudesse estar olhando. Abaixei a cabeça e comecei a contar lentamente... um truque que havia aprendido a fazer quando era criança e algo me assustava. A maioria das coisas já teria desaparecido quando eu chegasse a cem.

Duvidei que tivesse essa sorte agora.

Já estava no quinhentos e cinquenta e sete quando a maçaneta da porta fez um clique e um policial entrou na sala.

— Oi, Jeff — disse o policial Herrera.

— Policial Herrera — falei, sem fôlego. Não sei como é possível sentir como se alguém tivesse te dado um soco no estômago e a sensação ser *boa*, mas foi o que senti.

— Me desculpe por não atender à sua ligação — disse ele.

Esfreguei os olhos.

— Quando você não atendeu, achei que fosse o fim do mundo; quase não deixei mensagem.

O policial Herrera deu uma risada.

— Me desculpe por não ter ligado de volta. Eu não sabia bem quantos pauzinhos seria capaz de mexer por você e precisei fazer umas pesquisas antes de poder mexer *qualquer* um. — Ele olhou para mim. — Tenho ficado de olho em você, Jeff. Fiquei sabendo sobre a entrega grande no abrigo dos sem-teto. Alguém mencionou uns adesivos estranhos e eu soube que tinha que ser você. Foi bastante generoso da sua parte. Você podia ter vendido aquelas coisas por milhares de dólares. Talvez mais. Havia um saco de joias que eram autênticas. E, quando denunciaram a invasão da escola, não demorou muito para relacionar com você também. — Ele remexeu em alguns arquivos que estavam sobre a mesa e colocou o maior deles no alto da pilha. Olhou para mim, de repente, muito sério. — O nome Kimberlee Schaffer significa alguma coisa para você?

Cuspi a saliva e engasguei.

— Vou entender como sim. — Ele abriu o arquivo, aparentemente distraído enquanto eu tossia um pulmão para fora. — Não tem um policial nesta delegacia, a não ser, talvez, um ou dois novatos, que não conheça esse nome. Tentamos incriminá-la por algo durante anos.

Fiquei tão chocado que quase não consegui falar.

— Vocês... vocês a pegaram?

— Não em flagrante. Mas tínhamos o suficiente para processá-la. O problema era encontrar um promotor público disposto a fazê-lo.

— Por quê?

— Bem, tecnicamente, tudo que tínhamos contra ela eram crimes de menor potencial ofensivo. Gostaria que a tivéssemos apanhado roubando aquelas joias que você deixou no abrigo dos sem-teto. Aí, sim, seria algo com que poderíamos *trabalhar*.

— Não entendo.

O policial Herrera soltou um longo suspiro.

— Para começo de conversa, o pai dela é praticamente o juiz mais influente na Comarca de Los Angeles. Outra coisa é que a família dele tem mais dinheiro que Deus e ele não tem o menor medo de usá-lo. Não podíamos pegá-la por roubar brincos ou bichinhos de pelúcia. Algum advogado caro iria livrá-la com ajuda de um juiz qualquer amigo do Schaffer e haveria um risco preto sobre o nome da nossa delegacia. Quando há riscos pretos demais, nossos recursos financeiros acabam sendo cortados. Não é um cara muito legal, o juiz Schaffer.

O comportamento de Kimberlee, imediatamente, fez mais sentido para mim.

— Mas nós temos os registros e eles correspondem a muitas das coisas que você vem devolvendo. Não foi difícil somar dois mais dois. E é isso que livra você das acusações de roubo.

A esperança se reacendeu em mim.

— Verdade?

— E a senha descaracteriza uma possível violação de propriedade. — Ele balançou a cabeça. — Olha, não sei como conseguiu a chave mestra e a senha do alarme, mas como você sabia a senha pessoal do Hennigan, ele não tem como provar que não foi ele quem te deu, o que implica permissão para que você entrasse lá. É um detalhe técnico, mas vai funcionar.

Queria abraçá-lo. De verdade.

— Já os danos ao laboratório — disse o policial Herrera, sério — são outros quinhentos. Há um prejuízo financeiro envolvido e, a não **ser** que você ou seus pais desembolsem a grana, a escola poderá processá-los.

Senti um aperto no estômago. O Hennigan não tinha mencionado dez mil dólares? Fosse ou não um bom garoto, meus pais acreditavam em enfrentar as consequências; esperariam que eu arcasse com o prejuízo.

VIDA APÓS O ROUBO

E eu só tinha uma coisa capaz de pagar a conta.

— Mas nenhum promotor vai arriscar uma acusação de vandalismo ou crime de dano com um júri favorável a você — disse o policial Herrera, interrompendo meus pensamentos soturnos. — O que certamente seria o caso, na atual situação. Falei com alguns amigos na delegacia e as acusações criminais estão fora de questão. Portanto, resta apenas a reparação dos danos e isso é entre você e a escola.

Amoleci de alívio e escorreguei um pouco na cadeira.

— Jura?

— Juro.

Só não explodi numa risada histérica porque consegui me controlar. Tive que respirar fundo várias vezes para engolir o riso.

— Estão, estou livre? Está tudo bem?

— Bem, quase. Não posso fazer muita coisa com relação à sua escola. E o Sr. Hennigan não é muito do tipo que perdoa.

Odeio o Sr. Hennigan.

— Como assim?

— Passei grande parte da última hora ao telefone com ele e, como é uma escola particular, as únicas pessoas a quem ele deve responder são os membros da diretoria. Para começar, você está suspenso durante a próxima semana.

Meu coração se apertou com aquilo, mas era muitíssimo melhor do que ser expulso.

— Não consegui convencê-lo de que você não é um criminoso escolado, mas disse a ele que manter você na escola é um elemento vital para a sua recuperação. Foi aí que ele decidiu não te expulsar. Você pode continuar na Whitestone.

Que sorte a minha.

— Mas ele vai te vigiar que nem um falcão durante o resto do ensino médio; não há nada que eu possa fazer quanto a isso. Foi o melhor que consegui.

— Ah, não, está ótimo — disse. — É muito mais do que eu esperava. Obrigado.

— De nada. — Ele fez uma pausa. — Você é um bom garoto, Jeff. Estou falando sério.

Não me sentia muito bom naquele momento, mas esperava que ele tivesse razão.

— Agora, o protocolo nessa fase, apesar de você estar sendo liberado sem acusações, é entrar em contato com seus pais e fazê-los vir te buscar. Mas não conseguimos encontrá-los.

— Eles foram viajar neste fim de semana. Só vão voltar amanhã. — *Ou depois.*

— Está bem. Vou dar meu aval por você desta vez. E é melhor que não haja uma próxima. — Seu rosto ficou duro como pedra. — Você terminou, Jeff? Porque, se não terminou, está na hora de *desistir* desse projeto. Estou falando sério.

— Terminei — respondi, com honestidade. — Desde a semana passada que tudo já foi devolvido e... Kimberlee pode descansar em paz. — O que quer que fosse aquilo.

— Ótimo. Porque, se eu te vir aqui de novo, você estará por conta própria, tenha bons motivos ou não.

Assenti.

— Está bem. Vamos.

— Aonde nós vamos?

— Meu turno terminou. Vou te levar até o seu carro.

Ele se levantou e abriu a porta para mim. Quando fiquei em pé, as algemas tilintaram.

O policial Herrera revirou os olhos.

— Ah, tenha santa paciência... — resmungou ele, procurando algo em seu bolso.

Nunca houve um momento tão feliz na minha vida quanto o segundo em que aquelas algemas se abriram e liberaram meus pulsos.

— Obrigado — falei pelo que parecia ser a quinquagésima vez.

— Vamos embora — disse o policial Herrera, apontando para o corredor.

Trinta e Três

PELA SEGUNDA VEZ EM duas semanas, eu me sentei no banco do passageiro da viatura do policial Herrera. O céu estava escuro e, durante os primeiros minutos, ficamos em silêncio. Então, pigarreei.
— Policial Herrera?
— Sim?
— Obrigado — falei. — Muito obrigado. — Passei as mãos pelo cabelo, apenas começando a compreender que tudo havia realmente dado certo. Minhas mãos tremiam com a adrenalina de alívio que fluía pelo meu corpo.
— Eu não teria feito nada disso se não acreditasse que você estava fazendo a coisa certa, Jeff. Você fez por merecer. — O policial Herrera entrou no estacionamento da escola, agora vazio exceto por Halle.
— Só queria consertar as coisas — disse eu.
Ele parou o carro ao lado do meu e pôs em ponto morto.
— E isso é algo que eu apoio. Foi por isso que fui te resgatar.
— Bem, fico feliz — falei, abrindo um sorriso. — Porque eu teria me ferrado lindamente se você não tivesse aparecido.
Ele hesitou por alguns segundos antes de acrescentar:
— Tenho que ligar para seus pais na segunda-feira para contar a eles o que aconteceu. Mas acho que *você* deveria contar primeiro.
— Vou contar — respondi, embora a simples ideia fizesse meu estômago gelar como se eu tivesse acabado de engolir um cubo de gelo.
— Também acho que você deve saber que os outros dois professores que estavam na escola com Hennigan disseram para o policial Burke

que você era um bom garoto e que ele devia pegar leve com você. Ele achou que fosse brincadeira, mas estou te contando para que você saiba que tem gente que te apoia na escola. — Ele riu. — Diabo, os alunos provavelmente te adoram.

Eu não tinha pensado tão à frente. Ele tinha razão; na segunda-feira, todo mundo estaria sabendo que Jeff Clayson era o Restituidor da Rosa Vermelha.

Sera saberia.

Eu tinha que contar a ela antes que ouvisse da boca de alguém.

Nem sabia por onde começar.

Como se pudesse ler meus pensamentos, o policial Herrera deu um tapinha no meu ombro.

— Vá para casa — disse, com gentileza. — Você vai ter muito trabalho em breve.

Assenti e saí do carro. Então, fiquei parado ali no estacionamento e acenei conforme via o policial Herrera ir embora. Destravei meu carro e estava prestes a entrar quando vi os últimos adesivos espalhados no chão, embora a chave de Bailey houvesse desaparecido. Eu os apanhei e coloquei no bolso. Algo para guardar como lembrança daquilo tudo.

Minha casa estava às escuras a não ser por algumas luzes de segurança. Abri a geladeira, mas não sentia fome; sentia-me *vazio*. Durante semanas a fio tudo que eu quisera era que Kimberlee sumisse da minha vida. E, agora, parecia que tinha conseguido.

Mas não porque eu a ajudara a seguir em frente. Eu a havia espantado e, mesmo quando ela voltou para me impedir de me entregar, apenas tínhamos discutido ainda mais. Tinha a sensação de que havia falhado com ela. E ela não tinha nenhum plano B.

Hesitei ao tirar um litro de leite da geladeira. Talvez tivesse. Talvez *houvesse* outras pessoas que a pudessem ver. Ela havia mentido sobre tudo, por que não mentiria sobre isso também? Talvez eu fosse o único ingênuo o bastante para tentar ajudá-la.

Mas havia uma dor surda no meu peito que me dizia que não era verdade. Era a mesma dor que eu sentira quando ela havia chorado na minha cama... uma sensação latente e oca de impotência. Cuspi o gole de leite na pia e apaguei a luz da cozinha sem o menor apetite.

Arrastei minha mochila escada acima, apreciando as pancadas que os livros davam nos degraus. Fazia com que me sentisse melhor, embora não soubesse dizer por quê. Entrei pela porta aberta do meu quarto e, só porque não havia ninguém em casa, bati-a com violência.

Putz, isso é bom.

Abri a porta e de novo a bati com tudo. Comecei a sorrir enquanto a abria novamente.

— Por favor, pare.

Congelei, ainda segurando a maçaneta, e esperei que ela falasse de novo.

Quando ela não o fez, flexionei o braço segurando a porta e comecei a fechá-la novamente.

— Jeff.

Soltei a maçaneta e me virei para olhar.

— Kimberlee?

Quase não a reconheci. Seu cabelo louro estava preso num rabo de cavalo e não havia sinais de maquiagem em seu rosto: nada de batom vermelho nem linhas pretas em volta dos olhos. Ela usava uma camiseta branca simples e jeans. Estava encostada na cabeceira da minha cama, com chinelos azul-claros nos pés.

— Você voltou — disse ela baixinho. — Eu estava preocupada.

Ela parecia séria, mas eu a conhecia há tempo demais para acreditar.

— Não graças a você — disse, de cara fechada.

Ela baixou o olhar para os pés.

— Eu devia ter ido com você.

— Um pouco tarde para isso.

— É um pouco tarde para um monte de coisas — disse ela, a voz trêmula.

Olhei feio para ela, tentando descobrir qual era o truque dessa vez. Finalmente, minha curiosidade ganhou.

— Você parece diferente.

Kimberlee assentiu, mas não disse nada.

— Você era capaz de fazer isso durante todo esse tempo? — perguntei com amargura.

Ela sacudiu a cabeça.

— Não! Juro. — Ela olhou para o próprio corpo. — E também não consigo mudar de volta como estava. Não que eu queira — adicionou baixinho.

Aquilo me fez parar por um minuto. Achei que ela certamente estivesse furiosa com a própria aparência.

— O que aconteceu?

— Depois que eu saí daqui... estava tão fula da vida. Fui até o shopping e tentei roubar coisas, espionei alguns casais se agarrando no cinema... todas essas coisas que eu costumava fazer. E não conseguia tirar você da cabeça.

Cara, eu sabia bem o que era aquilo. Um pouco de vingança sempre cai bem.

— Você fez uma coisa hoje que não te beneficiou em nada. Foi só pelas outras pessoas e pelo seu senso maluco de *coisa certa a se fazer*.

Nem me dei ao trabalho de contradizê-la.

— E eu percebi que, embora não sentisse a mesma coisa que você... não me importo em fazer a coisa certa... eu *gostaria* de sentir. Queria ter alguma coisa, qualquer coisa, em que acreditasse tanto assim. Então, voltei aqui — acrescentou ela, depois de um longo intervalo.

— Voltou?

Ela assentiu.

— Cheguei tarde demais, porém. Até fui à escola, mas todo mundo já tinha ido embora. O que aconteceu? — ela perguntou.

Com um suspiro, soltei minha mochila no chão e contei a história. Quando cheguei à parte em que o policial Herrera entrou na sala de interrogatório, Kimberlee começou a sorrir.

— Todo esse drama, e eu nem estava por perto para ver. — Ela fez uma pausa e então disse: — Você passou por tantos apertos por minha causa.

— O que mais eu poderia fazer numa sexta à noite sem namorada? — perguntei, forçando um sorriso.

Ambos rimos de forma trêmula por um instante, antes que os olhos de Kimberlee se enchessem de lágrimas e ela baixasse o olhar.

— Fui à casa dos meus pais. Entrei nela, quero dizer; não fui só à caverna. Eu nunca tinha feito isso.

— Sério? — Minha casa seria o primeiro lugar aonde eu teria ido se acordasse e descobrisse que era um fantasma.

Ela fungou e enxugou uma lágrima do rosto. Riu um pouquinho, então se afundou na minha cama e deitou de costas.

— Pois é, você pode pensar que todo mundo quer voltar para a própria casa quando morre. Mas eu detestava meus pais; então, não voltei. Após alguns meses, achei que talvez *eles* pudessem me ver. São meus pais, afinal. Mas sabe onde eu fui procurá-los?

Arrisquei uma resposta.

— No local de trabalho deles?

Ela fungou e assentiu.

— No local de trabalho deles. Fui a seus empregos. Mesmo como fantasma, quis fazer as coisas à minha maneira e nos meus termos. Sou terrivelmente mimada.

— Não, você...

— Não minta.

Então, não menti.

O quarto ainda estava às escuras. Pensei em acender a luz, mas pareceu muito rude. Em vez disso, acendi a luz do banheiro e fechei um pouco a porta de forma a deixar uma iluminação suave no quarto. Eu me sentei ao lado dela na cama. Depois de algum tempo, aquilo pareceu estranho, então me deitei de maneira que as cabeças quase se tocavam.

— Um ano, quatro meses e quatro dias. Foi o que demorou para eu ir até a minha casa. — Ela rolou e se apoiou no cotovelo, o rosto a milímetros de distância do meu. — E quer saber de uma coisa? Eles me amavam. Não eram os melhores pais do mundo, eu sei, mas me amavam. Ainda amam. Deixaram o meu quarto igualzinho como estava, mas com mais fotos e prêmios do que eu permitia que eles exibissem antes. Tem um retrato enorme meu na entrada da casa. É um pouco constrangedor, na verdade. — Sua voz estava muito baixa e séria. — Minha mãe coloca rosas frescas no meu quarto. Mais de um ano se passou e ela ainda coloca flores frescas no meu quarto. Fiquei ali parada olhando aquelas rosas por, sei lá, uma eternidade — disse ela, tão baixo que tive que me esforçar para ouvir. — Eram tão lindas e eu *quase* pude cheirá-las. Queria tentar tocá-las, mas não iria suportar ver meus dedos passando através de mais uma coisa bonita.

"Então, vi o espelho na parede e me olhei nele... e parecia perfeita. Como sempre fora. Quando eu estava viva, teria matado por maquiagem que nunca saísse e cabelos que sempre ficassem arrumados. — As lágrimas brilharam em seus olhos por alguns segundos, mas ela piscou e elas desapareceram. — Eu surtei, Jeff. Não queria mais parecer comigo mesma. Quis tão desesperadamente poder ver o que os meus pais viam."

Ela sorriu e foi um sorriso diferente dos que eu já vira nela. Não havia qualquer malícia ou fraude nele; era o tipo de sorriso que eu costumava ver no rosto das outras pessoas.

Era como Sera sorria.

— Foi então que as minhas roupas mudaram. E meu cabelo, e meu rosto. E, pela primeira vez que eu me lembre, olhei naquele espelho e gostei do que vi.

Sorri de volta para ela. De verdade.

— Fico feliz. E, por mais insignificante que possa te parecer, eu também acho que você está melhor agora. — Não me referia às roupas ou à maquiagem. A verdadeira mudança em sua aparência era outra coisa... algo mais profundo. E eu podia *vê*-la.

— Obrigada, Jeff. Isso significa muito para mim... de verdade. — As lágrimas caíam por seu rosto, mas ela não estava realmente chorando Seus ombros não se sacudiam e não havia soluços. Apenas lágrimas.
— Kim...
— Não faça isso. Não tente me convencer que fui apenas uma garota que cometeu alguns erros. Não me deixe continuar fazendo o que fiz durante o último ano... os últimos cinco anos. Não me deixe insistir nas mentiras.

Eu não conseguia falar, com aqueles olhos úmidos e azuis fixos nos meus.

— Fui uma má pessoa, Jeff. — O volume de sua voz não havia mudado, mas ela falava com intensidade. — Fui uma má pessoa e já está na hora de assumir isso. Eu tinha tudo no mundo e, ainda assim, não era suficiente. E você sabe o que é pior? Você tinha razão: eu odiava *todo mundo*. Você consegue imaginar odiar todo mundo que você conhece?

Balancei novamente a cabeça, e ela deu uma risada áspera. Mas, quando ela falou, suas palavras foram suaves.

— É claro que não. Você é bom demais. Disposto demais a ver o melhor nas pessoas. Até em mim. — Ela olhou para o teto por alguns segundos. — Não sei ser uma boa pessoa, Jeff. Não faço a coisa certa de forma natural, como você. Mas... acho que *quero* aprender. E, talvez, esteja finalmente pronta.

Assenti devagar.
— Talvez esteja.
— Você... poderia me ensinar?

Fiquei em silêncio por um longo tempo enquanto analisava aquilo.
— Não sei — respondi sinceramente.

Ela pareceu desapontada, mas assentiu.
— Pelo menos você não disse não. Eu teria dito.
— E agora? — perguntei.

Ela se sentou e olhou para suas mãos, no colo.
— Você me faria um último favor? — Ela olhou para mim por baixo dos cílios... mas não era o olhar de flerte que havia usado várias vezes

para me convencer a fazer algo que ela quisesse; era um olhar que dizia que não tinha certeza se eu iria dizer sim.

— Vou tentar.
— Preciso devolver mais uma coisa.

Trinta e Quatro

MEU ESTÔMAGO ESTAVA contorcido num nó quando toquei a campainha já familiar. A mãe de Sera atendeu, com um sorriso gentil, mas cauteloso.

— Jeff, sinto muito, mas estamos recebendo convidados hoje.

— Eu sei, Sra. Hewitt, me desculpe, mas preciso falar com Sera por dois minutos. É um assunto da escola — menti, mostrando-lhe uma caixa de sapato.

Ela deu uma olhada rápida na direção da sala de jantar.

— Está bem — disse —, vou chamá-la, mas, por favor, seja rápido.

Sera apareceu alguns segundos depois com um sorrisão no rosto.

— Jeff, não acredito que minha mãe me deixou sair da mesa para vir falar com você. — Ela parou o suficiente para me dar um beijo na boca. — Ela deve estar começando a gostar de você.

Sorri.

— Não sei se iria tão longe assim. — Mas fiquei sério ao levantar a caixa pequena de sapato que tinha levado, uma caixa que Kimberlee não tinha colocado na caverna, e sim num esconderijo particular na enseada. Pois, conforme ela havia explicado, nao era algo que ela tivesse roubado; era algo que havia *pegado*. Olhei disfarçadamente para Kimberlee, que estava perto de mim, e ela assentiu com a cabeça, de forma encorajadora. — Eu trouxe uma coisa para você — disse, sério. — E preciso que você não me faça perguntas a respeito. Vou te contar tudo depois, mas agora não há tempo. — Empurrei a caixa para as mãos dela e ela ficou me olhando por vários minutos antes de levantar a tampa.

Lágrimas encheram seus olhos quando ela pôs a mão na caixa e tocou uma trança grossa e comprida de cabelos ruivos, com diminutos pompons azuis e verdes.

— Kimberlee está muito arrependida. Ela não estava antes, mas agora está. — Olhei para trás mais uma vez, mas o olhar de Kimberlee estava fixo no rosto de Sera, as sobrancelhas franzidas em concentração. — Ela sabe que não tem o direito de pedir, mas espera que algum dia você possa perdoá-la.

Sera tentou dizer alguma coisa, mas nada saiu. Ela olhou para mim e tentei mostrar, com a expressão do meu rosto, que aquilo não era — nem jamais poderia ser — uma brincadeira.

Ela fechou novamente a caixa e olhou para o adesivo, um dos últimos, que eu tinha colado na tampa.

— Era *você*?

Assenti.

Ela cobriu a boca com a mão e balançou a cabeça.

— Mas... você acabou de se mudar para cá. Como poderia...?

— Vou explicar tudo amanhã — respondi, esperando ainda ter coragem no dia seguinte.

— Eu não sabia! — insistiu ela. — Não sabia, juro. Eu jamais... eu não... — Ela não conseguiu terminar a frase, pois lágrimas encheram seus olhos.

— Tudo bem — respondi, esfregando seus braços com as mãos. — Está tudo *bem*. Não vou ser expulso.

— Eu sinto tanto.

— Não, não — falei, apertando sua mão. — Não sinta. Não é culpa sua; é culpa do Hennigan. Não se culpe.

— Eu não queria — disse ela, apertando a caixa junto ao peito.

— Eu sei. E eu confiei em você. Sabia que você devia ter uma boa razão para o que quer que estivesse acontecendo e *estava certo*. Sinto orgulho do que você fez. Você salvou o Khail.

— Mas eu poderia ter assumido por você e salvado vocês dois — sussurrou ela.

— Não poderia, não. Nós dois sabemos que você tentou. E, se você soubesse que era eu, provavelmente teria mentido pior ainda, não melhor. — Ela conseguiu dar um sorriso choroso ao ouvir aquilo. — Eu tinha outra pessoa para me salvar. Khail precisava de você e fico feliz pelo que você fez.

— Verdade?

— Sim.

Ela assentiu, incerta.

— Ah — falei, lembrando-me de uma última coisa. Tirei um pedacinho de papel do bolso. — Isto aqui é para o Khail.

Ela pegou o papel e leu meus garranchos seguidos de um número de telefone.

— Preston? Aquele amigo do Khail que se mudou há alguns anos?

Assenti, e prendi a respiração.

— Devo dizer a Khail para... ligar para ele? — perguntou ela, confusa.

Ela não sabe. Nem mesmo a irmã dele sabe. Sua melhor amiga.

— Só entregue a ele — respondi, a voz trêmula. — Ele vai saber o que fazer.

— Está bem — disse ela, acariciando distraidamente com o dedo o adesivo na caixa de sapato. Ela olhou para mim; então, seu olhar se desviou para algo acima do meu ombro esquerdo.

Para Kimberlee.

Sera piscou e balançou a cabeça antes de voltar sua expressão confusa para mim.

— Que estranho. Por um segundo pensei ter visto...

— Conversaremos amanhã, está bem? — disse eu, apertando a mão dela antes que ela pudesse terminar a frase. Inclinei-me um pouco mais perto e sussurrei: — Eu te amo.

— Também te amo. — Então, a porta se fechou entre nós.

Exalei devagar, tentando acalmar meu coração disparado. Eu me virei e encarei Kimberlee.

Ela ainda olhava para a porta, mas o vislumbre de um sorriso erguia os cantos de sua boca.

— Obrigada — sussurrou ela. — Muito obrigada.

Naquela noite, Kimberlee e eu ficamos deitados na minha cama, cabeça com cabeça, por um longo tempo. As luzes da rua penetravam pelas persianas e desenhavam listras no rosto dela.

— Há quanto tempo você tem o telefone do Preston? — perguntei.

— Quase um ano. Quando percebi a velocidade com que podia me mover como fantasma, passei mais ou menos um mês o rastreando. Levou séculos, sério mesmo. Os pais dele *não* queriam aqueles dois juntos novamente. Tive a esperança de que isso pudesse me libertar para seguir em frente. Mas, daí, eu não tinha como dizer o número a ninguém, então foi totalmente inútil.

— Mas foi uma coisa boa que você fez. Está vendo, existe bondade em você, em algum lugar — eu disse com um sorriso.

— Tonto — disse Kimberlee, mas estava sorrindo.

— Sou eu — respondi, estendendo meus braços ao lado do corpo.

— Ele ainda me odeia — disse Kimberlee após um instante.

Ergui a cabeça e a olhei nos olhos.

— Você teve *alguma coisa* a ver com o fato de os pais de Preston descobrirem a respeito dele?

Ela respondeu ao meu olhar, séria.

— Não. — Ela riu com amargura. — É a única coisa que eu *não* fiz.

— Então, não é problema seu.

— Mas parece ser um problema.

— Ah, é um problema, sim... só não é problema *seu*. E, depois desta noite, acho que você fez tudo que podia.

— Você tem certeza?

Soltei uma risada.

— Eu não tenho certeza de nada nesta vida. — Nós dois rimos baixinho no escuro até que um silêncio amistoso nos envolveu. Durante vários minutos, nenhum dos dois disse nada.

Então, Kimberlee perguntou:

— Você não acredita em Deus, certo?

Balancei a cabeça.

— Por que não?

— Bem, talvez exista um deus; talvez, não. Só não sei. Meus pais não me ensinaram a acreditar em Deus. Talvez, se eles tivessem ensinado, eu acreditaria.

— E no *que* você acredita?

— Como assim?

— Você acredita em carma, em reencarnação ou em algum bem maior ou qualquer outra coisa?

— Não sei. Acho que acredito em carma até certo ponto. Acredito que, se você tentar colocar coisas boas no mundo, o mundo tentará dar coisas boas de volta para você. Acredito em equilíbrio.

— Equilíbrio. — Kimberlee repetiu a palavra quase com tristeza.

— Mas também acredito em aprender a ser melhor. — Olhei para o teto escuro. — Acredito em família; acredito em relacionamentos. Acho que, em última análise, acredito em pessoas.

— Pessoas como eu?

— Pessoas como todo mundo.

— E quanto às maçãs podres?

— Você não é uma maçã podre.

— Digamos Hitler, por exemplo.

Sorri.

— Tá, ele era uma maçã podre.

— Então, o que estava esperando por ele quando ele morreu?

Eu não tinha resposta para aquilo. Até conhecer Kimberlee, duvidava que existisse vida após a morte. Acreditava como a minha mãe: que você deveria viver cada momento da vida ao máximo porque, quando terminasse, terminava e pronto. Escolhi as palavras com cuidado, tentando decidir em que pensava enquanto explicava para ela.

— Talvez seja como na Lei de Newton: "Para toda ação há uma reação oposta e de igual intensidade."

— Como assim?

— Bem, penso que deve haver consequências. Mas isso não quer dizer que acredito em inferno com chicotes de fogo nem nada parecido. Acho que, talvez, ficar por aqui como fantasma seja seu castigo. — Rolei de lado para olhar para ela. — Talvez nem mesmo seja um *castigo*, mas uma chance de você aprender sem a distração de estar viva. — Analisei seu rosto no escuro. — Você *aprendeu* alguma coisa, não aprendeu?

Ela sorriu e assentiu.

— Aprendi. — Mas o sorriso desapareceu de seu rosto quase tão rapidamente quanto surgira. — Apenas me preocupo que não tenha sido suficiente. Você se lembra do que me disse na terça-feira?

Meus lábios se apertaram numa linha fina.

— Eu disse um monte de coisas na terça-feira.

— É verdade, você disse mesmo. E fico feliz por isso. Eu precisava ouvir tudo aquilo. — Ela rolou de costas. — Antes de você sair para transar com a Sera até dizer chega...

— Ei!

— Desculpe, isso não vem ao caso. Antes de você sair para ir fazer as pazes com Sera, você me disse que eu ainda estava aqui porque ninguém no universo me queria.

— Eu não devia ter dito isso.

— Não, devia, sim, porque eu acho que talvez você tenha razão. Aprendi um monte de coisas com você, Jeff, mas as coisas que aprendi... — Sua voz vacilou conforme as lágrimas escorriam para seus cabelos e sua respiração saía em soluços. — Machucaram muito, Jeff. É duro... é muito duro ver a mim mesma como realmente era. E tenho medo... — Ela fez uma pausa para respirar fundo antes de continuar, baixinho: — Tenho medo de que a próxima lição seja mais dura ainda.

Então, fiz algo que tivera medo de fazer desde que a conhecera: estendi um braço e o passei pelas suas costas, como se ela estivesse deitada no meu ombro. Meu braço foi tomado por um formigamento estranho e eu quis puxá-lo de volta, mas, quando ela suspirou e moveu a cabeça um pouco mais perto, obriguei-me a ficar imóvel.

— Fico feliz por ter conhecido você — eu disse. E não tinha muita certeza se era mentira ou não até ter dito em voz alta.

— Eu também.

Ficamos ali deitados, em silêncio, pelo que pareceram horas.

Não sei quando foi que finalmente me senti à vontade para fechar os olhos, mas a próxima coisa de que me lembro é do meu despertador berrando no meu ouvido. Olhei para o lado, mas Kimberlee tinha desaparecido. Eu me sentei e tentei alongar meus braços. Minha coluna inteira estava doendo e o estalo foi audível quando me virei para um lado, depois para o outro.

Congelei quando meus olhos recaíram sobre os chinelos azuis ali no chão, aos pés da cama.

— Kim? — sussurrei. Estava esperando que ela saísse do closet ou algo assim. — Kim? — chamei um pouco mais alto. Estiquei o pé e, com hesitação, toquei o chinelo mais próximo.

E senti algo sólido.

Pulei para cima da cama e enfiei os pés sob o corpo.

— Isso não tem nenhuma graça — disse quando consegui controlar a respiração.

Fiquei ali sentado por um minuto, olhando fixamente para aqueles chinelos. Então, cuidadosamente, saí da cama e me agachei ao lado deles. Hesitantemente, estendi um dedo e toquei em um.

Era real.

Peguei os chinelos e os examinei de todos os ângulos. Era apenas um par de chinelos de dedo, meio surrados, azul-claros.

Nunca mais vi Kimberlee.

Agradecimentos

Esta obra exige muitos agradecimentos. É o livro que quase não foi e que continuaria *não sendo* sem a ajuda de um número vergonhosamente grande de pessoas e de seis anos e meio. Sempre começo agradecendo às minhas editoras, Tara Weikum e Erica Sussman, e à minha agente, Jodi Reamer. Este livro é tão diferente, tão peculiar e nunca lutei tanto com vocês para mantê-lo assim. Obrigada pela paciência infinita comigo.

Agradecimentos eternos à Srta. Snark, que me deu o encorajamento de que eu precisava, nos idos de 2006, para ir além do primeiro capítulo. Para minha irmã, Kara, com quem compartilhei nervosamente os primeiros cinco capítulos quando não tinha certeza de que estava preparada para compartilhá-los com alguém, já que continham tanta coisa minha. Do meu eu verdadeiro. Ao colega escritor (só que muito mais veterano) William Bernhardt, a cujo seminário fui de má vontade apenas para sair de lá uma escritora transformada. Bill, obrigada por me ajudar a fazer com que este livro adquirisse um enredo. E para Saundra, que me lembrou de que era Jeff quem deveria ser o mocinho da história. Mas não exatamente com essas palavras.

E o maior dos agradecimentos, sempre, a Kenny, que nunca deixou de me dizer que este livro era a melhor coisa que eu já tinha escrito. Se ninguém mais achar isso além de você, ainda assim irei acreditar que você tem razão.

Impresso no Brasil pelo
Sistema Cameron da Divisão Gráfica da
DISTRIBUIDORA RECORD DE SERVIÇOS DE IMPRENSA S.A.
Rua Argentina 171 – Rio de Janeiro, RJ – 20921-380 – Tel.: 2585-2000

Virginia Woolf **Mrs Dalloway**

TRADUÇÃO E NOTAS
Tomaz Tadeu

TRADUÇÃO REVISADA

autêntica

Os cem anos de *Mrs Dalloway*
Tomaz Tadeu

Quando *Mrs Dalloway* entrou em domínio público, em 2011, Rejane Dias, diretora da Autêntica Editora, me convidou para traduzi-lo. Não era minha primeira tradução. Como professor da Faculdade de Educação da Universidade Federal do Rio Grande do Sul, eu vertera vários textos das áreas pedagógica e sociológica. Mas foi na Autêntica que me espalhei pela área ensaística e literária. Na editora que se tornou minha casa, traduzi, entre outros, Spinoza (*Ética*, 2007); Jeremy Bentham (*O panóptico*, 2008); Charles Baudelaire (*Meu coração desnudado*, 2009; *O pintor da vida moderna*, 2010); Paul Valéry (*Alfabeto*, 2009); Stéphane Mallarmé (*Rabiscado no teatro*, 2010); Thomas de Quincey (*Os últimos dias de Immanuel Kant*, 2011).

Nesse ano (2011), outras traduções do livro estavam sendo preparadas por outras editoras, em especial, a de Denise Bottmann, abertamente comentada por ela em seu conhecidíssimo blogue *Não gosto de plágio*.

Como professor de universidade pública, o trabalho de tradução não era o meu ofício principal, o que me permitia dar um tempo maior à tarefa tradutória do que o permitido às pessoas que são profissionais da tradução.

No caso de *Mrs Dalloway*, entretanto, havia certa pressão, pela importância da entrada em domínio público do livro de Virginia Woolf. Não seria nenhum problema se a tradução saísse no ano seguinte. Mas era, de certo modo, uma questão de honra.

Foi a partir daí que me apaixonei por Virginia. Nos anos seguintes, acabei traduzindo quase todos os seus romances. Ficaram faltando os dois primeiros (*The Voyage Out*; *Night and Day*) e o penúltimo (*The Years*).

E agora, de repente, Rejane Dias, sempre atenta, alertou-me: *Mrs Dalloway* fará 100 anos em 2025. E, assim, me vi de novo às voltas com o livro. Agora já não se tratava de fazer uma tradução a partir do zero, mas de refinar uma tradução já existente. Foi o que fiz: lá fui eu de novo buscando alguma passagem mal traduzida e tentando burilar o que ainda não estava no ponto. Com a ajuda imprescindível de Cecília Martins, rigorosa profissional da revisão, chegamos ao resultado que agora lhe entregamos.

Sim, a primeira frase é a mesma das outras edições: "A Sra. Dalloway disse que ela mesma iria comprar as flores.". Mas no miolo há algumas correções importantes. Afinal, é a edição do centenário. É assim que a celebramos.

Aqui está ela novamente. Numa edição tão ou mais bela do que a primeira. E, na capa, uma aquarela muito especial, das mãos de Guacira Lopes Louro, minha querida companheira de tantos anos, e devidamente trabalhada por nosso inventivo e hábil capista, Diogo Droschi.

Uma introdução a *Mrs Dalloway*
Virginia Woolf

É difícil, talvez impossível, para um autor, dizer qualquer coisa sobre o seu próprio trabalho. Tudo o que tem a dizer foi dito tão completa e satisfatoriamente quanto possível no interior do livro em si. Se não conseguiu tornar seu significado claro aí, é muito pouco provável que o consiga nas poucas páginas de um prefácio ou posfácio. E a mente do autor tem outra peculiaridade que o leva, igualmente, a se mostrar hostil a introduções. Ela é tão inóspita à sua cria quanto a mamãe pardal à sua. Tão logo os jovens pássaros consigam voar, voar é o que farão; e no momento em que bateram asas para fora do ninho, a mamãe pássaro começou a pensar talvez numa outra ninhada. Da mesma forma, tão logo um livro é impresso e publicado, deixa de ser propriedade do autor; ele o confia aos cuidados de outras pessoas; toda a sua atenção é requisitada por algum livro novo, que não apenas empurra o antecessor para fora do ninho, mas tem a mania de desmerecer sutilmente a qualidade do antigo em comparação à sua.

É verdade que, se desejar, o autor pode nos dizer sobre si próprio e a sua vida alguma coisa que não esteja no romance; e devemos todos fazer tudo o que pudermos para encorajá-lo a esse esforço. Pois nada é mais fascinante do que ter a revelação da verdade que está por trás dessas imensas fachadas da ficção – se é que a vida é realmente verdadeira, e a ficção, realmente fictícia. E é provável que a conexão entre as duas seja extremamente complicada. Os livros são flores ou frutas que estão penduradas, aqui e ali, numa árvore que tem suas raízes profundamente plantadas no solo de nossa mais remota vida, no solo de nossas primeiras experiências. Mas, novamente, contar aqui ao leitor qualquer coisa que sua própria imaginação e perspicácia já não descobriram exigiria não uma página ou duas de prefácio, mas um volume ou dois de autobiografia. Lenta e cautelosamente, deveríamos nos pôr ao trabalho, desvelando, revelando, e, mesmo assim, quando tudo tivesse sido içado à superfície, ainda caberia ao leitor decidir o que é e o que não é relevante. Sobre *Mrs Dalloway* podemos, assim, trazer à luz, neste momento, uns poucos pormenores, de alguma importância, talvez, ou nenhuma; como o fato de que, na primeira versão, Septimus, que mais tarde é concebido como o seu duplo, nem sequer existia; e o fato de que, originalmente, a Sra. Dalloway deveria se matar, ou, talvez, simplesmente morrer no fim da festa. Essas minúcias são ofertadas humildemente ao leitor na esperança de que, como alguma outra coisinha aqui e ali, possam vir a ser úteis.

Mas se temos demasiado respeito pelo leitor puro e simples para chamar-lhe a atenção para o que deixou de perceber, ou para sugerir-lhe o que deve buscar, podemos, por outro lado, falar mais explicitamente ao leitor que pôs de lado sua inocência e tornou-se um crítico. Pois, embora a crítica, quer aprove, quer reprove, deva ser aceita em silêncio como o comentário legítimo a que o ato de publicação convida, faz-se, uma vez ou outra, alguma afirmação que não tem nada a ver com os méritos ou deméritos do livro e que o escritor sabe ser equivocada. Uma afirmação desse tipo a respeito de *Mrs Dalloway* tem sido feita com frequência suficiente para merecer, talvez, uma palavra de refutação. O livro, foi dito, seria o resultado deliberado de um método. A autora, foi dito, insatisfeita com a forma da arte da ficção então em voga, estava determinada a mendigar uma forma, tomá-la emprestada ou até mesmo criar uma outra, de sua própria lavra. Mas, tanto quanto é possível sermos sinceros no que toca ao misterioso processo da mente, o fato é outro. Insatisfeita, a autora possivelmente esteve; mas a sua insatisfação era, primariamente, com a natureza, por ter dado uma ideia sem fornecer uma casa na qual ela pudesse viver. Os romancistas da geração anterior pouco fizeram – afinal, por que deveriam? – para ajudar. O romance era a morada óbvia, mas o romance, ao que parecia, estava construído segundo a planta errada. Assim incriminada, a ideia começou, como faz a ostra ou o caracol, a secretar uma casa para si. E assim o fez, sem nenhuma direção consciente. O pequeno caderno no qual foi feita uma tentativa para traçar um plano foi logo abandonado, e o livro cresceu, dia a dia, semana a semana, simplesmente sem plano nenhum, exceto aquele que era ditado, a cada manhã, pelo ato de escrever. A outra maneira, fazer uma casa e então habitá-la, desenvolver uma teoria e então aplicá-la, como fizeram Wordsworth e Coleridge, é, desnecessário dizê-lo, igualmente boa e muito mais filosófica. Mas no presente caso era necessário escrever o livro primeiro e inventar uma teoria depois.

Se, entretanto, destacamos, para efeitos de discussão, o ponto específico dos métodos do livro, é pela razão mencionada – de que ele se tornou objeto de comentário dos críticos, mas não que isso, por si só, mereça algum destaque. Pelo contrário, quanto mais bem-sucedido for o método, menos atenção atrairá. O leitor, espera-se, não dedicará um único pensamento ao método do livro ou à sua falta de método. Ele está preocupado apenas com o efeito do livro como um todo sobre a sua mente. A respeito dessa questão muito mais importante, ele é muito melhor juiz do que o escritor. De fato, desde que tenha tempo e liberdade para construir sua própria opinião, ele é, no final das contas, um juiz infalível. A ele, pois, a escritora confia *Mrs Dalloway* e deixa o tribunal confiante de que o veredito, seja de morte instantânea, seja de mais alguns anos de vida e liberdade, será, em qualquer dos casos, justo.

Nota

Esta introdução foi escrita por Virginia Woolf em 1928, para uma edição do livro publicada nos Estados Unidos, pela editora Random House, não tendo sido reproduzida em edições posteriores.

A Sra. Dalloway disse que ela mesma iria comprar as flores.
Pois Lucy já tinha muito o que fazer. As portas seriam retiradas das dobradiças; os homens da Rumpelmayer estavam chegando. E, depois, pensou Clarissa Dalloway, que manhã – fresca como que feita para crianças numa praia.

 Que aventura! Que mergulho! Pois era assim que sempre se sentia quando, com um leve rangido das dobradiças, que podia ouvir ainda agora, ela abria de repente as portas francesas e mergulhava, em Burton, no ar fresco. Quão fresco, quão calmo, mais sereno que este, sem dúvida, era o ar de manhã cedo; como o estalo de uma onda; o beijo de uma onda; gélido e cortante e contudo (para uma garota de dezoito anos que ela era então) solene, sentindo como ela sentia, ali, parada à porta aberta, que algo terrível estava por acontecer; contemplando as flores, as árvores com a fumaça se desenrolando e as gralhas subindo, descendo; parada e olhando até que Peter Walsh disse. "Devaneando no meio das verduras?" – fora isso? – "Prefiro as pessoas a couves-flores" – fora isso? Ele deve ter dito isso durante o café numa manhã em que ela tinha saído para o terraço – Peter Walsh. Ele estaria de volta da Índia num dia desses, em junho ou julho, ela esqueceu qual deles, pois suas cartas eram terrivelmente maçantes; era de suas frases que a gente se lembrava; seus olhos, seu canivete, seu sorriso, suas rabugices e, quando milhões de coisas tinham definitivamente desaparecido – quão estranho era isso! – umas poucas frases como essa sobre verduras.

Ela se aprumou um pouco no meio-fio, esperando o furgão da Durtnall passar. Uma mulher encantadora, foi o que Scrope Purvis pensou que ela era (conhecendo-a do jeito que se conhece uma pessoa que mora ao lado, em Westminster); um quê de pássaro era o que ela tinha, do gaio, entre o verde e o azul, ágil, vivaz, embora passasse dos cinquenta e tivesse ficado bastante grisalha desde a doença. Ela ficou ali empoleirada, sem em nenhum momento tê-lo visto, esperando, muito ereta, para atravessar.

Por ter morado em Westminster – por quantos anos agora? mais de vinte – a gente sente, Clarissa estava convencida, até no meio do trânsito, ou acordando no meio da noite, uma calma ou uma solenidade especial; uma pausa indescritível; um suspense (mas podia ser o seu coração, afetado, diziam, pela *influenza*) antes de o Big Ben soar. Aí está ele! Ribombou. Primeiro um aviso, musical; depois a hora, irrevogável. Os círculos de chumbo se dissolveram no ar. Que tolos somos, pensou, cruzando a Victoria Street. Pois só os céus sabem por que a amamos assim, como a vemos assim, inventando-a, construindo-a à nossa volta, derrubando-a, criando-a de novo a cada instante; mas as mais esfarrapadas das esfarrapadas, as mais decaídas das infelizes que se sentam nos degraus da entrada das casas (a bebida, a sua ruína) fazem a mesma coisa; não é algo que possa ser administrado, estava certa disso, por leis do Parlamento, por esta simples razão: elas amam a vida. No olhar das pessoas, na ginga, no passo, na pressa; na gritaria e no alarido; nas carruagens, nos carros a motor, nos ônibus, nos furgões, no sacolejo e no passo arrastado dos homens-sanduíche; nas fanfarras; nos realejos; no triunfo e no frêmito e no insólito e intenso zumbido de algum aeroplano no alto estava o que ela amava; a vida; Londres; este momento de junho.

Pois eram meados de junho. A Guerra tinha chegado ao fim, exceto para alguém como a Sra. Foxcroft, com o coração partido, na última noite na Embaixada, porque aquele amável garoto fora morto, e agora a antiga mansão senhorial ia ficar para um primo; ou Lady Bexborough, que abrira um bazar beneficente, diziam, com o telegrama na mão, John, seu predileto, morto; mas tinha chegado ao fim; graças aos céus – ao fim. Era junho. O Rei e a Rainha estavam no Palácio. E por toda parte, embora fosse ainda tão cedo, havia uma palpitação, um bulício de pôneis a galope, um estalido de tacos de críquete; o Lord's, o Ascot, o Ranelagh e todos os outros clubes; envoltos na malha macia do ar azul-cinzento da manhã, que, à medida que o dia avançasse, iria se dissipar, assentando em suas pistas e gramados os pôneis saltitantes cujas patas dianteiras mal tocavam o chão voltavam ao ar, os irrequietos rapazes e as sorridentes moças em suas musselinas transparentes que, mesmo agora, após terem dançado a noite toda, levavam seus incríveis e peludos cachorros para um passeio; e mesmo agora, tão cedo, velhas e discretas viúvas zarpavam em seus carros a motor em missões de mistério; e os lojistas remexiam em suas vitrines, com seus diamantes e suas pedras de imitação, seus adoráveis e antigos broches verde-mar em engastes do século dezoito para atrair americanos (mas é preciso economizar, não comprar precipitadamente coisas para Elizabeth), e também ela, gostando disso como gostava, com uma absurda e fiel paixão, sendo parte disso, pois as pessoas de sua família foram cortesões, outrora, na época dos Georges, também ela ia, naquela mesma noite, brilhar e iluminar; ia dar a sua festa. Mas que estranho, ao entrar no Parque, o silêncio; a névoa; o zumbido; os alegres patos nadando com preguiça; as aves de papo num suave bamboleio; e quem seria aquele que vinha ali de costas para os edifícios do Governo, carregando, muito corretamente, uma maleta diplomática ornada com as armas reais, quem senão Hugh Whitbread; seu velho amigo Hugh – o admirável Hugh!

"Desejo-lhe um bom dia, Clarissa!", disse Hugh, um tanto exuberante, pois se conheciam desde crianças. "Para onde vai?"

"Gosto de caminhar em Londres", disse a Sra. Dalloway. "É realmente melhor do que caminhar no campo."

Eles tinham acabado de chegar à cidade para – infelizmente – consultar os médicos. Outras pessoas vinham à cidade para ver exposições; ir à ópera; levar as filhas a passeio; os Whitbreads vinham para "consultar os médicos". Eram sem conta as vezes que Clarissa visitara Evelyn Whitbread numa casa de saúde. Evelyn estava doente outra vez? Evelyn estava se sentindo um tanto indisposta, disse Hugh, sugerindo, por um muxoxo ou algum meneio do corpo – bem vestido, viril, extremamente elegante, perfeitamente guarnecido (ele estava, quase sempre, bem arrumado demais, mas presumivelmente tinha que estar, com seu carguinho na Corte) – que sua esposa tinha algum mal interno, nada sério, algo que Clarissa, velha amiga que era, entenderia perfeitamente, sem que ele precisasse entrar em detalhes. Ah, sim, ela compreendia, claro; que transtorno; e se sentia como uma irmã e estranhamente consciente, ao mesmo tempo, do seu chapéu. Não era o chapéu apropriado para o início da manhã, era? Pois Hugh sempre fazia com que ela se sentisse – quando se mexia apressado, levantando o chapéu com certo exagero e assegurando-lhe que ela podia ser uma garota de dezoito anos, e naturalmente ele iria à sua festa esta noite, Evelyn fazia absoluta questão, apenas um pouco atrasado, possivelmente, após a festa no Palácio à qual ele tinha que levar um dos filhos de Jim – um tanto pequena diante dele; como uma colegial; mas apegada a ele, um pouco por tê-lo conhecido desde sempre, porém realmente considerava-o, à sua maneira, uma boa pessoa, embora Richard quase enlouquecesse com ele, enquanto, no que tocava a Peter Walsh, não a perdoara até hoje por gostar dele.

Ela conseguia lembrar cada cena em Bourton – Peter furioso; Hugh naturalmente não é páreo para ele, sob nenhum aspecto, mas também não é um completo imbecil como pretende Peter; nem um simples janota. Quando sua velha mãe queria que ele deixasse de ir à caça ou a levasse a Bath, ele o fazia, sem reclamar; era realmente muito pouco egoísta, e quanto a dizer, como fazia Peter, que ele não tinha coração nem cérebro, nada a não ser as maneiras e a criação de um cavalheiro inglês, isso era apenas o seu querido Peter mostrando a sua pior faceta; e ele podia se tornar intolerável; podia se tornar impossível; mas adorável como companhia para passear numa manhã como esta.

(Junho tinha alongado cada folha das árvores. As mães de Pimlico davam de mamar aos seus bebês. Mensagens eram passadas da Frota para o Almirantado. A Arlington Street e a Piccadilly pareciam inflamar o próprio ar do Parque e elevar suas folhas ardentemente, brilhantemente, em ondas plenas daquela divina vitalidade que Clarissa amava. Dançar, cavalgar, ela tinha adorado tudo isso.)

Pois podiam ter ficado separados durante centenas de anos, ela e Peter; ela nunca escreveu uma só carta, e as dele eram secas; mas de súbito vinha-lhe à mente: Se ele estivesse comigo agora, o que diria? – certos dias, certas paisagens traziam-no de volta, serenamente, sem a antiga amargura; o que talvez fosse a recompensa por ter querido bem às pessoas; elas vinham de volta no meio do St James's Park, numa bonita manhã – realmente vinham. Mas Peter – por mais bonito que fosse o dia, e as árvores e a grama, e a menina de cor-de-rosa – Peter nunca via nada disso tudo. Ele poria os óculos, se ela o dissesse; ele olharia. Era a situação do mundo que o interessava; Wagner, a poesia de Pope, o caráter das pessoas, invariavelmente, e os defeitos dela própria. Como a repreendia! Como discutiam! Ela iria esposar um Primeiro-Ministro e iria se postar no alto de uma escadaria; a perfeita anfitriã, era como ele a qualificava (ela chorara no quarto por causa disso), ela tinha os predicados da perfeita anfitriã, ele dizia.

Assim, ela ainda se flagrava se remoendo no St James's Park, ainda pretendendo que estivera certa – e tinha que estar, além disso – em não se casar com ele. Pois no casamento deve haver certa liberdade, certa independência entre pessoas que vivem juntas dia após dia na mesma casa; que era o que Richard lhe proporcionava, e ela a ele. (Onde estava ele nesta manhã, por exemplo? Em alguma comissão, ela nunca perguntava de quê.) Mas, com Peter, tudo tinha que ser dividido; tudo tinha que ser esmiuçado. E era intolerável, e quando culminou naquela cena no jardinzinho junto ao chafariz, ela teve de romper com ele ou teriam sido destruídos, ambos arruinados, estava convencida disso; embora tivesse carregado durante anos, como uma flecha cravada no coração, a mágoa, a angústia;

e depois o horror do instante quando alguém lhe contou durante um concerto que ele se casara com uma mulher que conhecera num navio a caminho da Índia! Nunca esqueceria nada disso! Fria, sem coração, uma pudica, era como ele a qualificava. Ela nunca iria compreender o quanto ele se importava. Mas aquelas indianas supostamente sim – umas simplórias bobinhas, bonitinhas, fúteis. E ela desperdiçava a sua piedade. Pois ele era muito feliz, ele lhe assegurou – perfeitamente feliz, embora nunca tivesse feito qualquer coisa digna de ser comentada por eles; toda a sua vida tinha sido um fracasso. Era algo que ainda a deixava irritada.

Chegara aos portões do Parque. Ficou um instante ali parada, observando os ônibus em Piccadilly.

Não diria de ninguém no mundo, agora, que era isso ou aquilo. Sentia-se muito jovem; ao mesmo tempo, indescritivelmente envelhecida. Passava como uma lâmina através de tudo; ao mesmo tempo, ficava do lado de fora, assistindo. Tinha uma perpétua sensação, enquanto olhava os táxis, de estar longe, longe, muito longe, no meio do mar, e só; tinha sempre o sentimento de que viver, mesmo um único dia, era muito, muito perigoso. Não que se julgasse inteligente ou muito fora do comum. Não sabia como tinha feito para se arranjar na vida com os poucos fiapos de conhecimento que lhe tinham sido passados por Fräulein Daniels. Não sabia nada; nenhuma língua, nada de história; quase não lia nada agora, a não ser algum livro de memórias na cama; e, contudo, para ela, a vida era absolutamente absorvente; tudo isto; os táxis passando; e não diria de Peter, não diria de si mesma, sou isso, sou aquilo.

Seu único dom, pensou, era o de conhecer as pessoas quase que por instinto, retomando a caminhada. Se a deixavam numa sala com alguém, sua espinha logo se arqueava toda, como a de um gato; ou ronronava. A Devonshire House, a Bath House, a casa com a cacatua de porcelana, ela as tinha visto, outrora, todas iluminadas; e lembrava-se de Sylvia, Fred, Sally Seton – tanta gente; e dançando a noite toda; e as carroças se arrastando a caminho do mercado; e a volta de carro para casa pelo meio do Parque.

Lembrava-se de ter, uma vez, jogado um xelim no lago Serpentine. Mas todo mundo tinha lembranças; o que ela amava era isto, aqui, agora, à sua frente; a senhora gorda no táxi. Importava, então, perguntava-se, caminhando em direção à Bond Street, importava que ela tivesse de deixar de existir de todo, inevitavelmente; que tudo isso deveria continuar sem ela; era algo que ela lamentasse? ou não era confortante acreditar que a morte dava um fim absoluto? mas que, de algum modo, nas ruas de Londres, no fluxo e refluxo das coisas, aqui e ali, ela sobrevivia, Peter sobrevivia, viviam um no outro, ela fazendo parte, estava certa disso, das árvores lá de casa; daquela casa lá, feia, toda ela atulhada de quinquilharias tal como era; fazendo parte de um grupo de pessoas que nunca encontrara; sendo estendida como uma névoa por entre as pessoas que ela mais conhecia, que a erguiam nos seus ramos como ela tinha visto as árvores fazerem com a névoa, mas que se estenderia para cada vez mais longe, a sua vida, ela própria. Mas com que sonhava enquanto olhava a vitrine da Hatchards'? O que estava tentando recuperar? Qual imagem de branca aurora no campo, enquanto lia no livro aberto:

Não mais temas o calor do sol
Nem as iras do furioso inverno.

Essa última fase da experiência do mundo produzira em todos eles, em todos os homens e em todas as mulheres, um manancial de lágrimas. Lágrimas e mágoas; coragem e fortaleza; uma atitude perfeitamente firme e estoica. Era só pensar, por exemplo, na mulher que ela mais admirava, Lady Bexborough, abrindo o bazar.

Ali estavam o *Jorrocks's Jaunts and Jollities*; ali estavam o *Soapy Sponge* e as *Memórias* da Sra. Asquith e o *Big Game Shooting in Nigeria*, todos abertos. Eram sempre tantos os livros; mas nenhum que parecesse exatamente apropriado para levar a Evelyn Whitbread na casa de saúde. Nada que servisse para distraí-la e fazer com que aquela mulherzinha indescritivelmente murcha se mostrasse, por um momento apenas, quando Clarissa entrasse, cordial; antes que elas se acomodassem para a costumeira e interminável conversa sobre achaques femininos. Quanto desejava isso – que as pessoas se mostrassem contentes quando ela chegava, pensou Clarissa, virando-se e começando a caminhar de volta em direção à Bond Street, incomodada, porque era tolice ter motivos outros para fazer as coisas. Seria muito melhor se ela fosse uma daquelas pessoas, como Richard, que fazia as coisas por si mesmas, ao passo que ela, pensou, esperando para cruzar a rua, fazia as coisas, a metade do tempo, não simplesmente por si mesmas; mas para que as pessoas pensassem isso ou aquilo; perfeita idiotice, ela sabia (e agora o guarda levantou a mão), pois nunca ninguém, por um segundo sequer, se deixava enganar. Ah, se ela pudesse começar a vida outra vez! pensou, pisando no passeio, ela poderia até ter uma aparência diferente!

 Ela teria sido, em primeiro lugar, morena como Lady Bexborough, com uma pele de couro franzido e lindos olhos. Teria sido, como Lady Bexborough, lenta e imponente; um tanto corpulenta; interessada em política como um homem; com uma casa de campo; muito digna, muito sincera. Em vez disso, era magra como uma vara; um rostinho ridículo, bicudo como o de um pássaro. Era verdade que tinha um porte apreciável; e mãos e pés bonitos; e se vestia bem, considerando- se o pouco que gastava. Mas agora, muitas vezes, este corpo que portava (deteve-se para ver uma pintura holandesa), este corpo, com todas as suas capacidades, parecia nada – absolutamente nada. Ela tinha a mais estranha das sensações, de ser, ela própria, invisível; imperceptível; ignorada; agora sem um casamento à frente, agora sem filhos a dar à luz, mas apenas esta surpreendente e um tanto solene procissão, junto com os outros, pela Bond Street, apenas isso de ser a Sra. Dalloway; nem sequer mais Clarissa; isso de ser a Sra. Richard Dalloway.

 A Bond Street a fascinava; a Bond Street de manhã cedo na alta estação; suas flâmulas flutuando; suas lojas; sem alarde; sem lantejoulas; uma única peça de *tweed* na loja em que seu pai comprara seus ternos durante cinquenta anos; umas poucas pérolas; salmão num bloco de gelo.

"Isso é tudo", disse, observando a peixaria. "Isso é tudo", repetiu, parando por um instante diante da vitrine de uma loja de luvas na qual, antes da Guerra, se podia comprar luvas quase perfeitas. E seu velho tio William costumava dizer que se conhece uma dama pelos sapatos e pelas luvas. Ele se virou na cama uma certa manhã no meio da Guerra. Ele disse: "Para mim chega". Luvas e sapatos; tinha uma paixão por luvas; mas sua própria filha, sua Elizabeth, não dava a mínima importância para nenhuma dessas coisas.

A mínima importância, pensou, subindo a Bond Street, em direção a uma loja em que reservavam flores para ela quando dava uma festa. Era realmente com o seu cachorro, acima de tudo, que Elizabeth se importava. A casa inteira cheirava, nesta manhã, a alcatrão. Ainda assim, antes o pobre Grizzle do que a Srta. Kilman; antes a cinomose e o alcatrão e tudo o mais do que ficar sentada, trancada num quarto abafado, com um livro de orações! Antes qualquer outra coisa, estava inclinada a dizer. Mas podia ser apenas uma fase, no dizer de Richard, como as que todas as garotas atravessam. Podia estar apaixonada. Mas por que pela Srta. Kilman? que tinha sido bastante maltratada, sem dúvida; deve-se levar isso em conta, e Richard disse que ela era muito capaz, que tinha uma mente realmente histórica. De qualquer modo, elas eram inseparáveis, e Elizabeth, sua própria filha, ia à comunhão; e a maneira como se vestia, como tratava as pessoas que vinham à casa, convidadas para o almoço, ela não dava a mínima importância, a experiência lhe dizia que o êxtase religioso tornava as pessoas rígidas (as causas também); entorpecia-lhes os sentimentos, pois a Srta. Kilman faria qualquer coisa pelos russos, morreria de fome pelos austríacos, mas na vida pessoal causava verdadeiros sofrimentos, insensível como era, vestida com sua gabardine verde. Vestia aquela gabardine ano após ano; ela transpirava; ela era incapaz de permanecer numa sala cinco minutos sem fazer com que sentíssemos a sua superioridade, a nossa inferioridade; como ela era pobre; como éramos ricos; como ela vivia num pardieiro sem uma almofada ou uma cama ou um tapete ou seja lá o que fosse, toda a sua alma enferrujada com aquele ressentimento que se incrustava nela, sua demissão da escola durante a Guerra – pobre, amarga e infeliz criatura! Pois não era ela que a gente odiava, mas a ideia dela, ideia que sem dúvida acabara por agregar muita coisa que não era a Srta. Kilman; que se tinha tornado um desses espectros com os quais nos engalfinhamos durante a noite; um desses espectros que se escarrancham em cima da gente e sugam a metade de nosso sangue, dominadores e tiranos; pois, sem dúvida, num outro lance dos dados, tivesse predominado o preto e não o branco, ela teria gostado da Srta. Kilman! Mas não neste mundo. Não.

Roía-lhe, contudo, ter este monstro brutal se mexendo dentro dela! ouvir gravetos estalando e sentir cascos fincados nas profundezas dessa floresta coberta de camadas e camadas de folhas, a alma; nunca estar inteiramente contente, ou inteiramente segura, pois a qualquer momento a fera podia estar se mexendo, este ódio que, especialmente desde a sua doença, tinha o poder de fazê-la sentir-se arranhada, ferida na espinha; que lhe causava dor física, e que sacudia, balançava e vergava todo o prazer que pudesse ter na beleza, na amizade, em sentir-se bem, em sentir-se amada e tornar sua casa agradável, como se de fato houvesse um monstro escavando as raízes, como se toda a panóplia de contentamento não fosse nada além de amor-próprio! este ódio!

Bobagem, bobagem! exclamou para si mesma, empurrando as portas de vaivém para entrar na Mulberry, a floricultura.

Seguiu em frente, ágil, alta, toda aprumada, para logo ser saudada pela figura de rosto redondo da Srta. Pym, cujas mãos tinham sempre um vermelho brilhante, como se tivessem permanecido mergulhadas na água fria junto com as flores.

Havia flores de todo tipo: delfínios, ervilhas-de-cheiro, molhos de lilás; e cravos, montes de cravos. Havia rosas; havia íris. Oh, sim... aspirava, assim, o doce aroma de terra de jardim, enquanto conversava com a Srta. Pym, que lhe devia favores, e a julgava bondosa, pois tinha sido bondosa anos atrás; muito bondosa, mas parecia mais velha este ano, virando a cabeça de um lado para o outro, entre as íris e as rosas e os tufos de lilás caídos, com os seus olhos meio cerrados, sorvendo, após o burburinho da rua, o delicioso perfume, o delicado frescor. E depois, abrindo os olhos, que frescas pareciam as rosas, como roupas de linho pregueadas que acabaram de chegar da lavanderia em cestas de vime; e sombrios e soberbos os cravos rubros, mantendo suas corolas erguidas; e todas as ervilhas-de-cheiro espalhando-se em suas bandejas, tingidas de roxo, brancas como neve, pálidas – como se fosse tardezinha e moças em saias de musselina viessem colher ervilhas-de-cheiro e rosas depois que o magnífico dia de verão, com seu céu quase azul-marinho, seus delfínios, seus cravos, seus lírios, tivesse findado; e era o momento entre as seis e as sete em que cada flor – rosas, cravos, íris, lilases – se inflama; branco, violeta, rubro, laranja forte; cada flor parece arder por si só, suavemente, simplesmente, nos canteiros enevoados; e como adorava as mariposas cinza-claro volteando sobre a baunilha-de-jardim, sobre as prímulas vespertinas!

E enquanto ia, com a Srta. Pym, de jarro em jarro, escolhendo, bobagem, bobagem, dizia para si mesma, cada vez mais suavemente, como se esta beleza, este perfume, esta cor, e a Srta. Pym gostando dela, confiando nela, fossem uma onda pela qual se deixava envolver e que sobrepujava aquele ódio, aquele monstro, sobrepujava tudo; e a levava para o alto, cada vez mais para o alto, quando – oh! um revólver detonou na rua lá fora!

"Meu Deus, esses carros a motor", disse a Srta. Pym, indo até a janela para espiar, e voltando e sorrindo à guisa de desculpas, com as mãos cheias de ervilhas-de-cheiro, como se esses carros, esses pneus fossem tudo culpa *sua*.

A violenta explosão que sobressaltou a Sra. Dalloway e levou a Srta. Pym até a vitrine e a se desculpar vinha de um automóvel que havia parado junto ao meio-fio, exatamente do lado oposto ao da vitrine da floricultura Mulberry. Os transeuntes que naturalmente pararam para olhar mal tiveram tempo de vislumbrar um rosto da maior importância contra o estofado gris-pérola antes que uma mão masculina baixasse a cortina e não houvesse nada para ser visto a não ser uma nesga de gris-pérola.

Contudo os rumores logo começaram a circular, do meio da Bond Street até a Oxford Street, de um lado, até a perfumaria Atkinson, do outro, passando, invisível, inaudivelmente, como uma nuvem, veloz, feito um véu, por sobre as colinas, caindo, de fato, com algo da súbita sobriedade e placidez de uma nuvem, sobre rostos que um segundo antes tinham se mostrado absolutamente desalinhados. Mas agora o mistério os tinha roçado com a sua asa; tinham ouvido a voz da autoridade; o espírito da religião estava à solta com os olhos hermeticamente vendados e a boca escancarada. Mas ninguém sabia de quem era o rosto vislumbrado. Do Príncipe de Gales, da Rainha, do Primeiro-Ministro? De quem era o rosto? Ninguém sabia.

Edgar J. Watkiss, com seu rolo de cano de chumbo ao redor do braço, disse, de maneira a ser ouvido, para fazer graça, sem dúvida: "O caarro do Priimeirro-Miinistro".

Septimus Warren Smith, que não conseguia passar, ouviu o que ele disse.

Septimus Warren Smith, de mais ou menos trinta anos, rosto pálido, nariz afilado, calçando sapatos marrons e vestindo um casaco surrado, com olhos cor de avelã que tinham aquela aura de apreensão que tornava pessoas totalmente estranhas igualmente apreensivas. O mundo erguera seu chicote; onde iria ele se abater?

Tudo tinha parado por completo. A trepidação dos motores soava como uma pulsação martelando irregularmente ao longo de todo um corpo. O sol se tornou extraordinariamente quente porque o carro parara defronte à vitrine da Mulberry; senhoras velhas no andar de cima dos ônibus abriram suas sombrinhas pretas; com um estalido, uma sombrinha verde abriu-se aqui, outra, vermelha, ali adiante. A Sra. Dalloway, indo até a janela com os braços carregados de ervilhas-de-cheiro, olhou para fora, o pequeno e rosado rosto marcado pela curiosidade. Todos observavam o carro. Septimus observava. Rapazes saltavam das bicicletas. O tráfego tornava-se mais pesado. E o carro ficou ali parado, com as cortinas baixadas, e elas tinham um estampado curioso, como uma árvore, pensou Septimus, e essa convergência gradual de tudo diante de seus olhos para um único centro, como se algum horror houvesse chegado quase à superfície e estivesse prestes a irromper em chamas, deixou-o aterrorizado. O mundo tremia e oscilava e ameaçava irromper em chamas. Sou eu quem está impedindo o trânsito, pensou. Não era ele que estava sendo observado e apontado; não estava ele oprimido ali, fixado à calçada, por algum desígnio? Mas qual?

"Vamos, Septimus", disse sua esposa, uma mulher baixinha, com olhos enormes num rosto pálido e afilado; uma moça italiana.

Mas a própria Lucrezia não conseguia deixar de olhar para o carro e para a estampa de árvores das cortinas. Era a Rainha que estava ali dentro, a Rainha indo às compras?

O chofer, que estivera abrindo algo, ajeitando algo, fechando algo, voltou ao seu posto.

"Vamos", disse Lucrezia.

Mas o marido — pois fazia agora quatro, cinco anos, que estavam casados — sobressaltou-se, pôs-se a andar e disse: "Está bem!", irritado, como se ela o tivesse interrompido.

As pessoas devem notar; as pessoas devem perceber. As pessoas, ela pensou, observando a multidão que tinha os olhos fixados no carro; as pessoas inglesas, com seus filhos e seus cavalos e suas roupas, que ela, de certa forma, admirava; mas que eram, agora, "pessoas", porque Septimus havia dito "vou me matar"; uma coisa horrível de ser dita. E se o tivessem ouvido? Olhou a multidão. Socorro, socorro! tinha vontade de gritar para os garotos da entrega de carne e para as mulheres. Socorro! Ainda há pouco, no último outono, ela e Septimus tinham estado no Embankment, envoltos no mesmo casaco, Septimus lendo um jornal em vez de conversar, e ela o arrancara das mãos dele e rira na cara do velho que os observava! Mas o fiasco a gente esconde. Ela tinha que tirá-lo dali e levá-lo para algum parque.

"Agora vamos atravessar", disse ela.

Ela tinha direito ao seu braço, ainda que paralisado. Ele daria a ela, que era tão simples, tão impulsiva, só vinte e quatro anos, sem amigos na Inglaterra, que por causa dele tinha deixado a Itália, um pedaço de osso.

O carro, com suas cortinas arriadas e um ar de inescrutável reserva seguiu em direção à Piccadilly, ainda sob os olhares curiosos, ainda encrespando os rostos em ambos os lados da rua com a mesma e sombria lufada de veneração – se pela Rainha, pelo Príncipe ou pelo Primeiro-Ministro ninguém sabia. O rosto em si fora visto, apenas uma vez e por uns poucos segundos, por três pessoas. Até mesmo o sexo estava agora em discussão. Mas não podia haver nenhuma dúvida de que a potestade estava sentada no seu interior; a potestade estava passando, incógnita, pela Bond Street, separada por não mais que um palmo da gente comum que podia agora, pela primeira e última vez, ficar a poucos passos da majestade da Inglaterra, do duradouro símbolo do Estado que será revelado a curiosos antiquários, ocupados em esquadrinhar as ruínas do tempo, quando Londres for uma trilha tomada pela vegetação e todas essas pessoas se apressando ao longo do passeio nesta manhã de quarta-feira não forem mais que ossos, com umas poucas alianças misturadas ao seu pó e às obturações de ouro de incontáveis dentes cariados. O rosto que ia no carro a motor será então revelado.

É provavelmente a Rainha, pensou a Sra. Dalloway, saindo da Mulberry com suas flores; a Rainha. E por um segundo assumiu um ar de extrema dignidade, parada à luz do sol à porta da floricultura, enquanto o carro, com as cortinas arriadas, passava em marcha lenta. A Rainha indo a algum hospital; a Rainha indo inaugurar algum bazar beneficente, pensou Clarissa.

A afluência de pessoas era espantosa para aquela hora do dia. Lord's, Ascot, Hurlingham, qual deles seria? perguntou-se, pois a rua estava impedida. As classes médias britânicas, sentadas lateralmente no andar de cima dos ônibus, com pacotes e guarda-chuvas, sim, até mesmo com casacos de pele num dia como este, eram, pensava ela, mais ridículas, mais discrepantes de qualquer coisa que alguma vez tenha existido do que se possa imaginar; e a própria Rainha presa ali; a própria Rainha impedida de passar. Clarissa estava detida num lado da Brook Street; Sir John Buckhurst, o antigo juiz, no outro, com o carro entre eles (Sir John ditara as regras durante anos e apreciava uma mulher bem-vestida), quando o chofer, com uma inclinação mínima, disse ou mostrou algo ao guarda, que fez uma saudação e levantou o braço e balançou a cabeça e fez o ônibus se afastar para o lado e o carro foi adiante. Lenta e muito silenciosamente seguiu o seu caminho.

Clarissa adivinhou; Clarissa sabia, sem dúvida; ela tinha visto algo branco, mágico, circular, na mão do batedor, um disco com um nome inscrito – da Rainha, do Príncipe de Gales, do Primeiro-Ministro? – que, por força de seu próprio fulgor, abria caminho a fogo (Clarissa viu o carro diminuindo, desaparecendo), para ir brilhar entre candelabros, galões reluzentes, peitos retesados portando insígnias de folha de carvalho, Hugh Whitbread e todos os seus colegas, os cavalheiros da Inglaterra, nesta noite, no Palácio de Buckingham. E Clarissa, ela também, dava uma festa. Ela se empertigou um pouco; assim iria se postar no alto de sua escadaria.

O carro se fora, mas deixara uma leve reverberação, que fluía pelas luvarias e pelas chapelarias e pelas alfaiatarias em ambos os lados da Bond Street. Por trinta segundos todas as cabeças estiveram voltadas para a mesma direção – para as vitrines. As senhoras que escolhiam um par de luvas – deveriam ir até o cotovelo ou mais acima, amarelo-limão ou cinza-claro? – se detiveram; quando a frase chegou ao fim, algo tinha acontecido. Algo tão insignificante em suas manifestações individuais que nenhum instrumento matemático, embora capaz de transmitir choques ocorridos na China, conseguiria registrar-lhe a vibração; mas verdadeiramente formidável, em sua totalidade, e emocionante, em seu apelo coletivo; pois em todas as chapelarias e alfaiatarias, estranhos entre si trocaram olhares e pensaram nos mortos; na bandeira; no Império. Num *pub* situado numa viela, um habitante de uma das colônias proferiu um insulto à Casa de Windsor, provocando rixas, copos de cerveja quebrados e uma algazarra geral, que, estranhamente, foram ecoar no outro lado da rua, nos ouvidos das moças que compravam roupas íntimas de cor branca, enfeitada com debrum de um branco imaculado, para o enxoval de casamento. Pois a agitação produzida na superfície pela passagem do carro tocava, à medida que se extinguia, algo de muito profundo.

Deslizando pela Piccadilly, o carro dobrou na St James's Street. Homens de alta estatura, homens de físico robusto, homens bem-vestidos, com seus fraques e com seus coletes brancos e com seus cabelos penteados para trás, que, por razões difíceis de discriminar, permaneciam de pé junto à *bow window* do White's, com as mãos atrás das abas do fraque, olhando através da vidraça, perceberam instintivamente que a potestade estava passando, e a pálida luz da imortal presença desceu sobre eles, tal como descera sobre Clarissa Dalloway. Imediatamente se endireitaram ainda mais, e tiraram as mãos das costas, e pareciam prontos a seguir o seu Soberano, se necessário fosse, até a linha de fogo, como tinham feito, antes deles, os seus ancestrais. Os bustos brancos e as mesinhas do fundo, cobertas de exemplares do *Tatler* e sifões de água gasosa, pareciam aprovar; pareciam sugerir os trigais ondulantes e as mansões senhoriais da Inglaterra; e devolver o débil zumbido das rodas do carro, tal como as paredes de uma galeria acústica devolvem uma voz única que é amplificada e se torna sonora pela potência de toda uma catedral. Moll Pratt enrolada em seu xale, com suas flores sobre a calçada, desejou felicidades ao adorável jovem (era o Príncipe de Gales, com certeza) e teria jogado o que valia um caneco de cerveja – um buquê de rosas – ao chão da St James's Street, por puro prazer e desprezo pela pobreza, se não tivesse percebido o olho do guarda sobre ela, desencorajando a lealdade de uma velha irlandesa. As sentinelas do St James's Palace prestaram continência; o guarda da Rainha Alexandra retribuiu.

Uma pequena multidão se formara, nesse meio tempo, diante dos portões do Palácio de Buckingham. Desanimados, mas confiantes, gente pobre, todos, eles esperavam; observavam o próprio Palácio, com a bandeira ondulante; observavam a Rainha Vitória, equilibrando-se em seu pedestal, admiravam os seus repuxos, os seus gerânios; destacavam, dentre os carros que passavam pela Mall, primeiro este, depois aquele; depositavam sua emoção, inutilmente, em simples plebeus que tinham saído para um passeio de carro;

recolhiam sua homenagem, para não desperdiçá-la, quando passava este carro ou aquele outro; e o tempo todo deixavam que o rumor lhes entupisse as veias e mexesse com os nervos das pernas só de pensar na Realeza dirigindo-lhes um olhar; a Rainha, um aceno com cabeça; o Príncipe, uma saudação; só de pensar na vida paradisíaca divinamente proporcionada aos Reis; nos escudeiros e nas mesuras exageradas; na antiga casa de boneca da Rainha; na Princesa Mary casada com um inglês, e o Príncipe – ah! o Príncipe! que puxara tanto, diziam, ao velho Rei Edward, mas que era muito mais esguio. O Príncipe morava no St James's Palace; mas podia chegar, durante a manhã, para visitar a mãe.

Foi o que disse Sarah Bletchley, com o bebê nos braços, virando os pés para cima e para baixo como se estivesse junto à grade de sua lareira em Pimlico, mas mantendo os olhos no Mall, enquanto Emily Coates esquadrinhava as janelas do Palácio e pensava nas criadas, nas incontáveis criadas, nos aposentos, nos incontáveis aposentos. Engrossada por um senhor de idade com um terrier escocês, por homens sem ocupação, a multidão aumentava. O baixinho Sr. Bowley, que morava na mansão Albany e que tinha sido impermeabilizado com cera contra as mais profundas fontes de vida, mas que podia se tornar permeável, subitamente, inapropriadamente, sentimentalmente, em virtude desse tipo de coisa – mulheres pobres esperando para ver a Rainha passar – mulheres pobres, criancinhas lindas, órfãos, viúvas, a Guerra – tsc-tsc – tinha realmente lágrimas nos olhos. Uma brisa, ondulando muito calidamente ao longo da Mall, por entre as mirradas árvores, ao longo dos heróis esculpidos em bronze, hasteou alguma bandeira no coração britânico do Sr. Bowley, e ele levantou o chapéu quando o carro virou na Mall e assim o manteve enquanto o carro se aproximava; e deixou que as mães pobres de Pimlico se apertassem contra ele, e se postou todo aprumado. O carro seguiu em frente.

De repente a Sra. Coates olhou para o céu. O som de um aeroplano penetrava sinistramente nos ouvidos da multidão. Lá vinha ele por sobre as árvores, deixando atrás uma fumaça branca, que se espiralava e se enroscava, efetivamente escrevendo alguma coisa! formando letras no céu! Todo mundo olhou para cima.

Tendo mergulhado, o aeroplano arremeteu reto para o alto, fez um *loop*, acelerou, mergulhou, subiu, e não importando o que fazia, não importando para onde ia, deixava para trás uma faixa espessa e emaranhada de fumo branco que se enrolava e encaracolava desenhando letras no céu. Mas quais letras? Era um C? um E, depois um L? Por um instante apenas, mantiveram-se estáticas; depois se remexeram e se fundiram e foram varridas do céu, e o aeroplano disparou para mais longe ainda e, de novo, num pedaço limpo do céu, começou a escrever um K, um E, um Y talvez?

"Glaxo", disse a Sra. Coates, numa voz tensa, apreensiva, olhando fixamente para o alto, e o bebê dela, pálido e imóvel em seus braços, olhava fixamente para o alto.

"Kreemo", murmurou a Srta. Bletchley, como uma sonâmbula. Com o chapéu absolutamente imóvel na mão, o Sr. Bowley olhava fixamente para o alto. Ao longo de toda a Mall, as pessoas paravam e olhavam para o céu. Enquanto olhavam, o mundo inteiro tornou-se absolutamente silencioso, e um bando de gaivotas cruzou o céu, primeiro uma gaivota na frente, depois outra, e nessa paz e nesse silêncio extraordinários, nessa palidez, nessa pureza, os sinos bateram onze vezes, o som extinguindo-se lá em cima, entre as gaivotas.

O aeroplano virou e subiu e mergulhou exatamente onde queria, veloz, solto, como um patinador...

"É um E", disse a Sra. Bletchley – ou um dançarino...

"É *toffee*", murmurou o Sr. Bowley – (e o carro entrou pelos portões e ninguém lhe deu atenção), e suspendendo a fumaça, para longe, cada vez mais longe, ele disparou, e a fumaça se diluiu, agregando-se em torno das formas brancas e largas das nuvens.

Ele tinha ido embora; estava atrás das nuvens. Não havia nenhum som. As nuvens às quais as letras E, G ou L tinham se juntado se moviam livremente, como que destinadas a cruzar do Ocidente para o Oriente, numa missão da maior importância e que nunca seria revelada, e contudo certamente era isso que era – uma missão da maior importância. Então, de repente, feito um trem que sai de um túnel, o aeroplano irrompeu de novo de trás das nuvens, o som zunindo nos ouvidos de todas as pessoas na Mall, no Green Park, em Piccadilly, na Regent Street, no Regent's Park, e a faixa de fumaça curvou-se atrás e ele baixou, e elevou-se e escreveu uma letra atrás da outra – mas que palavra estava ele escrevendo?

Lucrezia Warren Smith, sentada ao lado do marido num banco do Regent's Park, na alameda Broad Walk, olhou para cima.

"Olha, olha, Septimus!", exclamou. Pois o Dr. Holmes dissera-lhe para fazer o marido (que não tinha nada de sério, só não estava nos seus melhores dias) se interessar por coisas para além dele.

Pois bem, pensou Septimus, olhando para cima, eles estão me fazendo sinais. Não, na verdade, em palavras reais; quer dizer, ele ainda não era capaz de ler a língua; mas era mais do que evidente, essa beleza, essa rara beleza, e as lágrimas enchiam-lhe os olhos enquanto observava as palavras de fumaça se definhando e se dissolvendo no céu e propiciando-lhe, em sua inexaurível complacência e luxuriante bondade, uma figura atrás da outra de inimaginável beleza e indicando sua intenção de proporcionar-lhe, por nada, para sempre, simplesmente para olhar, beleza, mais beleza! Lágrimas rolavam-lhe pelas faces.

Era *toffee*; estavam anunciando *toffee*, disse uma babá a Rezia. Juntas começaram a soletrar t... o... f...

"K... R...", disse a babá, e Septimus ouviu-a dizer-lhe "Cá Erre" próximo ao seu ouvido, profundamente, suavemente, como um órgão melodioso, mas com um rascado na voz, como o de um gafanhoto, que lhe arranhava deliciosamente a espinha e que fazia subir ao cérebro ondas de som que, chocando-se, rompiam-se. Uma descoberta maravilhosa, não restava dúvida – que a voz humana, sob certas condições atmosféricas (pois devemos ser científicos, sobretudo científicos), pode despertar as árvores para a vida! Felizmente, com um peso tremendo, Rezia pôs-lhe as mãos sobre os joelhos, de maneira que ele se prostrou, paralisado, do contrário a emoção dos olmos se erguendo e se vergando, se erguendo e se vergando, com todas as suas folhas inflamadas, e a cor se diluindo e se adensando, indo desde o azul até o verde de uma onda oca, como um penacho na cabeça de um cavalo, como plumas na cabeça de uma dama, de tão altivamente, de tão soberbamente que se erguiam e se vergavam, o teria enlouquecido. Mas ele não ia enlouquecer. Fecharia os olhos; não veria mais.

Mas elas acenavam; as folhas estavam vivas; as árvores estavam vivas. E as folhas, ligadas como estavam por milhões de fibras com seu próprio corpo ali no banco, abanavam-no para cima e para baixo; quando o galho se esticava, ele também fazia esse meneio. Os pardais esvoaçando, subindo e descendo em jorros chanfrados faziam parte do arranjo; o branco e o azul raiados por ramos negros. Premeditadamente, os sons produziam harmonias; os espaços entre eles eram tão significativos quanto os sons. Uma criança chorava. No mesmo instante, uma trombeta soou ao longe. Tudo aquilo reunido significava o nascimento de uma nova religião...

"Septimus!", disse Rezia. Ele teve um violento sobressalto. As pessoas devem ter notado.

"Vou até o chafariz e volto em seguida", disse ela.

Pois ela não podia mais suportar aquilo. O Dr. Holmes podia dizer que ele não tinha nada de sério. Muito melhor para ela que ele estivesse morto! Ela não conseguia ficar sentada ao seu lado quando ele ficava com esse olhar fixo, sem olhar para ela, e tornava tudo terrível; céu e árvore, crianças brincando, empurrando carrinhos, soprando apitos, caindo; tudo ficava terrível. E ele não iria se matar; e ela não podia contar para ninguém. "Septimus tem trabalhado muito" – era tudo o que podia dizer à mãe. Amar nos torna solitários, pensou. Não podia contar para ninguém, agora nem mesmo a Septimus, e, olhando para trás, viu-o sentado no banco, com seu casaco surrado, sozinho, encolhido, o olhar fixo. E era covarde da parte de um homem dizer que ia se matar, mas Septimus tinha lutado; ele era corajoso; ele não era Septimus agora. Ela punha a sua gola de renda. Punha o seu chapéu novo e ele nunca notava; e era feliz sem ela. Nada poderia fazê-la feliz sem ele! Nada! Ele era um egoísta. É como os homens são. Pois ele não estava doente. O Dr. Holmes disse que ele não tinha nada de sério.

Ela espalmou a mão à sua frente. Olha! Sua aliança escorregou – ela tinha ficado tão magra. Quem sofria era ela – mas não tinha ninguém a quem contar.

Longe estavam a Itália e as casas brancas e o quarto onde suas irmãs ficavam sentadas fazendo chapéus, e todas as noites as ruas cheias de gente passeando, rindo alto, não vivas apenas pela metade como as pessoas daqui, enfiadas em cadeiras de Bath, olhando para umas poucas e horrorosas flores metidas em vasos!

"Pois vocês deviam ver os jardins de Milão", disse ela em voz alta. Mas para quem?

Não havia vivalma. Suas palavras se extinguiam. Assim se extingue um foguete. Suas centelhas, tendo riscado seu caminho na noite, a ela se rendem, a escuridão cai, espraia-se sobre os contornos das casas e das torres; ermas encostas se atenuam e desabam. Mas ainda que tenham desaparecido, a noite está cheia delas; privadas de cor, despidas de janelas, elas existem mais solidamente, revelam o que a franca luz do dia não consegue transmitir – a perturbação e a expectativa das coisas aglomeradas ali na escuridão; grudadas umas às outras na escuridão; usurpadas do alívio que traz a aurora quando, banhando as paredes de branco e cinza, sarapintando cada vidraça, levantando a névoa dos campos, revelando as vacas castanho-avermelhadas pastando calmamente, tudo se torna uma vez mais enfeitado para o benefício dos olhos; existe de novo. Estou só; estou só! exclamou ela, junto ao chafariz, no Regent's Park (contemplando o indiano e sua capelinha), como talvez à meia-noite, quando todas as fronteiras se desfazem, o país volta à sua forma antiga, tal como os romanos o viram, todo enevoado, quando desembarcaram, e as colinas não tinham nome e os rios serpenteavam eles não sabiam para onde – assim era a escuridão dela; quando, de repente, como se uma plataforma tivesse surgido e ela estivesse em cima dela, ela contou que era a esposa dele, tendo se casado em Milão anos atrás, a esposa dele, e não diria nunca, nunca, que ele estava louco! Virando, a plataforma desabou; ao fundo, ao fundo ela foi. Pois ele saíra, pensou ela – saíra, como ameaçara, para se matar – para se atirar embaixo de uma carroça! Mas não; ali estava ele; ainda sentado sozinho no banco, com seu casaco surrado, as pernas cruzadas, o olhar fixo, falando em voz alta.

Os homens não devem derrubar as árvores. Existe um Deus. (Ele anotava essas revelações no verso de envelopes.) Mudem o mundo. Ninguém mata por ódio. Divulguem isso (ele anotou). Ele esperava. Ele estava à escuta. Um pardal, empoleirado na grade da cerca em frente, chilreou Septimus, Septimus, quatro ou cinco vezes seguidas e prosseguiu, prolongando suas notas, para cantar, com frescor e estridência, em palavras gregas, como não existe nenhum crime e, reforçado por outro pardal, cantaram com vozes prolongadas e estridentes, em palavras gregas, desde as árvores do prado da vida até o outro lado de um rio onde vagueiam os mortos, que não há nenhuma morte.

Ali estava a sua mão; ali, os mortos. Coisas brancas estavam se juntando atrás das grades do outro lado. Mas ele não ousava olhar. Evans estava atrás das grades!

"O que você está dizendo?", disse Rezia de repente, sentando-se ao lado dele.

Interrompido outra vez! Ela estava sempre interrompendo.

Longe das pessoas – deviam ir para longe das pessoas, disse ele (levantando-se de repente), ir logo para lá, onde havia cadeiras embaixo de uma árvore, e a longa lomba do Parque caía como uma peça de pano verde, com uma bambolina de fumaça azul e rosa bem no alto, e havia, ao longe, uma barreira de casas irregulares turvadas pela fumaça, o tráfego zumbia num círculo, e, à direita, animais cor de canela esticavam os pescoços compridos por sobre as cercas do zoológico, urrando, uivando. Ali eles se sentaram debaixo de uma árvore.

"Olha", implorou ela, apontando para um pequeno grupo de garotos que carregavam varetas de críquete, dentre os quais um arrastava os pés e girava sobre os calcanhares, como se estivesse atuando como palhaço num espetáculo de variedades.

"Olha", implorou ela, pois o Dr. Holmes lhe tinha dito que o fizesse observar coisas reais, ir a um teatro de variedades, jogar críquete – esse era o jogo certo, dissera o Dr. Holmes, um belo jogo ao ar livre, o jogo certo para o seu marido.

"Olha", repetiu ela.

Olha, ordenou-lhe o invisível, a voz que agora se comunicava com ele que era o maior dentre os homens, Septimus, há pouco levado da vida para a morte, o Senhor que viera para renovar a sociedade, que se estendia como uma colcha, um manto de neve atingido apenas pelo sol, para sempre inextinguível, sofrendo para sempre, o bode expiatório, o eterno sofredor, mas ele não desejava isso, lamentou-se, afastando dele, com um gesto da mão, esse eterno sofrimento, essa eterna solidão.

"Olha", repetiu ela, pois ele não devia falar em voz alta para si mesmo fora de casa.

"Oh, olha", implorou-lhe. Mas o que havia ali para olhar? Uns carneiros. Era só.

O caminho para a estação de metrô do Regent's Park – poderiam eles dizer-lhe qual era o caminho para a estação de metrô do Regent's Park? – queria saber Maisie Johnson. Ela chegara de Edimburgo havia apenas dois dias.

"Por aqui, não – por ali!", exclamou Rezia, gesticulando para desviá-la, de modo que não visse Septimus.

Pareciam ambos estranhos, pensou Maisie Johnson. Tudo parecia muito estranho. Em Londres pela primeira vez, tendo vindo para assumir um cargo na loja do tio na Leadenhall Street, e caminhando agora de manhã pelo Regent's Park, esse casal sentado nas cadeiras era para ela um grande choque; a moça parecia estrangeira, o homem tinha um ar estranho; de tal forma que, bem velhinha, remexendo suas memórias, ainda iria se lembrar de como tinha caminhado pelo Regent's Park numa bela manhã de verão cinquenta anos atrás. Pois tinha só dezenove anos e arranjara, finalmente, um jeito de vir para Londres; e como era estranho, agora, esse casal ao qual tinha perguntado o caminho, e a moça se assustara e sacudira a mão, e o homem – ele parecia terrivelmente esquisito; brigando, talvez; separando-se para sempre, talvez; algo se passava, ela sabia; e agora todas essas pessoas (pois ela voltou para a Broad Walk), as fontes de pedra, as aprumadas flores, os velhos e as velhas, enfermos a maioria deles, em cadeiras de Bath – tudo parecia, depois de Edimburgo, tão estranho. E Maisie Johnson, enquanto se juntava a essa companhia beijada pela brisa, se arrastando mansamente, fitando o vazio – com esquilos pendurando-se nas árvores e alisando o pelo, borbotões de pardais esvoaçando em busca de migalhas, cães ocupados com as grades das cercas, ocupados uns com os outros, enquanto eles eram banhados pelo ar suave e morno e emprestavam ao olhar fixo e indiferente com o qual recebiam a vida um quê de fantástico e de plácido – Maisie Johnson sentiu que certamente, oh!, devia chorar (pois aquele jovem cavalheiro sentado no banco fora para ela um grande choque. Algo se passava, ela sabia).

Horror! horror! ela queria gritar. (Ela tinha abandonado sua gente; eles tinham-lhe advertido do que iria acontecer.)

Por que não tinha ficado na sua terra? lamentou-se, girando a maçaneta do portão de ferro gradeado.

Essa moça, pensou a Sra. Dempster (que guardava crostas de pão para os esquilos e frequentemente almoçava no Regent's Park), ainda não sabe nada da vida; e realmente parecia-lhe preferível ser um tanto corpulenta, um tanto vagarosa, um tanto modesta em relação às próprias expectativas. Percy bebia. Bom, preferível ter um filho, pensou a Sra. Dempster. Tinha passado um mau bocado por causa disso, e não podia deixar de sorrir à vista de uma moça como essa. Você se casará, pois é bastante bonita, pensou a Sra. Dempster. Case-se, pensou, e aí você ficará sabendo. Oh, as cozinheiras, e o resto. Todo homem tem as suas manias. Mas não sei se teria escolhido isso se tivesse adivinhado, pensou a Sra. Dempster, e mal conseguia conter o desejo de dizer umas palavras a Maisie Johnson; sentir na bochecha enrugada de seu velho e surrado rosto o beijo da piedade. Pois tinha sido uma vida dura, pensou a Sra. Dempster. O que ela não lhe tinha sacrificado? As rosas; a forma; os seus pés também. (Ela recolheu os nodosos tocos para debaixo da saia.)

Rosas, pensou ela, sarcasticamente. Tudo besteira, queridinha. Pois, realmente, tendo que comer, beber e acasalar, faça bom ou mau tempo, a vida não tinha sido um mar de rosas e, além disso, deixe-me contar-lhe, Carrie Dempster não trocaria a sua sorte pela de qualquer outra mulher em Kentish Town! Mas, piedade, implorava ela. Piedade, pela perda das rosas. Piedade era o que pedia a Maisie Johnson, parada junto aos canteiros de jacintos.

Ah, mas aquele aeroplano! Não tinha a Sra. Dempster sempre desejado conhecer lugares estrangeiros? Ela tinha um sobrinho, um missionário. Ele disparou e arremeteu. Ela sempre entrava no mar em Margate, sem perder a terra de vista, mas não tinha nenhuma paciência com mulheres que tinham medo d'água. Ele desceu e se precipitou. O coração saltava-lhe pela boca. Subiu de novo. Tem um belo rapaz no comando, presumiu a Sra. Dempster, e para longe ele ia, cada vez mais longe, veloz e evanescente, para longe, cada vez mais longe, o aeroplano disparou; planando sobre Greenwich e todos os mastros; sobre a pequena ilha de igrejas cinzentas, sobre St Paul e o resto, até onde, em ambos os lados de Londres, estendiam-se campos e bosques de um marrom escuro, nos quais destemidos tordos, num mergulho fulminante e com visão instantânea, arrebatavam o caracol, batendo-o contra a pedra, uma, duas, três vezes.

Longe, para cada vez mais longe, o aeroplano disparou, até não ser nada além de uma faísca brilhante; um anseio; uma concentração; um símbolo (foi o que pareceu ao Sr. Bentley, que aparava vigorosamente a sua faixa de grama em Greenwich) da alma do homem; de sua determinação, pensou o Sr. Bentley, contornando o cedro, em sair para fora do corpo, em ir para além de sua casa, por meio do pensamento, de Einstein, da especulação, da matemática, da teoria mendeliana – para longe o aeroplano se foi.

Então, enquanto um homem sem qualquer distinção, de aspecto desleixado, carregando uma maleta de couro, se postava nos degraus da Catedral de St Paul, e hesitava, pois que bálsamo haveria lá dentro, que calorosa acolhida, quantas tumbas com flâmulas tremulando sobre elas, insígnias de vitórias não sobre exércitos, pensou ele, mas sobre esse maldito espírito de busca da verdade que me deixa, neste momento, sem um emprego, e além disso, a Catedral nos oferece companhia, pensou, nos convida a sermos membros de uma sociedade; grandes homens fazem parte dela; mártires morreram por ela; por que não entrar, pensou ele, colocar essa maleta de couro cheia de panfletos diante de um altar, de uma cruz, o símbolo de algo que se elevou para além da busca e da indagação e da compilação de palavras e tornou-se puro espírito, incorpóreo, espectral – por que não entrar? Pensou, e, enquanto hesitava, o aeroplano passou sobre Ludgate Circus.

Estava estranho; estava quieto. Não se ouvia um som acima da corrente de tráfego. Sem piloto, é o que parecia; movido por seu livre arbítrio. E agora, virando para cima, sempre para cima, em linha reta para cima, como algo que se elevasse em êxtase, por puro deleite, deixando atrás uma fumaça branca que, fazendo voltas sobre si mesma, escrevia um T, um O, um F.

"O que estarão olhando?", perguntou Clarissa Dalloway à criada que lhe abriu a porta.

O vestíbulo da casa estava frio como uma cripta. A Sra. Dalloway levou a mão aos olhos e, enquanto a criada fechava a porta, e ela ouvia o farfalhar das saias de Lucy, sentiu-se como uma freira que deixou o mundo e se vê envolvida pelos véus familiares e pelas cantilenas de antigas orações. A cozinheira assobiava na cozinha. Ela ouvia o estalido da máquina de escrever. Era a sua vida e, inclinando a cabeça sobre a mesa do vestíbulo, entregou-se ao influxo de energia, sentiu-se abençoada e purificada, dizendo para si mesma, enquanto pegava o bloco com a anotação de um recado telefônico, como momentos como este são botões da árvore da vida, flores do breu é o que são, pensou ela (como se alguma adorável rosa tivesse florescido só para os seus olhos); nunca acreditou em Deus por um momento que fosse; com mais razão, pensou, pegando o bloco de notas, deve-se retribuir, no dia a dia, aos criados, sim, aos cães e aos canários, sobretudo a Richard, seu marido, que era o fundamento de tudo isto – dos sons alegres, das luzes verdes, da cozinheira ainda que assobiando, pois a Sra. Walker era irlandesa e assobiava o dia todo – deve-se retribuir por esse reservatório secreto de momentos raros, pensou, erguendo o bloco, enquanto Lucy esperava em pé, ao seu lado, tentando explicar que

"O Sr. Dalloway, senhora..."

Clarissa leu o recado deixado no bloco: "Lady Bruton quer saber se o Sr. Dalloway almoçará com ela hoje".

"O Sr. Dalloway, senhora, me pediu para dizer que vai almoçar fora."

"Oh, não!", disse Clarissa, e Lucy compartilhou, tal como ela pretendia, o seu desapontamento (mas não a pontada no coração); sentiu o conluio entre elas; entendeu a deixa; pensou no modo como os aristocratas amam; dourou seu próprio futuro com uma vida tranquila; e, pegando a sombrinha da Sra. Dalloway, empunhou-a como uma arma sagrada de que uma Deusa, após ter se saído honrosamente no campo de batalha, se desfaz, e colocou-a no porta-guarda-chuvas.

"Não mais temas", disse Clarissa. Não mais temas o calor do sol; pois o choque do convite de Lady Bruton a Richard para almoçar sem ela fez tremer o momento pelo qual passava, tal como uma planta no leito do rio treme ao sentir o choque de um remo que passa: assim ela se abalou: assim ela tremeu.

Millicent Bruton, cujos almoços tinham a fama de serem extraordinariamente divertidos, não a convidara. Nenhum ciúme vulgar a faria se separar de Richard. Mas ela temia o próprio tempo, e lia no rosto de Lady Bruton, como se fosse um relógio de sol talhado em pedra impassível, o encolhimento da vida; como, a cada ano que passava, sua quota se reduzia; quão pouco a margem que restava era ainda capaz de prolongar, de absorver, como nos anos de juventude, as cores, os sabores, os tons da existência, de forma que ela preenchia o espaço no qual entrava e frequentemente experimentava, parada, hesitando por um instante, à entrada do salão, um curioso suspense, do mesmo modo que um nadador, antes de mergulhar, fica parado, enquanto, embaixo dele, o mar escurece e brilha, e as ondas, que ameaçam rebentar, mas que apenas fendem delicadamente sua superfície, rolam e ocultam e incrustam, assim que se reviram, as algas com pérolas.

Ela pôs o bloco de notas na mesa do vestíbulo. Começou a subir a escada devagar, segurando-se no corrimão, como se tivesse saído de uma festa, na qual ora um amigo, ora outro lhe tivesse devolvido reflexos de seu rosto, de sua voz; como se tivesse fechado a porta e saído para a rua e ficado só, uma figura solitária contra o terror da noite, ou melhor, para dizê-lo com exatidão, contra o olhar arregalado desta prosaica manhã de junho; suave, para alguns, com o brilho de pétalas de rosa, ela o sabia, ela o sentia, ao se deter, no alto da escada, à janela aberta que deixava entrar o estalar das persianas, o ladrar dos cães, deixava entrar, pensou, sentindo-se subitamente franzida, envelhecida, murcha de seios, o engrenar, o explodir, o florescer do dia, do lado de fora das portas, do lado de fora da janela, do lado de fora do seu corpo e da sua mente, que agora falhavam, pois Lady Bruton, cujos almoços tinham a fama de serem extraordinariamente divertidos, não a convidara.

Como uma freira que se recolhe, ou uma criança que explora uma torre, ela subiu a escada, parou à janela, chegou ao banheiro. Havia o linóleo verde e uma torneira pingando. Havia um vazio no âmago da vida; um quarto no sótão. As mulheres deviam se livrar de seus ricos adereços. Ao meio-dia deviam tirar a roupa. Ela espetou o alfinete na almofadinha e pôs o chapéu amarelo de plumas em cima da cama. Os lençóis estavam imaculados, firmemente esticados numa larga faixa branca de lado a lado. Estreita, cada vez mais estreita, ficava sua cama. A vela estava pela metade e ela mergulhara na leitura das *Memórias* do Barão de Marbot. Lera, até tarde da noite, sobre a retirada de Moscou. Pois as sessões do Parlamento duravam tanto que Richard insistia, desde a sua doença, que ela devia dormir sem ser perturbada. E, na verdade, preferia ler sobre a retirada de Moscou. Ele sabia disso. Assim, o quarto era um sótão; a cama, estreita; e deitada ali, lendo, pois o sono era-lhe difícil, não conseguia se livrar de uma virgindade que sobrevivera ao parto e que grudava nela como um lençol. Encantadora na juventude, de repente chegou um momento – no rio, sob os bosques, em Clieveden, por exemplo – em que, por alguma concentração desse espírito frio, ela o decepcionara. E, depois, em Constantinopla, e uma vez mais, e mais outra. Ela podia perceber o que lhe faltava. Não era beleza; não era inteligência. Era algo central que se infiltrava; algo caloroso que rompia as superfícies e fazia reverberar o frio contato entre homem e mulher, ou entre uma mulher e outra. Pois *isso* ela podia obscuramente perceber. Era algo de que se ressentia, ela tinha um escrúpulo adquirido os céus sabem onde, ou então, era o que achava, lhe fora enviado pela Natureza (que é, invariavelmente, sábia); contudo não conseguia, às vezes, resistir a se render ao encanto, não de uma garota, mas de uma mulher, de uma mulher que lhe confessasse, como era frequente que o fizessem, alguma dificuldade, alguma loucura. E fosse por compaixão, ou pela beleza delas, ou por ser ela mais velha, ou por algum acaso – como um leve perfume, ou um violino na casa vizinha (quão estranho é o poder dos sons em certos momentos), ela, sem dúvida alguma, realmente sentia então o que os homens sentiam. Por um instante apenas, mas era o suficiente. Era uma revelação súbita, um matiz, como um rubor que tentávamos reprimir e então, à medida que se difunde, rendemo-nos à sua expansão, e nos lançamos à margem mais distante e ali trememos e sentimos o mundo chegar mais perto, túmido de algum significado espantoso, de alguma pressão de arrebatamento, que rasgava sua delicada pele e jorrava e escorria, com um alívio extraordinário, sobre os cortes e as feridas! Aí, naquele instante, ela viu uma luz; um fósforo queimando dentro de uma flor de açafrão; um significado íntimo quase pronunciado. Mas o próximo recuava; o duro abrandava. Acabara – o momento. Com esses momentos (com as mulheres também) contrastavam (enquanto largava o chapéu) a cama e o Barão de Marbot e a vela pela metade. Deitada desperta, o chão estalava; a casa iluminada de repente ficava escura, e, se levantasse a cabeça, mal conseguiria ouvir o clique da maçaneta largada tão delicadamente quanto possível por Richard, que, de meias, esgueirava-se pela escada, deixando, depois, como de costume, cair a bolsa de água quente, e praguejava! Como ela dava risadas!

   Mas essa questão do amor (pensou, largando o casaco), isso de se apaixonar por mulheres. Sally Seton, por exemplo; sua relação, nos velhos tempos, com Sally Seton. Isso não tinha sido amor, afinal?

Ela estava sentada no chão – foi sua primeira impressão de Sally – estava sentada no chão com os braços em volta dos joelhos, fumando um cigarro. Onde teria sido? Na casa dos Mannings? Dos Kinloch-Jones? Em alguma festa (onde, não estava certa), pois tinha a clara lembrança de ter perguntado ao homem que a acompanhava: "Quem é *aquela*?". E ele lhe informara, e contou que os pais de Sally não se davam bem (como isso a tinha chocado – que os pais de alguém pudessem brigar!). Mas não conseguira, a noite inteira, tirar os olhos de Sally. Era uma beleza extraordinária, do tipo que ela mais admirava, morena, olhos grandes, com aquela qualidade que, por não tê-la, sempre invejou – uma espécie de indiferença, como se pudesse dizer qualquer coisa, fazer qualquer coisa; uma qualidade mais frequente em estrangeiras do que em inglesas. Sally sempre dizia ter sangue francês nas veias, um antepassado estivera com Maria Antonieta, fora degolado, deixara um anel de rubi. Foi talvez naquele verão, numa noite após o jantar, que ela chegou, de maneira bastante inesperada, para passar um tempo em Bourton, sem um pêni no bolso, e aborrecendo a tal ponto a pobre tia Helena que ela nunca a perdoou. Tinha havido alguma grande rixa em casa. Estava literalmente sem um pêni na noite em que chegou na casa deles – tinha penhorado um broche para viajar. Saíra de casa num impulso. Ficaram sentadas, conversando, até altas horas da noite. Foi Sally quem a fez sentir, pela primeira vez, quão protegida era a vida em Bourton. Ela não sabia nada sobre sexo – nada sobre problemas sociais. Tinha visto, certa vez, um velho que caíra morto num campo – tinha visto vacas logo após darem cria. Mas tia Helena nunca gostava que se discutisse qualquer tipo de assunto (quando Sally lhe deu William Morris para ler, o livro teve que ser encapado com papel de embrulho). Ficavam ali sentadas, horas e horas, conversando no seu quarto, no último andar, conversando sobre a vida, sobre como iam reformar o mundo. Pretendiam fundar uma sociedade para abolir a propriedade privada, e realmente chegaram a escrever uma carta, mas ela nunca foi enviada. As ideias eram de Sally, claro, mas logo ela também se entusiasmou – lia Platão na cama antes do café da manhã; lia Morris; lia Shelley, um livro por hora.

Era impressionante a energia de Sally, seu talento, sua personalidade. Havia o seu jeito com as flores, por exemplo. Em Bourton, eles sempre tinham vasinhos sem graça espalhados pela mesa. Sally saía, colhia malvas, dálias – todo tipo de flores que nunca antes tinham sido vistas juntas – cortava-lhes as corolas pondo-as a nadar na água em tigelas. O efeito era extraordinário – quando se entrava para o jantar à hora do pôr do sol. (Naturalmente, tia Helena achava cruel tratar as flores desse jeito.) E a vez que ela esqueceu a esponja e saiu correndo nua pelo corredor. Aquela velha criada rabugenta, Ellen Atkins, pôs-se a resmungar: "Imaginem se algum dos cavalheiros a tivesse visto?". Ela realmente chocava as pessoas. Era uma descuidada, dizia papai.

O estranho, quando o passado vem à tona, era a pureza, a integridade de seu sentimento por Sally. Não era como o sentimento que se tem por um homem. Era completamente desinteressado e, além disso, tinha uma qualidade que só podia existir entre mulheres, entre mulheres recém-chegadas à fase adulta. De sua parte, era protetor; surgia de uma sensação de que eram unha e carne, do pressentimento de que alguma coisa estava destinada a separá-las (sempre falavam do casamento como uma catástrofe), que levava a essa galantaria, a esse sentimento protetor que era muito mais de sua parte do que da parte de Sally. Pois, naqueles dias, ela era de uma temeridade absoluta; fazia as coisas mais absurdas por pura bravata; dava voltas de bicicleta rente ao parapeito do terraço; fumava charutos. Louca, é o que ela era – muito louca. Mas o encanto era irresistível, ao menos para ela, tanto que ainda guardava a lembrança de estar no seu quarto, no último andar, pegando o jarro de água quente nas mãos e dizendo em voz alta: "Ela está sob o mesmo teto... Ela está sob o mesmo teto!".

Não, agora as palavras não significavam absolutamente nada para ela. Não conseguia apreender nem sequer um eco de sua antiga emoção. Mas podia se lembrar de ter sentido um arrepio de excitação e de ter se penteado numa espécie de êxtase (agora, enquanto tirava os grampos, colocava-os na penteadeira e começava a pentear-se, o antigo sentimento começava a vir-lhe de volta), com as gralhas exibindo-se para cima e para baixo na luz rosa do entardecer, e ter se vestido, e descido as escadas, e ter sentido, enquanto atravessava o vestíbulo, que "se tinha chegado a hora de morrer, esta seria a mais feliz das horas". Esse era o seu sentimento – o sentimento de Otelo, e ela o sentiu, estava convencida, tão intensamente quanto o que Shakespeare pretendeu que Otelo sentisse, tudo porque estava descendo para o jantar, num vestido branco, para encontrar Sally Seton!

Ela vestia uma gaze rosa – isso seria possível? Ela *parecia*, de qualquer modo, pura luz, resplandecente, como um pássaro ou um balão que tivesse entrado voando, grudado por um instante a um galho de amoreira-silvestre. Mas nada é tão estranho quando se está apaixonada (e que outra coisa seria isso senão estar apaixonada?) quanto a completa indiferença das outras pessoas. Tia Helena simplesmente saiu para caminhar após o jantar; papai lia o jornal. É possível que Peter Walsh estivesse lá, e a velha Srta. Cummings; Joseph Breitkopf certamente estava, pois vinha todo verão, o pobre velho, ficando semanas e semanas, e tinha a pretensão de ensinar-lhe alemão, mas, na verdade, tocava piano e cantava Brahms, sem nenhuma voz.

Tudo isso era apenas um pano de fundo para Sally. Ela estava de pé junto à lareira falando, naquela linda voz que fazia tudo o que ela dizia soar como uma carícia, com papai, que começava a se sentir atraído por ela, um tanto a contragosto (ele nunca se recobrou do fato de ter-lhe emprestado um de seus livros apenas para encontrá-lo encharcado no terraço), quando de repente ela disse: "Que vergonha ficarmos sentados dentro de casa!", e saíram todos para o terraço e começaram a andar de um lado para o outro. Peter Walsh e Joseph Breitkopf falavam sobre Wagner. Ela e Sally deixavam-se ficar para trás. Deu-se, então, quando passavam por um vaso de pedra cheio de flores, o momento mais extraordinário de toda a sua vida. Sally parou; arrancou uma flor; beijou-lhe os lábios. O mundo inteiro podia ter virado de ponta-cabeça! Os outros desapareceram; ali estava ela, a sós com Sally. E sentiu que lhe tinha sido dado um presente, embrulhado, e lhe tinha sido dito que era só para guardar, não para olhar – um diamante, algo infinitamente precioso, num embrulho, que, enquanto caminhavam (de um lado para o outro, de um lado para o outro), ela desembrulhou, ou era o esplendor que transluzia, a revelação, a sensação religiosa! – quando o velho Joseph e Peter se voltaram para elas:

"Admirando as estrelas?", disse Peter.

Foi como dar com o rosto numa parede de granito no escuro! Foi chocante; foi horrível!

Não por ela. Ela apenas sentia a forma como Sally já estava sendo massacrada, maltratada; sentia a hostilidade dele; seu ciúme; sua determinação de se intrometer no companheirismo que havia entre elas. Tudo isso ela viu como se vê uma paisagem sob o clarão de um relâmpago – e Sally (nunca a admirou tanto!) fazendo o que queria, galantemente, invicta. Ela deu uma risada. Fez o velho Joseph dizer-lhe os nomes das estrelas, o que ele sempre gostava de fazer, com a maior seriedade. Ela ficou ali parada: ela escutava. Ela ouvia os nomes das estrelas.

"Ah, que horror!", disse para si mesma, como se o tempo todo tivesse sabido que alguma coisa iria interromper, amargar o seu instante de felicidade.

Mas, apesar de tudo, o quanto ela veio a dever-lhe mais tarde. Sempre que pensava nele, pensava nas brigas que, por alguma razão, eles tinham – porque precisasse muito da opinião favorável dele, talvez. Ela lhe devia palavras: "sentimental", "civilizado"; elas inauguravam cada dia de sua vida como se ele a protegesse. Um livro era sentimental; uma atitude perante a vida era sentimental. "Sentimental" é o que talvez ela fosse para estar pensando no passado. O que pensaria ele, perguntou-se, quando estivesse de volta?

Que tinha ficado mais velha? Chegaria a dizê-lo, quando estivesse de volta, ou ela o veria pensando que tinha ficado mais velha? Era verdade. Ela tinha ficado, desde a sua doença, com o cabelo praticamente branco.

Ao pôr o broche sobre a mesa, teve um espasmo súbito, como se, enquanto divagava, as gélidas garras tivessem aproveitado a oportunidade para se enterrar nela. Ainda não era velha. Havia pouco fizera cinquenta e dois. Meses e meses dele ainda estavam intocados. Junho, julho, agosto! Cada um deles continuava praticamente inteiro e, como que para apanhar a gota que caía, Clarissa (atravessando o quarto para ir até a penteadeira) mergulhou no âmago mesmo daquele instante, transfixando-o, ali – o instante desta manhã de junho na qual havia a pressão de todas as outras manhãs, vendo o espelho, a penteadeira e todos os frascos como que pela primeira vez, concentrando toda a sua pessoa num único ponto (enquanto fixava o olhar no espelho), vendo o delicado e róseo rosto da mulher que iria, naquela mesma noite, dar uma festa; de Clarissa Dalloway; dela em pessoa.

Quantos milhões de vezes tinha visto o seu rosto, e sempre com a mesma e imperceptível contração! Fazia biquinho quando se olhava no espelho. Era para dar ao rosto um aspecto afilado. Aquela era ela – afilada; como uma flecha; definida. Aquela era ela quando algum esforço, algum apelo para que fosse ela mesma, juntava as partes, que só ela sabia o quanto eram diferentes, o quanto eram incompatíveis e que apenas para o mundo se recompunham assim, num único centro, num único diamante, numa única mulher que se sentava em sua sala de visitas e compunha um ponto de encontro, uma auréola, não havia dúvida, para algumas vidas apagadas, um refúgio para o qual acorriam os solitários, talvez; ajudara algumas pessoas jovens, que lhe tinham sido gratas; tentara ser sempre a mesma, nunca dando qualquer indicação de suas outras facetas – defeitos, ciúmes, vaidades, suspeições, como essa de Lady Bruton não a ter convidado para o almoço; o que, pensou (penteando finalmente o cabelo), é de uma baixeza sem tamanho! Agora, onde estava o vestido?

Seus vestidos de noite ficavam pendurados no armário. Clarissa, mergulhando a mão na maciez, delicadamente separou o vestido verde e levou-o até a janela. Estava rasgado. Alguém tinha pisado na barra. Sentira o puxão na festa da Embaixada, em cima, nas pregas. À luz artificial, o verde brilhava, mas perdia a cor, agora, à luz do sol. Ela iria remendá-lo. As criadas tinham muito o que fazer. Iria vesti-lo nesta noite. Pegaria as linhas, as tesouras, o – o quê mesmo? – o dedal, claro, e desceria para a sala de visitas, pois ela também tinha que escrever e ver se as coisas estavam, em geral, mais ou menos em ordem.

Estranho, pensou, parando no alto da escada, e recompondo aquela forma de diamante, aquela pessoa única, estranho como uma dona de casa conhece o momento exato, o exato temperamento de sua casa! Sons surdos subiam em espirais pelo vão da escadaria; o rangido de um esfregão; batidinhas secas; pancadas bruscas; uma barulheira quando a porta da frente se abria; uma voz repassando um recado no porão; o tilintar da prata numa bandeja; prata limpa para a festa. Tudo era para a festa.

(E Lucy, entrando no salão de festas com a bandeja na mão, pôs os enormes castiçais em cima da pedra da lareira, o porta-joias de prata no centro, virou o golfinho de cristal na direção do relógio. Eles viriam; permaneceriam; falariam da maneira afetada que ela sabia imitar, as damas e os cavalheiros. Dentre todos, a mais encantadora era a sua patroa, a sua senhora – a senhora da prataria, do linho, da porcelana, pois o sol, a prataria, as portas tiradas do lugar, os homens da Rumpelmayer, davam-lhe uma sensação, enquanto deixava a espátula sobre a mesa marchetada, de tarefa cumprida. Vejam! Vejam! disse ela, enquanto se espiava no espelho, dirigindo-se a seus antigos amigos da padaria de Caterham, onde tivera o seu primeiro emprego. Ela era Lady Angela servindo a Princesa Mary, quando a Sra. Dalloway entrou.)

"Oh, Lucy", disse, "a prataria parece realmente magnífica!"

"E vocês", disse, endireitando o golfinho de cristal, "vocês gostaram da peça ontem à noite?" "Oh, eles tiveram que sair antes do fim!", disse. "Tinham que estar de volta à casa às dez!", disse. "Assim, não sabem o que aconteceu", disse. "Foi realmente uma pena", disse ela (pois os criados podiam chegar mais tarde, se lhe pedissem). "Foi mesmo uma lástima", disse ela, enquanto pegava a velha e desgastada almofada no centro do sofá e depositava-a nos braços de Lucy, empurrando-a de leve e exclamando:

"Leve embora! Dê à Sra. Walker com os meus cumprimentos! Leve embora!", exclamou.

E Lucy parou à porta da sala de visitas, segurando a almofada, e disse, muito timidamente, enrubescendo um pouco: Não podia ela ajudar a cerzir aquele vestido?

Mas, disse a Sra. Dalloway, ela já tinha muita coisa a seu cargo, muita coisa que lhe cabia para se ocupar com mais isso.

"Mas, obrigada, Lucy, oh, obrigada", disse a Sra. Dalloway, e obrigada, obrigada, continuou dizendo (sentando no sofá, o vestido sobre os joelhos, com suas tesouras, suas linhas), obrigada, obrigada, continuou dizendo, por gratidão para com seus criados em geral, por ajudarem-na a ser assim, a ser o que ela desejava, gentil, de coração generoso. Os criados gostavam dela. E, depois, este seu vestido – onde estava o rasgão? e agora a sua agulha para enfiar a linha. Era um dos seus vestidos preferidos, um dos vestidos de Sally Parker, praticamente o último feito por ela, uma pena, pois Sally agora estava aposentada, e morando em Ealing, e se algum dia tiver tempo, pensou Clarissa (mas nunca mais iria ter tempo), irei visitá-la em Ealing. Pois ela era uma figura e tanto, pensou Clarissa, uma verdadeira artista. Tinha ideias um tanto fora do esquadro; mas seus vestidos nunca eram excêntricos. Podia-se vesti-los em Hatfield; no Palácio de Buckingham. Ela os tinha vestido em Hatfield; no Palácio de Buckingham.

A tranquilidade tomou conta dela, a calma, o contentamento, enquanto a agulha, suavemente transportando a linha até atingir seu manso repouso, juntava as pregas verdes e as fixava, muito levemente, à cintura. Assim as ondas, num dia de verão, se acumulam, se desequilibram, e caem; se acumulam e caem; e o mundo inteiro parece dizer "isso é tudo", com mais e mais força, até que o coração dentro do corpo que se deita ao sol na praia também diz: Isso é tudo. Não mais temas, diz o coração, deitando seu fardo em algum mar, que suspira coletivamente por todos os pesares, e se renova, recomeça, se recobra, se deixa cair. E apenas o corpo ouve a abelha que passa; a onda que quebra; o cão que late, e late e late, muito longe.

"Deus do céu, a campainha da porta da frente!", exclamou Clarissa, imobilizando a agulha. Em estado de alerta, pôs-se à escuta.

"A Sra. Dalloway irá me receber", disse o senhor de idade no vestíbulo. "Oh, sim, a *mim* ela irá receber", repetiu, afastando Lucy com muita benevolência, e subindo as escadas com toda a rapidez. "Sim, sim, sim", murmurava, enquanto corria escada acima. "Ela irá me receber. Depois de cinco anos na Índia, Clarissa irá me receber."

"Quem pode... o que pode...?", perguntou a Sra. Dalloway (pensando que era ultrajante ser interrompida às onze da manhã do dia em que iria dar uma festa), ao ouvir passos na escada. Ouviu uma mão na porta. Tentou esconder o vestido, como uma virgem protegendo sua castidade, preservando sua privacidade. Agora a maçaneta de metal desceu. Agora a porta se abriu, e ele entrou – por um segundo não conseguiu se lembrar como se chamava! tão surpresa estava de vê-lo, tão feliz, tão desconcertada, tão assustada ao ver Peter Walsh chegar inesperadamente para visitá-la de manhã! (Não tinha lido a sua carta.)

"E como está você?", disse Peter Walsh, visivelmente tremendo; tomando-lhe ambas as mãos; beijando-lhe ambas as mãos. Ficou mais velha, pensou, sentando-se. Não tocarei nesse assunto, pensou, pois ela ficou mais velha. Ela está me olhando, pensou, subitamente tomado de certo constrangimento, embora lhe tivesse beijado as mãos. Pondo a mão no bolso, tirou um enorme canivete, expondo a lâmina até a metade.

Exatamente o mesmo, pensou Clarissa; o mesmo e estranho olhar; o mesmo terno xadrez; um pouco desfigurado o rosto, um pouco mais fino, mais murcho, talvez, mas ele está muitíssimo bem, e igualzinho.

"Que bom vê-lo de novo!", exclamou. Ele tinha o canivete na mão. É bem o seu estilo, pensou.

Tinha chegado à cidade havia pouco, ontem à noite, disse ele; tinha que viajar para o interior em seguida; e como estava tudo, como estava todo mundo? Richard? Elizabeth?

"E o que significa tudo isso?", disse, apontando o canivete para o vestido verde.

Ele está muito bem vestido, pensou Clarissa; mas a *mim* ele sempre critica.

Ei-la aqui consertando o vestido; consertando o vestido como sempre, pensou; ei-la aqui, sentada por todo esse tempo em que estive na Índia; consertando o vestido; divertindo-se; indo a festas; correndo entre o Parlamento e a casa e tudo o mais, pensou ele, ficando cada vez mais irritado, cada vez mais agitado, pois não há nada de pior no mundo para as mulheres do que o casamento, pensou ele; e a política, e ter um marido do Partido Conservador, como o admirável Richard. Assim são as coisas, assim são as coisas, pensou, fechando o canivete com um clique.

"Richard está muito bem. Richard está numa reunião do Comitê", disse Clarissa.

E abriu a tesoura, e disse: ele se importava se ela apenas terminasse o que estava fazendo no vestido, pois tinham uma festa naquela noite?

"Para a qual não o convidarei", disse. "Meu querido Peter!", disse.

Mas era delicioso ouvi-la dizer aquilo – meu querido Peter! Na verdade, tudo era tão delicioso – a prataria, as cadeiras; tudo tão delicioso!

Por que ela não o convidaria para a festa? perguntou ele.

Sem dúvida, pensou Clarissa, ele é encantador! absolutamente encantador! Agora me lembro como era praticamente impossível me decidir – e por qual razão acabei me decidindo não me casar com ele, perguntou-se ela, naquele terrível verão?

"Mas é tão extraordinário que você tenha vindo esta manhã!", exclamou, pousando as mãos, uma sobre a outra, no vestido.

"Você se lembra", disse ela, "de como as persianas costumavam bater em Bourton?"

"É verdade", disse ele; e lembrava-se de como tomava o café da manhã, muito constrangido, sozinho com o pai dela; que morrera; e ele não escrevera para Clarissa. Mas ele nunca se dera bem com o velho Parry, aquele velhote ranzinza, frouxo, o pai de Clarissa, Justin Parry.

"Quisera ter me dado melhor com o seu pai", disse ele.

"Mas ele nunca gostava de ninguém que... de nossos amigos", disse Clarissa; e podia ter mordido a língua por ter, com isso, feito Peter se lembrar de que quisera se casar com ela.

Claro que eu queria, pensou Peter; isso quase me partiu o coração também, pensou ele; e foi assaltado por sua própria dor, que se erguia como uma lua vista de um terraço, sinistramente bela, à luz do dia submerso. Fui mais infeliz do que tenho sido desde então, pensou. E como se estivesse, de fato, sentado lá no terraço, aproximou-se um pouco de Clarissa; estendeu a mão; ergueu-a; deixou-a cair. Lá, acima deles, pendia aquela lua. Ela também parecia estar sentada com ele no terraço, ao luar.

"É de Herbert agora", disse ela. "Não vou mais lá".

Então, tal como acontece num terraço ao luar, quando uma das pessoas começa a se sentir constrangida por já estar enfadada, e apesar disso, enquanto a outra fica sentada em silêncio, muito quieta, tristemente olhando para a lua, sem vontade de falar, balança o pé, limpa a garganta, observa algum arabesco num pé de mesa, mexe numa folha, mas não diz nada: era exatamente o que se passava agora com Peter. Pois por que voltar assim ao passado? pensou ele. Por que fazê-lo pensar nisso outra vez? Por que fazê-lo sofrer, quando ela o tinha torturado tão infernalmente? Por quê?

"Lembra-se do lago?", disse ela, numa voz abrupta, sob a pressão de uma emoção que lhe apertava o coração, paralisava-lhe os músculos da garganta, fazendo os lábios contraírem-se num espasmo ao pronunciar a palavra "lago". Pois ela era uma criança jogando migalhas de pão para os patos, entre os pais, e ao mesmo tempo uma mulher feita, caminhando em direção aos pais à beira do lago, segurando nos braços a sua vida, a qual, à medida que se aproximava deles, aumentava mais e mais, até se tornar uma vida inteira, uma vida completa, que ela pôs à frente deles, dizendo: "Isto foi o que fiz dela! Isto!". E o que fizera dela? O quê, na verdade? perguntava-se, nesta manhã, sentada ali, com Peter, cerzindo.

Ela examinou Peter Walsh; seu olhar, atravessando todo aquele tempo e toda aquela emoção, foi, hesitantemente, parar nele; nele se fixou, em lágrimas; e se ergueu e voou, como um pássaro que toca um ramo e se levanta e voa. Muito simplesmente ela enxugou os olhos.

"Sim", disse Peter. "Sim, sim, sim", disse ele, como se ela tivesse trazido à superfície algo que, ao emergir, claramente o magoava. Chega! Chega! ele queria gritar. Pois ele não era velho; sua vida não tinha acabado; longe disso. Mal passava dos cinquenta. Devo dizer-lhe, pensou, ou não? Gostaria de passar tudo a limpo. Mas ela é fria demais, pensou; cerzindo, com a sua tesoura; Daisy pareceria vulgar ao lado de Clarissa. E ela me julgaria um fracasso, que é o que sou na acepção deles, pensou ele; na acepção dos Dalloways. Ah, sim, não tinha nenhuma dúvida sobre isso; ele era um fracasso, comparado com tudo isto – a mesa marchetada, a espátula engastada, o golfinho e os castiçais, os estofados das poltronas e as antigas e valiosas gravuras inglesas coloridas – ele era um fracasso! Detesto a pretensão da coisa toda, pensou; obra de Richard, não de Clarissa; mas ela se casara com ele. (Nisso, Lucy entrou na sala, carregando a prataria, mais prataria, mas que simpática, esbelta, graciosa ela era, pensou, enquanto se inclinava para largar a prataria.) E isso devia se passar o tempo todo! pensou; semana após semana; a vida de Clarissa; enquanto eu... pensou; e imediatamente tudo pareceu irradiar-se a partir dele; excursões; cavalgadas; brigas; aventuras; partidas de bridge; casos amorosos; trabalho; trabalho; trabalho! e puxou o canivete inteiramente aberto – seu velho canivete de cabo de osso que Clarissa podia jurar que ele tinha conservado durante esses trinta anos – e o empunhou com toda a força.

Que hábito extraordinário era esse, pensou Clarissa; sempre brincando com um canivete. Sempre, também, fazendo a gente se sentir uma frívola; uma cabeça oca; uma simples e tola tagarela, como era seu costume. Mas eu também, pensou, e, pegando a agulha, convocou, como uma Rainha cujos guardas tivessem adormecido, deixando-a desprotegida (tinha sido realmente apanhada de surpresa por essa visita – ela a tinha perturbado), de maneira que qualquer um podia chegar e vê-la, estendida no chão, com os espinheiros se vergando sobre ela, convocou em seu auxílio as coisas que ela fazia; as coisas de que gostava; o marido; Elizabeth; em suma, seu eu, que Peter mal conhecia agora, para que tudo isso se reunisse em volta dela e derrotasse o inimigo.

"Bem, e o que se passou com você?", disse ela. Tal como, antes de uma batalha começar, os cavalos escarvam o chão; empinam a cabeça; a luz brilha nos seus flancos; seu pescoço se curva; assim também Peter Walsh e Clarissa, sentados lado a lado no sofá azul, desafiavam um ao outro. As forças dele se aprontavam e se punham em movimento. Ele juntou, de diferentes pontos, todo tipo de coisas; louvores; sua carreira em Oxford; seu casamento, sobre o qual ela não sabia absolutamente nada; o quanto ele tinha amado; e, no cômputo geral, o quanto tinha cumprido a sua tarefa.

"Milhões de coisas!", exclamou, e, pressionado pela reunião de forças que estavam agora arremetendo de um lado e de outro e que lhe davam a sensação assustadora e, ao mesmo tempo, extremamente exultante de estar sendo transportado a toda velocidade pelos ares sobre os ombros de pessoas que não conseguia mais ver, levou as mãos à frente.

Clarissa empertigou-se no sofá; respirou fundo.

"Estou apaixonado", disse ele, não para ela, entretanto, mas para alguma pessoa que se erguia na escuridão de tal forma que não se podia tocá-la, devendo-se deixar a guirlanda sobre a grama, na escuridão.

"Apaixonado", repetiu ele, falando agora muito secamente para Clarissa Dalloway; "caído de amor por uma moça na Índia". Ele depusera sua guirlanda. Clarissa podia fazer o que quisesse com ela.

"Apaixonado!", disse ela. Deixar-se tragar em sua idade, com sua gravatinha borboleta, por esse monstro! E o pescoço dele está descarnado; as mãos estão vermelhas; e é seis meses mais velho do que eu! os olhos dela voltaram-se para si mesma; de todo modo, ela sentia no seu íntimo, ele está caído de amor. Ele tem isso, ela sentia; ele está caído de amor.

Mas o indomável egoísmo que atropela sem recurso as legiões que se lhe opõem, o rio que diz em frente, em frente, em frente; ainda, admite ele, que nossas vidas possam não ter nenhuma finalidade, ainda assim, em frente, em frente; esse indomável egoísmo infundia-lhe um colorido às faces; fazia com que ela parecesse muito jovem; muito rosada; tornava-lhe os olhos muito brilhantes, sentada ali, com o vestido sobre os joelhos, e a agulha presa à ponta da linha verde, tremendo um pouco. Ele estava apaixonado! Não por ela. Por alguma mulher mais jovem, naturalmente.

"E quem é ela?", perguntou.

Agora essa estátua precisa ser tirada de seu pedestal e acomodada entre eles.

"Uma mulher casada, infelizmente", disse ele; "a esposa de um major do exército indiano."

E, com uma suavidade irônica e curiosa, ele sorria enquanto a depunha, dessa forma ridícula, diante de Clarissa.

(Apesar de tudo, ele está apaixonado, pensou Clarissa.)

"Ela tem", ele continuou, muito ponderadamente, "dois filhos pequenos; um menino e uma menina; e vim para consultar meus advogados sobre o divórcio."

Aí estão! pensou. Faça o que quiser com eles, Clarissa! Aí estão! E parecia-lhe, a cada segundo, que a esposa do major do exército indiano (sua Daisy) e seus dois filhos pequenos se tornavam cada vez mais adoráveis à medida que Clarissa os contemplava; como se ele tivesse posto fogo numa bolotinha cinzenta num prato e dali tivesse se erguido uma linda árvore, sob o ar fresco e salino da intimidade entre eles (pois, sob alguns aspectos, ninguém o compreendia, ninguém sentia junto com ele, como Clarissa) – a rara intimidade entre eles.

Ela o adulara; ela o ludibriara, pensou Clarissa; traçando um esboço da mulher, a esposa do major do exército indiano, com três golpes de canivete. Que desperdício! Que bobagem! A vida toda, Peter tinha se deixado ludibriar desse jeito; primeiro, ao ser mandado embora de Oxford; depois, ao se casar com a garota, no navio, a caminho da Índia; agora, a esposa de um major do exército indiano – graças a Deus, ela tinha se negado a casar com ele! Apesar de tudo, ele estava apaixonado; seu velho amigo, seu querido Peter estava apaixonado.

"Mas o que você vai fazer?", perguntou-lhe. Ah, os advogados e procuradores, os Drs. Hooper e Grateley de Lincoln's Inn, eles cuidariam disso, ele disse. E, indubitavelmente, aparava as unhas com o canivete.

Pelo amor de Deus, deixe o canivete de lado! exclamou para si mesma, com uma irritação irreprimível; era o seu tolo anticonvencionalismo, a sua fraqueza; a ausência da mínima sombra da ideia do que a outra pessoa estava sentindo que a incomodava, que sempre a tinha incomodado; e agora, na sua idade, que coisa boba!

Sei tudo isso, pensou Peter; sei com quem me defronto, pensou, passando o dedo pela lâmina do canivete, Clarissa e Dalloway e todo o resto; mas mostrarei a Clarissa – e então, para sua completa surpresa, subitamente arremessado por essas incontroláveis forças, arremessado ao ar, ele rompeu em prantos; chorou; chorou sem nenhuma vergonha, sentado no sofá, as lágrimas escorrendo-lhe pelo rosto.

E Clarissa inclinara-se, tomara-lhe a mão, puxara-o para si, beijara-o – na verdade, sentira o rosto dele no seu antes que pudesse dominar o alvoroço de plumas prateadas flamejando no peito como o capim dos pampas sob uma ventania tropical, que, ao acalmar, deixou-a segurando-lhe a mão, tocando-lhe o joelho, e, sentindo-se, ali recostada, extraordinariamente à vontade com ele e de coração leve, passou-lhe, num clarão, pela mente: Se tivesse me casado com ele, este contentamento teria sido meu o dia todo!

Estava tudo acabado para ela. O lençol estava estendido e a cama era estreita. Subira à torre sozinha e os deixara colhendo amoras sob o sol. A porta tinha se fechado, e de lá, por entre a poeira de gesso caído e os restos dos ninhos dos pássaros, como a vista parecia distante, e como os sons chegavam tênues e gelados (outrora em Leith Hill, recordava-se), e Richard, Richard! exclamou ela, como quem, adormecido, durante a noite sobressalta-se e estende a mão, no escuro, em busca de auxílio. Almoçando com

Lady Bruton, voltou-lhe à mente. Ele me abandonou; estou sozinha para sempre, pensou, cruzando as mãos sobre os joelhos.

Peter Walsh levantara-se e atravessara o salão, indo até a janela, e ficara de costas para ela, sacudindo um lenço estampado de um lado para o outro. Impositivo e cáustico e desolado, era o que parecia, as magras omoplatas fazendo o casaco erguer-se levemente enquanto ele assoava ruidosamente o nariz. Leve-me com você, pensou Clarissa impulsivamente, como se ele estivesse de partida para uma grande viagem naquele instante; e então, no momento seguinte, era como se os cinco atos de uma peça que tinha sido muito interessante e comovente tivessem agora acabado e neles ela tivesse vivido toda uma vida, tivesse fugido, tivesse vivido com Peter, e agora tivesse acabado.

Agora estava na hora de se mexer e, como uma mulher que junta suas coisas, seu casaco, suas luvas, seu binóculo, e levanta-se para sair do teatro e ganhar a rua, ela se levantou do sofá e foi em direção a Peter.

E era terrivelmente estranho como ela ainda tinha o poder, pensou ele, enquanto ela se aproximava, joias tilintando, roupas ruflando, ainda tinha o poder, enquanto atravessava a sala, de fazer com que a lua, que ele detestava, se erguesse no terraço, em Bourton, no céu do verão.

"Conte-me", disse ele, tomando-a pelos ombros. "Você é feliz, Clarissa? Será que Richard..."

A porta se abriu.

"Aqui está a minha Elizabeth", disse Clarissa, com emoção, de maneira histriônica, talvez.

"Como vai?", disse Elizabeth, dando um passo à frente.

O som do Big Ben batendo a meia-hora ressoou entre eles com extraordinário vigor, como se um jovem, forte, indiferente, desatencioso, estivesse movimentando halteres de um lado para o outro.

"Olá, Elizabeth!", exclamou Peter, colocando o lenço no bolso, indo rapidamente em sua direção e dizendo "Adeus, Clarissa", sem olhar para ela, deixando a sala rapidamente, e correndo escada abaixo e abrindo a porta do vestíbulo.

"Peter! Peter!", gritou Clarissa, seguindo-o até o patamar. "Minha festa hoje à noite! Não se esqueça da minha festa hoje à noite!", gritou, tendo que levantar a voz contra o barulho da rua e, vencida pelo tráfego e pelo som de todos os relógios batendo, sua voz, gritando "Lembre-se da minha festa hoje à noite!", soava, enquanto Peter Walsh batia a porta, frágil e tênue e muito remota.

Lembre-se da minha festa, lembre-se da minha festa, dizia Peter Walsh, enquanto ganhava a rua, falando para si mesmo ritmadamente, em compasso com o fluxo do som, o som direto e inequívoco do Big Ben batendo a meia hora. (Os círculos de chumbo se dissolveram no ar.) Ah, essas festas, pensou; as festas de Clarissa. Por que ela dá essas festas? pensou. Não que a reprovasse ou a essa efígie de homem de fraque com um cravo na lapela que vinha em sua direção. Apenas uma pessoa no mundo podia estar no estado em que ele estava, apaixonado. E ali estava ele, este afortunado homem, ele próprio, refletido na vitrine da loja de um fabricante de carros a motor na Victoria Street. Toda a Índia ficara para trás; planícies, montanhas; epidemias de cólera; um distrito duas vezes maior que a Irlanda; decisões a que chegara sozinho – ele, Peter Walsh; que estava agora, realmente, pela primeira vez na vida, apaixonado. Clarissa tinha se tornado rígida, pensou; e, ainda por cima, um tanto sentimental, suspeitava ele, observando os grandes carros a motor capazes de fazer... quantos quilômetros por litro? Pois ele tinha jeito para a mecânica; inventara um arado em seu distrito, encomendara carrinhos de mão da Inglaterra, mas os cules se negavam a usá-los, coisas, todas elas, sobre as quais Clarissa não sabia absolutamente nada.

A maneira como ela disse "Aqui está a minha Elizabeth!" – aquilo o incomodou. Por que não simplesmente "Aqui está Elizabeth"? Era pouco sincero. E Elizabeth tampouco gostou daquilo. (Os últimos tremores da grande e ressonante voz ainda abalavam o ar em volta dele; a batida da meia-hora; cedo ainda; apenas onze e meia ainda.) Pois ele entendia os jovens; gostava deles. Sempre houve certa frieza em Clarissa, pensou. Sempre tivera, mesmo quando moça, uma espécie de timidez, que na meia idade torna-se convencionalismo, e depois é o fim de tudo, o fim de tudo, pensou ele, examinando um tanto desolado as profundezas vítreas, e se perguntando se o fato de ter ido visitá-la àquela hora não a tinha aborrecido; tomado de vergonha, subitamente, por ter se mostrado um tolo; por ter chorado; por ter se emocionado; por ter-lhe contado tudo, como de costume, como de costume.

Enquanto uma nuvem cruza o sol, o silêncio cai sobre Londres; e cai sobre a mente. O esforço acaba. O tempo tremula no mastro. Aí paramos; aí nos mantemos. Rígido, o esqueleto do hábito sustenta sozinho a ossatura humana. No qual não há nada, disse Peter Walsh para si mesmo; sentindo-se oco, totalmente vazio por dentro. Clarissa me rejeitou, pensou ele. Ficou ali pensando: Clarissa me rejeitou.

Ah, disse a igreja de St Margaret, como uma anfitriã que entra na sala exatamente ao soar das horas e encontra seus convidados já ali. Não estou atrasada. Não, são precisamente onze e meia, diz ela. Entretanto, embora ela esteja perfeitamente certa, sua voz, por ser a voz da anfitriã, reluta em impor a sua individualidade. Alguma mágoa pelo passado a refreia; alguma preocupação pelo presente. São onze e meia, diz ela, e o som da St Margaret insinua-se no recesso do coração e se esconde sob anéis e mais anéis de som, como algo vivo que deseja se entregar em confiança, se dispersar, para ficar, com um frêmito de prazer, em paz – como a própria Clarissa, pensou Peter Walsh, descendo as escadas, ao soar da hora, toda de branco. É a própria Clarissa, pensou, com profunda emoção, e uma lembrança dela extraordinariamente clara, embora intrigante, como se esse sino tivesse chegado à sala anos atrás, onde estiveram sentados em algum momento de grande intimidade, e tivesse passado de um para o outro e tivesse ido embora, como uma abelha com o mel, carregando o instante. Mas qual sala? Qual momento? E por que tinha se sentido tão profundamente feliz quando o relógio estava batendo? Então, enquanto o som da St Margaret se enfraquecia, pensou: Ela tem estado doente, e o som expressava languidez e sofrimento. Era o coração dela, lembrou-se; e a súbita estridência da batida final tocou pela morte que surpreendia em meio à vida, Clarissa caindo onde estava, na sua sala de estar. Não! Não! exclamou. Ela não está morta! Eu não estou velho, exclamou, e se pôs a caminho de Whitehall, como se ali escorresse, vindo em sua direção, vigoroso, infindo, o seu futuro.

Não estava velho, ou acomodado, ou definhado, de maneira alguma. Quanto a se preocupar com o que dissessem dele – os Dalloways, os Whitbreads, e os de seu círculo, ele não dava a mínima importância – a mínima importância (embora fosse verdade que ele teria de verificar, uma hora ou outra, se Richard não podia ajudá-lo a encontrar algum emprego). Caminhando a passos largos, olhar fixo à frente, ele encarou a estátua do Duque de Cambridge. Ele fora mandado embora de Oxford – certo. Fora um socialista; de alguma forma, um fracassado – certo. Contudo, o futuro da civilização está, pensou, nas mãos de jovens assim; de jovens como ele tinha sido, trinta anos atrás; com a paixão que tinham por princípios abstratos; que faziam com que lhes fossem enviados livros que percorriam toda a distância que vai de Londres a um pico no Himalaia; que liam ciência; que liam filosofia. O futuro está nas mãos de jovens assim, pensou.

Um estalido como o estalido de folhas num bosque veio de trás, e com ele um som surdo, regular, sussurrante que, ao atingi-lo, enquanto subia a Whitehall, ritmava-lhe os pensamentos, em perfeita sincronia, sem nenhuma intervenção de sua parte. Garotos em uniforme, armas nos ombros, marchavam com os olhos postos à frente, marchavam com os braços duros, estampando nas faces uma expressão que era como as letras de uma inscrição ao redor do pedestal de uma estátua, enaltecendo o dever, a gratidão, a fidelidade, o amor pela Inglaterra.

É, pensou Peter Walsh, começando a entrar em compasso com eles, um excelente treinamento. Mas não pareciam robustos. Eram, na maior parte, franzinos, garotos de dezesseis anos, que amanhã poderiam estar atrás de balcões, vendendo tigelas de sopa ou barras de sabão. Agora, traziam estampada no corpo, sem a intromissão do prazer sensual ou das preocupações diárias, a solenidade da coroa que tinham carregado desde o Finsbury Pavement até a tumba vazia. Tinham prestado o seu juramento. O tráfego demonstrava respeito; os furgões tiveram que parar.

Não consigo acompanhá-los, pensou Peter Walsh, enquanto marchavam Whitehall acima, e, sem dúvida, para a frente eles marchavam, deixando-o para trás, deixando todo mundo para trás, em seu passo firme, como se uma única vontade pusesse em movimento pernas e braços de maneira uniforme, e a vida, com as suas variedades, as suas irreticências, tivesse sido estendida sob um pavimento de monumentos e coroas e anestesiada até se converter, pela disciplina, num rígido cadáver, ainda que de olhos arregalados. Devia-se mostrar-lhe respeito; podia-se rir; mas devia-se mostrar-lhe respeito, pensou. Lá vão eles, pensou Peter Walsh, parando à beira da calçada; e todas as exaltadas estátuas, Nelson, Gordon, Havelock, as negras, as espetaculares imagens dos grandes soldados, olhares postos à frente, como se também eles tivessem feito a mesma renúncia (Peter Walsh sentia que também ele a tinha feito, a grande renúncia), esmagados sob as mesmas tentações, e adquirido, com o tempo, um olhar de mármore, fixo. Mas esse olhar fixo Peter Walsh não queria para si próprio, de forma alguma; embora o respeitasse nos outros. Podia respeitá-lo em garotos. Eles ainda não conhecem as aflições da carne, pensou, enquanto os garotos em marcha desapareciam na direção da Strand – tudo por que passei, pensou, atravessando a rua e parando junto à estátua de Gordon, do Gordon que, quando garoto, ele tinha idolatrado; Gordon, ali posto, solitário, com uma perna erguida e os braços cruzados – pobre Gordon, pensou.

E justamente porque ninguém sabia ainda que ele estava em Londres, exceto Clarissa, e a terra, após a viagem, ainda lhe parecia uma ilha, a estranheza de se encontrar, sozinho, vivo, incógnito, às onze e meia, na Trafalgar Square, tomou conta dele. O que é isso? Onde estou? E por que, afinal, fazemos isso? pensou, o divórcio parecendo-lhe uma grande bobagem. E sua mente afundou, rasa como um pântano, e três grandes emoções tomaram conta dele: a compreensão; um imenso humanitarismo; e, finalmente, como se fosse o resultado das outras, um irreprimível, estranho prazer; como se, no interior de seu cérebro, por uma outra mão, cordões fossem puxados, persianas, levantadas, e ele, mesmo não tendo nada a ver com isso, se visse à entrada de intermináveis avenidas, pelas quais, se quisesse, poderia vaguear. Havia anos não se sentia tão jovem.

Ele tinha escapado! estava inteiramente livre – tal como ocorre quando se perde um hábito, e a mente, como uma chama desprotegida, se curva e se recurva e parece prestes a saltar de seu sustentáculo. Há anos não me sinto tão jovem! pensou Peter, deixando (apenas, claro, por uma hora, mais ou menos) de ser precisamente o que era, e sentindo-se como uma criança que foge de casa e vê, enquanto corre, sua velha babá acenando, mas da janela errada. Mas ela é extraordinariamente atraente, pensou, quando, ao atravessar a Trafalgar Square, na direção do Haymarket, viu aproximar-se uma jovem que, ao passar pela estátua de Gordon, parecia, pensou Peter Walsh (suscetível como era), livrar-se de um véu após o outro, até se transformar na mulher que sempre tivera em mente; jovem, mas imponente; alegre, mas discreta; morena, mas encantadora.

Endireitando-se e furtivamente manuseando o canivete no bolso, pôs-se a seguir essa mulher, essa excitação, que parecia, mesmo de costas, lançar sobre ele uma luz que os unia, que o destacava do resto, como se o burburinho arbitrário do trânsito tivesse murmurado, com as mãos em concha, o seu nome, não Peter, mas o seu nome secreto, com o qual ele denominava a si mesmo em seus pensamentos. "Você", dizia ela, apenas "você", dizendo-o com as suas luvas brancas e os seus ombros. Então, o leve e longo manto, que o vento balançava enquanto ela passava pela frente da relojoaria Dent, na Cockspur Street, enfunou com uma delicadeza envolvente, uma ternura melancólica, como que de braços que se abrissem para acolher os fatigados...

Mas ela não é casada; ela é jovem; muito jovem, pensou Peter, o cravo vermelho que ele a vira portar, e que ele vislumbrara enquanto ela atravessava a Trafalgar Square, inflamando novamente os olhos dele e avermelhando os lábios dela. Mas ela aguardava no meio-fio. Havia nela certa dignidade. Não era da sociedade, como Clarissa; nem rica, como Clarissa. Seria, perguntou-se, enquanto ela voltava a caminhar, respeitável? Espirituosa, com uma vibrátil língua de lagarto, pensou (pois devemos inventar, nos permitir alguma distração), uma verve atrevida e paciente; uma verve lépida; sem alarde.

Ela se moveu; atravessou a rua; ele a seguiu. Constrangê-la era a última coisa que queria. Ainda assim se ela parasse ele diria "Vamos tomar um sorvete", ele diria, e ela responderia muito simplesmente: "Ah, sim".

Mas outras pessoas se puseram entre eles na rua, bloqueando-o, encobrindo-a. Ele a buscava; ela se deslocava. Havia um colorido no seu rosto; zombaria nos olhos; ele era um aventureiro, temerário, pensou, rápido, intrépido, de fato (tendo desembarcado, como ele o fizera na última noite, vindo da Índia), um bucaneiro romântico, avesso a todas essas terríveis convenções, aos roupões amarelos, cachimbos, caniços de pesca expostos nas vitrines; e à respeitabilidade e a recepções vespertinas e a senhores de idade alinhados, portando peitilho branco sob o colete. Ele era um bucaneiro. Ela ia em frente, atravessando a Piccadilly, e seguindo para a Regent Street, à frente dele, seu manto, suas luvas, seus ombros combinando com as franjas e as rendas e os boás de plumas das vitrines para criar o espírito de requinte e extravagância que saltava, diminuído, das lojas para as calçadas, tal como a luz de uma lâmpada que, à noite, desaparece, bruxuleante, sobre as sebes na escuridão.

Sorridente e encantadora, ela atravessara a Oxford Street e a Great Portland Street e dobrara numa das ruazinhas transversais, e agora, e agora, o grande momento estava se aproximando, pois agora ela diminuiu o passo, abriu a bolsa e, com um olhar na sua direção, mas não para ele, um olhar que dizia adeus, pesava a situação toda e a descartava, triunfalmente, para sempre, encaixou a chave, abriu a porta, e se foi! A voz de Clarissa dizendo: Lembre-se de minha festa, Lembre-se de minha festa, ressoou-lhe nos ouvidos. A casa era uma dessas casas vermelhas, comuns, com floreiras suspensas de uma impropriedade indefinida. Tinha acabado.

Bom, tive a minha diversão; eu a tive, pensou, erguendo o olhar para as floreiras suspensas, cheias de pálidos gerânios. E estava reduzida a pó a sua diversão, pois fora um tanto fabricada, como ele sabia muito bem; inventada, essa escapada com a moça; fabricada, como se fabrica boa parte da vida, pensou – fabricando-se a si próprio; fabricando a moça; criando uma distração invulgar, e algo mais. Mas era estranho, e muito verdadeiro; nada disso jamais poderia ser partilhado – reduzira-se a pó.

Deu meia-volta; subiu a rua, pensando em encontrar um lugar para se sentar até a hora da reunião com os Drs. Hooper e Grateley, em Lincoln's Inn. Aonde iria? Não importa. Subir a rua, então, em direção ao Regent's Park. Suas botas martelavam "pouco importa" na calçada; pois era cedo, muito cedo ainda.

E além disso fazia uma esplêndida manhã. Como o batimento de um coração em perfeito estado, a vida pulsava ali mesmo ao longo das ruas. Sem nenhuma falha – sem nenhuma hesitação. Movendo-se veloz e sinuosamente, preciso, pontual, silencioso, rigorosamente no momento certo, o carro a motor parou à porta. A moça, em meias de seda, coberta de plumas, evanescente, mas sem qualquer atração particular para ele (pois tivera sua pequena aventura), desceu. Mordomos admiráveis, cachorros fulvos da raça chow-chow, vestíbulos cobertos de losangos em branco e preto e brancos e pretos, com cortinas brancas tremulando – Peter espiou pela porta aberta e aprovou. Um feito extraordinário à sua própria maneira, afinal, Londres; a alta estação; a civilização. Vindo, como vinha, de uma respeitável família anglo-indiana, que, pelas três últimas gerações pelo menos, administrara os negócios de um continente (é estranho, pensou, o meu sentimento a respeito, detestando a Índia, e o império, e o exército como ele detestava), havia momentos em que a civilização, ainda que desse tipo, parecia-lhe, como uma posse pessoal, preciosa; momentos de orgulho pela Inglaterra; pelos mordomos; pelos cachorros chow-chow; pelas moças em sua segurança. Por ridículo que fosse, ali está ela, pensou. E os médicos e os homens de negócio e as mulheres capazes, todos cumprindo a sua tarefa, pontuais, alertas, robustos, pareciam-lhe absolutamente admiráveis, bons camaradas, aos quais se podia confiar a vida, companheiros na arte de viver, com os quais se podia contar. De um modo ou de outro, o espetáculo era realmente muito suportável; e ele ia se sentar à sombra e fumar.

Ali estava o Regent's Park. Sim. Quando criança, costumava caminhar no Regent's Park – estranho, pensou, como a infância continua me voltando à memória – consequência de ter visto Clarissa, talvez; pois as mulheres vivem muito mais no passado do que nós, pensou. Elas se apegam aos lugares; e ao pai – uma mulher sempre se orgulha do pai. Bourton era um lugar lindo, muito lindo, mas nunca consegui me dar bem com o velho, pensou. Houve uma grande cena, uma noite – uma discussão sobre alguma coisa, exatamente o que não conseguia se lembrar. Política, talvez.

Sim, lembrava-se do Regent's Park; a alameda longa e reta; o quiosque, à esquerda, onde se compravam balões; uma estátua estranha, com uma inscrição nalgum lugar. Procurou um banco desocupado. Não queria ser perturbado (sonolento como estava) por pessoas perguntando-lhe as horas. Uma babá idosa, grisalha, com um bebê dormindo no carrinho – era o melhor que podia querer; sentar-se na outra ponta do banco, perto daquela babá.

É uma moça de aspecto estranho, pensou, lembrando-se subitamente de Elizabeth entrando na sala e ficando perto da mãe. Crescida; uma mulher adulta, não exatamente bonita; simpática, isso sim; e não deve ter mais de dezoito anos. Provavelmente não se dá muito bem com Clarissa. "Aqui está a minha Elizabeth" – esse tipo de coisa – por que não simplesmente "Aqui está Elizabeth"? – tentando, como a maioria das mães, fazer as coisas parecerem o que não são. Confia demais em seu charme, pensou. Ela exagera.

A rica e benfazeja fumaça do charuto descia em frescas espirais pela garganta; ele a expelia em anéis que, por um instante, afrontavam bravamente o ar; azuis, circulares (tentarei ter uma conversa a sós com Elizabeth esta noite, pensou) e depois ondulavam, tomando a forma de ampulheta, estreitando-se até desaparecerem;

que estranhas formas elas adquiriam, pensou. Subitamente fechou os olhos, ergueu a mão com certo esforço e jogou fora a ponta pesada do charuto. Com suavidade, uma grande escova varreu-lhe a mente, levando embora os galhos ondulantes, as vozes das crianças, o ruído de pés se arrastando, e as pessoas que passavam, e o burburinho do trânsito, do trânsito que aumentava e diminuía. Ele mergulhou mais e mais fundo nas penas e nas plumas do sono, até ficar inteiramente encoberto.

A babá grisalha retomou o seu tricô, enquanto, ao lado, no banco aquecido, Peter Walsh começava a ressonar. Em seu vestido cinza, movimentando as mãos infatigável mas silenciosamente, ela parecia a defensora dos direitos dos adormecidos, como uma daquelas presenças espectrais que se erguem, ao crepúsculo, nos bosques feitos de céu e de ramos. O viajante solitário, *habitué* de ruelas, pisoteador de samambaias e devastador de enormes pés de cicuta, ao olhar de repente para o alto, vê a gigantesca figura no fim da trilha.

Por convicção um ateu, talvez, ele é surpreendido por momentos de extraordinário êxtase. Não existe nada fora de nós a não ser um estado de espírito, pensa ele; um desejo por consolo, por alívio, por algo além desses pobres pigmeus, dessas mulheres e desses homens fracos, horrorosos, covardes. Mas se ele pode concebê-la, então, de algum modo, ela existe, pensa ele, e continuando a caminhar pela trilha, com os olhos postos no céu e nos ramos, ele rapidamente lhes atribui características femininas; vê, com espanto, o quanto se tornam graves; com que majestade, ao serem sacudidos pela brisa, distribuem, com uma sombria ondulação das folhas, caridade, compreensão, absolvição e, depois, lançando-se subitamente para o alto, juntam à piedade de seu aspecto uma desenfreada bebedeira.

Tais são as visões que oferecem grandes cornucópias repletas de frutas ao caminhante solitário, ou sussurram-lhe ao ouvido como sereias que se vão, cabriolando sobre as verdes ondas do mar, ou lhe são arremessadas à face como molhos de rosas, ou vêm à tona como as lívidas faces que os pescadores, afrontando as vagas, tentam abraçar.

Tais são as visões que incessantemente flutuam acima da coisa real, que marcham ao seu lado, que põem as faces à sua frente; com frequência apoderando-se do caminhante solitário e tirando-lhe o sentimento da terra, o desejo de voltar, e dando-lhe, em troca, uma prolongada paz, como se (assim pensa ele, enquanto penetra na trilha da floresta) toda essa febre de viver fosse a própria simplicidade; e miríades de coisas se fundissem numa só; e essa figura, feita, como é, de céu e de ramos, tivesse se erguido do agitado mar (ele é um homem de idade, passou dos cinquenta agora) tal como uma forma pode ser guindada da profundeza das ondas para espargir, com suas magníficas mãos, compaixão, compreensão, absolvição. Assim, pensa ele, que eu jamais volte para a luz da lâmpada; para a sala de estar; que jamais acabe meu livro; que jamais limpe meu cachimbo; que jamais tenha de fazer soar a sineta para a Srta. Turner tirar a mesa; melhor me deixarem caminhar diretamente até essa grande figura que, com um movimento da cabeça, me fará subir por suas fitas e me deixará desfazer-me em nada, com o resto das coisas.

Tais são as visões. O caminhante solitário logo deixa o bosque para trás; e ali, vindo à porta, com os olhos protegidos da luz, possivelmente à espera de seu retorno, com as mãos levantadas, o avental branco sacudido pelo vento, está uma mulher idosa que parece (tão poderosa é essa debilidade) estar em busca, ao longo do deserto, de um filho perdido; em busca de um viajante destruído; que parece ser a figura da mãe cujos filhos morreram nas batalhas do mundo. Assim, enquanto o caminhante solitário desce pela rua do povoado onde as mulheres tricotam e os homens cavam no jardim, o fim de tarde parece agourento; as figuras imóveis; como se algum destino augusto, deles sabido, sem medo esperado, estivesse prestes a varrê-los até a completa aniquilação.

Dentro de casa, entre coisas comuns, o armário da cozinha, a mesa, o parapeito da janela com seus gerânios, de repente a silhueta da dona da casa, abaixando-se para retirar a toalha, torna-se suave com a luz, um adorável emblema que apenas a lembrança de frios contatos humanos nos impede de abraçar. Ela pega a geleia de laranja; guarda-a no armário.

"Nada mais por esta noite, senhor?"

Mas a quem o caminhante solitário deve responder?

Assim a babá idosa tricotava, ao lado do bebê que dormia, no Regent's Park. Assim Peter Walsh ressonava. Ele se acordou muito bruscamente, dizendo para si mesmo: "A morte da alma".

"Meu Senhor, Meu Senhor!", disse alto para si mesmo, espreguiçando-se e abrindo os olhos. "A morte da alma." As palavras estavam ligadas a alguma cena, a algum quarto, a algum passado com os quais ele estivera sonhando. Tudo ficava mais claro; a cena, o quarto, o passado com os quais estivera sonhando.

Foi em Bourton naquele verão, no começo dos anos noventa, quando estava perdidamente apaixonado por Clarissa. Havia muita gente, em volta da mesa após o chá, rindo e falando, a sala banhada por uma luz amarela e saturada da fumaça dos cigarros. Falavam de um homem que casara com a empregada, um dos fidalgos dos arredores, cujo nome esquecera. Casara com a empregada e a levara para visitar Bourton – fora uma visita horrível. Ela estava exageradamente vestida, "como uma cacatua", dissera Clarissa, imitando-a, e falava sem parar. Falava, e falava, e falava. Clarissa imitava-a. Então alguém perguntou – foi Sally Seton – fazia realmente alguma diferença na nossa opinião saber que antes de casar ela tivera uma criança? (Naqueles dias, num grupo misto, era uma coisa ousada de ser dita.) Podia, ainda agora, ver Clarissa ficando toda vermelha; tornando-se um tanto tensa; e dizendo: "Oh, nunca mais conseguirei falar com ela!". Com isso, todos ao redor da mesa pareciam ter ficado sem saber o que fazer. Foi muito constrangedor.

Não a culpara por melindrar-se com aquilo, pois naqueles dias uma moça criada da maneira como ela tinha sido não sabia nada, mas foi o seu jeito que o incomodou; receosa; dura; arrogante; pudica. "A morte da alma." Ele dissera aquilo instintivamente, classificando o momento como costumava fazer – a morte da alma dela.

Ninguém sabia o que fazer; todos pareciam ter concordado, enquanto ela falava, para depois se posicionar de maneira diferente. Ainda podia ver Sally Seton, como uma criança flagrada numa travessura, inclinando-se para a frente, o rosto muito vermelho, querendo falar, mas com medo, e Clarissa realmente intimidava as pessoas. (Era a melhor amiga de Clarissa, estava sempre por ali, uma criatura atraente, bonita, morena, com a fama, naqueles dias, de uma grande ousadia, e ele costumava oferecer-lhe charutos, que ela fumava no quarto, e ela estivera noiva de alguém ou brigara com a família, e o velho Parry os odiava igualmente, o que criava um forte vínculo entre eles.) Então, Clarissa, ainda com um ar de quem estava ofendida com todos, levantou-se, deu alguma desculpa e saiu da sala, sozinha. Enquanto abria a porta, entrou aquele cachorro grande e peludo que gostava de perseguir as ovelhas. Ela se atirou sobre ele, enlevada. Era como se dissesse a Peter – o alvo disso, ele sabia, era ele e mais ninguém – "Sei que você considerou absurda, há pouco, minha atitude para com aquela mulher; mas veja como posso ser extraordinariamente afetuosa; veja como quero bem ao meu Rob!".

Eles sempre tiveram essa estranha capacidade de se comunicarem sem palavras. Ela sabia, na hora, que ele a estava criticando. E aí fazia alguma coisa bastante óbvia para se defender, como todo esse espalhafato com o cachorro – mas ele nunca se deixara enganar, para ele Clarissa era transparente. Não que ele dissesse alguma coisa, é claro; apenas ficava ali com um ar sombrio. Era assim que, em geral, suas brigas começavam.

Ela fechou a porta. Ele logo ficou extremamente deprimido. Tudo parecia inútil – sempre se apaixonando; sempre brigando; sempre fazendo as pazes, e ele foi vagar sozinho, pelos galpões, pelos estábulos, observando os cavalos. (A propriedade era bastante modesta; os Parrys nunca tinham sido muito abastados; mas sempre houvera cavalariços e tratadores por ali – Clarissa adorava cavalgar – e um velho cocheiro – como se chamava mesmo? – uma velha ama, a velha Moody, a velha Goody, usavam um nome assim para se referir a ela, à qual se era levado a visitar num quartinho, com montes de fotografias, com montes de gaiolas.)

Foi uma noite horrível! Ele foi ficando cada vez mais tristonho, e não só por causa daquilo; por causa de tudo. E não podia vê-la; dar-lhe explicações; pôr tudo a limpo. Sempre havia gente por perto – ela agia como se nada tivesse acontecido. Era o seu lado diabólico – essa frieza, essa dureza, alguma coisa muito profunda nela, que ele tinha percebido outra vez nesta manhã; uma impenetrabilidade. Mas só Deus sabe como ele gostava dela. Ela tinha o estranho poder de tocar os nervos da gente, como se fossem cordas de violino, sim.

Com a estúpida ideia de se fazer notado, ele se deixara atrasar um pouco para o jantar, indo se sentar ao lado da velha Srta. Parry (a tia Helena), irmã do Sr. Parry, que deveria presidi-lo. Ali estava ela sentada, com seu xale de caxemira branca, a cabeça contra a janela, uma idosa e temível senhora, mas que era simpática com ele, pois ele descobrira para ela um tipo raro de flor, e ela era uma grande amante da botânica e saía em excursão, em grossas botas, com uma caixa de coleta preta, de lata, a tiracolo. Ele se sentou ao lado dela, sem conseguir falar. Tudo parecia passar correndo por ele; ele se limitou a ficar ali sentado, comendo. E, então, com o jantar já a meio caminho, obrigou-se a olhar para Clarissa pela primeira vez. Ela estava falando com um jovem à sua direita. Ele teve uma súbita revelação. "Ela se casará com esse homem", disse para si mesmo. Ele nem sequer sabia o seu nome.

Pois, naturalmente, foi naquela tarde, naquela mesma tarde, que Dalloway chegara; e Clarissa chamou-o de "Wickham"; foi o começo de tudo. Alguém o trouxera; e Clarissa compreendeu mal o nome dele. Apresentava-o a todo mundo como Wickham. Até que, finalmente, ele disse "Meu nome é Dalloway!" – essa foi a primeira vista que teve de Richard, um jovem loiro, um tanto desajeitado, reclinado numa preguiçosa e disparando "Meu nome é Dalloway!". Sally apegou-se àquilo; depois disso ela sempre o designava por "Meu nome é Dalloway!".

Ele era facilmente suscetível, naquela época, a ter revelações. Essa – de que ela se casaria com Dalloway – foi, naquele momento, ofuscante, fulminante. Havia, na maneira como ela o tratava, uma espécie de – como dizê-lo? – uma espécie de alívio; algo maternal; algo gentil. Eles estavam falando de política. Tentara, durante todo o jantar, ouvir o que diziam.

Lembrava-se de que ficara, depois, junto à cadeira da velha Srta. Parry, na sala de estar. Clarissa se aproximou, com suas perfeitas maneiras, como uma verdadeira anfitriã, querendo apresentá-lo a alguém – ela falava como se nunca tivessem se encontrado antes, o que o deixou enfurecido. Apesar disso, já nesse tempo, ele a admirava por isso. Admirava-lhe a coragem; o instinto social; admirava-lhe a capacidade de lidar com as coisas. "A perfeita anfitriã", disse-lhe, diante do que ela se retraiu de todo. Mas era mesmo essa a sua intenção. Teria feito qualquer coisa, após tê-la visto com Dalloway, para magoá-la. Com isso, ela se afastou. E ele ficou com a sensação de que estavam todos reunidos em uma conspiração contra ele, rindo e conversando às suas costas. Ali estava ele, junto à cadeira da Srta. Parry, como que talhado em madeira, conversando sobre flores silvestres. Nunca, nunca mesmo, sofrera de maneira tão terrível! Devia ter se esquecido até de fingir que escutava; finalmente, despertou; viu que a Srta. Parry parecia muito transtornada, muito indignada, com seus olhos salientes postos nalgum ponto fixo. Ele esteve a ponto de gritar que não podia prestar atenção porque se encontrava no Inferno! As pessoas começavam a sair da sala. Ouviu-as falar em pegar os casacos; sobre como a água do lago estava fria e assim por diante. Iam andar de barco no lago, ao luar – uma das ideias malucas de Sally. Podia ouvi-la descrevendo a lua. E saíram todos. Foi deixado completamente só.

"Não quer ir com eles?", perguntou – adivinhando – a tia Helena, a pobre senhora! E ele se virou, e ali estava Clarissa de novo. Voltara para buscá-lo. Ele se deixou vencer por sua generosidade – por sua bondade.

"Venha junto", disse ela. "Eles estão esperando."

Nunca se sentira tão feliz em toda a sua vida! Sem uma palavra, tinham feito as pazes. Caminharam até o lago. Teve vinte minutos de perfeita felicidade. Sua voz, seu riso, seu vestido (algo esvoaçante, branco, carmesim), sua verve, seu espírito de aventura; ela fez todos saltarem do barco para explorar a ilha; espantou uma galinha; deu risadas; cantou. E o tempo todo, ele sabia perfeitamente, Dalloway estava se apaixonando por ela; ela estava se apaixonando por Dalloway; mas isso parecia não ter importância. Nada tinha importância. Sentaram no chão e conversaram – ele e Clarissa. Entravam e saíam um da mente do outro sem nenhum esforço. E, então, num segundo, tinha acabado. Disse para si mesmo enquanto entravam no barco: "Ela se casará com esse homem", sem nenhuma emoção, sem nenhum ressentimento; mas era uma coisa óbvia. Dalloway se casaria com Clarissa.

Na volta, Dalloway se encarregou dos remos. Ele não disse nada. Mas, de alguma maneira, era óbvio, enquanto eles o observavam deixando o barco, subindo na bicicleta para percorrer trinta quilômetros através do bosque, serpenteando pela trilha, acenando e desaparecendo da vista, que ele, na verdade, sentia, instintivamente, terrivelmente, fortemente, tudo aquilo; a noite; o romance; Clarissa. Ele merecia tê-la.

No que lhe dizia respeito, ele era irracional. Suas exigências para com Clarissa (conseguia agora perceber) eram irracionais. Exigia coisas impossíveis. Fazia cenas terríveis. Ela ainda o teria aceito, talvez, se ele tivesse sido menos irracional. Era o que Sally achava. Ela lhe escreveu, durante todo aquele verão, longas cartas; como falavam dele, como ela o elogiava, como Clarissa rompeu em lágrimas! Foi um verão extraordinário – todas as cartas, todas as cenas, todos os telegramas – chegar de manhã cedo em Bourton, ficar esperando os criados despertarem; os terríveis *tête-à-têtes* com o velho Sr. Parry durante o café da manhã; a tia Helena, imponente mas bondosa; Sally arrastando-o para longas conversas na horta; Clarissa de cama, com dores de cabeça.

A cena final, a terrível cena que, achava ele, tivera uma importância maior do que qualquer outra coisa em toda a sua vida (podia ser um exagero – mas era isso o que realmente sentia agora) se deu às três da tarde de um dia muito quente. Foi causada por uma coisa de nada – Sally dizendo, durante o almoço, algo a respeito de Dalloway e apelidando-o de "Meu nome é Dalloway"; após o que Clarissa tornou-se subitamente rígida e ruborizada, de um jeito todo seu, e disparou rispidamente: "Já tivemos o bastante dessa brincadeira boba". Isso foi tudo; mas para ele fora precisamente como se ela tivesse dito: "Estou apenas me divertindo com você; tenho um acordo com Richard Dalloway". Foi assim que ele interpretou. Não dormira por muitas noites. "De qualquer jeito, tinha que acabar", disse para si mesmo. Enviou-lhe um bilhete por meio de Sally, pedindo-lhe para encontrá-lo junto à fonte, às três horas. "Algo muito importante aconteceu", rabiscou no final.

A fonte ficava no meio de um pequeno bosque, longe da casa, com arbustos e árvores por toda a volta. Ali vinha ela, até antes da hora, e eles ficaram ali de pé, a fonte entre eles, com o repuxo (estava quebrado) respingando água sem parar. Como certas imagens se fixam na mente! Por exemplo, o verde-vivo do musgo.

Ela não se movia. "Diga-me a verdade, diga-me a verdade", ele não parava de dizer. Tinha a impressão de que a cabeça ia explodir. Ela parecia contraída, petrificada. Não se movia. "Diga-me a verdade", repetia ele, quando subitamente despontou a cabeça do velho Breitkopf, com o *Times* na mão; observou-os, arregalado; de boca aberta; e foi embora. Nenhum dos dois se moveu. "Diga-me a verdade", repetia ele. Tinha a sensação de estar batendo contra algo duro – fisicamente; ela não cedia. Era como aço, como rocha, rígida até a medula. E quando ela disse: "Não adianta. Não adianta. É o fim" – após ele ter falado, como lhe parecera, por horas, com as lágrimas correndo-lhe pelas faces, era como se ela o tivesse esbofeteado. Ela deu meia-volta, deixou-o, foi-se embora.

"Clarissa!", gritou ele. "Clarissa!" Mas ela nunca mais voltou. Estava acabado. Ele partiu naquela noite. Nunca mais a viu.

Foi horrível, exclamou ele, horrível, horrível!

Ainda assim o sol era quente. Ainda assim superávamos as coisas. Ainda assim a vida tinha uma maneira de fazer um dia se seguir ao outro. Ainda assim, pensou ele, bocejando e começando a prestar atenção – o Regent's Park mudara muito pouco desde o seu tempo de menino, exceto pelos esquilos – ainda assim podia haver compensações – como quando a pequena Elise Mitchell, que estivera juntando pedrinhas para a coleção que ela e o irmão mantinham em cima da lareira do quarto das crianças, deixara cair pesadamente um punhado delas no joelho da babá e novamente saíra correndo para vir a se chocar, com toda a força, com as pernas de uma senhora. Peter Walsh deu muitas risadas.

Entretanto, Lucrezia Warren Smith dizia para si mesma: É terrível; por que tenho de sofrer? era a sua pergunta, enquanto descia a alameda. Não; não aguento mais, dizia ela, após ter deixado Septimus, que não era mais Septimus, naquele banco, dizendo coisas duras, cruéis, terríveis, falando sozinho, falando com um homem morto; quando a criança chocou-se com toda a força contra ela, caiu estatelada no chão e rompeu em lágrimas.

Isso até era reconfortante. Levantou-a, sacudiu a poeira do vestidinho, beijou-a.

Mas ela, ela nada fizera de errado; amara Septimus; fora feliz; tivera uma linda casa, na qual suas irmãs ainda moravam, fazendo chapéus. Por que *ela* tinha de sofrer?

A criança voltou correndo para a babá, que, observada por Rezia, pôs o tricô de lado e a repreendeu, consolou-a, tomou-a no colo, enquanto o homem com ar de bondoso dava-lhe, para acalmá-la, o relógio de bolso para que ela o abrisse assoprando – mas por que *ela* tinha que ficar desprotegida? Por que não fora deixada em Milão? Por que essa tortura? Por quê?

Levemente onduladas pelas lágrimas, a alameda, a babá, o homem de cinza, o carrinho de bebê subiam e desciam diante de seus olhos. Ser jogada de um lado para o outro por esse perverso torturador era a sua sina. Mas por quê? Ela era como um pássaro abrigado sob a tênue concavidade de uma folha que pisca os olhos à vista do sol quando a folha se mexe; que se sobressalta ao estalido de um graveto seco. Estava desprotegida; estava cercada pelas enormes árvores, pelas vastas nuvens de um mundo indiferente, desprotegida; torturada; e por que deveria ela sofrer? Por quê?

Franziu as sobrancelhas; bateu com os pés no chão. Tinha que voltar para junto de Septimus, pois estava quase na hora de irem ver Sir William Bradshaw. Ela tinha que voltar e avisá-lo, voltar para junto dele, sentado ali na cadeira verde sob a árvore, falando sozinho, ou com aquele homem morto, Evans, que ela vira apenas uma vez, por um instante, na loja. Ele parecera um homem bom, tranquilo; um grande amigo de Septimus, e morrera na Guerra. Mas essas coisas acontecem com todo mundo. Todo mundo tem amigos que morreram na Guerra. Todo mundo deixa alguma coisa para trás quando se casa. Ela deixara a casa. Viera morar aqui, nesta cidade horrível. Mas Septimus se deixava pensar em coisas horríveis, como ela também poderia fazer, se tentasse. Ele fora se tornando cada vez mais estranho. Dizia que havia gente falando atrás das paredes do quarto. A Sra. Filmer achava aquilo esquisito. Também via coisas – tinha visto a cabeça de uma velha no meio de uma samambaia. Mas podia se mostrar feliz quando queria. Foram ao Hampton Court no andar de cima de um ônibus e estavam perfeitamente felizes. Todas aquelas florzinhas vermelhas e amarelas emergiam da grama, como lâmpadas flutuantes, ele disse, e eles falaram e tagarelaram e deram risadas, inventando histórias. De repente, quando estavam na beira do rio, ele disse: "Agora vamos nos matar", e olhou para o rio com um olhar que ela vira no seu rosto quando passava um trem, ou um ônibus – um olhar como se alguma coisa o fascinasse; e sentiu que ele se afastava dela e pegou-o pelo braço. Mas, no caminho de volta para casa, ele estava perfeitamente tranquilo – perfeitamente razoável. Discutiu com ela a ideia de se matarem; e explicou como as pessoas eram diabólicas; como ele podia vê-las inventando mentiras enquanto passavam na rua. Conhecia todos os seus pensamentos, ele disse; ele sabia de tudo. Ele sabia qual era o sentido do mundo, disse.

Depois, chegando em casa, ele mal podia andar. Estendeu-se no sofá e quis que ela lhe segurasse a mão para não cair mais, gritava, cada vez mais, nas chamas! e via rostos que, das paredes, riam dele, que lhe diziam nomes horríveis e chocantes, e, à volta do biombo, mãos que apontavam. Contudo eles estavam completamente a sós. Mas ele começou a falar alto, respondendo às pessoas, discutindo, rindo, chorando, ficando todo agitado e fazendo-a anotar coisas. Era tudo um absurdo; sobre a morte; sobre a Srta. Isabel Pole. Não aguentava mais. Ela iria voltar.

Estava perto dele agora, podia vê-lo fitando o céu, resmungando, crispando as mãos. Contudo o Dr. Holmes disse que ele não tinha nada de sério. O que, então, acontecera – por que, então, ele fora embora; por que, então, quando ela se sentou ao seu lado, ele se sobressaltou, fitou-a com ar sério, afastou-se e apontou para a mão dela, tomou-a nas suas, olhou-a aterrorizado?

Era porque ela tinha tirado a aliança? "Minhas mãos se afinaram tanto", disse. "Guardei-a na bolsa", disse-lhe.

Ele largou a mão dela. O casamento deles acabara, pensou, com angústia, com alívio. A amarra fora cortada; ele se elevou; estava livre, pois tinha sido decretado que ele, Septimus, o senhor dos homens, devia ser livre; só (já que sua esposa jogara fora a aliança; já que ela o abandonara), ele, Septimus, estava só, escolhido, diante da massa dos homens, para ouvir a verdade, para tomar conhecimento do significado que, agora, finalmente, após todos os esforços da civilização – os gregos, os romanos, Shakespeare, Darwin, e agora ele próprio – iria ser integralmente confiado a... "A quem?", perguntou em voz alta. "Ao Primeiro-Ministro", replicaram as vozes que sussurravam por sobre a sua cabeça. O segredo supremo deve ser revelado ao Gabinete de Ministros; primeiro, que as árvores são vivas; depois, que não existe nenhum crime; depois, o amor, o amor universal, murmurou, ofegante, trêmulo, dolorosamente extraindo essas verdades profundas que exigiam, tão recônditas eram elas, tão difíceis, um esforço imenso para dar-lhes expressão, mas o mundo seria, para sempre, inteiramente transformado por elas.

Crime, não; amor; repetia, tateando em busca de papel e lápis, quando um skye terrier farejou suas calças e ele estremeceu, num acesso de medo. O terrier estava virando homem! Não suportava ver aquilo acontecer! Era horrível, terrível, ver um cachorro virar homem! O cachorro foi logo embora, troteando.

O Céu era divinamente misericordioso, infinitamente benigno. Poupou-o, perdoou-lhe as fraquezas. Mas qual era a explicação científica (pois se deve ser científico acima de tudo)? Por que ele podia enxergar através dos corpos, enxergar o futuro, quando os cachorros se transformarão em homens? Era, possivelmente, a onda de calor agindo sobre um cérebro que se tornara sensível graças a uma eternidade de evolução. Cientificamente falando, a carne sumira do mundo. Seu corpo tinha sido macerado até restarem apenas as fibras nervosas. Ele se estendia como um véu sobre uma rocha.

Ele se recostou na cadeira, exausto, mas aprumado. Ficou descansando, esperando, antes de recomeçar, com esforço, com dor, a tarefa de servir de intérprete à humanidade. Encontrava-se num ponto extremamente elevado, a cavaleiro do mundo. A terra vibrava debaixo dele. Flores rubras brotavam-lhe pela carne; suas folhas rígidas estalavam-lhe à cabeça. Uma música começou a retinir contra as rochas aqui em cima. É a buzina de um carro na rua, murmurou ele; mas aqui em cima ela ricocheteava de rocha em rocha, repartia-se, reunia-se em choques de som que se elevavam em suaves colunas (que a música podia ser visível constituía uma descoberta) e tornava-se um hino, um hino enlaçado agora pelo som da flauta de um pastorzinho (É um velho tocando sua flautinha de lata à porta do bar, murmurou ele), que, enquanto o menino se mantinha parado, saía em borbulhas de sua flauta que, depois, à medida que ele subia mais e mais, soltava seu insólito lamento enquanto o tráfego passava lá embaixo. A elegia desse menino é tocada em meio ao tráfego, pensou Septimus. Agora ele se retira, indo em direção à neve lá em cima, e rosas penduram-se à sua volta – as rubras e densas rosas que brotam da parede do meu quarto, lembrou a si próprio. A música parou. Ganhou a sua moeda, concluiu ele, e se foi em direção ao próximo bar.

Mas, quanto a ele, continuou no alto de sua rocha, como um marinheiro naufragado na sua. Inclinei-me à beira do barco e caí, pensou. Fui para o fundo do mar. Estive morto e contudo agora estou vivo, mas me deixem em paz, implorou (estava outra vez falando para si mesmo – era horrível, horrível!); e assim como, antes do despertar, as vozes dos pássaros e o ruído das rodas se harmonizam e conversam numa estranha harmonia, tornando-se cada vez mais altos, e o adormecido sente-se puxado para as praias da vida, assim ele se sentia puxado em direção à vida, o sol tornando-se cada vez mais quente, os gritos soando cada vez mais altos, algo de tremendo prestes a acontecer.

Ele só tinha que abrir os olhos; mas eles tinham um peso; um medo. Ele forçou; pressionou; olhou; viu o Regent's Park à sua frente. Longas faixas da luz do sol faziam festa a seus pés. As árvores ondulavam, cintilavam. Nós damos as boas-vindas, o mundo parecia dizer; nós aceitamos; nós criamos. A beleza, o mundo parecia dizer. E como se para prová-lo (cientificamente), para onde quer que olhasse, para as casas, as grades da cerca, os antílopes esticando o pescoço por sobre as paliçadas, a beleza surgia instantaneamente. Observar uma folha tremulando à passagem de uma lufada de ar era uma rara alegria. No alto do céu andorinhas riscavam o ar, serpenteavam, arremessavam-se para cima e para baixo, rodopiavam e rodopiavam, mas sempre com perfeito controle como se presas por elásticos; e as moscas subindo e descendo; e o sol sarapintando ora esta folha, ora aquela, brincalhão, ofuscando-a com delicado ouro, no mais puro estado de bom humor; e, uma vez ou outra, algum eco (possivelmente da buzina de um carro) ressoando divinamente nos talos da grama – tudo isso, tranquilo e comedido como era, feito de coisas ordinárias como era, era agora a verdade; a beleza era agora a verdade. A beleza estava por toda parte.

"Acabou o tempo", disse Rezia.

A palavra "tempo" rompeu a sua membrana; derramou seus tesouros sobre ele; e de seus lábios tombaram como conchas, como aparas de uma plaina, sem que ele as tivesse formado, palavras duras, alvas, imperecíveis, que alçaram voo para tomarem seus lugares numa ode ao Tempo; numa imortal ode ao Tempo. Ele cantou. Evans respondeu de detrás da árvore. Os mortos estavam na Tessália, cantou Evans, entre as orquídeas. Esperaram ali até que a Guerra tivesse acabado, e agora os mortos, agora o próprio Evans –

"Pelo amor de Deus, não venham!", gritou Septimus. Pois ele não suportava ver os mortos.

Mas os ramos se separaram. Um homem de cinza estava realmente vindo na direção deles. Era Evans! Mas não estava enlameado; não tinha nenhum ferimento; não tinha mudado. Preciso contar ao mundo inteiro, gritou Septimus, erguendo a mão (à medida que o homem morto, em seu terno cinza, chegava mais perto), erguendo a mão como uma colossal figura que tivesse, por séculos, sozinho no deserto, lamentado o destino do homem, as mãos pressionadas contra a fronte, sulcos de desespero no rosto, e agora vê, na fímbria do deserto, uma luz que se amplia e atinge a figura em preto metálico (e Septimus fez menção de levantar-se da cadeira), e com legiões de homens prostrados às suas costas, ele, o carpidor gigante, recebe no rosto, por um instante, toda a...

"Mas me sinto tão infeliz, Septimus", disse Rezia, tentando fazê-lo sentar-se.

As massas se lamentavam; por séculos, tinham penado. Ele se voltaria, ele lhes falaria em um instante, em apenas mais um instante, desse alívio, dessa alegria, dessa espantosa revelação –

"Já é tempo de ir embora, Septimus", repetiu Rezia. "Que horas são?"

Ele falava, se agitava, aquele homem deve tê-lo notado. Estava olhando para eles.

"Vou lhe dizer as horas", disse Septimus, muito devagar, muito sonolentamente, sorrindo com ar misterioso para o morto de terno cinza. Enquanto estava ali sentado, sorrindo, soou o quarto de hora – um quarto para as doze.

E isso é ser jovem, pensou Peter Walsh, ao passar por eles. Fazer uma cena horrível – a pobre moça parecia completamente desesperada – no meio da manhã. Mas o que se passava, perguntou-se, o que esse moço de sobretudo estivera lhe dizendo para ela ter ficado assim; em que confusão horrível haviam se envolvido para que ambos parecessem assim tão desesperados numa linda manhã de verão? O divertido de voltar à Inglaterra, depois de cinco anos, era como isso fazia com que as coisas, pelo menos nos primeiros dias, se destacassem de um jeito que era como se nunca as tivéssemos visto antes; namorados discutindo à sombra de uma árvore; a vida familiar e doméstica dos parques. Nunca Londres lhe parecera tão encantadora – a suavidade das distâncias; a riqueza; o vigor; a civilização, depois da Índia, pensou, enquanto caminhava pela grama.

Essa suscetibilidade a impressões tinha sido a sua desgraça, sem dúvida. Mesmo nessa idade, ele tinha, como um menino ou até mesmo uma menina, essas mudanças de humor; dias bons, dias ruins, por uma razão qualquer, felicidade à vista de um belo rosto, desolação total à vista de uma megera. Depois da Índia, a gente se apaixonava, é claro, por toda mulher que encontrasse. Elas passavam um frescor; até as mais pobres seguramente se vestiam melhor do que há cinco anos; e, a seus olhos, as modas nunca haviam sido tão vistosas; os longos casacos pretos; a esbelteza; a elegância; e, depois, o delicioso e aparentemente universal hábito da maquiagem. Todas as mulheres, até as mais respeitáveis, tinham botões de rosa de estufa nas faces; lábios talhados a cinzel; cacheados de tinta nanquim; havia composição, arte, em todo lugar; tinha havido, sem dúvida, algum tipo de mudança. Que pensavam os jovens a respeito disso? perguntou-se Peter Walsh.

Aqueles cinco anos – 1918 a 1923 – tinham sido, de alguma forma, suspeitava ele, muito importantes. As pessoas pareciam diferentes. Os jornais pareciam diferentes. Agora, por exemplo, havia um homem escrevendo muito abertamente sobre as privadas em um dos semanários respeitáveis. Era algo que, há dez anos, não era possível – escrever muito abertamente sobre privadas num semanário respeitável. E, depois, isso de puxar um batom ou uma esponja de pó de arroz e se maquiar em público. No navio, na viagem de volta, havia uma porção de moços e moças – lembrava-se particularmente de Betty e de Bertie – flertando abertamente; a velha mãe sentada e observando-os com seu tricô, impassível como uma estátua. A moça parava e empoava o nariz na frente de todo mundo. E não estavam comprometidos; apenas se divertindo; nenhuma ofensa de um lado ou outro. Fria como gelo – essa Betty Não-Sei-O-Quê – mas em tudo uma boa moça. Daria uma ótima esposa aos trinta – se casaria quando lhe aprouvesse; se casaria com um ricaço qualquer e moraria numa enorme casa nos arredores de Manchester.

Quem, havia pouco, fizera isso? perguntou-se Peter Walsh, dobrando na Broad Walk, se casara com um ricaço e morava num casarão nos arredores de Manchester? Alguém que, não faz muito, lhe escrevera uma longa, efusiva carta, sobre "hortênsias azuis". O fato de ter visto hortênsias fizera-a lembrar-se dele e dos velhos tempos – Sally Seton, claro! Fora Sally Seton – a última pessoa no mundo de quem se esperaria que fosse se casar com um ricaço e morar numa ampla casa nos arredores de Manchester, a louca, a ousada, a romântica Sally!

Mas de toda a antiga turma dos amigos de Clarissa – os Whitbreads, os Kinderleys, os Cunninghams, os Kinloch-Jones – Sally era provavelmente a melhor. Pelo menos tentava ver as coisas pelo lado certo. Pelo menos conseguia ver Hugh Whitbread – o admirável Hugh – pelo que realmente era, enquanto Clarissa e o resto prostravam-se aos seus pés.

"Os Whitbreads?", podia ouvi-la dizendo. "Quem são os Whitbreads? Vendedores de carvão. Respeitáveis negociantes."

Hugh, por alguma razão, ela detestava. Não pensava em outra coisa que não fosse sua própria aparência, dizia ela. Deveria ter nascido duque. Com certeza esposaria uma das princesas da Casa Real. E, naturalmente, Hugh tinha um respeito pela aristocracia britânica que era mais extraordinário, mais natural, mais sublime do que o de qualquer outro ser humano que ele já encontrara. Até Clarissa tinha que concordar com isso. Ah, mas ele era tão querido, tão pouco egoísta, deixara a caça para agradar à velha mãe... lembrava-se dos aniversários das tias e tudo o mais.

Sally, justiça lhe seja feita, não se deixou enganar por nada disso. Uma das coisas de que melhor se recordava era de uma discussão, numa manhã de domingo, em Bourton, sobre os direitos das mulheres (essa questão antediluviana), quando Sally, de repente, perdeu a calma, inflamou-se, e disse a Hugh que ele representava tudo o que havia de mais detestável na vida da classe média britânica. Disse-lhe que o considerava responsável pela situação "daquelas pobres moças da Piccadilly" – Hugh, o perfeito cavalheiro, pobre Hugh! – jamais um homem se mostrou tão horrorizado! Ela fez isso de propósito, disse depois (pois costumavam se reunir na horta para trocar impressões). "Ele não lia nada, não pensava nada, não sentia nada", podia ainda ouvi-la dizer naquela mesma e enfática voz que tinha um peso bem maior do que ela supunha. Os moços de cavalariça tinham mais vida que Hugh, disse ela. Ele era o perfeito exemplar da espécie saída das escolas de elite, disse. Nenhum outro país, fora a Inglaterra, poderia tê-lo produzido. Ela era, por alguma razão, realmente impiedosa; guardava algum ressentimento para com ele. Algo acontecera – ele esquecera o quê – no salão de fumar. Ele a ofendera – a beijara? Incrível! Naturalmente, ninguém acreditava em nenhuma palavra que fosse desfavorável a Hugh. Quem seria capaz? Beijar Sally no salão de fumar! Se tivesse sido alguma Honorável Edith ou Lady Violet, talvez; mas não aquela pobretona da Sally, sem nada de seu, e um pai ou uma mãe que passavam a vida fazendo apostas em Monte Carlo. Dentre todas as pessoas que algum dia conhecera, Hugh era o mais esnobe – o mais obsequioso – não, ele não se dobrava, a bem dizer. Era muito orgulhoso para isso. Um criadinho de luxo era a comparação óbvia – alguém que ia atrás, carregando as malas; confiável para se enviar telegramas – indispensável para as senhoras do lar. E encontrara o seu emprego – havia esposado sua Honorável Evelyn; conseguira um carguinho na Corte, cuidava das adegas do Rei, lustrava as fivelas do sapato imperial, andava para cima e para baixo em calções justos e punhos de renda. Como a vida é impiedosa! Um carguinho na Corte!

Casara-se com essa senhora, a Honorável Evelyn, e moravam nos arredores, era o que pensava (observando as pomposas casas que davam para o Parque), pois almoçara ali uma vez, numa casa que tinha, como tudo o que pertencia a Hugh, alguma coisa que nenhuma outra podia ter – armários para roupa branca, talvez. Tinha-se de ir vê-los, tinha-se de gastar um tempo enorme sempre admirando seja lá o que fosse – armários para roupa branca, fronhas, móveis antigos de carvalho, quadros que Hugh tinha arrematado por uma bagatela. Mas a Sra. Hugh acabava, às vezes, por entregar o jogo. Era uma dessas mulherzinhas obscuras, com cara de fuinha, que admiram grandes homens. Era quase desprezível. Mas, de repente, dizia algo bastante inesperado – algo perspicaz. Talvez conservasse vestígios das maneiras refinadas. O carvão dos aquecedores era um tanto forte para ela – tornava a atmosfera carregada. E assim viviam ali, com seus armários para roupa branca e seus velhos mestres da pintura e suas fronhas debruadas com renda legítima, com um estipêndio anual, presumidamente, de cinco ou dez mil libras, enquanto ele, que era dois anos mais velho que Hugh, corria atrás de um emprego.

Aos cinquenta e três anos, tinha que chegar e pedir que lhe conseguissem uma colocação no gabinete de algum ministro, que lhe arrumassem um emprego como ajudante de mestre-escola, dando lições de latim a um grupo de garotinhos, ou algum trabalho de escritório, ao arbítrio de um mandarim qualquer, algo que lhe rendesse quinhentas libras por ano; pois se casasse com Daisy, mesmo contando com a pensão, nunca conseguiriam viver com menos que isso. Whitbread, presumivelmente, poderia consegui-lo; ou Dalloway. Não se importava de pedi-lo a Dalloway. Era realmente um bom sujeito; um tanto limitado; um tanto obtuso; sim; mas realmente um bom sujeito. Quando se dedicava a alguma coisa, fosse qual fosse, ele o fazia de maneira prática, sensata; sem qualquer toque de imaginação, sem uma faísca de brilhantismo, mas com o inexplicável bom-mocismo da sua espécie. Deveria ter sido um aristocrata rural – consumia-se na política. Dava-se melhor em campo aberto, com cavalos e cães – como ele foi ótimo, por exemplo, quando aquele cão enorme e peludo de Clarissa ficou preso numa armadilha e quebrou a pata, e Clarissa desmaiou e Dalloway tomou conta de tudo; fez as ataduras, colocou as talas; disse a Clarissa que não se comportasse como tola. Era para essas coisas, talvez, que ela gostava dele – era do que ela precisava. "Agora, minha querida, não seja tola. Segure isso... busque aquilo", o tempo todo falando com o cachorro como se fosse um ser humano.

Mas como podia ela engolir toda aquela discurseira sobre poesia? Como podia deixar que ele ficasse discorrendo longamente sobre Shakespeare? Séria e solenemente, Richard Dalloway empinou-se todo e disse que nenhum homem decente deveria ler os sonetos de Shakespeare porque era como ficar ouvindo pelo buraco da fechadura (além disso, a relação não era do tipo que ele aprovasse). Nenhum homem decente deveria deixar a esposa visitar uma mulher que se casara com o viúvo da irmã. Incrível! A única coisa que se podia fazer era bombardeá-lo com amêndoas açucaradas – isso foi durante o jantar. Mas Clarissa engolia tudo; achava que era tão sincero da parte dele; tão independente; só Deus sabe se ela não o considerava a mente mais original que já havia encontrado!

Esse era um dos vínculos entre Sally e ele. Havia um jardim por onde costumavam passear, um local murado, com roseiras e enormes couves-flores – ainda se lembrava de Sally colhendo uma rosa, parando para exprimir sua admiração diante da beleza das folhas de couve ao luar (era extraordinário como tudo lhe voltava vividamente, coisas sobre as quais não pensara durante anos), enquanto lhe implorava, meio de brincadeira, claro, para que arrebatasse Clarissa, para que a salvasse dos Hughs e dos Dalloways e de todos os outros "perfeitos cavalheiros" que "lhe asfixiariam a alma" (ela escrevia montões de poemas naquele tempo), fariam dela uma simples anfitriã, estimulariam seu mundanismo. Mas era preciso fazer justiça a Clarissa. De qualquer maneira, ela não iria se casar com Hugh. Tinha uma ideia perfeitamente clara do que queria. Suas emoções situavam-se, todas, à flor da pele. No fundo, era muito sensata – era muito melhor que Sally, por exemplo, quando se tratava de avaliar o caráter de alguém, e, contudo, puramente feminina; com esse extraordinário dom, esse dom feminino, de criar um mundo só dela onde quer que estivesse. Ela entrava numa sala; postava-se, como ele muitas vezes vira, à passagem de uma porta, com uma porção de gente ao redor. Mas era a lembrança de Clarissa que se guardava. Não que ela fosse impressionante; bonita, certamente não; não havia nela nada de original; nunca dizia nada especialmente inteligente; mas ali estava ela; ali estava ela.

Não, não, não! Não estava mais apaixonado por ela! Apenas se sentia, após tê-la visto naquela manhã, entre suas tesouras e seus fios de seda, preparando-se para a festa, incapaz de não pensar nela; ela não parava de voltar-lhe à mente, como um viajante adormecido que ficasse o tempo todo caindo em cima dele no banco de um trem; o que não significava estar apaixonado, claro; mas pensar nela, criticá-la, começar novamente, após trinta anos, a tentar explicá-la. A coisa óbvia a dizer sobre ela é que era mundana; dava demasiada importância à posição e às convenções sociais e à oportunidade de se dar bem no mundo – o que, em certo sentido, era verdade; ela lhe confessara. (Sempre se podia levá-la a reconhecê-lo, se fosse o caso; era honesta.) O que ela diria é que odiava as pessoas frouxas, fossilizadas, fracassadas, como ele próprio, presumivelmente; achava que as pessoas não tinham o direito de se portarem de maneira relaxada, com as mãos nos bolsos; deviam fazer alguma coisa, ser alguma coisa; e essas magníficas e elegantes damas, essas duquesas, essas veneráveis e velhas condessas que se viam em seu salão de festas, embora indescritivelmente distantes, como ele achava, de qualquer coisa que tivesse algum valor, representavam para ela algo de real. Lady Bexborough, disse ela uma vez, sabia manter-se aprumada (a própria Clarissa também; nunca se deixava relaxar, em qualquer sentido da palavra; era reta como um dardo, um tanto rígida, na verdade). Dizia que elas tinham aquela espécie de coragem que, quanto mais velha ficava, mais ela respeitava. Havia, nisso tudo, muito de Dalloway, claro; muito da mentalidade do espírito público, do Império Britânico, da reforma fiscal, da classe governante, que, como tende a acontecer, a tinha impregnado. Com uma inteligência que era o dobro da dele, era obrigada a ver as coisas através dos olhos dele – uma das tragédias da vida de casada. Dona de pensamento próprio, tinha que estar sempre citando Richard – como se não fosse possível saber exatamente, apenas pela leitura matinal do *Morning Post*, o que Richard pensava! Essas festas, por exemplo, eram todas por causa dele, ou por causa da ideia que ela fazia dele (para fazer justiça a Richard, ele teria sido mais feliz cuidando de terras em Norfolk). Ela fizera de seu salão de festas uma espécie de ponto de encontro; tinha talento para isso. Tinham sido inúmeras as vezes em que a vira tomar conta de algum rapaz ainda verde para retorcê-lo, revolvê-lo, despertá-lo; para dar-lhe um ponto de partida. Hordas de pessoas estúpidas aglomeravam-se à volta dela, claro. Mas surgiam pessoas diferentes e inesperadas; um artista, às vezes; às vezes, um escritor; um corpo estranho naquele ambiente. E por trás de tudo isso havia toda aquela rede feita das visitas, da distribuição de cartões, da atenção para com as pessoas; dos buquês de flores, dos pequenos presentes; Fulano ou Fulana ia para a França – era preciso ter uma almofada inflável; um verdadeiro sorvedouro de sua energia; toda aquela interminável movimentação em que mulheres como ela se envolviam; mas fazia isso genuinamente, por uma espécie de instinto natural.

    Estranhamente, ela era uma das pessoas mais céticas que já conhecera e, possivelmente (era uma teoria que inventava para tentar compreendê-la, tão transparente sob certos aspectos, tão inescrutável sob outros), possivelmente dizia para si mesma: Como somos uma raça condenada, acorrentada a uma nave a pique (suas leituras preferidas, quando garota, eram Huxley e Tyndall, que prezavam essas metáforas náuticas), como toda a coisa é uma piada de mau gosto, façamos, de qualquer modo, a nossa parte; mitiguemos os sofrimentos de nossos companheiros de cárcere (Huxley novamente); decoremos a masmorra com flores e almofadas infláveis; sejamos tão decentes quanto possível. Aqueles rufiões, os Deuses, não podem fazer tudo a seu bel prazer – era da opinião de que os Deuses, que não perdiam nenhuma oportunidade para ferir, frustrar e arruinar vidas humanas, ficavam seriamente desconcertados se, apesar de tudo, a vítima se comportasse como uma grande dama. Essa fase teve início logo após a morte de Sylvia – aquela terrível tragédia. Ver a própria irmã vitimada pela queda de uma árvore (tudo por culpa de Justin Parry – tudo por um descuido seu) diante de seus olhos, uma garota também com uma vida pela frente, a mais talentosa delas, Clarissa sempre dizia, era o suficiente para tornar qualquer um amargo. Mais tarde, talvez tivesse deixado de ser tão taxativa; achava que não havia deuses de espécie alguma; que não havia a quem culpar; desenvolvendo, assim, esse credo ateísta de praticar o bem pelo bem.

E, naturalmente, ela gostava demais da vida. Tirar prazer das coisas estava em sua natureza (embora, só Deus sabe, ela tivesse suas reservas; ele sentia, muitas vezes, que mesmo ele, após todos esses anos, não podia fazer de Clarissa mais que um simples esboço). De qualquer modo, não havia nela nenhuma amargura; nada daquele senso de virtude moral que é tão repulsivo nas mulheres boazinhas. Tirava prazer de tudo, praticamente. Quando se ia passear com ela pelo Hyde Park, ora era um canteiro de tulipas, ora uma criança num carrinho, ora algum pequeno e absurdo drama que ela inventava no ardor do momento. (Muito provavelmente, teria ido falar com aquele casal de namorados, se tivesse achado que se sentiam infelizes.) Tinha um senso de comédia realmente incomum, mas precisava de pessoas, sempre de pessoas, para trazê-lo à tona, com o inevitável resultado de que desperdiçava o seu tempo almoçando, jantando, dando incessantemente aquelas suas festas, falando bobagens, dizendo coisas que não queria, desgastando sua afiada inteligência, perdendo sua capacidade de discriminação. Ficava ali, sentada à cabeceira da mesa, fazendo o maior esforço possível com algum velho idiota que poderia ser útil a Dalloway – conheciam os maiores chatos da Europa – ou Elizabeth chegava e tudo se voltava para *ela*. Da última vez que os visitara, ela estava na escola secundária, naquela fase indefinida da vida, uma garota de rosto pálido, olhos arredondados, sem nada da mãe, uma silenciosa e impassível criatura, que aceitava tudo como muito natural, deixava que a mãe ficasse em cima dela o tempo todo, dizendo depois "Posso ir agora?", como uma criança de quatro anos; estava saindo – explicava Clarissa, com aquele misto de prazer e orgulho que até Dalloway parecia despertar nela – para jogar hockey. E agora Elizabeth tinha sido, supostamente, "apresentada" à sociedade; devia considerá-lo uma múmia, rir-se dos amigos da mãe. Ah, bem, não importa. A vantagem de envelhecer, pensou Peter Walsh, saindo do Regent's Park, e segurando o chapéu na mão, era simplesmente esta; que as paixões continuam fortes como nunca, mas adquiriu-se – finalmente! – a capacidade que confere o supremo sabor à existência, a capacidade de se apropriar da experiência, de examiná-la, lentamente, às claras.

Era uma confissão terrível de ser feita (pôs o chapéu novamente), mas nesta idade, cinquenta e três anos, quase não se precisava mais das pessoas. A própria vida, cada momento dela, cada gota, este instante, agora, ao sol, no Regent's Park, era o bastante. Demasiado, na verdade. Uma vida inteira era demasiadamente curta para trazer à tona, agora que se adquirira essa capacidade, todo o sabor; para extrair cada grama de prazer, cada nuance de sentido; que eram, ambos, muito mais sólidos do que antes, muito menos pessoais. Era impossível que tivesse que sofrer novamente como Clarissa o fizera sofrer. Por horas seguidas (queira Deus que seja possível dizer essas coisas sem ser ouvido por ninguém!), por horas e dias, não pensou, uma só vez, em Daisy.

Seria possível, então, lembrando o tormento, a tortura, a extraordinária paixão daquela época, que estivesse apaixonado por ela? Era uma coisa inteiramente diferente – uma coisa muito mais agradável – a verdade era, naturalmente, que agora era *ela* que estava apaixonada por *ele*. E essa era, talvez, a razão pela qual, quando o navio realmente zarpou, sentiu um alívio extraordinário, desejando nada mais do que ficar sozinho; desgostou-se ao encontrar todas as suas pequenas atenções – charutos, bilhetes, uma manta para a viagem – na sua cabine. Qualquer um, se fosse franco, diria o mesmo; não se precisa mais das pessoas após os cinquenta; não se precisa continuar dizendo às mulheres que elas são bonitas; é o que os cinquentões, em sua maioria, diriam, pensou Peter Walsh, se fossem sinceros.

Mas, depois, esses surpreendentes acessos de emoção – ter-se derramado em lágrimas esta manhã, o que significava, então, tudo isso? O que Clarissa podia ter pensado dele? Julgava-o um tolo, presumivelmente, e não pela primeira vez. Era ciúme o que estava no fundo disso tudo – o ciúme que sobrevive a todas as outras paixões humanas, pensou Peter Walsh, conservando o canivete ao alcance da mão. Estivera se encontrando com o Major Orde, disse Daisy na última carta; disse-o de propósito, ele sabia; disse-o para provocar-lhe ciúmes; podia vê-la franzindo a testa enquanto escrevia, pensando no que poderia dizer para magoá-lo; mas isso não fazia nenhuma diferença; ele estava furioso! Todo esse alvoroço de voltar para a Inglaterra e consultar advogados não era para casar-se com ela, mas para impedi-la de casar-se com algum outro. Era isso que o torturava, foi isso que o assaltou quando viu Clarissa tão calma, tão fria, tão absorta em seu vestido ou seja lá no que fosse; tomando consciência daquilo do qual ela poderia tê-lo poupado, daquilo a que ela o tinha reduzido – um tolo envelhecido, lamuriento e choroso. Mas as mulheres, pensou, fechando o canivete, não sabem o que é a paixão. Não sabem o que ela significa para os homens. Clarissa era fria como um pingente de gelo. Ela ficou lá sentada ao seu lado, no sofá, deixou-o tomar-lhe a mão, deu-lhe um beijo no rosto – Aqui estava ele, no cruzamento.

Foi interrompido por um som; um som frágil, trêmulo, uma voz borbulhando sem direção, sem vigor, sem princípio nem fim, escorrendo, débil e pungente e desprovida de qualquer significado humano, num

ee um fah um so
foo swee too eem oo –

a voz do que não tinha idade nem sexo, a voz de uma vertente antiga jorrando da terra; que brotava, exatamente do outro lado da estação de metrô do Regent's Park, de uma forma alongada e tremulante, como uma chaminé, como uma bomba enferrujada, como uma árvore fustigada pelo vento, eternamente desprovida de folhas, que deixa o vento subir e descer pelos seus ramos cantando

ee um fah um so
foo swee too eem oo,

e treme e range e geme na brisa eterna.

 Ao longo das eras – quando o calçamento era grama, quando era um pantanal, ao longo da era da longa e aguçada presa e do mamute, ao longo da era das auroras silenciosas – a devastada mulher – pois ela vestia uma saia – com a mão direita estendida, a esquerda grudada ao corpo, continuava cantando o amor – o amor que durava havia um milhão de anos, ela cantava, o amor que triunfa, e milhões de anos atrás, seu amante, cantarolava ela, que estivera morto por todos esses séculos, passeara com ela em maio; mas no curso das eras, longas como dias de verão, e flamejantes, lembrava-se ela, sem nada mais que rubros ásteres, ele fora embora; a enorme foice da morte devastara aquelas tremendas colinas, e quando, finalmente, repousou a encanecida e imensamente envelhecida cabeça sobre a terra, agora convertida em mera escória de gelo, implorou aos deuses que depositassem junto a ela um buquê de urzes púrpuras, ali, em sua elevada campa, que os últimos raios do último sol acariciavam; pois então o *pageant* do universo teria chegado ao fim.

 Enquanto a canção antiga borbulhava do outro lado da estação de metrô do Regent's Park, a terra ainda parecia verde e florida; ainda, embora saída de boca tão rude, um mero buraco na terra, também lamacento, emaranhado de fibras de raízes e de ervas enredadas, todavia a velha, borbulhante, balbuciante canção, encharcando as nodosas raízes de infinitas eras, e por esqueletos e tesouros, todavia se espraiava em regatos pelo calçamento e ao longo de toda a Marylebone Road, e descia em direção à Euston, fertilizando, deixando, em seu rastro, uma mancha úmida.

Recordando ainda que, uma vez, nalgum primevo mês de maio, passeara com o amante, essa bomba enferrujada, essa velha devastada, com uma das mãos estendida à espera de alguns cobres, a outra grudada ao corpo, ainda estaria ali em dez milhões de anos, recordando como, uma vez, passeara em maio, onde agora corre o mar, com quem não importava – era um homem, ah, sim, um homem que a tinha amado. Mas o passar das eras havia turvado a claridade daquele antigo dia de maio; as flores de cintilantes pétalas estavam agora tingidas pelo cinza-prata da geada; e ela não via mais, quando lhe implorava (como fazia agora, muito claramente) "olha atentamente dentro dos meus com teus doces olhos", não via mais os olhos castanhos, as suíças negras ou um rosto queimado pelo sol, mas apenas uma forma vaga, a sombra de uma forma, para a qual, com o frescor de pássaro dos muito velhos, ela ainda gorjeou "dá-me a tua mão e deixa-me apertá-la docemente" (Peter Walsh não pôde deixar, enquanto tomava o táxi, de dar uma moeda à pobre criatura), "e se alguém visse, que lhe importava?", perguntou ela; e apertou o punho contra o corpo, e sorriu, guardando o xelim no bolso, e todos os olhares inquisitivos e bisbilhoteiros pareciam ter se apagado, e as sucessivas gerações de transeuntes – a calçada estava apinhada de apressados burgueses – desvaneceram-se, como folhas, para serem pisoteadas, banhadas e empapadas, transformando-se em húmus pela ação daquela vertente eterna...

ee um fah um so
foo swee too eem oo.

"Pobre velha", disse Rezia Warren Smith.
Oh, pobre e infeliz velha! disse ela, esperando para atravessar. Suponhamos que fosse uma noite chuvosa? Suponhamos que o nosso pai ou alguém que nos tivesse conhecido em dias melhores por acaso passasse por ali e nos visse ali na sarjeta? E onde dormia ela à noite?

Alegre, quase festivo, o invencível fiozinho de som espiralou no ar, como a fumaça da chaminé de uma casinha no campo que enrolasse límpidas faias num tufo de fumaça azulada e escapasse por entre as folhas do topo. "E se alguém visse, que lhe importava?"

Desde que se tornou infeliz desse jeito, por semanas e semanas agora, Rezia dava significados às coisas que aconteciam, quase achando, às vezes, que devia parar as pessoas na rua, se parecessem boas, amáveis, apenas para lhes dizer "Sinto-me infeliz"; e essa velha cantando na rua "e se alguém visse, que lhe importava?" fez com que subitamente tivesse absoluta certeza de que tudo ia dar certo. Estavam indo consultar Sir William Bradshaw; achou que o nome soava bonito; ele iria curar Septimus em seguida. E, depois, havia uma carroça de cervejeiro, e os cavalos cinzentos tinham pedaços de palha espetados no rabo; havia painéis com notícias dos jornais. Era um devaneio tolo, muito tolo, sentir-se infeliz.

Assim, eles, o Sr. e a Sra. Septimus Warren Smith, atravessaram a rua, e havia, afinal, uma coisa qualquer que chamasse a atenção sobre eles, uma coisa qualquer que fizesse um transeunte suspeitar de que aqui vai um jovem que leva com ele a maior mensagem do mundo e que é, além disso, o homem mais feliz do mundo, e o mais miserável? Talvez caminhassem mais devagar do que as outras pessoas, e houvesse algo de hesitante, de pesado, no andar do homem, mas nada poderia ser mais natural para um escriturário que havia anos não estivera, num dia de semana, numa hora como esta, no West End, do que continuar observando o céu, observando isso, aquilo ou aquilo outro, como se Portland Place fosse um salão no qual entrara quando a família estava longe, os candelabros envoltos em linho cru, enquanto a governanta, afastando um canto das persianas, deixava entrar longos feixes de luz salpicados de poeira que iam repousar em insólitas e abandonadas poltronas, e dizia aos visitantes quão maravilhoso era esse lugar; quão maravilhoso, mas ao mesmo tempo, pensa ele, quão estranho.

Pela aparência, podia ser um escriturário, mas dos de melhor nível; pois calçava botinas marrons; as mãos eram cultivadas; o mesmo se podia dizer da sua figura – uma figura angulosa, de nariz grande, inteligente, sensível; mas não os lábios, absolutamente, pois eram moles; e os olhos (como costumam ser os olhos), apenas olhos; castanho-claros, grandes; era, assim, no conjunto, um caso-limite, nem uma coisa nem outra; podia acabar com uma casa em Purley e um carro a motor, ou continuar a vida toda alugando apartamentos em ruas retiradas; um desses homens com pouca instrução, autodidatas, cuja educação é inteiramente adquirida através de livros tomados de empréstimo em bibliotecas públicas, lidos à noite, após um dia de trabalho, a conselho de autores célebres, consultados por carta.

Quanto às outras experiências, as solitárias, aquelas que as pessoas vivem sozinhas, em seus quartos, em seus escritórios, andando pelos campos e pelas ruas de Londres, ele as tivera; saíra de casa, menino ainda, por causa da mãe; ela mentia; porque ele desceu para o chá, pela quinquagésima vez, sem ter lavado as mãos; porque não via futuro para um poeta em Stroud; e assim, tendo a irmã mais nova por confidente, fora embora para Londres, deixando atrás um bilhete absurdo, como os escritos por grandes homens e lidos, depois, pelo mundo, quando a história de suas lutas se tornou famosa.

Londres sorvera milhões de homens jovens com Smith por sobrenome; e não se deixava impressionar por nomes de batismo fantásticos como Septimus, com o qual os pais pensavam distingui-los. Morando perto da Euston Road, havia experiências, novamente experiências, como a da mudança, em dois anos, de um rosto cheio, corado, inocente, para um rosto fino, contraído, hostil. Mas, de tudo isso, o que poderia ter dito o mais atento dos amigos senão o que diz um jardineiro quando abre a porta da estufa numa certa manhã e encontra uma nova flor em sua planta: – Ela florescera; florescera por força da vaidade, da ambição, do idealismo, da paixão, da solidão, da coragem, da indolência, as habituais sementes que, reunidas todas numa confusa mistura (num quarto perto da Euston Road), fizeram dele um homem tímido, e gaguejante, fizeram dele um homem preocupado em se aperfeiçoar, fizeram com que se apaixonasse pela Srta. Isabel Pole, que ensinava Shakespeare na Waterloo Road.

Não era ele como Keats? perguntava-se ela; e pensava em como poderia fazê-lo tomar gosto por *Antônio e Cleópatra* e todas as outras peças; emprestava-lhe livros; escrevia-lhe fragmentos de cartas; e acendia nele um fogo tal como os que ardem apenas uma vez na vida, sem calor, que projetava uma chama bruxuleante, de um dourado rubro, infinitamente etérea e imaterial, sobre a Srta. Pole; sobre *Antônio e Cleópatra*; e sobre a Waterloo Road. Ele a achava bonita, julgava-a impecavelmente douta; sonhava com ela, escrevia-lhe poemas, os quais, desconhecendo o mote, ela corrigia com tinta vermelha; ele a viu, numa tarde de verão, passeando, numa praça, num vestido verde. "Florescera", poderia ter dito o jardineiro, se tivesse aberto a porta do quarto; quer dizer, se tivesse entrado, numa noite qualquer, mais ou menos nessa época, e o tivesse encontrado escrevendo; o tivesse encontrado rasgando o que escrevera; o tivesse encontrado terminando uma obra-prima às três da manhã e saindo apressado para percorrer as ruas, e visitando as igrejas, e jejuando num dia, bebendo num outro, devorando Shakespeare, Darwin, *A história da civilização* e Bernard Shaw.

Algo estava no ar, sabia-o o Sr. Brewer; o Sr. Brewer, chefe de escritório de Sibleys & Arrowsmiths – Leilões, Perícias, Valores Imobiliários; algo estava no ar, pensou ele, e, como era paternal para com seus jovens empregados, e como tinha em alta conta as capacidades de Smith, e como profetizava que, em dez ou quinze anos, ele estaria sentado, como seu sucessor, na confortável cadeira de couro da sala do centro, em meio aos fichários de testamentos e sob a luz da claraboia, "desde que conservasse a saúde", disse o Sr. Brewer, e esse era o perigo – ele parecia débil; recomendou-lhe o futebol, convidava-o para cear e estava prestes a recomendá-lo para um aumento de salário, quando aconteceu algo que desfez muitos dos planos do Sr. Brewer, roubou-lhe os mais capazes dos jovens colaboradores, e a tal grau eram abrangentes e insidiosos os braços da Guerra Europeia, que acabaram por atingir a residência do Sr. Brewer, em Muswell Hill, esmagando uma escultura em gesso de Ceres, abrindo um buraco nos canteiros de gerânios e arruinando por completo os nervos da cozinheira.

Septimus foi um dos primeiros a se apresentar como voluntário. Foi para a França para salvar uma Inglaterra que consistia quase que inteiramente em peças de Shakespeare e na Srta. Isabel Pole passeando de vestido verde numa praça. Deu-se, ali, nas trincheiras, instantaneamente, a mudança que o Sr. Brewer pretendia quando lhe recomendara o futebol; tornou-se viril; foi promovido; chamou a atenção – na verdade, ganhou a afeição – de seu superior, de nome Evans. Era como dois cães brincando no tapete da frente da lareira; um abocanhando e sacudindo um canudo de papel, rosnando, mordiscando, mordendo, de vez em quando, a orelha do mais velho; o outro deitando-se sonolento no chão, pestanejando à luz do fogo, levantando uma pata, rolando e rosnando alegremente. Eles tinham que estar sempre juntos, compartilhar, brigar, discutir. Mas quando Evans (Rezia, que o tinha visto uma vez, referia-se a ele como "um homem calado", um homem ruivo entroncado, retraído na companhia de mulheres), quando Evans foi morto, bem pouco antes do Armistício, na Itália, Septimus, além de não demonstrar qualquer emoção ou de não reconhecer que aqui terminava uma amizade, congratulou-se por reagir tão contida e racionalmente. A Guerra tinha lhe dado uma lição. Era sublime. Tinha passado pela experiência toda, amizade, Guerra Europeia, morte, tivera uma promoção, ainda não tinha trinta anos e estava destinado a sobreviver. Ele estava ali. As últimas granadas por pouco não o atingiram. Foi com indiferença que as viu explodirem. Quando veio a paz, estava em Milão, aquartelado numa pousada, com um pátio interno, flores em tinas, mesinhas ao ar livre, as filhas confeccionando chapéus, e com Lucrezia, a mais nova das duas, firmou compromisso de casamento, numa noite em que foi tomado de pânico – por não conseguir sentir nada.

Pois agora que tudo tinha acabado, com o armistício assinado, e os mortos sepultados, ele tinha, sobretudo à noitinha, essas súbitas explosões de medo. Não conseguia sentir nada. Quando abria a porta da sala onde as moças italianas ficavam sentadas fazendo chapéus, ele podia vê-las; podia ouvi-las; passavam arames por contas coloridas que retiravam de um pires; faziam moldes de entretela de mil maneiras; a mesa estava atulhada de plumas, lantejoulas, linhas, fitas; as tesouras chocavam-se contra a mesa; mas algo lhe escapava; ele não conseguia sentir. Ainda assim, as tesouras que se chocavam, as moças que riam, os chapéus que estavam sendo confeccionados serviam-lhe de proteção; davam-lhe uma sensação de segurança; ele dispunha de um refúgio. Mas não podia ficar sentado ali a noite toda. Havia ocasiões em que despertava de madrugada. A cama estava caindo; ele estava caindo. Ah, o que não daria pelas tesouras e pela luz da lâmpada e pelos moldes de entretela! Pediu Lucrezia em casamento, a mais nova das duas, a divertida, a frívola, com aqueles dedinhos de artista que ela levantava dizendo "Está tudo neles". Seda, plumas, tudo ganhava vida diante deles.

"É o chapéu que conta mais", ela dizia quando saíam para passear juntos. Cada chapéu que passava, ela o examinava; e a capa e o vestido e a maneira como a mulher se portava. O vestir-se mal, o vestir-se com exagero ela estigmatizava, não ruidosamente, mas com impacientes movimentos das mãos, como os de um pintor que descarta alguma contrafação flagrantemente óbvia e simplória; e depois, generosa, mas sempre criticamente, aprovava alguma balconista que tivesse arranjado graciosamente seu pedaço de pano, ou louvava, sem reparos, com entusiástico e profissional discernimento, uma dama francesa descendo de sua carruagem em seu casaco de chinchila, seus mantos, suas pérolas.

"Fantástico!", murmurava ela, cutucando Septimus, para que ele visse. Mas a beleza ficava do lado de trás de uma vidraça. Nem mesmo o paladar (Rezia adorava sorvete, chocolate, doces) lhe dava qualquer prazer. Ele colocava a sua xícara na mesinha de mármore. Observava as pessoas lá fora; pareciam felizes, juntando-se no meio da rua, gritando, rindo, brigando por nada. Mas ele não tinha paladar, não conseguia sentir. Na casa de chá, entre as mesas e a tagarelice dos garçons, o temível medo tomava conta dele – ele não conseguia sentir. Podia raciocinar; podia ler, Dante, por exemplo, muito facilmente ("Septimus, você deve largar o livro", dizia Rezia, delicadamente fechando o *Inferno*), podia fechar a sua conta mensal; o cérebro estava perfeito; devia ser culpa do mundo, então – o fato de ele não conseguir sentir.

"Os ingleses são tão calados", dizia Rezia. Gostava disso, dizia ela. Respeitava esses ingleses, e desejava conhecer Londres, e os cavalos ingleses, e os ternos feitos sob medida, e se lembrava de ter ouvido, de uma tia que casara e morava no Soho, o quanto as lojas eram maravilhosas.

É bem possível, pensava Septimus, contemplando a Inglaterra da janela do trem, quando partiram de Newhaven; é bem possível que o próprio mundo não tenha sentido.

No escritório, promoveram-no a uma posição de considerável responsabilidade. Estavam orgulhosos dele; tinha sido condecorado. "O senhor cumpriu o seu dever; cabe a nós...", começou a dizer o Sr. Brewer; e não conseguiu terminar, tão grata lhe era a emoção. Foram morar em excelentes aposentos perto da Tottenham Court Road.

Neste ponto, abriu novamente o seu Shakespeare. Aquela coisa juvenil de se deixar embriagar pelas palavras – *Antônio e Cleópatra* – murchara completamente. O quanto Shakespeare desprezava a humanidade – o cobrir-se com panos, o fazer filhos, a sordidez da boca e do ventre! Era isso que agora se revelava a Septimus; a mensagem oculta sob a beleza das palavras. O sinal secreto que uma geração, disfarçadamente, passa à outra é o desprezo, o ódio, o desespero. Dante, a mesma coisa. Ésquilo (em tradução), a mesma coisa. Ali estava Rezia, sentada à mesa, decorando chapéus. Decorava chapéus para as amigas da Srta. Filmer; decorava chapéus sem parar. Parecia pálida, misteriosa, como um lírio, afundado, coberto d'água, pensou ele.

"Os ingleses são tão sérios", dizia ela, enlaçando Septimus com os braços, seu rosto contra o dele.

O amor entre homem e mulher era repulsivo para Shakespeare. A coisa da cópula era para ele, antes do fim, repulsiva. Mas, dizia Rezia, ela precisava ter filhos. Fazia cinco anos que estavam casados.

Foram juntos à Tower; ao Museu Victoria e Albert; ficaram em meio à multidão para ver o Rei abrir o Parlamento. E havia as lojas – as chapelarias, as lojas de roupas, lojas com malas de couro na vitrine, que ela podia ficar admirando. Mas ela precisava ter um menino.

Precisava ter um filho como Septimus, dizia. Mas ninguém podia ser como Septimus; tão amável; tão sério; tão inteligente. Não podia também ela ler Shakespeare? Shakespeare era um autor difícil? perguntava ela.

Não se pode trazer filhos a um mundo como este. Não se pode perpetuar o sofrimento, ou aumentar a raça desses animais luxuriosos, que não têm qualquer sentimento durável, mas apenas caprichos e vaidades, que fazem com que entrem num rodopio, ora num sentido, ora no outro.

Sem se atrever a mover um dedo, ele a observava usando a tesoura, modelando, como se observa um pássaro saltitando, esvoaçando sobre a grama. Pois a verdade (que ela continue sem saber) é que os seres humanos não têm bondade, nem fé, nem caridade, nada para além daquilo que serve para aumentar o prazer momentâneo. Eles caçam em matilhas. Suas matilhas esquadrinham o deserto e desaparecem, aos gritos, no ermo. Eles abandonam os caídos. Eles têm o rosto desfigurado por trejeitos. No escritório, havia Brewer, com seu bigode encerado, o prendedor de gravata em coral, peitilho branco e gestos de simpatia (por dentro, uma pedra de gelo), com seus gerânios arruinados durante a Guerra, os nervos da cozinheira abalados; ou a Amélia Não-Sei-O-Quê, servindo chá pontualmente às cinco horas – uma pequena harpia, lúbrica, sarcástica, obscena; e os Toms e os Bertys, em seus peitilhos engomados a transpirar grossas gotas de vício. Eles nunca o viram fazendo-lhes o desenho na caderneta, nus, em meio a seus disparates. Na rua, os furgões passavam roncando por ele; a brutalidade berrava nos cartazes de publicidade; havia homens encurralados em minas; mulheres que eram queimadas vivas; e, uma vez, na Tottenham Court Road, uma fileira de doidos estropiados, postos à rua para serem exercitados ou exibidos para deleite do populacho (entregue às gargalhadas), passou arrastando-se por ele, balançando a cabeça e mostrando os dentes, cada um deles infligindo-lhe – meio que se desculpando, mas com ar de triunfo – sua irremediável desgraça. E *ele* iria ficar louco?

Ao chá, Rezia contou-lhe que a filha da Sra. Filmer estava esperando um bebê. *Ela* não podia envelhecer sem ter filhos! Sentia-se muito sozinha, muito infeliz! Chorou pela primeira vez desde que estavam casados. De muito longe, ele a ouviu soluçando; ouviu o seu soluço precisamente, percebeu-o distintamente; comparou-o a um pistão martelando. Mas não sentiu nada.

Sua mulher estava chorando, e ele não sentia nada; mas cada vez que ela soluçava dessa maneira profunda, silenciosa, desesperada, ele descia mais um degrau em direção ao fundo do poço.

Por fim, com um gesto melodramático, que executou mecanicamente e com plena consciência de que era pouco sincero, enfiou a cabeça nas mãos. Agora ele se rendera; agora outras pessoas deviam vir em seu socorro. Deviam chamar alguém. Ele desistia.

Nada conseguia reanimá-lo. Rezia colocou-o na cama. Mandou chamar um médico – o Dr. Holmes, médico da Sra. Filmer. O Dr. Holmes o examinou. Ele não tinha nada de sério, disse o Dr. Holmes. Oh, que alívio! Que homem generoso, que homem gentil! pensou Rezia. Quando se sentia assim, ele ia ao teatro de variedades, disse o Dr. Holmes. Tirava um dia de folga com a mulher e jogava golfe. Por que não experimentar duas drágeas de brometo, dissolvidas em um copo d'água, ao deitar? Essas casas antigas de Bloomsbury, disse o Dr. Holmes, dando um toque na parede, têm, muitas vezes, um madeiramento muito bom, que os senhorios têm a mania de cobrir com papel de parede. Ainda outro dia, visitando um paciente, um *Sir* Fulano de Tal, em Bedford Square...

Não havia, assim, qualquer desculpa; nada de sério, exceto o pecado pelo qual a natureza humana o condenara à morte; que ele não era capaz de sentir. Ele não se importara quando Evans fora morto; aquilo tinha sido o pior; mas todos os outros crimes erguiam a cabeça e apontavam o dedo, com escárnio e sarcasmo, por sobre a grade dos pés da cama, nas primeiras horas da manhã, para o prostrado corpo que ali estava estendido, dando-se conta de sua degradação; por ter se casado sem amar a mulher com quem se casara; por ter-lhe mentido; por tê-la seduzido; por ter ultrajado a Srta. Isabel Pole, e estava tão estigmatizado e marcado pelo vício que as mulheres tremiam de medo ao vê-lo na rua. O veredito da natureza humana para um coitado desses era a morte.

    O Dr. Holmes veio novamente. Alto, aparência fresca, bonito, sacudindo a poeira das botinas, olhando-se no espelho, fez pouco caso de tudo – dores de cabeça, insônia, temores, sonhos – sintomas nervosos, nada mais que isso, disse ele. Se o Dr. Holmes descobrisse que baixara um mero quarto de quilo dos setenta e quatro vírgula seis que pesava, ele pedia à esposa que lhe servisse, ao café da manhã, mais um prato de mingau de aveia. (Rezia ia aprender a fazer mingau de aveia.) Mas, continuou ele, a saúde é algo que, em grande parte, depende de nosso próprio controle. Envolva-se nalguma atividade fora de casa; encontre algum passatempo. Ele abriu o seu Shakespeare – *Antônio e Cleópatra*; colocou-o de lado. Algum passatempo, disse o Dr. Holmes, pois não devia a sua própria e excelente saúde (e trabalhava tão duramente quanto qualquer outro homem em Londres) ao fato de que sempre lhe era possível deixar um pouco seus pacientes de lado e dedicar-se à sua paixão pelos móveis antigos? E que linda travessa, se lhe fosse permitido dizê-lo, a Sra. Warren Smith estava usando no cabelo!

    Quando o maldito imbecil veio novamente, Septimus recusou-se a vê-lo. É mesmo? perguntou o Dr. Holmes, sorrindo simpaticamente. Na verdade, teve que dar, naquela encantadora mulher, a Sra. Smith, um empurrão amistoso para conseguir chegar até o quarto do marido.

    "Então o senhor entrou em pânico", disse ele, amavelmente, sentando-se ao lado de seu paciente. Ele realmente falara em matar-se à mulher, uma garota e tanto, uma estrangeira, não é mesmo? Não tinha isso dado a ela uma ideia um tanto errada a respeito dos maridos ingleses? Não tínhamos, por acaso, um dever para com a própria esposa? Não seria melhor fazer alguma coisa, em vez de ficar deitado na cama? Pois tinha quarenta anos de experiência nas costas; e Septimus podia confiar na palavra do

Dr. Holmes – ele não tinha nada de sério. E na próxima vez que viesse vê-lo, o Dr. Holmes esperava encontrar Smith erguido, não deixando que aquela encantadora senhorinha, sua esposa, ficasse preocupada com ele.

A natureza humana, em suma, estava em cima dele – a repulsiva fera, com suas inflamadas ventas. Holmes estava em cima dele. O Dr. Holmes vinha todo dia, quase sem falta. Assim que caímos, escreveu Septimus no verso de um cartão postal, a natureza humana está em cima de nós. Holmes está em cima de nós. A única chance deles era fugir, sem que Holmes soubesse; para a Itália – para qualquer lugar, qualquer lugar, longe do Dr. Holmes.

Mas Rezia não conseguia compreendê-lo. O Dr. Holmes era um homem tão bondoso. Interessava-se tanto por Septimus. Só queria ajudá-los, disse ele. Tinha quatro filhos pequenos e a convidara para um chá, contou ela a Septimus.

Fora, pois, abandonado. O mundo inteiro clamava: mate-se, mate-se, faça isso por nós. Mas por que deveria matar-se por eles? A comida era boa; o sol, quente; e isso de se matar, como é que se faz, com uma faca de cozinha, torpemente, com um monte de sangue, ou cheirando gás? Estava demasiadamente fraco; mal podia levantar a mão. Além disso, agora que estava tão a sós, condenado, abandonado, como os que estão prestes a morrer a sós, havia nisso um requinte, um isolamento pleno de sublimidade; uma liberdade que os apegados nunca poderão conhecer. Holmes vencera, claro; a fera de rubras ventas vencera. Mas nem mesmo Holmes podia colocar a mão nesta última relíquia perdida no fim do mundo, neste renegado, que contemplava as regiões habitadas que deixara para trás, que jazia, como um marinheiro naufragado, na praia do mundo.

Foi nesse instante (Rezia tinha ido às compras) que se deu a grande revelação. Uma voz falou detrás do biombo. Evans falava. Os mortos estavam com ele.

"Evans, Evans!", gritou.

O Sr. Smith estava falando sozinho e em voz alta, gritou Agnes, a empregada, para a Sra. Filmer na cozinha. "Evans, Evans", dissera ele enquanto ela entrava com a bandeja. Ela deu um pulo, sim, ela deu um pulo. E correu escada abaixo.

E Rezia entrou com as suas flores, e atravessou a sala, e colocou as rosas num vaso, sobre o qual o sol batia diretamente, e continuou rindo, pulando pela sala.

Tivera que comprar as rosas, disse Rezia, de um pobre homem na rua. Mas já estavam quase mortas, disse ela, arranjando as rosas.

Havia, então, um homem lá fora; Evans, presumivelmente; e as rosas, que Rezia disse que estavam quase mortas, tinham sido colhidas por ele nos campos da Grécia. Comunicação é saúde; comunicação é felicidade. Comunicação, murmurou ele.

"O que você está dizendo, Septimus?", perguntou Rezia, tomada de pavor, pois ele estava falando sozinho.

Mandou que Agnes fosse correndo chamar o Dr. Holmes. Seu marido, disse, estava louco. Mal a reconhecia.

"Seu bruto! Seu bruto!", gritou Septimus, ao ver a natureza humana, isto é, o Dr. Holmes, entrar no quarto.

"Ora, o que significa tudo isso?", disse o Dr. Holmes, da maneira mais amigável do mundo. "Falando coisas sem sentido para amedrontar a sua mulher?" Mas ele lhe daria algo para fazê-lo dormir. E se eram ricos, disse o Dr. Holmes, passeando o olhar, ironicamente, pelo quarto, que se sentissem livres para recorrer à Harley Street; se não confiavam nele, disse o Dr. Holmes, com um jeito nada amável.

Eram precisamente doze horas; doze horas pelo Big Ben; cuja badalada era levada até a zona norte de Londres; fundia-se com a dos outros relógios, misturava-se, de forma tênue e etérea, com as nuvens e os tufos de fumaça, e morria lá no alto, entre as gaivotas – as doze horas bateram enquanto Clarissa Dalloway estendia o vestido verde sobre a cama, e os Warren Smiths desciam a Harley Street. Doze horas era o horário da consulta. Provavelmente, pensou Rezia, aquela era a casa de Sir William Bradshaw, com o carro cinza na frente. (Os círculos de chumbo se dissolveram no ar.)

E, de fato, era – o carro de Sir William Bradshaw; baixo, potente, cinza, com as simples iniciais de seu nome engastadas no painel, como se as pompas da heráldica não fossem combinar com esse homem, que era o protetor espiritual, o sacerdote da ciência; e, como o carro era cinza, para combinar com a sua sóbria suavidade, peles cinza e mantas cinza-prata se amontoavam no seu interior para manter aquecida a sua senhora, enquanto ela esperava. Pois era com frequência que Sir William Bradshaw viajava cem quilômetros ou mais até o campo para visitar os ricos, os aflitos, que podiam pagar os elevados honorários que Sir William muito apropriadamente cobrava por suas recomendações. Sua esposa esperava, por uma hora ou mais, com as mantas em volta dos joelhos, recostada, pensando às vezes no paciente, às vezes, compreensivelmente, na muralha de ouro que se elevava, minuto a minuto, enquanto ela esperava; a muralha de ouro que se elevava entre eles e todas as provações e ansiedades (ela as tinha bravamente suportado; eles tinham tido seus conflitos), até se sentir aninhada nas ondas de um calmo oceano, onde sopravam apenas olorosas brisas; respeitada, admirada, invejada, com quase nada mais a desejar, embora lamentasse sua corpulência; grandes recepções com jantar, todas as quintas, para o corpo médico; um ocasional bazar beneficente a ser inaugurado; saudações à realeza; muito pouco tempo, era uma pena, com o marido, cujo trabalho só aumentava; um garoto indo bem em Eton; gostaria de ter tido uma filha também; interesses, entretanto, ela tinha, e muitos; a assistência à infância; o auxílio aos epilépticos em recuperação; e a fotografia, de maneira que, se houvesse uma igreja em construção, ou uma igreja em ruínas, ela subornava o sacristão, pegava a chave e, enquanto esperava, tirava fotografias, que quase não se distinguiam do trabalho de profissionais.

 Ele próprio, Sir William, não era mais um jovem. Trabalhara duramente; chegara à sua posição por pura capacidade (filho de lojista que era); gostava da profissão; fazia uma bela figura nas cerimônias e falava bonito – coisas todas que, na altura em que fora sagrado cavaleiro, contribuíram para imprimir-lhe um ar grave, um ar de cansaço (de tão incessante que era o fluxo de pacientes, de tão onerosos que eram os privilégios e as responsabilidades de sua profissão), um cansaço que, juntamente com os cabelos grisalhos, aumentava a extraordinária distinção de sua presença e dava-lhe a reputação (da maior importância no trabalho de quem lida com casos de nervos) não simplesmente de uma capacidade brilhante e de uma precisão quase infalível no diagnóstico, mas de empatia; de tato; de compreensão da alma humana. Ele pôde perceber no instante em que eles entraram na sala (Warren Smith era o sobrenome deles); ele teve certeza assim que viu o homem; era um caso de extrema gravidade. Era um caso de colapso total – de total colapso físico e nervoso, com todos os sintomas em estágio avançado, ele percebeu em dois ou três minutos (enquanto anotava, numa ficha cor-de-rosa, as respostas – discretamente murmuradas – às questões que fazia).

Há quanto tempo vinha sendo tratado pelo Dr. Holmes? Seis semanas.

Receitou um pouco de brometo? Disse que não havia nada de sério? Ah, sim (esses clínicos gerais! pensou Sir William. Passava a metade do tempo consertando as suas trapalhadas. Algumas eram irreparáveis).

"O senhor serviu com grande distinção na Guerra?"

O paciente repetiu interrogativamente a palavra "guerra".

Ele estava atribuindo às palavras significados que tinham implicação simbólica. Um sintoma grave, a ser assinalado na ficha.

"A Guerra?", perguntou o paciente. A Guerra Europeia – aquela coisa de escolares brincando com pólvora? Ele tinha servido com distinção? Ele realmente esquecera. Na Guerra em si ele fracassara.

"Sim, serviu com a maior distinção", Rezia assegurou ao doutor; "ele foi promovido."

"E eles têm o senhor em alta conta no escritório?", murmurou Sir William, lançando um olhar à carta do Sr. Brewer, recheada de palavras elogiosas. "De modo que o senhor não tem nada que o preocupe, nenhum problema financeiro, nada?"

Ele cometera um crime horrível e fora condenado à morte pela natureza humana.

"Eu... eu", começou, "cometi um crime..."

"Ele não fez nada de errado, nada", Rezia assegurou ao doutor. Se o Sr. Smith pudesse esperar, disse Sir William, ele gostaria de falar com a Sra. Smith na sala ao lado. Seu marido estava gravemente doente, disse Sir William. Ele ameaçou se matar?

Ah, sim, exclamou ela. Mas ele não falava a sério, disse. Claro que não. Era simplesmente uma questão de repouso, disse Sir William; de repouso, repouso, repouso; um longo repouso na cama. Havia uma aprazível casa de saúde no interior onde o seu marido seria muito bem cuidado. Longe dela? perguntou. Infelizmente, sim; as pessoas a quem mais queremos bem não nos são de serventia quando estamos doentes. Mas ele não estava louco, estava? Sir William disse que nunca se referia a isso como "loucura"; ele chamava de falta de senso de proporção. Mas o marido dela não gostava de médicos. Ele se negaria a ir para lá. Sumária e amavelmente, Sir William explicou-lhe qual era a situação. Ele tinha ameaçado se matar. Não havia alternativa. Era uma questão legal. Ele guardaria repouso no leito numa bela casa de saúde no campo. As enfermeiras eram admiráveis. Sir William iria visitá-lo uma vez por semana. Se a Sra. Warren Smith estava mesmo certa de que não havia mais nada a perguntar – ele nunca apressava os pacientes – eles iriam ao encontro do seu marido. Ela não tinha mais nada a perguntar – não a Sir William.

Retornaram, assim, ao mais exaltado dos homens; ao criminoso que enfrentava os seus juízes; à vítima exposta nas alturas; ao fugitivo; ao marinheiro afogado; ao poeta da ode imortal; ao Senhor que fora da vida à morte; a Septimus Warren Smith, que estava sentado numa poltrona, à luz que entrava pela claraboia, olhando uma fotografia de Lady Bradshaw em vestido de Corte, murmurando mensagens sobre a beleza.

"Tivemos a nossa conversinha", disse Sir William.

"Ele diz que você está muito, muito doente", lastimou-se Rezia.

"Acertamos que o senhor deve ser internado numa casa de saúde", disse Sir William.

"Uma das casas de Holmes?", ironizou Septimus.

O sujeito dava uma impressão nada agradável. Pois havia em Sir William, cujo pai fora comerciante, um respeito pela boa educação e pelo bem-vestir que tornava o desleixo intolerável; além disso, havia, mais profundamente, em Sir William, que nunca tivera tempo para ler, um ressentimento profundamente entranhado contra pessoas cultivadas que vinham ao seu consultório e davam a entender que os médicos, cujo ofício exige uma constante pressão sobre todas as faculdades superiores, não são homens instruídos.

"Uma das *minhas* casas, Sr. Warren Smith", disse ele, "onde iremos ensiná-lo como repousar."

E havia só mais uma coisa.

Ele tinha toda a certeza de que quando estava bem o Sr. Warren Smith seria o último homem no mundo a amedrontar a esposa. Mas ele havia falado em se matar.

"Todos nós temos nossos momentos de depressão", disse Sir William.

Assim que caímos, repetiu Septimus para si mesmo, a natureza humana está em cima de nós. Holmes e Bradshaw estão em cima de nós. Eles esquadrinham o deserto. Eles fogem, gritando, em direção ao ermo. Nossos membros são estirados em estrados de tortura, e nossos dedos são apertados por torniquetes. A natureza humana é impiedosa.

"Ele, às vezes, tem impulsos?", perguntou Sir William, com o lápis pousado sobre uma ficha cor-de-rosa.

Isso era problema só dele, disse Septimus.

"Ninguém vive apenas para si próprio", disse Sir William, lançando um olhar para a fotografia da esposa em trajes de Corte.

"E o senhor tem uma brilhante carreira à sua frente", disse Sir William. A carta do Sr. Brewer estava em cima da mesa. "Uma carreira excepcionalmente brilhante."

E se ele confessasse? Se contasse tudo? Será que, então, o largariam, Holmes e Bradshaw?

"Eu... eu...", gaguejou.

Mas qual era o seu crime? Não conseguia se lembrar.

"Sim?", encorajou-o Sir William. (Mas estava ficando tarde.)

Amor, árvores, não existe nenhum crime – qual era a sua mensagem?

Não conseguia se lembrar.

"Eu... eu...", gaguejou Septimus.

"Tente pensar o menos possível em si mesmo", disse, bondosamente, Sir William. Na verdade, ele não estava em condições de ficar à solta.

Havia algo mais que desejassem lhe perguntar? Sir William faria todos os arranjos (murmurou ele para Rezia) e a avisaria nesta mesma tarde, entre cinco e seis horas.

"Deixem tudo por minha conta", disse, dispensando-os.

Nunca, nunca Rezia sentira sofrimento igual em toda a sua vida! Pedira socorro e fora abandonada! Ele os tinha decepcionado! Sir William Bradshaw não era um bom homem.

Só a manutenção daquele carro devia custar-lhe uma fortuna, disse Septimus, quando saíram à rua.

Ela se agarrou em seus braços. Tinham sido abandonados.

Mas o que mais queria ela?

Ele dedicava quarenta e cinco minutos a cada paciente; e se nessa árdua ciência que lida com coisas sobre as quais, afinal, nada sabemos – o sistema nervoso, o cérebro humano – um médico vem a perder o senso de proporção, então, como médico, ele é um fracasso. Saúde é o que devemos ter; e saúde é proporção; de maneira que, quando um homem vem ao nosso consultório e diz que é Cristo (um delírio comum), e é portador de uma mensagem, como geralmente pretendem, e ameaça, como frequentemente fazem, se matar, nós invocamos a proporção; prescrevemos repouso no leito; repouso a sós; silêncio e repouso; repouso sem amigos, sem livros, sem notícia; um repouso de seis meses; até que um homem que chegou pesando quarenta e oito quilos saía pesando setenta e seis.

A proporção, a divina proporção, a deusa de Sir William, ele a adquiriu percorrendo hospitais, pescando salmão, gerando um filho na Harley Street, por graça de Lady Bradshaw, que também pescava salmão e tirava fotografias que mal se distinguiam do trabalho de profissionais. Ao idolatrar a proporção, Sir William não apenas prosperou ele próprio, mas fez a Inglaterra prosperar, isolou os seus lunáticos, coibiu a procriação, criminalizou o desespero, impediu que os desajustados propagassem suas ideias até que também eles partilhassem do seu senso de proporção – dele, se fossem homens; de Lady Bradshaw, se fossem mulheres (ela bordava, tricotava, passava quatro noites por semana em casa com o filho), de maneira que não apenas era respeitado pelos colegas e temido pelos subordinados, mas os amigos e a família de seus pacientes nutriam por ele a mais profunda das gratidões por insistir que esses proféticos Cristos e Cristas, que profetizavam o fim do mundo, ou o advento de Deus, ficassem na cama e tomassem leite, tal como prescrevia Sir William; Sir William, com seus trinta anos de experiência com esse tipo de caso, e seu infalível instinto: aqui há loucura, ali há senso; seu senso de proporção.

Mas a Proporção tem uma irmã, menos sorridente, mais temível, uma Deusa, neste preciso instante, atarefada – no calor e nas areias da Índia, no lodo e no pântano da África, nos arrabaldes de Londres, em toda parte, em suma, onde o clima ou o demônio tenta os homens a abandonarem a verdadeira crença, que não é senão a que ela própria professa – uma Deusa, neste preciso instante, atarefada em pulverizar santuários, em despedaçar ídolos e assentar, em seu lugar, o seu próprio e severo semblante. Conversão é o seu nome, e ela se regala com a vontade dos fracos, gostando de impressionar, impor, adorando ver as suas próprias feições estampadas na face do populacho. Põe-se a pregar, em cima de uma tina, no Hyde Park Corner; cobre-se de branco e percorre, contritamente, sob o disfarce do amor fraternal, as fábricas e os parlamentos; oferece socorro, mas deseja poder; varre brutalmente de seu caminho os dissidentes e os insatisfeitos; confere a sua benção àqueles que, erguendo o olhar, recolhem, de maneira submissa, dos dela, a luz dos seus próprios olhos. Essa dama (Rezia Warren Smith adivinhou) também tinha sua morada no coração de Sir William, embora disfarçada, como quase sempre, sob alguma máscara aceitável; sob algum venerável nome; amor, dever, autossacrifício. Como ele trabalhava – como dava duro para levantar fundos, difundir as reformas, fundar instituições! Mas a Conversão, a fastidiosa Deusa, gosta mais de sangue que de tijolos e se regala, mais sutilmente, com a vontade humana. Por exemplo, Lady Bradshaw. Fazia quinze anos que ela havia soçobrado. Nada que se pudesse apontar com precisão; não houvera nenhuma cena, nenhum clique; apenas a lenta submersão da vontade dela, totalmente à deriva, na dele. Doce era o seu sorriso, pronta a sua submissão; a ceia na Harley Street, perfazendo um total de oito ou nove pratos e alimentando dez ou quinze convidados das classes profissionais, era plácida e urbana. Apenas uma leve monotonia ou uma inquietação talvez, um trejeito nervoso, um tropeço, um tremor das mãos, um lapso indicavam, à medida que a noite avançava, aquilo que era realmente doloroso acreditar – que a pobre dama mentia. Outrora, havia muito tempo, ela pescara salmão livremente: agora, pronta a satisfazer o desejo de controle, de poder que fazia brilhar tão untuosamente os olhos do marido, ela se recolhia, se encolhia, se acanhava, se castrava, se retraía, olhava furtivamente; de maneira que sem saber precisamente o que tornava a noite desagradável e causava essa pressão no alto da cabeça (fato que poderia perfeitamente ser atribuído à conversa em torno de temas técnicos, ou ao cansaço de um grande médico cuja vida, como dizia Lady Bradshaw, "não lhe pertence, mas aos seus pacientes"), desagradável era o que ela de fato era: de maneira que os convidados, quando o relógio soava as dez horas, respiravam extasiados o ar da Harley Street; alívio que, entretanto, era negado aos seus pacientes.

Aí, nesse consultório cinzento, com os quadros nas paredes e os valiosos móveis, sob a claraboia de vidro fosco, eles tomavam conhecimento da extensão de suas transgressões; espremidos em poltronas, observavam-no executar, em seu benefício, um curioso exercício com os braços, que ele estendia e rapidamente recolhia, pousando-os junto aos quadris, para provar (se o paciente fosse obstinado) que Sir William era senhor de suas próprias ações, coisa que o paciente não era. Nesse ponto, alguns fracos desabavam; soluçavam, submetiam-se; outros, inspirados sabe Deus por qual imoderada loucura, diziam a Sir William, abertamente, que ele não passava de um miserável impostor; questionavam, ainda mais impiamente, a própria vida. Por que viver? perguntavam-lhe. Sir William replicava que a vida era boa. Com certeza, Lady Bradshaw, em seu boá de plumas de avestruz, pendia acima do consolo da lareira, e, quanto à renda dele, era, mais ou menos, de doze mil libras ao ano. Mas para nós, eles protestavam, a vida não proporcionara essa abundância. Ele concordava. Faltava-lhes o senso da proporção. E não era possível, afinal de contas, que não houvesse nenhum Deus? Ele dava de ombros. Em resumo, isso de viver ou não viver não é uma coisa da exclusiva conta de cada um? Mas nisso eles estavam enganados. Sir William tinha um amigo em Surrey, em cuja casa de saúde ensinavam aquilo que Sir William admitia ser uma difícil arte – o senso de proporção. Havia, além disso, a afeição familiar; a honra; a coragem; e uma brilhante carreira. Todas essas coisas tinham em Sir William um ardente defensor. Se elas lhe falhassem, ele seria obrigado a respaldar a polícia e o bem da sociedade que, ele salientava muito calmamente, cuidariam, lá em Surrey, para que esses impulsos antissociais, produzidos por falta de sangue bom, mais que por qualquer outra coisa, fossem mantidos sob controle. E, então, sub-repticiamente, saía do esconderijo e subia ao trono aquela Deusa cuja cobiça consistia em esmagar qualquer oposição, em estampar indelevelmente, nos santuários de outras, a sua própria imagem. Nus, indefesos, exaustos, os desamparados recebiam a marca da vontade de Sir William. Ele se lançava em cima da presa; ele devorava. Ele enclausurava as pessoas. Era essa combinação, feita de determinação e humanidade, que fazia com que Sir William fosse tão estimado pelas famílias de suas vítimas.

Mas Rezia Smith gritou, descendo a Harley Street, que não gostava daquele homem.

Retalhando e fatiando, dividindo e subdividindo, os relógios da Harley Street roíam este dia de junho, aconselhavam a submissão, chancelavam a autoridade e destacavam em coro as supremas vantagens de um senso de proporção, até que o montículo de tempo diminuíra tanto que um relógio comercial, afixado na fachada de uma loja da Oxford Street, anunciou, cordial e fraternalmente, como se fosse um prazer para os sócios Rigby & Lowndes dar a informação graciosamente, que era uma e meia.

 Erguendo-se os olhos, via-se que cada letra de seus nomes correspondia a uma das horas; subconscientemente, agradecia-se a Rigby & Lowndes por informarem uma hora que era ratificada por Greenwich; e essa gratidão (assim ruminava Hugh Whitbread, demorando-se diante da vitrine), naturalmente expressava-se, depois, na compra de meias ou sapatos da Rigby & Lowndes. Assim ruminava ele. Era o seu hábito. Não ia a fundo. Ficava na superfície; as línguas mortas, as vivas, a vida em Constantinopla, Paris, Roma; a equitação, a caça, o tênis tinham outrora lhe interessado. Asseveravam os maliciosos que agora ele montava guarda, em meias de seda e culotes, no Palácio de Buckingham, guardando ninguém sabia o quê. Mas ele se desempenhava com extrema eficiência. Vinha se mantendo à tona da nata da sociedade inglesa por cinquenta e cinco anos. Conhecera primeiros-ministros. Suas amizades eram reconhecidamente profundas. E, se era verdade que não participara de nenhum dos grandes movimentos da época, nem ocupara um alto posto, uma ou duas modestas reformas lhe eram devidas; a melhoria dos albergues públicos era uma delas; a proteção às corujas em Norfolk era outra; as moças que trabalhavam como criadas tinham motivo para lhe serem gratas; e o seu nome aposto ao final de cartas ao *Times*, reivindicando fundos, apelando ao público em favor de medidas de proteção e conservação, em favor da remoção do lixo, da redução do uso do fumo, da eliminação da imoralidade nos parques, infundia respeito.

 Fazia, além disso, uma bela figura, parando por um instante (enquanto o som da batida da meia hora se dissolvia) para observar criticamente, professoralmente, as meias e os sapatos; impecável, imponente, como se observasse o mundo de uma posição de superioridade, e vestido para a ocasião; mas compreendia as obrigações que a estatura, a riqueza, a saúde acarretam, e observava meticulosamente, mesmo quando não eram absolutamente necessárias, as pequenas gentilezas, as cerimônias antiquadas que imprimiam uma marca em seu estilo, algo a ser imitado, algo pelo qual ele seria lembrado, pois ele nunca iria almoçar, por exemplo, com Lady Bruton, a quem conhecia havia vinte anos, sem levar-lhe, nas mãos estendidas, um buquê de cravos e sem perguntar à Srta. Brush, secretária de Lady Bruton, por seu irmão na África do Sul, o que, por alguma razão, por mais desprovida que fosse de qualquer dos atributos da graça feminina, a melindrava tanto que ela dizia "Ele vai muito bem na África do Sul, obrigada", quando fazia uma meia dúzia de anos que ele ia muito mal em Portsmouth.

A própria Lady Bruton preferia Richard Dalloway, que chegou no mesmo instante. Na verdade, os dois se encontraram à entrada da casa.

Lady Bruton, é óbvio, preferia Richard Dalloway. Ele era feito de uma matéria muito mais refinada. Mas ela não permitiria que rebaixassem o seu pobre e querido Hugh. Nunca conseguiria esquecer a gentileza que ele fizera – ele fora realmente de uma gentileza notável – precisamente em qual ocasião, ela esquecera. Mas ele fora – de uma gentileza notável. De qualquer maneira, a diferença entre um homem e outro não é muita. Nunca vira o sentido de ficar retalhando as pessoas, como fazia Clarissa Dalloway – retalhando-as e juntando-as novamente; não, em todo caso, quando se tem sessenta e dois anos. Recebeu os cravos de Hugh com o seu sorriso anguloso e severo. Não estava esperando mais ninguém, disse ela. Tinha feito com que viessem até ali sob falsos pretextos para ajudá-la a sair de uma dificuldade –

"Mas primeiro vamos comer", disse.

E, assim, teve início aí, através das portas de vaivém, um silencioso e intenso movimento de entrada e saída de criadas de avental e touca branca, não como acólitas da necessidade, mas como exímias oficiantes de um mistério ou de um grandioso passe de mágica praticado pelas donas de casa de Mayfair, entre uma e meia e duas horas da tarde, quando, a um gesto da mão, o trânsito para, e aí se instaura, em seu lugar, essa profunda ilusão, antes de tudo, relativamente à comida – de que não é comprada; e, depois, de que a mesa se põe sozinha, com cristais e prataria, delicados guardanapos, molheiras com frutas vermelhas; finas películas de um molho escuro mascaram o rodovalho; galinhas decepadas nadam em terrinas; colorido, indômito, o fogo arde; e com o vinho e o café (que não eram comprados), jucundas visões se erguem diante de olhos extasiados; olhos delicadamente curiosos; olhos para os quais a vida parece musical, misteriosa; olhos agora acesos para observar amavelmente a beleza dos cravos vermelhos que Lady Bruton (cujos movimentos eram sempre angulosos) pusera ao lado de seu prato, de maneira que Hugh Whitbread, sentindo-se em paz com todo o universo e, ao mesmo tempo, inteiramente seguro de sua posição, disse, pousando o garfo:

"Não ficariam graciosos junto às suas rendas?"

A Srta. Brush não gostou nada dessa familiaridade. Julgava-o um sujeito pouco polido. Ela fez com que Lady Bruton risse.

Lady Bruton ergueu os cravos, segurando-os um tanto rigidamente, quase com o mesmo gesto com que o General, no quadro às suas costas, segurava o rolo de pergaminho; ela se manteve imóvel, absorta. O que ela era mesmo do General: bisneta, trineta? perguntou-se Richard Dalloway. Sir Roderick, Sir Miles, Sir Talbot – era isso. Era impressionante como, nessa família, era às mulheres que a semelhança se transmitia. Ela própria deveria ter chegado ao posto de generalato dos dragões. E Richard teria, de bom grado, servido sob as suas ordens; tinha o maior respeito por ela; ele alimentava essas visões românticas a respeito dessas velhas damas de alta linhagem que tinham uma posição firme, e teria gostado, à sua bem-humorada maneira, de trazer alguns desses fogosos jovens de suas relações para almoçar com ela; como se uma pessoa da têmpera dela pudesse descender de plácidos adeptos da arte de tomar chá! Ele conhecia o lugar de onde ela vinha. Ele conhecia sua família. Havia uma parreira, ainda fértil, à sombra da qual Lovelace ou Herrick – ela própria nunca havia lido uma única linha de poesia, mas essa era a história que contavam – havia se sentado. Melhor esperar para colocar-lhes a questão que a preocupava (a respeito da oportunidade de se fazer um apelo à opinião pública; e, em caso positivo, de como fazê-lo e assim por diante), melhor esperar até que tivessem terminado o seu café, pensou Lady Bruton; e pôs, assim, os cravos ao lado do seu prato.

"Como está Clarissa?", perguntou de repente.

Clarissa sempre dizia que Lady Bruton não gostava dela. De fato, Lady Bruton tinha a reputação de estar mais interessada em política do que nas pessoas; de falar como um homem; de ter tido um papel em alguma famosa intriga dos anos oitenta, que só agora começava a ser mencionada em alguns livros de memórias. O certo é que havia uma alcova junto à sala de estar, e, nessa alcova, uma mesa, e, sobre essa mesa, uma fotografia do General Sir Talbot Moore, já falecido, que aí escrevera (numa noite dos anos oitenta), em presença de Lady Bruton, com seu conhecimento e talvez a seu conselho, um telegrama ordenando, num momento histórico, o avanço das tropas britânicas. (Ela conservava a caneta e contava a história.) Assim, quando dizia, no seu intempestivo estilo, "Como está Clarissa?", os maridos tinham dificuldade para convencer as esposas – e, na verdade, embora devotados, eles próprios tinham secretamente dúvidas a esse respeito – do interesse dela por mulheres que frequentemente constituíam um estorvo para os maridos, que não permitiam que eles aceitassem postos no exterior, e que tinham de ser levadas ao litoral, em meio às sessões do Parlamento, para se recuperar de alguma gripe. Entretanto, a sua pergunta "Como está Clarissa?" era infalivelmente percebida pelas mulheres como um sinal vindo de uma pessoa que se importava com elas, de uma companheira quase silenciosa, cujas frases (talvez uma meia dúzia no curso de uma vida inteira) significavam o reconhecimento de algum companheirismo feminino que percorria subterraneamente esses almoços masculinos e ligava, em virtude de um vínculo singular, Lady Bruton e a Sra. Dalloway, que raramente se encontravam e, quando isso acontecia, se mostravam indiferentes e até mesmo hostis.

"Encontrei Clarissa no Parque esta manhã", disse, atirando-se à terrina, Hugh Whitbread, ansioso por prestar a si próprio esse pequeno tributo, pois bastava chegar a Londres para encontrar todo mundo de uma só vez; mas voraz, um dos homens mais vorazes que jamais conhecera, pensou Milly Brush, que examinava os homens com inflexível rigor, mas que, engrumada, bexiguenta e angulosa como era, e sem nenhuma graça feminina, era capaz de um devotamento eterno, em especial às pessoas de seu próprio sexo.

"Sabem quem está na cidade?", perguntou, ocorrendo-lhe de repente, Lady Bruton. "Nosso velho amigo, Peter Walsh."

Todos sorriram. Peter Walsh! E o Sr. Dalloway estava genuinamente feliz, pensou Milly Brush; enquanto o Sr. Whitbread pensava apenas no seu pedaço de galinha.

Peter Walsh! Todos os três, Lady Bruton, Hugh Whitbread e Richard Dalloway, lembraram-se da mesma coisa – quão intensamente Peter estivera apaixonado; como fora rejeitado; fora embora para a Índia; fora um fiasco; pusera tudo a perder; e Richard Dalloway também tinha uma enorme afeição pelo bom e velho camarada. Milly Brush viu aquilo; viu uma profundidade no castanho de seus olhos; viu-o hesitar; refletir; coisas que a interessavam, tal como o Sr. Dalloway sempre a interessava, pois o que estaria ele pensando, perguntou-se, a respeito de Peter Walsh?

Que Peter Walsh estivera apaixonado por Clarissa; que ele voltaria diretamente para casa após o almoço e encontraria Clarissa; que lhe diria, com todas as letras, que a amava. Sim, era o que diria.

Milly Brush talvez tenha chegado perto, outrora, de se apaixonar por esses silêncios; e o Sr. Dalloway era sempre tão confiável; e tão cavalheiro também. Agora, aos quarenta, Lady Bruton tinha apenas que balançar a cabeça ou voltá-la para o lado um pouco energicamente, e Milly Brush captava o sinal, por mais profundamente que estivesse mergulhada nessas reflexões de um espírito desprendido, de uma alma incorrupta a quem a vida não podia ludibriar, porque a vida não a tinha presenteado com nada que tivesse o mínimo valor; uns cacheados, um sorriso, uns lábios, um rosto, um nariz; nada de nada; bastava Lady Bruton balançar a cabeça e Perkins estava instruído a apressar o café.

"Sim; Peter Walsh voltou", disse Lady Bruton. Isso era vagamente lisonjeiro para eles todos. Arrasado, fracassado, ele voltara para as suas seguras praias. Mas quanto a ajudá-lo, refletiram, era impossível; havia algum tipo de falha em seu caráter. Hugh Whitbread disse que se podia naturalmente recomendar seu nome a fulano ou sicrano. Ele franziu lugubremente a testa, dando-se importância, ao pensamento das cartas que teria de escrever aos chefes das repartições governamentais a respeito de "meu velho amigo, Peter Walsh", etcétera e tal. Mas isso não levaria a nada – a nada de permanente, em virtude do seu caráter.

"Complicações com alguma mulher", disse Lady Bruton. Tinham todos adivinhado que era *isso* que estava na raiz do problema.

"Entretanto", disse Lady Bruton, ansiosa por mudar de assunto, "ouviremos a história toda do próprio Peter."

(O café estava custando a chegar.)

"O endereço?", murmurou Hugh Whitbread; e uma onda se propagou pela cinzenta maré de serviços que se formava ao redor de Lady Bruton dia após dia, recolhendo-a, interceptando-a, envolvendo-a num tecido fino que amortecia os choques, atenuava as interrupções, e estendia em torno da casa da Brook Street uma fina rede na qual as coisas se depositavam e eram recolhidas precisamente, instantaneamente, pelo grisalho Perkins, que estivera com Lady Bruton nesses trinta anos e agora escrevia o endereço num pedaço de papel, passando-o ao Sr. Whitbread, que tirou sua carteira, ergueu as sobrancelhas e, escorregando-o entre documentos de enorme importância, disse que ia encarregar Evelyn de convidá-lo para um almoço.

(Estavam esperando para trazer o café assim que o Sr. Whitbread tivesse terminado.)

Hugh era muito lento, pensou Lady Bruton. Estava ficando gordo, notou ela. Richard, por sua vez, se mantinha sempre em forma. Ela estava ficando impaciente; o conjunto de seu ser estava se concentrando, decididamente, inegavelmente, imperativamente, pondo de lado toda essa inútil ladainha (Peter Walsh e seus casos), no assunto que envolvia a sua atenção, e não apenas a atenção, mas sobretudo aquela fibra que era o centro de sua alma, aquilo que era a sua parte essencial e sem a qual Millicent Bruton não teria sido Millicent Bruton; aquele projeto para enviar jovens de ambos os sexos, filhos de pais respeitáveis, como emigrantes para o Canadá, fixando-os com uma razoável expectativa de sucesso. Ela exagerava. Perdera, talvez, seu senso de proporção. A emigração não era, para outras pessoas, o remédio óbvio, a concepção sublime. Não constituía, para essas pessoas (não para Hugh, ou Richard, ou mesmo para a devotada Srta. Brush), a libertação do contido egoísmo que uma mulher forte e marcial, bem nutrida, bem-nascida, de impulsos diretos, de sentimentos francos, de pouca capacidade introspectiva (simples e sem rodeios – por que não podiam ser todos simples e sem rodeios? perguntava-se) sente crescer dentro de si, uma vez passada a juventude, e que deve ser descarregado em algum objeto – pode ser a Emigração, pode ser a Emancipação; mas, seja qual for, esse objeto em torno do qual a essência da sua alma é diariamente secretada torna-se inevitavelmente prismático, brilhante, metade espelho, metade pedra preciosa; ora cuidadosamente disfarçado, se for alvo de ridículo; ora orgulhosamente exibido. Em suma, a Emigração tornara-se, em grande parte, a própria Lady Bruton.

Mas ela tinha que escrever. E uma carta ao *Times*, costumava dizer à Srta. Brush, custava-lhe mais do que organizar uma expedição à África do Sul (o que ela fizera durante a guerra). Após uma batalha matinal, que consistia em começar a escrever, rasgar, começar novamente, ela costumava sentir, como em nenhuma outra ocasião, a futilidade de sua própria condição feminina, e voltava, de bom grado, o seu pensamento para Hugh Whitbread, que dominava – ninguém podia duvidar – a arte de escrever cartas ao *Times*.

Um ser constituído de maneira tão diferente dela, com esse domínio da língua; capaz de apresentar as coisas como os editores gostam que elas sejam apresentadas; esse ser tinha paixões que não podiam ser simplesmente chamadas de voracidade. Lady Bruton frequentemente evitava fazer julgamentos a respeito de homens, em consideração ao misterioso acordo que existe entre eles e as leis do universo e do qual as mulheres estão excluídas; eles sabiam como apresentar as coisas; sabiam o que estavam dizendo; de modo que, se Richard a aconselhasse e Hugh escrevesse por ela, ela estaria, de alguma maneira, certa de estar fazendo tudo como se deve. Deixou, pois, que Hugh comesse o seu suflê; perguntou pela pobre Evelyn; esperou que começassem a fumar, e então disse:

"Milly, poderia pegar os papéis?"

E a Srta. Brush saiu, voltou; pôs os papéis sobre a mesa; e Hugh tirou a sua caneta-tinteiro; a caneta-tinteiro de prata, que estava em serviço havia vinte anos, disse ele, desenroscando a tampa. Estava ainda em perfeita ordem; ele a tinha mostrado aos fabricantes; não havia qualquer razão, disseram eles, para que não durasse para sempre; o que, de alguma maneira, lhe devia ser creditado e aos sentimentos que sua caneta expressava (assim sentia Richard Dalloway), enquanto Hugh começava a escrever cuidadosamente, na margem do papel, em letras versais com arabescos em volta, maravilhosamente restituindo, assim, o emaranhado de Lady Bruton à razão e à gramática, de uma maneira tal que o diretor do *Times*, sentiu Lady Bruton, vendo a maravilhosa transformação, não teria como não respeitar. Hugh era lento. Hugh era persistente. Richard disse que se devia correr riscos. Hugh propôs modificações, em respeito aos sentimentos das pessoas, os quais, disse ele, causticamente, quando Richard riu, "tinham de ser considerados", e leu em voz alta "como, por conseguinte, somos da opinião de que os tempos estão maduros... a supérflua juventude de nossa sempre crescente população... aquilo que aos mortos devemos...", o que, para Richard, era tudo discurseira e lengalenga, mas inofensivo, naturalmente, e Hugh foi adiante, dando forma, em ordem alfabética, a sentimentos da mais alta nobreza, desfazendo-se da cinza do charuto que caía no colete e recapitulando, de vez em quando, o progresso que haviam feito, até que, finalmente, leu em voz alta o rascunho de uma carta que Lady Bruton tinha certeza de que era uma obra-prima. Como era possível que o seu próprio pensamento soasse daquele jeito?

Hugh não podia garantir que o diretor iria publicar; mas ele tinha um almoço marcado com uma pessoa.

Ao que Lady Bruton, que raramente fazia alguma coisa graciosa, enfeixou todos os cravos de Hugh no decote do vestido e, atirando as mãos para o alto, exclamou "Meu Primeiro-Ministro!". Não sabia o que teria feito sem os dois. Eles se levantaram. E Richard Dalloway afastou-se, como de costume, para observar o retrato do General, porque pretendia, assim que tivesse alguma folga, escrever a história da família de Lady Bruton.

E Millicent Bruton tinha muito orgulho de sua família. Mas eles podiam esperar, eles podiam esperar, disse ela, olhando para o quadro; querendo dizer que sua família, feita de militares, governadores coloniais, almirantes, tinha sido uma família de homens de ação, que tinham cumprido com o seu dever; e o primeiro dever de Richard era para com o seu país, mas era uma bela figura, disse ela; e todos os papéis estavam prontos para Richard, lá em Aldmixton, quando chegasse a hora; do Governo Trabalhista, era o que queria dizer. "Ah, as notícias da Índia", exclamou.

E, depois, quando estavam em pé no vestíbulo, pegando suas luvas amarelas de uma bandeja na mesa de malaquita, e Hugh oferecia à Srta. Brush, com uma cortesia um tanto exagerada, um bilhete de teatro que não pretendia usar ou algum outro brinde, coisa que ela odiava do fundo do coração e que a deixou toda vermelha, Richard, com o chapéu na mão, voltou-se para Lady Bruton e disse:

"Nós a veremos em nossa festa de hoje à noite?", ao que Lady Bruton reassumiu a imponência que o envolvimento com a carta havia quebrado. Poderia ir; ou não. Clarissa tinha uma energia extraordinária. Festas deixavam Lady Bruton aterrorizada. Mas, o que fazer, estava ficando velha. Foi o que deu a entender, parada na soleira da porta; bonita; toda aprumada; enquanto seu chow-chow se espreguiçava atrás dela, e a Srta. Brush desaparecia no fundo, com as mãos cheias de papéis.

E Lady Bruton subiu, gravemente, majestosamente, para o seu quarto, deitando-se, com um braço estendido, no sofá. Ela suspirava, ela ressonava, não porque tivesse caído no sono, estava apenas sonolenta e pesada, sonolenta e pesada, como um campo de trevos ao sol neste quente dia de junho, com as abelhas esvoaçando para lá e para cá e com as borboletas amarelas. Ela sempre voltava àqueles campos lá em Devonshire, onde atravessara os arroios montada em seu pônei Patty, na companhia de Mortimer e Tom, seus irmãos. E havia os cães; havia os ratos; havia o pai e a mãe no gramado, sob as árvores, com o serviço do chá ao redor e os canteiros de dálias, as malvas-rosa, o capim-do-pampa; e eles, os pestinhas, sempre prontos para alguma travessura! metendo-se no meio do mato para não serem vistos, enlameados do jeito que estavam por causa de alguma molecagem. E o que a velha ama costumava dizer a respeito dos vestidos dela!

Oh, santo Deus, lembrou-se ela – era quarta-feira na Brook Street. Aqueles dois bons sujeitos, Richard Dalloway, Hugh Whitbread, tinham tomado, neste dia quente, o caminho das ruas cujo rugido chegava até ela, estendida no sofá. Ela tinha poder, posição, riqueza. Vivera na linha de frente de sua época. Tivera bons amigos; conhecera os homens mais capazes de seu tempo. A murmurante Londres subia, em ondas, até ela, e sua mão, repousada nas costas do sofá, cerrava-se em torno de algum imaginário bastão como o que teriam empunhado os seus antepassados, com o qual, sonolenta e pesada, ela parecia comandar batalhões que marchavam em direção ao Canadá e aqueles bons sujeitos que caminhavam por Londres, por esse território que lhes pertencia, por essa pequena faixa de tapete, Mayfair.

E dela se afastavam cada vez mais, porém ainda (por terem almoçado em sua casa) ligados a ela por um tênue fio que esticava e esticava, que ficava mais e mais tênue à medida que eles caminhavam por Londres; como se os amigos, após termos almoçado com eles, continuassem ligados ao corpo da gente por um tênue fio, que (enquanto ela cochilava ali) tornava-se esbatido com o som dos sinos, batendo a hora ou anunciando os ofícios religiosos, tal como a teia de uma aranha solitária fica encharcada com as gotas de chuva e, sobrecarregada, desaba. Assim ela adormeceu.

E, na esquina da Conduit Street, no exato momento em que Millicent Bruton, ressonando estendida no sofá, deixava o fio se partir, Richard Dalloway e Hugh Whitbread não sabiam bem o que fazer. Ventos contrários se fustigavam na esquina da rua.

Estavam olhando a vitrine de uma loja; não queriam comprar ou conversar, apenas se despedir, mas, com ventos contrários fustigando a esquina, com alguma espécie de intervalo nas marés do corpo – duas forças, manhã e tarde, cruzando-se num redemoinho – eles fizeram uma pausa. Um cartaz de notícias ergueu-se no ar, galantemente, como uma pandorga no começo, desacelerando depois, mergulhando, rodopiando; e o véu de uma senhora se soltou. Toldos amarelos eram sacudidos. A velocidade do trânsito matutino perdia força, e algumas poucas carroças chocalhavam preguiçosamente por ruas semidesertas. Em Norfolk, cuja imagem cruzou o pensamento de Richard Dalloway, um vento morno revirava as pétalas das flores; encrespava as águas; despenteava o relvado verdejante. Os ceifadores de feno, que, após a faina da manhã, tinham se abrigado à sombra das sebes para um rápido cochilo, descerravam cortinas de folhas verdes; afastavam com as mãos as ondulantes copas de ervas-cicutárias para ver o céu; o azul, o firme, o ardente céu de verão.

Embora consciente de que estava olhando uma caneca de prata de asa dupla da época de James I, e de que Hugh Whitbread admirava condescendentemente, com ares de conhecedor, um colar espanhol cujo preço pensava em perguntar para o caso de Evelyn gostar dele – ainda assim, Richard estava em estado de torpor; não conseguia pensar nem se mover. A vida despejara na praia esses despojos de um naufrágio; as vitrines cheias de vidrilhos coloridos, e a gente ali estacado com a letargia dos velhos, empertigado com a letargia dos velhos, examinando. Evelyn Whitbread talvez gostasse de adquirir esse colar espanhol – realmente gostaria. Ele precisava bocejar. Hugh estava entrando na loja.

"Você está certo!", disse Richard, seguindo-o.

Sabe Deus que ele não queria ir comprar colares com Hugh. Mas o corpo tem seus próprios cursos. A manhã encontra a tarde. Levados como uma frágil chalupa por fortes, fortes fluxos, o bisavô de Lady Bruton e suas memórias e suas campanhas na América do Norte fizeram água e afundaram. E Millicent Bruton também. Foi a pique. Richard não dava a mínima para o que acontecesse com a Emigração; ou se o diretor ia publicar aquela carta ou não. O colar pendia, estendido, entre os admiráveis dedos de Hugh. Se ele tiver que comprar joias, que as dê a uma moça – qualquer moça, qualquer moça na rua. Pois a insignificância desta vida revelou-se a Richard com toda a força – comprar colares para Evelyn. Se tivesse um filho homem, diria: Trabalhe, trabalhe. Mas ele tinha a sua Elizabeth; adorava a sua Elizabeth.

"Gostaria de falar com o Sr. Dubonnet", disse Hugh, no seu incisivo estilo de homem do mundo. Aparentemente, o tal Dubonnet tinha as medidas do colo da Sra. Whitbread e, mais estranhamente ainda, conhecia as suas opiniões a respeito da joalheria espanhola e o que ela já possuía nesse estilo (coisa de que Hugh não conseguia se lembrar). Tudo isso parecia a Richard Dalloway terrivelmente esquisito. Pois ele nunca dava presentes a Clarissa, exceto um bracelete, há dois ou três anos, que não tinha sido um sucesso. Ela nunca o usou. Doía-lhe lembrar-se de que ela nunca o usara. E, assim como a teia de uma aranha solitária, depois de balançar para cá e para lá, prende-se à ponta de uma folha, a mente de Richard, recobrando-se de sua letargia, fixava-se agora em sua mulher, Clarissa, a quem Peter Walsh amara tão apaixonadamente; e Richard tivera uma súbita visão dela, em casa, ao almoço; dele próprio e de Clarissa; da vida que tinham juntos; e puxou a bandeja de joias antigas em sua direção e, pegando primeiro este broche, depois aquele anel, perguntou "Quanto custa?", mas duvidava de seu próprio gosto. Ele queria abrir a porta da sala e entrar segurando alguma coisa; um presente para Clarissa. Mas o quê? Hugh, entretanto, se reaprumara. Estava indescritivelmente pomposo. Realmente, após ter feito negócios aqui por trinta e cinco anos, não ia se deixar desconcertar por um simples garoto que não conhecia o seu ofício. Pois Dubonnet, ao que parecia, tinha saído, e Hugh não ia comprar nada até que o Sr. Dubonnet se dignasse a aparecer; ao que o jovem enrubesceu e inclinou-se em sua correta e leve inclinação. Estava tudo perfeitamente correto. E, contudo, Richard não seria capaz de dizer uma coisa dessas nem para salvar a sua vida! Por que as pessoas suportavam tamanha insolência era algo que ele não podia compreender. Hugh estava se tornando um imbecil insuportável. Richard Dalloway não era capaz de suportar mais que uma hora em sua companhia. E, erguendo o chapéu-coco à guisa de despedida, Richard dobrou a esquina da Conduit Street, ansioso, sim, muito ansioso, por trilhar aquela teia de aranha que era a ligação entre ele e Clarissa; iria direto ao seu encontro, em Westminster.

Mas ele queria chegar com alguma coisa nas mãos. Flores? Sim, flores, pois não confiava no seu gosto em matéria de ourivesaria; qualquer quantidade de flores, rosas, orquídeas, para comemorar aquilo que era, olhando-se as coisas do ângulo que se quisesse, um evento; esse sentimento por ela quando falaram de Peter Walsh durante o almoço; e eles nunca falavam sobre isso; durante anos não falaram sobre isso; o que, pensou, segurando com força suas rosas brancas e vermelhas (um enorme buquê envolvido em papel de seda), é o maior dos erros do mundo. Chega uma hora em que não é mais possível dizê-lo; somos muito tímidos para dizê-lo, pensou, embolsando suas duas ou três moedas de troco e tomando, com seu enorme buquê apertado contra o peito, a direção de Westminster, para dizer, sem rodeios e sem meias palavras (não importando o que ela fosse pensar dele), estendendo-lhe as suas flores: "Eu te amo". Por que não? Realmente, era um milagre quando se pensava na guerra, e nos milhares de pobres coitados, com toda uma vida pela frente, jogados numa vala comum, já quase esquecidos; era um milagre. Aqui estava ele, caminhando por Londres para dizer a Clarissa, com todas as palavras, que a amava. Aquilo que nunca realmente dizemos, pensou. Em parte, porque somos preguiçosos; em parte, porque somos tímidos. E Clarissa – era difícil pensar nela; a não ser num lampejo, como no almoço, quando a viu muito claramente; toda a vida deles. Parou no cruzamento; e repetiu – simples como era, por natureza, e incorrupto, porque andara pelos campos e caçara; pertinaz e obstinado como era, tendo abraçado a causa dos oprimidos e seguido seus instintos na Câmara dos Comuns; conservara a sua simplicidade, mas se tornara, ao mesmo tempo, um tanto lacônico, um tanto formal – repetiu que era um milagre ter se casado com Clarissa;

um milagre – sua vida tinha sido um milagre, pensou; estava em dúvida se atravessava a rua. Mas o sangue fervia-lhe nas veias ao ver pequenas criaturas de cinco ou seis anos atravessando a Piccadilly sozinhas. O guarda deveria ter parado o trânsito imediatamente. Não tinha nenhuma ilusão a respeito da polícia de Londres. Na verdade, estava juntando provas de suas negligências; e aqueles vendedores de frutas e verduras, aos quais não se devia permitir que estacionassem suas carroças nas ruas; e as prostitutas, bom Deus, a culpa não era delas, nem dos jovens que as procuravam, mas de nosso detestável sistema social e assim por diante; em tudo isso ele pensava, ele podia ser observado pensando nisso tudo, grisalho, decidido, elegante, asseado, enquanto atravessava o Parque para dizer à sua mulher que a amava.

Pois ele o diria com todas as letras quando entrasse na sala. Porque é uma grande pena não dizermos nunca o que sentimos, pensou, atravessando o Green Park e observando com prazer famílias inteiras, famílias pobres, estendidas à sombra das árvores; crianças esticando as pernas; tomando leite; sacos de papel espalhados pelo chão, que poderiam ser facilmente recolhidos (caso alguém achasse ruim) por um daqueles homens gordos de uniforme; pois ele era da opinião de que todos os parques, e todas as praças, deveriam permanecer abertos às crianças durante o verão (a grama do parque ganhava e perdia cor, como se uma lâmpada amarela estivesse passando por debaixo, iluminando as mães pobres de Westminster e seus bebês de gatinhas pelo chão). Mas o que podia ser feito em prol de mulheres errantes como aquela pobre criatura, estendida sobre a grama, apoiada nos cotovelos (como se, livre de todos os laços, tivesse se jogado sobre a terra para observar inquisitivamente, pensar atrevidamente, julgar os porquês e os portantos, impudente, desbocada, debochada), ele não sabia. Segurando suas flores como uma arma, Richard Dalloway chegou perto dela; absorto, ultrapassou-a; ainda assim houve tempo suficiente para que uma centelha passasse entre eles – ela riu ao vê-lo, ele sorriu afavelmente, pensando no problema da mulher errante; não que fossem, de modo algum, conversar. Mas ele diria a Clarissa, com todas as letras, que a amava. Ele sentira, outrora, ciúmes de Peter Walsh; ciúmes dele e de Clarissa. Mas ela lhe dissera várias vezes que estivera certa em não ter se casado com Peter Walsh; o que, conhecendo Clarissa, era obviamente verdade; ela queria apoio. Não que fosse fraca; mas queria apoio.

Quanto ao Palácio de Buckingham (como uma velha prima--dona toda de branco confrontando o público), não se lhe pode negar certa dignidade, avaliou ele, nem se desprezar aquilo que de fato é, afinal, para milhões de pessoas (uma pequena multidão estava esperando junto ao portão para ver o Rei saindo de carro), um símbolo, por absurdo que seja; uma criança com uma caixa de cubos teria conseguido fazer coisa melhor, pensou; observando o memorial à Rainha Vitória (da qual ainda se lembrava, com seus óculos de aro de tartaruga, sendo conduzida em carruagem através de Kensington), seu pedestal branco, sua ondulante maternalidade; mas ele gostava de ser governado pelos descendentes de Horsa; gostava da continuidade; e do sentimento de estar passando adiante as tradições do passado. Era uma grande época para se viver. Na verdade, sua própria vida era um milagre; que ele não se enganasse a respeito; aqui estava ele, no auge da vida, caminhando em direção à sua casa em Westminster para dizer a Clarissa que a amava. A felicidade é isso, pensou.

É isso, disse, entrando em Dean's Yard. O Big Ben começava a bater, primeiro o aviso, musical; depois a hora, irrevogável. Almoços festivos consomem toda a tarde, pensou, chegando à porta.

O som do Big Ben inundou a sala de estar de Clarissa, onde estava sentada em sua escrivaninha, muito chateada; preocupada; chateada. Era bem verdade que não tinha convidado Ellie Henderson para a sua festa; mas fora de propósito. Ora, a Sra. Marsham escreveu que "tinha dito a Ellie Henderson que interceaderia junto à Clarissa... Ellie gostaria tanto de vir".

Mas por que deveria convidar todas as mulheres enfadonhas de Londres para suas festas? Por que a Sra. Marsham tinha que interferir? E Elizabeth trancada esse tempo todo com Doris Kilman. Não podia imaginar coisa mais repugnante. Em oração a essa hora com aquela mulher. E o som do sino inundou a sala com a sua onda melancólica; que se recolheu, e se recompôs para avançar novamente, quando ela ouviu, distraidamente, alguma coisa tateando, alguma coisa raspando a porta. Quem seria a essa hora? Eram três horas, meu Deus! Já eram três horas! Pois, com irresistível resolução e dignidade, o relógio bateu as três horas; e ela não ouviu mais nada; mas a maçaneta da porta se moveu e ali estava Richard! Que surpresa! Ali estava Richard, segurando flores. Ela o tinha desapontado uma vez, em Constantinopla; e Lady Bruton, cujos almoços eram considerados extraordinariamente divertidos, não a convidara. Ele estava oferecendo-lhe flores – rosas, rosas vermelhas e brancas. (Mas ele não conseguia dizer que a amava; não com todas as letras.)

Mas que lindas, disse ela, pegando as flores. Ela compreendeu; ela compreendeu sem que ele falasse; sua Clarissa. Ela as colocou em vasos sobre a lareira. Como ficaram lindas! disse. E foi divertido? perguntou. Lady Bruton tinha perguntado por ela? Peter Walsh estava de volta. A Sra. Marsham tinha escrito. Deveria ela convidar Ellie Henderson? A tal Kilman estava lá em cima.

"Mas vamos nos sentar por uns cinco minutos", disse Richard.

Tudo parecia tão vazio. Todas as cadeiras estavam contra a parede. O que andaram fazendo? Ah, era para a festa; não, não esquecera, a festa. Peter Walsh estava de volta. Ah, sim; ela o recebera. E ele ia conseguir um divórcio; e estava apaixonado por alguma mulher lá. E não mudara um milímetro. Ali estava ela, remendando o vestido...

"Pensando em Bourton", disse ela.

"Hugh estava no almoço", disse Richard. Ela também o encontrara! Bem, ele estava ficando absolutamente intolerável. Comprando colares para Evelyn; mais gordo do que nunca; um imbecil insuportável.

"E me passou pela cabeça 'Eu poderia ter me casado com você'", disse ela, pensando em Peter sentado ali com sua gravatinha borboleta; abrindo e fechando aquele canivete. "Exatamente como ele sempre foi, você sabe."

Haviam falado sobre ele durante o almoço, disse Richard. (Mas ele não conseguia dizer-lhe que a amava. Segurou-lhe a mão. Felicidade é isto, pensou.) Estiveram escrevendo uma carta para o *Times*, a pedido de Millicent Bruton. Era só para isso que Hugh servia.

"E nossa querida Srta. Kilman?", ele perguntou. Clarissa achou as rosas absolutamente lindas; primeiro, todas bem juntinhas num maço; agora começando, por si só, a se separar.

"Kilman chega assim que terminamos de almoçar", disse ela. "Elizabeth fica toda ruborizada. Trancam-se no quarto. Acho que estão rezando."

Meu Deus! Ele não gostava nada disso; mas essas coisas passam sem que precisemos fazer nada.

"Numa capa de chuva, com um guarda-chuva", disse Clarissa.

Ele não dissera "Eu te amo"; mas segurou a sua mão. A felicidade é isto, é isto, pensou.

"Mas por que devo convidar todas as mulheres enfadonhas de Londres para minhas festas?", disse Clarissa. E se a Sra. Marsham desse uma festa, deixaria que *ela* escolhesse quem convidar?

"Pobre Ellie Henderson", disse Richard – era muito estranho o quanto Clarissa se preocupava com suas festas, pensou.

Mas Richard não tinha a mínima noção de como um salão devia ser decorado. Mas – o que ele ia dizer?

Se essas festas a preocupavam, ele não ia permitir que ela as desse. Ela queria ter se casado com Peter? Mas ele tinha que sair.

Tinha que sair, ele disse, levantando-se. Mas deteve-se por um momento, como se estivesse prestes a dizer alguma coisa; e ela se perguntou o quê. Por quê? Ali estavam as rosas.

"Alguma comissão?", perguntou, enquanto ele abria a porta.

"Os armênios", disse ele; ou talvez fossem "os albaneses".

E há uma dignidade nas pessoas; uma solitude; mesmo entre marido e mulher, um abismo; e isso deve ser respeitado, pensou Clarissa, observando-o abrir a porta; pois não é algo de que a gente possa se desfazer, nem tampouco tirar do marido contra a sua vontade, sem perder a própria independência, o autorrespeito – algo, enfim, sem preço.

Ele voltou com um travesseiro e uma coberta.

"Uma hora de completo repouso após o almoço", disse. E foi-se embora.

Era bem dele! Continuaria dizendo "Uma hora de completo repouso após o almoço" até o fim dos séculos, porque um médico tinha uma vez recomendado. Era bem dele levar ao pé da letra o que diziam os médicos; fazia parte de sua adorável, divina simplicidade, que ninguém tinha no mesmo grau; que o fazia sair e resolver o que tinha de resolver, enquanto ela e Peter desperdiçavam o tempo discutindo. Já estava a meio caminho da Câmara dos Comuns, dos seus armênios, dos seus albaneses, após tê-la deixado acomodada no sofá, observando as rosas que lhe dera. E as pessoas diriam: "Clarissa Dalloway está mal-acostumada". Ela dava muito mais importância às suas rosas do que aos armênios. Exterminados, estropiados, enregelados, vítimas da crueldade e da injustiça (escutara Richard dizê-lo vezes e vezes sem conta) – não, não podia sentir nada pelos albaneses, ou eram os armênios? mas ela amava as suas rosas (isso não ajudava os armênios?) – as únicas flores que suportava ver cortadas. Mas Richard já estava na Câmara dos Comuns; em sua comissão, já tendo resolvido todas as dificuldades dela. Mas, não; infelizmente, não era verdade. Ele não compreendeu as suas razões para não convidar Ellie Henderson. Iria fazê-lo, naturalmente, porque ele o desejava. Já que ele tinha trazido os travesseiros, ela ia se deitar... Mas – mas – por que de repente se sentia, por nenhuma razão que pudesse adivinhar, desesperadamente infeliz? Como uma pessoa que deixou cair uma conta de pérola ou um diamante na grama e muito cuidadosamente afasta os talos mais crescidos para um lado e outro, e procura em vão aqui e ali, e finalmente a avista lá, junto às raízes, assim também ela passou e repassou uma coisa e outra; não, não era por Sally Seton ter dito que Richard nunca faria parte do Gabinete de Ministros porque tinha um cérebro de segunda classe (lembrou-se disso); não, isso não a incomodou; tampouco tinha a ver com Elizabeth e Doris Kilman; eram fatos. Era uma sensação, uma sensação desagradável, no começo da manhã, talvez; algo que Peter dissera, combinado com alguma crise da sua depressão, enquanto tirava o chapéu no quarto; e o que Richard dissera tinha agravado isso, mas o que ele dissera mesmo? Havia as rosas que lhe dera. As festas dela! Era isso! As festas dela! Ambos a criticaram muito deslealmente, riram dela muito injustamente, por causa das suas festas. Era isso! Era isso!

Bem, como ia se defender? Agora que sabia do que se tratava, se sentiu perfeitamente feliz. Eles pensavam, ou ao menos Peter pensava, que ela gostava de se impor; gostava de ter gente famosa ao redor; grandes nomes; em suma, era simplesmente uma esnobe. Bem, Peter podia pensar assim. Richard apenas pensava ser tolice de sua parte gostar de animação quando isso era ruim para o coração dela. Era infantil, pensava ele. E estavam ambos errados. Ela simplesmente gostava da vida.

"É por isso que as dou", disse, falando em voz alta, à vida.

Por estar recostada no sofá, recolhida, desimpedida, a presença dessa coisa que sentia ser tão óbvia tornou-se fisicamente existente; coberta com mantos do som da rua, ensolarada, com um sopro ardente, murmurando, enfunando as cortinas. Mas suponha que Peter lhe dissesse: "Sim, sim, mas as suas festas – qual é o sentido das suas festas?", tudo o que poderia dizer era (e não se podia esperar que alguém compreendesse): Elas são uma oferenda; o que soava terrivelmente vago. Mas quem era Peter para sugerir que a vida não passava de um mar de rosas? – Peter sempre apaixonado, sempre apaixonado pela mulher errada? O que é o amor para você? podia perguntar-lhe. E ela sabia qual seria a resposta; que o amor é a coisa mais importante do mundo e que possivelmente nenhuma mulher compreenderia isso. Muito bem. Mas, da mesma forma, podia algum homem compreender o que ela queria dizer? sobre a vida? Não podia imaginar Peter ou Richard dando-se ao trabalho de dar uma festa a pretexto de nada.

Mas para ir mais a fundo, além do que as pessoas diziam (e essas opiniões, como eram superficiais, como eram fragmentárias!), o que significava para ela, em sua própria mente, neste momento, essa coisa que chamava de vida? Ah, era muito estranho. Aqui estava algum sujeito em South Kensington; outro lá em Bayswater; e mais outro, digamos, em Mayfair. E ela sentia muito continuadamente uma sensação da existência deles; e sentia que desperdício; e sentia que pena; e sentia se ao menos pudessem se reunir, assim ela o fez. E era uma oferenda; combinar, criar; mas para quem?

Uma oferenda pelo simples prazer de oferecer, talvez. De qualquer maneira, esse era o seu dom. Não tinha outro que tivesse qualquer valor; não pensava, não escrevia, nem sequer tocava piano. Confundia armênios com turcos; adorava o sucesso; odiava o desconforto; tinha de ser amada; falava uma porção de bobagens: e, mesmo agora, pergunte-se-lhe o que é o equador, e ela não saberá responder.

De qualquer maneira, o fato de que um dia se segue ao outro; quarta, quinta, sexta, sábado; de que vamos despertar pela manhã; ver o céu; andar pelo parque; encontrar Hugh Whitbread; e, depois, de repente, a chegada de Peter; depois, essas rosas; era o bastante. Frente a isso, como a morte era inacreditável! – o fato de que isso deva acabar; e ninguém no mundo inteiro ficaria sabendo como ela tinha amado tudo isso; como, cada instante...

A porta se abriu. Elizabeth sabia que a mãe estava descansando. Entrou muito silenciosamente. Ficou perfeitamente imóvel. Será que, cem anos atrás, algum mongol teria naufragado na costa de Norfolk (como dizia a Sra. Hilbery) e se misturado, talvez, com as senhoras Dalloway? Pois os Dalloways tinham, em geral, cabelos loiros; olhos azuis; Elizabeth, pelo contrário, era morena; tinha olhos chineses num rosto pálido; um mistério oriental; era gentil, atenciosa, sossegada. Tinha, quando criança, um perfeito senso de humor; mas por que agora, aos dezessete anos, se tornara tão séria era algo que Clarissa não conseguia absolutamente compreender; como um jacinto coberto de um verde lustroso, com botões mal e mal coloridos, um jacinto que não apanhara nenhum sol.

Ela ficou perfeitamente imóvel, olhando para a mãe; mas a porta estava entreaberta, e atrás da porta estava a Srta. Kilman, como sabia Clarissa; a Srta. Kilman em sua capa de chuva, escutando tudo o que elas diziam.

Sim, a Srta. Kilman estava parada no patamar de entrada, e vestia uma capa de chuva; mas ela tinha suas razões. Primeiro, era barato; segundo, ela passara dos quarenta; e não se vestia, afinal, para agradar. Era pobre, além disso; de uma pobreza degradante. Do contrário, não aceitaria emprego de pessoas como os Dalloways; de pessoas ricas que gostavam de parecer bondosas. O Sr. Dalloway, justiça lhe seja feita, tinha sido realmente bondoso. Mas a Sra. Dalloway, não. Ela tinha sido apenas condescendente. Ela vinha da mais imprestável de todas as classes – a dos ricos com um verniz de cultura. Eles tinham coisas caras por todo lado; quadros, tapetes, montes de criados. Ela achava que tinha todo o direito a qualquer coisa que os Dalloway fizessem por ela.

Ela fora defraudada. Sim, não vai nisso nenhum exagero, pois certamente uma moça tem direito a algum tipo de felicidade, não? E, com isso de ser tão sem jeito e tão pobre, ela nunca fora feliz. E depois, justamente quando poderia ter tido uma oportunidade na escola da Srta. Dolby, veio a guerra; e ela nunca fora capaz de contar uma mentira. A Srta. Dolby achava que ela seria mais feliz junto a pessoas que compartilhassem de seus pontos de vista sobre os alemães. E tivera de ir embora. Era verdade que sua família era de origem alemã; no século dezoito, o sobrenome era grafado como Kiehlman; mas o seu irmão fora morto. Foi mandada embora porque não ia fingir que achava que todos os alemães eram maus – quando ela tinha amigos alemães, quando os únicos dias felizes de sua vida tinham sido passados na Alemanha! E, afinal, ela podia ensinar história. Tinha sido obrigada a pegar qualquer coisa que conseguisse. O Sr. Dalloway a descobrira quando trabalhava para a Sociedade dos Amigos. Ele deixara (e isso tinha sido realmente generoso da parte dele) que ela ensinasse história à sua filha. Ela também dera um curso de extensão e outras coisas desse tipo. E então Nosso Senhor viera até ela (e aqui ela sempre fazia uma inclinação com a cabeça). Fazia dois anos e três meses que vira a luz. Agora não invejava mulheres como Clarissa Dalloway; ela as lastimava.

Ela as lastimava e as desprezava do fundo do coração, ali parada sobre o tapete macio, olhando para a gravura antiga de uma menininha com um regalo. Com todo esse luxo progredindo, que esperança havia de um mundo melhor? Em vez de ficar estendida num sofá – "Minha mãe está descansando", tinha dito Elizabeth – ela deveria estar numa fábrica; atrás de um balcão; a Sra. Dalloway e todas as outras requintadas senhoras!

Amarga e irada, a Srta. Kilman dirigira-se a uma igreja havia dois anos e três meses. Ouvira a pregação do Reverendo Edward Whittaker; o canto dos meninos; vira a descida do candelabro de velas votivas, e fosse pela música ou fosse pelas vozes (ela mesma, à tardinha, quando só, consolava-se tocando violino; mas o som era excruciante; ela não tinha bom ouvido), os inflamados e turbulentos sentimentos que ferviam e cresciam dentro dela tinham serenado enquanto estivera sentada ali, e chorara copiosamente, e fora visitar o Sr. Whittaker em sua residência em Kensington. Era a mão de Deus, disse ele. O Senhor mostrara-lhe o caminho. Assim, agora, sempre que esses inflamados e penosos sentimentos ferviam dentro dela, esse ódio à Sra. Dalloway, esse ressentimento contra o mundo, ela pensava em Deus. Pensava no Sr. Whittaker. A calma sucedia à raiva. Um suave bálsamo percorria-lhe as veias, os seus lábios se entreabriam, e ali, de pé no patamar de entrada, impressionante em sua capa de chuva, ela observou, com uma serenidade sólida e sinistra, a Sra. Dalloway, que saía com a filha.

Elizabeth disse que esquecera as luvas. Foi porque a Srta. Kilman e a sua mãe se odiavam. Ela não suportava vê-las juntas. Correu escada acima em busca das luvas.

Mas a Srta. Kilman não odiava a Sra. Dalloway. Voltando os seus grandes olhos cor de groselha para Clarissa, observando o rosto pequeno e rosado, o corpo delicado, o ar de frescor e elegância, a Srta. Kilman pensou: Tola! Estúpida! Você que não conheceu o sofrimento nem o prazer; que desperdiçou a sua vida! E então lhe veio um irresistível desejo de derrotá-la; de desmascará-la. Se pudesse derrubá-la, ela se sentiria aliviada. Mas não era o corpo; era a alma com o seu escárnio que ela queria subjugar; fazer sentir a sua superioridade. Se ao menos pudesse fazê-la chorar; destruí-la; humilhá-la; obrigá-la a cair de joelhos, gritando aos prantos:

Você está certa! Mas seria pela vontade de Deus, não pela da Srta. Kilman. Tinha que ser uma vitória religiosa. Lançou, assim, um olhar faiscante; fulminante.

Clarissa estava realmente chocada! Uma cristã – esta mulher! Esta mulher que lhe tirara a filha! Que estava em contato com presenças invisíveis! Pesada, feia, ordinária, sem bondade nem graça, ela que sabe o significado da vida!

"Você está levando Elizabeth para as Lojas do Exército e da Marinha?" perguntou a Sra. Dalloway.

A Srta. Kilman disse que estava. Ficaram ali paradas. A Srta. Kilman não ia se fazer de simpática. Sempre tinha trabalhado para se sustentar. Seu conhecimento da história moderna era extremamente profundo. Ela ainda conseguia separar de seus míseros rendimentos uma quantia para as causas nas quais acreditava; enquanto essa mulher não fazia nada, não acreditava em nada; criou a filha – mas aqui estava Elizabeth, a linda garota, quase sem fôlego.

Estavam, pois, indo às Lojas. Era estranho como, de segundo a segundo, enquanto a Srta. Kilman continuava ali parada (e parada era como realmente estava, com a força e a impassibilidade de algum monstro pré-histórico devidamente encouraçado para uma operação de guerra de primitivas eras), a ideia que tinha dela se atenuava, como o ódio (que era por ideias, não por pessoas) se desintegrava, como ela perdia sua malignidade, sua dimensão, tornando-se, de segundo a segundo, simplesmente a Srta. Kilman, numa capa de chuva, a qual, bem sabe Deus, Clarissa teria gostado de ajudar.

Clarissa riu, à vista desse encolhimento do monstro. Ria enquanto dava um até logo.

E ali se iam. A Srta. Kilman e Elizabeth, juntas, descendo as escadas.

Sob o efeito de um impulso repentino, de uma violenta aflição, pois essa mulher estava lhe tirando a filha, Clarissa debruçou-se sobre o corrimão e gritou: "Lembre-se da festa! Lembre-se da nossa festa hoje à noite!"

Mas Elizabeth já tinha aberto a porta da frente; um furgão estava passando; ela não respondeu.

O amor e a religião! pensou Clarissa, voltando para a sala, toda tremulante. Como são detestáveis, como são detestáveis! Pois agora que o corpo da Srta. Kilman não estava à sua frente, era isso que a oprimia – a ideia. As mais cruéis das coisas do mundo, pensou, vendo-as, sem graça, inflamadas, hipócritas, bisbilhoteiras, invejosas, infinitamente cruéis e inescrupulosas, vestindo uma capa de chuva, sobre o patamar da entrada; o amor e a religião. Tivera ela própria, alguma vez, tentado converter alguém? Deixar que todas as pessoas fossem simplesmente elas mesmas não era o que ela desejava? E da janela viu a velha senhora da casa em frente subindo as escadas. Deixem-na ir subir as escadas se é o que ela quer; deixem-na fazer uma pausa; deixem-na, depois, tal como Clarissa frequentemente a tinha visto fazer, chegar ao seu quarto, abrir as suas cortinas e desaparecer novamente no fundo. De alguma maneira, era algo que a gente respeitava – essa velha senhora olhando pela janela, sem qualquer consciência de que estava sendo observada. Havia nisso algo de solene – mas o amor e a religião iriam destruir isso, a privacidade da alma, ou como quer que se chame. A odiosa Kilman iria destruir isso. Mas era uma visão que a fazia querer chorar.

 O amor também destruía. Tudo o que era bonito, tudo o que era verdadeiro desaparecia. Suponham Peter Walsh agora. Ali estava um homem encantador, inteligente, com ideias a respeito de tudo. Se quiséssemos saber alguma coisa sobre Pope, digamos, ou sobre Addison, ou apenas conversar sobre bobagens, como eram as pessoas, qual o significado das coisas, Peter sabia melhor que ninguém. Fora Peter quem a ajudara; Peter quem lhe emprestara livros. Mas vejam as mulheres pelas quais se apaixonava – vulgares, triviais, comuns. Pensem em Peter em estado de paixão – veio vê-la após todos esses anos, e sobre o que ele falara? Sobre si mesmo. A terrível paixão! pensou. A degradante paixão! pensou, imaginando Kilman e a sua Elizabeth a caminho das Lojas do Exército e da Marinha.

 O Big Ben bateu a meia hora.

 Como era extraordinário, estranho, sim, comovente, ver a velha senhora (havia muitíssimos anos que eram vizinhas) afastar-se da janela, como se ela estivesse ligada àquele som, àquele fio. Por gigantesco que fosse, tinha algo a ver com ela. Aos poucos, aos poucos, em meio às coisas habituais, o dedo descia, tornando o momento solene. Ela era forçada por aquele som, assim imaginou Clarissa, a se mover, a se afastar – mas para onde? Clarissa tentou segui-la enquanto ela virava as costas e desaparecia, mas só conseguia ver a sua touca branca movimentando-se no fundo do quarto. Ela ainda estava lá, movimentando-se no outro extremo da peça. Por que credos e preces e capas de chuva? quando, pensou Clarissa, este é o milagre, este é o mistério; queria dizer, essa velha senhora que ela podia ver indo da cômoda para o toucador. Ainda conseguia vê-la. E o supremo mistério, que Kilman podia dizer que ela resolvera, ou que Peter podia dizer que ele resolvera, mas Clarissa não acreditava que qualquer dos dois tivesse a mínima ideia de qual era a solução, era simplesmente este: aqui estava um quarto; ali, outro. A religião resolvia isso, ou o amor?

O amor... mas aqui o outro relógio, o relógio que sempre batia dois minutos depois do Big Ben, veio se arrastando com o seu regaço cheio de restos e retalhos, que descarregou como se o Big Ben, tão solene, tão justo, estivesse, com sua majestade, no perfeito direito de ditar a lei, mas ela tinha que se lembrar também de todo o tipo de pequeninas coisas – a Sra. Marsham, Ellie Henderson, as taças para os sorvetes – toda espécie de pequeninas coisas chegou alagando e ondeando e dançando, na esteira daquela solene badalada que caía de chapa, como uma barra de ouro na superfície do mar. A Sra. Marsham, Ellie Henderson, as taças para os sorvetes. Tinha que telefonar agora, de uma vez.

Voluvelmente, turbulentamente, o relógio atrasado soou, vindo, na esteira do Big Ben, com seu regaço cheio de ninharias. Golpeados, demolidos pelo ataque das carruagens, pela brutalidade dos furgões, pelo passo apressado das miríades de homens angulosos, de mulheres vaidosas, pelas cúpulas e cúspides de edifícios comerciais e de hospitais, os últimos despojos desse regaço cheio de restos e retalhos pareciam se desfazer, derramando-se, como os borrifos de uma onda exaurida, sobre o corpo da

Srta. Kilman, que parou, por um instante, na rua, para murmurar "É a carne".

Era a carne que ela devia controlar. Clarissa Dalloway a tinha insultado. Era algo que ela esperava. Mas ela não tinha triunfado; não tinha dominado a carne. Feia, desajeitada: Clarissa Dalloway rira dela por ser assim; e isso havia ressuscitado os desejos carnais, pois a incomodava, em comparação com Clarissa, ter a aparência que tinha. Tampouco podia falar do jeito que ela falava. Mas por que desejar ser parecida com ela? Por quê? Ela desprezava a Sra. Dalloway do fundo do coração. Ela não era séria. Ela não era boa. Sua vida era uma trama de vaidade e logro. Ainda assim, Doris Kilman fora derrotada. Na verdade, quase se desmanchara em lágrimas quando Clarissa Dalloway riu dela. "É a carne, é a carne", murmurou (tinha o costume de falar sozinha), tentando dominar esse agitado e doloroso sentimento, enquanto caminhava pela Victoria Street. Suplicou a Deus. Não tinha culpa de ser feia; não podia se dar ao luxo de comprar roupas bonitas. Clarissa Dalloway tinha rido – mas ela ia concentrar a mente em alguma outra coisa até chegar à caixa de coleta do correio. De todo modo ela tinha Elizabeth. Mas pensaria em alguma outra coisa; pensaria na Rússia; até chegar à caixa de coleta do correio.

Como devia ser bom no campo, disse ela, tentando livrar-se, tal como o Sr. Whittaker tinha-lhe dito para fazer, daquele violento rancor contra o mundo que a tinha desprezado, abandonado, escarnecido dela, começando com essa humilhação – o castigo de um corpo pouco agradável, que as pessoas não suportavam ver. Por mais que se esforçasse por arrumar o cabelo, sua testa ficava parecendo um ovo, despelada, pálida. Não havia roupa que lhe ficasse bem. Comprasse o que comprasse. E para uma mulher, obviamente, isso significava não se relacionar nunca com o sexo oposto. Nunca seria a preferida de alguém. Algumas vezes, ultimamente, parecia-lhe que, tirando Elizabeth, vivia apenas em função da comida; de seus pequenos prazeres; de seu almoço, de seu chá; de sua bolsa de água quente à noite. Mas deve-se lutar; triunfar; ter fé em Deus. O Sr. Whittaker dissera que o fato de ela estar no mundo obedecia a um desígnio. Mas ninguém sabia do sofrimento! Ele disse, apontando para o crucifixo, que Deus sabia. Mas por que tinha que sofrer quando outras mulheres, como Clarissa Dalloway, estavam livres disso? O conhecimento passa pelo sofrer, disse o Sr. Whittaker.

Ela tinha passado a caixa de coleta do correio, e Elizabeth acabara de entrar no setor fresco e marrom da tabacaria das Lojas do Exército e da Marinha, enquanto ela ainda murmurava para si mesma o que o Sr. Whittaker dissera, que o conhecimento passa pelo sofrer e pela carne. "A carne", murmurou.

A qual seção ela queria ir? perguntou Elizabeth, interrompendo-a.

"Combinações", disse bruscamente, e disparou em direção ao elevador.

E, assim, subiram. Elizabeth a conduzia para um lado e para o outro; conduzia-a em seu alheamento, como se ela fosse uma criança grande, um pesado encouraçado. Ali estavam as combinações, marrons, recatadas, listradas, frívolas, sólidas, vaporosas; e ela fez sua escolha, em seu alheamento, de uma maneira portentosa, ao ponto de a balconista achar que ela era louca.

Elizabeth ficou um tanto curiosa por saber, enquanto faziam o pacote, em que a Srta. Kilman estaria pensando. Elas tinham que ir tomar o chá, disse a Srta. Kilman, animando-se, recobrando-se. Tomaram o seu chá.

Elizabeth ficou um tanto curiosa por saber se a Srta. Kilman estava com fome. Era o seu jeito de comer, comer com intensidade, e depois olhar, sem parar, para uma bandeja de bolos glaçados na mesa ao lado; depois, quando uma mulher e o filho se sentaram e a criança pegou o bolo, será que ela ficou realmente incomodada? Sim, a Srta. Kilman ficou incomodada. Ela queria aquele bolo – o cor-de-rosa. O prazer de comer era praticamente o único prazer verdadeiro que lhe restava – e até isso lhe era negado!

Quando as pessoas são felizes, elas têm uma reserva à qual recorrer, dissera ela a Elizabeth, enquanto ela era uma roda sem pneu (tinha uma queda por esse tipo de metáfora), sacudida por qualquer pedrinha – assim dizia, demorando-se após a aula, de pé ao lado da lareira, com sua sacola de livros, a sua "pasta", como a chamava, numa terça-feira de manhã, depois que a aula terminara. E falou também sobre a guerra. Afinal, havia pessoas que não achavam que os ingleses estivessem invariavelmente certos. Havia livros. Havia reuniões. Havia outros pontos de vista. Elizabeth gostaria de ir com ela ouvir a palestra de Fulano de Tal (um senhor de idade extraordinariamente bem conservado)? E depois a Srta. Kilman a levou a uma igreja em Kensington, onde tomaram chá com um clérigo. Emprestara-lhe livros. Direito, medicina, política, todas as profissões estão abertas às mulheres de sua geração, dizia a Srta. Kilman. Mas quanto a ela própria, sua carreira estava inteiramente arruinada, e era por culpa dela? Santo Deus, não, disse Elizabeth.

E sua mãe entrava para dizer que chegara um cesto de Bourton, e talvez a Srta. Kilman gostaria de levar algumas flores? Ela era sempre muito, muito simpática com a Srta. Kilman, mas a Srta. Kilman apertava as flores todas num molho, e não queria conversa fiada, e o que interessava à Srta. Kilman aborrecia a sua mãe, e a Srta. Kilman e ela juntas eram terríveis; e a Srta. Kilman se avolumava e parecia muito singela, mas a Srta. Kilman era incrivelmente inteligente. Elizabeth nunca pensara nos pobres. Eles tinham tudo o que queriam – a mãe tomava o café da manhã na cama todos os dias; Lucy era quem subia com o café; e ela gostava de mulheres de mais idade, porque eram duquesas e descendentes de algum lorde. Mas a Srta. Kilman disse (numa dessas manhãs de terça-feira, quando a aula havia terminado): "Meu avô tinha uma loja de tintas a óleo em Kensington". A Srta. Kilman era muito diferente de qualquer outra pessoa que ela conhecia; ela fazia a gente se sentir tão pequena.

A Srta. Kilman serviu-se de outra xícara de chá. Elizabeth, com seu ar oriental, seu inescrutável mistério, sentava-se perfeitamente aprumada; não, não queria mais nada. Procurou pelas luvas – as suas luvas brancas. Estavam debaixo da mesa. Ah, mas ela não deve ir embora! A Srta. Kilman não podia deixar que ela fosse embora! essa jovem que era tão bonita, essa garota que ela verdadeiramente amava! A mão dela, grandona, abriu e fechou-se em cima da mesa.

Mas talvez, de alguma maneira, estivesse ficando um tanto monótono, sentiu Elizabeth. E ela realmente gostaria de ir embora.

Mas a Srta. Kilman disse: "Ainda nem terminei".

Claro, então Elizabeth esperaria. Mas estava muito abafado aqui.

"Você estará na festa hoje à noite?", perguntou a Srta. Kilman. Elizabeth achava que estaria; sua mãe queria que ela estivesse. Ela não deve deixar que as festas a absorvam, disse a Srta. Kilman, pegando o último bocado de um ecler de chocolate.

Ela não gostava muito de festas, disse Elizabeth. A Srta. Kilman abriu a boca, projetou o queixo ligeiramente para a frente e engoliu o último bocado do ecler de chocolate, limpando os dedos depois e agitando o chá na sua xícara.

Estava à beira de um colapso, era o que sentia. Era tão enorme o sofrimento. Se pudesse pegá-la, se pudesse prendê-la, se pudesse torná-la sua de forma absoluta e para sempre e depois morrer; era tudo o que queria. Mas ficar aqui sentada, incapaz de pensar alguma coisa para dizer; ver Elizabeth voltar-se contra ela; sentir-se repulsiva até mesmo para ela... era demais; ela não podia suportar. Seus grossos dedos se contraíram.

"Nunca vou a festas", disse a Srta. Kilman, só para impedir que Elizabeth fosse embora. "As pessoas não me convidam para festas" – e sabia, ao dizê-lo, que a sua perdição era esse egoísmo; o Sr. Whittaker a tinha prevenido; mas não podia evitá-lo. Tinha sofrido tanto. "Por que me convidariam?", disse. "Sou sem graça, sou triste." Sabia que era uma bobagem. Mas foram todas aquelas pessoas passando com seus pacotes, todas aquelas pessoas que a desprezavam, que a fizeram dizer isso. Entretanto, ela era Doris Kilman. Tinha o seu diploma. Era uma mulher que tinha feito o seu próprio caminho no mundo. Seu conhecimento da história moderna era mais do que respeitável.

"Não sinto pena de mim mesma", disse ela. "Sinto pena...", queria dizer "da sua mãe", mas não, não podia, não para Elizabeth. "Sinto pena das outras pessoas", disse, "muito mais pena."

Como uma criatura muda que é levada até o portão de saída com um objetivo ignorado e fica ali parada, mas desejosa de sair correndo, Elizabeth Dalloway permanecia silenciosamente sentada. Será que a Srta. Kilman ia dizer mais alguma coisa?

"Não me esqueça para sempre", disse Doris Kilman; sua voz tremia. De imediato e aterrorizado, o animal se pôs a correr até o fim do campo.

A mãozona se abriu e se fechou.

Elizabeth virou a cabeça. A garçonete se aproximou. Tem que pagar no balcão, disse Elizabeth, e se afastou, arrancando, assim sentiu a Srta. Kilman, as reais entranhas de seu corpo, estirando-as enquanto atravessava o salão, e depois, inclinando a cabeça muito educadamente, num gesto final, foi embora.

Ela se fora. A Srta. Kilman ficou sentada ali, à mesa de mármore, entre os ecleres, atingida uma, duas, três vezes, pelos choques do sofrimento. Ela se fora. A Sra. Dalloway triunfara. Elizabeth se fora. A beleza se fora, a juventude se fora.

Ela ficou, pois, sentada ali. E então se levantou, tropeçando por entre as mesinhas, desequilibrando-se toda, e alguém veio atrás dela com a sua combinação, e ela se perdeu ao sair, vendo-se cercada por caixotes especialmente preparados para serem enviados à Índia; foi parar, em seguida, no meio de conjuntos de presente para parturientes e de roupas para bebês; por entre todas as mercadorias do mundo, perecíveis e duráveis, presuntos, remédios, flores, artigos de escritório, por entre variados cheiros, ora fragrantes, ora acres, ela cambaleava; viu-se, de corpo inteiro, num espelho, assim cambaleante, com o chapéu enviesado, o rosto todo avermelhado; e chegou, finalmente, à rua.

A torre da Catedral de Westminster, a morada de Deus, erguia-se à sua frente. Ali estava a morada de Deus, cercada pelo trânsito. Obstinadamente, dirigiu-se, com seu pacote, para aquele outro santuário, a Abadia, onde, cobrindo o rosto com as mãos em concha, sentou-se ao lado dos que estavam também em busca de abrigo; devotos dos mais variados tipos, agora, enquanto cobriam o rosto com as mãos, destituídos de classe social, quase destituídos de sexo; mas, assim que as retiravam do rosto, instantaneamente respeitosos, homens e mulheres ingleses de classe média, alguns deles ávidos por ver as figuras de cera.

Mas a Srta. Kilman manteve as mãos em concha sobre o rosto. Ora ficava só; ora voltava a ter companhia. Novos devotos chegavam da rua para tomar o lugar dos caminhantes, e ainda assim, enquanto as pessoas olhavam ao redor e passavam, arrastando os pés, pelo túmulo do Soldado Desconhecido, ainda assim, ela tapava os olhos com os dedos e tentava, nessa dupla escuridão, pois a luz da Abadia era imaterial, elevar-se acima das vaidades, dos desejos, dos bens materiais, livrar-se tanto do ódio quanto do amor. Suas mãos se contraíam. Ela parecia envolvida numa luta. Mas, para outras pessoas, Deus estava acessível, e suave era o caminho que levava até Ele. O Sr. Fletcher, do Tesouro, aposentado, a Sra. Gorham, viúva do famoso membro do Conselho do Rei, chegavam até Ele sem dificuldades e, tendo feito suas preces, recostavam-se no banco, desfrutavam da música (o órgão ressoava suavemente) e viam a Srta. Kilman na ponta do banco, rezando, rezando, e como estavam ainda no limiar de seu mundo etéreo, pensavam nela compreensivamente, como uma alma que vagava pelo mesmo território; uma alma feita de uma substância imaterial; não uma mulher, uma alma.

Mas o Sr. Fletcher tinha que ir embora. Tinha que passar pelo lado dela, e como fazia questão de estar, ele próprio, sempre no maior apuro, não pôde deixar de ficar um pouco perturbado pelo desalinho da pobre mulher; os seus cabelos desgrenhados; o pacote atirado no chão. Ela não lhe deu passagem imediatamente. Mas, enquanto esperava, passando em exame o que via ao seu redor, os mármores brancos, os vitrais cinzentos e os tesouros acumulados (pois ele se orgulhava muito da Abadia), impressionaram-no a corpulência, a robustez, a intensidade dessa mulher ali sentada, cruzando e descruzando as pernas de tempos em tempos (era tão árduo o acesso ao seu Deus... tão ardorosos os seus desejos), tal como tinham impressionado a Sra. Dalloway (ela não conseguiu tirá-la do pensamento naquela tarde), o Rev. Edward Whittaker e Elizabeth também.

E Elizabeth esperava um ônibus na Victoria Street. Era tão bom estar fora de casa! Pensou que talvez não precisasse ir direto para casa. Era tão bom estar ao ar livre. Ia, assim, pegar um ônibus. E, enquanto esperava ali em pé, com roupas que lhe caíam tão bem, já estavam começando... As pessoas estavam começando a compará-la com álamos, auroras, jacintos, corças, correntezas e lírios; o que lhe tornava a vida um fardo, pois preferia ser deixada em paz, no campo, para fazer aquilo de que gostava, mas comparavam-na a lírios, e tinha que ir a festas, e Londres era tão monótona em comparação com estar em paz no campo, só com o pai e os cachorros.

Os ônibus disparavam, estacavam, partiam – berrantes, reluzentes caravanas, com suas envernizadas latarias em vermelho e amarelo. Mas qual deveria tomar? Não tinha nenhuma preferência. Naturalmente, não ia empurrar ninguém para subir. Tendia a ser passiva. Faltava-lhe expressividade, mas seus olhos eram bonitos, chineses, orientais, e, como dizia a sua mãe, tinha uns ombros tão magníficos e conduzia-se com tal aprumo que era sempre um encanto observá-la; e ultimamente, sobretudo à noite, quando tinha interesse, pois ela nunca parecia entusiasmada, parecia quase bela, muito altiva, muito serena. Em que poderia estar pensando? Todos os homens se apaixonavam por ela, e ela ficava, na verdade, extremamente enfadada. Pois estavam começando. Sua mãe podia percebê-lo – os elogios estavam começando. O fato de que não dava muita importância a essas coisas – por exemplo, às suas roupas – era algo que às vezes preocupava Clarissa, mas talvez fosse melhor assim, com todos aqueles cachorrinhos e porquinhos-da-índia com cinomose à sua volta, e isso lhe dava certo encanto. E agora havia essa estranha amizade com a Srta. Kilman. Bom, pensou Clarissa perto das três da madrugada, lendo o *Barão de Marbot*, pois não conseguia dormir, isso mostra que ela tem coração.

De súbito, Elizabeth deu um passo e, com perfeita destreza, passando à frente de todo o mundo, subiu no ônibus. Ocupou um assento no andar de cima. A impetuosa criatura – um navio pirata – arrancou aos pulos; ela teve que se segurar na barra para se firmar, pois um navio pirata é o que aquilo era, arrojado, inescrupuloso, abordando brutalmente, desviando arriscadamente, intrepidamente apanhando um passageiro, ou ignorando um outro, passando com arrogância e como uma enguia pelo meio de outros veículos, zarpando, depois, com todas as velas pandas, insolentemente, pela Whitehall. E por acaso dedicou Elizabeth um único pensamento à pobre Srta. Kilman, que a amava sem ciúmes, para quem ela tinha sido uma corça em campo aberto, o luar numa clareira? Estava maravilhada por sentir-se livre. Era tão delicioso o ar fresco. Tinha estado tão abafado nas Lojas do Exército e da Marinha. E agora estar num ônibus que corria pela Whitehall era como uma cavalgada; e, a cada movimento do ônibus, o belo corpo no casaco cor-de-corça reagia espontaneamente, como um cavaleiro, como a figura de proa de um navio, pois a brisa a deixava ligeiramente desarrumada; o calor emprestava às faces a palidez de uma madeira pintada de branco; e seus belos olhos, sem outros olhos com que cruzar, fixavam-se à frente, vazios, brilhantes, com a incrível e estática inocência de uma escultura.

Ficar sempre falando de seus próprios sofrimentos era o que tornava a Srta. Kilman tão difícil. E será que ela estava certa? Se fazer parte de comissões e dedicar horas e mais horas todos os dias (raramente o via quando estavam em Londres) era o que ajudava os pobres, isso – só Deus sabe – o pai dela fazia... se isso era o que a Srta. Kilman queria dizer com ser cristã; mas era tão difícil dizer. Ah, ela gostaria de ir um pouco mais adiante. Era preciso mais um pêni para ir até a Strand? Aqui está mais um pêni, então. Ela iria até a Strand.

Ela gostava de pessoas que estavam doentes. E todas as profissões estão abertas às mulheres da sua geração, dizia a Srta. Kilman. Então ela podia ser médica. Podia ser fazendeira. Os animais estão seguidamente doentes. Ela podia ser dona de uma propriedade de quinhentos hectares e ter pessoas sob as suas ordens. Sairia para ir vê-las em suas casinholas. Ali estava a Somerset House. Poderia se sair muito bem como fazendeira – e isso, estranhamente, embora tivesse um dedo da Srta. Kilman, devia-se quase inteiramente à Somerset House. Era tão esplêndido, tão sério, aquele grande edifício cinzento. E ela gostava da sensação das pessoas trabalhando.

Gostava dessas igrejas, como figuras de papel cinzento, enfrentando a corrente da Strand. Aqui era tão diferente de Westminster, pensou, descendo do ônibus na Chancery Lane. Tão sério; tão movimentado. Em suma, gostaria de ter uma profissão. Seria médica, fazendeira, talvez chegaria ao Parlamento, se achasse que era necessário, tudo por causa da Strand.

Os pés daquelas pessoas ocupadas com seus afazeres, as mãos juntando pedra com pedra, as mentes eternamente ocupadas não com conversas triviais (comparando mulheres a álamos – o que podia ter a sua atração, claro, mas não deixava de ser uma tolice), mas com pensamentos a respeito de navios, negócios, leis, questões de governo, e com tudo tão imponente (estava passando pelo Temple), vivo (ali estava o rio), piedoso (ali estava a Igreja), essas coisas todas fizeram-na tomar a firme resolução, não importando o que sua mãe pudesse dizer, de se tornar fazendeira ou médica. Mas ela era, obviamente, um tanto preguiçosa.

E era muito melhor não falar nada sobre isso. Parecia tão bobo. Era o tipo de coisa que realmente acontecia quando se estava só – os edifícios sem o nome do arquiteto, as legiões de pessoas voltando para casa tinham mais poder para fazer com que aquilo que se encontrava anestesiado, confuso e hesitante no solo arenoso da mente irrompesse à superfície, como uma criança que subitamente estende seus braços, do que os clérigos solteiros de Kensington, do que qualquer dos livros que a Srta. Kilman lhe emprestara; talvez fosse apenas isso, um suspiro, uns braços estendidos, um impulso, uma revelação, algo que deixa os seus efeitos para sempre e depois afunda novamente no solo arenoso. Tinha que ir para casa. Tinha que se vestir para o jantar. Mas que horas eram? Onde havia um relógio?

Ela via a Fleet Street adiante. Não deu mais que uns poucos passos em direção à Catedral de St Paul, timidamente, como quem entra na ponta dos pés, à noite, numa casa estranha, explorando-a com uma vela, os nervos à flor da pele, não vá o dono de repente escancarar a porta do quarto e perguntar o que ela está fazendo ali, e tampouco ia ter a coragem de vaguear por vielas suspeitas, enfiando-se em becos, da mesma forma que, numa casa estranha, não arriscaria abrir portas que podiam dar para quartos de dormir ou salas de visita ou direto na despensa. Pois os Dalloways não costumavam vir à Strand; ela era uma pioneira, uma desgarrada, aventurando-se, entregando-se.

Sob muitos aspectos, percebia sua mãe, ela era extremamente imatura, como uma criança ainda, apegada a bonecas, a pantufas gastas; um perfeito bebê; e isso tinha o seu encanto. Mas, naturalmente, havia, por outro lado, na família Dalloway, a tradição do serviço público. Abadessas, diretoras de colégio, supervisoras, dignitárias, era o que elas eram, sem que, na república das mulheres, nenhuma delas fosse brilhante. Foi um pouco mais na direção da Catedral de St Paul. Ela gostava da jovialidade, do laço entre irmãs, entre irmãos, do sentimento materno, desse burburinho. Achava uma coisa boa. O barulho era tremendo; e de repente havia cornetas (os desempregados) retinindo, retumbando em meio ao burburinho; uma música militar; como se as pessoas estivessem marchando; contudo, se estivessem morrendo – se alguma mulher tivesse exalado o seu último suspiro, e alguém que estivera velando tivesse aberto a janela do quarto onde ainda agora havia consumado aquele ato de suprema dignidade, para olhar a Fleet Street lá embaixo, aquele burburinho, aquela música militar teria se elevado, triunfante, consoladora, imparcial, até essa pessoa.

Não era algo consciente. Não havia nisso qualquer sinal de reconhecimento de um destino, de uma sorte em particular, e precisamente por essa razão, até para os perplexos, por terem visto os últimos fiapos de consciência nos rostos dos agonizantes, era confortante.

A ingratidão das pessoas podia corroer, seu esquecimento ferir, mas esta voz, vertendo interminavelmente, ano após ano, arrebataria fosse o que fosse; esta jura; este furgão; esta vida; este cortejo; tragando tudo e tudo levando de roldão, tal como, na inclemente avalanche de uma geleira, a imensa massa glacial junta uma lasca de osso, uma pétala azul, alguns troncos de carvalho, arrastando tudo numa bola só.

Mas era mais tarde do que pensava. Sua mãe não aprovaria que ela vagasse assim, sozinha. Deu a volta, descendo a Strand.

Uma lufada de vento (apesar do calor, havia um bom vento) fez com que um tênue e negro véu se abrisse, cobrindo o sol e a Strand. Os rostos empalideceram; os ônibus perderam o brilho de uma hora para a outra. Pois embora as nuvens fossem de um branco montanhoso de modo que se ficava tentado a retalhar-lhes em aparas rígidas usando uma machadinha, com amplas encostas douradas e de relvados dignos dos jardins dos prazeres celestiais em seus flancos, e tivessem toda a aparência de sólidas habitações dispostas acima do mundo para a assembleia dos deuses, havia um perpétuo movimento entre elas. Sinais eram trocados, quando, como se para pôr em ação algum esquema previamente combinado, ora um cume diminuía de tamanho, ora um bloco inteiro de dimensões piramidais e cujo estado ainda não havia sofrido nenhuma alteração adiantava-se para o centro ou gravemente liderava o cortejo rumo a um novo ancoradouro. Por mais fixas que parecessem em suas posições e perfeitamente unânimes em seu estado de repouso, nada podia ser mais fresco, mais livre, mais superficialmente sensível do que essa superfície cor de neve ou de ouro em chama; mudar, desaparecer, dissolver a solene assembleia era imediatamente possível; e a despeito da grave imutabilidade, da corpulência e da solidez acumuladas, ora espargiam luz, ora sombra, sobre a terra.

Com calma e destreza, Elizabeth subiu no ônibus de Westminster.

Indo e vindo, acenando, fazendo sinais, era como a luz e a sombra, que ora deixavam a parede acinzentada, ora pintavam as bananas de um amarelo vivo, ora deixavam a Strand acinzentada, ora pintavam os ônibus de um amarelo vivo, pareciam a Septimus Warren Smith, estendido no sofá da sala; observando o ouro aquoso brilhar e se apagar, com a espantosa sensibilidade de uma criatura viva, sobre as rosas, sobre o papel de parede. Lá fora, as árvores arrastavam suas folhas como redes através das profundezas do ar; o som da água estava no interior da sala, e através das ondas chegavam as vozes dos pássaros cantando. Cada um dos poderes da terra derramava seus tesouros sobre a sua cabeça, e sua mão se assentava ali nas costas do sofá, da mesma forma que a vira se assentar quando estava se banhando, flutuando, por sobre as ondas, enquanto lá longe, na praia, ouvia cães ladrando, ladrando, longe, muito longe. Não temas mais, diz o coração dentro do corpo; não temas mais.

Ele não estava com medo. A cada momento, a Natureza, agitando suas plumas, sacudindo suas tranças, atirando seu manto para um lado e para o outro, lindamente, sempre lindamente, e sempre prestes a soprar através de suas mãos em concha as palavras de Shakespeare, dava sinais, por alguma divertida pista, como aquela marca dourada que saltava pela parede – ali, ali, ali – de sua determinação a revelar o seu sentido.

Rezia, sentada à mesa, rodando um chapéu em volta das mãos, observava-o; viu-o sorrir. Ele estava feliz, então. Mas não suportava vê-lo sorrindo. Isso não era casamento; mostrar-se esquisito daquele jeito, sempre em sobressalto, rindo-se, sentando-se em silêncio por horas a fio, ou pegando-a pelos braços e dizendo-lhe para escrever. A gaveta da mesa estava cheia daqueles escritos; sobre a guerra; sobre Shakespeare; sobre as grandes descobertas; que a morte não existe. Ultimamente, ficava excitado de uma hora para outra e sem nenhum motivo (e tanto o Dr. Holmes quanto Sir William Bradshaw diziam que a excitação era a pior coisa para ele), e fazia gestos com as mãos e clamava que sabia a verdade! Ele sabia tudo! Aquele homem, o amigo dele que tinha sido morto, tinha chegado, disse. Ele estava cantando por detrás do biombo. Ela anotava as suas palavras à medida que ele as pronunciava. Algumas coisas eram muito bonitas; outras, puras bobagens. E ele estava sempre parando no meio, mudando de ideia; querendo acrescentar alguma coisa; ouvindo alguma coisa nova; escutando com as mãos erguidas. Mas ela não ouvia nada.

E uma vez surpreenderam a moça que arrumava o quarto lendo, às gargalhadas, um desses papéis. Foi uma enorme lástima. Pois aquilo tivera o efeito de fazê-lo vociferar contra a crueldade humana – como retalhavam uns aos outros. Os caídos, dizia, eles os retalham. "Holmes está em cima de nós", dizia, e inventava histórias sobre Holmes; Holmes comendo mingau de aveia; Holmes lendo Shakespeare – o que lhe dava acessos de riso ou de raiva, pois o Dr. Holmes parecia representar alguma coisa de horrível para ele. A "natureza humana", era como ele o denominava. E depois havia as visões. Era um náufrago, costumava dizer, e estava em cima de um penhasco, com as gaivotas grasnando em volta dele. Olhando por sobre os braços do sofá, via o mar lá embaixo. Ou ouvia alguma música. Na verdade, era apenas um realejo ou algum homem gritando na rua. Mas "Lindo!", costumava exclamar, e as lágrimas escorriam-lhe pelo rosto, o que para ela era o mais terrível de tudo, ver chorar um homem como Septimus, que havia lutado, que fora um bravo. E ele ficava escutando até que, de repente, gritava que estava caindo, caindo nas chamas! Era tão vívido que ela ia verificar se realmente havia chamas. Mas não havia nada. Estavam a sós no quarto. Era um sonho, dizia-lhe, finalmente acalmando-o, mas às vezes ela também se assustava. Suspirou, ao sentar-se para continuar a costura.

Seu suspiro era terno e encantador, como o vento à fímbria de um bosque ao anoitecer. Ora largava a tesoura; ora se voltava para pegar alguma coisa na mesa. Um leve gesto, uma leve dobra, uma leve batida criava alguma coisa ali, na mesa onde ela estava sentada, costurando. Através dos cílios, ele podia ver sua forma desfocada; o pequeno corpo moreno; o rosto e as mãos; os movimentos para um lado e outro da mesa, para pegar um carretel ou procurar (tinha certa tendência a perder as coisas) o fio de seda. Estava fazendo um chapéu para a filha casada da Sra. Filmer, que se chamava... ele esquecera como ela se chamava.

"Como se chama a filha casada da Sra. Filmer?", perguntou.

"Sra. Peters", disse Rezia. Estava com medo de que tivesse ficado muito pequeno, disse, erguendo o chapéu diante dos olhos. A Sra. Peters era uma mulher corpulenta; e não gostava dela. Era só porque a Sra. Filmer tinha sido tão boa para eles. "Ela me trouxe uvas esta manhã", disse – que Rezia queria fazer alguma coisa para mostrar que eles estavam agradecidos. Ela tinha entrado no quarto na outra noite e dera com a Sra. Peters, que pensava que eles estavam fora, tocando o gramofone.

"É mesmo?", perguntou ele. Ela estava tocando o gramofone? Sim; ela lhe falara a respeito na ocasião; encontrara a Sra. Peters tocando o gramofone.

Ele começou, muito cautelosamente, a abrir os olhos, para ver se realmente havia ali um gramofone. Mas as coisas reais – as coisas reais eram muito emocionantes. Devia ter cautela. Não iria ficar louco. Primeiro, examinou as revistas de moda na prateleira inferior, depois, gradualmente, o gramofone com a corneta verde. Nada podia ser mais exato. E, assim, ganhando coragem, examinou o aparador; a bandeja de bananas; a gravura da Rainha Vitória e do Príncipe Consorte; o topo da lareira, com o jarro de rosas. Nenhuma dessas coisas se mexia. Estava tudo parado; tudo era real.

"Ela tem uma língua de víbora", disse Rezia.

"O que faz o Sr. Peters?", perguntou Septimus.

"Ah", disse Rezia, tentando se lembrar. Ela achava que a Sra. Filmer havia dito que ele trabalhava como caixeiro-viajante para alguma companhia. "Neste exato momento ele está em Hull", disse.

"Neste exato momento!", disse com seu sotaque italiano. Foi ela mesma quem falou. Ele cobriu os olhos com as mãos de maneira que pudesse ver apenas uma parte do rosto dela por vez, primeiro o queixo, depois o nariz, depois a testa, caso tivesse uma deformação ou alguma cicatriz horrível. Mas não, ali estava ela, perfeitamente natural, costurando, com os lábios franzidos que as mulheres têm, a expressão rígida, melancólica, quando estão costurando. Mas não havia nisso nada de terrível, assegurou a si mesmo, observando uma segunda, uma terceira vez, o seu rosto, as suas mãos, pois o que poderia haver nela de assustador ou de repulsivo, sentada ali, à plena luz do dia, costurando? A Sra. Peters tinha uma língua de víbora. O Sr. Peters estava em Hull. Por que, então, raiva e profecia? Por que fugir, açoitado e escorraçado? Por que era obrigado a tremer e a soluçar pelas nuvens? Por que ir em busca de verdades e transmitir mensagens enquanto Rezia ficava sentada espetando alfinetes no seu avental e o Sr. Peters estava em Hull? Milagres, revelações, sofrimentos, solidão, tudo isso despencava, através do mar, cada vez mais fundo em direção às chamas, tudo isso se extinguira, pois ele tinha a sensação, ao observar Rezia enfeitando o chapéu de palha para a Sra. Peters, de uma colcha de flores.

"É muito pequeno para a Sra. Peters", disse Septimus.

Pela primeira vez em dias, falava do jeito que costumava fazer! Claro que era pequeno – pequeno demais, disse ela. Mas a Sra. Peters queria assim.

Ele tirou-o das mãos dela. Disse que era um chapéu de macaquinho de realejo.

Como aquilo a deixara feliz! Fazia semanas que não riam juntos desse jeito, brincando só os dois, como um casal. O que ela queria dizer era que se a Sra. Filmer tivesse entrado naquele momento, ou o Sr. Peters ou qualquer outra pessoa, eles não compreenderiam do que ela e Septimus estavam rindo.

"Aqui", disse ela, espetando uma rosa num lado do chapéu. Nunca se sentira tão feliz! Nunca, em toda a sua vida!

Mas isso era ainda mais ridículo, disse Septimus. Agora a pobre mulher parecia um porco numa feira. (Jamais alguém a fizera rir como Septimus.)

O que tinha ela no seu estojo de costura? Tinha fitas e contas, borlas, flores artificiais. Ela despejou tudo na mesa. Ele começou a fazer misturas estranhas de cores – pois, embora não fosse jeitoso com as mãos, não conseguindo fazer nem um pacote, tinha um olho dos melhores, e costumava acertar, algumas vezes cometendo absurdos, claro, mas noutras acertando em cheio.

"Ela terá um belo chapéu!", murmurou, pegando isso e aquilo outro, com Rezia inclinada ao seu lado, espiando por cima do ombro dele. Agora estava pronto – quer dizer, o esboço; ela tinha que fazer a costura. Mas ela tinha que ter muito, mas muito cuidado, disse ele, para deixar bem como ele tinha montado.

E, assim, ela se pôs a costurar. Quando ela costurava, pensou ele, fazia um ruído como o de uma chaleira na chapa; borbulhando, murmurando, sempre ocupada, com seus pequenos e fortes dedos apertando, furando; com a agulha passando feito faísca. O sol podia ir e vir sobre os pompons, sobre o papel de parede, mas ele ia esperar, pensou, estendendo os pés e espiando as suas meias listradas na ponta do sofá; ia esperar neste lugar morno, neste bolsão de ar parado, ao qual se chega, às vezes, na fímbria de um bosque, ao entardecer, quando, por causa de um desnível no terreno, ou de algum arranjo das árvores (científicos, acima de tudo devemos ser científicos), o calor se demora e o ar fustiga o rosto como a asa de um pássaro.

"Aqui está", disse Rezia, rodando o chapéu da Sra. Peters nas pontas dos dedos. "Por ora, serve. Mais tarde...", a frase saiu-lhe em bolhas, ploc, ploc, ploc, como uma torneira toda contente por ser deixada pingando.

Era maravilhoso. Nunca tinha feito nada que o tivesse feito se sentir tão orgulhoso. Era tão real, tão verdadeiro, o chapéu da Sra. Peters.

"Olhe só isso", disse ele.

Sim, ela iria se sentir feliz sempre que visse esse chapéu. Ele voltara a ser ele mesmo, ele dera risadas. Tinham ficado a sós, juntos. Era um chapéu de que ela sempre iria gostar.

Ele lhe disse para experimentá-lo.

"Mas vou parecer ridícula!", exclamou ela, correndo para o espelho e se olhando primeiro de um lado, depois do outro. Logo o tirou da cabeça, pois batiam à porta. Será que era Sir William Bradshaw? Já teria enviado alguém?

Não! era apenas a menina com o jornal da tarde.

O que sempre acontecia, então aconteceu – o que acontecia toda noite da vida deles. Parada à porta, a menina chupava o polegar; Rezia se ajoelhou; Rezia sussurrou-lhe ao ouvido e beijou-a; Rezia pegou um pacote de balas na gaveta da mesa. Pois era o que sempre acontecia. Primeiro uma coisa, depois outra. Ela ia, assim, num crescendo, primeiro uma coisa e depois outra. Dançando, saltitando, davam voltas pela sala. Ele pegou o jornal. O time de Surrey tinha sido todo eliminado, leu ele em voz alta. Havia uma onda de calor. Rezia repetiu: o time de Surrey tinha sido todo eliminado. Havia uma onda de calor, integrando as notícias à brincadeira que estava fazendo com a neta da Sra. Filmer, com as duas rindo e tagarelando o tempo todo na brincadeira. Ele estava muito cansado. Ele estava muito feliz. Ia dormir. Fechou os olhos. Mas assim que perdeu tudo de vista, os sons da brincadeira foram se tornando cada vez mais fracos e estranhos, e soavam como os gritos de pessoas à procura de algo que não conseguiam encontrar, e que iam para longe, cada vez mais longe. Tinham-no perdido!

Levantou-se de repente, aterrorizado. O que via? A bandeja de bananas no aparador. Não havia ninguém ali (Rezia tinha ido levar a menina à casa da mãe; estava na hora de dormir). A questão era esta: ficar sozinho para sempre. Fora a sentença proferida em Milão quando entrou no quarto e viu as irmãs cortando moldes em entretelas com suas tesouras; ficar sozinho para sempre.

Estava sozinho com o aparador e as bananas. Estava sozinho, abandonado naquela desolada altitude, estendido – não no cume de uma colina; não num penhasco; mas no sofá da sala de estar da Sra. Filmer. E quanto às visões, aos rostos, às vozes dos mortos, onde é que estavam? Havia um biombo à sua frente, com juncos negros e andorinhas azuis. Onde antes vira montanhas, onde vira rostos, onde vira beleza, havia um biombo.

"Evans!", gritou. Nenhuma resposta. Um rato guinchou, ou uma cortina ruflou. Eram as vozes dos mortos. O biombo, o balde de carvão e o aparador era tudo o que lhe restava. Deixem-no, pois, enfrentar o biombo, o balde de carvão e o aparador... mas Rezia irrompeu na sala, tagarelando.

Tinha chegado alguma carta. Havia alterações nos planos de todo mundo. A Sra. Filmer não poderia, afinal, viajar para Brighton. Não havia tempo para avisar a Sra. Williams, e Rezia achava isso muito, muito chato, quando avistou o chapéu e pensou... talvez... ela... pudesse fazer apenas um pequeno... Sua voz se dissolveu numa satisfeita melodia.

"Ah, maldição!", exclamou (era uma brincadeira entre eles, isso de ela praguejar); a agulha se quebrara. Chapéu, criança,

Brighton, agulha. Ela foi num crescendo; primeiro uma coisa, depois outra, num crescendo, costurando sempre.

Ela queria que ele dissesse se o fato de ela ter mudado a rosa de lugar tinha deixado o chapéu mais bonito. Sentou-se na ponta do sofá.

Eles estavam perfeitamente felizes agora, disse ela de repente, largando o chapéu. Pois agora podia dizer-lhe qualquer coisa. Podia dizer o que lhe viesse à cabeça. Tinha sido praticamente a primeira coisa que sentira a respeito dele, aquela noite no café, quando ele entrara com os seus amigos ingleses. Ele entrara, um tanto tímido, olhando ao redor, e o chapéu dele caíra quando tentara pendurá-lo. Isso ela conseguia lembrar. Sabia que ele era inglês, mas não um daqueles ingleses fortes que sua irmã admirava, pois ele sempre fora franzino; mas tinha uma tez bonita e fresca; e seu nariz grande, seus olhos brilhantes, o jeito de sentar, um pouco curvado, fizeram-na pensar, como muitas vezes lhe dissera, num falcão jovem, naquela primeira noite em que o viu, quando estavam jogando dominó e ele entrara – num falcão jovem; mas, com ela, ele tinha sido sempre muito gentil. Nunca o tinha visto irado ou bêbado, apenas sofrendo, algumas vezes, enquanto durou aquela guerra terrível, mas mesmo assim, quando ela chegava, ele deixava tudo de lado. Qualquer coisa, qualquer coisa do mundo, alguma pequena irritação com o trabalho dela, qualquer coisa que lhe ocorresse dizer, ela lhe contava, e ele logo a compreendia. Nem com a família dela era assim. Por ser mais velho que ela e tão inteligente – como ele era sério, querendo que ela lesse Shakespeare antes mesmo que ela fosse capaz de ler uma história infantil em inglês! – por ser tão mais experiente, ele podia ajudá-la. E ela também podia ajudá-lo.

Mas, agora, este chapéu. E, depois (estava ficando tarde), Sir William Bradshaw.

Ela levou as mãos à cabeça, esperando que ele dissesse se gostara ou não do chapéu, e enquanto ela estava ali sentada, esperando, olhando para o chão, ele podia sentir a sua mente descendo de galho em galho, como um pássaro, e sempre pousando muito certeiramente; ele podia seguir o pensamento dela, enquanto ela estava ali sentada, numa dessas poses descontraídas, descuidadas, que assumia naturalmente, e, fosse ele dizer alguma coisa, ela logo sorriria, como um pássaro pousando no galho, com todos os dedinhos bem agarrados no galho.

Mas ele se lembrava. Bradshaw disse: "As pessoas a quem mais queremos bem não nos são de serventia quando estamos doentes". Bradshaw disse que ele devia aprender a ficar em repouso. Bradshaw disse que eles deviam ficar separados.

"Devia", "devia", por que "devia"? Que poder tinha Bradshaw sobre ele? "Que direito tem Bradshaw de dizer 'deve' para mim?", perguntou.

"É porque você falou em se matar", disse Rezia. (Felizmente, ela agora podia falar qualquer coisa com Septimus.)

Então ele estava sob o poder deles! Holmes e Bradshaw estavam no seu encalço! A fera de narinas rubras estava farejando em todos os cantos secretos! Com o direito de dizer "deve"! Onde estavam os seus papéis? as coisas que havia escrito?

Ela lhe trouxe seus papéis, as coisas que ele havia escrito, as coisas que ela havia escrito para ele. Espalhou-os no sofá. Olharam-nos juntos. Diagramas, desenhos, pequenos homens e pequenas mulheres com galhos no lugar de braços, com asas – eram asas? – nas costas; círculos traçados com moedas de um e de meio xelim – sóis e estrelas; precipícios serpenteantes com alpinistas subindo amarrados uns aos outros, exatamente como facas e garfos; gravuras marinhas com pequenos rostos rindo desde algo que talvez fossem ondas: o mapa do mundo. Queime-os! gritou ele. Agora os seus escritos; como os mortos cantam por detrás de rododendros; odes ao Tempo; conversas com Shakespeare; Evans, Evans, Evans – suas mensagens vindas do mundo dos mortos; não cortem as árvores; avisem o Primeiro-Ministro. Amor universal: o significado do mundo. Queime-os! gritou.

Mas Rezia colocou as mãos em cima deles. Alguns eram muito bonitos, pensou ela. Iria amarrá-los (pois não tinha nenhum envelope) com uma fita de seda.

Se o levassem, disse ela, ela iria junto. Eles não podiam separá-los contra a vontade deles, disse.

Emparelhando as margens, embrulhou os papéis e amarrou o pacote quase sem olhar, sentada perto, sentada ao lado dele, como se todas as suas pétalas, pensou ele, estivessem ao redor dela. Ela era uma árvore em flor; e através de seus ramos via a face de um legislador, ela que tinha atingido um santuário onde não temia ninguém; nem Holmes; nem Bradshaw; um milagre, um triunfo, o último e o maior. Ele a via subir, cambaleante, a pavorosa escada, sob o fardo de Holmes e Bradshaw, homens que nunca pesavam menos de setenta e dois quilos, que mandavam as esposas à Corte, homens que ganhavam dez mil por ano e falavam sobre proporção; que, embora divergentes em seus veredictos (pois Holmes disse uma coisa, Bradshaw, outra), juízes é o que eram; que confundiam a visão com o aparador; que não viam nada claro, mas ainda assim ditavam as leis, ainda assim aplicavam as penas. Sobre eles, ela triunfara.

"Pronto", disse ela. Os papéis estavam amarrados. Ninguém conseguiria pegá-los. Ela iria escondê-los.

E, disse ela, nada iria conseguir separá-los. Sentou-se ao seu lado e chamou-o pelo nome daquela ave, falcão ou corvo, que por ser daninho e grande destruidor de colheitas era precisamente como ele. Ninguém iria conseguir separá-los, disse ela.

Então ela se levantou para ir ao quarto preparar a bagagem dele, mas, ouvindo vozes no andar de baixo e achando que talvez fosse o Dr. Holmes chegando, desceu correndo para impedi-lo de subir.

Septimus podia ouvi-la falar com Holmes na escada.

"Minha cara senhora, venho como amigo", dizia Holmes.

"Não. Não permitirei que veja o meu marido", disse ela.

Ele podia vê-la, como uma galinha miúda, com suas asas abertas, impedindo-lhe a passagem. Mas Holmes insistia.

"Minha cara senhora, permita-me...", disse Holmes, pondo-a de lado (Holmes era um homem de constituição robusta).

Holmes estava subindo. Holmes iria abrir a porta com toda a força. Holmes iria dizer "Em pânico, hein?". Holmes iria pegá-lo.

Mas não; nem Holmes; nem Bradshaw. Levantando-se um tanto vacilante, na verdade trocando os pés, considerou a bela faca da Sra. Filmer, toda limpinha, com a palavra "Pão" incrustrada no cabo. Ah, mas não se deve estragar uma beleza dessas. O aquecedor a gás? Agora era tarde demais. Holmes estava chegando. Navalhas ele podia conseguir, mas Rezia, como era seu costume, as tinha guardado. Restava apenas a janela, a ampla janela, típica das casas alugadas de Bloomsbury; o cansativo, incômodo e um tanto melodramático trabalho de abrir a janela e se jogar. Era a ideia de tragédia deles, não a dele ou a de Rezia (pois ela estava com ele). Holmes e Bradshaw gostavam desse tipo de coisa. (Sentou-se no parapeito.) Mas esperaria até o último instante. Não queria morrer. A vida era boa. O sol, quente. Só os seres humanos – o que queriam *eles*? Descendo as escadas do outro lado da rua, um homem de idade parou e ficou olhando para ele. Holmes estava à porta. "Ofereço-a a você", gritou, e atirou-se vigorosa, violentamente, em cima das grades do pátio da Sra. Filmer.

"O covarde!", gritou o Dr. Holmes, arrombando a porta. Rezia correu para a janela; ela viu; ela compreendeu. O Dr. Holmes e a Sra. Filmer colidiram. A Sra. Filmer levantou a ponta do avental e, conduzindo-a para o interior do quarto, tapou-lhe os olhos. Houve um corre-corre nas escadas, para cima e para baixo. O Dr. Holmes entrou – branco como um lençol, tremendo todo, com um copo na mão. Ela devia ser corajosa e tomar alguma coisa, disse ele (O que era isso? Alguma coisa açucarada), pois seu marido estava horrivelmente mutilado, não iria recobrar a consciência, ela não devia vê-lo, devia ser poupada o máximo possível, haveria um inquérito a ser enfrentado, pobre jovem. Quem poderia ter previsto? Um impulso súbito, ninguém tinha a mínima culpa (disse ele à Sra. Filmer). E por que diabos fez aquilo o Dr. Holmes não conseguia compreender.

Ela tinha a impressão, enquanto tomava a poção açucarada, de que abria largas portas, indo dar em algum jardim. Mas onde? O relógio batia – uma, duas, três: como era sensível o som; em comparação com todo esse estrépito e burburinho; como o próprio Septimus. Estava começando a cair no sono. Mas o relógio continuava a bater, quatro, cinco, seis, e a Sra. Filmer agitando o seu avental (eles não iam trazer o corpo para cá, iam?) parecia ser um pedaço desse jardim; ou uma bandeira. Tinha visto, certa vez, uma bandeira suavemente tremulando num mastro, quando ficou na casa de sua tia em Veneza. Era a forma de se homenagear os homens mortos em combate, e Septimus tinha passado pela experiência da Guerra. Suas lembranças eram quase todas felizes.

Ela pôs o chapéu e correu pelos trigais – onde poderia ter sido? – até alguma colina, em algum ponto à beira-mar, pois havia barcos, gaivotas, borboletas; sentaram-se em cima de um penhasco. Em Londres também, ali se sentavam e, meio que sonhando, chegavam até ela, através da porta do quarto, a chuva caindo, murmúrios, estalidos em meio ao trigo seco, a carícia do mar, tal como lhe parecia, esvaziando-os em sua concha arqueada e sussurrando-lhe, deitada na praia, espargida, sentia ela, como flores fugazes sobre alguma tumba.

"Está morto", disse, sorrindo, com seus francos olhos azul-claros grudados na porta, para a pobre velha que cuidava dela. (Não iriam trazê-lo para cá, iriam?) Mas a Sra. Filmer fez pouco caso. Oh, não, Oh, não! Eles estavam levando-o embora neste instante. Não deveria ela ser informada? Casais devem ficar juntos, pensou a Sra. Filmer. Mas deviam proceder tal como o médico recomendara.

"Deixe-a dormir", disse o Dr. Holmes, tomando-lhe o pulso. Ela viu o seu enorme corpo em silhueta contra a luz da janela. Assim, esse era o Dr. Holmes.

Um dos triunfos da civilização, pensou Peter Walsh. É um dos triunfos da civilização, enquanto soava o claro e alto sino da ambulância. Veloz, precisa, a ambulância corria em direção ao hospital, após ter recolhido, instantânea, humanamente, algum pobre diabo; alguém atingido na cabeça, fulminado por alguma doença, atropelado talvez há cerca de um minuto, como pode acontecer a qualquer um de nós, num desses cruzamentos. Era a civilização.

Foi o que o impressionou ao voltar do Oriente – a eficiência, a organização, o espírito comunitário de Londres. Cada carroça, cada carruagem se colocava de lado, por iniciativa própria, para deixar a ambulância passar. Talvez fosse algo mórbido; ou, quem sabe não era, em vez disso, comovente o respeito que mostravam para com essa ambulância e a vítima que levava dentro – homens atarefados correndo para casa, mas aos quais a sua passagem fazia imediatamente pensar na esposa; ou, ainda, que facilmente poderiam ter sido eles mesmos, ali dentro, estendidos numa maca, ao lado de um médico ou de uma enfermeira... Ah, mas o pensamento tornava-se mórbido, sentimental, assim que se começava a evocar médicos, cadáveres; uma leve sensação de prazer e também uma espécie de volúpia devida à impressão visual eram um aviso para não ir adiante com esse tipo de coisa – fatal à arte, fatal à amizade. Certo. E, no entanto, pensou Peter Walsh, enquanto a ambulância dobrava a esquina, embora o som estridente e cristalino do sino pudesse ser ouvido após ela ter entrado na rua seguinte e ainda mais longe, ao cruzar a Tottenham Court Road, tocando o tempo todo, essa é a vantagem da solidão; a sós, pode-se fazer o que bem quiser. Pode-se chorar se ninguém estiver vendo. Essa fora sua desgraça – essa suscetibilidade – na sociedade anglo-indiana; não chorar, ou não rir, na hora certa. Tenho em mim esta coisa, pensou, parado diante da caixa de coleta do correio, que poderia, neste momento, desmanchar-se em lágrimas. Por qual razão, só Deus sabe. Alguma forma de beleza, provavelmente, e o peso do dia, que, começando com aquela visita à Clarissa, o esgotara, com o seu calor, a sua intensidade, e o pinga-pinga de uma impressão após a outra, indo para o fundo, para o breu daquele porão onde ficavam, sem ninguém jamais ficar sabendo. Em parte por essa razão, por sua inescrutabilidade, completa e inviolável, ele via a vida como um jardim misterioso, cheio de voltas e de recantos, surpreendente, sim; esses momentos nos deixavam realmente sem fôlego; ali, junto à caixa do correio, do outro lado do Museu Britânico, veio ao seu encontro um desses momentos nos quais as coisas se juntavam; essa ambulância; e a vida e a morte. Era como se ele fosse sugado para cima, para um telhado muito alto, por aquela torrente de emoção, e o resto dele, como uma praia de areia branca salpicada de conchas, ficasse a descoberto. Esta tinha sido a sua desgraça na sociedade anglo-indiana – esta suscetibilidade.

Clarissa, certa vez, indo com ele, no andar de cima de um ônibus, a algum lugar, Clarissa que, superficialmente ao menos, se comovia com tanta facilidade, ora no maior desespero, ora no melhor dos humores, toda vibrante naqueles dias e tão boa companhia, farejando, de cima de um ônibus, pequenas cenas fora do comum, nomes, pessoas, pois eles costumavam explorar Londres, voltando para casa com sacolas cheias de tesouros do Caledonian Market – Clarissa tinha, naqueles tempos, uma teoria – eles tinham, como todos os jovens, montes de teorias, teorias o tempo todo. Era para explicar a insatisfação que sentiam; não conhecerem pessoas; não serem conhecidos. Pois como poderiam as pessoas conhecerem umas às outras? Elas se encontram todos os dias; depois não se veem mais, por seis meses ou por anos. Era insatisfatório, nisso eles concordavam, o pouco que as pessoas se conheciam. Mas ela disse, sentada no ônibus que subia a Shaftesbury Avenue, que se sentia presente em toda parte; não "aqui, aqui, aqui"; e bateu no encosto do banco; mas em toda parte. Acenou, subindo a Shaftesbury Avenue. Ela era tudo aquilo. De maneira que, para conhecê-la, ou para conhecer qualquer pessoa, devia-se procurar as pessoas que as completavam; e até mesmo os locais. Ela tinha estranhas afinidades com pessoas com as quais nunca tinha falado, com alguma mulher na rua, com algum homem atrás de um balcão – até mesmo com árvores, ou celeiros. Isso acabava numa teoria transcendental que, com o horror que ela tinha pela morte, permitia-lhe acreditar, ou dizer que acreditava (apesar de todo o ceticismo dela), que, uma vez que nossas aparições, aquela parte de nós que é vista, são tão momentâneas comparadas à outra, a parte invisível de nós, a que se prolonga, a parte invisível poderia sobreviver, refazer-se, poderia, de alguma forma, apegar-se a essa ou aquela pessoa, ou até mesmo assombrar certos lugares após a morte. Talvez – talvez.

Olhando em retrospecto essa longa amizade de quase trinta anos, sua teoria funcionava nessa medida. Por mais breves, intermitentes, dolorosos que tenham sido, muitas vezes, seus encontros efetivos, em virtude das ausências dele e das frequentes interrupções (nessa manhã, por exemplo, Elizabeth irrompera na sala, como um potro de pernas longas, bonita, silenciosa, no exato momento em que começava a falar com Clarissa), seu efeito sobre a vida dele eram imensos. Havia um mistério nisso. Ganhava-se uma semente áspera, aguçada, incômoda – o encontro real; horrivelmente doloroso na maior parte das vezes; ainda que ausente, ela iria, nos locais mais improváveis, florescer, abrir-se, exalar seu aroma, deixar-se tocar, ser provada, ser contemplada à sua volta, conceder sua inteira sensação e compreensão, anos depois de ter estado perdida. Assim ela viera até ele; a bordo de um navio; no Himalaia; sugerida pelas coisas mais estranhas (da mesma forma que Sally Seton, aquela tolinha generosa, entusiástica! pensava *nele* quando via hortênsias azuis). Ela o influenciara mais do que qualquer outra pessoa que já conhecera. E sempre surgindo-lhe dessa maneira, sem que ele desejasse, impassível, feito uma dama, crítica; ou arrebatadora, romântica, lembrando algum campo ou uma colheita inglesa. Ele a via mais no interior do que em Londres. Uma cena atrás da outra em Bourton...

Chegara ao seu hotel. Atravessou o saguão, com as suas pilhas de sofás e poltronas avermelhadas, com suas plantas de folhas pontudas e parecendo murchas. Pegou a sua chave do gancho. A jovem entregou-lhe algumas cartas. Subiu as escadas – ele a viu com mais frequência em Bourton, no fim do verão, quando passou ali uma semana ou duas, como as pessoas costumavam fazer naquela época. A primeira a atingir o alto de alguma colina, ela ficava lá, as mãos segurando os cabelos, o casaco enfunado pelo vento, apontando, gritando para eles – ela via o rio Severn lá embaixo. Ou num bosque, fazendo a chaleira ferver – atrapalhadíssima com os dedos; a fumaça fazendo uma vênia, soprando-lhes no rosto; seu pequeno e rosado rosto deixando se ver em meio à fumaça; pedindo água a uma velha senhora que tinha vindo à porta de sua cabana para vê-los partir. Eles sempre andavam a pé; os outros iam de carro. Ela se chateava dentro de um carro, detestava todos os animais, excetuando-se aquele cachorro. Andavam quilômetros e mais quilômetros pelas estradas. Podia fazer uma parada para se reorientar, mas depois conduzia-o novamente pelo campo; e argumentavam o tempo todo, discutiam poesia, discutiam pessoas, discutiam política (na época, ela era uma Radical); nunca prestando atenção em nada, a não ser quando ela parava, admirada diante de uma paisagem ou de uma árvore, intimando-o a olhar junto com ela; e depois tudo começava outra vez, através de campos de restolho, ela à frente, com uma flor para a tia, nunca se cansando de andar, apesar de toda a sua fragilidade; e à hora do crepúsculo estavam de volta a Bourton. Então, após o jantar, o velho Breitkopf abria o piano e cantava sem voz nenhuma, e eles se jogavam nas poltronas, tentando não rir, mas nunca conseguiam se conter e riam, riam – riam por nada. Não era para Breitkopf perceber. E, então, de manhã, saltitando de um lado para o outro, como uma alvéola em frente da casa...

Oh, uma carta; era dela! Este envelope azul; a sua letra. E ele teria de lê-la. Aqui estava mais um daqueles encontros, com tudo para ser penoso! Ler a sua carta exigia um esforço diabólico. "Foi maravilhoso encontrá-lo. Tinha de lhe dizer isso." Nada mais.

Mas isso o deixou incomodado. Irritou-lhe. Preferia que ela não tivesse escrito. Vindo depois de suas reflexões era como um soco nas costelas. Por que ela não o deixava em paz? Afinal, se casara com Dalloway e vivera com ele na maior felicidade por todos esses anos.

Esses hotéis não são locais animadores. Longe disso. Quantas pessoas não tinham pendurado o chapéu nesses cabides? Até as moscas, pensando bem, tinham pousado em outros narizes. Quanto à limpeza que lhe saltou aos olhos, não era tanto a limpeza em si quanto a aridez, a frialdade; algo com o qual se tinha que conviver. Alguma árida matrona fazia a sua ronda ao amanhecer, farejando, esquadrinhando, obrigando austeras camareiras a esfregar tudo e cada coisa, como se o próximo hóspede fosse um naco de carne assada a ser servido numa travessa perfeitamente limpa. Para dormir, uma única cama; para sentar-se, uma única poltrona; para escovar os dentes e fazer a barba, um único copo, um único espelho. Livros, cartas, roupões, como se fossem impertinências incongruentes, desapareciam sob a impessoalidade da crinolina. E foi a carta de Clarissa que o fez ver tudo isso. "Maravilhoso encontrá-lo. Tinha de lhe dizer isso!" Dobrou a folha; colocou-a de lado; nada poderia induzi-lo a lê-la outra vez!

Para a carta ter-lhe chegado por volta das seis horas, ela deve ter se sentado para escrevê-la assim que ele a deixou; selou-a; mandou alguém levá-la ao correio. Isso, como diziam as pessoas, era bem dela. Ela se perturbara com a visita dele. Ficara muito emocionada; por um instante, quando ela beijou-lhe a mão, se sentira arrependida, sentira até mesmo inveja dele, possivelmente se lembrara (pois viu que ela refletia) de algo que ele alguma vez dissera – como mudariam o mundo se ela se casasse com ele, talvez; mas a realidade era esta; a meia-idade; a mediocridade; e então ela se obrigou, com sua indômita vitalidade, a colocar tudo isso de lado, pois havia nela uma linha de vida cuja firmeza, resistência e capacidade para superar obstáculos e deles sair em triunfo ele nunca tinha visto igual. Sim; mas assim que ele deixou a sala haveria uma reação. Ela sentiria enorme pena dele; pensaria no que possivelmente poderia fazer para lhe dar prazer (sempre com exceção daquela única coisa), e ele podia vê-la, as lágrimas correndo-lhe pelo rosto, indo até a escrivaninha e escrevendo às pressas aquela única linha que encontrou à sua espera... "Maravilhoso encontrá-lo!" E estava sendo sincera.

Peter Walsh tinha agora desamarrado as botas.

Mas não teria dado certo, o casamento deles. A outra coisa veio, afinal, muito mais naturalmente.

Era estranho; era verdadeiro; muitas pessoas sentiam isso. Peter Walsh, que se dera apenas respeitavelmente na vida, que ocupara os cargos habituais da maneira adequada, mas que era visto como um pouco esquisito, que se dava ares de importância – era estranho que *ele* tivesse acabado por adquirir, especialmente agora que o cabelo estava ficando grisalho, um ar de satisfação; um ar de quem era dono de reservas. Era isso o que o tornava atraente para as mulheres, que gostavam da sensação de que ele não era de todo viril. Havia algo de incomum à sua volta, ou algo por detrás dele. Talvez por ser um rato de biblioteca – nunca visitava alguém sem pegar o livro que estava em cima da mesa (estava agora lendo, com os cadarços das botas roçando o chão); ou por ser um cavalheiro, o que se revelava na maneira como esvaziava o cachimbo e, naturalmente, no trato com as mulheres. Pois era muito fascinante e um tanto ridícula a facilidade com que qualquer garota desmiolada podia tê-lo na palma da mão. Mas por sua conta e risco. Quer dizer, embora pudesse ser de trato muito fácil e, na verdade, dada a sua jovialidade e boa educação, fosse fascinante tê-lo como companhia, isso ia só até certo ponto. Ela dizia alguma coisa – não, não; ele não se deixava enganar. Não podia concordar com aquilo – não, não. E depois ele era capaz de gritar e sacudir o corpo e se arrebentar de tanto rir por causa de alguma piada contada numa roda de homens. Era quem melhor podia opinar sobre a cozinha da Índia. Ele era um homem. Mas não do tipo de homem que se tinha de respeitar – o que era uma bênção; nada parecido com o Major Simmons, por exemplo; de jeito nenhum, pensava Daisy, quando, apesar dos seus dois filhos pequenos, costumava compará-los.

Tirou as botas. Esvaziou os bolsos. Junto com o canivete, veio um instantâneo de Daisy na varanda; Daisy toda de branco, com um fox terrier sobre os joelhos; muito encantadora, muito morena; o melhor que já vira dela. Tudo se passara, afinal, tão naturalmente; muito mais naturalmente do que com Clarissa. Sem espalhafato. Sem complicação. Sem fricotes nem faniquitos. Um mar de rosas. E a moça morena, adoravelmente bela, na varanda, exclamou (podia ouvi-la) Claro, claro que lhe daria tudo! gritou (ela não tinha nenhum senso de discrição), tudo o que ele quisesse! gritou, correndo para encontrá-lo, sem se importar com quem pudesse estar olhando. E tinha apenas vinte e quatro anos. E tinha dois filhos. Ora, ora!

Ora, na verdade se envolvera, na sua idade, numa trapalhada. Deu-se conta disso, com muita convicção, à noite, quando se acordou. E no caso de eles se casarem? Para ele estaria tudo bem, mas quanto a ela? A Sra. Burgess, uma boa pessoa e mulher pouco dada a tagarelices, a quem ele havia feito confidências, achava que a sua ausência, ao viajar para a Inglaterra, aparentemente para consultar advogados, poderia fazer com que Daisy reconsiderasse a decisão, refletindo no que ela significava. O que estava em jogo era a sua situação, disse a Sra. Burgess; a barreira social; renunciar aos filhos. Podia virar, qualquer dia desses, uma viúva com um passado, arrastando-se pelos subúrbios, ou, mais provavelmente, indistinta (você sabe, disse ela, como acabam essas mulheres cheias de pintura). Mas Peter Walsh fez pouco caso disso tudo. Ainda não pensava em morrer. De qualquer maneira, ela devia decidir sozinha; julgar sozinha, pensou ele, andando de meias pelo quarto, alisando a camisa social, pois era possível que fosse à festa de Clarissa, ou a um dos teatros de variedades, ou podia ficar sossegado no hotel e ler um livro absorvente escrito por um homem que conheceu em Oxford. E se ele se aposentasse, era isto o que faria – escrever livros. Iria para Oxford e garimparia a Biblioteca Bodleiana. Em vão, a moça morena, adoravelmente bela, correu até a ponta do terraço; em vão, ela acenou; em vão, gritou que não dava a mínima para o que as pessoas diziam. Ali estava ele, o homem de quem ela pensava maravilhas, o perfeito cavalheiro, tão fascinante, tão distinto (e a idade dele não fazia a menor diferença para ela), andando à volta de um quarto num hotel em Bloomsbury, fazendo a barba, lavando-se e continuando, enquanto erguia canecas e largava navalhas, a garimpar a Biblioteca Bodleiana para chegar à verdade a respeito de uma ou duas pequenas questões que lhe interessavam. E ele iria acabar se envolvendo numa conversa com uma pessoa qualquer, descuidando-se, assim, cada vez mais, de chegar na hora certa para o almoço, e faltando a compromissos, e quando Daisy lhe pedisse, como certamente o faria, um beijo, fizesse uma cena, ele poderia não responder à altura (embora ele lhe fosse sinceramente devotado) – em suma, seria melhor, como disse a Sra. Burgess, que ela o esquecesse, ou simplesmente se lembrasse dele tal como ele era em agosto de 1922, como uma figura postada numa encruzilhada ao crepúsculo, uma figura que se torna cada vez mais distante à medida que, rodando a toda velocidade, a charrete a leva embora em segurança, presa ao banco traseiro, mas com os braços estendidos; e enquanto vê a figura ir diminuindo até desaparecer, ela ainda consegue gritar que faria qualquer coisa no mundo, qualquer coisa, qualquer coisa, qualquer coisa...

Ele nunca sabia o que os outros pensavam. Tornava-se cada vez mais difícil se concentrar. Tornou-se absorto; envolvido com suas próprias preocupações; ora taciturno, ora radiante; dependente das mulheres, distraído, instável, cada vez menos capaz (foi o que pensou enquanto se barbeava) de compreender por que Clarissa não podia simplesmente encontrar um alojamento para eles e mostrar-se simpática para com Daisy; apresentá-la às pessoas. E então ele poderia apenas – apenas o quê? – apenas flanar e pairar (ele estava, no momento, realmente envolvido em organizar chaves e papéis diversos), lançar-se sobre a presa e deleitar-se, ficar sozinho, em suma, bastar-se a si mesmo; e, contudo, naturalmente, ninguém era mais dependente dos outros do que ele (abotoou o colete); essa fora sua desgraça. Ele não conseguia ficar longe dos salões de fumantes, gostava de coronéis, gostava de golfe, gostava de bridge e, acima de tudo, do convívio com as mulheres, da fineza de sua companhia, e de sua lealdade e audácia e grandeza no amor, essa flor tão esplêndida que vicejava no ápice da vida humana e que, sem deixar de ter os seus problemas, parecia-lhe (e o moreno e adoravelmente belo rosto estava ali, em cima dos envelopes) tão totalmente admirável, e contudo ele não conseguia responder à altura, por estar sempre inclinado a olhar em torno das coisas (Clarissa tinha solapado algo nele de forma permanente), cansando-se muito facilmente da devoção muda e desejando variedade no amor, embora fosse ficar furioso se Daisy amasse algum outro, furioso! pois era, por índole, ciumento, incontrolavelmente ciumento. Tinha tormentos! Mas onde estava o canivete; o relógio; os sinetes, a carteira e a carta de Clarissa, que ele não leria de novo, mas que era bom tê-la na mente, e a foto de Daisy? E agora, ao jantar.

Estavam todos comendo.

Sentados em pequenas mesas em torno de vasos, vestidos a rigor ou não, com xales e bolsas ao lado, com um falso ar de quem se sente à vontade, pois não estavam acostumados a tantos pratos ao jantar; mas mostrando-se confiantes, pois tinham condições para pagar por isso; e extenuados, pois tinham percorrido Londres o dia todo, em compras e passeios; e com sua natural curiosidade, pois viraram todos a cabeça quando entrou o bem-apessoado cavalheiro de óculos de aro de tartaruga; e com sua solicitude, pois ficariam felizes em ajudar em alguma coisa, tal como emprestar a tabela dos horários dos trens ou prestar qualquer informação que pudesse ser útil; e com o desejo que, agindo subterraneamente, neles pulsava, de estabelecer alguma forma de conexão, ainda que fosse apenas a do local de nascimento (Liverpool, por exemplo) em comum ou de amigos com o mesmo nome; com olhares furtivos, silêncios estranhos e repentinos recolhimentos às brincadeiras de família e a um mundo que era só deles; ali estavam eles, sentados, jantando, quando o Sr. Walsh chegou, sentando-se a uma mesinha junto à cortina.

Não que tivesse dito alguma coisa, pois, por estar só, podia se dirigir apenas ao garçom; era o seu jeito de examinar o menu, de apontar um vinho específico com o dedo, de se colocar à mesa, de se aplicar ao jantar com moderação, e não com voracidade, que conquistou o respeito deles; o qual, não tendo se manifestado durante a maior parte da refeição, irrompeu na mesa onde os Morris estavam sentados quando se ouviu o Sr. Walsh dizer ao final da refeição: "peras Bartlett". Por qual razão ele tinha falado de maneira tão moderada mas firme, com o ar de um homem partidário de uma estrita disciplina e na plena posse dos seus direitos, solidamente fundamentados na justiça, nem Charles Morris, o filho, nem Charles Morris, o pai, nem a Srta. Elaine, nem a Sra. Morris sabiam. Mas quando, sentado sozinho à mesa, ele disse "peras Bartlett", eles sentiram que ele podia contar com o apoio deles para qualquer reivindicação legítima que por acaso viesse a fazer; que ele era o paladino de uma causa que imediatamente se tornou também a causa deles, de maneira que os olhos deles encontraram os dele com simpatia, e, quando chegaram todos ao mesmo tempo ao salão de fumantes, uma breve troca de palavras entre eles tornou-se inevitável.

Não foi nada muito profundo – apenas para dizer que Londres estava cheia de gente; que em trinta anos tinha mudado muito; que o Sr. Morris preferia Liverpool; que a Sra. Morris tinha visitado a exposição de flores de Westminster e que todos tinham visto o Príncipe de Gales. Contudo, pensou Peter Walsh, nenhuma família no mundo pode se comparar com os Morris; absolutamente nenhuma; e as relações entre eles são perfeitas, e eles não dão a mínima para as classes altas, e gostam do que gostam, e Elaine está se preparando para assumir os negócios da família, e o rapaz ganhou uma bolsa para estudar em Leeds, e a velha senhora (que tem mais ou menos a idade dele) tem mais três filhos em casa; e eles têm dois carros a motor, mas o Sr. Morris ainda conserta suas botas aos domingos: é extraordinário, é absolutamente extraordinário, pensou Peter Walsh, cambaleando um pouco, com seu cálice de licor na mão, entre as poltronas forradas de um tecido vermelho e felpudo e os cinzeiros, sentindo-se muito satisfeito consigo mesmo, pois os Morris gostavam dele. Sim, gostavam de um homem que falava "peras Bartlett". Sentia que gostavam dele.

Iria à festa de Clarissa. (Os Morris estavam saindo; mas eles se veriam de novo.) Iria à festa de Clarissa, porque queria perguntar a Richard o que estavam fazendo na Índia – aqueles conservadores inúteis. E quais peças estão sendo representadas? E a música... Ah, sim, e o mero mexerico.

Pois essa é a verdade a respeito da nossa alma, pensou ele, de nosso eu, que, qual um peixe, habita mares profundos e singra em meio a escuridões, abrindo caminho por entre talos de algas gigantes, passando por regiões mal tocadas pela luz do sol, e sempre em frente, em direção ao sombrio, ao gélido, ao profundo, ao inescrutável; de repente, ela irrompe à superfície e brinca nas ondas encrespadas pelo vento; em outras palavras, ela tem absoluta necessidade de se atritar, se friccionar, se inflamar, bisbilhotando. O que o Governo pretendia – Richard Dalloway certamente saberia – fazer com a Índia?

Como era uma noite muito quente e os jornaleiros perambulavam com cartazes que anunciavam, em enormes letras vermelhas, que havia uma onda de calor, foram colocadas cadeiras de vime nos degraus do hotel, onde se sentavam cavalheiros despreocupados, bebericando, fumando. Peter Walsh sentou-se ali. Dava para crer que o dia, o dia de Londres, estava apenas começando. Como uma mulher que se desfaz do seu vestido estampado e do seu avental branco para se enfeitar de azul e pérolas, o dia se trocava, tirava a chita, punha gazes, se trocava para o entardecer, e, com o mesmo suspiro de contentamento que solta uma mulher ao deixar cair a anágua, ele também se despia da poeira, da chama, da cor; o trânsito diminuía; os carros a motor, buzinando, disparando, tomavam o lugar do estrondo dos furgões; e aqui e ali, em meio à espessa folhagem das praças, uma intensa luz mantinha-se em suspensão. Entrego-me, parecia dizer o fim de tarde, enquanto empalidecia e se extinguia por sobre as cumeeiras e as arestas torneadas ou pontiagudas de hotéis, prédios e blocos de lojas, extingo-me, continuava ele, desapareço, mas Londres não queria saber de conversa, e enristava suas baionetas em direção ao céu, manietando-o, obrigando-o a fazer parte de sua folia.

Pois a grande mudança do horário de verão do Sr. Willett ocorrera depois da última visita de Peter à Inglaterra. A tarde prolongada era nova para ele. Era inspiradora, mais exatamente. Pois enquanto os jovens passavam com suas maletas de documentos, terrivelmente felizes de estarem livres, orgulhosos também, caladamente, de pisarem essa famosa calçada, uma alegria muito particular, barata, menor, se quiserem, mas de qualquer maneira um arrebatamento, punha certo colorido em suas faces. Também estavam bem-vestidos; meias cor-de-rosa, belos sapatos. Passariam agora duas horas no cinema. O azul-amarelo do entardecer acentuava, refinava-os; e nas folhas da praça reluziam, lúridas, lívidas

– como se estivessem mergulhadas na água do mar – as folhagens de uma cidade submersa. Ele estava extasiado com a beleza; era, além disso, algo que o enchia de ânimo, pois enquanto os anglo-indianos repatriados (ele conhecia uma porção deles) sentavam-se, de pleno direito, no Clube Oriental, passando amargamente em revista a ruína do mundo, aqui estava ele, mais jovem do que nunca; invejando aos jovens o seu verão e todo o resto, e mais do que suspeitando, a julgar pelas palavras de uma garota, pelo riso de uma criada – coisas intangíveis, que não se podia pegar com a mão – que aquele entulho piramidal que, na época de sua juventude, parecia inamovível, sofrera algum deslocamento. Tinha sido um peso em cima deles, a esmagá-los, as mulheres em especial, como aquelas flores que aquela tia de Clarissa, a tia Helena, sentada sob o abajur após o jantar, colocava entre folhas de papel mata-borrão cinzento, pressionando-as, depois, com o dicionário *Littré*. Agora estava morta. Soubera por Clarissa que ela perdera a visão em um dos olhos. Parecia mais do que apropriado – uma das obras-primas da natureza – que a velha Srta. Parry tivesse que se valer do vidro. Morreria como um pássaro em meio à geada, agarrado ao seu galho. Pertencia a uma outra época, mas, por ter sido tão íntegra, tão completa, sempre se destacaria no horizonte, branca como cal, eminente, como um farol assinalando alguma etapa do passado nessa aventurosa e longa, longa viagem, nessa interminável (buscou um pêni para comprar um jornal e saber o resultado do jogo entre Surrey e Yorkshire – havia estendido aquele pêni um milhão de vezes – o time de Surrey tinha sido todo eliminado novamente) – nessa interminável vida. Mas o críquete não era um simples jogo. O críquete era importante. Não conseguia deixar de ler sobre o críquete. Leu primeiro o resultado na coluna das notícias de última hora, depois como fora um dia quente; depois algo sobre um assassinato. Ter feito as coisas milhões de vezes as enriquecia, embora se possa dizer que lhes tirava a novidade. O passado enriquecia, e a experiência também, e o ter querido bem a uma ou duas pessoas, e dessa maneira ter adquirido a capacidade que falta aos jovens de abreviar, de fazer aquilo de que se gosta, não dando a mínima para o que as pessoas dizem e indo e vindo sem grandes expectativas (deixou o jornal em cima da mesa e saiu), o que, entretanto (buscou o chapéu e o casaco), não era bem o seu caso, pois aqui estava ele, nesta idade, saindo para ir a uma festa, na crença de que estava prestes a ter uma experiência. Mas qual?

A beleza, em todo caso. Não a beleza crua do olho. Não era a beleza pura e simples – a Bedford Place desembocando na Russell Square. Era, sem dúvida, a linha reta e os espaços vazios; a simetria de uma passagem; mas eram também as janelas iluminadas, um piano, um gramofone que tocava; um sentimento do prazeroso que se oculta, mas que emerge, aqui e ali, quando, através de uma janela aberta ou com as cortinas descerradas, vemos grupos sentados ao redor de uma mesa, jovens circulando vagarosamente, conversas entre homens e mulheres, criadas olhando ociosamente para fora (estranha conversa a delas, uma vez terminado o trabalho), meias secando nos peitoris das janelas, um papagaio, umas poucas plantas. Absorvente, misteriosa, de uma riqueza infinita, esta vida. E na grande praça, de onde, desgovernados, se precipitavam os táxis a toda velocidade, havia casais à toa, namorando, se abraçando, aconchegados sob a chuva de folhas de uma árvore; isso era tocante; tão silenciosos, tão absortos, que se passava por eles discreta, timidamente, como se na presença de alguma cerimônia sagrada que seria um sacrilégio interromper. Isso era interessante. E tudo o mais em direção ao fausto e ao fulgor.

Com o leve sobretudo enfunado pelo vento, ele pisava o chão com uma indescritível idiossincrasia, um pouco inclinado para a frente, passos curtos e rápidos, com as mãos atrás das costas, olhar de águia; caminhava, assim, por Londres, em direção a Westminster, observando.

Será que todo mundo estava jantando fora? Portas se abriam, aqui, pela mão de um criado, para dar passagem a uma velha dama de andar imponente, em sapatos de fivela, com três penas púrpuras de avestruz no cabelo. Portas se abriam, ali, para senhoras envoltas como múmia em xales de flores alegres, para senhoras sem nenhum enfeite na cabeça. E em bairros respeitáveis, com cercas espaçadas por pilastras de estuque, mulheres envoltas em panos leves, com travessas nos cabelos (tinham subido para ver os filhos), atravessando o pequeno jardim da frente de casa, saíam à rua; homens com seus casacos enfunados pelo vento estavam à sua espera para dar partida no motor. Todo mundo estava saindo de casa. Com todas essas portas se abrindo, e as pessoas descendo as escadas, e os carros arrancando, a impressão era de que Londres inteira tomava lugar em pequenos barcos que, atracados na margem do rio, ondulavam sobre as águas, como se a cidade inteira flutuasse num alegre carnaval. E pela Whitehall passavam deslizando, de prata batida como era, passavam deslizando as aranhas, e se tinha a impressão de mosquitos voando em volta das lâmpadas a arco; estava tão quente que as pessoas ficavam paradas, conversando. E aqui, em Westminster, havia um juiz, provavelmente aposentado, todo vestido de branco, maciçamente sentado à porta de sua casa. Um anglo-indiano, provavelmente.

E, aqui, uma algazarra de mulheres ruidosas, embriagadas; ali, apenas um policial e casas indistintas, casas altas, casas abobadadas, igrejas, parlamentos, e o apito de um vapor no rio, um uivo surdo e brumoso. Mas era a rua dela, esta, a rua de Clarissa; táxis dobravam a esquina em disparada, como água em volta dos pilares de uma ponte, ali concentrados, parecia-lhe, porque levavam pessoas para a festa dela, a festa de Clarissa.

A corrente fria das impressões visuais faltou-lhe agora, como se o olho fosse uma xícara que tivesse transbordado e a sobra tivesse simplesmente escorrido pelas bordas de porcelana sem ser notada. Agora, o cérebro deve se acordar. Agora, o corpo deve se contrair e entrar na casa, na casa iluminada, cuja porta estava aberta e diante da qual estacionavam carros a motor de onde desciam mulheres fulgurantes: a alma deve encher-se de coragem para poder resistir. Ele abriu a grande lâmina do canivete.

Lucy desceu as escadas às carreiras, após ter dado uma passada pela sala de visitas para alisar uma toalha, endireitar uma cadeira, parar um instante e ter a sensação de que qualquer um que chegasse, quando visse a bela prataria, as ferragens em bronze da lareira, as novas capas das cadeiras e as cortinas de chita amarela, iria pensar como tudo estava limpo, brilhante, bem cuidado: avaliou cada uma dessas coisas; ouviu ruído de vozes; fim do jantar, as pessoas estavam subindo; tinha que voar!

 O Primeiro-Ministro estava chegando, disse Agnes: era o que ouvira dizerem na sala de jantar, disse ela, chegando com uma bandeja de taças. Tinha alguma importância, a mínima importância, um Primeiro-Ministro a mais ou a menos? Não fazia nenhuma diferença, a essa hora da noite, para a Sra. Walker, rodeada de pratos, pires, coadores, frigideiras, galantinas de frango, sorveteiras, crostas de pão, limões, sopeiras e caçarolas de pudim que, por mais que as tivessem levado para a copa para serem lavadas, pareciam empilhar-se todas em cima dela, na mesa da cozinha, nas cadeiras, enquanto o fogo crepitava e estalava, as luzes elétricas ofuscavam, e ainda faltava servir a ceia. Tudo o que ela sentia era que um Primeiro-Ministro a mais ou a menos não fazia uma vírgula de diferença para a Sra. Walker.

 As senhoras já estavam subindo, disse Lucy; as senhoras estavam subindo, uma a uma, a Sra. Dalloway por último e, como sempre, mandando algum recado para a cozinha: "Meus cumprimentos à Sra. Walker" foi o de uma noite dessas. Na manhã seguinte, elas iriam recapitular os pratos – a sopa, o salmão; o salmão, a Sra. Walker sabia, como sempre um tanto cru, pois ela sempre ficava nervosa com o pudim, e deixava-o a cargo de Jenny; e era o que acontecia, o salmão estava sempre um tanto cru. Mas uma senhora de cabelo loiro e joias de prata tinha perguntado, disse Lucy, sobre o prato principal, foi realmente feito em casa? Mas era o salmão que preocupava a Sra. Walker, enquanto girava os pratos incansavelmente e fechava e abria os registros do fogão; e então da sala de jantar veio uma gargalhada; uma voz no meio de uma conversa; e depois outra gargalhada – os cavalheiros se divertindo após a saída das damas. O tócai, disse Lucy, entrando às pressas. A Sra. Dalloway tinha mandado buscar o tócai, o tócai das adegas do Imperador, o tócai imperial.

Ele foi levado passando pela cozinha. Lucy comentou, por sobre os ombros, como a Srta. Elizabeth estava bonita; não podia tirar os olhos dela; em seu vestido cor-de-rosa, usando o colar que a Sra. Dalloway lhe dera. Jenny não podia esquecer o cachorro, o fox terrier da Srta. Elizabeth, o qual, por ter o costume de morder as pessoas, tinha que ficar preso e poderia, achava Elizabeth, precisar de alguma coisa. Jenny devia se lembrar do cachorro. Mas Jenny não ia subir com todas aquelas pessoas em volta. Um carro a motor já estava à porta! A campainha tocava – e os cavalheiros ainda na sala de jantar tomando tócai!

Pronto, estavam subindo; aquele era o primeiro a chegar, e agora chegariam um atrás do outro, de maneira que a Sra. Parkinson (contratada especialmente para as festas) iria deixar a porta inteiramente aberta, e o vestíbulo ia ficar cheio de cavalheiros à espera (esperavam ajeitando o cabelo), enquanto as damas deixavam os casacos na peça que dava para o corredor; onde eram ajudadas pela Sra. Barnet, a velha Ellen Barnet, que esteve com a família por quarenta anos e vinha todo verão para ajudar as senhoras, e se lembrava das mães quando eram crianças, e apesar de muito singela fazia questão de cumprimentá-las; dizia *milady* muito respeitosamente, mas tinha um jeito engraçado, observando as senhoras mais jovens e ajudando, sempre com muito tato, Lady Lovejoy, que mostrava alguma dificuldade com o seu corpete. Elas não podiam deixar de sentir, Lady Lovejoy e a Srta. Alice, que algum pequeno privilégio em matéria de escovas e pentes haveria de lhes ser concedido, em virtude de terem conhecido a Sra. Barnet por... "por trinta anos, *milady*", completou a Sra. Barnet, socorrendo-as. As moças, disse Lady Lovejoy, não costumavam usar ruge quando ficavam em Bourton nos velhos tempos. E a Srta. Alice não precisava de ruge, disse a Sra. Barnet, olhando-a com afeto. Ali ficava sentada a Sra. Barnet, no vestiário, sacudindo os casacos de peles, alisando os xales espanhóis, arrumando o toucador, e sabendo muito bem separar, apesar das peles e das rendas, as damas de verdade das que não eram. A boa pessoa de sempre, disse Lady Lovejoy, subindo as escadas, a velha ama de Clarissa.

E, então, Lady Lovejoy se empertigou. "Lady e Srta. Lovejoy", anunciou-se ela ao Sr. Wilkins (contratado especialmente para festas). Ele tinha uma atitude admirável, que se revelava ao se inclinar e se endireitar, se inclinar e se endireitar, e anunciava com perfeita imparcialidade "Lady e Srta. Lovejoy... Sir John e Lady Needham... Srta. Weld... Sr. Walsh". Sua atitude era admirável; sua vida familiar devia ser irrepreensível, exceto que parecia impossível que um ser de lábios esverdeados e barbas feitas pudesse ter feito a bobagem de se encher de filhos.

"Que alegria ver você", disse Clarissa. Dizia a mesma coisa a todo mundo. Que alegria ver você. Ela não poderia estar pior – exagerada, fingida. Tinha sido um grande erro ter vindo. Ele deveria ter ficado no hotel lendo o seu livro, pensou Peter Walsh; deveria ter ido a um teatro de variedades; deveria ter ficado no hotel, pois não conhecia ninguém.

Oh, céus, ia ser um fracasso; um completo fracasso, Clarissa sentia-o no mais fundo da alma, enquanto o bom e velho Lorde Lexham ficava ali se desculpando pela ausência da esposa que apanhara um resfriado na festa ao ar livre do Palácio de Buckingham. Podia ver, com o rabo do olho, Peter, num canto, criticando-a. Por que, afinal, ela fazia essas coisas? Por que buscar as alturas e ficar imersa em fogo? Que a consumisse de qualquer maneira! Que a reduzisse a cinzas! Melhor qualquer coisa, melhor erguer a nossa tocha e arremessá-la à terra do que se apequenar e se encolher como uma Ellie Henderson qualquer! Era extraordinário como Peter conseguia deixá-la neste estado simplesmente por ter vindo e ficar ali postado num canto. Ele fazia com que ela se visse a si própria; com que exagerasse. Era ridículo. Mas por que viera, então, simplesmente para criticar? Por que sempre tirar e nunca dar? Por que não se arriscar a exprimir seu humilde ponto de vista? Lá estava ele, afastando-se, e ela precisava falar com ele. Mas não teria essa oportunidade. A vida era isto – humilhação, renúncia. O que Lorde Lexham estava dizendo era que sua esposa se recusara a vestir suas peles para ir à festa ao ar livre porque "minha querida, vocês, mulheres, são todas iguais" – quando Lady Lexham tinha setenta e cinco anos, no mínimo! Era uma beleza ver como cuidavam bem um do outro, aquele velho casal. Ela realmente gostava do velho Lorde Lexham. Ela realmente pensava que ela importava, a sua festa, e sentia-se mal por saber que tudo estava dando errado, tudo falhando. Qualquer coisa, qualquer explosão, qualquer horror era melhor do que ver pessoas andando para cá e para lá sem propósito, ou juntas num grupinho, encostadas num canto, como Ellie Henderson, sem nem sequer se preocuparem em manter um porte aprumado.

Suavemente, a cortina amarela, com todas as aves-do-paraíso, enfunou-se com o vento, e foi como se de repente uma revoada de asas tivesse entrado na sala para ser, em seguida, aspirada de volta para a rua. (Pois as janelas estavam abertas.) Havia uma corrente de ar? perguntou Ellie Henderson a si mesma. Era propensa a resfriados. Mas pouco importava que fosse acordar espirrando no dia seguinte; era nas moças com seus ombros nus que ela pensava, pois fora educada por seu velho pai, um homem doente, pároco em Bourton, já falecido, para pensar nos outros; e seus resfriados nunca atingiam o peito, nunca. Era nas moças que ela pensava, nas mocinhas com seus ombros nus, tendo sempre sido, ela própria, um fiapo de criatura, com o cabelo ralo e o perfil delgado; ainda que agora, passada dos cinquenta, começasse a irradiar um débil feixe de luz, alguma coisa que, apurada por anos de renúncia de si, resultara em distinção, mas perpetuamente obscurecida por sua condição de filha de boa família passando dificuldades, por um medo aterrador, que resultava de sua minguada renda de trezentas libras e de sua situação desprotegida (não conseguia ganhar um único pêni), o que a tornava amedrontada e, a cada ano que passava, cada vez mais desqualificada para encontrar pessoas bem-vestidas que faziam esse tipo de coisa todas as noites da temporada, simplesmente dizendo a suas camareiras "Vestirei isso e aquilo", enquanto Ellie Henderson saía correndo para comprar flores rosadas de pouco preço, uma meia dúzia delas, jogando depois um xale sobre o seu velho vestido preto. Pois o convite para a festa de Clarissa tinha chegado na última hora. Não ficara nada contente com isso. Ficou com a impressão de que Clarissa não pretendia convidá-la este ano.

Por que deveria? Não havia realmente nenhuma razão, exceto a de que se conheciam desde sempre. Na verdade, eram primas. Mas, com Clarissa sendo tão requisitada, tinham naturalmente se afastado. Ir a uma festa era, para ela, um acontecimento. Já era um grande deleite ver os lindos trajes. Aquela ali, com jeito de mulher crescida, penteada conforme a última moda e com vestido cor-de-rosa, não era Elizabeth? Mas não podia ter mais de dezessete anos. Ela era bonita, muito bonita. Mas as moças, quando eram apresentadas à sociedade, pareciam não se vestir mais de branco como antes. (Tinha de guardar tudo na memória para contar a Edith.) As moças agora usavam vestidos retos, perfeitamente justos, com bainhas bem acima dos tornozelos. Não era conveniente, pensou ela.

Assim, com a vista fraca, Ellie Henderson espichava a cabeça para a frente, e não era tanto que ela se importasse em não ter ninguém com quem falar (não conhecia quase ninguém ali), pois sentia que eram pessoas tão interessantes de se observar; políticos, certamente; amigos de Richard Dalloway; mas foi o próprio Richard que percebeu que não podia deixar a pobre criatura ficar ali plantada sozinha a noite inteira.

"E então, Ellie, como o mundo está tratando *você?*", disse ele com seu jeito delicado, e Ellie Henderson, pondo-se toda nervosa e enrubescendo e sentindo que era extraordinariamente simpático da parte dele ter se aproximado e falado com ela, disse que muitas pessoas eram realmente mais sensíveis ao calor do que ao frio.

"Sim, realmente são", disse Richard Dalloway. "Sim."

Mas o que mais se podia dizer?

"Olá, Richard", disse alguém, pegando-o pelo braço e, meu Deus, ali estava o velho Peter, o velho Peter Walsh. Estava contente em vê-lo – muito feliz em vê-lo! Não tinha mudado nada. E juntos se afastaram, atravessando a sala, dando-se tapinhas, como se não se vissem havia muito tempo, pensou Ellie Henderson, vendo-os se afastarem, certa de que conhecia aquele rosto. Um homem alto, de meia-idade, olhos muito bonitos, moreno, de óculos, parecido com John Burrows. Edith com certeza saberia quem era.

A cortina com sua revoada de aves-do-paraíso enfunou-se outra vez. E Clarissa viu – ela viu Ralph Lyon empurrá-la de volta e continuar falando. Assim, não era um fracasso, afinal! ia dar tudo certo agora – a sua festa. Tinha começado. Tinha sido dada a partida. Mas ainda era um jogo de azar. Por enquanto devia ficar por ali. Parecia que não parava de chegar gente.

O Coronel e a Sra. Garrod... O Sr. Hugh Whitbread... O Sr. Bowley... A Sra. Hilbery... Lady Mary Maddox... O Sr. Quin..., entoava Wilkins. Ela trocava cinco ou seis palavras com cada um, e eles seguiam em direção aos salões; em direção, agora, a alguma coisa, não em direção a nada, uma vez que Ralph Lyon tinha empurrado a cortina de volta.

Mas, quanto ao seu próprio papel, era esforço demais. Não estava se divertindo. Tinha a forte sensação de ser... simplesmente outra pessoa qualquer, ali parada; qualquer um podia fazer isso; e, contudo, essa outra pessoa qualquer que ela, em certa medida, admirava, não podia deixar de sentir que ela tinha, de alguma forma, feito isso acontecer, que essa função que ela sentia ter assumido marcava uma etapa, pois, estranhamente, tinha esquecido de como ela era, mas se sentia como uma estaca fincada no alto de sua escadaria. Toda vez que dava uma festa tinha essa sensação de ser alguma coisa que não era ela própria, e de que todo mundo era, sob algum aspecto, irreal; e, sob outro, muito mais real. Era, pensou ela, em parte pela roupa que vestiam, em parte pelo fato de terem sido deslocados de seus afazeres ordinários, em parte pelo contexto; era possível dizer coisas que não se poderia dizer em qualquer outra situação, coisas que exigiam certo esforço; era possível ir muito mais a fundo. Mas não para ela; não ainda, de qualquer maneira.

"Que alegria ver você!", disse ela. O velho e querido Sir Harry! Ele conhecia todo mundo.

E o que havia de muito estranho nisso era a sensação que se tinha enquanto eles subiam as escadas, um após o outro, a Sra. Mount e Celia, Herbert Ainsty, a Sra. Dakers – ah, e Lady Bruton!

"Muito, muito bom que tenha vindo!", dizia ela, e estava sendo sincera – era estranho como, ali parada, se podia perceber como envelheciam, envelheciam, alguns bastante velhos, alguns...

Qual era o nome? Lady Rosseter? Mas quem, afinal de contas, era Lady Rosseter?

"Clarissa!" Essa voz! Era Sally Seton! Sally Seton! depois desses anos todos! Surgia como que por entre um nevoeiro. Pois ela não era *assim*, Sally Seton, quando Clarissa pegou o jarro de água quente e pensou: ela está sob o mesmo teto! Não era assim!

Tudo uma por cima da outra, nervosas, dando risadas, as palavras jorravam – estava de passagem por Londres; soubera por Clara Haydon; que oportunidade para vê-la! Assim, me intrometi... sem ser convidada...

Já era possível largar tranquilamente o jarro de água quente. Ela perdera todo o brilho. E, contudo, era extraordinário vê-la novamente, mais velha, mais feliz, menos adorável. Beijaram-se, primeiro este lado, depois o outro, junto à porta da sala de estar, e Clarissa voltou-se, com as mãos de Sally entre as dela, e viu seus salões cheios, ouviu o murmúrio das vozes, viu os candelabros, as cortinas se enfunando e as rosas que Richard lhe dera.

"Tenho cinco garotos enormes", disse Sally.

Ela tinha o mais singelo dos egoísmos, o mais sincero dos desejos de que sempre pensassem nela primeiro, e Clarissa a amava por ela ainda ser assim. "Não posso acreditar!", exclamou, toda radiante de prazer só de pensar no passado.

Mas que pena, Wilkins; Wilkins a solicitava; Wilkins estava anunciando, com a voz de autoridade de quem estava no comando das operações, como se a tropa inteira devesse ser admoestada e a anfitriã resgatada de seu estado de frivolidade, um único nome:

"O Primeiro-Ministro", disse Peter Walsh.

O Primeiro-Ministro? Era mesmo verdade? Ellie Henderson ficou toda admirada. Que coisa para contar a Edith!

Não se podia rir dele. Parecia tão comum. Podia-se vê-lo atrás de um balcão, vendendo bolachas – pobre homem, todo enfarpelado com galões dourados. E, para fazer justiça, ele se saiu bastante bem em sua ronda pelo salão, primeiro com Clarissa e, depois, escoltado por Richard. Tentava parecer alguém. Era divertido ficar olhando. Ninguém olhava para ele. Limitavam-se a continuar falando, mas era perfeitamente óbvio que todos sabiam, sentindo-o até o mais íntimo de seu ser, que a majestade estava passando; que estava passando esse símbolo daquilo que todos eles representavam, a sociedade inglesa. A velha Lady Bruton, e ela também estava muito elegante, muito resoluta em seus galões, surgiu, e eles se retiraram para uma saleta que logo se tornou objeto de curiosidade, de atenção, e uma espécie de frêmito e de tremor reverberou visivelmente através de cada um deles: o Primeiro-Ministro!

Meu Deus, meu Deus, o esnobismo dos ingleses! pensou Peter Walsh, em pé num canto. Como gostavam de se enfeitar de galões dourados e de prestar homenagens! Aquele devia ser – por Júpiter, realmente era – Hugh Whitbread, farejando o território dos grandes, estava bem mais gordo, bem mais grisalho, o admirável Hugh!

Ele parecia estar sempre de plantão, pensou Peter, uma criatura privilegiada mas reticente, guardando segredos que defenderia até a morte, ainda que fosse apenas algum mexerico que um lacaio deixara escapar e que amanhã estaria em todos os jornais. Esses eram os seus chocalhos, os seus joguetes, que de tanto brincar com eles fora ganhando cabelos brancos e chegara à beira da velhice, gozando do respeito e da afeição de todos os que tinham o privilégio de conhecer esse puro produto do internato privado inglês. Era inevitável formar esse tipo de ideia a respeito de Hugh; era o seu estilo; o estilo daquelas admiráveis cartas que Peter tinha lido no *Times*, a milhares de quilômetros, do outro lado do oceano, dando graças a Deus por não fazer parte desse pernicioso diz que diz, ainda que às custas de ouvir apenas a algazarra dos babuínos e os cules batendo na mulher. Um jovem de tez azeitonada, de uma das Universidades, mantinha-se obsequiosamente ao seu lado. Esse, ele iria apadrinhar, catequizar, ensinar como se dar bem. Pois não havia nada de que gostasse mais do que de dispensar gentilezas, de fazer o coração de velhas senhoras palpitar com a alegria de serem lembradas, na sua idade, nas suas aflições, julgando-se quase esquecidas, mas eis que aqui estava o querido Hugh, que ia visitá-las e gastava uma hora falando do passado, lembrando bobagens, elogiando o bolo feito em casa, embora Hugh fosse capaz de comer bolo com uma duquesa todos os dias de sua vida, e bastava olhar para ele para concluir que era provável que de fato passasse uma boa parte de seu tempo nessa agradável ocupação. O Juiz Supremo, o Todo-Misericordioso, poderia perdoar. Peter Walsh não tinha piedade. Vilões certamente existem, mas só Deus sabe que os bandidos que são enforcados por terem estourado os miolos de uma moça num trem, na verdade, causam menos dano, em geral, do que Hugh Whitbread e sua gentileza. Observem-no agora, na ponta dos pés, avançando, fazendo uma vênia e arrastando um dos pés, enquanto o Primeiro-Ministro e Lady Bruton surgiam, anunciando, para que o mundo todo visse, que ele tinha o privilégio de dizer alguma coisa, alguma coisa pessoal, a Lady Bruton enquanto ela passava. Ela parou. Balançou sua vetusta e magnífica cabeça. Estava, sem dúvida, agradecendo-lhe algum ato de servilismo. Ela tinha seus aduladores, funcionários de segundo escalão nos gabinetes governamentais, que se afanavam em prestar-lhe pequenos serviços, em retribuição dos quais ela os agraciava com convites para almoços. Mas ela vinha do século dezoito. Ela estava certa.

    E agora Clarissa escoltava o seu Primeiro-Ministro ao longo da sala, majestosa, deslumbrante, na magnificência de seus cabelos grisalhos. Exibia os seus brincos e usava um vestido verde-prata estilo sereia. Cabriolando sobre as ondas e trançando os cabelos, era a impressão que dava, pois ainda tinha esse dom; ser; existir; condensar tudo no instante enquanto passava; voltou-se, prendeu, soltando, em seguida, o xale no vestido de alguma outra mulher, riu-se, tudo com a mais perfeita naturalidade e o semblante de uma criatura flutuando no seu elemento. Mas a idade a roçara; tal qual uma sereia poderia, num fim de tarde muito claro, contemplar em seu espelho o sol poente sobre as ondas. Havia um sopro de ternura; sua severidade, seu recato, sua rigidez, tudo isso agora se atenuara, e havia nela, enquanto se despedia do corpulento homem dos galões dourados que estava fazendo o possível, e sorte para ele, para parecer importante, uma dignidade inexprimível; uma cordialidade rara; como se desejasse o melhor para o mundo inteiro, e devesse, agora que estava no exato limiar e limite das coisas, sair de cena. Ela fazia, pois, com que ele se pusesse a pensar. (Mas ele não estava apaixonado.)

Na verdade, sentia Clarissa, fora simpático da parte do Primeiro-Ministro ter vindo à festa. E, atravessando com ele a sala, com Sally ali e Peter ali e Richard muito satisfeito, com todas aquelas pessoas bastante propensas, talvez, à inveja, ela sentira aquela embriaguez do instante, aquela dilatação dos nervos do próprio coração, ao ponto de ele parecer tremer, impregnado, retesado; – sim, mas, afinal, era o que outras pessoas sentiam, isso; pois, embora adorasse isso e sentisse o calafrio e a fisgada, ainda assim eram ocos esses triunfos (o velho e querido Peter, por exemplo, achando-a tão brilhante), essas superficialidades; estavam à distância de um braço, não no coração; e podia ser que estivesse ficando velha, mas não a satisfaziam mais como antes; e de repente, enquanto via o Primeiro-Ministro descer as escadas, a borda dourada do quadro da menina com um regalo feito por Sir Joshua, trouxe-lhe subitamente de volta a imagem de Kilman; Kilman, a sua inimiga. Isso era gratificante; isso era real. Ah, como ela a odiava – exaltada, hipócrita, corrupta; com todo aquele poder; a sedutora de Elizabeth; a mulher que chegara sorrateiramente para roubar e conspurcar (Richard diria: Que bobagem!). Ela a odiava: ela a amava. Era de inimigos que precisávamos, não de amigos – não a Sra. Durrant e Clara, Sir William e Lady Bradshaw, a Srta. Truelock e Eleanor Gibson (que ela viu subindo as escadas). Eles saberiam encontrá-la se precisassem dela. Ela estava toda voltada para a festa!

Ali estava seu velho amigo Sir Harry.

"Meu caro Sir Harry!", disse ela, indo em direção ao velho e bom sujeito que produzira mais pinturas ruins que quaisquer outros dois acadêmicos juntos em todo o bairro de St John's Wood (eram sempre de gado molhando-se em lagoas banhadas pelo sol poente, ou então, pois ele tinha certo catálogo de gestos, mostrando, pela maneira com que o animal erguia uma pata ou movimentava os chifres, "a Aproximação do Estranho" – todas as suas atividades, jantar fora, ir às corridas de cavalos, estavam inspiradas em gado absorvendo umidade à beira de banhados ao pôr do sol).

"De que estão rindo?", perguntou-lhe ela. Pois Willie Titcomb e Sir Harry e Herbert Ainsty estavam todos rindo. Mas não. Sir Harry não podia contar a Clarissa Dalloway (por mais que gostasse dela; achava o seu tipo perfeito, tendo ameaçado pintá-la) suas histórias dos palcos do teatro de variedades. Brincou com Clarissa a respeito de sua festa. Sentia falta de seu conhaque. Estes círculos, disse, estavam acima dele. Mas gostava dela; respeitava-a, apesar de seu odioso e complicado refinamento de classe alta, que tornava impossível pedir a Clarissa Dalloway que se sentasse em seu joelho. E ali vinha aquele fogo-fátuo errante, aquela fosforescência nômade, a velha Sra. Hilbery, estendendo as mãos para a chama da risada dele (a propósito do Duque e da Lady), a qual, quando a ouvira do outro lado da sala, pareceu tranquilizá-la sobre uma questão que às vezes a angustiava se acordava cedo e não queria chamar a criada para pedir uma xícara de chá: que é certo que morreremos.

"Eles não querem nos contar as suas histórias", disse Clarissa.

"Querida Clarissa!", exclamou a Sra. Hilbery. Ela parecia, esta noite, disse, tão igual à sua mãe quando a viu pela primeira vez passeando num jardim com um chapéu cinza.

E os olhos de Clarissa se encheram realmente de lágrimas. A mãe dela, passeando num jardim! Mas, que pena, tinha que ir adiante.

Pois ali estava o professor Brierly, que dava aulas sobre Milton, falando com o franzino Jim Hutton (que não era capaz, mesmo para uma festa como esta, de combinar a gravata com o colete ou de manter os cabelos ajeitados), e mesmo a essa distância ela podia ver que estavam discutindo. Pois o professor Brierly era uma criatura muito estranha. Com todos aqueles graus, honrarias, cátedras, que o separavam dos reles escrevinhadores, ele logo suspeitava de um ambiente que não fosse favorável à sua estranha constituição; à sua prodigiosa erudição e à sua timidez; ao seu fascínio frio e sem cordialidade; à sua ingenuidade misturada com esnobismo; tremia se tomasse consciência – pelo cabelo desgrenhado de uma senhora, pelas botinas de um jovem – de um submundo, sem dúvida digno de crédito, de rebeldes, de jovens ardorosos; de pretendentes a gênio, e sugeria, com um leve balanço da cabeça, com uma fungada do nariz – hum!, o valor da moderação; de algum trato com os clássicos a fim de poder apreciar Milton. O professor Brierly (Clarissa podia perceber) não estava se entendendo com o franzino Jim Hutton (que vestia meias vermelhas, pois as pretas estavam na lavanderia) a respeito de Milton. Ela os interrompeu.

Disse que adorava Bach. Hutton igualmente. Esse era o vínculo entre eles, e Hutton (um péssimo poeta) sempre achou que a Sra. Dalloway era, de longe, entre as grandes damas que demonstravam interesse pela arte, a melhor. Era estranho o quanto ela era rigorosa. No que dizia respeito à música, era absolutamente impessoal. Era um tanto cheia de si. Mas era um fascínio contemplá-la! Descontando-se os seus professores, deixava a casa que era uma beleza. Clarissa sentiu-se tentada a sequestrá-lo para fazê-lo sentar-se ao piano, na sala dos fundos. Pois ele tocava divinamente.

"Mas o barulho!", disse ela. "O barulho!"

"O sinal do sucesso de uma festa." Com um civilizado aceno de cabeça, o professor afastou-se discretamente.

"Ele sabe tudo o que há no mundo para se saber a respeito de Milton", disse Clarissa.

"Sabe mesmo?", disse Hutton, que iria imitar o professor por Hampstead inteiro; o professor sobre Milton; o professor sobre a moderação; o professor se afastando delicadamente.

Mas ela devia conversar com aquele casal, disse Clarissa, Lorde Gayton e Nancy Blow.

Não que *eles* contribuíssem perceptivelmente para o barulho da festa. De pé, ao lado um do outro, junto às cortinas amarelas, não estavam (perceptivelmente) falando. Logo iriam embora, juntos, para algum outro lugar; e nunca tinham muito o que dizer, não importando a circunstância. Olhavam; era tudo. Era o que bastava. Mostravam-se tão limpos, tão saudáveis, ela com um aveludado de pêssego no rosto, feito de pó e pintura, ele, por sua vez, com jeito de quem saiu do banho, com uns olhos de águia tais que não havia bola que passasse por ele nem golpe que o surpreendesse. Ele golpeava, ele saltava, com precisão, no momento exato. Os focinhos dos pôneis tremiam na ponta de suas rédeas. Tinha suas honrarias, seus estandartes, seus papéis ancestrais pendurados na capela de seus domínios. Tinha seus deveres; seus arrendatários; uma mãe e irmãs; tinha estado o dia inteiro no Lord's, e era sobre isso que falavam – críquete, primos, filmes – quando a Sra. Dalloway se aproximou. Lorde Gayton gostava tanto dela. A Srta. Blow também. Ela tinha uns modos tão cativantes.

"É divino – é encantador que tenham vindo!", disse ela. Ela adorava o Lord's; ela adorava a juventude, e Nancy, vestida, por um alto preço, pelos maiores artistas de Paris, ficou ali parada, dando a impressão que de seu corpo tinha simplesmente brotado, por si só, um drapeado verde.

"Era meu desejo que houvesse dança", disse Clarissa.

Pois os jovens não conseguiam conversar. E por que deveriam? Gritem, se abracem, se mexam, estejam de pé ao amanhecer; levem açúcar para os pôneis; beijem e acariciem o focinho de adoráveis chow-chows; e, depois, inteiramente vibrando e correndo, mergulhem e nadem. Mas os imensos recursos da língua inglesa, o poder que, afinal, ela confere, de comunicar os sentimentos (na idade deles, ela e Peter teriam ficado discutindo a noite toda), não eram para eles. Cedo se solidificariam. Seriam bons além da medida para os seus criados, mas a sós um tanto enfadonhos talvez.

"Que pena", disse ela. "Esperava que houvesse dança."

Era tão extraordinariamente simpático da parte deles terem vindo! Mas nem falar de dança! As salas estavam lotadas.

Ali estava, em seu xale, a velha tia Helena. Que pena, ela tinha que deixá-los – Lorde Gayton e Nancy Blow. Ali estava a velha Srta. Parry, sua tia.

Pois a Srta. Helena Parry não estava morta: a Srta. Parry estava viva. Passava dos oitenta. Subia as escadas vagarosamente, com o auxílio de uma bengala. Fora acomodada numa cadeira

(Richard tinha tomado as devidas providências). As pessoas que tinham conhecido Burma nos anos setenta eram sempre levadas até ela. Onde teria se metido Peter? Eles costumavam ser tão bons amigos. Pois à simples menção da Índia, ou mesmo do Ceilão, seus olhos (apenas um era de vidro) se acentuavam lentamente, tornavam-se azuis e viam, não seres humanos – ela não tinha boas lembranças nem nutria grandes ilusões a respeito de Vice-Reis, Generais, Motins – eram orquídeas que ela via, e desfiladeiros, e ela própria sendo carregada, através de picos isolados, nas costas de cules, nos anos sessenta; ou descendo para arrancar orquídeas (surpreendentes florações, nunca antes vistas) que ela pintava em aquarela; uma inglesa indômita, que se indignava se fosse tirada pela Guerra – que, digamos, deixara cair uma bomba praticamente à sua porta – de sua profunda meditação sobre orquídeas e sobre sua própria figura viajando pela Índia nos anos sessenta – mas aqui estava Peter.

"Venha conversar com a tia Helena sobre Burma", disse Clarissa.

E, contudo, ele não trocara uma palavra com ela a noite toda!

"Falaremos mais tarde", disse Clarissa, conduzindo-o até onde estava tia Helena, com o xale branco e a bengala.

"Peter Walsh", disse Clarissa.

O nome não significava nada.

Clarissa a convidara. Era cansativo; era barulhento; mas Clarissa a convidara. Por isso ela viera. Era uma pena que morassem em Londres – Richard e Clarissa. Ao menos para a saúde de Clarissa, teria sido melhor se tivessem ido morar no campo. Mas Clarissa sempre fora apaixonada pela vida social.

"Ele esteve em Burma", disse Clarissa.

Ah. Ela não podia deixar de lembrar o que Charles Darwin dissera sobre o pequeno livro dela sobre as orquídeas de Burma.

(Clarissa tinha que falar com Lady Bruton.)

Sem dúvida agora estava esquecido, seu livro sobre as orquídeas de Burma, mas chegou a ter três edições antes de 1870, disse a Peter. Lembrou-se dele agora. Ele estivera em Bourton (e ele a abandonara na sala de estar, lembrava-se Peter Walsh, sem dizer nada, naquela noite, quando Clarissa o convidou para andarem de barco).

"Richard gostou muito do almoço", disse Clarissa para Lady Bruton.

"Richard me foi da maior ajuda possível", respondeu Lady Bruton. "Ajudou-me a escrever uma carta. E você, como vai?"

"Oh, muitíssimo bem!", disse Clarissa. (Lady Bruton detestava doenças e mulheres de políticos.)

"Eis aí Peter Walsh!", disse Lady Bruton (pois nunca achava o que conversar com Clarissa; embora gostasse dela. Ela tinha muitas e boas qualidades; mas não tinham nada em comum – ela e Clarissa. Teria sido melhor se Richard tivesse se casado com uma mulher menos atraente, mas que o ajudasse na sua carreira. Ele perdera sua chance de fazer parte do Gabinete). "Eis aí Peter Walsh!", disse ela, apertando as mãos desse simpático pecador, desse sujeito muito capaz, que poderia ter adquirido certa reputação, mas não chegou a isso (sempre metido em complicações com mulheres), e, naturalmente, a velha Srta. Parry. Admirável, a velha dama!

Lady Bruton, vestida de preto, espectral granadeiro, de pé junto à cadeira da Srta. Parry, convidava Peter Walsh para um almoço; cordial; mas sem conversa fiada, sem qualquer reminiscência sobre a flora ou a fauna da Índia. Ela estivera lá, naturalmente; tinha ficado na casa de três Vice-Reis; achava que alguns dos funcionários civis que serviam na Índia eram sujeitos excepcionalmente bons; mas que tragédia era aquilo – a situação da Índia! O Primeiro-Ministro tinha acabado de lhe contar (a velha Srta. Parry enrolou-se em seu xale, não lhe interessava o que o Primeiro-Ministro tinha acabado de lhe contar), e Lady Bruton gostaria de ter a opinião de Peter Walsh, já que ele acabara de voltar do centro das coisas, e ela ia providenciar um encontro dele com Sir Sampson, pois isso realmente a estava impedindo de dormir à noite, a loucura que era aquilo, a perversidade, poderia ela dizer, já que era filha de militar. Era agora uma mulher velha, não servindo para grande coisa. Mas a sua casa, os seus criados, a sua boa amiga Milly Brush – ele se lembrava dela? – estavam lá apenas esperando ser chamados se...

se pudessem, em suma, ser de alguma ajuda. Pois ela nunca falava da Inglaterra, mas esta ilha de soldados, esta querida, queridíssima terra, estava no seu sangue (sem ter lido Shakespeare), e se, alguma vez, existiu uma mulher que podia enfiar um elmo na cabeça e disparar a flecha, conduzir tropas ao ataque, comandar com indômita justiça hordas bárbaras até finalmente poder repousar, sob um escudo, com o nariz cortado, nalguma igreja, ou ser transformada num tufo de grama verde em alguma colina do início dos tempos, essa mulher era Millicent Bruton. Privada, por seu sexo e também por certa inércia, das faculdades lógicas (não conseguia escrever uma carta para o *Times*), ela tinha sempre presente a ideia do Império, e adquirira, em virtude de sua associação com aquela deusa em armas, o seu porte marcial, o vigor de sua postura, de maneira que não se podia imaginá-la, mesmo morta, separada da terra ou vagando por territórios sobre os quais a Union Jack, de uma forma espiritual, tivesse deixado de tremular. Não ser inglesa, mesmo entre os mortos... não, não! Impossível!

Mas aquela era a Lady Bruton (que ela conhecia)? Aquele era Peter Walsh, já grisalho? perguntou-se Lady Rosseter (que antes tinha sido Sally Seton). Aquela era certamente a velha Srta. Parry – a velha tia que se mostrara tão ranzinza quando ela passou um tempo em Bourton. Nunca iria se esquecer da vez em que saiu correndo nua pelo corredor e foi repreendida pela Srta. Parry. E Clarissa! oh, Clarissa! Sally pegou-a pelo braço.

Clarissa juntou-se a eles.

"Mas não posso ficar", disse ela. "Voltarei mais tarde. Esperem", disse, olhando para Peter e Sally. Eles deveriam esperar até que todas essas pessoas tivessem ido embora, era o que queria dizer.

"Voltarei depois", disse ela, olhando para os seus velhos amigos, Sally e Peter, que estavam trocando apertos de mão, enquanto Sally, sem dúvida rememorando o passado, dava risadas.

Mas pouco restara, na sua voz, da radiante riqueza de antigamente; os seus olhos não tinham o brilho daqueles tempos, quando ela fumava charutos, quando saía correndo pelo corredor para pegar a esponja de banho, sem uma tira de roupa sobre o corpo, e Ellen Atkins perguntou: E se os homens tivessem esbarrado nela? Mas todo mundo a desculpava. Roubou um frango da despensa porque sentiu fome durante a noite; fumava charutos no quarto; esqueceu um livro de valor inestimável no barco. Mas todo mundo a adorava (exceto, talvez, papai). Era o seu ardor; a sua vitalidade – ela pintava, ela escrevia. As mulheres velhas do lugarejo nunca deixavam, até hoje, de perguntar pela "sua amiga do casaco vermelho que parecia tão alegre". Ela acusou Hugh Whitbread, logo ele (e lá estava ele, seu velho amigo Hugh, conversando com o embaixador de Portugal), de tê-la beijado, no salão de fumar, para castigá-la por ter dito que as mulheres deviam ter direito ao voto. Homens comuns tinham, disse ela. E Clarissa lembrava-se de tê-la convencido a não denunciá-lo durante a oração em família – o que ela era capaz de fazer, com sua ousadia, seu atrevimento, seu melodramático desejo de ser o centro de tudo e de provocar cenas, o que poderia muito bem, costumava pensar Clarissa, terminar em uma terrível tragédia; em sua morte; em seu martírio; em vez disso, tinha casado, um tanto inesperadamente, com um homem calvo, com uma grande botoeira na lapela, que era dono, diziam, de fiações de algodão em Manchester. E era mãe de cinco garotos!

Ela e Peter tinham se sentado lado a lado. Estavam conversando: parecia tão familiar – o fato de estarem conversando. Falariam sobre o passado. Com os dois (mais até que com Richard) ela compartilhava o seu passado; o jardim; as árvores; o velho Joseph Breitkopf cantando Brahms sem nenhuma voz; o papel de parede da sala de estar; o cheiro dos capachos. Sally sempre seria parte disso; Peter sempre seria. Mas ela precisava deixá-los. Ali estavam os Bradshaws, dos quais não gostava.

Devia se aproximar de Lady Bradshaw (em cinza e prata, balançando-se como um leão-marinho à beira de sua piscina, atrás de convites, de duquesas, a típica esposa de um homem bem-sucedido), ela devia se aproximar de Lady Bradshaw e dizer...

Mas Lady Bradshaw se antecipou.

"Estamos terrivelmente atrasados, querida Sra. Dalloway, quase não tivemos coragem de entrar", disse ela.

E Sir William, que parecia muito distinto, com seu cabelo grisalho e seus olhos azuis, disse sim; não tinham conseguido resistir à tentação. Ele estava conversando com Richard, provavelmente a respeito da lei que eles queriam fazer passar na Câmara dos Comuns. Por que a visão dele, conversando com Richard, fez com que ela se contraísse toda? Ele parecia o que era, um grande médico. Um homem absolutamente no topo da sua profissão, muito influente, um tanto cansado. Pois imaginem o tipo de casos com que se defrontava – pessoas no mais extremo dos sofrimentos; pessoas à beira da insanidade; maridos e esposas. Ele tinha que tomar decisões terrivelmente difíceis. Mas – o que ela sentia era: não seria nada desejável se apresentar diante de Sir William parecendo infeliz. Não; não diante daquele homem.

"Como vai seu filho em Eton?", perguntou à Lady Bradshaw.

Ele acabara de perder a oportunidade de fazer parte do time de críquete, disse Lady Bradshaw, por causa da caxumba. O pai ficara mais chateado do que ele, "pois não passava", disse ela, "de um menino crescido".

Clarissa olhou para Sir William, que conversava com Richard. Ele não parecia um menino – não, ele não parecia um menino, de jeito nenhum.

Ela acompanhara, uma vez, alguém que fora consultá-lo. Ele tinha sido absolutamente correto; extremamente sensível. Mas, céus, que alívio sair dali e estar de novo na rua! Havia um pobre coitado soluçando, ela se lembrava, na sala de espera. Mas ela não sabia qual era o problema com Sir William; de que, exatamente, ela não gostava. Apenas Richard concordava com ela, "não gostava do gosto dele, não gostava do cheiro dele". Mas ele era extraordinariamente capaz. Estavam conversando sobre esse projeto de lei. Algum caso, estava mencionando Sir William, baixando a voz. Tinha algo a ver com o que ele dizia a respeito dos efeitos retardados dos traumas de guerra. Devia haver alguma cláusula no projeto. Baixando a voz, arrastando a Sra. Dalloway para o abrigo de uma feminilidade comum, do orgulho comum das ilustres qualidades dos maridos e da lamentável tendência deles a trabalhar em excesso, Lady Bradshaw (a pobre ingênua – não se podia deixar de gostar dela) murmurou que "bem quando estávamos para sair, meu marido foi chamado ao telefone, um caso muito triste. Um jovem (era o que Sir William estava contando ao Sr. Dalloway) se matara. Ele servira o exército". Oh! pensou Clarissa, eis que surge a morte, pensou ela, bem no meio da minha festa.

Ela se dirigiu à saleta para onde o Primeiro-Ministro tinha ido com Lady Bruton. Talvez houvesse alguém ali. Mas não havia ninguém. As poltronas ainda carregavam as marcas do Primeiro-Ministro e de Lady Bruton, ela inclinada atenciosamente, ele maciçamente instalado, com toda a autoridade. Estiveram falando sobre a Índia. Não havia ninguém. O esplendor da festa se desmanchava diante da estranheza que era entrar sozinha na sala, com toda a gala com que se vestia.

O que é que os Bradshaw tinham de falar de morte na sua festa? Um jovem se matara. E eles falaram sobre isso na sua festa – os Bradshaws falaram de morte. Ele tinha se matado – mas como? Era sempre o seu corpo o primeiro a sentir quando era de repente informada de algum acidente; o vestido ardia, o corpo ficava em brasa. Ele tinha se atirado de uma janela. O chão crescera, num relâmpago, em direção ao alto; através dele passaram, raspando, rasgando, as flechas enferrujadas. Ali ficou, estatelado, com um tum, tum, tum no cérebro e, depois, o sufoco da escuridão. Assim ela via o acontecido. Mas por que fizera isso? E os Bradshaws falaram disso na sua festa!

Ela jogara, outrora, um xelim no Serpentine, nada mais, nunca. Mas ele se atirara. Eles continuavam com a vida (ela tinha que voltar à festa; as salas ainda estavam cheias; continuava chegando mais gente.) Eles (ela estivera o dia todo pensando em Bourton, em Peter, em Sally), eles estavam ficando velhos. Havia uma coisa que importava; uma coisa, cingida de conversa miúda, desfigurada, obscurecida em sua própria vida, esvaída cada dia em corrupção, mentiras, tagarelice. Isso ele preservara. A morte era um ato de rebeldia. A morte era uma tentativa de se comunicar; pois as pessoas sentiam a impossibilidade de atingir o centro que, misticamente, lhes escapava; a intimidade virava separação; o arrebatamento se extinguia, ficava-se só. Havia um abraço na morte.

Mas esse jovem que se matara – teria ele mergulhado segurando seu tesouro? "Se a hora de morrer chegara, esta seria a mais feliz das horas", dissera para si mesma, outrora, descendo as escadas, vestida de branco.

Ou havia os poetas e os pensadores. Suponha que ele tivera essa paixão e fora consultar Sir William Bradshaw, um grande médico, embora, para ela, obscuramente pérfido, sem sexo ou sensualidade, extremamente polido com as mulheres, mas capaz de algum ultraje indescritível – de violentar a nossa alma, era isso – que esse jovem tivesse ido consultá-lo, e Sir William, com o seu poder, o tivesse impressionado desse jeito, não poderia ele, então, ter dito (na verdade, ela sentia isso agora): a vida se torna intolerável; eles, os homens desse tipo, tornam a vida intolerável?

Depois (sentira isso apenas nesta manhã), havia o terror; a opressiva incapacidade que tinha esta vida, desde que nossos pais a puseram em nossas mãos, de ser vivida até o fim, de ser percorrida com serenidade; havia, no mais fundo de seu coração, um medo terrível. Mesmo agora, com muita frequência, se Richard não estivesse ali, absorvido na leitura do *Times*, de maneira que ela pudesse se encolher como um pássaro e gradualmente se reanimar, fazer explodir, num estrondo, esse incomensurável prazer, roçando um graveto contra o outro, uma coisa contra a outra, ela teria perecido. Mas esse jovem se matara.

De algum modo, era a sua ruína – a sua desgraça. Era o seu castigo ver mergulhar e desaparecer, aqui um homem, ali uma mulher, nessa profunda escuridão, enquanto ela era obrigada a ficar aqui, com o seu vestido de festa. Ela conspirara; ela furtara. Nunca foi inteiramente admirável. Ela quisera o sucesso, Lady Bexborough e tudo o mais. E caminhara, outrora, em Bourton, pelo terraço.

Estranho, incrível; nunca fora tão feliz. Nada era demasiado devagar; nada durava demasiado. Não havia prazer comparável, pensou, endireitando as cadeiras, arrumando um livro na estante, com o de ter deixado para trás os triunfos da juventude, de se perder no processo de viver a vida, para reencontrá-la, com um choque de prazer, enquanto o sol nascia, enquanto o dia se punha. Vezes sem conta, em Bourton, ela saíra, quando estavam conversando, para olhar o céu; ou o vira, por entre os ombros das pessoas, durante o jantar; ou o vira em Londres, quando não conseguia dormir. Ela foi até a janela.

    Este céu de campo, este céu sobre Westminster, por mais boba que a ideia pudesse parecer, tinha algo dela própria. Afastou as cortinas; olhou. Oh, mas que surpresa! – no quarto em frente a velha senhora fitava-a diretamente! Ia se deitar. E o céu. Vai ser um céu solene, pensara, vai ser um céu escuro, recusando o lado belo de sua face. Mas ali estava ele – de uma palidez de cinza, rapidamente atropelado por longas e delgadas nuvens. Era algo novo para ela. Devia ter levantado um vento. Ela estava indo para a cama no quarto em frente. Era fascinante olhá-la, andando de um lado para o outro, aquela velha senhora, atravessando o quarto, chegando até a janela. Será que ela podia vê-la? Era fascinante, com as pessoas ainda rindo e gritando no salão, observar essa velha senhora, indo, muito calmamente, deitar-se sozinha. Agora fechou a cortina. O relógio começou a bater. O jovem se matara; mas ela não tinha pena dele; com o relógio batendo as horas, uma, duas, três, não tinha pena dele, com tudo isso acontecendo. Pronto! a velha senhora tinha apagado as luzes! a casa inteira estava agora no escuro, com tudo isso acontecendo, repetiu ela, e as palavras vinham até ela: Não mais temas o calor do sol. Ela devia voltar para eles. Mas que noite extraordinária! Sentia-se, de algum modo, muito como ele – o jovem que se matara. Alegrava-se pelo que ele fizera; por tê-la jogado fora enquanto eles continuavam a vida. O relógio estava batendo. Os círculos de chumbo se dissolveram no ar. Mas ela devia voltar. Devia congregar. Devia encontrar Sally e Peter. E entrou, saindo da saleta.

"Mas onde está Clarissa?", disse Peter. Ele estava sentado no sofá com Sally. (Depois de todos esses anos, realmente não conseguia chamá-la de "Lady Rosseter".) "Aonde terá ido essa mulher?", perguntou ela. "Onde está Clarissa?"

Sally supunha, assim como Peter, aliás, que havia pessoas de importância, políticos, que nenhum deles conhecia a não ser pelo retrato nos jornais ilustrados, com os quais Clarissa tinha que conversar, mostrando-se simpática. Ela estava com eles. Mas ali estava Richard Dalloway, que não fazia parte do Gabinete. Ele não fora bem-sucedido? era o que supunha Sally. No que respeitava a ela, raramente lia os jornais. Via, às vezes, menções ao nome dele. Mas depois – bem, vivia uma vida muito solitária, nos cafundós, diria Clarissa, entre grandes comerciantes, grandes industriais, homens que, afinal, faziam coisas. Ela também fizera coisas!

"Tenho cinco filhos!", disse-lhe.

Meu Deus, meu Deus, que mudança ela sofrera! a placidez da maternidade; e o egoísmo também. A última vez que eles se encontraram, lembrava-se Peter, tinha sido entre as couves, ao luar, as folhas "como bronze bruto", dissera ela, com seu toque literário; e ela colhera uma rosa. Ela o fizera andar para cima e para baixo naquela noite horrível, após a cena junto à fonte; ele devia tomar o trem da meia noite. Oh, céus, como ele havia chorado!

Essa era a sua antiga mania, de abrir um canivete, pensou Sally, sempre abrindo e fechando um canivete quando ficava nervoso. Tinham sido muito, muito íntimos, ela e Peter Walsh, quando ele estava apaixonado por Clarissa, e houve aquela cena terrível, ridícula, no almoço, por causa de Richard Dalloway. Ela chamara Richard de "Wickham". Por que não chamar Richard de "Wickham"? Clarissa ficara enfurecida! e, na verdade, pouco tinham se visto, ela e Clarissa, desde então, talvez não mais que uma meia dúzia de vezes nos últimos dez anos. E Peter Walsh fora embora para a Índia, e ela ouvira dizer, muito vagamente, que ele tivera um casamento infeliz, e ela não sabia se ele tivera filhos, e ela não podia perguntar-lhe, pois ele estava mudado. Parecia um tanto enrugado, porém mais afável, sentiu ela, e tinha por ele um verdadeiro afeto, pois ele estava ligado à juventude dela, e ela ainda tinha um pequeno livro de Emily Brontë que ele lhe dera, e ele planejava escrever, não? Ele planejava escrever naquela época.

"Tem escrito?", perguntou-lhe, espalmando a mão, sua firme e bem moldada mão, sobre o joelho, de um jeito que ele lembrava.

"Nem uma palavra", disse Peter Walsh, e ela deu uma risada.

Ainda era atraente, ainda uma figura, Sally Seton. Mas quem era esse Rosseter? Portava duas camélias na lapela no dia do casamento – era tudo o que Peter sabia sobre ele. "Eles têm uma quantidade imensa de criados, uma extensão interminável de estufas", escreveu-lhe Clarissa; algo parecido. Sally admitiu-o com uma gargalhada.

"Sim, tenho uma renda de dez mil por ano" – se descontado ou não o imposto, ela não se lembrava, pois o marido, "que você deveria conhecer", disse ela, "de quem você iria gostar", disse ela, se encarregava de tudo isso.

Logo Sally, que se cobria de trapos e farrapos. Ela empenhara o anel do bisavô, que Maria Antonieta lhe dera – entendera ele direito? – para ir a Bourton.

Ah, sim, Sally se lembrava; ela ainda o tinha, um anel de rubi que Maria Antonieta dera ao bisavô. Naquela época não tinha um centavo que fosse e uma viagem a Bourton sempre significava um tremendo aperto. Mas a viagem a Bourton significava muito para ela – ajudava-a a manter a sanidade, acreditava ela, tal era a infelicidade que sentia em casa. Mas isso tudo era coisa do passado – tudo acabado agora, disse. E o Sr. Parry estava morto; e a Srta. Parry ainda estava viva. Nunca tivera um choque desses em toda a sua vida!, disse Peter. Estivera certo de que ela estava morta. E o casamento fora, supunha Sally, um sucesso? E aquela jovem, tão bonita, tão segura de si, ali junto às cortinas, de vermelho, era Elizabeth.

(Ela era como um álamo, ela era como um rio, ela era como um jacinto, era o que Willie Titcomb estava pensando. Oh, como era muito melhor estar no campo e fazer o que ela queria! Podia ouvir seu pobre cão latindo, Elizabeth tinha certeza disso.) Ela não era nada parecida com Clarissa, disse Peter Walsh.

"Oh, Clarissa!", disse Sally.

O que Sally sentia era simplesmente isso. Ela devia muitíssimo a Clarissa. Tinham sido amigas, não conhecidas, amigas, e ainda podia ver Clarissa toda de branco andando pela casa, as mãos cheias de flores – até hoje pés de tabaco faziam-na pensar em Bourton. Mas – será que Peter compreendia? – faltava-lhe algo. Exatamente o quê? Ela era encantadora; extraordinariamente encantadora. Mas, para usar de franqueza (e ela sentia que Peter era um velho amigo, um verdadeiro amigo – a ausência fazia alguma diferença? a distância fazia alguma diferença? Tivera, muitas vezes, a intenção de enviar-lhe uma carta, mas acabava rasgando, porém sentia que ele compreendia, pois as pessoas compreendem sem que nada seja dito, como percebemos à medida que ficamos velhos, e velha ela estava ficando, estivera aquela tarde em Eton para ver os filhos, que estavam com caxumba), para usar de franqueza, então, como Clarissa pôde ter feito isso? – casar-se com Richard Dalloway? um desportista, um homem que só se preocupava com os seus cães. Quando entrava na sala, cheirava literalmente a estábulo. E, depois, tudo isto? Fez um gesto com a mão.

Era Hugh Whitbread, que passava com seu colete branco, apagado, gordo, parecendo cego, indiferente a tudo, exceto amor-próprio e comodidade.

"Ele não vai reconhecer a *nós*", disse Sally e, realmente, ela não teve a coragem... assim era Hugh! o admirável Hugh!

"E o que ele faz?", ela perguntou a Peter.

Engraxava as botas do rei ou contava garrafas em Windsor, disse-lhe Peter. Peter mantinha a língua afiada! Mas Sally devia ser franca, disse Peter. E aquele beijo, o de Hugh.

Nos lábios, assegurou-lhe, uma noite, no salão de fumar. Enfurecida, foi logo procurar Clarissa. Hugh não fazia esse tipo de coisa! disse Clarissa, o admirável Hugh! As meias de Hugh eram, sem sombra de dúvida, as mais bonitas que ela já vira – e o seu terno de noite, então. Perfeito! E ele, tinha filhos?

"Todo mundo na sala tem seis filhos em Eton", disse-lhe Peter, exceto ele. Ele, graças a Deus, não tinha nenhum. Nem filhos, nem filhas, nem mulher. Bem, ele parecia não se importar, disse Sally. Ele parecia mais jovem do que qualquer um deles, ela pensou.

Mas fora uma bobagem, sob muitos aspectos, disse Peter, casar-se daquele jeito; "uma grande tolinha é o que ela era", disse ele, mas, disse ele, "passamos um período agradável", mas como podia ser assim? perguntou-se Sally; o que queria ele dizer com isso? e como era estranho conhecê-lo sem saber nada do que tinha se passado com ele. E ele disse isso por orgulho? Muito provavelmente, pois, afinal, deve ser constrangedor para ele (embora ele fosse uma excentricidade, uma espécie de duende, de nenhum modo um homem comum), deve ser desolador, na sua idade, não ter um lar, nenhum lugar para onde ir. Mas ele tinha que ficar umas boas semanas na casa deles. Claro que ele ficaria; ele adoraria ficar na casa deles, e assim ficou combinado. Em todos esses anos, os Dalloways nunca tinham ficado na casa deles. Vezes e mais vezes, eles os convidaram. Clarissa (pois naturalmente devia-se a Clarissa) não ia. Pois, disse Sally, Clarissa era, no fundo, uma esnobe – era preciso admiti-lo, uma esnobe. E era isso o que se interpunha entre elas, ela estava convencida. Clarissa achava que ela tinha casado abaixo da sua classe, já que o seu marido era – coisa da qual ela se orgulhava – filho de um mineiro. Cada pêni que tinham, ele ganhara com o seu trabalho. Quando garoto (a voz dela tremia), carregara sacos enormes.

(E, assim, ela continuaria, sentia Peter, por horas a fio; o filho do mineiro; as pessoas achavam que ela tinha casado abaixo da sua classe; seus cinco filhos; e qual era a outra coisa? – plantas, hortênsias, lilases, raros, raríssimos hibiscos que nunca vingavam ao norte do Canal do Suez, mas ela, com a ajuda de um único jardineiro, num subúrbio perto de Manchester, tinha canteiros e canteiros deles! Ora, tudo isso Clarissa evitara, tão pouco maternal que era.)

Uma esnobe era o que ela era? Sim, sob muitos aspectos. Onde esteve ela todo esse tempo? Estava ficando tarde.

"Contudo", disse Sally, "quando soube que Clarissa estava dando uma festa, senti que não podia *não* vir – que devia vê-la novamente (e estou hospedada na Victoria Street, praticamente ao lado). De modo que simplesmente vim, sem ter um convite. Mas", murmurou ela, "diga-me. Quem é aquela?"

Era a Sra. Hilbery, procurando a saída. Pois como estava ficando tarde! E, murmurou ela, à medida que a noite avançava, à medida que as pessoas iam embora, encontrávamos velhos amigos; cantos e recantos tranquilos; e as mais belas vistas. Sabiam eles, perguntou ela, que estavam rodeados por um jardim encantado? Luzes e árvores e lagos resplandecentes, maravilhosos, e o céu. Apenas umas poucas luzes festivas, tinha dito Clarissa Dalloway, no jardim dos fundos! Mas ela era uma fada! Aquilo era um parque... E ela não sabia os nomes deles, mas amigos ela sabia que eram, amigos sem nome, canções sem palavras, sempre os melhores. Mas havia tantas portas, tantos lugares inesperados, ela não conseguia encontrar a saída.

"A velha Sra. Hilbery", disse Peter; mas quem era aquela? aquela senhora em pé junto à cortina toda a noite, sem falar nada? Ele conhecia aquele rosto; ligou-a a Bourton. Não era aquela que costurava roupas íntimas naquela mesa grande junto à janela? Davidson, não era como se chamava?

"Ah, é Ellie Henderson", disse Sally. Clarissa era realmente muito dura com ela. Era prima dela, muito pobre. Clarissa *era* dura com as pessoas.

Bastante, disse Peter. Porém, disse Sally, com seu jeito emotivo, com um jorro daquele entusiasmo que fazia Peter gostar dela na época, mas temê-la um pouco agora, tal era a intensidade de que podia ficar tomada – como Clarissa era generosa com os amigos! e que qualidade rara de se encontrar era essa, e como, às vezes, à noite ou no Natal, quando fazia um balanço das bênçãos que recebera, ela punha a amizade em primeiro lugar. Eles eram jovens; esse era o fato. Clarissa tinha um coração puro; esse era o fato. Peter iria achá-la sentimental. Ela de fato era. Pois sentia que era a única coisa que valia a pena dizer – aquilo que sentíamos. Exibir inteligência era uma coisa boba. Devíamos simplesmente dizer o que sentíamos.

"Mas não sei", disse Peter Walsh, "o que sinto."

Pobre Peter, pensou Sally. Por que Clarissa não vinha falar com eles? Era isso o que ele desejava. Ela sabia. Esteve o tempo todo apenas pensando em Clarissa e brincando com o seu canivete.

Ele não achara que a vida fosse simples, disse Peter. Suas relações com Clarissa não tinham sido simples. Isso tinha-lhe arruinado a vida, disse ele. (Eles tinham sido tão íntimos – ele e Sally Seton, era absurdo não dizer isso.) Não podíamos nos apaixonar duas vezes, ele disse. E o que podia ela dizer? De qualquer maneira, era melhor ter amado (mas ele ia achá-la sentimental – ele era tão sarcástico.) Ele devia passar um tempo com eles em Manchester. Com toda a certeza, disse ele. Com toda a certeza. Ele adoraria passar um tempo com eles, assim que terminasse o que tinha que fazer em Londres.

E Clarissa se importara mais com ele do que alguma vez se importara com Richard, Sally estava certa disso.

"Não, não, não!", disse Peter (Sally não deveria ter dito isso – fora longe demais). Aquele excelente sujeito – lá estava ele, no fundo da sala, discursando, o mesmo de sempre, o velho e bom Richard. Quem era aquele com quem ele estava conversando? perguntou Sally, aquele homem de aspecto tão distinto? Vivendo nos cafundós como ela vivia, tinha uma curiosidade insaciável por saber quem eram as pessoas. Mas Peter não sabia. Ele não gostava do seu jeito, disse ele, provavelmente algum ministro. Deles todos, Richard parecia-lhe o melhor, disse ele – o mais desinteressado.

"Mas o que ele fizera?", perguntou Sally. Obras públicas, supunha ela. E eles eram felizes juntos? perguntou Sally (ela própria era extremamente feliz); pois, admitia ela, não sabia nada a respeito deles, apenas tirava conclusões precipitadas, como costumamos fazer, pois o que sabemos a respeito até mesmo das pessoas com quem vivemos todos os dias? perguntou ela. Não somos todos prisioneiros? Lera uma peça maravilhosa sobre um homem que rabiscava nas paredes de sua cela, e ela sentira que isso valia para a vida – rabiscar nas paredes. Desanimada com as relações humanas (as pessoas eram tão difíceis), ela ia com frequência até o jardim e obtinha das flores uma paz que os homens e as mulheres nunca lhe deram. Mas não; ele não gostava de repolhos; ele preferia os seres humanos, disse Peter. De fato, os jovens são lindos, disse Sally, observando Elizabeth no outro lado do salão. Como era diferente de Clarissa na sua idade! Ele tinha alguma ideia sobre como era ela? Ela não abria a boca. Não muito, não ainda, admitiu Peter. Ela era como um lírio, disse Sally, um lírio à beira de um charco. Mas Peter não concordava com a opinião de que não sabíamos nada. Sabemos tudo, disse ele; pelo menos, ele sabia.

Mas esses dois, murmurou Sally, esses dois que estão vindo agora (e ela realmente devia ir embora se Clarissa não aparecesse logo), esse homem de aparência distinta e sua esposa de aparência um tanto comum, que estiveram conversando com Richard – o que podíamos saber sobre pessoas como essas?

"Que eles são uma grande fraude", disse Peter, observando-os de relance. Ele fez com que Sally desse uma risada.

Mas Sir William Bradshaw parou junto à porta para olhar um quadro. Procurou no canto pelo nome do gravador. Sua mulher também olhou. Sir William Bradshaw se interessava tanto pelas artes.

Quando somos jovens, disse Peter, estamos agitados demais para poder conhecer as pessoas. Agora que estamos velhos, cinquenta e dois para ser exato (Sally tinha cinquenta e cinco, fisicamente, disse ela, mas seu coração era de uma garota de vinte); agora que estamos maduros, então, disse Peter, podemos observar, podemos compreender, e não perdemos a capacidade de sentir, disse. Não, isso é verdade, disse Sally. Ela sentia com mais profundidade, mais paixão, a cada ano que passava. Isso aumentava, disse ele, lamentavelmente talvez, mas devíamos nos alegrar por isso – isso aumentava, a julgar por sua experiência. Tinha alguém na Índia. Ele gostaria de contar a Sally a respeito dela. Gostaria que Sally a conhecesse. Era casada, disse ele. Tinha dois filhos pequenos. Deviam ir todos visitá-la em Manchester, disse Sally – ele devia prometê-lo antes de se despedirem.

Eis ali Elizabeth, disse ele, não sente nem a metade do que sentimos, ainda não. Mas, disse Sally, observando Elizabeth aproximar-se do pai, pode-se ver que são devotados um ao outro. Ela podia sentir pelo jeito como Elizabeth se aproximou do pai.

Pois o pai a estivera observando enquanto ela conversava com os Bradshaws e se perguntara, quem era aquela adorável garota? E de repente se deu conta de que era a sua Elizabeth, e ele não a tinha reconhecido, ela parecia tão adorável em seu vestido cor-de-rosa! Elizabeth sentira que ele a observava enquanto conversava com Willie Titcomb. Ela foi, assim, até ele, e eles ficaram juntos, agora que a festa estava quase no fim, observando as pessoas saindo, e as salas ficando mais e mais vazias, com coisas espalhadas pelo chão. Até Ellie Henderson estava indo embora, quase a última, embora ninguém tivesse falado com ela, mas ela quis ver tudo, para contar a Edith. E Richard e Elizabeth estavam bastante contentes que tivesse terminado, mas Richard estava orgulhoso da filha. E ele não queria dizer a ela, mas não podia evitá-lo. Ele a observara, disse, e se tinha perguntado: Quem é aquela garota adorável? e era a sua filha! E isso a fizera feliz. Mas seu pobre cão estava uivando.

"Richard melhorou. Você tem razão", disse Sally. "Vou conversar com ele. Vou dar-lhe boa noite. Que importância tem o cérebro", disse Lady Rosseter, levantando-se, "comparado ao coração?"

"Também vou", disse Peter, mas ficou sentado por um momento. Que terror é esse? que êxtase é esse? disse para si mesmo. O que é isso que me provoca uma excitação extraordinária?

É Clarissa, disse.

Pois ali estava ela.

Índice onomástico

Abadia – Abadia de Westminster, igreja em estilo gótico localizada no bairro de Westminster, a oeste do Palácio de Westminster. Local onde se realiza a coroação dos monarcas britânicos e onde repousam os restos dos monarcas mortos.

Addison – Joseph Addison (1672-1719), poeta e ensaísta inglês.

Albany – mansão do século XVIII, ao norte de Piccadilly, reformada em 1827 para servir de residência para homens solteiros, tornando-se um endereço elegante para homens de letras ao longo dos séculos XIX e XX.

Aldmixton – localidade (fictícia) da família de Lady Bruton ("os papéis estavam prontos para Richard, lá em Aldmixton"), situada no condado (real) de Devonshire, conhecido também como Devon ("Ela sempre voltava àqueles tempos lá em Devonshire"), no sudoeste da Inglaterra.

Alexandra, Rainha – Alexandra da Dinamarca (1844-1925), filha de Christian IV, viúva de Edward VII, rainha-mãe.

Angela, Lady – possivelmente um nome fictício. A função aqui imaginada por Lucy é a de uma *lady-in-waiting* (dama de companhia), uma mulher de origem nobre encarregada de prestar assistência pessoal a uma rainha, princesa ou a uma mulher igualmente nobre, mas de nível social superior. Uma *lady-in-waiting* deveria ser proficiente em questões de etiqueta, línguas, dança e prestar serviços de toda ordem à rainha ou princesa a quem servia, incluindo serviços secretariais e organização do lazer da senhora real, bem como servir-lhe de companhia.

Antônio e Cleópatra – tragédia de William Shakespeare (1564-1616).

Arlington Street – rua de Westminster, ao noroeste do Green Park, transversal à Piccadilly St e paralela à St James's Street.

Ascot – hipódromo situado na pequena cidade de Ascot, a 23 km a sudoeste de Londres, próximo do Castelo de Windsor, no condado de Berkshire.

Asquith, Sra. – Margot Asquith, Condessa de Oxford e Asquith (1864-1945). As "Memórias" referidas no texto são os dois volumes de sua autobiografia, *An Autobiography*, publicados em 1920 e 1922.

Atkinson – segundo Bradshaw (2009, p. 170) havia, realmente, na época, uma loja de perfumes da Atkinson no n.º 24 da Bond Street.

Bartlett, peras – variedade de peras distribuída pela empresa de Enoch Bartlett.

Bath – estação balneária sobre o rio Avon, no condado de Somerset, sudoeste da Inglaterra.

Bath House – mansão situada no n.º 82 da Piccadilly Street.

Bayswater – área do oeste de Londres, em Westminster, ao norte do Hyde Park.

Bedford Place – praça em Bloomsbury, a nordeste do Museu Britânico e ao sul dos Russel Square Gardens, aí desembocando, como sugere o texto.

Bedford Square – praça em Bloomsbury, a leste do Museu Britânico.

Bernard Shaw – George Bernard Shaw (1856-1950), escritor irlandês.

Biblioteca Bodleiana – *Bodleian Library*, em inglês. A biblioteca principal da Universidade de Oxford, Inglaterra.

Big Ben – o famoso sino instalado na torre do relógio do Westminster Palace.

Big Game Shooting in Nigeria – *A grande caçada na Nigéria*, título fictício de livro, mas expressão de um gênero popular na época.

Bloomsbury – área do centro de Londres conhecida pelas instituições acadêmicas e culturais aí situadas, tais como a Universidade de Londres e o Museu Britânico.

Bond Street – no oeste de Londres (Mayfair), rua tradicionalmente dedicada ao comércio, se estende, na direção norte-sul, da Oxford St até a Piccadilly. Atualmente, a parte sul é chamada Old Bond Street, e a norte, New Bond Street.

Bourton – na narrativa, a casa de campo da família de Clarissa Dalloway, que teria aí passado a infância e a juventude. Na realidade, existia (e existe) um vilarejo com esse nome no oeste da Inglaterra, cuja localização (próxima do rio Severn) é consistente com uma cena do romance em que o personagem Peter Walsh, ao rememorar a época em que passou com Clarissa em Bourton, diz que "ela tinha visto o rio Severn lá embaixo". Está situada a 121 km de Londres.

Broad Walk – longa e larga alameda no interior do Regent's Park, na direção norte-sul.

Brook Street – rua em Mayfair, entre a Grosvenor Square e a Hanover Square, local de residência das classes altas inglesas.

Burma – atual Birmânia, país do sudeste da Ásia. O território de Burma fora incorporado à colônia britânica da Índia em 1886.

Caledonian Market – originalmente, mercado para o comércio de gado, situado em Islington, no norte de Londres. No início do século XX, com a diminuição do comércio de gado, desenvolveu-se aí, em certos dias da semana (inicialmente às sextas-feiras e depois também às terças), uma espécie de mercado das pulgas, tendo sido definitivamente fechado durante a Segunda Guerra.

Caterham – cidade no condado de Surrey, ao sul de Londres.

Ceilão – atualmente, Sri Lanka, país localizado na extremidade sul do subcontinente indiano. Tendo sido tomado dos holandeses, em 1796, pelas Companhias das Índias Orientais, foi incorporado ao Império Britânico em 1802.

Ceres – na Roma Antiga, a deusa da agricultura, da fertilidade e do amor maternal.

Chancery Lane – rua estreita (*lane*) que vai da Fleet Street até a rodovia High Holborn, ao norte. Marca o limite entre a City of Westminster e a City of London. Elizabeth Dalloway, em sua aventurosa incursão no mundo atarefado da City of London, desce do ônibus justamente nesse ponto.

Clube Oriental – clube para empregados da Companhia das Índias Orientais, situado na Hanover Square.

Clieveden – mansão campestre possivelmente fictícia, embora existisse (e ainda exista) uma mansão desse tipo à margem do Tâmisa, na localidade de Taplow, no condado de Buckinghamshire, sudeste da Inglaterra, atualmente grafada como "Cliveden".

Cockspur Street – rua que vai de Pall Mall a Trafalgar Square.

Conduit Street – situada na região oeste de Londres, em Soho, entre a Regent St, a leste, e a New Bond St, a oeste.

Dean's Yard – área de Westminster, em forma quadrangular, no terreno da Abadia de Westminster. Aparentemente, os Dalloway residem na vizinhança, a julgar pelo trecho do romance em que se descreve Richard Dalloway chegando em casa, após o almoço com Lady Bruton: "É isso, disse, entrando em Dean's Yard". Daiches e Flower (1979, p. 88) especulam que a rua poderia ser a Great College Street.

Dent – relojoaria localizada no n.º 28 da Cockspur Street.

Devonshire – condado do sudoeste da Inglaterra, também conhecido como Devon, onde se localizaria Aldmixton, suposto local (fictício) de nascimento, no romance, de Lady Bruton.

Devonshire House – mansão localizada na Piccadilly St, em Westminster. Em 1925, ano de publicação do romance, a mansão já havia sido demolida (Wood, 2003).

Duque de Cambridge, estátua – Duque de Cambridge é um título que foi dado, ao longo da história, a diversos membros da família real. No caso, trata-se do Príncipe George (1819-1904), que foi comandante-em--chefe do Exército Britânico de 1856 a 1895. Sua estátua equestre está localizada em frente ao antigo edifício do War Office (atual Ministério da Defesa), na rua Whitehall, na altura da Horse Guards Avenue.

Durtnall – empresa londrina de transportes, localizada na Bartholomew Close, n.º 4.

Ealing – distrito do oeste de Londres.

Edimburgo – a capital da Escócia.

Edward, Rei – Edward VII, que reinou de 1901 a 1910.

Embankment – cais sobrelevado, na margem norte do Tâmisa, entre a Westminster Bridge e a Blackfriars Bridge. Construído, entre 1864-1870, sobre um aterro do Tâmisa, era (e ainda é) local favorito de passeio.

Emily Brontë – Emily Jane Brontë (1818-1848), escritora inglesa, autora do romance *Wuthering Heights* (tradicionalmente conhecido, em português, como *O morro dos ventos uivantes*).

Ésquilo – dramaturgo grego, viveu entre os anos 525 e 456 a. C., aproximadamente.

Eton – Eton College, uma das mais exclusivas escolas masculinas de elite de nível secundário, localizada em Eton, no condado de Berkshire, sudeste da Inglaterra.

Euston – Euston Road, movimentada rua localizada em Bloomsbury. Vai, na direção oeste-leste, da Marylebone Road à Pentonville Road.

Finsbury Pavement – rua situada no distrito de Moorfields, bairro de Islington. É uma continuação da Moorgate Street, tomando ainda, depois, em direção ao norte, o nome de City Road, já fora da City of London.

Fleet Street – espécie de extensão da Strand Street (ver).

Glaxo – v. Notas.

Gordon – General Charles George Gordon (1833-1885). Participou da Guerra da Crimeia e serviu na China e no norte da África. Sua estátua, erigida na Trafalgar Square dois anos após sua morte, foi transferida para os Victoria Embankment Gardens em 1953.

Great Portland Street – rua, na zona central de Londres, que vai, na direção sul-norte, da Oxford Street à Marylebone Road.

Green Park – um dos parques reais de Londres, situa-se entre o Hyde Park e o St James's Park.

Greenwich – bairro do sudeste de Londres, na margem sul do Tâmisa, onde estão localizados o Colégio Naval Real e o Observatório Real (o que explica a passagem do romance em que se descreve o aeroplano como "lançando-se sobre Greenwich e todos os mastros").

Grizzle – VW dá, aqui, ao cachorro de Elizabeth o nome de seu próprio cachorro na época em que escrevia o romance.

Hampstead – localidade situada no norte de Londres, no bairro de Camden, conhecida por abrigar inúmeras instituições culturais, artísticas e literárias e associada ao pensamento livre e a uma atitude liberal.

Hampton Court – palácio real situado no bairro de Richmond upon Thames, na Grande Londres. Não é habitado pela família real desde o século XVIII. Aberto ao público desde os tempos da Rainha Vitória, é local favorito de passeios e excursões.

Harley Street – rua, em Westminster, próxima do Regent's Park, conhecida como endereço de consultórios de médicos de prestígio e de instituições de saúde.

Hatchards' – conhecida livraria londrina, localizada, em 1923, no n.º 187 da Piccadilly, onde permanece até hoje.

Hatfield [House] – mansão no vilarejo de Hatfield, condado no leste da Inglaterra, construída em 1608 para Robert Cecil, Marquês de Salisbury (1563-1612).

Havelock – Sir Henry Havelock (1795-1857), general do exército britânico que participou, com distinção, de diversas batalhas travadas pela Inglaterra. Sua estátua está localizada na Trafalgar Square, a leste da estátua de Nelson.

Haymarket – rua em Westminster, entre Piccadilly Circus e a Pall Mall, na direção norte-sul.

Herrick – Robert Herrick (1591-1674), poeta inglês. Foi, de 1629 a 1647, vigário de Dean Prior, no condado inglês de Devonshire, onde, no mundo fictício de *Mrs Dalloway*, teria nascido Lady Bruton. Daí a reflexão de Richard Dalloway a respeito da "parreira, ainda fértil, à sombra da qual Lovelace ou Herrick [...] havia se sentado".

História da civilização, A – referência ao livro *History of Civilization in England*, de Henry Thomas Buckle (1821-1862).

Horsa – um dos dois irmãos (o outro é Hengist) que, segundo a lenda, teriam liderado os exércitos saxões, no século V, na conquista da Inglaterra.

Hull – cidade portuária do condado de Yorkshire, no nordeste da Inglaterra.

Hurlingham – v. "Ranelagh".

Huxley – Thomas Henry Huxley (1825-1895), biólogo, divulgador da teoria evolucionista de Darwin.

Hyde Park Corner – o Hyde Park é um dos maiores parques da zona central de Londres. O Hyde Park Corner é uma área exterior ao parque, situado no seu lado sudeste. Segundo diversos comentaristas, VW quis dizer "Speakers' Corner", área também exterior ao parque, mas situada no lado noroeste, onde, desde 1872, pessoas anônimas discursam, sobre os mais variados temas, para os passantes.

John Burrows – segundo Morris Beja (*apud* Hoff, 2009, p. 216), a referência, com troca do primeiro nome, seria a Albert Edward Burrows, cujos terríveis crimes foram objeto constante de notícia nos jornais da época. Nessa passagem, a personagem Ellie Henderson acha, pois, Peter Walsh parecido com um criminoso.

Jorrocks's Jaunts and Jollities – Jorrocks é um dos personagens cômicos criados pelo escritor inglês Robert Smith Surtees (1805-1864). As crônicas sobre o personagem, primeiramente publicadas num jornal esportivo, foram posteriormente reunidas no livro *Jorrocks's Jaunts and Jollities*, publicado em 1838. O título pode ser traduzido como "As escapadas e as estrepolias de Jorrocks".

Joshua, Sir – Sir Joshua Reynolds (1723-1792), pintor inglês especializado em retratos.

Keats – John Keats (1795-1821), poeta romântico inglês.

Kensington – distrito de Londres, situado a sudoeste do Hyde Park, onde estão localizados diversos museus e instituições educacionais.

Kentish Town – bairro retirado do noroeste de Londres, habitado na época principalmente por pessoas da classe operária.

Kreemo – v. Notas.

Leadenhall Street – rua da área central de Londres. Associada, nos séculos XVIII e XIX, à Companhia das Índias Orientais, que tinha aí sua sede.

Leith Hill – a colina mais alta (294 metros acima do nível do mar) do condado de Surrey, no sudeste da Inglaterra, famosa por suas vistas e trilhas.

Lincoln's Inn – uma das quatro associações profissionais de advogados da Inglaterra e do País de Gales, conhecidas, em inglês, como Inns of Court, nome que se aplica também aos conjuntos de edifícios, com escritórios, bibliotecas, etc., destinados ao uso dos associados e, por extensão, à área onde estão localizados, ao sul da High Holborn Street, na margem norte do Tâmisa. Ver "Temple". Segundo o *Guia Baedeker* de 1923 (p. 85), os Inns of Court "são associações para o estudo e a prática da lei". E são em número de quatro: "o Inner Temple e o Middle Temple, no lado sul da Fleet St; o Lincoln's Inn, na Chancery Lane; e o Gray's Inn, em Holborn". Ainda segundo o Guia, "esses *inns* detêm, por costume, o privilégio exclusivo de conceder permissão para a prática advocatícia na Inglaterra e no País de Gales [...]. Os *inns* são áreas fechadas com pátios pitorescos rodeados por blocos de edifícios, alugados a advogados como escritórios. Cada um deles tem restaurante, capela, biblioteca e salas de uso comum".

Littré – antigo e importante dicionário francês, compilado por Émile Maximilien Paul Littré (1801-1881).

Liverpool – cidade do noroeste da Inglaterra.

Lojas do Exército e da Marinha – *Army and Navy Stores*, em inglês. Grande loja de departamentos localizada, na época, no n.º 105 da Victoria Street. Foi estabelecida, inicialmente, como uma cooperativa de consumo para oficiais da Marinha e do Exército. A possibilidade de associação à loja, restrita a oficiais dessas duas armas, foi estendida, após 1922, ao público em geral.

Lord's – nome do campo de críquete do Marylebone Cricket Club, localizado no distrito de St John's Wood, noroeste de Londres. As primeiras edições de *Mrs Dalloway*, seguindo um erro da própria VW, grafavam "Lords" em vez de "Lord's", o nome correto.

Lovelace – Richard Lovelace (1618-1657), poeta inglês. Ver "Herrick".

Ludgate Circus – é a área, na City of London, que fica na intersecção de Farringdon St/New Bridge St com Fleet St/Ludgate Hill.

Mall – conhecida simplesmente como *The Mall*, é a rua que vai do Palácio de Buckingham, na sua extremidade oeste, até o Admiralty Arch (Arco do Almirantado), e à Trafalgar Square, na sua extremidade leste.

Manchester – cidade do noroeste da Inglaterra.

Marbot, Barão de – Jean Baptiste Antoine Marcellin (1782-1854), general do exército de Napoleão. Suas memórias (*Mémoires du général baron de Marbot*), em que descreve sua participação nas guerras napoleônicas (incluindo a retirada de Moscou, em 1912), foram repetidamente traduzidas para o inglês.

Margate – cidade balneária de Kent, situada a 112 km a leste de Londres.

Mary, Princesa – Condessa de Harewood, Victoria Alexandra Alice Mary (1897-1965), filha de George V e da Rainha Mary.

Marylebone Road – rodovia que atravessa Westminster, começando, na direção oeste-leste, na Westway, em Paddington, e terminando na Euston Road, próxima ao Regent's Park.

Mayfair – uma das áreas mais exclusivas de Londres, delimitada pelo Hyde Park, a oeste, pela Oxford Street, ao norte, pela Piccadilly, ao sul, e pela Bond Street, ao leste.

Mendeliana, teoria – referente à teoria de Gregor Johann Mendel (1822-1884), cientista austríaco considerado o fundador da genética.

Morning Post, The – jornal diário conservador, publicado de 1772 a 1937.

Mulberry – VW mistura estabelecimentos reais (Rumpelmayer, Durtnall) com estabelecimentos fictícios, como esta imaginária floricultura, que ela situa na Bond Street, perto da intersecção com a Brook Street.

Muswell Hill – subúrbio do norte de Londres.

Nelson – Lorde Horatio Nelson (1758-1805), oficial da marinha britânica. Sua estátua, localizada no lado sul da Trafalgar Square, comemora a Batalha de Trafalgar (1805), entre a Inglaterra, de um lado, e a França e a Espanha, de outro, como parte das guerras napoleônicas, na qual ele foi mortalmente ferido.

Newhaven – cidade portuária do condado de East Sussex, no sudeste da Inglaterra, na foz do rio Ouse, com serviços de barco entre a Inglaterra e a França. A implicação, no texto ("É bem possível, pensava Septimus, contemplando a Inglaterra da janela do trem, quando partiram de Newhaven [...]."), é de que Septimus e Rezia, recém-casados, tenham chegado à Inglaterra, vindos da Itália, por esse porto.

Norfolk – condado do sudeste da Inglaterra.

Oxford Street – rua do centro de Londres, em Westminster. Estende-se da esquina nordeste do Hyde Park até a altura dos Bloomsbury Square Gardens, quando passa a se chamar High Holborn. Segundo o *Guia Baedeker* de 1923, "uma das ruas de compras mais movimentadas de Londres, conhecida especialmente por suas lojas de tecidos" (p. 311).

Palácio de Buckingham – localizado em Westminster, é a residência real desde a ascensão da Rainha Vitória ao trono (1837). Seus ocupantes em 1923 eram o Rei George V (1865-1936) e a Rainha Mary (1867-1953).

Piccadilly – importante rua do centro de Londres (Westminster), estendendo-se do Hyde Park Corner, a oeste, até o Piccadilly Circus, a leste.

Pimlico – bairro de Londres, a sudoeste de Westminster, habitado por pessoas de extração social mais modesta do que os moradores de Westminster, como os Dalloway.

Pope – Alexander Pope (1688-1744), poeta inglês.

Portland Place – rua do centro de Londres, na direção sul-norte, indo da All Souls Church, no final da Regent Street, da qual é uma continuação, até os Park Square Gardens, no Regent's Park.

Portsmouth – cidade situada na ilha de Portsea, no condado de Hampshire, na costa sul da Inglaterra.

Primeiro-Ministro – em junho de 1923, o Primeiro-Ministro era Stanley Baldwin (1867-1947).

Príncipe Consorte – Príncipe Albert of Saxe-Coburg-Gotha (1819-1861), marido da Rainha Vitória.

Príncipe de Gales – o futuro Edward VIII (1894-1972), que foi coroado em 1936 e abdicou no mesmo ano para se casar com a americana Wallis Simpson.

Purley – subúrbio londrino, ao sul de Charing Cross e distante 19 km do centro de Londres. Teve um rápido desenvolvimento nos anos 1920-1930, com a construção de casas espaçosas, num ambiente cheio de verde. É certamente essa característica que está implícita no texto quando diz, referindo-se a Septimus Smith, que "podia acabar com uma casa em Purley".

Rainha Vitória, memorial – estátua da Rainha Vitória situada na entrada principal do Palácio de Buckingham. Está rodeada por figuras alegóricas (o Anjo da Justiça, o Anjo da Verdade e a Caridade) e cascatas de água.

Ranelagh – havia, na época, um Ranelagh Club, situado no Barn Elms Park, no sudoeste de Londres, onde se praticava polo, tênis, golfe e outros esportes, como também um outro clube, o Hurlingham Club (dedicado sobretudo ao polo), situado nos Ranelagh Gardens, no distrito de Fulham, também no sudoeste de Londres. Na primeira vez em que aparece a lista de clubes, a sequência é "o Lord's, o Ascot, o Ranelagh"; na segunda vez, é: "Lord's, Ascot, Hurlingham". Assim, na primeira ocorrência, há uma ambiguidade, uma vez que, aí, "Ranelagh" pode se referir tanto ao Ranelagh Club quanto ao Hurlingham Club (situado nos Ranelagh Gardens) (cf. Bradshaw, 2009, p. 167). Ambos os clubes (Ranelagh e Hurlingham) são mencionados no *Guia Baedeker* de 1923 (p. 42).

Regent Street – rua do centro de Londres, estendendo-se, na direção sul-norte, da residência do Regente (Carlton House, na St James's Street), passando por Piccadilly Circus e Oxford Circus, até a All Souls Church, quando passa a se chamar Portland Place.

Regent's Park – um dos parques reais de Londres, situado no noroeste de Londres, parte na City of Westminster, parte no bairro de Camden.

Rigby & Lowndes – loja de departamentos fictícia.

Rumpelmayer – salão de chá da moda, estabelecido na St James's Street, 72-73, de 1909 até meados dos anos 1920. A referência, aqui, é, entretanto, ao serviço de entrega de artigos para festa, também de propriedade da família do austríaco Anton Rumpelmayer.

Russell Square – Russell Square Gardens, praça ajardinada, em Bloomsbury, a noroeste do Museu Britânico.

Serpentine – lago artificial no interior do Hyde Park, formado em 1730 pela barragem do rio Westbourne.

Severn – ver "Bourton".

Shaftesbury Avenue – importante avenida do lado oeste de Londres, passa pela região onde estão localizados importantes teatros londrinos, estendendo-se, na direção sudeste-noroeste, do Piccadilly Circus até a Oxford Street.

Soapy Sponge – personagem cômico criado pelo escritor inglês Robert Smith Surtees (1805-1864) e que aparece no livro *Mr Sponge's Sporting Tour* (1853).

Sociedade dos Amigos – *the Friends*, no texto inglês. Mais precisamente, *The Religious Society of Friends* (também conhecida como *Friends Church* ou, ainda, *Quakers*), organização religiosa com origem na Inglaterra do século XVII.

Soho – bairro localizado na City of Westminster.

Somerset House – edifício majestoso, situado entre a parte sul da rua Strand e o Tâmisa. Após ter sido utilizado para vários fins (inclusive como residência real), na época em que se passa o romance (1923), abrigava, como ainda hoje, várias repartições governamentais.

South Kensington – parte do distrito de Kensington (v. "Kensington").

St James's Palace – no original, apenas "St James's", com elipse de "Palace". O St James's Palace está situado na Pall Mall, ao norte do St James's Park.

St James's Park – o mais antigo dos parques reais, situado a leste do Palácio de Buckingham, em Westminster.

St James's Street – rua do centro de Londres, estendendo-se na direção sul-norte da Pall Mall à Piccadilly.

St John's Wood – área residencial a noroeste do Regent's Park, em Westminster, conhecida como residência preferida de escritores e artistas, incluindo membros da Royal Academy.

St Margaret – pequena igreja de Londres localizada no terreno da Abadia de Westminster. No rascunho de *The Hours* (título provisório de *Mrs Dalloway*), VW é mais explícita a respeito do atraso que atribui à batida da hora por seu carrilhão: "Em Westminster, onde se juntam templos, locais de encontros religiosos, casas de culto e campanários de todo tipo, há, a cada hora e a cada meia hora, uma ciranda de sinos, um corrigindo o outro, afirmando que a hora chegou um pouco antes, ou demorou um pouco mais, aqui ou ali. [...] Eles [os ouvintes] tinham as suas opções de respostas; [podiam escolher] entre os diferentes sons que ou colidiam ou tocavam em paralelo, misturando-se uns aos outros, formando, por um instante, uma treliça de sons que, à medida que se dissipava, era subitamente renovada a partir de algum outro campanário; St Margaret, por exemplo, dizendo dois minutos após o Big Ben como agora, realmente e de fato, eram onze e meia" (Wussow, 2010, p. 3, 8).

St Paul, Catedral de – no texto original, em algumas passagens, apenas "St Paul's", com elisão de "Catedral". Famosa e antiga catedral de Londres, localizada no topo da Ludgate Hill (colina), o ponto mais alto de Londres.

Strand – rua que começa na Trafalgar Square e vai até o Temple Bar (linha divisória entre a City of Westminster e a City of London), a oeste, na altura da Chancery Lane, ponto em que passa a se chamar Fleet Street.

Stroud – cidade do condado de Gloucestershire, sudoeste da Inglaterra.

Suez, Canal do – canal, no Egito, construído entre 1859 e 1869, ligando o Mediterrâneo ao Mar Vermelho.

Surrey – condado do sudeste da Inglaterra.

Talbot Moore, General – nome fictício.

Tatler – nome dado sucessivamente, em épocas diversas, a vários periódicos que se pretendiam sucessores de um periódico fundado em 1709 por Richard Steele (1672-1729). O periódico referido em *Mrs Dalloway* iniciou sua publicação em 1901 e estava voltado para notícias sobre a vida de celebridades e pessoas da alta sociedade.

Temple – área no centro de Londres, próxima à Temple Church (igreja da qual se origina o nome, situada entre a Fleet Street e o Tâmisa), em que estão localizados edifícios destinados aos membros de duas (Middle Temple e Inner Temple) das associações profissionais de advogados (chamadas Inns of Court) da Inglaterra e do País de Gales. Ver "Lincoln's Inn". (Cf. *Guia Baedeker* de 1923, p. 86.)

Tessália – região situada no centro da Grécia. Na alucinação de Septimus, Evans cantava que "os mortos estavam na Tessália". No conto "Kew Gardens", um personagem, que, tal como Septimus, tem alucinações e diz falar com os mortos, afirma que "O Céu era conhecido pelos antigos como Tessália [...]" (Woolf, 1989, p. 92; trad. Woolf, 2005, p. 118).

Tottenham Court Road – rua do centro de Londres, estendendo-se, na direção sul-norte, da Oxford Street, em Bloomsbury, até a Euston Road.

Tower – a Tower of London, fortaleza e antiga residência real, é um castelo localizado na margem norte do Tâmisa, no centro de Londres.

Trafalgar Square – praça no centro de Londres onde está a Coluna de Nelson (ver "Nelson"). Localiza-se na extremidade norte da Whitehall Street.

Tyndall – John Tyndall (1820-1893), físico e divulgador científico inglês. Era amigo próximo de Leslie Stephens, pai de Virginia, e, como ele, ativo praticante do montanhismo.

Union Jack – nome pelo qual é conhecida a bandeira do Reino Unido da Grã-Bretanha e da Irlanda.

Victoria e Albert, Museu – fundado em 1852, seu nome homenageia o Príncipe Albert e a Rainha Vitória. Está localizado no distrito de Brompton, em Kensington.

Victoria Street – importante rua do centro de Londres, em Westminster. Estende-se, no sentido oeste-leste, da Buckingham Palace Road, nas imediações da estação Victoria (trem e metrô), até a Abadia de Westminster.

Wagner – Richard Wagner (1813-1883), o conhecido compositor alemão.

Waterloo Road – rodovia que se estende de St George's Circus, no sudeste de Londres, na margem norte do Tâmisa, até a Waterloo Bridge (ponte sobre o Tâmisa).

West End – nome pelo qual é conhecida a área do centro de Londres a oeste de Charing Cross (junção das ruas Strand, Whitehall e Cockspur), onde se concentram importantes estabelecimentos comerciais e locais de entretenimento (teatros, bares, restaurantes, casas noturnas).

Westminster – oficialmente, City of Westminster, um dos dois principais bairros em que, originalmente, Londres se dividia (o outro é The City, o distrito financeiro e comercial da cidade). Situada na margem norte do Tâmisa, Westminster abriga os principais edifícios governamentais, o Palácio de Westminster (onde funcionam as duas casas do Parlamento), a Catedral e a Abadia de Westminster e os dois palácios reais (Buckingham e St James).

Westminster, Catedral de – importante e famoso templo da Igreja Católica, localiza-se na extremidade oeste da Victoria Street.

White's – clube localizado no n.º 37 da St James's Street. Na primeira edição, constava "Brooks's", um outro clube, localizado no n.º 60 da mesma rua. Em edição posterior, VW mudou para "White's", após ter descoberto que apenas este último tinha uma *bow window*. Os clubes ingleses exclusivamente masculinos (*gentlemen's clubs*, em inglês) são uma tradição britânica que remonta ao século dezoito. Com admissão estritamente controlada e destinado, originalmente, apenas a homens das classes altas, proporcionavam um local de descanso e lazer aos seus membros, que aí dispunham de jogos de mesa, jornais, biblioteca, restaurantes e, em alguns casos, até mesmo aposentos para passar a noite. Com o tempo, foram criados clubes destinados a classes de homens que não se enquadravam nos padrões dos clubes tradicionais, como o Clube Oriental, mencionado no romance, frequentado por funcionários da Companhia das Índias Orientais. No final do século dezenove, surgiram também clubes destinados às mulheres. Vários clubes, além do White's e do Brooks's, estavam localizados na St James's Street e imediações.

Whitehall – rua do centro do Londres. Estende-se da Trafalgar Square até as Casas do Parlamento e se caracteriza por alojar importantes repartições governamentais, tais como os ministérios da Defesa e da Fazenda.

Willett – William Willett (1856-1915), promotor da ideia do horário de verão (adiantamento dos relógios em 1 hora durante os meses de verão), que só foi adotado, na Inglaterra, em 1916, após sua morte.

William Morris – (1834-1896), artista e poeta pré-rafaelita conhecido como propagandista de ideias socialistas, o que talvez explique esta passagem do romance: "quando Sally lhe deu William Morris para ler, o livro teve que ser encapado com papel de embrulho".

Windsor, a Casa de – nome pelo qual é conhecida a família real inglesa. O nome "Windsor" foi adotado, em 1917, pelo Rei George V, de linhagem germânica, em virtude do sentimento antigermânico associado à Guerra de 1914-1918.

Yorkshire – condado do norte da Inglaterra.

Notas

As abreviaturas de pronomes de tratamento em inglês, segundo o sistema britânico, não são acompanhadas de ponto (a regra, tal como em francês, vale apenas para abreviações em que a última letra está presente). Segui, aqui, essa convenção, incluindo o "*Mrs*" do título do livro, exceto nas referências a publicações dos Estados Unidos, onde, ao contrário, essas abreviaturas são acompanhadas de ponto. Observei a mesma norma no caso das abreviações de Street (St) e de Saint (St).

Mrs Dalloway foi publicado, simultaneamente, em 1925, na Inglaterra (Hogarth Press) e nos Estados Unidos (Harcourt), a partir de duas provas tipográficas corrigidas, de forma diferente, por Virginia Woolf. As duas edições diferem, pois, em vários detalhes que podem ser considerados pouco importantes, mas também em alguns poucos que são mais substantivos. A presente tradução segue, em geral, a maioria das edições britânicas, que, por sua vez, seguem, no geral, a edição original da Hogarth Press, de 1925. As variantes importantes estão indicadas em nota.

Uma das diferenças importantes entre as duas edições diz respeito ao número de seções do romance. VW dividiu o livro não em capítulos, mas em seções sem título, que deveriam ser indicadas, segundo suas instruções aos tipógrafos, por duas linhas adicionais de separação. Por uma razão ou outra, a editora americana suprimiu algumas dessas separações. Enquanto a edição britânica tem doze seções, a americana tem apenas oito (Shields, 1974, p. 169; Wright, 1986, p. 247). Na presente edição, além da linha dupla de separação, os inícios de seções estão indicados por letras capitulares.

(11) **E depois, pensou Clarissa Dalloway, que manhã – fresca como que feita para crianças numa praia.** – no original: *Big Ben was striking as she stepped out into the street. And then, thought Clarissa Dalloway, what a morning—fresh as if issued to children on a beach.* O símile utilizado por Virginia é um tanto misterioso. O que há de caracteristicamente fresco numa manhã que nasce, surge, é ofertada a crianças numa praia? Pode-se comparar a frase com uma expressão similar que aparece no início do conto "Mrs Dalloway em Bond Street" (publicado em 1923 na revista *The Dial*): *It was eleven o'clock and the unused hour was fresh as if issued to children on a beach.* Para uma discussão mais aprofundada do misterioso símile, ver Tim Parks, *Translating Style: A Literary Approach to Translation – A Translation Approach to Literature.*

as árvores com a fumaça se desenrolando – *at the trees with the smoke winding off them,* no original. As traduções existentes, incluindo a minha (Autêntica, 2012), interpretam "*smoke*" como sendo "névoa", "neblina", ou seja, o tradicional "*fog*" londrino, embora "*smoke*" signifique, aqui, "fumaça" que supõe, evidentemente, fogo. Tim Parks, em *Translating Style* (p. 119), analisando uma tradução italiana de *Mrs Dalloway*, estranha a redação de Virginia porque o verbo "*to wind off*" supõe um movimento em espirais que se aplica à fumaça, mas não à névoa ou neblina. Como se explicaria a presença de fogo na paisagem que Clarissa aprecia em Burton? A edição de *Mrs Dalloway*, da coleção The Cambridge Edition of the Works of Virginia Woolf, organizada por Anne E. Fernald, anota essa passagem, sem qualquer explicação, com a citação de uma passagem do poema "Lines Composed a Few Miles above Tintern Abbey, On Revisiting the Banks of the Wye during a Tour. July 13, 1798", de William Wordsworth: "*and wreaths of smoke / Sent up, in silence, from among the trees!*" ("e espirais de fumaça / elevadas, em silêncio, do meio das árvores!"). No caso do poema, trata-se, realmente, de fumaça das fogueiras feitas aos pés das árvores por vagantes ou eremitas. Para uma visão das afinidades entre Virginia Woolf e William Wordsworth, ver Laurent Folliot e Juliana Lopoukhine, "Writing Out of Place: Wordsworth and Woolf in London" (2019). Finalmente, o que parece clarificar essa "estranha" passagem, ainda que se refira a outro momento da narrativa, é uma frase do manuscrito do livro quando ainda se chamava *The Hours* (As horas):

"*Cheerfully, almost gaily, the invincible thread of sound wound up into the air like the smoke from a cottage chimney winding up clean beech trees, & pass issuing in a tuft of blue smoke among the highest leaves*". ("Alegremente, quase festivamente, o invencível filete de som elevou-se no ar tal como a fumaça da chaminé de um chalé se desenrola de lisas faias, e passa, emitindo um tufo de fumaça azul, por entre as folhas mais altas.") (Wussow, 2010, p. 101).

12 *influenza* – refere-se à famosa gripe espanhola, pandemia que matou, entre 1918-1920, milhões de pessoas ao redor do mundo.

Primeiro um aviso, musical; depois a hora, irrevogável. – qual hora, precisamente, não se explicita. Mas pode-se supor que sejam dez horas (ou, talvez, nove), pois, na narrativa, a próxima batida é a das onze horas: "nessa palidez, nessa pureza, os sinos bateram onze vezes" (p. 28; cf. Sutherland, 1997, p. 218). O "aviso musical" é a breve melodia que antecede as batidas das horas pelo Big Ben.

Pois eram meados de junho. – não há, no romance, nenhuma indicação do dia exato em que se desenrola a "ação". Sabe-se apenas, por essa frase do início, que "eram meados de junho", e, mais adiante, que o ano é 1923 ("Aqueles cinco anos – 1918 a 1923 – tinham sido, de alguma forma, suspeitava ele, muito importantes.", p. 77) e também que seria uma quarta-feira ("todas essas pessoas se apressando ao longo do passeio nesta manhã de quarta-feira", p. 24; "era quarta-feira na Brook Street", p. 117). Os comentaristas parecem se divertir em especular qual seria o dia exato de junho. Morris Beja, cotejando notícias sobre os jogos de críquete no jornal *The Times* com menções ao resultado do jogo entre as equipes de Surrey e Yorkshire pelos personagens Septimus Warren Smith ("O time de Surrey tinha sido todo eliminado, leu ele em voz alta.", p. 148) e Peter Walsh ("o time de Surrey tinha sido todo eliminado novamente [...].", p. 166), conjetura que seria a quarta-feira de 13 de junho de 1923 (*apud* Bradshaw, 1998, p. 540). Para Harvena Richter (1989, p. 313), que entende, estritamente, "meados de junho" como sendo 15 ou 16, que caíram, respectivamente, numa sexta e num sábado, recua o dia de *Mrs Dalloway* para a quarta-feira do dia 13. Bradshaw, em nota à edição Oxford de *Mrs Dalloway* (Bradshaw, 2009, p. 182-183), com base em exaustiva pesquisa nos jornais da época sobre os resultados dos jogos de críquete entre os times de Surrey e Yorkshire, conclui que os jogos (uma partida de críquete pode durar mais de um dia) entre as duas equipes não ocorreram no dia 20 de junho, como quer Morris Beja, mas em outros dias de junho (16, 18, 19), nenhum deles uma quarta-feira. Para David Bradshaw, a quarta-feira de *Mrs Dalloway* seria, pois, uma quarta-feira fictícia de junho de 1923. Finalmente, Searls (1999, p. 363), não sem alguma razão, considera inteiramente sem sentido essa obsessão em precisar o dia exato de *Mrs Dalloway*, por contrariar a concepção fluida de tempo que rege a composição do romance.

(13) **na época dos Georges** – período em que reinaram os reis George I (1660-1727) a George IV (1714-1830).

Mas que estranho, ao entrar no Parque – isto é, no St James's Park, com seu pequeno lago.

uma maleta diplomática ornada com as armas reais – maleta utilizada para carregar documentos que saíam ou entravam no palácio real.

(15) **Mensagens eram passadas da Frota para o Almirantado.** – isto é, da frota britânica em alto mar para as autoridades navais na nova sede do Almirantado, junto ao Admiralty Arch, na extremidade leste da Mall Street. No início dos anos 1920, uma antena de rádio havia sido instalada no topo da nova sede para permitir esse tipo de comunicação.

A Arlington Street e a Piccadilly pareciam inflamar o próprio ar do Parque – trata-se do Green Park.

(16) **Mas aquelas indianas** – na verdade, mulheres de nacionalidade britânica que moravam na Índia.

Chegara aos portões do Parque – isto é, do Green Park, pois apenas dessa perspectiva ela poderia estar "observando os ônibus na Piccadilly". Ou seja, ela saiu do St James's Park, onde entrara e encontrara o seu amigo Hugh, e passou também pelo Green Park, que fica a noroeste do St James's, saindo na Piccadilly, mas a narrativa nada diz a respeito dessa passagem pelo segundo parque. Como diz John Sutherland (2001, p. 218), "ela [Clarissa] deve ter passado, distraída, por *ambos* os parques, o St James's e o Green Park".

a casa com a cacatua de porcelana – segundo Bradshaw (2009, p. 168), trata-se da mansão então existente no n.º 1 da Stratton Street, em Mayfair, de propriedade de Angela Georgina Burdett-Coutts,

Baronesa Burdett-Coutts (1814-1906), a mulher mais rica da Inglaterra no século XIX. A cacatua de porcelana ficava num suporte circular colocado na parte exterior de uma *bay window* que dava para a rua Piccadilly.

as carroças se arrastando a caminho do mercado – isto é, do mercado de Covent Garden (praça, no lado oeste de Londres, na qual funcionou, até o final dos anos 1960, um mercado de frutas e vegetais).

e a volta de carro para casa pelo meio do Parque. – isto é, do Hyde Park, onde está localizado o lago Serpentine.

17 **Não mais temas o calor do sol [...].** – em inglês, "*Fear no more the heat o' the sun / Nor the furious winter's rages.*". Os versos são de *Cymbeline* (ato IV, cena 2), peça de Shakespeare. Constituem os versos iniciais do canto fúnebre recitado por Guidério e Arvirago diante do "corpo" de Imogênia (disfarçada como Fidélio), que eles pensavam estar morta, mas que tinha apenas sido sedada.

19 **antes a cinomose e o alcatrão** – cinomose, doença canina, era tratada, na época, com alcatrão.

a Srta. Kilman faria qualquer coisa pelos russos, morreria de fome pelos austríacos – povos cujos países passavam por dificuldades econômicas na época (a Rússia, em virtude da revolução de 1917; a Áustria, como consequência da derrota da Alemanha na Guerra de 1914-1918).

22 **Do Príncipe de Gales, da Rainha, do Primeiro-Ministro?** – em junho de 1923, a rainha (consorte) era Victoria Mary de Teck (1867-1953). O Primeiro-Ministro era Stanley Baldwin (1867-1947). "Príncipe de Gales" é título aplicado, desde 1301, aos filhos mais velhos dos reis da Inglaterra. No caso, trata-se de Edward Patrick David (1894-1972), que se tornará o Rei Edward VIII, em janeiro de 1936, abdicando em dezembro desse mesmo ano, quando recebe o título de Duque de Windsor.

O caarro do Priimeirro-Miinistro – em inglês, "*The Proime Minister's kyar.*". A frase indica que Edgar J. Watkiss é um *cockney*, isto é, uma pessoa, em geral da classe operária, nascida no lado leste de Londres, falante de um dialeto do mesmo nome. Segundo a lenda, para ser considerado um legítimo *cockney* é preciso ter nascido num ponto dessa área em que seja possível ouvir os sons dos Bow Bells, isto é, dos sinos da igreja St Mary-le-Bow, localizada na rua Cheapside.

(24) **As classes médias britânicas sentadas lateralmente no andar de cima dos ônibus** – o sentar-se "lateralmente" (em inglês, *"sideways"*) refere-se aos *"garden-seat"*, como eram chamados os assentos transversais dos ônibus (como os de hoje), que, na época, constituíam uma novidade, ao substituírem os antigos assentos longitudinais, que implicavam uma menor privacidade (cf. McNees, 2009, p. 34). Observe-se que, no sistema social britânico da época, o termo "classes médias" aplicava-se às classes abastadas imediatamente abaixo da nobreza, incluindo aqueles grupos que seriam, na terminologia sociológica marxista, a burguesia e a pequena-burguesia.

(25) **peitos retesados portando insígnias de folha de carvalho** – durante a Guerra de 1914-1918, soldados mencionados em despachos do Comandante em Chefe recebiam um certificado e um emblema em bronze na forma de um ramo de carvalho. Na verdade, a suposta honraria era considerada de segunda classe, pois significava que o soldado em questão não havia sido condecorado com uma Medalha da Vitória, mais valorizada.

habitante de uma das colônias – *Colonial*, no original, era como se chamava uma pessoa originária de alguma das colônias do império britânico.

(26) **bow window** – é uma *bay window* circular, que, por sua vez, é uma janela, geralmente envidraçada, em forma retangular, circular ou poligonal, que forma uma espécie de recanto num aposento, projetando-se para além da parede.

tal como as paredes de uma galeria acústica – no original, *whispering gallery*. Trata-se de uma galeria cujas paredes curvas reenviam, ampliados, os sons que recebem. Embora a referência aqui seja genérica ("uma galeria"), trata-se, provavelmente, da galeria da Catedral de St Paul.

desencorajando a lealdade de uma velha irlandesa – segundo Scott (2005, p. 197), o período em volta dos anos 1920 tinha sido especialmente turbulento para as relações anglo-irlandesas. O Tratado Anglo-Irlandês de 1922 concedia autonomia interna à Irlanda como um todo, mas a Irlanda do Norte optou por manter seu antigo *status*, o que teria desagradado grupos revolucionários favoráveis à autonomia. Assim, a "velha irlandesa", ao prestar tributo à Coroa Britânica, teria sido "repreendida" por um guarda politicamente mais radical do que ela, isto é, favorável à autonomia.

o guarda da Rainha Alexandra retribuiu – a Rainha Alexandra, viúva do Rei Edward VII, morava na Marlborough House, onde, supostamente, seu próprio guarda estava em serviço.

(27) **antiga casa de boneca da Rainha** – casa de boneca da Rainha Mary (of Teck) (1867-1953), esposa do monarca reinante, George V. O arquiteto Edwin Lutyens (1869-1944) projetou uma casa de boneca para a rainha, que lhe foi presenteada pelo "povo", em 1923. A casa, construída na escala de 12 por 1, seria um modelo de uma residência real no período.

Princesa Mary casada com um inglês – a Princesa Mary (1897-1965), filha de George V e da Rainha Mary, casou-se com o Visconde Lascelles, em 1922.

heróis esculpidos em bronze – segundo Bradshaw (2009, p. 172), citando *The London Encyclopaedia*, esses "heróis esculpidos em bronze" referem-se a figuras em bronze, "esculpidas por Adrian Jones, de dois marinheiros, um deles ferido, ambos em atitude de luta", e também a um "memorial em homenagem aos que morreram nas guerras da África do Sul e da China, em 1899-1902, com relevos em bronze, esculpidos por Sir Thomas Graham Jackson, retratando batalhas dessas duas guerras".

(28) **efetivamente escrevendo alguma coisa! formando letras no céu!** – o uso da escrita no céu com fumaça de aviões, para fins de publicidade, tal como o próprio avião, era algo novo na Inglaterra do início dos anos 1920. O primeiro show de escrita aérea ocorreu no Derby Day (o maior evento de turfe da Inglaterra) de 1922 (6 de junho), quando dois milhões de espectadores viram o Capitão Turner escrever no céu de Epsom, no condado de Surrey, a 25 km de Londres, as palavras "Daily Mail", importante diário da época (LeBoutillier, 1929, p. 140). É possível que Virginia Woolf tenha se inspirado nesse espetáculo para escrever a cena do aeroplano escrevente de *Mrs Dalloway*. A invenção do processo de escrita no céu se deve a um ex-piloto da R.A.F. (Royal Air Force), John C. Savage, responsável pela operação desse primeiro espetáculo.

Glaxo [...] Kreemo [...] *toffee* – "Glaxo" era, na época, uma empresa que fabricava produtos lácteos para bebês. "Kreemo" é, provavelmente, invenção de VW, inspirada na tendência já evidente, no início do século XX, de dar nomes sonoros e de fácil memorização a produtos comerciais. A palavra "*toffee*" quer dizer caramelo ou bala de caramelo. Assim, na leitura do Sr. Bowley e da babá, o aeroplano escrevente estaria anunciando um *toffee* de nome Kreemo da marca Glaxo.

31 **o quarto onde suas irmãs ficavam sentadas fazendo chapéus** – aqui, a narrativa confere mais de uma irmã a Lucrezia, mas numa passagem posterior (p. 92 da presente tradução), ela é referida como "*the younger daughter*" (e não "*the youngest daughter*"), o que supõe que ela teria uma única irmã (a passagem é traduzida por "a mais nova das duas" para manter a incoerência que seria eliminada com a tradução "a irmã mais nova" ou "a mais nova").

cadeiras de Bath – espécie de triciclo coberto, puxado por um condutor e destinado a transportar pessoas enfermas, originalmente, na cidade balneária de Bath, no sudoeste da Inglaterra.

contemplando o indiano e sua capelinha – no original, "*staring at the Indian and his cross*". Segundo Bradshaw (2009, p. 172), citando, por sua vez, Michael Whitworth, trata-se, provavelmente, da fonte conhecida como Readymoney, situada na extremidade norte da Broad Walk (v. índice onomástico), no Regent's Park. A fonte foi erigida, em 1869, por encomenda do filantropista e industrial indiano Cowasjee Jehangheer Readymoney (1812-1878), como sinal de gratidão pela proteção dada pela Inglaterra à comunidade parse da Índia. Uma vez que não existe, na construção, nenhuma cruz propriamente dita, diferentes comentaristas dão diferentes explicações para a utilização da palavra "*cross*" ("cruz") por VW. Em geral, a explicação é de que a estrutura da fonte teria a forma de uma cruz, o que não parece ser o caso. É mais provável que "*cross*" seja aí uma abreviação de *market cross*, um pequeno monumento em forma de capelinha antigamente construído no centro de praças onde funcionavam feiras e que, de fato, usualmente ostentava uma cruz no seu topo. Segundo uma citação oferecida pelo dicionário Oxford, "*market crosses*" eram, em geral, "construções poligonais, com uma arcada aberta em cada um dos lados", o que se ajusta perfeitamente ao tipo de construção encomendada pelo "indiano". Wood (2003) atribui a uma percepção imprecisa da personagem Rezia a confusão do ornamento superior da construção com uma cruz. Entretanto, a passagem em questão é claramente devida ao narrador ou à narradora, e não à personagem, o que aliás, é consistente com a complexa associação entre o monumento do Regent's Park e uma *market cross*, para não falar da elipse de "*market*" e da metonímia que substitui a fonte por seu patrocinador (o "indiano"), sofisticadas manobras linguísticas e cognitivas que não podem ser atribuídas a uma personagem de origem singela e estrangeira como Rezia.

(32) **animais cor de canela esticavam os pescoços compridos por sobre as cercas do zoológico** – trata-se do Zoológico de Londres, localizado na extremidade norte do Regent's Park.

varetas de críquete – *cricket stumps*, no original. Conjunto de três varetas (*stumps*) que são cravadas em linha reta no chão, enquanto duas outras (*bails*) são postas frouxamente no topo daquelas, formando a *wicket* (a "casinha"), que é defendida pelo rebatedor (*batsman*).

ir a um teatro de variedades – *music hall*, no original. O *Guia Baedeker* de 1923 lista alguns dos *music halls* de Londres: Alhambra, Empire, Palace, Hippodrome, London Coliseum, London Pavilion, Palladium e Victoria Palace. O *Guia* assim os descreve: "Os *music halls* do *West End* alternam, atualmente, entre espetáculos de variedade (canções cômicas, dança, exibições acrobáticas, etc.), revistas (esquetes temáticos, com músicas e dança) e filmes importantes. As exibições são suntuosas, e atores conhecidos aí se apresentam com frequência". E garante que "as senhoras podem frequentar os estabelecimentos de classe superior sem nenhum receio".

(36) **Ela ouvia o estalido da máquina de escrever.** – Bradshaw (2009, p. xiv) especula que a misteriosa datilógrafa seria, muito provavelmente, "Miss Kilman, datilografando algum trabalho escolar para Elizabeth, ou a própria Elizabeth, datilografando a resposta a algum dever de casa".

(39) **um fósforo queimando dentro de uma flor de açafrão** – imagem que tem merecido a atenção de teóricas do gênero por sua evidente conotação sexual. Fazendo par com a imagem gêmea do diamante (um pouco mais adiante) cujo brilho atravessa o papel de presente que o contém ("um diamante [...] que transluzia", p. 43), ela simbolizaria o clitóris e seu envoltório. Possivelmente, o primeiro comentário desse tipo deve-se a Roof (1989). V. também Lauretis (1994, p. 236); Bennett (1993, p. 251) e Roof (2000).

(41) **Ela está sob o mesmo teto... Ela está sob o mesmo teto!** – Sally Seton é inspirada no primeiro grande amor de Virginia, Madge Vaughan (*née* Symonds). Na entrada de 2 de junho de 1921 de seu diário, VW escreveu: "Vejo-me agora parada no quarto noturno das crianças em Hyde Park Gate, lavando as mãos e dizendo para mim mesma: Neste instante, ela está realmente sob este teto!" (*apud* Lee, 1999, p. 159-160).

(42) **se tinha chegado a hora de morrer, esta seria a mais feliz das horas** – no original, "*if it were now to die 'twere now to be most happy*". Expressão de amor de Otelo por Desdêmona em *Otelo* (II, 1), peça de Shakespeare.

(52) **exército indiano** – exército britânico estacionado na Índia.

(55) **refletido na vitrine da loja de um fabricante de carros a motor na Victoria Street.** – em 1923 havia, realmente, duas revendedoras de automóveis estabelecidas na Victoria Street, nos números 34 e 68 (cf. Wood, 2003).

(56) **Ah, disse a igreja de St Margaret** – v. "St Margaret", no índice onomástico.

(58) **coroa que tinham carregado desde o Finsbury Pavement até a tumba vazia.** – a "tumba vazia" é o monumento funerário conhecido como *Cenotaph* (Cenotáfio) situado na Whitehall Street, em frente ao edifício do Ministério do Exterior (Foreign and Commonwealth Office), pouco antes da Downing Street, erigido em 1919, em memória dos soldados ingleses mortos durante a Guerra de 1914-1918.

irreticências – no original, "*irreticences*", significando, obviamente, "falta de reticência", parece ser neologismo criado por VW, pois o *Oxford English Dictionary* dá como primeira ocorrência da palavra a utilização que ela havia feito em livro anterior, *Night and Day* [*Noite e dia*], de 1919 (cf. Fowler, 2002).

Nelson, Gordon, Havelock, as negras, as espetaculares imagens dos grandes soldados – "negras", possivelmente, porque duas delas (a de Havelock e a de Nelson) são feitas de bronze e também porque são vistas, por Peter Walsh, contra a luz, formando silhuetas. Beja (2002, p. 137) toma a palavra "*black*" da frase original ("*Nelson, Gordon, Havelock, the black, the spectacular images of great soldiers*") como sendo substantivo, explicando que "o negro" seria uma referência à figura de um membro da esquadra de Nelson, representada junto à sua coluna na Trafalgar Square. A presente tradução segue a interpretação de Bradshaw (2009, p. 176), tomando "*black*" como adjetivo. Nessa interpretação, a repetição do artigo serve, em inglês (como, de resto, em português), para colocar a ênfase em cada um dos qualificativos ("*the* black, *the* spectacular images"), efeito que não seria obtido por sua simples justaposição ("the black, spectacular images").

(62) **uma estátua estranha** – tanto Scott (2005, p. 204) quanto Bradshaw (2009, p. 176) especulam que se trata da fonte chamada Matilda, junto ao Gloucester Gate, no Regent's Park, que ostenta uma jovem em bronze, sobre rochas, com as mãos sobre os olhos como se estivesse tentando enxergar algo distante, contra a luz do sol.

(71) **para que ela o abrisse assoprando** – segundo Anne E. Fernald (*Mrs. Dalloway. The Cambridge Editions of the Works of Virginia Woolf*), trata-se de uma brincadeira de Peter com a criança: propunha-lhe abrir a tampa do relógio com um sopro quando, na verdade, ela seria aberta por ele mesmo utilizando o mecanismo de destrave do relógio.

(79) **sobre os direitos das mulheres (essa questão antediluviana)** – Scott (2005, p. 205) observa que, por volta dos anos 1890, época em que se passa a cena recordada por Clarissa nessa passagem, os direitos das mulheres dificilmente podiam ser considerados uma "questão antediluviana", uma vez que o direito de voto foi concedido às mulheres acima de trinta anos apenas em 1918, limite que foi rebaixado para vinte e um anos somente em 1928.

Honorável Edith – o título de "Honorável" ("*Honourable*", em inglês) é dado aos filhos de nobres abaixo do nível de marquês e às filhas de nobres abaixo do nível de conde.

(80) **enquanto ele, que era dois anos mais velho que Hugh** – como, no parágrafo seguinte, Peter Walsh, reflete ter "cinquenta e três anos", deduz-se que Hugh teria, pois, cinquenta e um anos. Numa passagem posterior (p. 108), entretanto, ele ganha quatro anos, pois somos informados de que ele vinha "se mantendo à tona da nata da sociedade inglesa por cinquenta e cinco anos".

(81) **Nenhum homem decente deveria deixar a esposa visitar uma mulher que se casara com o viúvo da irmã.** – alusão a uma lei de 1907 (*Deceased Wife's Sister's Marriage Act*) que não permitia que um viúvo se casasse com uma cunhada; no caso, a opinião de Richard Dalloway mostra sua adesão ao preconceito perpetuado por tal lei,

estendendo o banimento à simples visita a uma mulher que tivesse ousado desafiá-la.

(82) **reforma fiscal** – reforma defendida por políticos conservadores, visando impor tarifas diferenciadas às importações de produtos agrícolas, como política de proteção aos produtores britânicos.

(83) **distribuição de cartões** – entenda-se "cartões de visita". Em inglês, "*leaving calling cards*". A operação de deixar cartões de visita era uma regra de etiqueta rigidamente codificada na sociedade vitoriana. No conto "Phyllis and Rosamond", escrito em 1906, no qual VW descreve, com grande detalhe, os deveres sociais das moças solteiras da classe média da época, as personagens que dão título ao livro saem com a mãe para "retribuir visitas": "Às quatro, saíram de carro com Lady Hibbert para retribuir visitas. Essa tarefa consistia em se dirigir solenemente a todas as casas nas quais elas tinham jantado, ou esperavam jantar, e deixar dois ou três cartões nas mãos da criada" (Dick, 1989, p. 23).

(85) **E agora Elizabeth tinha sido, supostamente, "apresentada" à sociedade** – no original, "*And now Elizabeth was 'out', presumably*". Na Inglaterra da época, para uma garota, "*to come out*" significava começar a frequentar a sociedade, o grande mundo, a frequentar bailes, festas, chás, jantares, a se mostrar disponível no mercado matrimonial.

(87) **continuava cantando o amor** – a canção foi identificada por Miller (2005, p. 176-177) como sendo "Allerseelen" ("Dia de Todas as Almas"), com versos de Hermann von Gilm e musicada por Richard Wagner. Ela evoca a volta dos amantes no Dia das Almas: "Põe sobre a mesa os fragrantes resedás / os últimos ásteres rubros na mesa deposita, / e vamos de novo falar de amor, / como, outrora, em maio. / Dê-me as mãos que em segredo as apertarei / E se alguém olhar, pouco me importa, / Dê-me apenas um de seus doces olhares, / Como, outrora, em maio. / Hoje os túmulos estão cheios de luzes e flores, / um dia ao ano os mortos estão livres, / Vem ao meu coração que eu a terei de novo, / Como, outrora, em maio". Neste parágrafo, ainda segundo Miller, VW parece parafrasear os versos da canção a partir de alguma tradução inglesa que ele não conseguiu localizar ou, então, traduzir livremente versos da canção, mas, dois parágrafos adiante, ela a cita

diretamente: "olha atentamente dentro dos meus com teus doces olhos"; "dá-me a tua mão e deixa-me apertá-la docemente"; "e se alguém visse, que lhe importava?".

pageant – segundo o dicionário Oxford, *pageant* é "uma cena exibida num palco" em que "cena" significa um *tableau*, um quadro vivo, estático. Para uma definição mais abrangente consultar o livro de Virginia Woolf *Entre os atos* (Autêntica Editora, 2022), centrado na encenação de um *pageant*.

⑨² **Eles tinham que estar sempre juntos, compartilhar, brigar, discutir.** – "compartilhar" traduz "*[to] share with each other*". Segundo Kennard (1997, p. 158), a expressão "*to share with*" era utilizada, na época, para descrever relações homossexuais masculinas.

⑨⁴ **A coisa da cópula era para ele, antes do fim, repulsiva.** – no original, "*The business of copulation was filth to him before the end.*". Septimus atribui, aqui, ao autor de sua predileção opiniões que são, possivelmente, de um de seus mais famosos personagens, Hamlet. Como fica claro, pelo contexto, o "fim" é a procriação, a geração de filhos. E o sexo é "sujo", para Shakespeare (ou seja, para Hamlet), não em si, mas pelo seu resultado ou fim. "Por que irias ser uma matriz de pecadores? [...] seria melhor que minha mãe não tivesse me gerado.", diz Hamlet a Ofélia (*Hamlet*, III, 1), pensamento que ecoa nas palavras de Septimus logo adiante: "Não se pode trazer filhos a um mundo como este", um mundo de práticas "penosas" (cf. Gay, 2006, p. 88-89; Poole, 1995, p. 188).

⑨⁷ **mais um prato de mingau de aveia.** – na época, a prática de prescrever uma dieta para ganhar peso parecia ser comum no tratamento de doenças mentais. A própria Virginia parece ter seguido uma dieta desse tipo: "Descubro que, a menos que pese 60 quilos, ouço vozes e tenho visões não consigo escrever nem dormir" (carta a Jacques Raverat, 10/12/1922). Cf. Anne E. Fernald (*Mrs. Dalloway. The Cambridge Editions of the Works of Virginia Woolf*).

⑨⁹ **Comunicação é saúde; comunicação é felicidade. Comunicação, murmurou ele.** – em inglês, "*Communication is health; communication is happiness. Communication, he muttered.*", que é como aparece na primeira edição inglesa (Hogarth Press, 1925), enquanto a primeira edição americana (Harcourt, 1925) registrava a passagem como discurso direto, isto é, colocando a frase supostamente dita por Septimus entre aspas, com um traço de reticência ao final: "'*Communication is health; communication is happiness, communication*' – he muttered.". A divergência deve-se ao fato de VW ter corrigido as provas das duas edições separadamente (cf. Shields, 1974, p. 165). Observe-se também que VW coloca na boca de Septimus praticamente as mesmas palavras que ela escrevera no seu ensaio sobre Montaigne, incluído na antologia *The Common Reader* [*O leitor comum*], publicada no mesmo ano que *Mrs Dalloway*: "Comunicação é saúde; comunicação é verdade; comunicação é felicidade." (McNeillie, 1994, p. 76).

- 105 **Põe-se a pregar, em cima de uma tina, no Hyde Park Corner** – v. "Hyde Park Corner", no índice onomástico.

- 114 **organizar uma expedição à África do Sul** – alusão à Guerra dos Bôeres (1899-1902).

- 116 **e todos os papéis estavam prontos para Richard, lá em Aldmixton, quando chegasse a hora; do Governo Trabalhista, era o que queria dizer.** – com a possível chegada do Partido Trabalhista ao poder, o conservador Richard estaria fora do Parlamento e teria, assim, tempo para escrever a história da família de Lady Bruton, tendo, para isso, todos os papéis necessários à sua disposição na sua cidade de origem, Aldmixton (fictícia; ver índice onomástico). Na realidade, o primeiro governo liderado pelo Partido Trabalhista chegou ao poder em 22 de janeiro de 1924.

- 122 **É isso, disse, entrando em Dean's Yard.** – única indicação, em todo o romance, do local onde moram os Dalloway (v. "Dean's Yard" no índice onomástico).

- 125 **Exterminados, estropiados, enregelados, vítimas da crueldade e da injustiça** – a referência aos armênios remete ao chamado Massacre ou Genocídio dos Armênios, por parte dos turcos, um pouco antes do início da Primeira Guerra, entre 1915 e 1917.

- 127 **E ela sentia muito continuadamente** – Virginia usa aqui uma forma incomum do discurso indireto livre, misturando a voz narrativa ("e sentia", por exemplo) com a voz da personagem ("que desperdício") sem nenhum sinal de separação, como dois pontos, ("e sentia: que desperdício", por exemplo). Observe-se que ela faz uma breve referência a esse recurso numa passagem anterior: "um significado íntimo quase pronunciado" (p. 39).

(132) **o relógio que sempre batia dois minutos depois do Big Ben** – isto é, o relógio da igreja de St Margaret (v. índice onomástico).

(133) **até chegar à caixa de coleta do correio** – "caixa de coleta do correio" traduz "*pillar-box*", as caixas de coleta postal britânicas, distribuídas em calçadas ao longo das ruas, construídas em ferro, de forma cilíndrica e pintadas de vermelho.

(135) **A Srta. Kilman era muito diferente de qualquer outra pessoa que ela conhecia; ela fazia a gente se sentir tão pequena.** – em inglês, "*Miss Kilman was quite different from anyone she knew; she made one feel so small.*", na edição britânica do livro. A primeira parte não consta da edição americana, que registra apenas: "*Miss Kilman made one feel so small.*".

(137) **alguns deles ávidos por ver as figuras de cera.** – na Abadia de Westminster, efígies em cera de soberanos e outras personalidades.

(138) **túmulo do Soldado Desconhecido** – localizado próximo da entrada principal da Abadia de Westminster.

(139) **A impetuosa criatura – um navio pirata – arrancou aos pulos** – a qualificação de "pirata" é mais do que uma metáfora. Na verdade, segundo McNees (2009, p. 35), havia, já na era dos ônibus a tração animal, ônibus "piratas": "Embora ônibus [a motor] independentes, chamados de "Piratas", proliferassem na Londres do pós-guerra, os ônibus Piratas da era da tração animal já eram criticados por imitar as cores e as insígnias das companhias maiores".

(141) **Gostava dessas igrejas** – segundo Hoff (2009, p. 186), trata-se das igrejas St Clement Danes (construída pelo arquiteto Christopher Wren) e St Mary-Le-Strand (construída pelo arquiteto James Gibbs).

ali estava a Igreja – isto é, a Igreja do Temple (v. índice onomástico), Temple Church, em inglês, igreja utilizada em comum por membros de duas das associações de advogados, o Middle Temple e o Inner Temple.

(148) **O time de Surrey tinha sido todo eliminado** – "*Surrey was all out*", no original. Trata-se de uma partida de críquete entre os times de Surrey e de Yorkshire, como se esclarece mais adiante ("buscou um pêni para comprar um jornal e saber o resultado do jogo entre Surrey e Yorkshire", p. 166). No jogo de críquete, um jogador pode ser "eliminado" (perder sua posição de batedor), entre outras possibilidades, quando, na função de rebatedor (*batsman*), erra uma bola

lançada pelo arremessador (*bowler*) do time adversário, deixando que ela derrube o *wicket* (a "casinha"), deslocando um *bail* (uma das duas varetas que cobrem a parte superior do *wicket*). Nesse caso, ele é considerado "*out*" (eliminado), isto é, perde sua posição de batedor, sendo substituído por outro jogador de seu time. Quando 10 dos 11 jogadores de um time são "eliminados", diz-se que o time "*is all out*", o que leva a troca de turno entre os times, isto é, o time batedor passa a lançador e vice-versa. Assim, a manchete que é lida, primeiramente, por Septimus, numa primeira edição do jornal vespertino, indica que 10 dos 11 batedores do time de Surrey haviam "perdido" seus *wickets*, encerrando o primeiro turno da partida com Surrey. Mais adiante, é a vez de Peter Walsh ler, possivelmente numa edição posterior do jornal vespertino, que "o time de Surrey tinha sido todo eliminado novamente" (p. 166), isto é, o time de Surrey havia perdido os seus "*wickets*" pela segunda vez. Segundo Bradshaw (2009, p. 182-183), esses resultados não são consistentes com as partidas reais jogadas entre os dois times durante o mês de junho de 1923.

156 **Clarissa, certa vez, indo com ele, no andar de cima de um ônibus** – o ônibus que a Sra. Dalloway recorda de sua juventude (anos 1890) é, obviamente, um ônibus a tração animal (cf. McNees, 2009). O primeiro ônibus a motor de Londres começou a circular em 1899 (entre as ruas Charing Cross e Victoria) (Armstrong, p. 252).

158 **na época, ela era uma Radical** – na história da Inglaterra, o termo "Radical" foi aplicado a movimentos políticos diversos, sobretudo no século XVIII e na primeira metade do XIX, favoráveis a vários tipos de reforma. Tornou-se, depois, um adjetivo genérico, para se referir a pessoas favoráveis a reformas drásticas do sistema social. É o sentido em que o termo é empregado aqui.

159 **Para a carta ter-lhe chegado por volta das seis horas** – segundo Scott (2005, p. 215), na Londres dos anos 1920, os correios faziam várias entregas durante o dia, sendo possível que uma carta fosse entregue no mesmo dia em que fora postada.

165 **Pois a grande mudança do horário de verão do Sr. Willett** – v. "Willett" no índice onomástico.

168 **E pela Whitehall passavam deslizando, de prata batida como era, passavam deslizando as aranhas** – no original, "*And Whitehall was skated over, silver beaten as it was, skated over by spiders*". A imagem

deve-se ao fato de que a Whitehall era provavelmente, no ano em que está situado o romance (1923), pavimentada com madeira. É possível que as ruas assim pavimentadas causassem a impressão de cor prateada, sobretudo à noite, sob o efeito da iluminação. Em um texto de memórias, escrito em 1940, Virginia Woolf, relembra as ruas de madeira da Londres de sua juventude, utilizando uma imagem muito semelhante (Woolf, 1985, p. 154).

(169) **sobre o prato principal, foi realmente feito em casa?** – em inglês, "*about the entrée, was it really made at home?*". A "*entrée*", servida entre o peixe e o assado, era o prato mais elaborado da refeição. Daí a pergunta de surpresa da referida senhora.

O tócai, disse Lucy, entrando às pressas. – o Houaiss não registra a palavra; o Aurélio, sim: "vinho licoroso procedente da Hungria".

(172) **mas perpetuamente obscurecida por sua condição de filha de boa família passando dificuldades** – a situação de Ellie Henderson (filha de um "pároco em Bourton"), aqui descrita, é típica de uma classe de mulheres solteiras de boa posição social que, preparadas para o casamento e colocadas em situação frágil pela morte ou pela ruína do pai, viam-se afligidas por sérias dificuldades financeiras caso não conseguissem outro meio de vida, como, por exemplo, a de trabalhar como governantas de famílias em melhor situação (cf. Hammerton, 1979, p. 11), o que não parece ser o caso da personagem em questão ("não conseguia ganhar um único pêni").

(173) **Mas as moças, quando eram apresentadas à sociedade** – no original, "*But girls when they first came out*". Como já observado, "*to come out*" significava, para uma moça, começar a participar das atividades do grande mundo (bailes, festas).

(178) **quaisquer outros dois acadêmicos juntos em todo o bairro de St John's Wood** – v. "St John's Wood" no índice onomástico.

(179) **fosforescência nômade** – *vagulous phosphorescence*, no original, expressão criada por Virginia Woolf, provavelmente inspirada no poema "Animula, vagula, blandula", escrito pelo imperador romano Adriano (76-138) pouco antes de morrer. "*Vagula*" é o feminino de "*vagulus*", por sua vez, diminutivo de "*vagus*" (vagabundo, errante). Está registrada no Oxford English Dictionary justamente como sendo uma "*nonce word*", isto é, uma palavra inventada para um uso particular e específico, no caso, justamente por Virginia Woolf (cf. Breeze, 2011;

Fowler, 2002). Curiosamente, a edição britânica de *Mrs Dalloway*, publicada, ao mesmo tempo que a americana, em 1925, corrigiu "*vagulous*" para "*vagous*"; "correção" que aparece também na chamada "edição definitiva" da Hogarth Press (1990), que registra o neologismo como um erro tipográfico (Beja, 2002, p. 135).

183 mas que tragédia era aquilo – a situação da Índia! – provável alusão ao movimento nacionalista de libertação da Índia, liderado por Gandhi.

esta querida, queridíssima terra – em inglês, "*this dear, dear land*". Provável alusão a uma passagem de *Ricardo II* (II, 1), de Shakespeare: "*This Land of such dear souls, this dear dear land* [...]." (cf. Wyatt, 1973).

184 aquela deusa em armas – segundo Hoff (2009, p. 225), seria Palas Atena. Scott (2005, p. 217) especula que também poderia ser uma alusão a Britannia, o símbolo do império britânico, representada com um tridente e um elmo.

186 Ele acabara de perder a oportunidade de fazer parte do time de críquete, disse Lady Bradshaw, por causa da caxumba. – no original, "*He had just missed his eleven, said Lady Bradshaw, because of the mumps.*". A interpretação adotada na tradução, para "*missed his eleven*" é a de Beja (1996), contestada por Hoff (2009, p. 226), que afirma que "*missed his eleven*" significa, aqui, que o garoto havia sido reprovado no exame chamado "*eleven plus*", aplicado, no sistema educacional inglês, no último ano da escola primária (aos 10, 11 anos), para decidir a qual tipo de escola secundária (preparação para a universidade ou ensino técnico) o candidato seria encaminhado. Entretanto, esse exame foi instituído muito mais tarde, em 1944.

188 Estranho, incrível; nunca fora tão feliz. – em inglês: "*Odd, incredible; she had never been so happy.*". Esta é a versão da primeira edição britânica de 1925. Na primeira edição americana do mesmo ano lê-se: "*It was due to Richard; she had never been so happy.*" ("Devia-se a Richard; nunca tinha sido tão feliz.").

189 com o relógio batendo as horas, uma, duas, três – alguns comentaristas como Dowling (1991, p. 52), por exemplo, tomando "três" como indicação da badalada final, concluem que a festa de Clarissa Dalloway teria terminado às três horas da manhã. Parece mais razoável, entretanto, dado o contexto da passagem, ler-se a sequência "uma, duas, três", apesar da ausência de reticências, como incompleta. E a hora assinalada poderia, pois, ser qualquer hora depois da hora do início da festa, que não é marcada pela batida de qualquer relógio, mas que se poderia estabelecer como sete ou oito horas, o que permite estabelecer a hora do fim da festa como sendo, provavelmente, meia-noite, que é a hora explícita em que termina a festa no manuscrito do livro depositado na British Library (Wussow, 2010, p. 397, 398). Numa outra passagem do manuscrito, VW também sugere a meia-noite como a hora de encerramento da festa: "O Big Ben começou a bater. Uma, Duas, Três; & ela estava extraordinariamente feliz: [...] pois escutar o Big Ben bater Três, Quatro, cinco, seis, sete, era profundo e incrível [...]. Ela nunca se submeteria – nunca, nunca! / Oito, o Big Ben bateu, nove, dez, onze; & / Mas Clarissa tinha desaparecido" (*ibid.*, p. 399).

Alegrava-se pelo que ele fizera; por tê-la jogado fora enquanto eles continuavam a vida. – em inglês: "*She felt glad that he had done it; thrown it away, while they went on living.*". Esta é a versão da primeira edição britânica de 1925. Na primeira edição americana do mesmo ano lê-se: "*She felt glad that he had done it; thrown it away.*" ["Sentia-se feliz por ele tê-la acabado; tê-la jogado fora."].

O relógio estava batendo. Os círculos de chumbo se dissolveram no ar. – Após esta frase, nas provas da primeira edição americana, VW inseriu a frase "*He made her feel the beauty; made her feel the fun.*" ["Ele fez com que ela sentisse a beleza; fez com que ela sentisse a diversão."], que não figura na primeira edição britânica.

(191) **E aquela jovem [...] ali junto às cortinas, de vermelho, era Elizabeth.** – tal como observado por alguns comentaristas, o vestido de Elizabeth que, um pouco antes, era "cor-de-rosa" ("ela parecia tão adorável em seu vestido cor-de-rosa!", p. 197) passa a ser "vermelho". Descuido de VW ou a troca poderia ser atribuída à percepção equivocada da personagem (Sally Seton)?

(195) **peça maravilhosa sobre um homem** – de acordo com uma nota da edição Cambridge de *Mrs. Dalloway* (*Mrs. Dalloway*, Cambridge University Press, 2015, editada e anotada por Anne E. Fernald), o trecho alude a uma passagem da peça *Richard II*, de Shakespeare.

Referências

Armstrong, J. From Shillibeer to Buchanan: Transport and the Urban Environment. In: Daunton, M. (Org.). *The Cambridge Urban History of Britain*. V. III, *1840-1950*. Edimburgo: Cambridge University Press, 2000, p. 229-260.

Baedeker, K. *London and its Environs. Handbook for travellers*. Londres: T. Fisher Unwin, 1923.

Beja, M. (Org.). *Mrs Dalloway*. Oxford: Shakespeare Head Press & Blackwell, 1996.

Beja, M. Text and Counter-Text: Trying to Recover *Mrs. Dalloway*. In: Haule, J. M.; Stape, J. H. (Orgs.). *Editing Virginia Woolf. Interpreting the Modernist Text*. Nova York: Palgrave, 2002, p. 127-138.

Bennett, P. Critical Clitoridectomy: Female Sexual Imagery and Feminist Psychoanalytic Theory. *Signs*, v. 18, n. 2, p. 235-259, 1993.

Bradshaw, D. (Org.). *Mrs Dalloway*. Londres: Oxford University Press, 2009.

Bradshaw, D. Resenha de *Mrs Dalloway*, editado por Morris Beja. *The Review of English Studies*, v. 49, n. 196, p. 539-542, 1998.

Breeze, A. *Vagulous* in Belloc and Virginia Woolf. *Notes & Queries*, v. 58, n. 1, p. 118, jan. 2011.

Daiches, D.; Flower, J. *Literary Landscapes of the British Isles*. Londres: Penguin, 1979.

Dick, S. (Org.). *The Complete Shorter Fiction of Virginia Woolf*. New York: Harvest, 1989. [Ed. bras.: Woolf, V. *Contos*. Trad. Leonardo Fróes. São Paulo: Cosac Naify, 2005.]

Dowling, D. *Mrs. Dalloway. Mapping Streams of Consciousness*. Boston: Twayne, 1991.

Folliot, L.; Lopoukhine, J. Writing Out of Place: Wordsworth and Woolf in London. *Sillages critiques*, n. 27, 2019.

Fowler, R. Virginia Woolf: Lexicographer. *English Language Notes*, XXXIV, p. 54-70, 2002.

Gay, J. de. *Virginia Woolf's Novels and the Literary Past*. Edimburgo: Edinburgh University Press, 2006.

Hammerton, A. J. *Emigrant gentlewomen: genteel poverty and female emigration, 1830-1914*. Londres: Croom Helm, 1979.

Hoff, M. *Virginia Woolf's Mrs. Dalloway. Invisible Presences*. Clemson: Clemson University, 2009.

Kennard, J. "Power and Sexual Ambiguity: The *Dreadnought* Hoax, *The Voyage Out*, *Mrs. Dalloway*, and *Orlando*". *Journal of Modern Literature*, XX, n. 2, p. 149-164, 1996.

Lauretis, T. de. *The Practice of Love: Lesbian Sexuality and Perverse Desire*. Bloomington: Indiana University Press, 1994.

Leaska, M. *Granite and Rainbow. The Hidden Life of Virginia Woolf*. Londres: Picador, 1998.

LeBoutillier, O. C. A Famous Sky-writer Tells of His Job. *Popular Science*, p. 31, 137-140, mar. 1929.

Lee, H. *Virginia Woolf*. Nova York: Vintage Books, 1999.

McNees, E. Public Transport in Woolf's City Novels: The London Omnibus. In: *Woolf and the City*. Clemson: Clemson University, 2009, p. 31-39.

McNeillie, A. (Org.). *The Essays of Virginia Woolf. 1919-1924. V. 3*. Nova York: Harcourt, 1988.

McNeillie, A. (Org.). *The Essays of Virginia Woolf. V. 4. 1925-1928*. Londres: Harvest, 1994.

Miller, J. H. *The J. Hillis Miller Reader*. Stanford: Stanford University Press, 2005. Org. Julian Wolfreys.

Parks, T. *Translating Style: A Literary Approach to Translation – A Translation Approach to Literature*. 2. ed. Abingdon: Routledge, 2014.

Poole, R. *The Unknown Virginia Woolf*. Nova York: Cambridge University Press, 1995.

Richter, H. The Ulysses Connection: Clarissa Dalloway. *Studies in the Novel*, v. 21, n. 3, p. 305-319, 1989.

Roof, J. Hocus Crocus. In: Ardis, A. L.; Scott, B. K. (Orgs.). *Virginia Woolf: Turning the Centuries*. Nova York: Pace University Press, 2000.

Roof, J. The Match in the Crocus: Representations of Lesbian Sexuality. In: Barr, M. S.; Feldstein, R. (Org.). *Discontented Discourses: Feminism/Textual Intervention/Psychoanalysis*. Chicago: University of Illinois Press, 1989: 100-116.

Scott, B. K. Notas a *Mrs. Dalloway*. Nova York: Harcourt, 2005.

Searls, D. The Timing of Mrs. Dalloway. *Women's Studies*, v. 28, p. 361-366, 1999.

Shields, E. F. The American Edition of *Mrs. Dalloway*. *Studies in Bibliography*, v. 27, p. 157-175, 1974.

Sutherland, J. Clarissas's invisible taxi. In: *Can Jane Eyre be Happy? More Puzzles in Classic Fiction*. Nova York: Quality Paperback Book Club, 2001, p. 214-224.

Wood, A. Walking the Web in the Lost London of *Mrs. Dalloway*, *Mosaic*, v. 36, n. 2, 2003.

Woolf, L. *An Autobiography*. v. 2: 1911-1969. Oxford: Oxford University Press, 1980.

Woolf, V. *A Writer's Diary*. Org. Leonard Woolf. Nova York: Harcourt, 1981.

Woolf, V. Character in Fiction. In: McNeillie, Andrew (Org.). *The Essays of Virginia Woolf. 1919-1924. V. 3*. Nova York: Harcourt, 1988, p. 420-440.

Woolf, V. *Contos completos*. Trad. Leonardo Fróes. São Paulo: Cosac Naify, 2005.

Woolf, V. *Moments of Being. A Collection of Autobiographical Writings*. Org. Jeanne Schulkind. Nova York: Harvest, 1985.

Woolf, V. More Dostoievsky. In: McNeillie, Andrew (Org.). *The Essays of Virginia Woolf. 1912-1918. V. 2*. Nova York: Harcourt, 1987, p. 83-86.

Woolf, V. *The Complete Shorter Fiction*. Org. Susan Dick. Nova York: Harcourt, 1989.

Wright, G. P. The Raverat Proofs of *Mrs. Dalloway*. *Studies in Bibliography*, v. 39, 1986, p. 241-261.

Wussow, H. M. *Virginia Woolf* "The Hours". *The British Museum Manuscript of* Mrs. Dalloway. Nova York: Pace University Press, 2010.

Wyatt, J. M. *Mrs. Dalloway*: Literary Allusion as Structural Metaphor. *PMLA*, 1973, v. 88, n. 3, p. 440-451.

5   Os cem anos de *Mrs Dalloway*
7   Uma introdução a *Mrs Dalloway*
11 *Mrs Dalloway*
199 Índice onomástico
213 Notas
233 Referências

Copyright da tradução e das notas © 2012, 2025 Tomaz Tadeu
Copyright desta edição © 2025 Autêntica Editora

Título original: *Mrs Dalloway*

Todos os direitos reservados pela Autêntica Editora Ltda. Nenhuma parte desta publicação poderá ser reproduzida, seja por meios mecânicos, eletrônicos, seja via cópia xerográfica, sem a autorização prévia da Editora.

EDITORAS RESPONSÁVEIS
Rejane Dias
Cecília Martins

REVISÃO
Cecília Martins

PROJETO GRÁFICO
Diogo Droschi

IMAGEM DE CAPA
Aquarela de Guacira Lopes Louro

DIAGRAMAÇÃO
Waldênia Alvarenga

**Dados Internacionais de Catalogação na Publicação (CIP)
(Câmara Brasileira do Livro, SP, Brasil)**

Woolf, Virginia, 1882-1941
　　Mrs Dalloway / Virginia Woolf ; tradução e notas Tomaz Tadeu. -- 3. ed. -- Belo Horizonte, MG : Autêntica Editora, 2025. -- (Mimo)

　　Título original: Mrs Dalloway
　　Edição revisada, comemorativa dos 100 anos do romance (1925-2025)
　　ISBN 978-65-5928-520-4

　　1. Ficção inglesa I. Tadeu, Tomaz. II. Título. III. Série.

24-242876　　　　　　　　　　　　　　　　　　　　　　　　　　　　　CDD-823

Índices para catálogo sistemático:
1. Ficção : Literatura inglesa 823

Cibele Maria Dias - Bibliotecária - CRB-8/9427

Belo Horizonte
Rua Carlos Turner, 420
Silveira . 31140-520
Belo Horizonte . MG
Tel.: (55 31) 3465 4500

São Paulo
Av. Paulista, 2.073 . Conjunto Nacional
Horsa I . Salas 404-406 . Bela Vista
01311-940 . São Paulo . SP
Tel.: (55 11) 3034 4468

www.grupoautentica.com.br
SAC : atendimentoleitor@grupoautentica.com.br

Este livro foi composto com tipografia Adobe Garamond Pro e impresso em papel Off-White 80 g/m² na Formato Artes Gráficas.